T0245813

# Pétalos de papel

IRIA G. PARENTE · SELENE M. PASCUAL

# Pétalos de papel

Ilustraciones de Paulina Klime

**MOLINO**

El papel utilizado para la impresión de este libro ha sido fabricado a partir de madera
procedente de bosques y plantaciones gestionadas con los más altos estándares ambientales,
garantizando una explotación de los recursos sostenible con el medio ambiente y beneficiosa para las personas.

**Pétalos de papel**

Primera edición en España: octubre, 2022
Primera edición en México: noviembre, 2022

D. R. © 2022, Iria Gil Parente y Selene Molares Pascual

D. R. © 2022, Penguin Random House Grupo Editorial, S. A. U.
Travessera de Gràcia, 47-49, 08021, Barcelona

D. R. © 2022, derechos de edición mundiales en lengua castellana:
Penguin Random House Grupo Editorial, S. A. de C. V.
Blvd. Miguel de Cervantes Saavedra núm. 301, 1er piso,
colonia Granada, alcaldía Miguel Hidalgo, C. P. 11520,
Ciudad de México

penguinlibros.com

D. R. © 2022, Paulina Liwia Klimaszewska (Paulina Klime), por las ilustraciones

ISBN: 978-607-382-112-4

Impreso en Colombia – *Printed in Colombia*

*A todas las personas que se han adentrado
en nuestros mundos a lo largo de los últimos años:
este libro es nuestro más profundo agradecimiento.
Ustedes le dan vida a lo que escribimos.*

# PRIMER RECUERDO

Lo primero que tienes que saber de esta historia es que la voy a olvidar. Por eso mismo he decidido contarla mientras todavía está en mi cabeza. Mientras aún puedo hacer que perdure un poco más, solo un poco más, porque me da demasiado miedo perderla. Perderme un poco a mí. O perderlo por completo a él.

A veces escribimos para eso, ¿verdad? Para recordar.

O quizás estoy haciendo esto para que haya un mundo en el que todo sea real.

Un mundo del que al final no me olvido.

Supongo que esto no tiene ningún sentido para ti, así que quizá sea mejor empezar por el principio. Cuando todavía no sabía que olvidaría, porque ni siquiera sabía que lo que estaba viviendo era real. No creo que nadie pueda culparme; al menos nadie de cualquier mundo en el que la magia no sea algo normal. Cuando has crecido creyendo que viajar a otros universos es algo que solo pasa en libros, series o películas, es muy complicado creer que te está pasando a ti.

Así que el día que llegué a Albión, pensé que estaba soñando.

# Dani

Todo fue por culpa del licántropo al principio del callejón.

Antes escribí que cuando llegué a Albión pensé que estaba soñando, pero no fue exactamente así. Lo cierto es que en cuanto llegué, todo pareció real. Cuando abrí los ojos, tirada en el suelo en aquella calle angosta y sin salida, sentí el dolor de cabeza, el frío de la llovizna, la dureza de los adoquines debajo de mi cuerpo, el escozor de un arañazo en mi muñeca que no recordaba haberme hecho. También sentí miedo. El pavor absoluto de no saber dónde estás, de no recordar cómo has llegado a un lugar desconocido. Estuve a punto de entrar en pánico, porque lo último que recordaba era estar bebiendo en casa con Lía y, definitivamente, ya no estaba en casa ni con Lía.

Y entonces lo escuché. El aullido. Y después lo vi. Al licántropo. Su cuerpo inhumano y deforme, las fauces grandes y las garras que podrían haberme destrozado con un solo roce.

Era inmenso. Era aterrador.

Era total e innegablemente imposible.

Así que me relajé.

Quizá pienses que eso no tiene ningún sentido, pero es posible que esto pase varias veces a lo largo de lo que te quiero contar; muchas cosas de las que he hecho en los últimos tiempos no lo han tenido. Sin embargo, mi lógica fue la siguiente: había vivido noches de fiesta suficientes como para que despertarme en algún sitio extraño sin recordar mucho de la noche anterior no fuera algo demasiado raro. Lo que sí que era totalmente ilógico era que una figura peluda de casi dos metros se tambaleara hacia mí entre gruñidos. Así que, aunque tendría que haber sido aquello lo que me asustara, aunque debería haber tenido ganas de gritar y salir corriendo, no fue así. En su lugar, aquella criatura me pareció, simple y llanamente, la prueba de que todo era un sueño. No tenía nada de lo que preocuparme: no era real. La bestia podría haberme matado, sí, pero en aquel momento solo pensé: «Si me mata, me despertaré en casa. Con resaca, probablemente».

Por eso no entré en pánico. Por eso simplemente me dejé llevar.

Lía siempre dice que ese es mi problema, que siempre me dejo llevar, que no pienso las cosas dos veces. Si hubiera estado ahí, me habría regañado. O quizá me habría jalado para intentar huir. Pero es que también fue justo eso lo que desencadenó todo lo demás: que Lía no estaba. Si Lía hubiera estado ahí, esta historia no existiría.

La criatura aulló y se fijó en mí. Olfateó el aire y me enseñó los dientes; cualquiera habría temblado, pero yo no lo hice. No te equivoques: no es que yo sea la protagonista valiente e invencible que no le tiene miedo a nada. Estoy más cerca de ser la protagonista estúpida e inconsciente que tiene poco aprecio por su vida. Por eso me levanté, me sacudí la ropa y dije:

—¿Y tú de dónde saliste?

Resulta que aquella era una pregunta bastante acertada, pero yo no podía ni imaginarlo por entonces. Por supuesto, la criatura no entendió mi intento de entablar una agradable conversación: se encogió sobre sí misma, gruñó y se lanzó hacia mí.

Ahí sí cerré los ojos y grité. Por mucho que pienses que estás soñando, impresiona ver a una especie de lobo retorcido ir hacia ti con la clara intención de arrancarte la cabeza de un bocado.

Pero el mordisco nunca llegó.

En su lugar, lo hizo la luz. La sentí por detrás de mis párpados apretados. Cuando los volví a abrir, confusa, creo que esperaba haberme despertado. Pensé que lo que vería sería mi habitación, con mi mural de fotos e ilustraciones junto al escritorio, mi estantería llena de libros pendientes y el teclado electrónico justo al lado. Supuse que la luz vendría de mi ventana, que Lía habría levantado la persiana de golpe y pronto la escucharía gritarme que iba a llegar tarde al trabajo.

Pero la luz no venía de mi ventana. Seguía siendo de noche, yo seguía en aquel callejón y Lía seguía sin estar conmigo. Delante de mí, a centímetros, tan cerca que podía sentir su respiración acelerada, la criatura se debatía contra un lazo dorado que le apretaba el cuerpo y el cuello. Los hilos que ataban al animal venían de unos pasos más atrás, donde dos siluetas se recortaban contra la oscuridad. Las miré un segundo. Una de ellas se acercaba. La otra, aquella que parecía controlar a la criatura, se quedó atrás.

Entonces jaló a la criatura y esta emitió un aullido que sonó a nota triste y sostenida.

No sé por qué me dio pena considerando que había estado a punto de acabar conmigo, pero lo hizo. Quizá fue por aquel lamento. Porque no fue solo un sonido furioso, sino... asustado. Quizás una parte de mí ya sabía que aquello estaba pasando de verdad y estaba aterrada. Quizá fuera aquel miedo lo que me conectó a la criatura. Lo que me hizo gritar:

—¡Espera! ¡Con cuidado!

La criatura me miró. Y de pronto me pareció más humana. Fueron los ojos, vistos de cerca, no tan distintos a los míos, aunque estuvieran rodeados de un pelaje fino y castaño y encima de un hocico alargado. En aquella mirada entendí que estaba desesperada, como quizá lo hubiera estado yo si hubiera elegido entender desde el principio que ya no estaba en mi casa. Estaba, de hecho, muy lejos de ella, sin poder volver.

Levanté la mano. Lo hice tal y como había visto a Lía hacerlo con algunos animales abandonados, enseñándosela apenas. Y la criatura entrecerró aquellos ojos humanos. Supe que me entendía. Sentí su aliento agitado en mi palma; observé la saliva en sus fauces entreabiertas; escuché el gruñido que emitió desde el fondo de la garganta, pero no me aparté. Alguien habló, lejos, pero yo no estaba escuchando.

Yo nada más tenía ojos para la bestia, que parecía que empezaba a relajarse. Tras una duda y un resoplido, echó la cabeza hacia adelante. Su pelaje encontró mis dedos, sus ojos se cerraron.

Y entonces cambió.

Primero lo hizo su estatura: de sacarme una cabeza, pasó a ser unos centímetros más baja. La forma del cuerpo mutó también: donde antes hubo un hocico alargado, ya solo había una cara humana; donde antes hubo pelaje, ya solo había un cuerpo desnudo y menudo. Los lazos dorados dejaron de sostenerlo y se derrumbó sobre mí.

Era apenas una niña, no podía tener más de diez años.

Se echó a llorar en cuanto me abrazó.

Tragué saliva, confusa. Quizá yo estuviera temblando en ese momento, no lo sé. Quizá fuera entonces cuando me convencí todavía más de que estaba soñando. Me dije que en aquella fantasía yo tenía que proteger a la niña a la que otra gente intentaba cazar, por eso la rodeé con los brazos y la sostuve mientras ella sollozaba. Cuando las figuras del callejón dieron pasos hacia adelante, la apreté más contra mi cuerpo.

—No se acerquen —gruñí.

La silueta que estaba más cerca de nosotras siguió avanzando, con una mano levantada como si yo fuera otra fiera a la que calmar.

Fue la primera vez que lo escuché:

—Estoy aquí para ayudar.

La persona que se había quedado en la retaguardia se acercó. Un haz de luz flotaba de manera imposible sobre la palma de su mano. Iluminó un rostro de tez morena y unos ojos ambarinos que me observaron con curiosidad antes de que yo me fijara en la persona que había hablado. La luz también llegaba hasta él.

Fue la primera vez que lo vi.

El cabello cobrizo, el rostro pálido. Los guantes negros que cubrían todos sus secretos. Los ojos morados tan imposibles como todo su mundo. El libro que sostenía entre las manos y que me enseñó como si pudiera significar algo para mí.

—Yo puedo devolverla a casa.

## Marcus

Llevo días pensando cómo comenzar esto. Llevo días pensando que yo también quería hablar. Yo también quería que entendieras muchas cosas que ahora no puedes entender, y al mismo tiempo, me pregunto si podría hacerle justicia a todo lo que hemos vivido. Supongo que no. Tendrás que perdonarme por eso, igual que me has perdonado por todo lo demás.

Técnicamente, tú no me conoces. Para ti, ahora mismo, estas deben de ser las palabras de un completo extraño. Yo, sin embargo, tengo la sensación de que te conozco de toda una vida, y creo que eso es lo que se me hace más difícil: tener recuerdos en los que tú no sabes que has participado. Mi cabeza está llena de ti, de todos los momentos que hemos compartido, y duele saber que para ti nunca existieron, que podría equivocarme al hablar de conversaciones en las que solo estábamos nosotros y tú nunca podrías corregirme. Quizá por eso precisamente quiero que sepas todo lo que guardo dentro de mí.

Intentaré ser fiel a la realidad. Intentaré que me creas, ya que no puedes recordar.

Permíteme que te cuente mi mitad de la historia. Permíteme que empiece como tú, justo en el momento en el que nos vimos por primera vez. Cuando pensé que necesitabas ayuda. Cuando pensé que era una suerte que Yinn y yo estuviéramos ahí, porque íbamos a tener que intervenir para salvarte de aquella criatura. Tus ropas me hicieron intuir que eras una visitante, pero asumí que llevabas en Albión el tiempo suficiente como para saber cómo funcionaba todo. Desde el principio di por hecho muchas cosas que no eran ciertas: sobre la situación, sobre ti. Especialmente sobre ti. Aunque tú también te equivocaste conmigo, ¿verdad?

Quizá, si hubiéramos sido más como esa primera impresión, todo habría sido más sencillo.

Me sorprendió cuando cubriste el cuerpo de la niña con el tuyo, para protegerla de mí, y extendiste la mano. Al libro no le lanzaste más que un vistazo desinteresado.

—Tu abrigo. Dámelo.

Algo que tienes que saber sobre mí es que no estoy acostumbrado a seguir órdenes, sino a darlas, así que imaginarás que escucharte hablar como si tú fueras la que mandaba no me gustó. Aun así, cedí, porque tu acompañante estaba desnuda y temblando de frío. Te ofrecí el abrigo con el ceño fruncido y tú le diste un jalón y te volteaste para ponerle la prenda a la niña sobre los hombros. Habría sido muy sencillo apartarte de ella en aquel momento. Si no lo hice fue solo porque supuse que querías protegerla, debías de ser la clase de persona que hace todo lo que está en sus manos para ayudar. Al menos en eso no me equivoqué.

—Eso no será suficiente —te dije—. Hay que llevarla a casa. Los cazadores deben de estar al acecho.

—¿Cazadores? ¿Y qué hacen esos cazadores? ¿También atrapan a gente con...? —una pausa confusa—. Con la mierda esa dorada que le lanzó tu compañero.

Yinn, a mi lado, se llevó una mano a la boca para ahogar una carcajada. En cuanto se dio cuenta de mi mirada, carraspeó.

—¿Cómo te llamas? ¿Dónde está tu casa? Te acompañaré —le decías a la niña.

—¿Dónde está la suya, señorita? No debería caminar sola a estas horas de la noche.

—¿Señorita? —repetiste, como si fuera el calificativo más extraño que te hubieran dedicado nunca. De hecho, recuerdo que me miraste de arriba abajo, como si usar esa palabra me convirtiera también en el hombre más extraño que hubieras visto nunca—. Pues no tengo ni idea de dónde está mi casa o de si la tengo siquiera. Aquí, quiero decir. Supongo que lo descubriré en algún momento o me despertaré antes.

—¿Se despertará?

—Cuando el sueño se acabe.

—Esto no es...

—No tenemos tiempo para esto —me interrumpió Yinn—. Es necesario devolver a la criatura a su casa. Y parece que a la muchacha también.

Asentí, consciente de que mi acompañante tenía razón: quedó claro que eras una recién llegada. Eché un vistazo alrededor, buscando otro libro en el suelo, pero no había nada. Tú tampoco parecías llevarlo contigo. Di un paso hacia adelante. Pero, por supuesto, tú seguías en medio, protegiendo a la niña como si la conocieras de toda la vida. La vi aferrarse a tu brazo y también vi tu gesto de dolor cuando te clavó los dedos en la piel. Cuando tembló y algo en ella pareció intentar volver a cambiar.

—Todo está bien, nadie va a hacerte nada —le dijiste. Y después te diste la vuelta hacia nosotros, como si nos retaras a llevarte la contraria—. Está muy nerviosa. Yo haré lo que haga falta.

Volví a enseñarte el libro, aunque ya había entendido que no te diría nada.

—No me acercaré más, le doy mi palabra. Pero debemos hacer esto rápido: será un problema si nos encuentran.

Con cuidado, dejé el libro en el suelo, abierto. La llovizna ya se había encargado de motear las tapas, pero aun así lamenté dejarlo sobre los adoquines húmedos. Las páginas empezaron a oscurecerse en cuanto lo hice.

—Apártese de ella. Tiene que soltarla para que vuelva a su hogar.

Tú seguías confundida, demasiado como para moverte. Recuerdo lo juntas que estaban tus cejas, la forma en la que las sombras se deslizaban por tu rostro. La luz mágica de Yinn parecía jugar a descubrirte a trozos y se perdía en la cortina de pelo oscuro que te enmarcaba la cara.

—¿Viene... de ahí? ¿Su casa es... un libro?

—Su casa está en el mundo del libro.

Supongo que la frase solo te confundió más. Supongo que ahora mismo te sentirás un poco igual, pero no pasa nada. Tienes que sentirte un poco perdida para que entiendas exactamente lo que se te pasaba por la cabeza en aquellos momentos y sepas lo desconcertante que puede ser llegar a un mundo nuevo donde se juega con otras reglas.

El hechizo fluyó bajo mi lengua, nuevo y conocido como cada mundo que se abría ante aquellas palabras que llevaba repitiendo toda la vida. Como tantas otras veces, el libro despertó. Ese es mi momento preferido, siempre. Los segundos antes de que se abra la puerta, el instante en el que la luz cálida se desprende de las palabras. Ese momento siempre trae olores y sonidos que no pertenecen a Albión, además de algo intangible que nadie nunca podrá capturar.

El libro que descansaba entre nosotros aquella noche cargó el aire de la energía de una tormenta y el sonido de un trueno en la distancia. En aquel estrecho callejón sin salida, por debajo del olor a lluvia se percibía otro: el de la tierra húmeda, el del bosque frondoso, el de las hojas y las flores fragantes.

Tú te apartaste un poco de la niña, sorprendida por lo que estaba ocurriendo ante tus ojos. Cuando te volteaste, la viste con la cabeza ladeada, en trance, observando el libro como si cada página tuviera su nombre escrito. La luz se convirtió en una pequeña estrella que se había caído entre los adoquines y nos iluminó a todos.

La visitante echó a andar y desapareció. Tras ella solo quedó una extraña electricidad en el aire y mi abrigo abandonado en el suelo.

Tú, incrédula, me miraste mientras me acercaba para recoger el libro y la prenda del suelo. Creo que no fuiste consciente de que temblabas, no sé si de frío o de miedo, porque cuando te ofrecí mi abrigo, ni siquiera te fijaste en él.

—Eso... ¿Eso fue lo que tenía que pasar? ¿Ha vuelto a casa? ¿Está bien?

—Está en casa, está bien. Ni siquiera recuerda nada de lo que ocurrió aquí.

—¿Vas a hacer lo mismo conmigo?

—Solo si usted quiere volver. Y solo si quiere mi ayuda.

Tú dejaste que te pusiera el abrigo sobre los hombros sin resistencia, pero ahora estoy convencido de que te estabas dejando llevar. Titubeaste un par de segundos, el tiempo que tardaste en decidir si podías asimilar todo lo que estaba sucediendo o simplemente sobrellevarlo de la manera más sencilla. Fue lo segundo.

—Si dejas de tratarme de usted, se me hace rarísimo. Me llamo Dani.

Me quedé mirando la mano que me tendías como si fuera yo el que estaba en otro mundo o como si hubieras hecho algo especialmente extraño. Supongo que me lo pareció. Me había encontrado con muchos visitantes, pero ninguno se había presentado ante mí con aquella despreocupación. En parte me sentí... intrigado. Quizá fue eso mismo lo que hizo que también sintiera rechazo, uno que venía del terror a los cambios. Una parte de mí lo supo desde aquel momento: que serías una de esas novedades que pueden sacudirlo todo.

Si ahora, con todo lo que sé, consciente de todo lo que vendría después, me preguntaras si volvería a aceptar esa mano, creo que de nuevo lo dudaría. Pero no te equivoques, no tendría miedo de conocerte; estaría deseando volver a saberlo todo de ti, desde el principio. Dudaría porque sé que, si hubiéramos mantenido las distancias, quizás habrías sufrido menos.

Pero rara vez tenemos una segunda oportunidad para hacer las cosas bien. Aunque supongo que estas palabras son la nuestra, ¿verdad?

Deja que vuelva a presentarme, como me presenté aquella noche cuando finalmente acepté tu mano por primera vez:

—Mi nombre es Marcus. Marcus Abberlain. Bienvenida a Albión.

# Dani

¿Con total sinceridad? Marcus Abberlain me pareció un imbécil al principio.

La postura. El tono. La mirada. Todo estaba calculado para dar una sensación de poder que me generó rechazo. Cuando nos dimos la mano, fue un gesto tan rápido que casi pareció que le asqueaba el mero hecho de tocarme. No contento con eso, me miró de arriba abajo, juzgándome con aquellos ojos morados, y dijo:

—No tiene ningún libro consigo, ¿verdad?

—¿Te parece que este es lugar para ponerme a leer?

—Sin su libro no puede volver a casa.

—No entiendo nada de lo que me estás diciendo.

Sentía que no le estaba entendiendo el ritmo a mi propio sueño: primero había aparecido en aquel sitio, después una criatura gigante intentó comerme, dicha criatura desapareció en un libro, y aquel chico que hizo desaparecer a la criatura me decía que yo también necesitaba un libro que no tenía. Me propuse a contarle todo a Lía en cuanto me despertara. Si es que me acordaba, claro, porque por lo general olvido todos mis sueños y suponía que olvidaría aquel también. Irónicamente, en eso tenía razón.

Marcus volvió a mirarme. No como cuando ves algo que te gusta, sino como cuando buscas una mancha en tu ropa.

—Será mejor que se tape.

—¿Perdona?

A su favor: no es que le escandalizara la ropa que llevaba, sino que estaba intentando evitar un desastre. A mi favor: yo no tenía ni idea, así que por supuesto que me pareció un imbécil, sobre todo cuando me ignoró y se fijó en su acompañante.

—¿Qué deberíamos hacer con ella?

—Estoy aquí, ¿eh?

Su compañero me dedicó una sonrisa comprensiva. Porque me comprendía, claro, aunque de eso me enteraría después. En otro tiempo, él también había estado perdido, aunque en su caso le resultó muchísimo más sencillo asimilarlo todo en el momento en el que llegó a Albión. Yinn venía de un mundo en el que la magia estaba en su día a día, en él mismo; yo venía de un universo en el que la magia estaba relegada a cuentos antes de dormir y a efectos especiales en una pantalla.

—Si no tiene el libro, no quedan muchas opciones ahora mismo, ¿no?

Marcus dudó. La siguiente decisión que tomó fue la que hizo que aquel encuentro fortuito se convirtiera de verdad en el principio de una historia. De *esta* historia. Podía haber elegido muchas cosas, ¿sabes? Podría haberme dejado a mi suerte. Podría haberme llevado con Alyssa. Podría haberme dado dinero y dejar que me las arreglara. Pero en su lugar, dijo:

—Síganos. Y tápese —repitió.

—¿Qué te pasa a ti con que me tape? ¿Y a dónde se supone que los tengo que seguir? Ni siquiera sé dónde estoy.

—Ya se lo dije: está en Albión.

—Sabes que eso es como no decirme nada en absoluto, ¿verdad? No se te ve muy hablador, pero seguro que puedes hacer un esfuerzo.

Marcus frunció el ceño y puede que en esa ocasión me mereciera un poco la mirada de hartazgo que me lanzó. A nuestro alrededor, la ciudad se descubrió bajo la luz tenue de las farolas: los edificios de dos o tres alturas, las casas de tejados pronunciados. Me encantaría hacer una descripción de esas capaces de hacerte viajar, pero no sé si seré capaz. Me dará lástima olvidar eso también, ¿sabes? Amyas. Todos los sitios que he visto. Albión puede llegar a ser un lugar de pesadilla, pero sus monstruos se esconden debajo de la apariencia de un reino de cuento: la luz se reflejaba en los charcos de los adoquines desordenados, la luna llena brillaba en el río que cruzaba la ciudad, las nubes se mezclaban con el humo de los hogares del barrio residencial en el que parecíamos encontrarnos.

Aquel día, a aquellas horas, las calles estaban desiertas y quizá por eso resultaban tan misteriosas, puede que hasta un poco tétricas. Me sentía observada por las sombras que se arremolinaban en los espacios a los que las luces de la avenida principal no llegaban. Recordé que alguien había mencionado la palabra «cazadores» y un estremecimiento me recorrió la columna.

—Esto es Amyas, señorita Dani —intervino Yinn, mucho más agradable que su compañero—. La capital de Albión, nuestro pequeño pero gran mundo.

—Mundo —repetí.

—Así es. ¿De qué mundo viene usted?

—Tú.

Otra cosa que hizo que Yinn me cayera mejor que Marcus fue que él no protestó a la hora de tutearme. Aunque, siendo justa, no es que Marcus protestara: tan solo había decidido ignorarme.

—¿De qué mundo vienes tú?

—Pues supongo que lo llamaría Planeta Tierra, no sé, nunca había tenido que llamar a mi mundo de ninguna manera porque se supone que es el único que hay.

Yinn se rio. Quiero recordar, por si te parezco estúpida en este momento, que mi método de supervivencia ante haber roto las leyes de mi realidad era no creerme nada de lo que pasaba a mi alrededor. Hago esta aclaración porque Marcus me miró en aquel momento como si, en efecto, fuera estúpida. Por eso le respondí, con mala cara:

—¿Qué pasa?

—Nada —sacudió la cabeza y volvió la vista al frente. Supongo que estaba pensando en lo larga que estaba siendo la noche.

—¿Me van a decir a dónde vamos?

—A la mansión del conde —respondió Yinn.

—¿Conde? ¿Qué conde?

El chico volvió a reírse y señaló a Marcus con la cabeza. Yo abrí mucho los ojos, incrédula. Ya sabes, la incredulidad habitual de cualquier chica de clase media con un trabajo normal que vive en un departamentito heredado de su abuela que tiene que compartir con su mejor amiga, cuando le dicen que está delante de un maldito conde.

—¿¿¿Conde???

Marcus se presionó el entrecejo como si estuviera empezando a dolerle la cabeza.

—No sé cómo será en Planeta Tierra, pero aquí por la noche la gente duerme, así que debería...

—Llamar así a mi mundo suena rarísimo.

—Pero si lo dijo usted.

—Ya, bueno, también dije que nunca había tenido que llamar a mi mundo de ninguna manera. ¿Cómo es eso de los mundos, de todos modos? ¿De qué se trata esto? ¿Por qué necesito un libro para volver a mi casa? ¿Qué pasó con la niña lobo? ¿No me puedo ir a mi mundo por el mismo libro por el que se fue ella?

Yinn me miraba como si yo fuera el último gran espectáculo que había llegado a la ciudad. Marcus parecía estar a punto de pedir ayuda a algún ente superior para que me callara.

—No, no funciona así. Necesita su propio libro: todos los que llegan tienen uno.

—Ajá —fingí entenderlo. Lo bueno de no creerme nada era también que no importaba si no lo hacía—. ¿Y dónde está?

—Eso es lo que...

Y se calló. Lo hizo de golpe, cuando al mirar al frente vio una figura vestida de blanco en medio de la llovizna. Yinn, que hasta el momento había estado caminando justo a mi lado, se quedó de pronto dos pasos atrás. Marcus, tras un segundo de duda, me agarró el brazo y lo enganchó al suyo, arrimándome a él.

—Yinn, la ropa —siseó.

—No hay problema.

Tanto Marcus como yo lo miramos por encima del hombro, a tiempo para verlo hacer unos ademanes con las manos. Un sello dorado brilló en el aire y me golpeó la espalda. Después, sentí el cambio: el pedazo de piel que dejaba al descubierto el top estaba tapado; la comodidad de mis tenis desapareció y, cuando bajé la vista, me encontré con unas botas altas. El propio abrigo del conde había cambiado y en su lugar se adaptaba a mi cuerpo, por encima de una falda ante la que tuve que parpadear dos veces. Marcus tenía a su vez un abrigo nuevo.

La situación me dejó demasiado descolocada. Era algo que volvía a desafiar las leyes de todo lo que me habían enseñado. Estuve a punto de entrar en pánico y decir algo estúpido por los nervios, como que me sentía una *magical girl*.

Mucho más acostumbrado a la magia que yo, el conde le hizo un gesto con la cabeza a su amigo en un agradecimiento silencioso antes de obligarme a agarrarme bien de su brazo. Lo hice igual que todo lo demás hasta aquel momento: por inercia.

—No diga ni una sola palabra —susurró.

Esa fue la segunda decisión, aquella noche, de la que Marcus se terminaría arrepintiendo.

Nunca le he preguntado si se arrepiente de verdad, a lo mejor porque no sé si quiero saber la respuesta. Si al final lo hace, supongo que nunca leerás esto. Pero quiero pensar que, pese a todo, volvería a tomar las mismas decisiones. Al menos yo no me arrepiento de no haberme separado en aquel momento. No me arrepiento de haberme dejado llevar, ni en ese instante ni en todos los que vinieron después.

Claro que me arrepiento de algunas cosas, pero no de lo que pasó entre nosotros. Y supongo que eso es lo más importante, lo que necesito que entiendas por encima de cualquier otra cosa: Marcus Abberlain me pareció un imbécil cuando lo conocí, pero lo conocería una y otra y otra vez.

## Marcus

Tenía dieciocho años cuando mi padre murió y dejó sobre mis hombros el peso de este apellido, el peso de un don que nunca pedí y de un título para el que creo que todo el mundo en Albión ha pensado alguna vez que no estoy a la altura. Su muerte también dejó tras de sí un fantasma con el que la sociedad me podía comparar todo el tiempo. Mi padre, por ejemplo, nunca salió de casa con la intención de buscar a un visitante para devolverlo a su hogar. Él era un hombre serio, siempre ocupado, la clase de persona que movía tratos beneficiosos para unos pocos mientras brindaba por la amistad con las familias más poderosas de Amyas. Yo, por mi parte, hacía años que me había alejado de ellas.

Pese a las diferencias, sin embargo, lo cierto es que había cosas de mi padre que seguían muy vivas en mí y en mi forma de actuar. Además del hechizo para abrir portales, mi padre me enseñó algunas de las lecciones más valiosas de mi vida.

La primera de ellas era que la forma más fácil de ocultar algo importante era dejarlo a la vista de todos.

La segunda era que no debía confiar en nadie. Incluso si ese alguien era mi propio hermano.

—¿Marcus?

Rowan siempre se ha parecido a nuestro padre más que yo. Al mismo tiempo, hay una diferencia entre ellos que mi padre consideraba insalvable: Rowan no tiene el don de los Abberlain. Mi hermano era solo el segundo hijo, sin magia y sin título, por eso su destino nunca fue más que dedicar su vida a servir a la reina como parte de su corte. Aquella noche se aproximó a nosotros con su uniforme blanco destacando en la oscuridad de la noche y la mano apoyada en la espada ropera que colgaba de su cinto. La luz de las farolas lanzó un destello a la rosa de cobre sobre su pechera, el símbolo de los caballeros de Su Majestad.

—Rowan —saludé—. ¿Qué haces tan lejos de palacio? ¿Va todo bien?

—Su Majestad escuchó que hay un visitante causando problemas: algo lo suficientemente grande como para que haya ordenado patrullar a todos los caballeros. Tenemos órdenes de llevar a la criatura a palacio si la encontramos.

No dejé que mi rostro cambiara, pero me alegré de inmediato de que aquella niña ya estuviera de vuelta en su libro y de haberte encontrado antes que ellos.

—Lo más sorprendente es que tú estés fuera de la mansión. Y acompañado.

Sus cejas se alzaron cuando te miró y yo temí que sospechara algo de inmediato. Me tensé. Separé los labios, preparado para fabricar una mentira lo suficientemente rápido.

—Si lo que están buscando es grande y peludo, creo que pueden despreocuparse: el conde lo envió a casa.

Creo que no fui el único sorprendido por tu voz. Todos te miramos, a ti y a tu sonrisa tranquila, y yo ni siquiera recordé enojarme porque te había pedido silencio y tú habías decidido ignorarme. Tus ojos castaños se fijaron en mí como si fueras una amiga en vez de una absoluta desconocida a la que acababa de encontrar. Me engañaste incluso a mí, por un segundo. Tus dedos se apoyaron con más firmeza en mi brazo, quizá para animarme a seguir la conversación. Me recompuse cuando volví a ver a mi hermano y me encogí de hombros.

—La reina y la corte tienen sus deberes y yo tengo los míos —dije.

Rowan frunció levemente el ceño.

—¿Lo mandaste a su mundo?

—Ahora no dará más problemas, puedes decírselo a la reina.

Mi hermano no pareció del todo complacido. Me miró, pensativo, y después asintió.

—Por supuesto —después, sus ojos cayeron sobre ti de nuevo—. ¿Usted está bien, señorita? Creo que no nos conocemos...

Llegaste a abrir la boca, pero esta vez me adelanté:

—Quizá no sea el mejor momento para presentaciones. Estamos cansados, está lloviendo y estoy seguro de que mi invitada está deseando volver a casa.

Tu mirada y la mía se encontraron otro segundo más. Creo que esperaba que vieras la advertencia en mis ojos. Con aquello esperaba que entendieras que no quería que aquella conversación continuara. Y lo hiciste, porque tus labios dibujaron una sonrisa que resultó encantadora.

—Me muero por un baño caliente.

Mi hermano nos observó con los ojos entornados y temí que ni siquiera apelar a sus modales fuera suficiente para que nos dejara ir sin más preguntas. Al final, sin embargo, lo único que le había quedado a Rowan siempre era precisamente eso: sus modales. Ser el perfecto caballero que le habían enseñado a ser. Por eso agachó la cabeza.

—¿En otra ocasión, entonces? —sugirió—. ¿Y se quedará mucho?

—Solo unos días —me apresuré a decir yo. Porque era mi plan. Porque mi objetivo era encontrar tu libro rápido y devolverte. Y si no podías regresar, te encontraríamos otro hogar. Exactamente igual que había pasado mil veces antes. Nada tenía que haber sido diferente.

—Ya veo —asintió Rowan. Volvió a fijarse en ti y sonrió—. Entonces espero que podamos encontrarnos con más calma en otro momento, no quiero que piense que todos los Abberlain somos como mi hermano.

—Dos minutos hablando con usted y ya sé quién se llevó el encanto en la familia.

Forcé una sonrisa cuando me miraste (con cierta malicia, una de esas miradas que después convertirías en una costumbre), aunque no creo que fuera muy convincente.

—Buenas noches, Rowan.

Me hubiera gustado que no voltearas una última vez para despedirte con la mano y sonreírle. Si conozco a Rowan al menos un poco, él todavía te estaría mirando cuando tú volviste la vista al frente.

—¿Qué fue eso? —murmuraste, en cuanto creíste que era seguro.

—Le dije que se quedara callada —repliqué yo, entre dientes.

—Así que ese era tu hermano... Realmente se quedó con toda la simpatía, ¿eh?

—Sí, por eso ahora quiere conocerla —resoplé, disgustado, y le lancé un vistazo a Yinn por encima del hombro—. Si en algún momento no estoy en casa...

—Me inventaré algo. Pero ahora tu hermano va a querer saber quién es tu invitada. Él y toda la corte, probablemente.

—Razón de más para que nos apresuremos a encontrar su libro y enviarla a casa.

—¿Pueden dejar de hablar como si no estuviera presente? ¿Qué pasa con ser tu invitada? ¿Es porque no soy digna de un conde? He leído un montón de novelas sobre eso. Y he visto My fair lady. Sé qué hacer en caso de que sea necesario.

No tenía ni idea de lo que era My fair lady, así que te miré con serias dudas de que supieras lo que estabas diciendo.

—¿Y qué harías? —preguntó Yinn.

—Fingir ser una dama. ¿No se trata de eso? Acabo de hacerlo, ¿verdad?

Yo resoplé y me separé de ti. Ya no había nadie a nuestro alrededor, así que no necesitábamos tocarnos para nada.

—Intuyo que convertirla en una dama sería toda una hazaña —murmuré.

—¿Qué dijiste?

—Que, por suerte para todos, nadie va a necesitar hacer un esfuerzo semejante: usted se marchará cuanto antes. Nadie va a volver a verla a partir de este momento, porque eso sería arriesgarnos a que alguien averiguara que no es de aquí —te miré—.

La enviaremos a casa y esta no será más que una anécdota de una noche. Para usted, incluso menos.

Ni siquiera parpadeaste. Solo respondiste a mi mirada fija con las cejas alzadas y una expresión de absoluto desinterés.

—Lo que tú digas, conde. Pero de verdad que me muero por ese baño caliente.

## Dani

Marcus Abberlain me había parecido un niño rico y estirado en la primera impresión. Que fuera un maldito conde lo había confirmado. Su mansión lo subrayó.

Para entrar tuvimos que cruzar una puerta de hierro coronada por dos halcones que parecían vigilarlo todo y cuyas figuras, en la noche, resultaban un poco amenazadoras. Más allá de la reja, había un camino que se extendía por un amplio jardín y que terminaba en un edificio de tres pisos y muchas ventanas con la fachada cubierta de enredaderas. El interior resultó todavía más abrumador, como estar de pronto en el decorado de una película de época. No había estado tan cerca de algo tan elegante desde mi visita al palacio de Versalles en el viaje de graduación de secundaria.

Cuando Yinn me acompañó a lo que sería mi habitación, me entró la risa nerviosa.

—Okey, esto es demasiado.

Él se rio. Gracias a la luz de la casa, podía ver que sus orejas terminaban en una punta inclinada. En el camino me había explicado que era un genio, otra criatura más que podía existir en cuentos y leyendas pero que no tenía cabida en mi concepción del mundo. Me dejé caer sentada en una cama gigantesca mientras él se acercaba a un armario para dibujar sobre él el mismo sello que ya había visto antes.

—¿Tu casa es más pequeña? —me preguntó.

—Bueno, no vivo en una lámpara, pero los departamentos que puedo pagar en Madrid tampoco son mucho más grandes...

Yinn dejó escapar una nueva risita.

—Te dejo el armario lleno de ropa limpia. El baño está tras aquella puerta. Con una espléndida tina con agua caliente.

—En fin, supongo que este puede ser el mejor sueño de mi vida, a pesar de los licántropos y los condes desagradables.

—El conde no es tan desagradable —respondió, divertido—. Aunque seguro que lo descubres tarde o temprano.

Fue lo último que dijo antes de dejarme sola y yo dudé seriamente de que pudiera ser cierto, pero no me importó, porque estaba demasiado abrumada por todo lo demás. Recuerdo echarme hacia atrás en la cama y admirar el dosel que tenía. Recuerdo abrir la ventana y comprobar las vistas desde ahí, lo grande que parecía el jardín repleto de árboles desnudos a la espera de la primavera. Me quité el abrigo y me dirigí rápido hacia un espejo que había en el cuarto para poder comprobar cómo me quedaba la ropa que Yinn había creado para mí. Por lo general, mi estilo es otro, así que me encontré extraña en aquella falda ancha y entallada a la cintura por encima de la blusa blanca, aunque por lo menos no llegaba hasta el suelo. También llevaba un maquillaje muy distinto al que podría haber llevado habitualmente y mi pelo estaba recogido en un chongo bajo el que escapaban algunas ondas, en vez de suelto y liso. Me sentí disfrazada. Me pregunté si podría pedir un traje al día siguiente o si aquello afectaría mucho a mi papel de dama.

Como ves, mis preocupaciones eran muy básicas. Muy... superficiales.

Eso empezó a cambiar cuando vi la marca.

La descubrí mientras me bañaba. Estaba cerca del hombro, sobre la clavícula: un libro dentro de un círculo de estrellas, casi un tatuaje sobre mi piel. Pero yo solo tenía un tatuaje: el nombre de mi abuela, muy cerca del corazón, donde la llevaba desde que había muerto.

Envuelta en una toalla, volví a acercarme al espejo en el que me había mirado antes. La línea de tinta sobre mi cuerpo era muy fina y la figura no era demasiado grande. La rocé con los dedos, la apreté con suavidad, pero no dolía, no parecía reciente. Supuse que era parte del sueño, una clave importante que tenía que descifrar. Así que me encogí de hombros, me puse una ropa interior horrible y un camisón que encontré en el armario y salí del cuarto en busca de explicaciones. Estaba segura de que el genio me diría todo lo que quisiera.

Sin embargo, cuando salí al largo pasillo y vi la línea de luz que se colaba bajo una de las puertas, no fue a Yinn a quien me encontré al otro lado.

Aquella noche entré por primera vez en el despacho de Marcus.

Aquel lugar terminaría convirtiéndose en un refugio, pero ese día solo fue otro extraño cuarto más. Aun así, me gustaron las paredes forradas de estanterías repletas de libros, la chimenea antigua y grande, y los dos sillones que había junto al fuego encendido.

El conde estaba de pie frente a las estanterías, con un libro entre las manos del que apartó la vista en cuanto escuchó la puerta abrirse. Se había quitado el saco y se había arremangado la camisa, pero sus manos seguían cubiertas por los guantes negros. Fue la primera vez que me llamaron la atención de verdad: en la calle podrían haber tenido sentido, pero no en aquel momento. Él no me dio tiempo a preguntar antes de fruncir el ceño y decir:

—Es de muy mala educación entrar en una habitación sin llamar primero.

—En mi sueño tengo derecho a ser maleducada si quiero. Y, en realidad, todavía no he entrado —añadí, señalando mi posición en el umbral de la puerta.

—También es de muy mala educación abrir una puerta cerrada en una casa que no es la suya. ¿Nunca le han dicho que...?

—¿Se puede? —pregunté llamando insistentemente a la puerta.

Marcus respiró hondo y vi sus manos crisparse sobre el libro que tenía entre ellas.

—¿Sí, señorita? Pase, por favor. ¿Qué puedo hacer por usted?

—Llamarme por mi nombre, para empezar.

—En este mundo tenemos unas normas de cortesía que claramente está decidida a ignorar, pero yo no haré lo mismo.

Puse los ojos en blanco.

—Lo que tú digas. Entonces, otras dos cositas: ¿dónde puedo encontrar una piyama normal? Este camisón es lo más incómodo del mundo.

Marcus me lanzó un vistazo antes de volver a centrar su mirada en el libro que tenía entre las manos.

—Mañana puede pedírselo a Yinn.

—¿Y un traje? En mi mundo suelo llevar pantalones todo el tiempo, así que me sentiría más cómoda.

—Sí, un traje también —fue él quien puso los ojos en blanco entonces.

—¿Qué es exactamente Yinn? ¿Tu mayordomo? ¿Son como Batman y Alfred?

—No sé de quiénes está hablando. Pero Yinn es... mi hombre de confianza. Se encarga de aquello que no dejaría que otra persona hiciera en mi nombre. Puede pedirle lo que necesite. ¿Algo más?

—Sí, esto.

Marcus dio un respingo cuando jalé del cordón de mi camisón y moví la prenda para enseñar mi piel. Creo que se puso un poco rojo, pero no puedo asegurar que eso no sea parte de cómo quiero recordar ese momento. A veces los recuerdos son así: inexactos, adornados por nuestra propia imaginación. Me gusta provocar que Marcus se ruborice, así que quizá por eso quiero pensar que lo hizo entonces.

Sea como sea, aunque al principio abrió la boca (supongo que para preguntarme qué estaba haciendo), calló cuando le enseñé la marca. Suspiró. Creo que en aquel momento entendió dos cosas: que podía ser que yo no me fuera tan pronto como a él le habría gustado y que sería peor no explicarme nada.

—Esa es su marca. La que indica que no nació aquí. No se preocupe, no supone ningún peligro si nadie la ve.

—¿Y si alguien la ve?

—Nadie va a...

—Ya, pero ¿y si sí? Cuéntame qué pasa exactamente con los que venimos de otros mundos, porque es obvio que es importante.

El conde apretó los labios. Aunque dudó, hizo un ademán hacia uno de los sillones que había frente a la chimenea. Dejó el libro que tenía entre las manos en su hueco de la estantería y se bajó las mangas de la camisa.

—Albión no es el lugar más justo del mundo con quienes vienen de fuera —me explicó, tras sentarse en el otro sillón—. El pensamiento general es que los visitantes deben servir a los nobles de Albión, y hay magia que se encarga de que ese orden se mantenga. Es una magia poderosa, que puede llegar a anular por completo su voluntad.

Por mucho que estuviera intentando convencerme de que nada de lo que estaba pasando me afectaba de verdad, no pude evitar el estremecimiento que me bajó por la columna.

—¿Esclavizan a la gente que viene de otros libros? ¿Eso me estás diciendo?

Marcus apretó los labios.

—Algunos nobles lo hacen, sí. La gran mayoría, supongo.

—¿Y tú?

—Si quisiera esclavizar a alguien, ¿por qué habría enviado a esa visitante a casa?

—¿Porque era una licántropa que no parecía muy útil como esclava a no ser que quieras, no sé, participar en una guerra contra unos vampiros?

El conde volvió a poner los ojos en blanco.

—El único visitante que está atado a mi familia es Yinn. Y antes de que lo pregunte, es así por voluntad suya: fui yo quien lo encontró cuando llegó a este mundo y, cuando descubrió cómo funcionaba todo, quiso quedarse y se ofreció a trabajar para mí. Pero nunca le he dado ni una sola orden. Si tiene la marca de mi familia es solo por una cuestión de seguridad, para que nadie más pueda reclamarlo.

—¿La marca de tu familia?

—Es la manera en la que se hacen los contratos —el conde hizo un ademán hacia mi hombro, que yo me había vuelto a cubrir con la ropa—. La marca que tiene sobre su piel puede sellarse con la sangre de un noble. Pero no necesita preocuparse por ello: no le va a pasar a usted.

Todo seguía sonando imposible, pero la manera en la que él lo explicaba, como si fueran verdades incuestionables, consiguió que se me hiciera un nudo en el estómago. Creo que empecé a entenderlo ahí: que era posible que todo fuera real. A lo mejor estaba en un mundo nuevo, uno en el que podían llegar a esclavizarme, uno con magia y con genios y licántropos y chicos con ojos morados que abrían portales interdimensionales. Creo que empecé a ponerme nerviosa, pero me detuve a mí misma. No podía permitirme aceptar todo aquello.

—¿Y alguien de otro mundo no puede simplemente llegar aquí y ser... libre?

—Si consigue engañar a la gente adecuada. Por eso he insistido en que es mejor que nadie sepa que usted no es de Albión. Y que la vea el menor número de personas posible. Estará a salvo si se queda en esta casa y el resto del mundo piensa que es solo una amiga que está de paso. Se irá pronto, de todos modos: encontraremos su libro y todo estará arreglado.

Tomé aire, un poco mareada. De pronto, la idea de tener que fingir ser una dama no me pareció nada más una broma. Me vi teniendo que interpretar un papel perfecto, uno de nativa de un mundo que apenas empezaba a entender. Creo que Marcus se dio cuenta de que la situación estaba a punto de superarme, porque apretó suavemente los labios y después se levantó para servirme un vaso de agua.

—Será mejor que se vaya a descansar.

—¿Puedo dormirme dentro de un sueño?

El conde titubeó. Yo no estaba preparada para que me dijera que no estaba soñando y él no parecía seguro de querer decirlo. Supongo que temía mi reacción tanto como yo temía lo que él podía responder. Llegó a separar los labios, pero me adelanté:

—No estoy cansada. Y ahora tengo muchas preguntas más.

Cerró la boca. Creo que fue la primera vez que sintió un poco de lástima por mí. Que vio la armadura tan fina con la que me estaba intentando proteger de lo que estaba pasando a mi alrededor. Supongo que por eso se volvió a sentar e hizo un ademán con una de aquellas manos enguantadas.

—¿Qué quiere saber?

Lo llamaste «lore». Yo jamás había escuchado la palabra y debió de notarse en mi cara, porque comenzaste a explicar:

—Me refiero a las bases de este mundo. Como cuando te dicen que la gente puede tener mutaciones que les dan poderes sobrenaturales y tú lo aceptas. O... yo qué sé. Qué tipo de gente vive aquí. O la historia que tengan: batallas, revoluciones, quién reinó cuándo.

—Aquí solo existe la reina Victoria...

—¿Victoria? —por alguna razón, te hizo gracia el nombre—. ¿Es en serio?

—Sí, aunque nadie la llama por su nombre, porque es la única reina que ha habido siempre.

—¿Siempre? ¿Cuánto tiempo es siempre?

—Seiscientos setenta y tres años, lo que lleva existiendo este mundo.

—¿Es una diosa o algo así?

—No, no creemos en dioses. Lo más parecido es la Creadora: la persona que se dice que escribió este mundo por primera vez.

Pero es solo una leyenda, un cuento: nadie la idolatra ni hay cultos en su honor.

—Entonces la reina solo es... inmortal.

Asentí. Parecías muy concentrada, como si estuvieras a punto de ponerte a tomar notas. Lo aceptabas todo como solamente se pueden aceptar las cosas que no terminas de creerte.

—Estaba aquí desde el principio, como las principales familias de nobles, que conforman su corte. Pero mientras que el resto envejecemos y morimos, ella siempre ha permanecido igual.

—¿Y tú formas parte de su corte también?

—En el sentido más estricto, sí. Pero los primeros en las líneas sucesorias, los que en algún momento heredamos un título, no servimos como caballeros en palacio: lo hacen nuestros hermanos pequeños. Como Rowan.

—¿Y por debajo están los...? ¿Cómo los llamaste? ¿Los visitantes?

—No todos los nacidos aquí son nobles: al final, a lo largo de los años, hubo visitantes que se quedaron e hicieron sus propias vidas y tuvieron hijos. Esa gente nace sin marca: son de Albión por derecho de nacimiento. Pero sí, los visitantes serían el último escalafón de nuestra sociedad, así que supongo que, a grandes rasgos, lo ha entendido.

—Bien. Y los visitantes vienen a través de los libros... y pueden volver a sus casas a través de ellos.

—Sí, y para eso necesitamos encontrar cada libro en concreto. Algunos visitantes aparecen con ellos. Otros los encuentran con el tiempo.

No te dije que había quienes no los encontraban nunca. Visitantes que, una vez aparecen, se encuentran en un callejón sin salida; no tan literal como el que te habías encontrado tú aquella noche, pero mucho más terrible. A ti ni siquiera se te pasó por la cabeza aquella posibilidad.

—Y tú me vas a ayudar a encontrar el mío.

Asentí.

—Necesito su nombre para eso. Completo.

—Daniela Ferrer. Pero nadie me llama Daniela si no es para regañarme, así que no lo uses contra mí.

—Como habrá notado, no tengo ninguna intención de llamarla por su nombre, señorita Ferrer, así que no tiene nada de qué preocuparse.

—Eres un encanto, ¿eh? —resoplaste.

Yo te ignoré.

—Y me vendría bien una descripción. Va a tener que hacer memoria: ¿se encontró con algún libro antes de acabar aquí?

—Trabajo en una librería, veo libros todos los días a todas horas, así que vas a tener que ser un poquito más concreto.

—¿Qué es lo último que recuerda antes de aparecer en aquel callejón?

Creo que estuviste a punto de decirme que los sueños no funcionaban así, pero debió de pasarte algo por la cabeza y te hundiste en el sillón, pensativa. No me había fijado demasiado en ti hasta entonces, pero cuando subiste los pies descalzos al asiento y te encogiste, envuelta en aquel camisón, me pareciste diminuta.

—Sí... que había un libro.

Me sorprendió que tu voz sonara tan titubeante. Nuestros ojos se cruzaron, pero tú los apartaste enseguida.

—Lo tomé de la librería. Era de los de segunda mano, de una biblioteca privada que estaban vendiendo. Las cajas estaban en el almacén y yo rebusqué entre ellas y... lo encontré. Me llamó la atención porque parecía muy viejo. Creo que se llamaba... *El mundo de los mil mundos.* Algo así. No tenía autor en la cubierta, solo era de color escarlata con filigranas doradas. No lo recuerdo muy bien, puede ser que tuviera estrellas en el lomo... Le eché un ojo por encima y me pareció un libro de cuentos, así que me lo llevé. Y luego llegué a casa y...

Y lo leíste. No lo dijiste en voz alta, en aquel momento no me diste los detalles de cómo fue, quizá porque te daba demasiado miedo pronunciar los recuerdos que se te habían acumulado en la cabeza. Te quedaste tan en blanco de pronto que quise alejarte de ese límite al que estabas a punto de llegar.

—Con esa descripción es suficiente —dije. Y tú despertaste. Me miraste, con un parpadeo confundido, y después asentiste con ganas.

—Y si encontramos el libro, despertaré.

—Cuando yo encuentre el libro —te corregí—, todo estará bien, sí.

Tardé más de lo esperado en concluir que no se puede discutir contigo, ¿sabes? Sobre todo cuando sacas toda tu terquedad a relucir.

—*Encontremos.*

—Yo soy el que se va a encargar, conozco a la gente adecuada. Y usted no puede salir de esta casa, ya se lo dije: no quiere darle la oportunidad a nadie de que descubra quién es.

—Nadie tiene por qué hacerlo: soy una gran actriz. ¿O no actué de manera impecable con tu hermano? Yo creo que le caí muy bien.

—Rowan no es lo peor con lo que se puede encontrar: hay gente que vería el engaño a la primera.

—Ah, ¿sí? ¿Quién?

42

Varios nombres cruzaron mi cabeza en ese momento. Había uno en especial que no quería pronunciar, así que decidí que no mencionaría ninguno.

—Nadie. Todo el mundo.

—Además de ser encantador, eres súper concreto.

Me puse en pie, dispuesto a acabar con aquella conversación. Tú hiciste otro tanto, como si no quisieras ser menos, y cruzaste los brazos sobre el pecho.

—Dame una oportunidad.

—No. No puedo confiar en que no se perderá en cuanto me dé la vuelta. O en que obedecerá si le pido que no diga ni una sola palabra, como ya demostró esta noche. Y le aseguro que todos sabrán que no es mi amiga en cuanto abra la boca. Es usted demasiado...

—¿Feliz? Es cierto que tú tienes bastante cara de amargado, sí.

Fruncí el ceño. En otro momento me habría callado, pero a lo largo de la noche habías conseguido el dudoso honor de agotar mi paciencia.

—No: es usted maleducada, malhablada, terca y demasiado directa. Es un resumen de mi primera impresión, pero puedo desarrollarlo.

—Y tú eres un pedante, aburrido, mimado y, como ya dije, amargado. Es un resumen de mi primera impresión, pero puedo desarrollarlo.

Me miraste desafiante y yo lo acepté, con la barbilla alzada tal y como me habían enseñado desde que era pequeño. No sé qué nos estábamos jugando aquella noche, en aquella mirada, pero ganaste tú cuando resoplé y fui el primero en desviar la vista y dirigirme hacia la puerta. Tú, sin embargo, no ibas a dejar que todo quedara así: me cortaste el paso, a pesar de que te sacaba media cabeza.

—Mira, conde: o me llevas contigo a buscar mi libro o me encadenas al poste de la cama, porque será literalmente la única manera en la que vas a conseguir que me quede aquí encerrada.

Volviste a pronunciar mi título como si fuera otro insulto que echarme a la cara, pero no permití que me afectara: ni tu expresión ni la frustración en tus palabras.

—Entonces le pediré a Yinn que consiga unas buenas cadenas, porque usted no va a ir a ninguna parte. En cuanto dé un paso más allá de mi jardín, no podré protegerla.

—¿Y a ti quién te dijo que necesito que me protejas?

Ni siquiera te respondí. Estaba cansado de aquella noche y también de ti, de tu insistencia, de aquel carácter que no parecía que fuera a poder controlar. Había sido un día muy largo.

Aunque ni la mitad de largo de lo que sería el siguiente.

# Dani

Desperté con el recuerdo de Lía gritando mi nombre.

Cuando empecé todo esto, te dije que Lía no estaba y que ese había sido precisamente el problema. La noche anterior, mientras hablaba con Marcus en su despacho, había pensado en ella de verdad por primera vez desde que había llegado. Mientras le hablaba al conde de aquel libro que había encontrado, recordé que lo había estado leyendo con ella. Nos habíamos tomado una botella de vino después de un día agotador en nuestros trabajos y después habíamos abierto el libro. Quise enseñárselo y ella, como tantas otras veces con tantos otros libros, me dijo que le leyera en voz alta como si fuera Blackwood, el trovador que a veces yo interpretaba en las partidas de rol que jugábamos con nuestro grupo de amigos.

Y entonces llegó la luz y Lía gritó mi nombre.

Abrí los ojos de golpe, jadeando. Y entonces la que gritó fui yo, aunque no por mi sueño, sino porque una carita redonda de ojos verdes y curiosos me miraba desde arriba.

La primera vez que vi a Lottie pensé que era una muñeca o que la habían sacado de un anime. Ella sí que parecía una *magical girl*, con su vestido de holanes y sus caireles negros perfectos. El siguiente grito fue suyo. Se echó atrás, sorprendida, y después procedió a fruncir el ceño y chistarme:

—¡No grites! ¡Van a saber que estoy aquí!

Por supuesto, ella podía provocarme un infarto, pero yo no podía responder de manera lógica a una desconocida que me miraba dormir. Me incorporé, confusa, con la espalda pegada a la cabecera de la cama. Lancé un vistazo rápido alrededor para ubicarme. Seguía sin estar en mi casa. Lía seguía sin estar ahí. En su lugar, en esa cama que no era mía, había una niña que podría haber sido una nueva versión de Claudia de *Entrevista con el vampiro*.

—¿Quién eres tú? —estoy segura de que la voz me salió ahogada, pero ella no pareció darse cuenta de mi estado de histeria.

—¡Oh! ¡Me llamo Lottie! Bueno, Charlotte, pero nadie me llama así a no ser que estén enojados conmigo. Y no quiero que nadie se enoje conmigo, pero lo harán si saben que estoy aquí, así que... —se puso el dedo sobre los labios.

Bueno, no parecía peligrosa. Y al hablar no se le veían los colmillos.

—¿Por qué estás aquí si te dijeron que no puedes?

—Porque conocer a una visitante siempre es mejor que estar en clase. ¿Cómo te llamas? ¿De dónde vienes?

—Me llamo Dani. Y vengo pues... de Madrid. Aunque dudo que eso te diga nada.

—Nada en absoluto —confirmó ella—. ¿Cómo es?

—Eh... ¿Una ciudad contaminada?

—Ah, vaya. ¿Qué tan contaminada? ¿Tienen que usar máscaras? Una vez vino a casa un visitante que iba todo el tiempo con una y le daba miedo quitársela por si se ahogaba.

—No tan contaminada, pero dale unos años. ¿Y tú... vives aquí?

—¡Claro! ¡Soy...!

—Charlotte.

Las dos levantamos la mirada para ver a Yinn bajo el umbral de la puerta, que estaba haciendo un esfuerzo por mantener una expresión seria a pesar de que estoy segura de que le hacía gracia que la niña se hubiera escapado de sus clases. Lottie compuso una expresión angelical y pestañeó de manera tan encantadora que estoy segura de que en la otra punta del mundo se originó un huracán.

—¡Yinn! —exclamó ella, adorable.

—No deberías estar aquí. Tu maestra te está buscando por toda la casa.

—Estaba saludando. Mi maestra, precisamente, siempre dice que debo ser educada, y no dar la bienvenida a una invitada no sería nada educado...

—A tu papá no le va a gustar.

—Y por eso no tiene por qué enterarse.

—¿Su papá?

Para entonces ya había dado por hecho que aquella niña debía de ser la hermana pequeña del conde. Sin embargo, que mencionara a su padre me sorprendió, porque también había dado por hecho que no había más adultos en aquella casa.

—El conde —matizó Yinn.

Asentí de manera automática. Y dos segundos más tarde entendí lo que estaba diciendo.

—Pero si no puede ser mucho mayor que yo —dije, incrédula. Y después me volteé hacia la niña—. ¿Cuántos años tienes?

—¡Voy a cumplir nueve pronto! Aunque todo el mundo dice que soy muy alta para mi edad, como ya habrás notado —y se puso en pie de un salto como si quisiera demostrarlo.

—¿Y ese estirado es tu papá? ¿Cuántos años tiene él?

—Veintisiete, pero no creo que le guste que hables así de él...

Levanté tanto las cejas que creo que me tocaron la línea del pelo. Aquello eran solamente tres años más de los que yo tenía. Pensé que quizá por eso tenía esa actitud de estar consumido por la vida: la paternidad adolescente tenía que ser algo muy complicado.

Yinn carraspeó y se acercó a la niña para ponerle las manos sobre los hombros.

—Alguien debería volver a clase —dijo antes de guiarla hacia la salida.

—¡Todavía tengo preguntas!

Ya éramos dos.

—Las preguntas que importan se las puedes hacer a tu maestra...

—¿No debo hacerme preguntas sobre el mundo que me rodea? Esto también es aprender —y con un movimiento preciso, se coló debajo del brazo de Yinn para volver hacia mí—. ¡Voy a necesitar mucha información cuando papá empiece a llevarme con él a devolver gente a sus mundos!

Me pareció una niña terrible que debía de traer al conde por el camino de la amargura. Quizá por eso la adoré de inmediato.

—Parece que somos almas afines —concluí, y di un par de palmadas en el colchón para que volviera a sentarse a mi lado—. Yo también siento curiosidad por muchas cosas. ¿Qué te parece si hacemos un intercambio? ¿Información de mi mundo a cambio de información del tuyo?

Lottie puso una cara que podría haber tenido cualquier niño la mañana de Navidad. Yo era su regalo, un regalo con un montón de datos sobre un lugar que no conocía pero que existía al otro lado de las páginas de algún libro. Y ella era el mío, dispuesta a contarme detalles que necesitaba si quería saber más de aquel mundo: cómo se comportaba la gente, qué cosas podía hacer, cuál debía ser la actitud de una invitada en la mansión de un conde, incluso qué nombres eran los más comunes.

Marcus Abberlain me había dicho que yo no iba a volver a pisar el mundo más allá de su jardín, pero yo nunca había prometido hacerle caso.

Solo tenía que saber qué tipo de persona tenía que ser allá afuera.

## Marcus

Sé que, si te lo hubiera dicho en algún momento, te habrías burlado de mí, pero cuando me levanté aquella mañana pensé que habías traído la primavera contigo. El cielo estaba despejado pese a que llevábamos varias semanas de mal tiempo y la lluvia bajo la que habíamos caminado la noche anterior parecía parte de un sueño. Aunque no hacía calor todavía, soplaba una brisa que prometía cambio de tiempo y los primeros capullos de flor en las ramas de los cerezos del jardín.

Pese a nuestro choque la noche anterior, estaba dispuesto a hacer como si nada y tratarte como habría tratado a cualquier otro visitante. Mientras desayunaba, le pedí a Yinn que te despertara para hacerte unas últimas preguntas sobre tu libro y ponerme a trabajar para que pudieras marcharte cuanto antes.

Me extrañó terminar el desayuno antes de que Yinn volviera, así que me levanté dispuesto a buscarte yo mismo. Y entonces aparecieron ustedes, antes de que pudiera llegar a las escaleras. Creo que esa mañana fue la primera vez que me tomé la molestia de fijarme de verdad en ti. La noche había sido larga y la penumbra no había ayudado. Después, en el despacho, ibas solo con un camisón y no me había parecido adecuado estudiarte. Pero en ese momento, bajo la luz de un nuevo día, te vi de forma diferente. Me llamó la atención verte vestida con ropa de Albión, de traje en vez de con falda, igual que lo hizo el hecho de que te movieras con seguridad a pesar de estar en una casa que no conocías, en un mundo que te era extraño.

Lottie iba a tu lado, parloteando como hace siempre que está cómoda con alguien. Ni siquiera me vieron al principio. Continuaron hablando como si no estuviera ahí:

—Y a ti no te gusta ella —estabas diciendo.

—Siempre me trata como si fuera tonta. Si mi papá se casa con la señorita Crossbow, seguro que ella querrá mandarme a una escuela muy lejos. O a lo mejor se deshace de mí y me tengo que convertir en el fantasma de la familia...

Te reíste de la cara de terror de Lottie, que había abierto mucho los ojos. Y en medio de esa risa, te diste cuenta de mi presencia.

—Hablando del casanova...

No sabía lo que era un casanova, pero lo habías pronunciado igual que pronunciabas mi título, así que supuse que no sería nada bueno.

—¡Buenos días, papá!

Lottie saltó de dos en dos los escalones que le faltaban para llegar abajo y se plantó ante mí con su mejor expresión de inocencia.

—¿Tú no deberías estar en tus lecciones?

—¿No debería ser parte de mis lecciones aprender cosas sobre otros mundos? ¡Dani me ha estado hablando del suyo! ¿Sabías que tienen libros con una sola página, que vas pasando con un dedo? ¿Crees que puede salir gente de esos libros?

Lottie estaba tan emocionada como siempre que se involucraba con un mundo nuevo. Yo me fijé en cómo intentabas imitar una de sus expresiones de inocencia. No te salió ni la mitad de bien que a ella.

—Creo que en el mundo de nuestra invitada la mayoría de los libros son solo eso. Aunque no me pareció que estuvieran hablando de eso.

Lottie tuvo la decencia de ruborizarse un poco. Tú, por supuesto, sonreíste y te metiste las manos en los bolsillos del pantalón.

—¿Escuchando conversaciones ajenas, conde? Todavía me estoy adaptando, pero juraría que eso no es muy educado...

—Es peor hablar mal sobre otras personas. ¿No es cierto, Charlotte?

La niña se envaró al escuchar su nombre completo.

—¡Pero no estábamos hablando mal de ti!

—No estábamos hablando mal de nadie —apoyaste—. Tu hija me estaba explicando los entresijos de su clasista sociedad.

Aportando nombres para mi estudio del lore, ya sabes. La verdad es que se está poniendo cada vez más interesante. Sobre todo, el árbol genealógico de los Abberlain.

No me gustó tu tono. Fue como si encontraras muy divertido que tuviera una hija, como si una parte de ti me estuviera juzgando. Había tenido que encarar aquello las veces suficientes como para no estar dispuesto a permitirlo en mi propia casa.

—¿En su mundo la gente no tiene hijos, señorita Ferrer?

—Sí, pero viéndote a ti con una, me pregunto si aquí no se harán de otra manera.

Entrecerré los ojos y tú ampliaste aquella sonrisa socarrona.

—Es hora de volver a tus clases, Charlotte. Yo tengo que hablar con nuestra invitada.

—¡Pero íbamos a desayunar juntas!

—Tú ya desayunaste.

—Sí, pero ella no y...

—A tus clases. Si te portas bien, podrás preguntarle cosas de su mundo en el descanso.

Lottie abrió mucho los ojos y asintió con ímpetu antes de correr escaleras arriba para volver al cuarto que usaba como aula. Tú la seguiste con la mirada, divertida, aunque luego te volteaste hacia mí. Parecías estar esperando lo que tuviera que decirte, con las cejas alzadas y aquella expresión con la que me dejabas claro que no me tomabas en serio. Yo entrecerré los ojos y me acerqué a ti. Odié que estuvieras un poco por encima de mí gracias a las escaleras.

—Creo que usted se ha hecho una idea errónea de todo lo que está ocurriendo, señorita Ferrer, pero no necesita saber nada más aparte de lo que ya le expliqué ayer. Y, desde luego, si tiene alguna opinión sobre mí o sobre mi familia, puede guardársela: le aseguro que ya he escuchado cualquier cosa que tenga que decir. ¿Lo ha entendido?

—¿Siempre tienes tan mal humor o solo no te gustan las bromas sobre sexo?

Me negué a responderte, porque sabía que si lo hacía acabaríamos metidos en otra discusión. Y no era eso lo que quería: lo que quería era perderte de vista cuanto antes.

—¿Ha recordado algo más de su libro? —atajé, con dureza.

Tú dudaste. Me miraste, precavida, y en aquella batalla fuiste tú la que apartó la vista, aunque no creo que sintieras ninguna derrota. Te vi cruzar los brazos y me pareció un gesto de autoprotección.

—¿Pueden viajar más personas por medio de un libro?

—¿Qué?

—Estaba con una amiga cuando leí el libro. Me preguntaba si sería posible que... Pero no, ¿verdad?

Aunque creo que intentaste evitarlo, sonabas preocupada. Como si estuvieras valorando por fin cuánto de realidad podía haber en lo que te rodeaba, como si estuvieras empezando a asustarte. Y, en parte, ni siquiera temías por ti.

Bajé la vista a mis guantes para no tener que mirarte a ti y fingí entretenerme en ajustarlos.

—Es... poco usual.

Pero eso no significaba que no pudiera pasar. En una ocasión había devuelto hasta tres personas que habían aparecido juntas, dos chicas y un chico que vestían de manera bastante parecida a como ibas tú el día anterior y que también habían creído estar en un sueño. Los recordaba porque una de las chicas, pelirroja y con pecas, había estado repitiendo todo el tiempo: «Ojalá cuando me despierte me acuerde de todo para poder escribirlo».

Sin embargo, casos como aquel eran excepcionales.

—Pero puede ocurrir —concluiste, con los ojos fijos en mí.

No lo negué. No iba a mentirte.

—Quizá quiera... darme algún dato de esa amiga suya. Por si acaso. Si vino, la encontraré. No pudo haber aparecido muy lejos.

Tú respiraste hondo. Jalaste el chaleco azul oscuro que te habías puesto esa mañana.

—Se llama Lía, Lía Rodríguez. Es... de mi estatura, más o menos, un poco más alta, más delgada. Tiene los ojos de distinto color: uno verde, otro café. Y tiene el pelo rosa, teñido.

—No es un aspecto habitual aquí. Si apareció, alguien la habrá visto, se lo aseguro.

Hubo un segundo de silencio, tenso. Cuando asentiste, lo hiciste con demasiada lentitud.

—Okey.

—Será mejor que vaya a desayunar.

—Sí.

Avanzaste en la dirección en la que te indiqué con un ademán. Tras pasar por mi lado, sin embargo, te volteaste de nuevo hacia mí. Por la forma en la que moviste los labios antes de hablar, supe que había algo más en tu cabeza.

—Una... cosa más. Anoche hablaron de cazadores —la palabra sonó atragantada, pero fingiste que no—: ¿Qué hacen? No me lo has dicho. Y tu hija no me habló de ellos.

Titubeé. Supuse que aquello también era por tu amiga. Por lo que podía pasarle.

—Hay cosas que no se cuentan a los niños —creemos que es para que no tengan que buscar cada noche debajo de su cama, pero a veces también es para no despertar a los monstruos que duermen debajo de las de los adultos. Yo no le había contado muchas cosas a Charlotte y me acabaría arrepintiendo—. Los cazadores sirven a ese orden del que le hablaba ayer. Se encargan de... interceptar visitantes.

No quise dar más datos y no sé si fue peor, porque eso significaba dejar libre tu imaginación. Pero es que prefería no decirte lo que ocurría después con esos visitantes. La noche anterior ya habías llegado a la conclusión de que este mundo era injusto, pero no quería que vieras hasta dónde había llegado la podredumbre. Tampoco quería que te preocuparas más por tu amiga, cuando ni siquiera sabíamos si estaba aquí.

—De acuerdo —me sorprendió que no siguieras preguntando—. Voy a...

Señalaste por encima de tu hombro, te diste la vuelta y entraste en el comedor. Yo te seguí con la mirada. Cuando sentí a Yinn acercarse a mí, tomé el libro que me tendía sin apartar la vista de la puerta tras la que habías desaparecido.

—¿Vamos a salir? —me preguntó él.

Aparté la vista para observar el volumen que tenía entre mis manos, el mismo que habíamos usado para mandar de vuelta a la visitante de la noche anterior. Horas atrás había estado lleno de magia, con las tapas cálidas y ese halo de energía que a veces se queda anclado a las páginas tras abrir un portal a otro mundo. En ese momento era otro objeto inanimado más.

—Iré yo solo. Necesito que te quedes.

Yinn sonrió e inclinó la cabeza hacia un lado.

—No la perderé de vista.

# Dani

Lía podía estar en aquel mundo.

Lo que hasta el momento había sido una idea en el fondo de mi cabeza, de pronto era una posibilidad real que no me permitió pensar en nada más. Lía, lo más valioso que tenía en mi vida, podía haber caído en aquella realidad extraña, en aquel mundo en el que se esclavizaba a las personas que, como nosotras, llegaban desde otros lugares. Y aquello, fuera un sueño o no, era algo ante lo que no podía quedarme quieta.

Para empezar, no podía quedarme en aquella casa.

Desde el comedor escuché que la puerta de la entrada se abría y se cerraba. Supe que el conde se había marchado porque Yinn entró un segundo después en la habitación. Me sonrió, pero yo entendí en aquella sonrisa que no iba a quitarme los ojos de encima.

Así que me armé de paciencia. Me hice la despistada y le devolví la sonrisa. Hablamos, y yo fingí mantener la calma mientras él se sentaba conmigo y me explicaba que él no comía porque los genios estaban por encima de necesidades tan humanas.

—Entonces... —pregunté, mientras tomaba un sorbo de té—. ¿Ayudas al conde con los visitantes?

—Sí, podría decirse que sí.

—¿Hay algo en tu magia que pueda ser útil para ello?

—No para todo se necesita magia: a veces ayudo con mi gran encanto. Pero sí, supongo que mi magia es útil. Ayer, por ejemplo, encontramos a la criatura porque el rastro de magia que dejaba tras de sí era muy fuerte: en parte porque prácticamente acababa de llegar, en parte porque también era una criatura a la que la magia le afectaba. Ese tipo de cosas me resultan fáciles de percibir.

Tuve que cruzar los tobillos para no empezar a mover las piernas con nerviosismo.

—¿Y puedes sentir mi magia? —pregunté, con un nudo en la garganta—. La que me trajo aquí, quiero decir.

—Sí, pero es muy tenue. Y desaparece por momentos. Si esto es por tu libro, no es tan fácil seguir el rastro en casos como el tuyo, cuando son solo... humanos. Pero tanto yo como el conde haremos todo lo que esté en nuestra mano, te lo aseguro.

Se me pasó por la cabeza preguntar a cuántas personas habían conseguido ayudar hasta aquel momento. No a todas, si había gente que era esclavizada, ¿no? Si no lo pregunté fue porque estaba segura de que la respuesta me bloquearía más y no podía permitírmelo. Cada segundo que perdía en esa casa era un segundo en el que no estaba buscando a Lía. Aunque con ella ni siquiera tuviera una pista de por dónde empezar a buscar.

Decidí cambiar de tema y pedirle que me explicara cómo había sido para él llegar a aquel mundo, las diferencias con el suyo. Lo hice porque necesitaba que pensara que no estaba preocupada, para que creyera que confiaba en Marcus y en su capacidad para devolverme a casa. La verdad, sin embargo, era que no lo hacía en absoluto. Le había visto la cara al conde cuando le había preguntado por las posibilidades de que Lía estuviera ahí. Había visto cómo me había apartado la mirada. Sus explicaciones sobre los cazadores habían sido demasiado vagas, lo cual probablemente significaba que todo era peor de lo que parecía. No podía dejar de pensar en todo aquello, como no podía dejar de pensar en la noche anterior en mi mundo. El libro entre nosotras. La luz que irradió. El grito de Lía.

Con el desayuno acabado, le dije a Yinn que tenía que ir al baño y que me esperara, que todavía tenía un montón de preguntas más. Él me dijo que respondería a todo lo que necesitara. Supongo que consideró que, si intentaba salir por la puerta, se daría cuenta. Y, por supuesto, no lo permitiría.

Pero yo no pensaba salir por la puerta.

En cuanto llegué a mi habitación me apresuré hacia la ventana. Durante el desayuno había estado pensando en cómo hacerlo, en si había alguna manera de escapar que no fuera demasiado compleja ni escandalosa, y había llegado a una posibilidad. Cuando me asomé a la ventana, comprobé que la hiedra en la que ya me había fijado la noche anterior crecía alrededor de celosías. No sabía cuánto peso podían aguantar pero quizá podían servirme de agarre. Tampoco es que tuviera muchas más alternativas.

Intenté ignorar el vértigo en cuanto abrí la ventana y me senté en el alfeizar, con las piernas afuera. El corazón me latía con fuerza. Estuve a punto de echarme atrás: la caída parecía peligrosa. Pero recordé el libro, la luz, el grito. Justo en aquel orden que había estado repitiendo desde que me había despertado.

El grito de Lía iba después de la luz.

El grito fue mientras yo caía. Y empezaba a estar segura de que no lo había hecho sola.

Por eso me agarré a las celosías entre las plantas. Por eso ni siquiera me importó cuando, a un par de metros, resbalé y caí. Porque en aquel mundo había peligros peores que aquella altura y no iba a dejar que ninguno de ellos alcanzara a mi mejor amiga.

Te lo dije, ¿verdad? Si Lía hubiera estado conmigo cuando desperté en aquel callejón, todo habría sido muy distinto.

*Marcus*

No importa si quieres encontrar un libro o a una persona: sea cual sea la información que busques, Alyssa Dubois puede dártela. A veces tarda unos días, pero en muchas ocasiones sabe qué voy a pedirle incluso antes de que abra la boca. Y si nadie que ella conozca ha escuchado ni una palabra al respecto, es probable que tu investigación haya llegado a un callejón sin salida.

Alyssa, aparte de una maravillosa informadora, es también mi mejor amiga. Es el último lazo que me queda con la persona que fui en el pasado. Estuvo ahí cuando traté de recomponer mi corazón roto. Cuando mi madre se fue y mi padre murió. Estuvo ahí cuando no tenía ni la menor idea de cómo cuidar de un bebé, incluso si a ella tampoco se le daba demasiado bien.

Aquel día me estaba esperando en la entrada del patio, con un chal café sobre los hombros. Su casa se encuentra entre el laberinto de calles que existe tras cruzar el puente, en un callejón que termina en un estrecho túnel. Al final del túnel hay una puerta de hierro que nunca se cierra y más allá está el patio cuadrado lleno de columnas de madera y el gran edificio. La casa de Alyssa sirve en realidad de albergue, de orfanato, de escuela y de cualquier cosa que sea necesaria.

Según ella, es el mejor uso que podría haberle dado a la pequeña fortuna que consiguió salvar antes de que sus padres la desheredaran.

—Me dijeron que enviaste al visitante de vuelta a casa —me dijo en cuanto llegué a su altura. Un niño pequeño, uno de sus jóvenes informadores, se soltó de su falda y echó a correr al verme.

Saqué el libro del interior de mi abrigo y se lo tendí. Sus chicos habían sido quienes los habían encontrado, tanto a la criatura como el ejemplar, así que era justo que se lo diera. Ella lo apretó contra su pecho.

—¿Té?

Caminamos juntos a través del patio, donde un grupo de jóvenes jugaban a perseguirse entre las columnas. Alyssa les llamó la atención cuando una de las niñas intentó subirse a una gran maceta. Ni siquiera necesitó alzar la voz: aquel era su reino.

Una de las habitaciones de la casa era una pequeña biblioteca que funcionaba también como su despacho. Aunque quizá si te digo que era una biblioteca te imagines un orden que no existía. Solo había dos estanterías que alguien había montado hacía ya diez años y ninguna de las dos tenía los estantes demasiado rectos. Alyssa, sin embargo, se negaba a sustituirlas. Había acumulado los libros en ellas hasta que el peso había empezado a combar las tablas y, cuando se quedó sin sitio, empezó a apilar los libros en el suelo. A un lado del cuarto, estaban aquellos que habían ayudado a devolver a gente a su hogar. Al otro, los libros sin dueño, esperando a ser encontrados o abandonados para siempre, parecían estar mirándome.

Me senté en una silla tras apartar un par de volúmenes y Alyssa se sentó enfrente de mí tras servir el té. No me hice del rogar: le conté cómo te había encontrado. Le conté que estabas a salvo. Le describí tu libro y lo que sospechabas que podía haber pasado con tu amiga. Alyssa no me interrumpió. En algún momento se puso a garabatear notas en un papel sobre todo lo que le iba diciendo.

—Podrías haberla traído aquí —dijo—. Podría haberme encargado de ella.

No era un ofrecimiento nuevo. El papel autoimpuesto de Alyssa era justo ese: ayudar a los visitantes recién llegados. Les daba refugio, les enseñaba lo que tuvieran que saber de Albión y les daba seguridad. Si no traían su libro con ellos, les explicaba lo que eso suponía y, si estaban de acuerdo, los marcaba. Alyssa había dejado de ser la heredera de su familia mucho tiempo atrás, pero nadie podía quitarle la sangre que le corría por las venas y ella había decidido usarla para que nadie más pudiera reclamar a los visitantes a los que prometía protección.

—Tú ya tienes las manos llenas.

—Y tú vas a tenerlas si alguien empieza a husmear, Marcus. ¿O crees que no estarán hablando ya de que el conde Abberlain tiene una invitada en su casa? ¿Qué dirás si tu hermano quiere verla? ¿Piensas mantenerla encerrada en su cuarto hasta que encuentres su libro?

—¿Y qué alternativa tenía? ¿Decirle a Rowan que era una visitante sin libro, para que me obligara a marcarla o se la llevara a palacio como querían hacer con aquella niña?

Aly hizo una mueca, consciente de que yo tenía razón.

—Está bien, le diré a todo el mundo que esté atento. Si encontramos su libro rápido, quizá podamos evitar el desastre. Pero si no, más vale que te inventes una buena historia para ella y para su supuesta amistad. Sabes que va a despertar la curiosidad de la gente.

—No entiendo por qué alguien debería investigar sobre una amiga mía.

—¿Quizá porque no tienes amigas?

—Tú eres...

—La excepción en tu vida de ermitaño. Por lo cual, precisamente, es extraño que ahora haya una desconocida durmiendo en tu casa, una con la que te paseas del brazo por la noche. Sabes lo que están pensando ahora mismo en la corte, ¿verdad?

Hice una mueca. No quería pensar en ello y, al mismo tiempo, supuse que ya era muy tarde para evitarlo.

—Será... una amiga de la costa. Una casi tan solitaria como yo.

—Gran excusa, muy elaborada —se burló—. A lo mejor sí deberías preparar a esa chica, como quería ella, y ayudarle a interpretar ese papel. Ambos sabemos que se puede, ¿no? Solamente necesita una historia y un buen disfraz.

No me atreví a responder. Extendí el brazo y me tragué el té en un intento de tragarme también mis pensamientos. La idea de ocultarte donde todo el mundo podía verte volvió a mi cabeza. Si Alyssa no había encontrado ningún libro como el tuyo todavía, si realmente habías caído con otra persona, aquello podía alargarse más de lo que había esperado la noche anterior, y tampoco quería tenerte encerrada en mi casa durante días. Pero ya te lo he dicho: me costaba salir del camino marcado. Me daba miedo perder el control. Y enseñarte todo lo que debías saber tampoco me agradaba demasiado. No quería pasar más tiempo del necesario contigo.

Aunque nunca es tarde para cambiar de planes.

Sobre todo cuando te ves obligado a ello.

## Dani

Ver Amyas a la luz del día era como traspasar las páginas del libro otra vez: acceder a un mundo completamente nuevo y distinto. La noche anterior todo había estado callado y desierto, pero aquella mañana descubrí que Albión tenía *vida*. Pude ver las casas de estilo clásico, los escaparates llenos de mercancía, los colores que llenaban cada rincón. Las calles las recorrían distintas especies que iban de un lado a otro: un hada cargaba una bolsa por el aire, un ser que parecía de piedra escoltaba a una dama.

Más adelante apreciaría las diferencias entre la gente, las vestimentas propias de aquel mundo mezcladas con las ropas de quienes se negaban a dejar atrás sus raíces. En aquel momento, sin embargo, toda aquella información visual, todo aquel ruido, me mareó. De pronto, haber salido no me parecía la mejor de mis ideas, pero la alternativa (quedarme en casa como un animal enjaulado) tampoco sonaba a buena opción.

Caminé rápido, casi corriendo. Mientras intentaba recordar las calles por las que habíamos pasado la noche anterior, recorrí la avenida y me perdí. No sabía dónde estaba y, sí, cuando me di cuenta pensé en Marcus, en que me había advertido, en que si todo aquello era real (una parte de mí ya sabía que era real, lo sabía, pero no quería admitirlo) a lo mejor no debería haberme alejado de la casa, de la protección que me había ofrecido.

Y entonces encontré el callejón.

Y los recuerdos se negaron a seguir escondiéndose y vinieron de golpe.

Estábamos en la sala. Lía se reía de mi exasperación por los clientes del día, mientras yo bebía. Acomodó su cabeza en mi regazo. Como tantas otras noches, me pidió que le leyera, porque ella apenas lee, pero siempre quiere escuchar cómo lo hago yo. Tomé el libro. Las palabras se deslizaron sobre mi lengua, una historia sobre un mundo hecho de mil mundos más.

El libro ardió en mis manos. Lo dejé caer. La luz se agarró a mis pies y jaló.

Yo grité primero. Lía se lanzó para atraparme, su mano llegó a agarrar mi muñeca y sus uñas se clavaron en mi piel mientras jalaba, pero lo que me había apresado lo hacía mucho más fuerte. Lo que me llevaba trepó por mis brazos y también se aferró a ella.

Entonces fue Lía quien gritó. Caímos. Su mano soltó la mía como si algo la empujara con fuerza hacia otro lado.

Después, nada.

Desperté con el aullido.

Sola.

Bajé la vista hacia mi muñeca, hacia el arañazo apenas perceptible que había sentido al despertar. Aquel rasguño pertenecía a las uñas de mi amiga. Era el último esfuerzo que había hecho por mantenerse junto a mí.

—Lía —susurré.

Pronunciar su nombre fue una manera de terminar de hacerla real, de intentar traerla de vuelta. Y después dejé de pensar.

Esto también te lo dije al principio: puede que muchas de las cosas que he hecho no hayan tenido ningún sentido. Desde luego, ponerme a gritar el nombre de mi amiga en aquel callejón no parecía útil ni recomendable si pretendía pasar desapercibida. No me importó. Grité ahí y después lo hice también en la avenida. Supongo que la gente se me quedó mirando, pero la verdad es que no fui consciente de nada de eso. Todo está borroso por el pánico, por la ansiedad, por el miedo.

—¡Lía!

Demasiados cuerpos, y ninguno era el que buscaba.

—¡Lía!

Demasiados colores, pero el rosa del pelo de mi amiga no estaba.

—¡Lía!

Demasiado ruido, pero ninguno de los sonidos era su voz.

El momento en el que desperté de aquel estado fue cuando alguien me agarró de la muñeca.

Me revolví de inmediato, con más fuerza de la que fui consciente. Fue una respuesta visceral, de sincera repulsión ante el tacto de otra persona. Me dio miedo que si alguien me tocaba pudiera hacer desaparecer el rastro que ella había dejado en mi piel, como Yinn había dicho que se perdía el rastro de la magia de los libros. O quizá solo estuviera demasiado tensa, demasiado asustada. Sea como sea, me volteé demasiado rápido, como un animal herido que tiene que protegerse.

Frente a mí había un chico vestido de blanco.

Levantó las manos en señal de rendición, como si lo hubiera asustado. Ahora estoy segura de que no lo hice, ni mucho menos. De hecho, apostaría a que le hice gracia. No recuerdo bien qué expresión puso, pero puedo imaginarla: la sonrisa torcida, las cejas levantadas, los ojos grises tan brillantes como apagados.

Aquella fue la primera vez que vi a Seren Avery. No supe qué esperar de él y eso también se convertiría en algo habitual.

Sin embargo, sí sabía qué esperar del uniforme que llevaba. La noche anterior había aprendido a asociar aquellas prendas (el color blanco, la rosa de cobre en la pechera, la espada) a un posible peligro, así que me puse más tensa cuando ladeó la cabeza y dijo:

—Venía a ofrecerle ayuda, pero parece que se las arregla sola.

Recordé de golpe dónde estaba. Las normas que el conde me había dictado la noche anterior. La marca en mi hombro. La conversación con Rowan. Miré alrededor y comprobé que había gente que se fijaba en nosotros y murmuraba. Aparté la vista como si con aquello fuera a conseguir que todo el mundo hiciera lo mismo conmigo.

Tardé dos segundos larguísimos en respirar hondo y pensar lo más rápido que pude. Casi sin querer, Marcus Abberlain me había dado un personaje la noche anterior. Uno demasiado básico, pero un personaje, al fin y al cabo. Y yo podía jugar con eso, podía fingir que estaba en una nueva partida de rol, que aquel era un escenario, que solo tenía que interpretar un papel.

—Disculpe. Estaba... Estoy... Perdí a alguien.

El chico bajó las manos que había mantenido en alto y su expresión cambió a la curiosidad.

—¿Perdió a alguien? ¿Ahora mismo?

—No, yo... Ella...

No sabía cuánto podía decir, pero Marcus me había dejado claro al menos una cosa: nadie debía saber que yo no era de Albión. Desde luego, no los caballeros, que llevaban visitantes ante la reina. También había dicho que el aspecto de Lía no era habitual en aquel lugar. A mí Yinn me había dado otras ropas, casi otra apariencia, un disfraz. Lía debía de estar en algún lugar con su pelo rosa y la ropa de nuestro mundo.

—Es mi sirvienta —dije. No tengo claro que no me temblara la voz. Levanté la vista. El chico había apoyado una de sus manos en la empuñadura de su espada—. Perdí a mi sirvienta.

El caballero entrecerró los ojos. Miró alrededor, se fijó en los curiosos que seguían lanzándonos miradas de soslayo y les sonrió como si no pasara nada. Me hizo un ademán para que lo siguiera y yo sentí que el corazón me bajaba hasta el estómago, pero no pensé que tuviera alternativa.

—¿De qué familia viene? No me suena su cara.

Necesitaba un nombre. Uno que no fuera Daniela Ferrer, que no me pareció que sonara para nada a nombre de aquel lugar. Me sudaban las manos, pero traté de esbozar una sonrisa. Hice un repaso mental de todos los personajes que habíamos inventado Lía y yo durante años de partidas de rol y, al final, dije:

—Blackwood. Danielle Blackwood.

Él entornó los ojos, pensativo.

—Nunca había escuchado ese apellido.

—No soy de la capital —respondí, de manera automática.

—Entiendo. Y dice que perdió a su sirvienta.

—Así es.

—¿Y probó ordenarle que vuelva con usted?

Ni siquiera sabía que aquello se podía hacer. ¿No había límites para aquella magia? ¿Una orden dada a distancia seguía siendo una orden de la que no podías escapar? Trastabillé. Él me agarró del brazo. Tenía los ojos demasiado fijos en mí y yo recordé a Marcus diciéndome que podía haber gente que viera el engaño a la primera.

—Preferiría... no llegar a ese límite si puedo evitarlo.

—¿De veras? ¿Por qué? Es su sirvienta, ¿no? ¿Los sirvientes no están para eso?

—Yo... Bueno...

—¡Dani!

No sé qué me sorprendió más: si escuchar la voz del conde o que me llamara por mi nombre. Pero cuando me volteé y lo encontré apresurándose hacia mí, sentí alivio de verlo.

El sentimiento, por supuesto, no fue recíproco.

## Marcus

Siendo justos, ni siquiera te vi a ti primero. Volvía a casa cuando distinguí el uniforme blanco por el rabillo del ojo y sentí como si me hubieran golpeado. Seren y yo no solíamos cruzarnos y, cuando lo hacíamos, yo lo evitaba. Estaba dispuesto a hacer justo eso, a perderme entre la gente para no tener que cruzarme con él, cuando te vi a su lado. No creo que llegara a entender qué hacías ahí. No razoné que si estabas en la calle era porque te habías escapado. Ni siquiera se me pasó por la cabeza regañarte. Todo eso llegaría más tarde.

Lo único que pensé fue que, si alguien podía descubrir de dónde habías salido, si alguien podía ver a través de cualquier mentira que yo pudiera fabricar, ese era Seren.

—Al fin te encuentro —dije cuando te alcancé—. Te dije que no te separaras de mí.

Creí que te costaría más reaccionar, pero tú me miraste y deslizaste tu brazo fuera de la mano de Seren para acercarte a mí. Me pareció lo más inteligente que podías hacer.

—Lo siento, me distraje. Creí... Creí ver a Lía, pero...

No sabía qué tenía que ver tu amiga en aquello ni qué historia habías estado contando antes de que llegara, pero decidí seguirte el juego. Esperaba que mi titubeo se viera desde afuera como simple preocupación.

—La encontraremos. No te vuelvas a apartar. No quiero tener que buscar a dos personas en vez de a una —extendí las manos para apretar suavemente tus brazos y apartarte así más todavía—. ¿Estás bien?

No te lo pregunté solo por preocupación. Sabía que estabas bien. Y que, si no lo estabas, no lo ibas a mostrar. Pero también estaba intentando ganar tiempo.

—Sí. Yo... Le estaba contando a este caballero que perdí a mi sirvienta...

Alyssa me había estado convenciendo de que era buena idea crear una historia para ti, pero parecía que tú ya habías empezado. Realmente creías que tu amiga había caído aquí contigo y también le habías asignado un papel a ella. No tuve claro si aquello había sido una buena idea, pero supuse que lo único que podía hacer era encubrirte. Y eso pasaba por voltearme hacia Seren, que estaba ahí, a tan solo unos pasos.

—Puede llamarme Seren. Todo el mundo lo hace —él no te miraba a ti, y al ver que yo no lo perdía de vista, su sonrisa se retorció un poco más del lado derecho—. Marcus. Qué sorpresa.

Quise decirle que yo prefería que me llamaran por mi título o por mi apellido, que los usara, pero odiaba recordar que en algún momento había pronunciado «Abberlain» con burla, como una broma entre nosotros. De una forma muy parecida a como tú pronunciabas mi título, con el desafío en los ojos y la sonrisa escalando por tu boca.

Al final, las palabras se me quedaron atravesadas en la garganta y la única que salió, sin mi permiso, fue:

—Seren.

Lamenté la forma en la que lo dije. La forma en la que pronunciarlo en voz alta todavía se sentía demasiado familiar, como estar en casa, a pesar de que hacía ya mucho que la persona con la que había asociado todo eso ya no existía.

Creo que él se dio cuenta. Creo que su sonrisa se hizo más pronunciada, más burlona.

—Así que esta es tu misteriosa invitada. Había escuchado comentarios en palacio esta mañana, pero no me los había creído demasiado. Supongo que voy a tener que hacer mucho más caso a los rumores a partir de hoy... La señorita Blackwood parece encantadora. ¿De dónde se conocen?

Blackwood. Así que incluso te habías fabricado una nueva identidad. En comparación, me sentí torpe, demasiado expuesto ante los ojos de Seren, que me miraba con atención. Decidí aferrarme a lo que le había sugerido a Aly:

—De mis vacaciones en la costa. Dani es de allá.

Volví a mirarte. Cuando sentiste que nuestra atención regresaba a ti, entendiste qué tenías que hacer. Aceptaste el papel y hasta conseguiste dedicarle una sonrisa.

—Marcus llevaba tiempo insistiendo en que tenía que visitar la capital, pero está resultando un poco más abrumadora de lo que esperaba.

—Ya veo —Seren casi paladeó las palabras antes de volver a fijarse en mí—. Supongo que tiene sentido: por supuesto que te harías amigo de la chica que se niega a dar órdenes a una sirvienta.

Muchos años atrás, Seren habría pronunciado esas palabras de manera muy diferente. Habría dejado escapar una carcajada, me habría pasado un brazo por los hombros y yo se lo habría permitido por ser él. En ese momento, sin embargo, ni siquiera podía saber si consideraba que habías cometido una falta o si era un halago.

—¿Qué puedo decir? En los últimos años he aprendido a elegir muy bien a mis amistades.

—Desde luego, son selectas, sí —otra vez, podía ser un insulto. Estaba seguro de que lo era, pero ni siquiera pude sentirme ofendido, porque su mirada te recorrió de arriba abajo antes de guiñarte un ojo—. A mí se me da mejor elegir otro tipo de relaciones.

Tú te quedaste demasiado sorprendida por el descaro como para decir nada. Yo me mordí la lengua. Dudaba mucho que nada de lo que Seren tuviera en aquellos días pudiera recibir el nombre de «relación».

—No me cabe duda de que tienes una vida social apasionante —murmuré—. Será mejor que te dejemos para que puedas volver a ella.

Te ofrecí mi brazo tal y como había hecho la noche anterior. Tú no dudaste antes de tomarlo.

—¿Seguro? Antes de que llegaras iba a ayudar a tu amiga a buscar.

—Nos bastamos. Este no es un asunto que deba distraer a un caballero de la reina.

—Al menos díganme cómo es, por si acaso. Creo que aún recuerdo a dónde enviar un mensaje si alguno de los caballeros la encuentra.

Yo no quería decirle nada. No quería recibir noticias suyas, de ningún tipo. Pero supongo que tú estabas desesperada. O quizá tuvieras miedo de lo que pasaría si alguien la encontraba y no la relacionaba inmediatamente contigo. Quizá solo estabas intentando protegerla al atarla a ti.

—Es un poco más alta que yo. Más delgada, también. Tiene la piel blanca, los ojos de distinto color y el pelo rosa, corto, más o menos por aquí. Su nombre es Lía.

—Estaré atento, aunque seguro que Marcus y sus selectas amistades tendrán más suerte que yo. Ha sido todo un placer conocerla, señorita Blackwood. Marcus.

No respondí a su media sonrisa. Ni siquiera me despedí. En aquella ocasión, tú tampoco miraste atrás. En su lugar, tomaste una gran bocanada de aire. De pronto tu mano se sintió demasiado real contra mi brazo cuando lo apretaste. Eso hizo que recordara dónde estábamos. Que tú tenías que estar en casa, pero estabas en medio de la ciudad. Que me habías desobedecido y que eras una desagradecida. Estaba preparado para volcar sobre ti la frustración que sentía, pero tú hablaste primero:

—¿Conde?

Algo en tu voz me enfrió el enojo. O quizá fue tu cara: estabas pálida y tenías la mirada perdida en el suelo.

—Esto no es un sueño, ¿verdad?

Me quedé sin palabras. Creo que querías que lo negara y, al mismo tiempo, que no deseabas engañarte más. Que lo habías entendido por fin, pero esperabas que yo te dijera cómo aceptarlo o cuál era el siguiente paso. No podía hacer nada de eso. Aun así, quise darte algo a lo que aferrarte, algo que no fueran promesas que no sabía todavía si podría llegar a cumplir.

—No, no lo es —suspiré. Tú alzaste la vista y nuestros ojos chocaron—. Pero le parecerá un sueño cuando encontremos su libro. Cuando vuelva a casa, no recordará nada de esto.

## Dani

Al llegar a la mansión me encerré en el baño de la habitación que me habían dado. En aquel momento ni siquiera podía pensar en aquel cuarto como «mi habitación». Era un espacio ajeno, igual que todo lo que me rodeaba. Nada me pertenecía, ni siquiera sentía que mi cuerpo lo hiciera. Escogí el baño porque era un sitio más pequeño que aquel cuarto tan grande y demasiado lujoso, un espacio más limitado que podía asimilar poco a poco. Y tenía mucho que asimilar.

No sé cuánto tiempo estuve ahí metida, sin llorar, sin hacer nada más que mirar mi muñeca, el leve rastro de las uñas de Lía sobre mi piel que pronto sanaría y desaparecería.

Quizás antes de que volviera a verla. Si volvía a verla.

Quizás antes de que regresara a casa. Si regresaba.

Para cuando escuché los toques en la puerta, la luz había cambiado y teñía los azulejos de tonos naranjas. Apenas reaccioné: me sentía lejos, más como un autómata que como una persona. No sé si puedes entenderlo: imagina que toda tu realidad se va a la mierda en un segundo. Todo en lo que siempre has creído, todas las bases de tu vida, se derrumban. Y no solo eso, sino que al mismo tiempo que eso ocurre, a la vez que te tienes que plantear todo tu sistema de creencias, descubres que has perdido a tu mejor amiga y que tu libertad está en juego.

Era demasiado.

—Debería comer algo.

La voz de Marcus al otro lado de la puerta me sorprendió. Habría podido esperar la de Yinn, que ya había pasado por ahí con la misma sugerencia, pero no la suya. Me volteé hacia la puerta, contra la que estaba sentada. Al otro lado se escuchó al conde apoyarse contra ella, a la espera de una respuesta que no llegué a darle.

—Está ahí, ¿verdad? Yinn me dijo que hechizó las hiedras para que la atrapen la próxima vez que intente huir por la ventana, así que no le recomiendo volver a intentarlo.

No tuve claro si estaba bromeando. Hubo otro momento de silencio y después añadió:

—Sé que no es fácil. Sé que... da miedo.

Aquello fue lo que me hizo terminar de reaccionar. Fue lo que consiguió que volviera a mi cuerpo, al menos un poco, porque me enterneció tanto como me enfureció. Me pareció ridículo. Me pareció dulce. Me pareció injusto. Estaba sintiendo demasiadas cosas al mismo tiempo y era muy complicado decidirse por una, pero decidí que elegiría el enojo.

Por eso me puse en pie y abrí la puerta de golpe. Marcus se cayó de boca contra el suelo por haber estado apoyado en la puerta y yo fruncí el ceño mientras lo observaba desde arriba. Él tenía cara de pensar que me había vuelto loca.

—¿Se puede saber qué...?

—No puedes saberlo.

—¿Qué?

—Que no puedes decir que sabes lo que es. No lo sabes.

El conde apretó los labios, dispuesto a protestar, y yo me adelanté:

—Este es tu mundo. Y si mañana aparecieras en otro, lo entenderías, después de una vida acostumbrado a este tipo de magia. Todo tendría cierta lógica. Seguirías teniendo el poder de volver, supongo, igual que tienes el poder de llevar a otra gente de regreso a sus... mundos. ¡Sus mundos! —dejé escapar una risa incrédula. Sí, quizá me estaba volviendo loca, pero en mi defensa, dada la situación, había sido un logro llegar cuerda hasta aquel momento—. ¡En mi mundo esto simplemente no pasa! ¡En mi mundo, la magia son trucos! ¡Luego puedes buscar en Internet cómo se hace! ¿Sabes siquiera lo que es Internet? ¡No es una pregunta retórica, respóndeme! —se sobresaltó y negó—. ¡Pues claro que no lo sabes! ¡Cómo lo vas a saber, si estoy en la versión con efectos especiales de *Orgullo y prejuicio*!

Tomé aire. Marcus me estaba mirando desde abajo, precavido, imagino que temiendo que hacer un movimiento en falso fuera a suponer otro golpe, directo o indirecto. O quizás estaba estudiando la situación. Quizás era consciente de que todo lo que había estado conteniendo un día entero estaba a punto de estallar.

—¿Qué se supone que tengo que hacer ahora?

Quise reírme. Quise burlarme de todo aquello, del conde, de su mundo, de su magia, de toda la situación, porque aquello era más sencillo. Pero, en su lugar, la risa me salió ahogada. Y los ojos, aunque yo no quería, se me nublaron. La voz me sonó a jadeo.

—No tengo el libro que se supone que necesito para volver a casa. Estoy segura de que mi amiga está aquí, pero no está conmigo y puede estar pasándole cualquier cosa.

Eso fue un sollozo. Marcus me siguió con la vista cuando me apoyé contra la pared. Cuando intenté volver a reírme y resbalé hasta el suelo y me cubrí la cara con la mano.

—¿Qué tengo que hacer? —insistí.

Cuando volví a mirar a Marcus, apenas lo distinguí entre las lágrimas. Estaba perdida y asustada, tanto que ni siquiera me avergonzó que me viera en aquel estado. Su expresión, que hasta el momento me había parecido muy fría, demasiado contenida, se suavizó. Suspiró. Se incorporó un poco. Aquellos dedos enguantados dudaron un segundo antes de caer con suavidad sobre mis nudillos.

—Tiene razón. No sé exactamente lo que es, pero he visto a muchos visitantes llegar y marcharse. Tomarse esto... de todas las maneras posibles. He visto personas que tardan años en darse cuenta de que no es un sueño, otras que ven esto como una oportunidad. No he entendido nunca por completo ninguna de esas situaciones. Pero sé lo que es sentir que tu mundo se desmorona. Sé lo que es sentirse perdido y lejos de todo lo que has conocido alguna vez. Y solo le puedo decir que haré todo lo que esté en mi mano para que encuentre el camino de vuelta.

Tragué saliva. De pronto, aquella mano me pareció un amarre. Insuficiente para salir del oleaje, pero útil para soportar sus embestidas. La tomé. La apreté entre mis dedos y él la aceptó y yo pregunté:

—¿Cuántos regresan?

Él no quería mentirme. Él solo me mintió una vez, ¿sabes? El resto del tiempo fue la persona más honesta que he conocido nunca, aunque tuviera miles de secretos. Pero tampoco sabía cómo darme una información que quizá no podía asumir, por eso apartó la vista.

—Todos a los que podemos ayudar.

—¿Cuántos? Un porcentaje. Algo.

—Un tercio, quizá. Puede que más. Es difícil decirlo, no hay registros.

Me volví a reír. De una manera ahogada, entre lágrimas. Yo era una probabilidad. Una de las tres personas que cada día podían volver o no a su hogar en otro maldito mundo.

—Esto es absurdo —dije, antes de soltarle la mano para poder pasarme ambas por la cara, por el pelo—. Esto no está pasando. Esto no...

Me ahogaba. Había soltado el amarre y me iba a hundir. Me estaba quedando sin aire y los pulmones se me iban a llenar de agua y me iba a morir.

Y él me sostuvo otra vez para evitar que lo hiciera.

Sus manos, esta vez las dos, se apoyaron sobre mis hombros. Su rostro, cuando levanté la vista, estaba cerca y me miraba con precaución. Vi sus ojos morados a través de las lágrimas. Me parecieron otra imposibilidad más.

—Respira conmigo —me pidió, con la misma voz que había utilizado antes.

Lo hice. Creo que fue precisamente por sus ojos. Porque me parecieron algo en lo que concentrarme. Porque me estaba sosteniendo y marcando un ritmo y eso podía seguirlo. Porque necesitaba desesperadamente algo que fuera real, algo sencillo, algo que pudiera entender, y aquello podía serlo.

Así que respiramos juntos hasta que pasó la tormenta.

# Marcus

No sé por cuánto tiempo estuvimos así, pero sí sé que casi había oscurecido para cuando pudiste volver a respirar sin necesidad de que yo te marcara el ritmo. El suelo del baño estaba helado, pero ninguno de los dos hizo amago de moverse. Ante la poca luz que entraba por las ventanas, parecíamos pintados a carboncillo sobre las baldosas blancas. Estábamos sentados el uno al lado del otro, con la espalda contra la pared. Recuerdo que tú tenías las piernas recogidas y los brazos alrededor de las rodillas.

En realidad, no había estado entre mis planes ir a consolarte aquella tarde. Tenía demasiadas cosas en la cabeza, demasiados frentes abiertos, pero Yinn había venido en algún momento al despacho para avisar que la cena estaría lista en breve y que tú no habías salido de tu cuarto. Me había lanzado una mirada que me había dejado claro que esperaba que hiciera algo al respecto.

Así que lo hice, aunque aún hoy en día no sé si fue por ti o por mí.

—No quiero quedarme aquí metida.

Tu voz me sobresaltó. Cuando bajé la vista hacia ti, te vi más entera de lo que esperaba encontrarte. Te pasaste una mano por la cara para hacer desaparecer cualquier rastro de llanto y tus ojos volvieron a encontrarse con los míos. Fue la primera vez que me di cuenta de lo grandes que podían ser.

—Por favor, no me dejes aquí metida mientras buscas mi libro y a Lía. Quiero ayudar. No puedo... No puedo quedarme quieta mientras mi amiga... Es mi amiga. Es mi mundo el que... No puedo simplemente...

Temí que volvieras a perder la calma. Temí que volvieras a tener un ataque de pánico, así que cuando empezaste a balbucear, te corté:

—De acuerdo.

Te quedaste muy quieta. Como si no hubieras esperado que cediera tan pronto.

—Pero habrá condiciones. Para empezar, no te separarás de mí. Permanecerás donde pueda verte siempre que estemos fuera de la mansión. Y no harás ninguna tontería. Pensarás antes de hablar y, sobre todo, antes de desobedecer. Si no, me veré obligado a dejarte aquí y...

—¿Me estás tuteando?

La pregunta me agarró desprevenido. Entenderás que pensara que no tenías tus prioridades en orden. Me encogí de hombros.

—Supongo que tendré que acostumbrarme a hacerlo, si queremos sostener esa coartada de que eres mi amiga de la costa. La señorita... ¿Blackwood?

—Danielle Blackwood —volteaste a ver hacia la forma oscura que eran tus piernas en la penumbra—. Es una dama.

Me hizo gracia la manera en la que lo dijiste, pero no dije nada. Solo te observé, todavía encogida sobre ti misma, pero un poco más tranquila.

—Está bien. Tus normas. Las acepto. Yo... Gracias, conde.

Me pareció que pronunciabas mi título de una manera un poco distinta a todas las veces anteriores. Y puede que algo se revolviera dentro de mí al escucharlo, igual que algo se había revuelto cuando te rompiste delante de mí. De pronto tuve ganas de salir de ahí. No creo que puedas entenderlo, pero no estaba preparado para ningún tipo de vínculo, aunque fuera solo una alianza. Desde luego, no con una visitante. Los visitantes son temporales, vienen y van. No quería caer en la tentación de tomarte ni un poco de cariño.

Y, aun así, me quedé sentado a tu lado, cada vez más a oscuras.

—No es nada. Si no accediera, encontrarías la forma de escaparte otra vez, ¿verdad?

—No me refiero únicamente a eso. Es que... Lo siento. Puede que haya sido un poco... insoportable. Y no puedo decir que todo fuera porque creía que era solo un sueño.

Hasta entonces no me habías parecido el tipo de persona que pide perdón con facilidad. Fue otro de los prejuicios que me había creado sobre ti.

—Quizá yo tampoco haya estado a la altura de las circunstancias —a lo mejor quien no sabía cómo pedir perdón era yo. Me costó más de lo esperado—. Discúlpame. Si prefieres quedarte en otro lugar, tengo una amiga que...

—No. No más cosas nuevas. Por favor. Prometo portarme bien. Bueno, lo mejor posible.

—Sonaste como Charlotte después de hacer alguna travesura —resoplé y tú intentaste poner su misma cara de inocente y casi sentí ganas de sonreír—. Al menos supongo que ella se alegrará de tenerte aquí. Antes vino a verme para contarme palabra por palabra las maravillas de tu mundo.

—Es adorable —me gustó que sonrieras un poco al decir aquello, aunque después titubeaste—. Esta mañana no pretendía... Solo era una broma. No sé qué comentarios ha hecho la gente, pero no era mi intención...

Clavé la vista en mis propias manos. Una parte de mí habría preferido que no te disculparas, porque así yo no tenía que pensar si me había excedido por culpa de todas las barreras a las que llevaba tanto tiempo acostumbrado.

—Puede que reaccionara a la defensiva —admití—. Estoy acostumbrado a hacerlo cuando sale el tema. Siempre hemos sido solo ella y yo: su madre murió en el parto. No estábamos casados, así que un día simplemente aparecí con ella y la gente empezó a hablar.

Aprecié que hicieras una mueca de disgusto.

—Supongo que hay idiotas en todos los mundos.

—Idio... —suspiré—. Lo que yo supongo es que vamos a tener que hacer algo con tu vocabulario si queremos que pases por una dama.

Eso consiguió hacerte sonreír.

—Puedo esforzarme. Reservaré todas las palabrotas solo para ti y te las dedicaré cuando estemos a solas. Así las dejo salir, pero en un ambiente controlado.

—Un plan sin fisuras —resoplé. Tú te reíste y yo no pude evitar mirar de reojo cómo cambió tu rostro al hacerlo.

—Si en este mundo a la gente le gusta tanto hablar, ¿crees que están hablando de la chica con la que te paseas por la ciudad y que está invitada a tu casa?

—A sus ojos, ya somos amantes y puede que incluso te haya dejado embarazada.

Quería que sonara como una broma, quería poder haberme reído de ello, pero lo cierto es que la idea me ponía un poco enfermo. No quería que todo el mundo volviera a hablar de mí, no quería que volvieran a examinar mi vida. No quería sentir los ojos sobre mí cuando estuviera en la calle. Sobre nosotros, ya que había accedido a que me acompañaras.

—Entonces supongo que tendremos que preparar una buena historia para Danielle Blackwood —dijiste—. Si la gente va a hablar, al menos que hablen de lo que nos interese, ¿no?

Me tendiste la mano. Como si quisieras cerrar un trato. O como si quisieras presentarte una vez más. Esta vez, con un objetivo. Esta vez, bajo otra identidad. Tuve que admirar tu templanza. Tuve que admirarte a ti. Hacía unos minutos te habías roto, pero de pronto estabas recomponiéndote. Y estabas decidida: a buscar a tu amiga, a encontrar tu libro, a volver a tu vida y a engañar a todo el mundo si era necesario. Estabas decidida a que fuéramos cómplices y a recuperar algo de control en aquella situación.

Ese fue el momento en el que fui consciente de cuánto te había subestimado.

Te estreché la mano. Te mantuve la mirada, aunque ya apenas podía distinguir tu rostro en la penumbra.

—Está bien. Busquémosle una historia a la señorita Blackwood.

## Dani

—Supongo que aquí no tienen ni idea de lo que son los juegos de rol, ¿verdad?

Recuerdo la cara que puso Marcus cuando dije eso en su despacho, tras tomar papel y pluma y acomodarme en una de las sillas junto a su escritorio.

—¿Rol? ¿Como... ocupaciones? ¿Como cuando juegas a tener un oficio concreto? A veces Lottie juega a que es princesa, si cuenta...

Aquello me hizo la gracia suficiente como para reírme un poco, pese a que sé que esa ni siquiera era su intención y que, de hecho, puso mala cara porque creyó que me burlaba de él y su falta de comprensión por mi mundo. Pero yo tampoco terminaba de entender el suyo y estaba segura de que la cagaría mil veces más y diría cosas estúpidas de las que él también podría burlarse, así que estábamos en igualdad de condiciones.

—Más o menos —le concedí. Le hice un ademán para que se sentara a mi lado. Él dudó un segundo, pero al final lo hizo, con los brazos y las piernas cruzadas—. Cuando juegas al rol, alguien cuenta una historia en la que tú puedes participar. Esa persona te explica las normas del juego, las normas...

—El lore.

Esbocé una media sonrisa.

—Mira, si eres un alumno aplicado.

Marcus levantó la barbilla como un niño malcriado y orgulloso.

—Espero que aprendas eso de mí.

—Si aprendo de ti, también aprenderé a interrumpir al maestro, como tú acabas de hacer. ¿Qué dirá tu hija si se entera?

Carraspeó.

—Una persona te cuenta la historia y tú puedes participar en ella —repitió.

—Eso. Para participar, te creas un personaje que se ajuste al mundo en el que transcurre la historia. La cuestión es que, para no perderte y tener claro tu papel, tu historia, tus debilidades y fortalezas... a veces te haces una ficha de personaje. Creo que deberíamos hacer una para Danielle: así nos aseguraremos de que no quede ningún hilo suelto. Después de crearla bien a ella, podremos inventarnos nuestra historia común.

A medida que hablaba, había ido llenando la hoja con algunos puntos clave: nombre, edad, procedencia, familia, clase social, habilidades. Cuando se la pasé por encima de la mesa, Marcus la consultó y ladeó la cabeza con una curiosidad que no me iba a admitir.

—De acuerdo. ¿Por dónde empezamos?

Por el principio: un lugar. Necesitaba conocer la geografía de aquel mundo, así que Marcus me enseñó algunos mapas. Albión no era un mundo grande: era una isla, solo una isla, con Amyas en el centro de esta. Había distintas regiones, sí, pero no varios países con sus distintos sistemas de gobierno. Nada más aquel pedazo de tierra y aquella reina inmortal para gobernarla. Aquello simplificaba bastante las cosas; el número de regiones que tenía que memorizar era asumible, pero sobre todo debía conocer una: Ilyria, el pueblo de la costa al que Marcus ya había decidido que iba a pertenecer.

Necesitaba fingir que lo conocía, así que le pedí a Marcus que me lo describiera: me habló de un puerto en el que siempre había vida, del olor a mar y de los barcos que iban y venían; me habló de las horas de tren que nos separaban de aquel lugar y lo interminables que podían llegar a ser, pero lo preciosas que eran las vistas del océano desde un puente a una hora del destino. Lo narró todo con aquella voz que parecía capaz de convertir cualquier cosa en un conjuro y yo me sentí... Bueno, puede que un poco hechizada, sobre todo cuando siguió hablando con los ojos cerrados y la cabeza apoyada en una mano.

—¿Por qué lo conoces tan bien?

Marcus abrió los ojos. Yo había estado tomando notas de todo.

—Mi familia tiene una casa ahí: a mi mamá le gustaba mucho ir. Y a veces, cuando mi papá me lo permitía, la acompañaba. Ahora soy yo quien va y Lottie quien viene conmigo.

Titubeé.

—Tus padres...

Marcus volvió a hacer un gesto que yo ya había notado: se fijó en sus manos y se ajustó sus guantes, aunque estaban perfectamente colocados.

—Mi mamá abandonó nuestro hogar hace nueve años. Mi papá murió poco después —su voz ya no era la de la magia. Marcus tenía muchas voces diferentes, pero me parecía que solo una era la real. Y no era aquella—. ¿Y qué ocurre con la familia de la señorita Blackwood?

Bajé la vista a mi ficha, donde ese punto todavía estaba vacío. Me humedecí los labios y me encogí de hombros.

—Mi mamá se embarazó de un tipo que no quiso saber nada: nunca lo conocí y tampoco lo eché de menos. Ella murió cuando yo tenía cuatro años, así que aparte de algunas fotos y alguna cosa puntual, casi no tengo recuerdos de ella —Marcus hizo un mohín, pero yo sonreí para quitarle importancia—. Estaría bien mantener esa historia para Danielle, ¿no? La hija bastarda y no reconocida de algún noble, cuya madre de menos estatus social murió pronto. Me convierte en alguien con la suficiente sangre noble como para tener una sirvienta si quiero, pero también en una mujer apartada del ojo público, por la deshonra y esas cosas.

—Sí que aprendes rápido cómo funcionan las cosas aquí.

—Te lo dije: he leído mucho.

Marcus resopló para disimular que le había hecho gracia. Creo que no quería permitirse ese lujo: el de sentirse cómodo conmigo. El de conocerme. Ese fue otro de los errores que cometimos: olvidarnos de dejarnos las máscaras puestas delante del otro.

—¿No tienes familia, entonces? —preguntó. Y cuando se dio cuenta de que esa era una pregunta personal, matizó—: Danielle debería haber tenido un tutor tras la muerte de su madre...

Se me cayó un poco la sonrisa. Una cosa era hablar de la muerte de mi mamá, a quien solo recordaba como algunas imágenes estáticas sobre el mueble de la sala y algunos videos en mi computadora, y otra cosa era hablar de la persona que me había criado de verdad.

—Me crio mi abuela, hasta que..., bueno. Hasta que ella también se fue, hace tres años. La casa en la que vivo en mi mundo la heredé de ella. Supongo que eso también se puede aplicar a Danielle, ¿no?

Marcus me miró. No sé qué pensó en ese momento, nunca se lo he preguntado, pero puede que aquella conversación fuera la primera en la que los dos pensamos que quizá no éramos tan distintos. No me malinterpretes: Marcus y yo tenemos caracteres completamente diferentes, pero los dos habíamos conocido una pérdida y una soledad que solo entiendes cuando tanta gente a la que quieres se va.

—Lo lamento —murmuró, y volvió a ajustarse los guantes.

—Está bien —dije, aunque bajé la vista y empecé a hacer garabatos en el papel para poder centrarme en otra cosa—. Solo siento que nunca supiera que esto podía llegar a pasar, que podías llegar de verdad a otro mundo a través de un libro: le habría encantado. Adoraba los libros. Todos. Siempre me decía: «El día que yo me marche, me habré ido a uno». Y cuando se fue yo me convencí de que era cierto. Que se había colado en el último libro que se había quedado a medio leer sobre su buró, porque siempre lo empezaba, una y otra vez, todos los días, desde que había dejado de poder recordar lo que pasaba en él. Pensé que se había ido a aquellas páginas a descubrirlas de una vez por todas hasta el final.

Marcus tenía los ojos clavados en mí: los sentía, aunque yo seguía con la vista fija en el folio.

—¿Por qué no podía recordar?

—Alzhéimer —murmuré, y luego levanté la mirada al darme cuenta de que quizás aquello no significaba nada en aquel lugar—. Una enfermedad de mi mundo. Por tu cara, supongo que aquí no la tienen, así que esa parte de la historia no la podemos mantener, ¿eh?

Marcus pensaba que yo era demasiado directa, y lo soy, pero había cosas de las que no me apetecía hablar. Los años viendo a la persona que más he querido deteriorarse poco a poco, como una flor que se marchitaba muy lentamente, era una de ellas. Por eso bromeé. Por suerte, como te dije, el conde tampoco estaba preparado para conocerme más allá de lo estrictamente necesario, así que solo cabeceó y esperó a que yo apuntara todo lo que habíamos dicho en la ficha de mi nuevo *alter ego*.

Cuando terminé, me quedé quieta un segundo, con la mirada perdida en los garabatos y las letras («Criada por su abuela, Olivia Blackwood»). Pensé en ella. En mi propia Olivia. En la manera en la que había olvidado. En cómo era una persona y a veces dejaba de serlo y otras veces regresaba un tiempo, pero nunca del todo. La perdí. Se me fue de una de las maneras más dolorosas en las que se te puede ir alguien: cuando todavía está a tu lado y, a la vez, no.

Recuerdo apretar con fuerza la pluma sobre el papel. Recuerdo que la hoja se quedó manchada con una gota de tinta demasiado grande cuando susurré:

—¿No recordaré nada? Cuando vuelva. Creo que antes dijiste eso.

Marcus pareció dudar.

—No, nadie lo hace.

Supuse que tenía sentido. Aquel mundo hecho de mundos era un secreto muy complicado de mantener oculto de otra manera. Quizás aquel universo se protegía así del asalto de otras personas. O protegía a quienes regresaban del trauma de lo desconocido.

Supuse, también, que debía alegrarme.

No lo hice. Como siempre, como cada día en el que me había levantado y me había encontrado con una mujer que a veces no me reconocía pese a llevar toda una vida con ella, el olvido solo me pareció cruel.

## *Marcus*

Aquella noche en mi despacho, mientras tú preparabas tu personaje, quise hacerte muchas preguntas. Algunas de ellas me las acabarías respondiendo más tarde, otras jamás llegué a pronunciarlas y unas pocas ni siquiera era necesario expresarlas en voz alta. Por ejemplo, era obvio el amor que habías sentido (que todavía parecías sentir) por tu abuela, y que su pérdida todavía te dolía. Una parte de mí, tan minúscula como ridícula, sentía la tentación de preguntarte por ella, pero por entonces ya sabía lo peligrosos que pueden ser los recuerdos.

Lo sencillo que resulta revivir a alguien con algunas palabras, con conversaciones y hechos pasados, y lo difícil que es deshacerse de ellos después. No existen historias de fantasmas que den más miedo que las que nos contamos a nosotros mismos. Aquellas que nos traen de vuelta a quienes amamos para luego volver a arrebatárnoslos.

Quizás esta historia sea una de fantasmas, si no tengo cuidado. Quizá me dé esperanzas únicamente para obligarme a enterrarlas con mis propias manos después.

Aquella noche, sin embargo, no pensaba que fueras a dejar un hueco cuando te marcharas. Aquella noche solo pensaba en hacer todo lo posible para que las vidas de ambos volvieran a sus cauces. Así que aparté las preguntas y me centré en la ficha.

—La historia de Danielle es muy interesante, pero creo que vamos a tener que pulirte para su interpretación.

—¿Qué quiere decir eso?

—Que, además de las palabras inapropiadas, las damas no se sientan así, para empezar. Ni los caballeros. Ni ninguna otra persona más o menos noble en este mundo.

Analizaste tu postura con los ojos entrecerrados. Tenías el tacón de tu zapato apoyado en el tapizado de la silla y la otra pierna recogida bajo tu cuerpo. Parecía que te estuvieras contorsionando, era imposible que te sintieras cómoda.

—Soy una rebelde que no encaja en los estrictos moldes de esta sociedad.

—¿No habías dicho que eras una gran actriz?

Resoplaste, pero corregiste tu postura para que imitara la mía. No se me escapó que había cierta burla en cómo lo hacías, sobre todo cuando cruzaste los brazos. Levanté las cejas y tú lo hiciste exactamente igual. Qué infantil me pareció.

—Aceptable.

—Ah, espera a ver cómo caminaré. Será como si me hubieran metido el palo de una escoba por el tra...

—El vocabulario, Blackwood.

No te voy a mentir: puede que disfrutara un poco de tu exasperación. Puede que tuviera que ocultar mi sonrisa tras la mano.

—¿Y también tengo que esforzarme por ser insufrible o eso es una característica personal tuya?

—Ah, ¿no te has estado esforzando en eso hasta ahora?

Entrecerraste los ojos, pero vi la comisura de tu labio alzarse. Después, volviste los ojos a tus papeles y murmuraste un «Céntrate» que no supe si iba dirigido a mí o era solo un recordatorio para ti misma.

—Oye, ¿no es un poco sospechoso que no le hayas menciona-do la existencia de Danielle a nadie hasta ahora? Si es tan buena amiga como para haberla invitado a tu casa...

—Nos conocemos desde hace poco. No más de un par de años o tres.

—Entonces nos hemos visto cuando has ido ahí con Lottie, ¿no? —asentí y tú garabateaste algo en la hoja—. Y hemos man-tenido el contacto por... ¿correspondencia?

—Por supuesto. Atesoro cada una de tus cartas. Con tus in-teligentes apuntes y tus bromas afiladas. Espero que tú hagas lo mismo con las mías.

—Bueno, tuve que utilizar un par de ellas para encender la chimenea un día de temporal. Pero guardo todas en las que me hablas de tu hija y me recuerdas lo valiosísima que es mi amistad para ti —alzaste un dedo, para que no te interrumpiera, cuando me viste abrir la boca—. Que, por cierto, necesito saber cómo em-pezó. Por si alguien pregunta. Necesitamos una historia adorable.

—Podría haberte salvado de ahogarte. ¿Te parece eso lo sufi-cientemente adorable?

—¿Crees que me queda lo de damisela en apuros? Ten cuida-do con lo que respondes, conde.

—Creo que te queda lo de meterte en problemas. Vas a uno por día.

—Eso no...

—Ayer te encontraste a una criatura que podría haberte ma-tado. Y hoy te topaste con... —el nombre se me atragantó—. Con un caballero que podría haberte descubierto.

—Eso no es justo. Ayer no hice nada, solo estaba en el mo-mento y lugar equivocados. Y hoy casi salgo sola de aquello: pensé rápido y le di un nombre y le dije que estaba buscando a mi sirvienta. Y, al parecer, el caballero se creyó que éramos amigos. Si me hubieras llevado contigo, en primer lugar, como te pedí...

—No intentes echarme la culpa de que decidieras salir y deambular tú sola por la ciudad. Yo solo quería que te quedaras aquí porque intentaba protegerte.

—No necesito que me protejas, ya te dije que no soy tu damisela en apuros.

—No sé si terminas de entender tu situación.

—La entiendo. Y también entiendo que no soy responsabilidad tuya. ¿Qué pasa? ¿Tienes algún tipo de complejo de héroe?

—No, pero yo te metí en esto —protesté—. Fui yo quien le dijo a Rowan que eras mi invitada y... Da igual. Volvamos con lo que estábamos. ¿Cómo quieres tú que nos hayamos conocido?

—No —me sorprendió la dureza con la que me cortaste. Ni siquiera entendía en qué momento habíamos empezado a discutir de nuevo—. Escúchame bien, conde: no quiero ser la carga de conciencia de nadie en caso de que algo salga mal. Si lo peor sucede y no encontramos a Lía, no es culpa tuya. Si a mí me descubren y me marcan, o lo que sea, no es culpa tuya. Si no encontramos mi libro, no es culpa tuya. Pase lo que pase conmigo a partir de ahora, no es culpa tuya. Entiendo mi situación y me hago cargo de todo lo que pueda pasar. Lo único que tienes que hacer es... ayudarme a tener las herramientas para que pueda protegerme sola. Y solo mientras no te cause demasiados inconvenientes. No pretendo buscarte problemas.

Tú me estabas mirando muy seria, más de lo que habías estado hasta entonces, pero yo estaba seguro de que te equivocabas: sí tenía la culpa del punto en el que nos encontrábamos. Tenía que haber tomado mejores decisiones desde el momento en el que nos habíamos cruzado.

—Vas a tener que confiar en mí, conde —suspiraste, al ver que yo no decía nada—. Si no dejas de pensar que todo depende nada más de ti, no vamos a ir a ninguna parte. Si estás en tensión todo el tiempo pensando en lo que me podría pasar, terminaremos ambos metidos en problemas.

Tenías razón, como la tuviste luego en muchas otras cosas. Y era justo que te lo concediera, por mucho que a mi orgullo no le hiciera demasiada gracia.

—Está bien.

Me miraste con suspicacia, como si no terminaras de creerte que estuviera claudicando.

—Tienes razón —continué—. No he... sido del todo justo contigo. Confiaré en ti. No, no solo en ti. En nosotros. En... lo que podemos hacer juntos. ¿Suena eso mejor?

Vi como tus hombros se relajaban. Una sonrisa floreció en tus labios, pequeña pero real.

—Mucho mejor.

Aquella noche nos quedamos despiertos más de lo que debíamos, creando escenarios en nuestras mentes que nunca le confesamos a nadie. Añadiendo anécdotas de nuestros encuentros que únicamente existieron entre las cuatro paredes de mi despacho y se convirtieron en palabras clave en esos papeles que dijiste que te ibas a estudiar.

Fue la primera vez que creamos algo entre los dos.

Esa noche realmente empezó todo.

# SEGUNDO RECUERDO

Supongo que si has leído hasta aquí empiezas a entender algunas cosas. Todo lo que te cuento te pasó, nos pasó, a la yo que te escribe ahora desde otro mundo y a la chica que un día despertará otra vez en su departamento, puede que con un gran dolor de cabeza y llorando sin saber por qué. O puede que no. Puede que te hayas despertado de manera normal, como cualquier otro día, sin lágrimas, sin un peso en el corazón que no podías explicar, sin retazos de un sueño que parezca demasiado real. No sabes el miedo que me da eso.

Todas estas palabras son mi intento de que recuerdes, aunque Marcus dice que no lo vas a hacer. Que no puedo luchar contra la magia. Que hay batallas que están perdidas de antemano.

Pero Marcus me ha dicho muchas veces que hay cosas contra las que uno no puede luchar.

Y yo siempre he disfrutado llevándole la contraria.

# Dani

Charlotte prácticamente hizo una fiesta al día siguiente cuando se enteró de que mi nueva misión era ser toda una dama. Por supuesto, se ofreció a enseñarme todas las lecciones que ella había tenido que aprender desde que había empezado a caminar. Durante el desayuno no dejó de parlotear sobre gestos, modales, reverencias y posturas que hicieron que empezara a parecerme una mala idea haber decidido fingir tener algún tipo de relación con la alta sociedad.

Sin embargo, quien parecía más capaz de enseñarme cómo ser aquel personaje que había decidido crear no eran ni Marcus ni Charlotte, sino Alyssa Dubois. La verdadera heredera rebelde repudiada por la sociedad. Lo descubrí aquella mañana, cuando llegó a casa y Marcus me la presentó como alguien que estaba ayudando en nuestra pequeña investigación.

—Así que tú eres la chica que va a volver loco a Marcus —fueron sus primeras palabras.

En retrospectiva, tenía razón. En aquel momento, mientras me sentaba a su lado ante la mesa del despacho de Marcus, tuve que cruzar los brazos sobre el pecho.

—Pensaba que no se debía hablar mal de la gente, conde. ¿Qué va a decir tu hija si se entera de que te dedicas a hacer lo mismo con tu invitada?

Marcus no se inmutó, sentado al otro lado de la mesa.

—No he hablado mal de ti: solo he hablado de ti y las conclusiones de mi oyente no resultaron ser positivas. Son cosas distintas.

Entrecerré los ojos y me fijé en Alyssa.

—¿Eres amiga suya?

Ella esbozó una sonrisa divertida. Me pareció preciosa. Su tez negra contrastaba con el color crema de su ropa y no llevaba ningún tipo de adorno más allá de un pequeño camafeo en el cuello y un anillo muy sencillo en su dedo anular.

—Eso dicen las malas lenguas.

—Genial, entonces sí que necesito tu ayuda, pero no para ser una dama: me va a costar mucho más fingir que este hombre me cae bien.

Alyssa se rio.

—No te rías —le recriminó el conde—. ¿De qué parte estás?

—De la del humor —respondí—. Quizá no sepas lo que es.

—Creo que no mucho, no. Si alguna vez se ríe, puedes pedir un deseo.

Como imaginarás, Alyssa me cayó bien de inmediato. Sobre todo, cuando Marcus se apretó el puente de la nariz antes de decirnos que nos centráramos, que teníamos que organizarnos bien. Su intención era que nos dividiéramos en las distintas búsquedas: Alyssa se centraría sobre todo en el libro; nosotros, en Lía. Cuando pregunté cómo nos iba a ayudar exactamente Alyssa, descubrí que tenía lo que ella llamaba «sus informadores»: un montón de visitantes muy jóvenes a los que había salvado de una u otra manera, niños y adolescentes a los que cuidaba mientras sus libros no aparecían, del mismo modo que Marcus me había dado refugio a mí. Con una pequeña diferencia: Alyssa no podía hacer pasar a tanta gente por lo que no era, así que los marcaba a todos. Y como Marcus había hecho con Yinn, lo hacía para que nadie más pudiera cazarlos y convertirlos en esclavos, no para darles órdenes.

—No pareces como el resto de los nobles —comenté, tras escucharla.

—Bueno, a todos los efectos ya no lo soy.

—¿Qué quiere decir eso?

Alyssa sonrió de manera enigmática antes de fijarse de nuevo en Marcus.

—Si pretendes que se mezcle bien entre los nobles, deberías informarla también de los principales escándalos de nuestra maravillosa ciudad.

—No acabaría nunca —resopló Marcus. Luego me miró—. Dice la leyenda que Alyssa es una sucia traidora que no merece haber sido heredera de la noble y antiquísima estirpe de la familia Travers. Es tan indigna que todo miembro de la sociedad que se precie debe mirar hacia otro lado cuando se cruce con ella en la calle.

Aunque era obvio que Marcus odiaba el desprecio que la sociedad sentía por su amiga, a Alyssa solo parecía divertirle, por eso levantó la taza de té que le habían servido como si brindara.

—¿Travers? —repetí yo—. ¿Tu apellido no era Dubois?

—Dubois era el apellido de mi esposo —explicó, y levantó la mano para enseñarme el anillo en su dedo—. Elegí tomarlo cuando me casé con él.

—¿Eso fue lo que hiciste para ser tan indigna? ¿Casarte con alguien que tu familia no aprobaba?

—Es una manera delicada de decirlo. Era un visitante. Un pecado imperdonable para una noble, a ojos de mis padres y de..., bueno, de la mayoría de la sociedad, en realidad.

Por lo general, me gustaban las historias de romances imposibles: hay algo atractivo en leer cómo una pareja lucha contra todo por amor. Ahora, por supuesto, ya no me hacen tanta gracia, pero aquel día me habría sentido emocionada si no hubiera notado que había hablado en pasado y visto cómo Marcus clavaba los ojos en sus guantes. Alyssa se encogió de hombros cuando vio la pregunta en la punta de mi lengua. Su sonrisa, que me había parecido muy brillante hasta ese momento, estuvo a punto de apagarse.

—Murió hace muchos años.

Se me hizo un nudo en el estómago. Clavé la vista en mi té.

—Lo siento.

Alyssa negó con la cabeza, para que no me preocupara. Había algo inherentemente elegante en cada gesto suyo, algo que yo no habría podido imitar ni con las mejores dotes de actuación.

—Fue después de su muerte cuando decidí empezar a dar asilo a visitantes, sobre todo a los más pequeños. Cuando son más mayores marco a quienes me lo piden, claro, pero no puedo dar techo a todos, es imposible. Una vez cumplen los dieciséis, les conseguimos trabajo y se marchan. Cuando llegan siendo ya mayores, se quedan un par de días y, después, ocurre lo mismo. No es mucho, pero...

—Estoy segura de que tu esposo se sentiría muy orgulloso de ti.

Alyssa no se había esperado mi respuesta. Lo vi en su rostro. En su mirada, que por un segundo se volvió más vulnerable, más triste. No sabía nada de ella ni de la relación que tenía con aquella persona que había perdido, pero supe que lo seguía queriendo. Cada día, cuando intentaba salvar a alguien, intentaba también mantenerlo un poco vivo a él.

—Eso espero —susurró.

La admiré. Pensé que ella debía ser la protagonista de aquel mundo: no Marcus, por mucho que tuviera aquel poder que lo conectaba con todos los que llegaban; ni tampoco ninguno de los visitantes que pasábamos por ahí, cada uno con nuestras propias historias. Era ella, con su romance trágico, el valor para luchar por lo que creía y su manera de seguir enfrentándose a la injusticia a su propia manera.

Marcus había bajado la vista. Por su expresión, él también debía de haber conocido al marido de Alyssa, pero decidió que no quería que el tema siguiera ahí.

—Gracias por venir, Aly. Será mejor que te dejemos. Si tienes alguna novedad, del libro o de la chica...

Ella asintió. Se puso en pie, alisándose la falda en un gesto que intenté recordar incluso cuando yo prefería llevar pantalones. Por suerte para mí, nadie en aquel mundo consideraba que llevar falda fuera más propio de una dama que cualquier otra prenda. La ropa era solo ropa y cualquiera podía llevar la que prefiriera.

—Por supuesto. Mis chicos están advertidos de que controlen las subastas del puerto también, aunque quizá deberían ir ustedes al Globo.

—¿Subastas? ¿Se subastan los libros que se encuentran? ¿Tan valiosos son?

No sé qué fue peor: si el titubeo de Alyssa o la mirada censuradora que Marcus le lanzó.

—¿No se lo has dicho?

—No, Alyssa —siseó Marcus—. Esperaba no tener que explicárselo.

—Sabes que...

—¿Qué está pasando?

Ambos se callaron de golpe y creo que fue en aquel momento, al ver sus caras y la manera en la que evitaron mirarme, cuando lo comprendí. Aun así, quería que me lo dijeran. Sobre todo Marcus, al que miré fijamente.

—Conde —exigí.

—Es improbable que esté ahí.

—¿Mi libro?

El conde tensó la mandíbula.

—No —admitió—. No me refiero a tu libro.

Se me escapó un jadeo. Una sonrisa incrédula, producto de los nervios que volví a sentir trepando por la espalda. Me puse en pie solo porque necesitaba moverme, ponerme en marcha. Sentía el corazón apresurado, el oxígeno otra vez era insuficiente. El mundo giraba a mi alrededor demasiado rápido.

—¿Trafican con visitantes? ¿Eso me estás intentando decir? ¿Lía podría estar *siendo subastada*?

—Lo tenemos controlado, Dani —me dijo Alyssa—. Si pasan por el puerto, lo sabremos. Nadie va a...

Sacudí la cabeza. Volví atrás en la conversación. Necesitaba pensar. Necesitaba centrarme.

—¿Qué es el Globo?

La chica titubeó. Marcus hizo una mueca, pero fue consciente de que sería peor si no respondía. Así que se apoyó en la mesa, todavía a mi lado.

—La principal casa de subastas de Amyas. Es... muy exclusiva, el lugar preferido de los nobles que pueden permitirse gastar grandes fortunas en pequeños caprichos o a los que simplemente les gusta..., bueno, coleccionar visitantes. No es probable que la hayan llevado ahí si alguien la agarró, tu amiga es solo una humana como tú, sin poderes, sin magia... No es el tipo de visitantes que suelen querer. En el Globo se busca lo extraordinario y tu amiga no encaja en esa descripción.

—Quiero ir.

—Dani...

—No —lo corté y levanté la vista hacia él con los puños tan apretados que me hice daño en las palmas—. Quiero ir. Puedes llevarme contigo o me colaré yo misma. Sabes que lo haré. Pero no voy a perder ni una oportunidad. Quiero saber que no está ahí. Quiero verlo con mis propios ojos.

—Te recuerdo que Danielle está simplemente buscando a su sirvienta. Una sirvienta que ya está marcada. Yo he pisado ese lugar una vez, hace muchísimos años, y porque me obligaron. No es un sitio al que quiera volver y no es un sitio que tú quieras ver, te lo aseguro.

—¡Entonces fingiré que quiero conseguir otro sirviente si hace falta!

—¡No es una buena idea! Únicamente va a atraer más atención hacia ti para nada. No estará ahí.

—¿Y si está? ¿Y si está y no la busqué?

El conde apretó los labios y miró a Alyssa, buscando su opinión. Y ella estaba de mi parte, a su pesar. Ella, al fin y al cabo, había sido quien lo había sugerido en primer lugar.

—No creo que debamos descartar ninguna posibilidad —murmuró—. Puede que no tenga magia, pero sabes que algunas personas solo buscan una estética. Los ojos de distinto color y el rosa de su pelo... Ese es... un aspecto curioso para este mundo, aunque nada más sea humana.

Me estremecí.

Cuando volví a mirar al conde, esta vez lo hice de forma casi suplicante. Por muy impertinente que fuera, por mucho que me enojara, por mucho que estuviera dispuesta a hacer las cosas sola, en mi situación no podía hacerlo. Necesitaba a Marcus para moverme por aquel mundo que empezaba a conocer. Y lo necesitaba, definitivamente, para entrar en un lugar que sonaba exclusivo y dirigido a las altas esferas.

—Por favor, Marcus.

Estoy bastante segura de que aquella fue la primera vez que dije su nombre. Hasta entonces, creo que no lo había pronunciado, que nada más había sido «conde» para mí. No sé si fue eso, o mi mirada, o las palabras de Alyssa, o quizá la suma de todas aquellas cosas.

Pero, tras unos segundos larguísimos, accedió.

# Marcus

Tenía ocho años cuando mi padre me llevó por primera vez al Globo. Se presentó una mañana en el aula donde estaba con mi tutor y me tendió mi abrigo. No me explicó a dónde íbamos: lo único que me dijo fue que la lección del día me la iba a dar él. Me recordó lo poco que faltaba para mi noveno cumpleaños y que esperaba que estuviera a la altura del gran don que corría por mis venas. Pronto dejaría de ser un niño, era hora de que empezara a entender cómo funcionaba el mundo.

No puedo explicarte lo que sentí cuando el carruaje se detuvo delante de aquel edificio. Había pasado muchas veces por ahí, pero mi madre solía apretar el paso cada vez que caminábamos ante su forma imponente. Mi padre, sin embargo, me arrastró dentro sin necesidad de tomarme del brazo y me dio esa lección que, efectivamente, jamás olvidaría.

El día en el que tuve que llevarte al Globo a ti, todos esos recuerdos me cayeron encima como una cascada. Los escalones que subían hasta su puerta estaban custodiados por estatuas que parecían seguirnos con sus ojos vacíos. Eran esculturas de toda clase de criaturas, cada una más magnífica que la anterior, todas réplicas en piedra de cada ser que había salido de un libro en alguna ocasión. Tú las miraste todas con el rostro tan blanco que pensé que te desmayarías. Quizá te preguntaste dónde encajaba tu amiga entre aquella colección de alas, cuernos, escamas y garras. Quería decirte mil cosas, quería pedirte que no parecieras tan asustada, quería recordarte el papel que interpretabas, pero no conseguí que ninguna palabra saliera de mi boca, así que lo único que pude hacer fue poner mi mano sobre la que habías dejado en mi brazo.

Tras pasar las puertas custodiadas por guardias, el interior seguía como lo recordaba: un amplio vestíbulo y, después, la gran sala redonda donde se realizaban las subastas. Las paredes parecían amenazar con caerse sobre nosotros a medida que ascendían, inclinándose en una cúpula coronada con un vitral en el que se podía ver la rosa del escudo real, que teñía la luz del sol sobre el mármol de un tono rojizo. Los pedestales de la habitación parecían sacados de una galería de arte, aunque quienes estaban encima no podrían haber estado más vivos. Me sentí de nuevo aquel niño de ocho años, pequeño, incapaz de hacer nada, pero deseoso de poder tirar aquellas paredes. Deseé poder llevarme a las criaturas que nos miraban desde lo alto, con los grilletes de oro enganchados a los tobillos y a las muñecas.

—No todos los visitantes son inofensivos —me había dicho mi padre en voz baja, mientras me obligaba a caminar por la sala, alrededor del pequeño escenario central. Me hizo detenerme delante de cada visitante, examinarlo. Había una criatura que estaba sangrando por los pies tras haber intentado librarse de sus cadenas—. Es importante que entiendas esto. Hay quienes no te harán nada, pero otros no tendrán ningún escrúpulo en devorarte. A veces tu cuerpo. A veces tu alma. Y sin su libro, esto es lo único que podemos hacer: marcarlos, obligarlos a obedecer. Si acabaron en Albión, ¿acaso no tiene sentido que sirvan a Albión?

Creo que mi padre esperaba que aceptara su lógica porque era un niño. Pero yo solo pensaba en que quería salir de ahí, en que aquella criatura estaba sangrando, en que sus ojos eran muy tristes, en que, al margen de ese extraño aspecto, no entendía cuál era la diferencia entre ella y...

Desde la distancia que me dan los años, me gusta pensar que no me creí ni una sola de las palabras que salieron por la boca de mi padre aquel día, pero tengo mis dudas. Era mi padre, al fin y al cabo, y él nunca me había mentido antes. Rowan, desde luego, se terminaría creyendo y repitiendo cada una de aquellas lecciones en un intento de contentarlo, de ser suficiente pese a no tener ningún poder.

En cualquier caso, yo no iba a decirte nada de lo que me habían dicho a mí. Aquel día tú y yo nos quedamos de pie lejos de la multitud y contemplamos a las criaturas en busca de Lía. Puedo imaginarme cómo te sentías. La impotencia. La rabia. El miedo, porque eras consciente de que aquello podría haberte pasado a ti. No sé si te diste cuenta de que algunos de los visitantes tenían la vista perdida, estaban drogados para que no pudieran huir. Esos eran los más peligrosos. Los que serían marcados de inmediato. Los que necesitaban tener atados en corto. Su espíritu de lucha no los hacía menos preciados entre los que pujaban.

—¿Cómo puede ser esto... legal? —tu voz no era más que un susurro. Aunque estábamos apartados, agradecí que hablaras por debajo de las cifras que iban y venían—. ¿Por qué nadie hace nada? ¿Dónde...? ¿Dónde están sus libros?

Había cinco visitantes. Los conté varias veces, sin querer detenerme en sus figuras más de lo necesario. Ninguno tenía el pelo rosa. Ninguno parecía demasiado humano.

—Cuando compras un visitante, no quieres darle la oportunidad de que se marche —murmuré, con la boca seca—. Así que los libros no importan. La mayoría de los cazadores elige simplemente...

Creo que te pusiste todavía más blanca.

—Entonces, si Lía aparece en un lugar como este...

Apreté los labios. Sí, si aparecía en una subasta, la posibilidad de que luego pudiéramos encontrar su libro sería todavía más baja.

—No sabemos si va a hacerlo. No parece que esté aquí y solo suele haber un par de subastas por semana, como mucho. Los visitantes que tienen son lo suficientemente valiosos como para que no aparezcan todos los días.

Cuando te miré de nuevo, tú tenías los ojos puestos sobre el escenario central. El subastador señaló a una de las criaturas más cercanas, una figura que estaba de rodillas en su sitio. Consciente de que la estaban mirando, alzó la cabeza. Tenía los rasgos afilados, delicados, y unos ojos completamente negros tan profundos que era obvio que había algo mágico en ellos. Justo debajo de esos, tenía otros dos ojos que parecían hechos con tinta dorada en su piel, y un quinto, cerrado, en la mitad de su frente. Su piel emitía un suave brillo. Los ojos dorados no estaban solo en su cara: también en el dorso de sus manos e incluso en el hueco de su clavícula. Tenía un aspecto demacrado, casi enfermizo. Parecía muy débil y temí que se fuera a desplomar en cualquier momento.

Aparté la vista. Siempre es más fácil hacerlo.

—Vamos.

No quería que vieras aquello, así que intenté jalarte. Tú, sin embargo, no te moviste. Te soltaste y permaneciste muy quieta. Con los labios apretados, viste cómo se empezaban a alzar las manos a medida que la puja subía.

No sé qué fue lo que te pasó por la cabeza. O quizá lo sé perfectamente.

—A la una. A las dos...

Levantaste el brazo. El subastador inclinó la cabeza y reconoció la puja un segundo después en voz alta. Acto seguido me reconoció a mí, porque nuestros ojos se encontraron durante el más breve segundo. No fue el único. Algunas cabezas se voltearon hacia nosotros. Y con ellas, empezó un murmullo que me retumbó en los oídos. Intenté cerrarme a las voces, al ruido. Intenté mostrarme inmutable, interpretar mi papel. Fingí que no me daba cuenta de que de pronto tú y yo éramos el centro de atención.

Nadie se atrevió a pujar más alto.

—Adjudicado.

Diste un respingo con aquello, como si no te hubieras dado cuenta hasta aquel momento de lo que habías hecho pese a que tu mano seguía alzada. Apartaste la vista de la criatura y me miraste con todo el horror de lo que ocurría ahí dentro. Aunque fue mi primer impulso, no pude enojarme de verdad ante aquella expresión, a pesar de que acabaras de usar un dinero que no tenías para algo en lo que ninguno de los dos queríamos participar.

—No podía dejar... Lo iban a vender y... —te estremeciste—. Está asustado. Tiene que estar muy asustado. Yo lo estaría. Podría ser yo.

Estabas agarrando la tela de tu abrigo dentro de los puños y, cuando me di cuenta, todo lo que pude pensar era en que había demasiados ojos pendientes de nosotros y no podía permitir que nadie viera todo lo que iba mal, así que tomé tu mano. Al principio no reaccionaste, demasiado sorprendida, igual que te sorprendiste cuando me incliné hacia ti.

—Danielle —murmuré en tu oído, para que entendieras que, por difícil que te resultara, tenías que volver al personaje que habíamos creado la noche anterior. No eras una visitante: eras una noble de Albión—. Está bien.

Te escuché tomar aire. Creo que murmuraste una disculpa, pero cuando me separé un poco y te miré, tú te habías recolocado la máscara y asentías, aunque yo seguía detectando el miedo en el fondo de tus ojos.

—Conde Abberlain. Qué sorpresa verlo aquí.

Parecía que estábamos condenados a encontrarnos con los caballeros de la reina una y otra vez. Aquel día fue Abbigail Crossbow: reconocí su voz antes incluso de verla, en su uniforme blanco y con sus rizos oscuros recogidos cayendo por encima de uno de sus hombros. De todos los caballeros, Abbigail era probablemente la última que deseaba ver en aquel momento. Todo el mundo sabía que Crossbow era una de las personas más próximas y fieles a la reina: siempre que se acercaba a mí, sentía que era Su Majestad quien realmente quería algo.

—Señorita Crossbow —saludé y agaché la cabeza en un saludo—. Qué casualidad.

—Empezaba a pensar que sería la única que no se cruzaría estos días con usted —bromeó, con una sonrisa—. Últimamente está en boca de todo el mundo. Y parece que no solo usted...

Sus ojos se posaron sobre ti, pero tú, aunque seguías pálida, pusiste una expresión casi perfecta de cordialidad. No quedaba nada contigo, pero era creíble. Mis dedos todavía agarraban los tuyos y los alejé cuando los ojos de Crossbow parecieron juzgar aquella unión. Sentí ganas de jalar aquel guante, incómodo, pero me contuve y cerré la mano en un puño.

—Señorita Crossbow, permítame que le presente a la señorita Blackwood.

Tu inclinación de cabeza fue encantadora. Los esfuerzos de Lottie parecían haber dado sus frutos: aquella mañana no te había dejado en paz hasta que se había sentido satisfecha con el resultado.

—Espero que sepa que ha revolucionado Amyas, señorita Blackwood. El conde no suele ofrecerle su compañía a mucha gente, así que es usted toda una novedad. ¿Ya encontró a su sirvienta?

Fue inevitable que te sorprendieras.

—¿Cómo...?

—Las noticias vuelan, y la corte es... como una gran familia. Seren mencionó la desaparición ayer en la cena, para que avisáramos si veíamos algo —sus ojos pasaron de ti a mí—. Mejor así, ¿verdad? Ahora todos podremos estar pendientes para ayudar. Aunque teniendo en cuenta que acaba de comprar al visitante al que yo le había echado el ojo, tendré que pensarme si se lo merece.

Abbigail estaba bromeando, pero había también un filo en su voz. Pensé en salir en tu ayuda, pero creo que el personaje de Danielle te salvaba un poco, ¿sabes? Te alejaba de tus verdaderos pensamientos y te daba un propósito. Por eso pudiste convocar una pequeña sonrisa, casi de disculpa.

—Le diría que si mi sirvienta aparece estoy dispuesta a intercambiarlo por ella, pero lo cierto es que me quedé un poco prendada —dijiste—. Desde luego, mi Lía era mucho más... normal. No estamos acostumbrados a seres tan excepcionales en la costa.

—Debe de encontrar la vida en la capital mucho más entretenida que en su pequeño pueblo, ¿verdad? Tenga cuidado o no querrá volver nunca más a casa —sus ojos azules se clavaron en los míos—. Sobre todo disfrutando de la hospitalidad del conde.

—Lo cierto es que ya ha amenazado con marcharse demasiadas veces —intervine—. Considera que soy más agradable por correspondencia.

—Porque lo es —puntualizaste, con gracia.

—Oh, pero no puede volver a casa tan pronto, sin dejarnos disfrutar de su presencia primero. ¿Por qué no viene a tomar el té a palacio? Ambos tienen que venir —se apresuró a añadir, antes de que yo pudiera negarme—. Quizá no recuerde el camino a palacio, conde, después de tanto tiempo sin pisarlo, pero ahí estaremos encantados de verlo.

Aquel era un dardo dirigido hacia mí, pero fuiste tú la que intentaste escapar.

—En realidad, Marcus y yo tenemos muchos planes para los próximos días y...

—Estoy segura de que pueden hacer un hueco en esa apretada agenda, ¿verdad? Es una invitación a palacio y no soy la única ansiosa por saber más de usted: estoy segura de que Rowan y Seren también se unirán de buen grado.

Aquello sonaba a la peor idea que alguien podía habernos propuesto.

—Mañana es imposible —le dije—. Lo tenemos comprometido.

—¿Pasado, entonces?

—Como dijo Danielle, tenemos...

—No puede poner excusas a todos los días que proponga, conde Abberlain.

La sonrisa que puse fue de disculpa. Supe que no podría huir más, que sería sospechoso. Parecería que tenía algo que esconder, y no quería que aquella mujer y, por tanto, la reina, pensaran que tenía nada que ocultar.

—Pasado mañana tampoco podemos. Pero ¿quizás al siguiente día?

Hice el ofrecimiento con la esperanza de que dos días más fuera todo el tiempo que necesitábamos para encontrar tu libro y a tu amiga, pero Abbigail no lo sabía, así que sonrió satisfecha.

—Magnífico, en tres días. No los entretendré más, entonces.

—Con permiso.

Incliné la cabeza y tú tomaste mi brazo una vez más cuando te lo tendí para alejarnos de ahí. Nuestros pasos fueron tranquilos, a pesar de que ninguno de los dos lo estábamos.

—No estuvo mal, ¿no? —murmuraste, creo que porque sentiste mi nerviosismo.

—Supongo que esto se te da mejor de lo esperado...

Me miraste de reojo y, a pesar de todo, una de las comisuras de tus labios se alzó.

—A ti también.

Yo llevaba toda la vida poniéndome máscaras, una encima de otra y otra más, así que aquello solo era mi día a día. Volteaste a ver hacia el pedestal que ya estaba vacío: habían apartado al visitante que debíamos llevarnos a casa.

—¿Crees que vamos a poder devolverlo a su mundo?

Dado que estaba en aquel lugar, lo dudaba, pero no te lo dije. En vez de eso, del mismo modo que mi padre me había enseñado una lección ahí, decidí que yo tenía que darte otra. Una que era tan difícil como necesaria.

—No puedes salvarlos a todos, Dani.

Tú me miraste con aquellos ojos castaños tan profundos, tan llenos de cosas que todavía no entendía de ti y por las que no quería sentir curiosidad, aunque ya hubiera empezado a hacerlo.

No dijiste nada.

Nunca aprendiste la lección.

# Dani

La criatura a la que habíamos sacado de la subasta se llamaba Altair. Nos dijo su nombre mientras nos miraba entre la desconfianza y el miedo durante el viaje de vuelta a la mansión, cuando le sacamos unos grilletes que parecían tener el poder de anular por completo su magia. En el momento en el que se los quitamos, sus tobillos y sus manos, hasta entonces llenos de heridas, brillaron y se curaron por completo.

Mientras el conde le explicaba aquel mundo y lo que había sucedido, Altair lo observó con una mirada que parecía hecha de estrellas y el rostro casi inexpresivo. Cuando abrió la boca, fue solo para decir:

—Entonces, ¿no tengo que obedecerlos?

—No —dije yo—. Ni el conde ni yo tenemos ninguna intención de obligarte a nada.

Altair me miró. Parecía joven, quizás un poco más que yo, pero algo me decía que no lo era. Cuando se fijó en mí, me estremecí. Daba la impresión de poder ver más allá de mi cuerpo.

—Supongo que podría ser peor...

—¿Eso es todo?

—Mi naturaleza me hace ser consciente de la infinidad de universos que existen —dijo. Tenía una voz susurrante, muy calmada—. Cuando agarré el libro, sabía que había algo extraño en él, aunque no imaginé que me arrastraría dentro.

—¿Puedo preguntar qué...? ¿Qué eres, exactamente?

El conde también parecía sentir un poco de curiosidad, aunque quisiera disfrazarla. A mí, por mi parte, me servía cualquier cosa que me distrajera de lo que había visto en la subasta y de volver a casa sin pistas de Lía.

—Nos llamamos a nosotros mismos «celestes», pero cada cultura nos ha llamado de muchas maneras a lo largo de los tiempos. Para ustedes, los humanos, nuestro nombre siempre depende de la fe. Quienes nos ven nos encajan en sus propias creencias.

—¿Algo así como... un ángel?

—Sí, nos han llamado así también.

Sacudí la cabeza, un poco mareada. Cuando compartí una mirada con Marcus, aunque él intentara disimularlo, vi sus ganas de querer saber más, ahí, en el fondo de aquellos ojos morados. Pero no habló. En su lugar, apartó la vista hacia la ventana y la clavó en el camino que recorríamos. Fue la primera vez que entendí lo que realmente ocurría con el conde: no era que el mundo le resultara ajeno, era que se esforzaba para que así fuera. Si su mundo respetaba los límites que él había puesto (esos límites que nunca iban más allá de la reja de su mansión), estaría a salvo. El problema era que los límites no están hechos para una persona que tiene el poder de todos los mundos en la voz.

Cuando llegamos, Yinn nos recibió en la puerta con cara de no creerse que cada día estuviera resultando ser una novedad.

—Voy a dar por hecho que no es Lía —dijo, tras lanzarle un vistazo a Altair.

Suspiré. Me dolía pensar en ella, en que podía estar ahí afuera, sola, en circunstancias que ni siquiera podía imaginar del todo. Al menos habíamos comprobado que no estaba en aquella subasta y los contactos de Alyssa vigilaban las demás.

Albión me parecía una pesadilla, pero me había topado con gente dispuesta a ayudar y una parte de mí quería pensar que quizá Lía también lo había hecho. Quizás estaba a salvo, como yo. Buscándome, como yo.

Marcus hizo las presentaciones.

—Yinn te aclarará cualquier duda que puedas tener. A todos los efectos, tendrás que fingir servir a Dani, pero...

—No puedo hacer eso —dijo Altair, y todos lo miramos alarmados. Él se encogió de hombros—. Puedo... disimular un poco, si es necesario, pero los celestes no podemos mentir: la mentira nos hace daño. Y esta casa ya está lo suficientemente llena de mentiras, puedo sentirlas por todas partes. Ustedes lo están.

Se me hizo un nudo en el estómago. No podía llevarle la contraria, considerando que estábamos intentando hacer creer a todo el mundo que yo pertenecía a aquel universo y a la vida del conde desde hacía más de tres días. Altair, sin embargo, había fijado sus ojos sobre todo en Marcus, que había empalidecido un poco.

No pude evitar preguntarme si las mentiras de aquella casa no tenían que ver solo conmigo.

Yinn trató de destensar el ambiente:

—Así que no puedes mentir, ¿eh? Eso es muy interesante. Hagamos una prueba: ¿te parezco guapo?

Miré al genio con incredulidad. El celeste giró la cabeza hacia él. No sé si sintió curiosidad o si nada más quería analizarlo también a él, quizás en busca de sus mentiras.

—La belleza es algo que no tiene mucho sentido para la gente como yo. Es un concepto humano demasiado abstracto, como muchos otros.

Si no hubiera estado tan sorprendida, creo que me habría reído. Sobre todo, cuando Yinn sonrió como si aquella respuesta hubiera sido incluso mejor de la que había esperado.

—Vamos a llevarnos muy bien. Ven, te asignaremos un cuarto y podrás explicarme más cosas fascinantes de esa especie tuya. ¿Celestes, dijiste?

Altair no tuvo muchas más opciones cuando el genio apoyó una mano en su hombro para guiarlo. Los seguí con la vista antes de volver a fijarme en Marcus, que de pronto parecía muy lejos de ahí. Mientras lo miraba, tan distante, tan difícil de leer, me pregunté qué secretos escondía. Quise preguntar. Quise saber si Altair hablaba de las mentiras que habíamos fabricado juntos o si había algo más. En su lugar, dije:

—Todavía no te lo había dicho, pero siento lo que pasó.

El conde dio un respingo, como si lo hubiera sacado de sus pensamientos de una patada.

—¿Cómo dices?

—Antes, en la subasta. No debí...

—Está bien, entiendo por qué lo hiciste —suspiró—. Supongo que sigues confirmando que puedes encontrar un problema diario en el que meterte.

Me pareció que estaba lo más cerca que era capaz de hacer una broma y lo agradecí. Intenté aferrarme a aquello, porque todo lo demás me parecía demasiado complicado, demasiado triste, demasiado angustioso.

—Solo hago tu vida un poco más interesante, deberías sentirte agradecido.

—Oh, desde luego. Casi voy a echarte de menos cuando te marches. Casi.

No pude evitar sonreír un poco.

—Lo sabía. No vas a saber cómo vivir sin mí.

—Así es: no voy a saber qué hacer con tanta tranquilidad cuando la recupere.

—Continúa con tu sarcasmo, por favor. Igual hasta terminas riéndote y puedo pedir un deseo, como dijo Alyssa.

—Ah, así seguro que encontraríamos a tu amiga y tu libro.

—Lástima que me parezca más imposible que sepas divertirte de verdad.

Marcus resopló y me dio la espalda para subir las escaleras. Creo que no me imaginé su comisura levemente alzada. Creo que, de hecho, quiso retirarse porque se dio cuenta de que él también encontraba cierta comodidad en aquellos ataques.

—La cena es en veinte minutos, Daniela. Espero que no te parezca igual de imposible ser puntual.

—¡Ni se te ocurra volver a llamarme así, conde!

Él se paró para mirarme por encima del hombro.

—¿No era así como te llamaban siempre que te metías en problemas?

Crucé los brazos sobre el pecho.

—Sí y...

—Entonces, deja de meterte en problemas y yo dejaré de llamarte así.

Él aprovechó el corte para seguir su camino. Yo me ruboricé, porque sentía que había perdido aquel asalto. Pero como no estaba dispuesta, lo seguí escaleras arriba, hacia su despacho. Continuamos lanzándonos palabras como quien se lanza puñales, pero sabiendo que a la hora de la verdad no íbamos a hacernos daño.

Aquel día, incluso con todo lo que había ocurrido, incluso a sabiendas de que aquel chico tenía más secretos de los que yo había visto a simple vista, fue el primero en el que sentí de verdad que junto a él podía estar a salvo.

# Marcus

Ya que todo el mundo parecía ser consciente de tu presencia en mi casa, y ya que habías salido más de lo que a mí me hubiera gustado de todas formas, al día siguiente decidí que podía llevarte a recorrer la ciudad. La intención no era dar un paseo, sino empezar de verdad la búsqueda de tu amiga. No creo que tú lo notaras, porque estabas demasiado concentrada en lo que te preocupaba, pero lo que habíamos supuesto el primer día que pasaría ya estaba ocurriendo: la gente nos miraba y murmuraba. Un par de personas que apenas conocía de vista se acercaron a nosotros con aquellas sonrisas artificiales y me hicieron presentarte. Tengo que admitirte que no te saliste de tu papel ni un solo momento: te mostraste encantadora e ingeniosa, pese a que por dentro debías de querer acabar con las formalidades cuanto antes para poder dedicarte a buscar a Lía.

Aun así, pese a que era la preocupación lo que te movía, pese a que me pareciste ansiosa en las distintas comisarías en las que preguntamos, tampoco podías evitar estudiarlo todo con curiosidad durante el camino que recorrimos desde el callejón en un intento de averiguar cuáles eran los lugares más cercanos en los que tu amiga podía haber terminado. A veces te distraías con algún visitante o mirabas con demasiado descaro nuestras ropas. Y te fascinaron los bollos de rosas, de los que compré uno para ti cuando pasamos por un puesto.

—Van a pensar que eres una visitante recién llegada —te advertí cuando te quedaste mirando la ciudad desde el puente que cruzaba el río.

—Estoy metida en el personaje. Soy la chica que no ha salido nunca de su pueblo costero y llega a la capital con ansia de descubrir todo lo que su protectora familia le ha negado hasta el momento.

—Supongo que también podemos excusar así tu falta de refinamiento.

Como no había nadie cerca, me levantaste el dedo corazón en un gesto nada refinado y yo tuve que contener una sonrisa. Pese a que creo que el paseo fue moderadamente bien, para cuando volvimos a casa se te notaba frustrada. Sabía que cada día que pasaba estabas más preocupada por Lía. Sabía también que no encontrar tu libro estaba empezando a ponerte más nerviosa. Supongo que por eso no insistí en seguir preparando tu personaje y dejé que te relajaras como quisieras. Me encerré en mi despacho a trabajar y hasta media tarde, cuando escuché a Charlotte en el piano, no decidí salir del cuarto. Las notas llevaban ya tiempo fluyendo desde la sala de música, pero me sorprendió la facilidad con la que de pronto fluían y mi incapacidad para reconocer la canción.

Te encontré sentada al piano al lado de mi hija. Tenías los ojos sobre las teclas y una expresión de calma que no casaba con lo que había visto de ti. Tus dedos parecían acariciar cada sonido que arrancabas del instrumento. En mi defensa, solo quería escuchar la canción. No esperaba que la melodía se disolviera en el aire tan pronto. No esperaba escuchar a Charlotte dejar escapar una exclamación de entusiasmo.

—¡Fue perfecto, Dani! ¿Es una canción de tu mundo? ¿Podrías enseñarme? ¡Así podría tocarla luego para papá!

Ya te lo dije: había muchas preguntas que habría querido hacerte esos primeros días, pero preguntar iba en contra de las reglas que me había autoimpuesto. Así que cuando escuché a Lottie, una parte de mí pensó que quizás ella podía hacerlas por mí. Me engañé a mí mismo y me dije que si no me marchaba era porque escucharían mis pasos y entonces no pararías de atormentarme por escuchar a escondidas mientras estuvieras aquí.

Pero en realidad me quedé por la risa que dejaste escapar. Apoyé la espalda contra la pared y dejé que sus voces llegaran hasta mí.

—¿Tocas el piano por tu papá? Espero que no sea porque te haya obligado a tomar clases para ser una verdadera dama o algo así.

Fruncí el ceño y crucé los brazos sobre el pecho. ¿Ese era el concepto que tenías de mí?

—¡No! Toco porque me gusta la música. Bueno, y porque las damas siempre parecen tan interesantes y bonitas cuando están sentadas al piano... ¿Aprendiste tú sola a tocar así?

—Me enseñó mi abuela: era pianista. En comparación, no soy ninguna experta, pero en casa todavía conservo su piano y a veces lo toco. Me recuerda a ella.

Tu voz era la de la nostalgia, la de quien todavía lleva en el corazón a las personas que la han marcado. Bajé la vista al suelo, a mis pies. Sabía lo que era: el vacío, las ganas de aferrarse a cualquier cosa que pueda dar una falsa sensación de compañía.

—¿La extrañas mucho?

—Todos los días. Era la mejor.

—A mí me habría gustado mucho conocer a mi abuela. A la mamá de papá, quiero decir. A veces me cuenta historias sobre ella. Y hay un retrato en una de las habitaciones. Era guapísima. De mamá no hay retratos, pero papá dice que me parezco muchísimo... ¿Hay retratos en tu mundo?

—Sí, sí que los hay. Algunos salen de máquinas y se llaman fotografías. Y también hay retratos que se mueven. Con sonido y todo. Así no te olvidas de cómo sonaba la voz de esa persona o cómo se reía. Tengo muchos de esos y, cuando los miro, es como si mi abuela siguiera un poco conmigo.

Yo me di cuenta de la emoción en tu voz, pero creo que la niña no fue capaz de verla. No puedes hablarle a Lottie de algo que ocurre en otro mundo y esperar que preste atención a ninguna otra cosa.

—¿Cómo se hacen retratos con sonido? ¿Tienes alguno contigo?

—No, mi celular debe de estar en mi casa. El celular es otra cosa que... Uf, no sé si puedo explicarte todo y que te hagas una buena idea, tendrías que venir a mi mundo para verlo.

Hice una mueca antes incluso de escuchar la exclamación de felicidad de Lottie.

—¿Podría? ¿Me estás invitando? Porque si encuentran el libro, a lo mejor, podría. Bueno, tú no me recordarías, pero da igual, porque estoy segura de que podríamos ser amigas igual.

—¿Pueden... ir a otros mundos? Pensé que solo veían cómo la gente llegaba.

—Papá puede, por el poder de los Abberlain. Y yo podré, aunque no será hasta que cumpla los nueve, ¡y ya no queda casi nada para eso! Papá me ha contado un montón de historias sobre ello, ¿sabes? Sobre visitar otros mundos, digo. Lo hacía mucho cuando era más joven, pero ahora dice que ya no le interesa. La verdad es que no sé cómo alguien puede cansarse de algo así. Yo no voy a cansarme nunca.

Otro silencio. Yo me tragué una maldición, porque las palabras de Charlotte me habían recordado otra cuenta atrás de la que, con los sucesos de los últimos días, casi me había olvidado.

—Bien, entonces, cuando yo vuelva a mi mundo y tú puedas viajar, irás a verme y yo te lo enseñaré todo: fotos, videos y celulares. Y te pondré toda la música que quieras. ¿Trato hecho?

—Solo si la música empiezas a enseñármela ya.

Tu risa de nuevo. Sentí un poco de envidia de que fuera tan sencillo para Charlotte sacarte aquel sonido.

—Trato hecho.

Empezaste a tocar. Yo esperé los primeros compases, pero luego me alejé de ahí, con la cabeza llena de su conversación. Di un respingo cuando, al levantar la vista, me encontré a Yinn y Altair mirándome desde el fondo del pasillo. El genio no dijo nada, pero no fue necesario: esbozó una sonrisa llena de significado y fue suficiente para que me ardiera la cara. El celeste también me estaba observando, con todos aquellos ojos. A él le aparté la mirada. Todavía no me sentía cómodo después de lo que había dicho sobre la casa llena de mentiras.

Mis mentiras.

No sabía si podía verlas todas. No sabía si eran manchas sobre mi piel o sombras en los rincones. Si tomarían la forma de mis fantasmas. Si podía ver cómo me pesaban sobre los hombros, cómo me abrazaban y trataban de romperme las costillas.

Fingí que no me importaba.

Me ajusté los guantes y me marché.

## Dani

Creo que hice la pregunta porque necesitaba encontrar la manera de pensar en algo que no fuera que, tras cinco días en aquel mundo, mi mejor amiga no estaba por ninguna parte y tampoco parecíamos estar más cerca de encontrar el libro que pudiera llevarnos de vuelta a casa. Marcus, de todos modos, tenía la esperanza de que los dos misterios se resolvieran a la vez: que el libro estuviera con ella. A la hora de la verdad, sin embargo, no estábamos seguros de nada. Ni teníamos pistas. Habíamos peinado la ciudad, habíamos preguntado a muchísima gente, pero era como si Lía nunca hubiera caído ahí.

Con cada paseo que dábamos, la gente se fijaba más en nosotros. No me arrepentía de mi idea de interpretar un papel y ponerme a la vista de todos, porque al menos de aquella forma sentía que hacía algo para encontrar soluciones, pero era obvio que Marcus había tenido razón al decir que la gente hablaría. Aquella tarde había visto a dos señoras cuchichear sobre nosotros con tan poco disimulo que había estado a punto de preguntarles si querían un autógrafo.

—¿No crees que deberíamos ser más que amigos?

Marcus estuvo a punto de atragantarse con el té que estaba bebiendo mientras repasaba mi ficha de personaje en busca de alguna laguna. Era de noche. Nos habíamos vuelto a sentar en el despacho para asegurarnos de que nuestra historia se sostenía antes de encontrarnos con Crossbow al día siguiente. Sabíamos que los caballeros no iban a permitir ni un hilo sin atar, así que más nos valía estar preparados para el interrogatorio.

—¿Disculpa?

—Tú y yo no, imbécil. No tengo tan mal gusto.

—¿*Disculpa*?

—Danielle y tú. Deberían ser más que amigos.

—Dado que me acabas de insultar, lo que yo creo es que no deberíamos ser ni eso.

Apoyé la cara en una mano y me acomodé en el sillón.

—¿Te pusiste nervioso porque sugerí que igual deberíamos ser pareja?

El conde carraspeó y dio otro sorbo a su té. Volvió a ver el papel que sostenía en la otra mano.

—Considero que lo que dices no tiene ningún sentido. No necesitamos hacer esto más complicado de lo que es.

—Muy bien, y cuando tu hermano vuelva a preguntarme hasta cuánto me voy a quedar, ¿qué es lo que se supone que vamos a decir?

Marcus mantuvo la mirada en la ficha un segundo más, como si fuera a encontrar la respuesta ahí, y después la levantó hacia mí. Con precaución. O quizá sin querer admitir que de pronto entendía por dónde iba.

—Llevo cinco días aquí. Y no sé cuántos más voy a quedarme.

Intenté decirlo como un hecho objetivo, pero no pude evitar que la voz se me atragantara. Cinco días eran bastantes, aunque ni siquiera entendía cómo había pasado tanto tiempo. Entre lo irreal de la situación y aquel papel que tenía que interpretar, me sentía en una disociación constante.

El conde apretó los labios. Creo que él tampoco había querido pensar en los días que iban pasando. Ni en que seguíamos tan perdidos como el primero.

—Vas a volver, Dani.

Intenté no pensar en que una parte de mí empezaba a dudarlo.

—Pero no podemos saber cuándo, ¿no? Y la gente ya empezó a hablar.

Marcus había dejado su taza de té, así que ya podía hacer aquello otra vez: jalar sus guantes. Los dos nos fijamos en cómo lo hacía.

—No sé cómo serán las relaciones en tu mundo, pero aquí no es común que las parejas se queden en la misma casa si no hay un anillo de por medio. O planes de ponerlo.

—Si vas a pedirme matrimonio, más te vale hincar la rodilla como mínimo. Y el anillo espero que sea de diamantes.

Marcus resopló, sin apreciar mi intento de llevar la situación con humor.

—Los matrimonios son acuerdos racionales, sobre todo entre nobles. Las dos partes suelen ganar algo —hizo un ademán hacia los papeles—. Y no sé qué podría ganar yo de la señorita Blackwood.

—Nada: ahí está la magia. Estás perdida e irrevocablemente enamorado de ella.

Sus cejas se alzaron tanto que casi rozaron la línea de su cabello. Me dedicó una mirada de arriba abajo que no fue para nada halagadora y ante la que tuve que cruzar los brazos.

—Te recuerdo que necesitamos que la gente se crea lo que decimos.

—Mira, amigo, en tu vida te has encontrado mejor partido que yo.

—Permíteme que lo dude: no tienes título y, según tu ficha, eres la hija de un noble que no te aceptó y una mujer cualquiera. Eso te pondría difícil un matrimonio de conveniencia. Y, honestamente, no eres mi tipo: maleducada, malhablada, terca y demasiado directa, ¿recuerdas? Mis dotes de actor no son tan buenas como para fingir que estoy enamorado de alguien como tú. Y las tuyas tampoco.

Que pusiera en duda lo que era capaz de hacer después de todo lo que me había esforzado en los últimos días me ofendió más que todo lo demás.

—Me lo pones complicado, sí, porque ahora mismo ni siquiera recuerdo qué hago aquí perdiendo el tiempo contigo. Pero, para tu información, aunque seas un amargado con el que yo no me juntaría ni por el contrato más ventajoso del mundo, podría interpretar ese papel —me encogí de hombros—. Es una lástima que tú no estés a mi altura.

—Llevo jugando a esto mucho más tiempo que tú.

—Pues demuéstralo. Sabes que lo que digo tiene sentido. Eres el conde excéntrico que no se relaciona con nadie y de pronto una misteriosa desconocida pasea por la ciudad de tu brazo. La gente espera un romance: es más sospechoso no dárselo. Y mientras la gente se entretenga hablando de si una chica con mi historia es o no lo suficientemente buena para ti, mientras se inventan incluso más historias de mí de las que nos hemos inventado tú y yo, nosotros podremos seguir con lo nuestro durante el tiempo que sea necesario.

Marcus tomó aire, con los labios apretados. Pasó así un segundo. Dos. Tres. Con sus ojos fijos en mí. Y cuando los apartó, fue porque se pasó las manos enguantadas por la cara.

—De acuerdo.

—De acuerdo, ¿qué?

—De acuerdo, puedes... ser mi prometida —se cruzó de brazos—. Pero vas a tener que ser especialmente convincente, Danielle, porque la gente con la que nos encontraremos mañana me conoce. Quiero ver tu actuación de enamorada antes de que lo estropees todo. Procede.

Cuando Marcus Abberlain se ponía en plan niñito rico repelente era capaz de llevarme al límite de mi paciencia.

—Retiro lo dicho. ¿Quieres seguir ayudándome? Págame una casa en la costa. Me retiraré cuando me quede aquí atrapada y viviré ahí el resto de mis días: desdichada por no poder haber vuelto a mi mundo, pero feliz porque al menos me habré librado de ti.

—Sinceramente, si te comprara una casa en la costa y alguien se enterara, todo el mundo pensaría que no eres mi prometida, sino mi amante. ¿Prefieres ese papel? Porque yo no me puedo permitir un escándalo así.

—Bueno, al menos podemos asegurar que a mí no me vas a dejar embarazada, no como a otras.

Marcus dio un respingo y me miró con los labios entreabiertos, sorprendido. Al instante siguiente tenía la cara roja (no tengo claro si de enojo o de vergüenza) y los ojos entornados.

—¿Sabes? Creo que será mejor que mañana te pongas mortalmente enferma. Será una lástima, pero no vivirás más allá de otro día. Pasarás el resto de tu estancia en tu cuarto.

Entrecerré los párpados y él levantó la barbilla. La mayoría del tiempo era así: una lucha para ver quién agachaba la cabeza primero y aceptaba el ritmo que el otro marcaba. Marcus estaba acostumbrado a tener el control; yo, a que nadie tuviera control sobre mí. Ninguno de los dos estábamos demasiado dispuestos a que nada de eso cambiara.

Al final resoplé, me puse en pie y le arrebaté mis papeles de las manos.

—¿Qué haces? —preguntó, incrédulo.

—Me voy a dormir. Tengo que estar muy pero que muy descansada mañana para poder fingir que me importas lo más mínimo. Aunque por suerte para mí, puedo ser la sucia manipuladora que te engañó para conseguir un buen matrimonio. Ánimo, conde. El que lo tiene complicado parece que eres tú.

Cuando salí del despacho aquella noche, lo hice convencida de que Marcus Abberlain tenía razón: nadie podría creerse nunca que pudiéramos sentir algo el uno por el otro.

Qué idiota.

# Marcus

Puede que te evitara durante la mañana. Puede que desayunara por mi cuenta, en mi dormitorio, y que luego me encerrara a trabajar en el despacho. Puede que le dijera a Yinn que te mantuviera entretenida y no te dejara levantarte de la mesa del comedor hasta que no tuvieras unos modales impecables. Puede que le dijera que usara a Charlotte como maestra si era necesario.

Y puede que lo hiciera porque, en el fondo, estaba nervioso y un poco avergonzado, porque sabía que la noche anterior no me había comportado. Pero tu propuesta me había asustado, quizá precisamente porque tenía todo el sentido. Porque me había hecho darme cuenta del tiempo que ya había pasado y del que podría pasar.

Al final, sin embargo, tuve que salir de mi escondite. Con las manos en los bolsillos, bajé las escaleras y te encontré ya esperándome en la entrada junto a Yinn y Altair, que parecían haberse vuelto inseparables. Nuestras miradas se encontraron.

—Ah, pero si estás en casa. ¿Te has pasado la mañana practicando delante del espejo para poder fingir que te resulto mínimamente agradable?

—Buenas tardes a ti también, Danielle, querida.

Tú entornaste los ojos y te ajustaste el chal que llevabas sobre los hombros. No pude evitar que mi mirada cayera sobre tu ropa. Habías cambiado los pantalones y el chaleco por una falda azul y una blusa con saco y llevabas el pelo recogido en un peinado tan perfecto que supuse que también había habido magia de por medio.

—Por favor, amor mío, no me mires así delante de la gente, me da vergüenza.

Me tragué un resoplido, me planté ante ti y te tomé de la mano. Mi pulgar acarició tus nudillos antes de que lo hicieran mis labios. Tú alzaste una ceja, yo esbocé mi sonrisa más cortés contra tu piel.

—Te aconsejo que no te lo hagas más difícil teniendo que fingir también ser dulce e inocente. Se lo creerán todavía menos.

—Perfecto. En cambio, está bien que tú sonrías: eso me convierte en el rayo de luz que ha derretido el hielo. Aunque me sorprende que te acuerdes de cómo se hace.

Me enderecé. Quizá no estuviera forzando la sonrisa tanto como quería pensar.

—Ah, me lo recordaste tú cuando llegaste a mi vida.

—Oh, Marcus —suspiraste, dramática.

Yinn carraspeó.

—Espero que esta no sea su mejor actuación. Es un poco... forzada. Pero estoy seguro de que mejoraría con un beso. ¿Se lo han planteado?

—Nada de besos —dijimos a la par.

Ambos nos fijamos en el otro. Me pareció que querías sonreír, que una de tus comisuras llegó a levantarse un poco, pero apartaste la vista, alzaste la barbilla y alejaste tus dedos de los míos.

—Eso incluye besos en la mano —apuntaste.

—De todas las cosas que espero de ti, pudor no es una de ellas.

Abriste la boca para protestar, pero te quedaste muda cuando volví a atrapar tu mano para dejar sobre la palma abierta el objeto que había llevado guardado en el bolsillo desde primera hora de la mañana.

—Vamos —dije, y pasé por tu lado para no ver tu expresión sorprendida.

—¿Qué...?

—Un anillo. No es de diamantes, pero tendrás que conformarte. Ten cuidado con él, ¿de acuerdo? Es... importante.

Salí por la puerta. Sabía que me seguirías: lo que me preocupaba era que al hacerlo vieras que me había ruborizado, por eso apreté el paso y entré el primero en el carruaje. Tú solo tardaste un par de segundos más. Llegaste algo jadeante y, en cuanto te dejaste caer enfrente de mí (para nada como una dama), mostraste el anillo, que todavía no te habías puesto. Lo sujetabas entre el dedo índice y pulgar. Quise decirte de nuevo que era importante y que te lo pusieras de una vez, sobre todo cuando el carruaje se movió y estuviste a punto de dejarlo caer al suelo.

—Esta fue la pedida de mano más cutre de la historia.

—Puedes adornar la historia como te plazca: puedes decir que ayer tuvimos un picnic nocturno o que te llevé a pasear junto al río o incluso que me arrodillé, si te hace ilusión.

—¿De dónde sale este anillo?

—¿Importa?

—¿Por qué alguien que no se quita los guantes ni para dormir tendría un anillo? ¿Lo compraste para alguien? ¿Es de la mamá de...?

—Es una herencia —te interrumpí—. Nunca... La mamá de Lottie y yo nunca estuvimos prometidos.

No sé qué cara pusiste. Preferí no verla. Aun así, te escuché removerte en el asiento.

—Oye, lo de ayer... Lo de que al menos a mí no me ibas a dejar embarazada... No te molestó de verdad, ¿no? No te estaba juzgando, pero es que me pareció que era ridículo que...

—Lo siento.

Diste un respingo cuando levanté la voz para cortarte. Con un suspiro, volteé los ojos hacia ti y te vi más cerca de lo esperado, inclinada hacia mí, con aquella expresión de sorpresa.

—Sé que este mundo no es fácil para ti. Y, pese a eso, te estás esforzando, y lo estás haciendo bien, a veces creo que incluso mejor que yo —te quité la joya y te obligué a extender los dedos de la mano izquierda. El aro oscuro se deslizó con suavidad por tu dedo anular. Consideré que era una buena señal que encajara a la perfección—. Así que lo siento. Ayer perdí los estribos, pero lo que vamos a hacer hoy tampoco es fácil para mí.

Sostuve tus dedos sobre los míos y observé la forma en la que la luz sacaba reflejos a la amatista engarzada en el oro negro. Era del mismo color que mis ojos, pero esperé que no te dieras cuenta y me llamaras egocéntrico. Ni siquiera lo había elegido yo.

Tú volviste a titubear, como si no supieras muy bien qué hacer con mis palabras y con la joya en tu dedo. Tras un segundo de silencio, apartaste tu mano y probaste a ajustarte el anillo.

—Yo tampoco soy fácil de tratar a veces. Y sé que te estoy metiendo en algunos líos que de otra manera no tendrías... —te mordiste el labio, inquieta, y luego alzaste la vista de nuevo hacia mí—. Pero seré la mejor prometida falsa que puedas desear.

—Suena a que serás la mejor prometida que he tenido nunca.

Tu risa sonó un poco nerviosa. Un poco fuera de tono, no como aquellas carcajadas que habías dejado escapar cuando estabas tocando el piano con Lottie. Te vi intentar arreglarte un peinado que seguía perfecto, mientras nos mirábamos. Había habido tensión antes entre los dos, pero la que se asentó junto a nosotros en el carruaje en aquel momento fue diferente.

Al final, los dos apartamos la vista. Dejé pasar un par de minutos para que la quietud cayera y despejara el ambiente. No sucedió. Algo dentro de mí quería hablar, aunque ni siquiera sabía por qué.

—Se lo pedí.

Creo que a los dos nos sorprendió mi voz. Tú, que habías estado entretenida viendo cómo la ciudad cambiaba tras la ventana, me miraste con un parpadeo confuso. A mí se me enredó el resto de las cosas en la garganta, pero conseguí sacarlas:

—No le di el anillo a la mamá de Lottie, pero le pedí que se casara conmigo —me fijé en la manera en la que jalé mis guantes. Era mejor que ver qué expresión tenías—. Fue antes incluso de saber que estaba embarazada. Pero me dijo que no.

Me arrepentí de confesártelo incluso antes de terminar. Porque no necesitabas saberlo. Porque era romper mis propias reglas y dejarte ver algo personal que no te afectaba.

—Esto no es información pública, así que no vayas gritándola por ahí.

Fue un intento de broma ridículo. Casi tanto como mi intento de recomponerme cuando me sentía tan vulnerable. No sé si puedes comprender lo que es romper el silencio y dejar que alguien vea algo de ti por primera vez en mucho tiempo. Es como deshacerte de un vendaje y rozar una herida abierta. Me preparé para la burla o para cualquier otra cosa.

Pero tú, rompiendo una vez más mis expectativas, susurraste:

—Tú estás protegiendo todos mis secretos, así que es justo que yo también proteja algunos de los tuyos.

Cuando levanté la vista, tus ojos estaban fijos en los míos. Una de las comisuras de tus labios se había levantado. Tragué saliva. No se me ocurrió qué responderte. Creo que te sonreí, o lo intenté, y esperé que entendieras que te estaba dando las gracias.

No te equivoques: todavía pensaba en las mil formas en las que todo aquello podía terminar en desastre. Pero en aquel momento, con nuestras rodillas casi tocándose y el anillo en tu dedo, pensé que quizá no estaba tan mal si, por primera vez en mucho tiempo, me atrevía a confiar en alguien más.

## Dani

Marcus me había hablado del palacio, pero no era lo mismo que verlo. Una vez más, por mucho que lo describa, no voy a hacer honor a lo que es estar ahí. Hay cosas que me alegro de que no recuerdes, algunas de las cuales pasaron en aquel mismo edificio, pero hay otras muchas que me gustaría que pudieras recuperar. Emociones. Momentos concretos. La imagen de todos aquellos lugares sacados de alguna cabeza con demasiada imaginación.

El palacio era grandioso: blanco, con ornamentos de oro que parecían brillar bajo el sol. La luz se colaba dentro del vestíbulo por mil ventanales y cúpulas y Marcus me explicó que, aunque su apariencia podía ser delicada, la magia de aquel mundo lo protegía. En Albión, de todas formas, no conocían el peligro de conquistas y guerras más que por los libros. Otra cosa que me sorprendió fue que el lugar estaba repleto de gente. Muchas personas vestían de blanco, con aquella rosa de cobre en la pechera de sus sacos, pero también vi gente con trajes y vestidos de otros colores que paseaba por ahí como si fuera solo una plaza más.

Tienes que entender una cosa: era muy consciente de mi situación, pensaba todo el tiempo en la posibilidad de quedarme ahí encerrada, pero aquello no impedía que a veces me sintiera...

fascinada. Marcus se dio cuenta de que en aquel momento lo estaba, de que miraba con los ojos muy abiertos la estructura, el arco de rosas de piedra que coronaba las escaleras principales y los ricos y delicados vitrales. Creo que le gustaba que viera las cosas hermosas de su mundo, ¿sabes? Después de todos los detalles horribles en los que ya había reparado, de toda la injusticia, supongo que quería que me quedara con algo de belleza, aunque esta nada más fuera un disfraz. Todo Albión era un disfraz, en realidad. Todos jugábamos en una gran obra de teatro, con un espectacular decorado.

—Ven —me dijo el conde, tras consultar su reloj de bolsillo—. Tenemos tiempo.

Asentí por inercia y dejé que me enseñara el lugar, agarrada a su brazo tal y como había hecho los días anteriores durante nuestros paseos por la ciudad. Marcus saludó a algunas personas con la cabeza, pero no se paró a charlar con ellas: se centró solo en mostrarme cada sala abierta al público mientras me hablaba con aquella voz hecha de todas las palabras escritas. Pasamos por el salón del trono, en el que la reina no estaba en aquel momento; salimos a uno de los balcones desde los que se podía ver la capital, con el río cruzándola; entramos en una galería llena de cuadros. Ahí, presidiendo la estancia, estaba la imagen de una chica joven, adolescente como mucho, con un cetro en una mano y un orbe en la otra; sobre su cabeza se posaba una corona de rosas intrincadas. La reina Victoria de Albión me pareció bonita, con aquellos cabellos rubios muy claros, la cara redondeada y aquel porte orgulloso que contrastaba con su apariencia.

—¿Se han planteado que sea una vampira? A lo mejor se mantiene joven gracias a la sangre de visitantes y ni siquiera lo saben.

Marcus puso los ojos en blanco.

—Sí, sale todas las noches a cazar. Alguna vez Yinn y yo nos la hemos encontrado y hemos tenido que luchar con ella para salvar vidas. Guárdanos el secreto porque, de saberse, nos matarían por traición.

—Qué valientes. ¿Nunca ha llegado a morderte?

—No soy del gusto de la reina, así que supongo que mi sangre tampoco lo sería.

—¿Eres demasiado estirado incluso para ella o qué?

Marcus titubeó un segundo.

—Estoy demasiado apartado de todo y eso no le agrada —confesó—. Mi padre era mucho más... servicial. Acudía a cada evento y a cada fiesta y pasaba mucho tiempo en palacio. Estaba muy cerca de ella. Supongo que esperaba que yo siguiera con la tradición familiar y en comparación resulto... decepcionante.

El conde había volteado de nuevo hacia el cuadro, pero yo solo pude observarlo a él. Reparé en su expresión pensativa, en aquellos ojos que parecían contener la misma magia que protegía aquellas paredes. Pensé que era un misterio. Por cada cosa que sabía de él, aparecían cien preguntas más.

—¿Es porque ya no viajas entre mundos y a ella le gustaría que lo hicieras?

Marcus dio un respingo. Yo había pensado mucho en aquello desde mi conversación con Lottie. Me preguntaba por qué había dejado de viajar, qué había cambiado. Por qué alguien con ese poder se quedaría en su realidad, estable y monótona, en vez de traspasar a otras.

—Lottie me dijo que podías hacerlo. Entrar en los libros, no solo mandar gente a ellos.

Una vez más, una duda, un silencio.

—Sí. Sí que puedo hacerlo. Y sí, supongo que a la reina no le gusta que no lo haga. Hay... mucha información que puedes sacar visitando otros universos. Muchos materiales, también. Los avances en Albión han ido de la mano de los viajes de mis antepasados. Si saltara al tuyo, por ejemplo, podría traer aquí la magia de los... ¿celulares?

—Los celulares no funcionan con ma... —callé y lo miré, suspicaz—. Yo no he hablado de celulares contigo.

El conde se ruborizó de inmediato.

—Se nos hace tarde. Ven, quiero enseñarte una cosa más.

—¡Esa es una excusa muy pobre para disimular que me has estado espiando!

—No espiaba: fui a ver cómo mi hija tocaba el piano y casualmente estaba contigo.

—Y una mierda.

—Tus modales, *Danielle*.

Vi cómo apretaba los labios para no sonreír. No le salió tan bien como esperaba y a mí tampoco, pero ambos fingimos no darnos cuenta mientras continuábamos nuestro recorrido.

¿Recuerdas la biblioteca de esa escena de *La Bella y la Bestia*? Creo que es la referencia más visual que te puedo dar de la Biblioteca Real de Albión, la estancia a la que me llevó a continuación, aunque en realidad era incluso más grande, más impresionante. Parecía contener todos los libros, todos los mundos, que alguna vez se hubieran podido inventar: era gigantesca, sin un centímetro de pared desnudo de estanterías. La gente se movía entre columnas cubiertas de ejemplares. Era un millón de veces la librería en la que trabajaba. Puede que dos millones. Ni siquiera parecía tener fin.

Tuve que cerrar la boca cuando Marcus me dio un pequeño jalón para que disimulara mejor. Parecía divertido por mi impresión.

—¿De dónde salen tantos libros? —susurré, muy bajo, pegándome a él para asegurarme de que nadie llegaba a escucharnos.

—La biblioteca está aquí desde el principio de los tiempos, como la reina y su palacio.

—¿Crees que...?

No llegué a completar la pregunta, pero el conde negó con la cabeza.

—Le pedí a Yinn que viniera hace un par de días, por si sentía algo, pero nunca he encontrado un libro de un visitante aquí. Yinn dice que casi todos los libros aquí parecen... dormidos. A veces incluso es difícil entrar en algunos de ellos. Hay quien dice que el palacio se alimenta de ellos, que así es como consigue ser indestructible.

—Y que con su magia la reina se mantiene siempre inmortal.

Marcus y yo nos tensamos a la vez ante la nueva voz. Detrás de nosotros, con un libro en la mano que apoyaba sobre un hombro en una actitud despreocupada y una sonrisa que no terminaba de llegar a sus ojos claros, estaba aquel chico que hacía solo unos días me había encontrado mientras gritaba en la calle.

Seren Avery.

## *Marcus*

El día que fuimos al palacio iba mentalizado de que nos encontraríamos con él y, aun así, escuchar su voz me desestabilizó. Descubrí la sonrisa en su voz antes incluso de verlo ahí de pie, con aquel libro en la mano. A Seren siempre le había gustado contar historias, leerlas y vivirlas. Supuse que había cosas que no cambiaban, aunque darme cuenta de ello solo me trajo un regusto amargo a la boca.

—¿Y es cierto...? —preguntaste.

—No le hagas caso. El señor Avery cuenta esa historia a todo el que quiera escucharla desde que tenía ocho años. Durante un tiempo incluso se la creyó, me parece recordar.

Seren ladeó la cabeza cuando lo llamé por su apellido. Bajó el libro que todavía sostenía y se lo colocó bajo el brazo.

—Al señor Avery, que es mi padre, no le gusta nada que la gente se entretenga con historias, y mucho menos que se las crea —puntualizó—. Pero si te refieres a mí, desde luego que me la creía. Y me la sigo creyendo. ¿Y usted, señorita Blackwood? ¿Cree en cuentos?

Dudaste un segundo. Noté cómo apoyabas un poco más el peso de tu cuerpo en mi brazo antes de sonreír.

—Me parecería un poco contradictorio no creer en cuentos cuando he visto a Marcus mandar a un visitante de vuelta a su mundo con mis propios ojos —dijiste—. O cuando existe este palacio. Lo que había escuchado sobre él no le hace justicia.

—Ah, ninguna historia hace justicia a lo que de verdad contiene, ¿no? Por muy bien contada que esté, los mundos tras ella siempre son más grandes. Supongo que eso también lo sabrá bien, ¿no?

Te tensaste un poco. Creo que yo también lo hice. Creo que sentimos que tu secreto había sido descubierto, que la función acababa antes de empezar. Aun así, tu mueca de confusión estuvo muy conseguida.

—¿A qué se refiere?

Seren hizo un ademán hacia mí.

—Supongo que la habrá llevado a visitar algún libro, ¿no? ¿O ya no haces eso con tus amistades, Marcus?

Su expresión no tenía nada de inocente. Por mucho que yo prefiriera olvidarlo, su mirada guardaba para mí muchos menos secretos de lo que ambos queríamos admitir. Sabía, por ejemplo, que Seren estaba disfrutando de aquello. Supuse que se sentiría superior si le decía que, efectivamente, había dejado de viajar entre mundos. Supuse que le hincharía el orgullo comprobar que había cosas que, después de él, ya no había podido hacer de nuevo con nadie. Y yo no quería que lo supiera.

—Todavía no he encontrado el libro perfecto. No todas las historias te dan la bienvenida de la misma manera. Ha pasado mucho tiempo, probablemente no recuerdes cómo funciona.

—No soy ningún visitante de vuelta en su mundo, Marcus: lo recuerdo todo a la perfección.

Tú mirabas del uno al otro, y era obvio que tenías muchas preguntas. Temí que fueras a lanzarlas en cuanto separaste los labios, pero me sorprendió que, en su lugar, posaras suavemente tu otra mano sobre mi brazo.

—¿No llegamos tarde? No deberíamos hacer esperar a la señorita Crossbow, ¿verdad? —y acto seguido te volteaste hacia Seren y le sonreíste. Hasta él tuvo que mostrarse un poco curioso ante tu actitud—. Está usted invitado también, ¿no, señor Avery?

—Seren —repitió él.

—Seren —le concediste—. Puedes llamarme Danielle, entonces.

Te dedicó una de esas sonrisas que yo me conocía de memoria porque en el pasado Seren siempre conseguía todo lo que se proponía con ellas.

—Danielle —paladeó tu nombre y yo tuve ganas de arrancárselo de la boca—. Nuestro último encuentro fue un poco accidentado, ¿verdad? Deberíamos empezar de nuevo.

Cuando él extendió la mano y tú la tuya, supe lo que iba a pasar. Sentí más satisfacción de la que esperaba al ver la sorpresa en el rostro de Seren, porque él siempre parecía preverlo todo. Durante un momento, esa máscara perfecta que siempre llevaba puesta se quebró. Él, que siempre se las daba de ser más listo que nadie, no se esperaba el anillo en tu dedo.

Fue apenas un instante. Al siguiente, alzó tu mano. Tenía los ojos fijos en ti, no en mí.

—Bonito anillo. ¿Significa noticias, quizá?

Tu respuesta fue morderte el labio y buscar mi mirada, como si estuvieras avergonzada o no supieras qué deberías decir al respecto. Me arrepentí de haberte dicho que no sabías actuar lo suficientemente bien.

—Bueno...

—Seren nada más quiere escucharlo porque se siente muy inteligente cuando le confirman lo que ya sabe. Créeme: es perfectamente consciente de que hay noticias.

Seren, al fin y al cabo, había visto aquel mismo anillo hacía muchos años y yo le había contado que mi padre lo había tomado de otro mundo. Cómo se lo había dado a mi madre y le había pedido que se casara con ella. Cómo ella lo había atesorado y guardado en una cajita de terciopelo que, durante mi infancia, había descansado en todo momento sobre su mesita de noche, siempre junto a su almohada. Pero todo eso había sido antes del final, por supuesto. Antes de que el amor pasara a convertirse en algo amargo y hecho solo de recuerdos de tiempos mejores. Aun así, mi madre me había dicho una vez que esperaba que le diera aquel anillo a una persona que amara de verdad. Una persona por la que estuviera dispuesto a romper las reglas de todos los mundos.

Seren nos observó y yo no supe leer su rostro durante un momento. Después, recuperó su sonrisa y te soltó la mano.

—Parece que nos espera un té de lo más interesante.

# Dani

Mientras nos dirigíamos a las habitaciones de Abbigail Crossbow, Marcus me explicó que los caballeros vivían en las torres y que cada piso pertenecía a uno diferente. En la torre central, la más magnífica de todas, vivía la reina, de tal forma que incluso arquitectónicamente el resto de las torres cuidaba de ella. Las estancias de los caballeros se iban adjudicando por rango. Y el rango lo daba la confianza de la reina.

Abbigail Crossbow vivía en lo más alto de la torre norte.

Mientras subíamos acompañados de Seren, le pregunté dónde vivía él.

—¿Por qué quieres saberlo? ¿Quieres que te enseñe mi cuarto? Yo encantado, pero no sé si tu prometido estará de acuerdo. En otro tiempo se nos habría unido, pero ahora parece demasiado aburrido para eso...

Algo cortocircuitó en mi cabeza al pensar en *Marcus Abberlain* teniendo un trío. Entraba en un grado de imposibilidad igual o semejante a enterarte de que existían otros mundos. Cuando miré al conde con las cejas alzadas, vi que se había ruborizado. Le lanzó una mirada de advertencia a aquel caballero. A su antiguo amigo, suponía yo. O quizás antiguo algo más, por la tensión que había entre ellos.

—Cállate, Seren.

—¿Por qué? ¿Tu prometida no debería saberlo todo de ti?

—Parece que se guarda una o dos sorpresas para mantener el interés —murmuré.

Marcus se ruborizó un poco más y me miró como si me recriminara seguirle el juego a aquel chico. En mi opinión, era mejor aquello que demostrar que no nos conocíamos tanto como habíamos dicho.

La conversación se cortó cuando alcanzamos las habitaciones de Abbigail Crossbow. Un hada nos abrió la puerta. Ni siquiera sé cómo mantuve mi expresión de calma o cómo conseguí no mirar demasiado sus alas translúcidas y brillantes. Aquello era, quizás, una de las cosas más complicadas de mi papel: fingir normalidad ante lo que para mí era extraordinario. Me pregunté si aquella criatura estaba ahí sirviendo contra su voluntad, si echaba de menos su hogar, si nunca había encontrado un libro que la llevara de vuelta.

Cuando Abbigail Crossbow se levantó de la mesita en la que estaba sentada, aparté todo aquello al fondo de mi cabeza y le sonreí. Rowan Abberlain también estaba ahí.

—Conde Abberlain, señorita Blackwood —saludó ella, con su sonrisa perfecta—. Justo a tiempo, bienvenidos. Vengan, vengan. Llevábamos días esperando esta cita, ¿verdad, Rowan?

El hermano de Marcus inclinó la cabeza hacia mí. Abbigail enganchó mi brazo con confianza y me separó de Marcus para llevarme hacia la mesita y hacer que me sentara entre ambos. Me sentí un poco desestabilizada sin el conde cerca. Como si me hubieran empujado al borde de un precipicio y, al asomarme, hubiera sido consciente de la altura a la que estábamos y de lo fácil que era caer.

—¿Había estado alguna vez en el palacio, señorita Blackwood? Si es usted noble, estoy segura de que debería, pero no me suena haberla visto antes por aquí...

Era la primera de lo que suponía que serían muchas trampas en la conversación, aunque Abbigail lanzó la pregunta como si nada mientras me servía té. Me alegré de todas las horas que habíamos dedicado a mi personaje y me dije que aquella era la partida de rol más importante que había jugado nunca. Sonreí, solo un poco, casi avergonzada.

—Me temo que no soy exactamente la hija a la que quieres presentar en sociedad ante la reina.

—¿Qué quiere decir eso? —preguntó Seren mientras tomaba asiento junto a Rowan.

—No nací dentro del matrimonio. Mi sangre es noble, pero mi padre nunca me reconoció.

—Oh —asintió Abbigail—. Entiendo.

Rowan hizo un mohín y bebió de su taza. Aunque no dijo nada al respecto, su expresión habló por él. Seren se echó atrás en su asiento y miró a Marcus con burla.

—¿Por eso se llevan tan bien? Aunque al menos tú sí reconociste a la tuya.

—Seren, eso fue tremendamente descortés —lo amonestó Abbigail.

—Aunque tiene cierta razón —apuntó Rowan.

Vi a Marcus fruncir el ceño, pero yo me adelanté:

—Lo cierto es que sí, tampoco creo que sea ofensivo admitirlo —dije, y me encogí de hombros cuando todos me miraron con distintos grados de sorpresa—. Los dos sabemos lo que es que la sociedad te dé la espalda por una simple convención social. Fue agradable descubrir todo lo que teníamos en común. Y también todo lo que no, porque yo habría deseado un papá que me tratara con el mismo amor con el que Marcus trata a Charlotte.

Los tres caballeros callaron. Rowan parpadeó tan fuerte que casi lo escuché y Abbigail se humedeció los labios en un intento de encontrar las palabras para responder a aquello. Creo que vi a Seren sonreír, como si la situación le divirtiera.

Cuando miré a Marcus, lo vi esconder una sonrisa al tomar un sorbo de té.

—Es espléndido que se hayan encontrado, entonces —dijo Abbigail al fin—. ¿Cómo dicen que se conocieron?

—El pasado verano, durante mis últimas vacaciones —fue Marcus quien tomó nuestras mentiras y les dio forma. Toda la atención se depositó en él—. Una tormenta nos sorprendió a ella, a Charlotte y a mí dentro de una librería. Lottie estaba un poco asustada, y entonces Danielle...

Lo habíamos repasado tantas veces en su despacho que casi era como si hubiera ocurrido. La historia no parecía más irreal que cualquiera de las otras cosas que me habían pasado en los últimos tiempos.

—Agarré un libro que me pareció apropiado y empecé a leerlo en voz alta para distraerla.

—Y después me lo dio a mí, para que continuara.

—Nos fuimos pasando el libro hasta que la tormenta amainó. Lottie se quedó dormida, así que nos quedamos ahí. Empezamos a hablar y...

Me encogí de hombros. Marcus estaba mirándome y me pareció que su sonrisa no era solo teatro. Después de días preparando toda aquella historia, quizá la estuviera disfrutando un poco.

—¿Ese es el anillo de mi mamá?

Di un respingo cuando descubrí que Rowan tenía la mirada fija en mi mano, aunque fue apenas un instante antes de que el caballero volteara a ver a su hermano con el ceño fruncido. Abbigail también reparó en la joya y yo me planteé que la idea que me había parecido lógica la noche anterior no fuera tan buena.

—A esto he venido yo —dijo Seren, preparado para un gran espectáculo.

Marcus dejó la taza de nuevo sobre su plato. Sabía que no debía estar tranquilo en absoluto y, sin embargo, no hubo nada en él que lo delatara.

—Así es.

—¿Y por qué lo tiene?

—Por exactamente lo que estás pensando, Rowan: le pedí a Danielle que sea mi esposa.

La frase cayó sobre la mesa como una piedra. Fue solo un segundo de silencio antes de que Rowan dijera, de manera muy clara y con los ojos entrecerrados:

—Eso es ridículo.

Por alguna razón, había esperado más disimulo, pero el hermano de Marcus no parecía tener ninguna intención de ocultar su desagrado.

—Qué directo —murmuré.

—Disculpe, señorita Blackwood, no deseo ser descortés con usted, pero me temo que mi hermano ya ha tomado suficientes decisiones equivocadas en su vida y no creo que usted quiera ser otra. ¿Qué estás haciendo exactamente, Marcus?

—Rowan, tus modales.

Creo que no fui la única a la que le sorprendió que fuera Abbigail quien cortara aquello, aunque la sorpresa fue todavía mayor cuando extendió la mano para tomar la mía. Sus dedos eran cálidos y suaves. Sus labios me dedicaron una sonrisa agradable. Había ido preparada para los ataques y las preguntas, pero no supe qué hacer ante aquella amabilidad.

—Mis felicitaciones, señorita Blackwood. Y a usted también, conde —añadió, volteándose hacia él—. Es una verdadera alegría ver crecer a la familia Abberlain.

Seren se fijó en la muchacha con las cejas alzadas, como si no pudiera creer su reacción. Yo tampoco la entendía. ¿No me había dicho Lottie que aquella muchacha tenía interés en casarse con el conde?

—¿Supongo que lo anunciarán en el cumpleaños de Charlotte? Estoy segura de que eso agradaría a la reina. Le encantará conocer a tu prometida, sin duda.

Miré a Marcus, confusa. No sabía qué tenía que ver el cumpleaños de Charlotte o la reina con aquello. En cualquier caso, a él la sugerencia no le hizo gracia.

—El cumpleaños de Charlotte será una celebración privada, como han sido los otros ocho, si mal no recuerdo.

Si el ambiente ya había estado tenso, aquello lo enrareció todavía más. La sonrisa de Abbigail parecía la de una madre comprensiva después de que su hijo cometiera un error. No me gustó.

—Ay, Marcus, quizá puedas elegir esposa, pero no creo que puedas elegir sobre esto.

El conde ya no parecía relajado: su expresión había pasado a ser aquella dura y distante con la que supongo que se sentía más a salvo. Yo misma me sentía fuera de juego, porque de repente no entendía de qué se estaba hablando.

—No sé por qué debería presentar a Charlotte ante la misma gente que ha estado hablando de ella desde que nació —dijo.

—Es el precio de ser una Abberlain —respondió Rowan, inflexible—. Quizá deberías haber pensado mejor en eso antes de dejar embarazada a cualquiera. ¿También embarazaste a esta chica, pero ahora intentas hacerlo un poco mejor?

Las mejillas de Marcus se colorearon. Creo que incluso las mías lo hicieron, más por la sorpresa que por vergüenza. Estaba claro que Marcus y su hermano no se parecían demasiado. De hecho, empezaba a arrepentirme de haber dicho que Rowan era el encantador.

—No estoy embarazada —dije, tras un carraspeo—. Y, de estarlo, sería solo asunto nuestro. Del mismo modo que Lottie debería ser asunto de nadie más que de su padre, ya que él la ha criado.

—Charlotte Abberlain es asunto de todos —declaró Abbigail, suave e implacable a la vez—. Y su noveno cumpleaños, más que ningún otro.

—No puedes negarte, Marcus —añadió Seren—. La reina querrá su ceremonia y su regalo de otro mundo, como ha sido siempre. Tú deberías saberlo mejor que nadie.

—Y será un honor para Lottie poder cumplir con la misión que se espera de nuestra familia —añadió Rowan—. Un honor que no puedes quitarle. Empiezo a pensar que ella es más consciente de su lugar que tú.

Lo habían acorralado. Y yo ni siquiera sabía de qué estaban hablando, así que no podía ayudarlo. Me sentí impotente y frustrada, porque me pareció injusto. Quise hacer algo, aunque solo fuera tomar aquella mano enguantada, pero estaba demasiado lejos.

Sin embargo, el conde no me necesitaba a mí para defenderse, del mismo modo que yo había insistido varias veces en que yo no lo necesitaba a él:

—Hasta donde yo sé, ninguno de ustedes sabe el honor que representa o no servir a la reina con sus poderes. También hasta donde yo sé, Charlotte no entiende el honor de ninguna ceremonia: es nada más una niña que piensa que tener poderes será divertido, que podrá vivir aventuras en otros mundos y conocer a todo tipo de gente —le lanzó un vistazo a Seren muy breve—. Y yo prefiero que siga pensando eso durante un poco más, antes de que se dé cuenta de lo podrido que está este mundo.

Tragué saliva al sentir la amargura en sus palabras. Marcus terminó su taza de té y la dejó sobre el plato. Se puso en pie y se ajustó los guantes.

—Gracias por invitarnos, señorita Crossbow, pero debemos irnos.

No necesitó más que mirarme para que yo también me pusiera en pie. Agaché la cabeza tal y como Lottie me había enseñado.

—El té estaba delicioso.

Sé que los caballeros se fijaron en la manera en la que me acerqué a Marcus y entrelacé sus dedos con los míos para jalarlo.

No sé por qué lo hice. Quizá porque lo había visto molesto antes, pero no de aquella forma. Quise sacarlo de ahí.

Creo que él lo agradeció, porque me apretó la mano.

Nos fuimos sin mirar atrás.

## *Marcus*

Había supuesto que Rowan no se alegraría de ver el anillo en tu dedo, pero nunca me había planteado que aquella cita pudiera derivar hacia el cumpleaños de Lottie. Precisamente por eso, por lo inesperado que resultó, me afectó todavía más. Recuerdo que volvimos al carruaje sin siquiera decir una palabra, con mi mano firmemente aferrada a la tuya. Solo te solté cuando nos metimos en el cubículo. Cerré los ojos, me cubrí la cara con las manos, respiré. Las palabras de mi hermano, Abbigail y Seren no dejaban de resonar en mi cabeza. También lo hacían las que yo mismo había dicho. Aquellas me torturaban especialmente, mientras pensaba en todas las maneras distintas en las que podría haber respondido.

—¿Marcus?

Di un respingo cuando sentí tu mano sobre mi rodilla. No sabía en qué momento te habías deslizado a mi lado en el asiento. Tu expresión de preocupación me pegó los pies al suelo.

—Lo siento, yo...

Callé. En realidad, no sabía qué decir.

—¿Estás bien? ¿Puedes... explicarme qué pasó? Pensé que sabía todo lo que tenía que saber, pero ya no lo tengo tan claro.

Fijé la mirada en el asiento de enfrente. Una explicación parecía algo que merecías, después de haber permanecido a mi lado pese a no entender qué estaba pasando a tu alrededor.

—Cuando el primogénito de la familia Abberlain cumple los nueve años, se celebra una fiesta en palacio. Es así desde que tenemos registros. En la fiesta, es la primera vez que usamos nuestros poderes para viajar a otro mundo —bajé la vista, la mandíbula apretada—. Se supone que tienes que volver con un regalo para la reina. Para Albión. Es un signo de lealtad. Y, al mismo tiempo, una prueba de que puedes ser el heredero que los Abberlain necesitan.

No me atreví a mirarte a la cara, así que no supe qué expresión pusiste. Tu mano se había apartado de mi rodilla y descansaba sobre tu regazo, donde le estabas dando vueltas al anillo en tu dedo. Quizás estabas pensando que una fiesta no podía ser tan horrible. Pero sí lo es cuando tienes nueve años recién cumplidos y todo el mundo espera que interpretes tu papel a la perfección. Sí lo es cuando te encuentras por primera vez en otro mundo y te quedas paralizado, sin saber qué hacer, preguntándote qué pasará si fallas, si no consigues volver.

—Es un espectáculo —murmuré—. Un divertimento para la reina y los nobles. A mí nadie me preguntó si quería hacerlo, tan solo me pusieron en aquel salón y me dijeron lo que tenía que hacer. Y yo ni siquiera había sido la comidilla de Amyas por haber nacido fuera del matrimonio.

—Entiendo... Entiendo qué quieres decir —me tensé, porque percibí las dudas en tu voz—. Entiendo que quieres proteger a Lottie. Pero ya que a ti nadie te preguntó si querías hacerlo, ¿no sería justo que tú sí le preguntaras a ella?

Lo peor era que una parte de mí era consciente de que tenías razón. Pero había muchas cosas que tú no sabías, cosas que no te podía contar. Haber confiado en ti para decirte algo de mí, haber dejado que te asomaras detrás de la muralla, no significaba que fuera a dejarte entrar. No *podía* dejarte entrar.

—No es tan sencillo. No... —apreté los labios y sacudí la cabeza—. No te preocupes. No tenías que haber escuchado esa discusión. Tú ya tienes suficiente. Este es un problema mío y, si acaso, de mi familia.

—Yo tampoco era tu problema cuando aparecí aquí, ¿no?

No esperaba la sencillez con la que pronunciaste aquellas palabras, como si fueran una verdad irrevocable.

—Son dos casos completamente diferentes.

—Desde luego, este parece que no tiene peligro de esclavitud por ninguna parte. Si me preguntas, me parece un poco más asumible, la verdad.

Aprecié tu intento de destensar el ambiente, aunque me pareció una broma de bastante mal gusto. Cuando te miré con un mohín, tú te encogiste de hombros.

—Lo que quiero decir es que ahora ya estamos involucrados el uno con el otro, ¿verdad? No creo que sea tan fácil diferenciar dónde acaban tus problemas y empiezan los míos. Y no creo que yo sea especialmente útil en este mundo, pero dijiste que confiarías en mí, ¿verdad? En nosotros. Quizá podrías hacerlo para algo más que nuestra pequeña obra de teatro.

No quería confiar en ti, porque entonces los límites dejarían de estar definidos. Y, aun así, en vez de seguir protestando, solo dejé escapar un suspiro y eché la cabeza atrás.

—Fue una gran actuación —dije, tras un pequeño silencio.

—Oh, sí. Mi momento preferido fue cuando tu hermano sugirió que me habías podido dejar embarazada.

A pesar de todo, tu expresión casi consiguió arrancarme una sonrisa.

—Rowan considera que hundí el honor de la familia cuando aparecí con un bebé en casa. Irónicamente, quiere a Lottie con locura y la consiente todo el tiempo. Pero nunca nos hemos llevado bien, así que supongo que aprovechó esa falta para odiarme en condiciones.

—Eso no parece muy justo.

—Es que este mundo no es muy justo. Creo que ya lo hemos hablado.

—¿Por eso viajabas a otros con tus amigos?

Creo que no era tu intención, pero la pregunta se me clavó entre las costillas. ¿Recuerdas que te dije que había fantasmas que volvían para atormentarte después de mucho tiempo si hablabas de ellos? Seren era uno de esos fantasmas, no importaba lo vivo que estuviera.

—Viajaba a otros mundos porque era joven y soñaba con aventuras y libertad. Y porque me dejaba llevar demasiado.

—Seren Avery era el que te arrastraba, entonces —cuando te miré, tenías esa expresión que ponías a veces para burlarte de mí—. No esperaba que tuvieras un exnovio. Que me parece muy bien, ¿eh? —te apresuraste a añadir al ver que yo abría la boca—. Es muy guapo. Aunque no habría dicho que fuera tu tipo.

Sentí una oleada de calor subirme por el cuello.

—Seren y yo nunca fuimos... pareja, si es lo que quieres decir. Es... —aparté la cara hacia la ventana—. Fue mi mejor amigo en el pasado, desde niños. Lo hacíamos todo juntos.

—Al parecer, incluso irse a la cama —añadiste, por si no me sentía suficientemente abochornado—. ¿Soy yo o insinuó que habían hecho un trío...?

Me presioné el puente de la nariz y respiré hondo, aunque eso no hizo que dejara de sentir que me ardían las orejas.

—Estás disfrutando de esto, ¿verdad?

—Oh, muchísimo.

Tú te inclinaste hacia adelante hasta apoyarte contra mi brazo. Me di cuenta de que solo era para que te mirara un instante después de hacerlo. A mi pesar, agradecí el cambio en el ambiente, la facilidad con la que te estabas llevando otros pensamientos.

—Está bien, no te pediré que me lo describas con todo lujo de detalles, aunque me esté muriendo de la curiosidad.

Te empujé para apartarte. Estabas demasiado cerca y fui demasiado consciente de que no encontraba tu proximidad tan desagradable como debía, después de años guardando las distancias con todo el mundo.

—No vamos a hablar de Seren. Ni pienses en él. Con suerte, no volverás a verlo mientras estés aquí.

—¿Significa eso que no vamos a hacer más visitas de cortesía?

—No. Mañana volvemos a lo que realmente importa.

Tú te echaste atrás en el asiento y lanzaste un vistazo al exterior. Supe que estabas volviendo a pensar en tu amiga, preguntándote dónde estaba y cómo y cuándo iban a reencontrarse. Supe también que tu esperanza empezaba a pender de un hilo muy fino. Llevabas casi una semana en nuestro mundo y no teníamos noticias ni de ella ni de tu libro.

Ambos éramos conscientes de que cuanto más tiempo pasara, más probabilidades había de que tanto tú como tu amiga se quedaran atrapadas, pero nadie lo dijo en voz alta.

Lo único que podíamos hacer era seguir buscando.

Y no pensar en lo peor.

# Dani

Empecé a pensar en lo peor.

En el camino de vuelta había estado intentando animar al conde porque aquello me hacía sentir útil, pero todo me cayó encima en cuanto me encontré a solas en mi cuarto otra vez. Cuando Yinn vino a preguntarme si no iba a bajar a cenar, dije simplemente que estaba cansada, y era cierto. Estaba agotada. Estaba conteniendo demasiadas cosas en un equilibrio muy precario y la tarde solo me había dejado con la cabeza más llena de preguntas y una creciente sensación de angustia. Me sentía fuera de lugar. Me sentía muy impotente, porque las cosas que podía hacer en mi situación, por mí o por otros, eran limitadas. Ni siquiera había podido decirles a aquellas tres personas que se metieran sus opiniones por el trasero y dejaran a Charlotte y a Marcus en paz.

El día siguiente no empezó mejor. Me desperté con pesadillas. No había dejado de tenerlas desde que había llegado, siempre la misma, siempre el grito de Lía en el que luego me pasaba todo el día intentando no pensar. Cada mañana, me miraba la muñeca y apretaba las uñas alrededor como debía de haber hecho ella antes de separarnos. La marca del primer día había desaparecido. Ni siquiera me quedaba aquel rastro de ella.

Tampoco bajé a desayunar aquella mañana, aunque Yinn vino a buscarme de nuevo. Más tarde, cuando por fin salí del cuarto y recorrí el pasillo hacia las escaleras, escuché la conversación que se escapaba por la puerta entreabierta del despacho:

—¿Eres totalmente consciente de lo que significa?

—Si mintieras cuando dices que no vas a darme ninguna orden, lo sabría.

Tragué saliva al escuchar la templanza de Altair. También habíamos estado buscando su libro, pero no lo habíamos encontrado. Parecía que el celeste había tomado su propia decisión y me pregunté cómo sería su mundo, en qué circunstancias viviría en él como para decidir rendirse y permanecer ahí.

—Está bien, pero debes tener cuidado de todos modos. Nadie puede ver la marca. Se supone que eres sirviente de Dani, no de los Abberlain.

Me estremecí. Yo no quería un sirviente, pero suponía que yo misma lo había arrastrado a aquello al levantar la mano en la subasta. ¿En qué había colaborado aquel día? Aunque hubiéramos salvado a Altair de servir a cualquier otro noble, habíamos comprado a una criatura, sin importar lo que luego pasara con ella. Al final, aquel dinero había ido a parar a manos de un esclavista. La idea me dio náuseas.

No quise ver cómo era el proceso de hacer una marca: no creía poder soportarlo sin terminar de volverme loca. Así que salí al jardín en busca del aire que sentía que me faltaba. Afuera, los cerezos habían empezado a florecer y yo me senté debajo de uno de ellos con las piernas recogidas. Corría una brisa que agradecí, pero que no fue suficiente para alejar todo lo que me pasaba por dentro.

Pensé de nuevo en Lía. Siempre volvía al mismo lugar, una y otra vez. Las posibilidades siempre iban de las más amables a las más nefastas y yo me perdía en ellas y en mi cabeza había mucho ruido y me desesperaba y...

—¿Dani?

No sé cuánto tiempo llevaba ahí cuando escuché la voz del conde. No sé si me había intentado llamar más veces, porque solo lo sentí cuando se inclinó ante de mí, con una rodilla sobre la hierba.

Me costó ubicarme. Creo que Marcus lo vio, que supo que estaba a punto de volver a hundirme, y yo no quería que lo viera. No quería que pensara que, después de todo, a lo mejor no era tan fuerte como llevaba días fingiendo ser. A lo mejor no tenía tan buen humor. No era tan valiente. Seguía asustada y perdida y por las noches llamaba a mi amiga en sueños y me despertaba con lágrimas en los ojos.

¿Qué esperabas? No te estoy contando todo lo que se me pasaba por la mente en cada momento: a ti también quiero engañarte un poco. A ti quiero hacerte pensar que a veces incluso tenía el control de lo que sucedía a mi alrededor. Al fin y al cabo, estoy haciendo de protagonista. No quieres leer sobre lo paralizada que estaba por el miedo. No quieres leer sobre lo mucho que echaba de menos mi casa o la librería o al grupo de rol o el piano de la abuela. Quieres leer sobre aquel mundo nuevo y cómo sobreviví en él, y yo quiero narrar eso mismo.

No quería que Marcus se diera cuenta de todo lo que te estoy confesando ahora, por eso me eché hacia adelante aquel día. El conde se quedó muy quieto cuando apoyé mi frente en su hombro, en una muda petición de que no dijera nada. No quería que me preguntara si estaba bien, porque en ese momento no iba a poder mentirle, no iba a poder mentirme a mí misma.

Una semana.

Es un tiempo ínfimo.

Era un tiempo inmenso.

Él lo comprendió. Esta es la cuestión: una vez Marcus y yo empezamos a entendernos, nos entendimos demasiado bien. Yo lo había entendido la tarde anterior cuando habíamos salido del palacio: había visto los nervios, había visto el miedo. Había comprendido, también, que no necesitaba más preguntas, sino pensar en otra cosa. No necesitaba hablar de lo que había pasado, pero tampoco necesitaba silencio, porque su cabeza probablemente ya gritaba demasiado alto.

Supongo que, de la misma manera, él supo entonces que tenía que dejarme estar. Por eso, aunque lo sentí dudar, al final levantó una mano y la puso sobre mis cabellos y yo cerré los ojos y se lo agradecí sin palabras.

No sé cuánto tiempo pasamos así hasta que él preguntó:

—¿En tu mundo hay primavera?

No supe por qué preguntaba aquello, pero respondí con un sonido de asentimiento, sin moverme. Pensé que, si me concentraba lo suficiente en aquella voz, podría calmarme. Podría, incluso, volver a casa sin necesidad de ningún libro, encontrar cualquier cosa que hubiera perdido.

—Aquí hay una historia que dice que la primavera la traen las hadas —su voz me acariciaba igual que lo hacían sus dedos en mi pelo—. Unas muy pequeñas, demasiado para ser vistas. Cada otoño y cada invierno, se cuelan en los sueños de la gente y los recolectan, uno tras otro. Y después, cuando han robado los sueños de todo el mundo, eligen los más hermosos y los plantan, y con ellos florece todo.

Suspiré. Sus palabras, la cadencia con la que las pronunció, me recordaron a cuentos antes de dormir susurrados a la luz tenue de una lamparita.

—Mi abuela decía que la primavera estaba hecha de recuerdos.

Me separé un poco, Marcus se quedó donde estaba, cerca. Cuando levanté la vista a las flores sobre nuestras cabezas, él hizo lo mismo.

—Cuando le dijeron que tenía alzhéimer, me lo explicó así. Me dijo que la memoria era como una flor y que la suya iba a ir marchitándose. Que quizá pasara poco a poco, o quizá demasiado rápido, era difícil saberlo. Y entonces, cuando llegaba la primavera y todo florecía, decía: «Qué recuerdos tan bonitos tiene la gente». Y yo le compraba flores y las regaba y las mantenía, fuera verano, otoño o invierno, para que viera que intentaría hacer lo mismo con su memoria.

Y al principio había funcionado. Los primeros años habían sido fáciles, tanto para ella como para mí. Las cosas que olvidaba al principio pasaban por despistes, pequeños detalles con los que se podía convivir. Pero no puedes mantener la primavera para siempre. Al final, el otoño vuelve y todo empieza a morir. Unas llaves por dentro de la puerta se convierten en una anécdota que ya no es tan vívida, y la anécdota en un nombre que ya no te sale con la misma facilidad, y el nombre en un rostro que ya no sabes ubicar, y el rostro en la incapacidad de reconocer el tuyo propio al mirarte en el espejo.

Fueron siete años hasta que llegó el invierno.

—¿Sabes lo curioso? —susurré—. Olvidó muchas cosas. Muchos días me olvidaba incluso a mí. Pero nunca dejó de decir eso, cada primavera. «Qué recuerdos tan bonitos tiene la gente».

Cuando volví a voltearme hacia Marcus, él había dejado de observar las flores y me estaba mirando a mí. Tragó saliva cuando nuestros ojos se encontraron. Yo sonreí un poco.

—A lo mejor no son sueños —le sugerí, tras tomar entre mis dedos un pétalo que se había enganchado a su pelo—. A lo mejor son los recuerdos de todos los visitantes que vuelven a casa.

Él no respondió de inmediato. Su mirada se fijó en aquel pétalo y después se perdió entre los brotes que salían de las ramas, en los pequeños capullos y en las flores que parecían haberse adelantado a las demás.

—Eso es un poco triste —su sonrisa era un poco triste, también—. Me gustaría pensar que... no los dejan atrás. No los buenos, al menos. Que los recuerdos solo duermen dentro de sus cabezas, esperando a la primavera para volver a brotar.

Y por eso escribo esto, supongo.

Para ver si así tus recuerdos también despiertan y vuelven a florecer.

## Marcus

No creo que fueras consciente de lo que aquella conversación en el jardín significó para mí. Yo no te lo dije nunca. Solo me quedé ahí, contigo, sentado en la hierba, y te pedí que me hablaras de la primavera en tu mundo. Sin embargo, lo que realmente me hubiera gustado habría sido preguntarte sobre tu vida. Sobre tu abuela, sobre Lía, sobre aquella librería que habías mencionado a veces, sobre los pétalos más importantes de tu propia memoria. Pero me aterraba. Todavía quería mentirme pensando que no era demasiado tarde para mantener la distancia, aunque ahora me parece muy estúpido. Tú y yo habíamos dejado de ser desconocidos desde el mismo momento en el que la casualidad nos unió en aquel callejón, Dani. Nunca tuve la más mínima oportunidad contra ti, contra tu curiosidad, contra tu coraje, contra tu vulnerabilidad. Cada pequeña cosa que mostrabas de ti hacía que quisiera saber más. Quería ver todas aquellas caras, las que escondías y las que no.

Aquella misma tarde, una semana después de tu llegada, recibimos noticias al fin. Vinieron de la mano de una de las informantes más jóvenes de Alyssa, a la que vimos entrar en el jardín con expresión un poco perdida. Llevaba una nota de mi amiga de muy pocas palabras, pero fueron suficientes: alguien había visto a una chica que encajaba en la descripción de tu amiga en Vinnau, un pueblo cercano a la capital. Cuando te pasé la nota y la leíste, tu expresión se tornó tan preocupada como desesperada.

—¿Cuándo la vieron? —le preguntaste a la niña, que se sobresaltó—. ¿Cuánto hace de eso?

—Esta mañana —dijo, mientras jalaba suavemente la manga de su camisola en un gesto nervioso—. Uno de los chicos que trabajan en la panadería la vio y envió el mensaje.

Te volteaste hacia mí muy rápido.

—Tenemos que ir a buscarla.

Una parte de mí quiso tirar tus esperanzas por tierra. Yo también quería encontrarla, pero los mensajes que pasan de boca en boca a veces llegan distorsionados. La gente comete errores y cree ver cosas que no están ahí porque es lo que está buscando. Incluso si había una chica de pelo rosa en Vinnau, había posibilidades de que no fuera Lía.

Al mismo tiempo, no podíamos ignorar la pista, así que nos pusimos en marcha. Te sentaste a mi lado en el carruaje y fue inevitable que viera lo nerviosa que estabas. Vi la forma en la que te llevabas los dedos a la muñeca, casi a punto de clavarte las uñas. Fue un gesto que hiciste a menudo durante el camino y, en algún punto del recorrido, yo alargué la mano y tomé la tuya para evitar que te hicieras daño. Tenías la piel de la muñeca roja y ni siquiera te habías dado cuenta. Temí que fueras a apartarme, pero solo te estremeciste y alzaste la vista. Me miraste como si hasta aquel momento hubieras estado muy lejos de ahí, y murmuraste, con la voz tan tensa que pensé en una cuerda a punto de romperse:

—Va a estar bien, ¿verdad?

—Vamos a encontrarla, Dani. Y vamos a llevarla a casa, ¿de acuerdo?

Asentiste. No soltaste mi mano durante el resto del camino.

Vinnau era un pueblo que había nacido a la orilla del mismo río que pasaba por Amyas. Era lo suficientemente grande como para poder perderse por sus calles, así que tampoco nos soltamos mientras las recorríamos. Al tiempo que yo buscaba la dirección de la panadería donde trabajaba el informador de Alyssa, tú mirabas alrededor. Te escuchaba respirar como si cada paso fuera parte de una carrera y temí que en algún momento no pudieras seguir. Pero fue todo lo contrario: no te importó la larga caminata, no te importó la ligera llovizna que empezó a caer. Estabas centrada en encontrar a tu amiga y nada iba a impedírtelo.

—Estuvo aquí —nos dijo el muchacho que había dado el aviso cuando lo encontramos. Estaba barriendo la acera delante de la panadería, con la cara manchada de harina y un delantal sucio atado a la cintura. Supe que era él no porque lo reconociera, sino porque la marca de Alyssa le asomaba por el cuello de la camisa—. Esta mañana. Vi a la dueña hablando con ella. Creo que le pidió algo de pan de ayer, pero cuando mi jefa empezó a hacerle preguntas, huyó.

—¿Estás seguro de que era ella? ¿Cómo iba vestida? ¿Cómo tenía los ojos?

—No sé, llevaba... ropa de visitante, supongo. Iba un poco sucia y... —se encogió de hombros—. Lo siento. Fue muy rápido. Estaba lejos y no pude verle los ojos, pero le escribí a Alyssa en cuanto tuve un momento.

Parecía un poco culpable, como si creyera que eso no había sido suficiente.

—¿No la has visto desde esta mañana?

Negó con la cabeza, pero nos indicó la dirección que había tomado y la seguimos. Aunque no quería decírtelo para que no te preocuparas, yo tenía muchas preguntas. No entendía cómo tu amiga y tú habían acabado tan separadas, si es que había estado en Vinnau desde el principio. O cómo había llegado hasta ahí, si es que había aparecido en Amyas en primer lugar. ¿Por qué no habíamos sabido nada en una semana? ¿Cómo había conseguido mantenerse a salvo hasta entonces? ¿Cómo era que nadie la había reclamado, cuando llevaba ropas de tu mundo y tenía que haberse visto perdida, al menos los primeros días?

No pronuncié nada de aquello. Las únicas preguntas se las hice a algunas de las personas con las que nos cruzamos. Entramos en comercios y en cada uno de ellos nos ofrecieron una versión. Había gente que no sabía de quién estábamos hablando. Otras personas insistían en que sabían quién era, pero luego nos daban datos contradictorios, y algunas directamente prefirieron no decirnos nada y nos pidieron que nos marcháramos si no íbamos a comprar. Y mientras, tú parecías estar a punto de perder la paciencia. Tu expresión cambiaba de la desesperación a la frustración por no poder hacer mucho más que caminar y estar pendiente de todo a tu alrededor.

Ya había anochecido cuando llegamos al pequeño puerto fluvial, que incluso a aquellas horas no estaba vacío. Los barcos iban y venían, transportando mercancía y gente. Recuerdo haberme detenido. Recuerdo haber pensado que ya era suficiente, teníamos que retirarnos y no tenía sentido seguir buscando. Estaba a punto de decirte que quizá podíamos alojarnos en algún lado y seguir buscando por la mañana. Tú debiste de verlo en mi rostro, porque apretaste los labios y murmuraste:

—Solo un poco más.

Ya entonces era débil a la súplica en tu voz, por eso acepté que me jalaras y me guiaras dentro de la niebla.

No puedo saber qué habría pasado si te hubiera mencionado todas las dudas que tenía. No puedo saber si te habría convencido de marcharnos o si te habrías enojado conmigo. Quizás en otro mundo lo hice. Quizás en otro mundo, en uno en el que otro Marcus está escribiendo esta historia, te confieso mis pensamientos, abandonamos la búsqueda y volvemos a casa.

En ese mundo, por tanto, no escuchamos el grito.

En ese mundo, no me sueltas de la mano para echar a correr.

En ese mundo, no encontramos a Lía esa noche.

Y yo te mantengo a salvo un poco más.

## Dani

Es hora de que hablemos de Lía.

A veces temo que pienses que todo esto es una broma suya. Si estuviera en tu situación, si alguien se presentara un día ante mí y me jurara que la magia existe y que viene de otro mundo y tiene pruebas de que tú también estuviste ahí, aunque no lo recuerdes, pensaría que esa persona está loca o que me está tomando el pelo. Y luego, si finalmente leyera todo esto, creo que sentiría un poco de miedo y después pensaría en ella. En Lía. Creería que es un juego suyo, ya que ella también está implicada en la narración. Sin ella, ya te lo dije, apenas habría historia. Sin ella no habría encontrado ningún motivo para no estar nada más que aterrorizada. Lía fue, desde que llegué, mi razón para intentar entenderlo todo, para intentar adaptarme, para moverme.

Si mañana recibiera esta historia sin recordar nada, quizá pensaría que esto son las bases para una nueva partida de rol o un regalo de cumpleaños atrasado. Algo original pero imposible.

Por eso, aquí van algunos datos sobre tu relación con Lía que solo tú sabes: tuviste un *crush* con ella cuando llegó nueva a tu clase en sexto de primaria y le dejaste chocolates caseros en la cajonera por San Valentín porque lo habías visto en un anime. Nunca se lo has dicho porque fue muy vergonzoso ver que casi le provocaron un ataque porque los habías hecho con almendras y ella era alérgica. Lía se pasó los siguientes años maldiciendo al imbécil que le puso frutos secos a su chocolate en aquella ocasión.

En secundaria, tuvieron una gran discusión por una tontería y esa tarde te la pasaste escuchando una *playlist* de YouTube que se llamaba «Diez horas de música *sad*» hasta que tu abuela entró a dejarte un trozo del pastel de galletas que siempre preparaba. Te pareció el fin del mundo, pero la verdad es que al día siguiente las dos se pidieron perdón llorando y ahora ni siquiera te acuerdas de qué fue exactamente lo que durante un tiempo denominaste «el Día de la Hecatombe».

Cuando la abuela empezó a olvidar, tú guardaste en una caja un montón de cosas importantes porque te dio miedo que te pasara también a ti. Esa caja sigue en casa, en el fondo del armario, y en ella, junto con un montón de objetos que en aquel momento te parecían lo más importante del mundo (la entrada de un concierto de 5 Seconds of Summer, la partitura de la primera canción que aprendiste a piano, un ejemplar de *Alicia en el País de las Maravillas*, varias fotos de mamá y de la abuela) pusiste también una foto de Lía porque, pasara lo que pasara, no podías olvidarla a ella.

Por supuesto que estaba desesperada por encontrarla en Albión. Supongo que en eso me crees: sabes que si todo lo que te cuento te pasara, tú harías lo que hiciera falta por ella. También creo que, si la situación hubiera sido al revés, ella habría hecho lo mismo por mí.

Si Lía me hubiera escuchado gritar, habría corrido tan rápido como corrí yo aquel día.

Supe que era ella en el mismo momento en el que la oí. Llevaba siete días teniendo pesadillas con aquel mismo grito, así que ni siquiera lo pensé. Aunque no había gritado su nombre en todo el día, no pude contenerme en aquel momento:

—¡Lía! ¿Me oyes? ¡Lía!

—¡Dani, espera!

Pero no estaba escuchando a Marcus. No estaba escuchando nada más que aquel maldito grito, que ya ni siquiera sabía si sonaba en mi cabeza o en el mundo real.

Y entonces la vi.

La encontré arrinconada contra una pila de cajas. Era indudablemente ella: su pelo rosa, su ropa holgada, su voz. Pero no lo parecía, ni por su aspecto ni por el hecho de que sostenía un puñal que ni siquiera sabía de dónde había sacado y que temblaba tanto como ella. No fue la única que levantó la vista cuando llegamos, porque no estaba sola: ante Lía había una silueta vestida de negro que ladeó la cabeza casi con curiosidad al verme. Tenía el cuerpo cubierto de armas: cuchillos atados a las piernas y al pecho y también en el cinturón. En la mano sujetaba unas cadenas.

Marcus no me había hablado mucho más de los cazadores, pero no tuve ninguna duda de que aquel era uno. Y estaba intentando cazar a mi amiga.

Dejé de pensar. Puede ser que Lía me reconociera. Puede ser que me llamara. No lo sé, no lo recuerdo. Solo sé que me eché encima de aquella persona, porque fuera como fuera tenía que evitar que la atraparan. Porque la había encontrado y no iba a volver a perderla. Porque aquel mundo era injusto y me daba miedo y llevaba demasiado tiempo sin hacer absolutamente nada y estaba cansada de no hacer nada y no podía quedarme quieta. Creo que grité. Creo que cuando me lancé hacia aquel hombre, lo hice por Lía, pero también por mí, por todo lo que había pasado hasta aquel momento.

No sé qué esperaba. Como te dije, no estaba pensando, así que no reparé en la obvia diferencia de altura y fuerza, en las armas que él tenía y que yo ni siquiera habría sabido utilizar, en todo lo que era una gran desventaja para mí.

Me lanzó a un lado como si yo no fuera nada. Mi cabeza chocó contra la pared y el mundo se oscureció durante un instante. El impacto me recordó al día en el que había llegado, el mismo dolor de cabeza, la misma confusión momentánea. Escuché las cadenas y pensé que iban a agarrarme. No iba a poder salvar a Lía y todo lo que había hecho hasta aquel momento no serviría para nada. Sacudí la cabeza. Separé los labios. Quería decirle a mi amiga que saliera corriendo de ahí, que buscara a Marcus, que...

Pero entonces fue el cazador quien gritó. Lo hizo cuando el puñal se le clavó en el costado, desde atrás. Lía lo soltó rápido, con los ojos muy abiertos, y retrocedió hacia donde estaba yo, trastabillando hasta caer muy cerca. Supongo que estaba tan asustada como horrorizada consigo misma por haber levantado un arma contra alguien. Ella tampoco estaba pensando. No era lo mismo haber jugado mil veces a ser heroínas que vivían aventuras en un mundo de fantasía a, de pronto, tener que actuar como tales.

El hombre, aunque se había encogido sobre sí mismo, se quitó el puñal como si nada y lo lanzó lejos, al suelo. Su rostro estaba al descubierto (¿por qué esconderlo, cuando no hacía nada ilegal?) y vimos su expresión de rabia.

—Parece que las presas de hoy son rebeldes —lo escuché murmurar.

Se me puso la carne de gallina cuando se acercó un paso y las cadenas que llevaba repicaron. Lo único que pude hacer fue extender la mano hacia Lía, porque al menos quería tocarla. Al menos quería asegurarme de que aquello no era otra pesadilla.

Mis dedos tocaron los suyos y nos aferramos la una a la otra.

El hombre dio un paso más hacia nosotras.

Pero no pudo dar más.

Lo siguiente que vi fue una espalda entre él y yo.

Un puño cubierto por un guante negro se alzó.

Y, después, aquel mismo guante impactó contra la cara del cazador.

No vi la expresión de Marcus después del puñetazo, pero sí vi que el otro cayó al suelo y que el conde sacudió la mano. Nuestras miradas se encontraron y descubrí que aquellos ojos morados parecían brillar de una manera antinatural incluso en aquella penumbra, su rostro más serio de lo que jamás lo había visto.

—¿Estás bien?

Dejé escapar un jadeo y asentí por acto reflejo. El cazador sacudió la cabeza antes de levantar la vista y entrecerrar los párpados en un intento de comprender qué había pasado o quién era aquel hombre que se enfrentaba a él, si valía la pena o no presentar batalla. Creo que lo entendió al ver aquellos ojos, porque su expresión cambió por completo.

Te he dicho ya que Marcus tiene muchas voces, ¿verdad? La que sonó entonces fue helada:

—Márchate.

El cazador apretó los labios, pero no aceptó la orden de inmediato.

—¿Son suyas, señor?

Creo que eso enojó todavía más a Marcus, porque dio un paso hacia adelante cargado de amenaza. Su puño volvió a cerrarse y creí que le lanzaría otro golpe.

—Esa mujer es mi prometida —siseó—. Y la chica pertenece a su familia. Y si pertenece a su familia, pertenece a la mía. *Márchate.*

Fue como si la última palabra vibrara en el aire. Me pareció que realmente podía haber magia en ella, una menos cálida que a la que me tenía acostumbrada. Y funcionó. Aquel hombre se levantó, se pasó la mano por la nariz sangrante y agachó la cabeza. Nos echó un vistazo más antes de marcharse. El conde lo siguió con la vista, pero yo solo podía mirarlo a él, bloqueada.

—¿Dani? ¿Eres tú?

Di un respingo y volví la vista a mi lado. Mi amiga estaba ahí, mirándome con aquellos ojos de distinto color llenos de dudas, de miedo, desbordados de tantas emociones que era difícil saber cuál de ellas provocaba su llanto.

Las lágrimas me treparon de golpe. La había encontrado. Estaba ahí. Era real, exactamente como la recordaba: el pelo rosa, el *piercing* en la nariz, el pequeño hueco que tenía entre los incisivos. Estaba sucia y llorosa, pero era ella.

—Lía.

Mi amiga dejó escapar un sollozo. Yo otro.

Cuando se lanzó hacia mí, la sostuve entre mis brazos.

Seguíamos en otro mundo, pero fue casi como volver a casa.

# Marcus

En cuanto estuvimos dentro del carruaje, Lía y tú se sentaron juntas y se apoyaron la una en la otra como si temieran que algo pudiera volver a apartarlas. Tú le susurrabas palabras reconfortantes, pero no le hiciste preguntas más allá de si tenía algún libro consigo. No lo tenía, y ninguno de los dos quisimos pensar en lo que aquello significaba. Lía, de todos modos, apenas entendía lo que estaba ocurriendo. Se aferraba a tu cintura con fuerza, con la mejilla pegada a tu hombro, con la mirada perdida en un punto a la derecha de mi asiento. En algún momento, con los dedos entre su pelo, hiciste que se inclinara y apoyara la cabeza sobre tu regazo. Ella recogió las piernas sobre el asiento y cerró los ojos. Tú también dejaste caer los párpados.

Suspiré. A mí me dolía el cuerpo, sobre todo la mano derecha, que había dejado cerrada en un puño sobre mi muslo. Ni siquiera lo había pensado antes de golpear y aquello me hacía sentir un poco incómodo. No era propio de mí perder el control. No era propio de mí ceder a la furia, porque tiempo atrás había aprendido por las malas lo que podía conllevar. Pero cuando te vi en el suelo, cuando escuché sonar aquellas cadenas...

—Gracias.

Di un respingo. Te encontré mirándome de frente, aunque había dado por hecho que te quedarías dormida. Titubeé, sin saber muy bien qué decir, pero tú te adelantaste:

—Y lo siento. No debí salir corriendo. Yo...

—Está bien. Lo entiendo. Yo habría hecho lo mismo.

Nuestras rodillas casi se tocaban. Por debajo del traqueteo del carruaje me pareció escuchar la respiración profunda de Lía.

Había cerrado los dedos alrededor de tu pantalón, aferrada a ti incluso en sueños.

—Tú pareces un poco más preparado para enfrentarte a un hombre armado de metro ochenta. Solo un poquito —aprecié el intento de sonrisa en tu voz—. Amantes, tríos y, ahora, peleas. Conde, voy a empezar a pensar que eres un chico malo.

Resoplé, pero decidí seguirte el juego, únicamente porque quería que se deshiciera ese nudo que parecía apretarte la garganta.

—Te sorprendería la cantidad de trucos de supervivencia que aprendes cuando viajas a otros mundos.

—¿Así aprendiste a pegar puñetazos?

—¿Por qué te sorprendes? He estado en lugares que no creerías. Algunos escandalizarían hasta a la señorita Blackwood.

—La señorita Blackwood no es fácil de escandalizar.

—Soy consciente de ello.

Dejaste escapar algo parecido a una risa y aquel sonido consiguió apaciguar un poco el dolor y el cansancio. Te destensaste un poco contra el respaldo de tu asiento. Vi cómo tus hombros descendían, cómo tus dedos se deslizaban por el pelo de Lía.

Me froté distraídamente los nudillos por encima del guante y me arrepentí casi al instante, porque sentí el ramalazo de dolor.

—¿Te lastimaste?

—Estoy bien.

No te creíste ni una palabra. Te echaste con cuidado hacia adelante e intentaste cazar mi mano. Yo agarré la tuya antes: la sujeté con la palma hacia arriba y la cubrí con mi izquierda.

—Estoy bien —repetí.

Pero tú no sabes darte por vencida, ¿verdad? Me obligaste a voltear la mano y no pude evitar una mueca. Supongo que no recordaba tan bien cómo pelear, después de tantos años sin hacerlo.

—Tienes que dejarme ver.

Hui en cuanto trataste de quitarme el guante. Deslicé mi mano fuera de la tuya y la escudé con la otra. Tú no me perseguiste, pero creo que fue únicamente porque Lía seguía dormida y no querías despertarla. Por eso tampoco alzaste la voz: nada más me miraste desde tu asiento, con los labios apretados.

—Nunca te los quitas.

—No me baño ni duermo con ellos puestos. Y me los cambio a menudo.

No apreciaste mi intento de broma: entornaste los ojos.

—¿Qué intentas ocultar con ellos?

Me pareció una pregunta capciosa. No te referías solo a lo que la tela pudiera esconder, ni a la piel ni a las manos. Ambos sabíamos que yo guardaba algún secreto en la manga, cosas de las que no podía hablarte.

—¿Crees de verdad que llevo guantes porque quiero ocultar algo?

—Sí —ni siquiera lo pensaste—. Creo que los guantes no son más que una... parte del disfraz que llevas todos los días. Ese papel que interpretas, igual que yo interpreto el de Danielle Blackwood. Porque el conde Abberlain, ese hombre frío y tan apegado a las normas, tan... estirado y serio, no se parece en nada a Marcus.

—Son la misma persona, Dani.

—No, para nada. Marcus es el chico que siente curiosidad por otros mundos y cuenta historias sobre las hadas que traen la primavera. Marcus es el que sonríe cuando algo le hace gracia, aunque lo oculte. Marcus se pone rojo y habla del pasado con nostalgia. El conde Abberlain se niega a mencionar nada de su vida por miedo a que alguien descubra que tiene un corazón.

Aquel corazón, precisamente, se me encogió en el pecho para recordarme que estaba ahí. Y que cada vez latía más rápido.

—Uno ayuda a los visitantes y está dispuesto a acoger a una desconocida y hacer lo que sea necesario para llevarla de vuelta a su hogar —continuaste—. El otro quiere dar la imagen de que vive ajeno al mundo, de que no le importa nada ni nadie más allá de su jardín.

Tus ojos estaban fijos en los míos y yo quería huir también de aquello, pero me sentía demasiado atrapado. No encontré palabras para llevarte la contraria. No creo que las hubiera. Me sentí expuesto, como si pudieras ver no solo bajo los guantes, sino también bajo mi piel.

—Te veo, Marcus Abberlain —concluiste, en un susurro—. No sé qué ocultas debajo de los guantes, pero no te escondes tras ellos tan bien como crees.

Quise que el vuelco que me había dado el corazón hubiera sido imaginado. En aquel carruaje, a la luz tenue de la única lámpara que había dentro, me di cuenta de que yo también podía verte: valiente, orgullosa, leal y testaruda. Maleducada, brusca, directa y curiosa. Y de pronto ninguna de esas cualidades me pareció mala, porque todas eran tuyas y te daban forma. Todas me habían demostrado facetas de ti que me habían sacudido al otro lado de la muralla que me había esforzado tanto en alzar entre nosotros.

Tu mirada cayó sobre mis guantes y yo la seguí.

—Lo único que no sé es si todo eso lo haces por los demás o por ti.

Me pareció una duda razonable. Había días en los que yo mismo me lo planteaba. Suspiré.

—Es por mí —confesé, en voz muy baja—. Porque a veces la única manera de mantenerte entero es intentar convencerte de que lo estás. Y tratas de guardar todo lo que te ha herido en un cajón y de cerrarlo con llave. Para que no vuelva. Para fingir que nada de eso ha ocurrido.

—¿Y funciona?

—A veces. A ratos.

—¿Y no es peor cuando vuelve? ¿Cuando recuerdas todas esas cosas que tienes apartadas? ¿No sería mejor... buscarles un nuevo sitio?

—¿Y si todo lo que has metido dentro son errores y el odio que sientes hacia ti mismo?

No quería decir eso, pero se me escapó como si llevara mucho tiempo esperando ser pronunciado. Quise borrarlo, tacharlo, volver atrás en la conversación. Deseé haberme callado, porque en el silencio que vino luego, en la expresión que pusiste, pude sentir la lástima. Y no quería eso de ti. No lo quería de nadie.

—Marcus, no sé qué pasó, así que quizá creas que es más complicado de lo que pienso o que no lo entenderé, y quizá sea verdad, pero... fueran cuales fueren los errores que cometieras, en el fondo del cajón tiene que estar también la manera de perdonarte a ti mismo. No podemos borrar nuestros errores, pero siempre podemos intentar hacerlo mejor, ¿no?

No respondí; tú no me presionaste. Quizás entendiste que no estaba preparado para continuar aquella conversación. Que, aunque tus palabras servían para hacerme compañía, no era tan sencillo encontrar aquel perdón del que hablabas.

Oculté la mano derecha entre los dedos de la otra y traté de fingir que podía ocultar también el dolor. Pensé que podría hacerlo pasar por un incómodo entumecimiento, como llevaba haciendo durante más tiempo del que quería recordar.

Como pensé que haría cuando tú, finalmente, te marcharas.

# TERCER RECUERDO

Las cosas tendrían que haber ido mejor: habíamos encontrado a Lía, Marcus y yo habíamos empezado a confiar de verdad en el otro, me había aprendido de memoria la persona que debía ser en aquel lugar para poder vivir en una relativa calma.

Únicamente faltaba el libro y, tras encontrar a mi mejor amiga, me pareció que sería fácil. Podíamos hacerlo. Tenía que estar en alguna parte, igual que había estado ella. Fue un golpe descubrir que no lo tenía ella, que la esperanza que habíamos tenido de encontrarlo todo al mismo tiempo había sido en vano, pero aparecería. Solo necesitábamos un poco más de paciencia. Un poco más de fe.

Estaríamos bien. Lo que importaba era que tenía a Lía de vuelta y un hogar seguro en el que quedarnos mientras no pudiéramos regresar a casa.

Aquel pensamiento apenas duró lo que duró el camino de regreso a la mansión.

# Dani

Ni Yinn ni Altair necesitaban dormir, así que desde que el celeste había llegado, se pasaban las noches juntos. Un día bajé a la cocina por un vaso de agua y los encontré ahí, el uno sentado junto al otro, compartiendo experiencias de sus vidas eternas. Supongo que eran lo más parecido a iguales que podían haber encontrado en aquel mundo: dos seres que estaban al margen del tiempo, que habían visto sus respectivos universos cambiar a lo largo de siglos enteros.

Fue normal, pues, que ambos nos recibieran cuando llegamos. Yinn fue el primero en adelantarse hacia Lía, en un intento de ver si necesitaba algo, pero mi amiga huyó para esconderse detrás de mi cuerpo y, de hecho, Altair agarró del brazo a Yinn para detenerlo. El genio parpadeó, confuso. El celeste tenía los ojos fijos en mi amiga. Me pareció que incluso la miraba con aquellas pupilas doradas que había en el resto de su piel.

—Es peligrosa —sentenció.

Altair no era consciente de lo que provocaban sus palabras la mayoría del tiempo. Las emociones no eran lo suyo, así que no podía empatizar con el hecho de que estábamos cansados, de que había sido un día muy largo, de que la chica a la que acababa de acusar ya estaba lo suficientemente asustada.

Por supuesto que me enojé. Por supuesto que la protegí con mi cuerpo.

—¿Qué carajo dices? Es mi amiga.

Altair me miró a mí y después, de nuevo a Lía. Ladeó la cabeza y entrecerró los párpados, como si tuviera que concentrarse.

—Sí, sí que lo es. Pero tiene la lengua atada y los ojos tapados, la magia la está ahogando y está llena de mentiras.

Me estremecí. Altair no podía mentir, eso nos lo había explicado el primer día. Yinn se fijó en Lía, a quien sentía temblar a mi espalda. No creo que estuviera registrando nada de lo que estaba pasando.

—Suficiente, Altair.

Fue Marcus quien habló. Cuando lo miré tenía una expresión severa mientras se fijaba en el celeste. Altair no parecía convencido, pero acabó asintiendo. Yinn miró de uno a otro y, después, esbozó su sonrisa despreocupada hacia Lía, como si nada hubiera pasado.

—Prepararemos una habitación para usted, señorita Lía.

—Dormirá conmigo.

No quería ser desagradable con Yinn, pero no pude evitarlo. No iba a dejar a mi amiga sola. Que aún no hubiera dicho ni una palabra era una prueba más de lo aterrorizada que estaba, porque por lo general Lía no era una persona que se callara sus opiniones. La jalé y la guie por las escaleras. Las palabras y la mirada de mil ojos de Altair daban vueltas en mi cabeza, me apretaban el pecho. Únicamente pude respirar un poco cuando alcancé mi habitación y cerré la puerta tras nosotras. Solté a mi amiga para poder apretar las dos manos contra la madera.

—Dani.

Me di la vuelta casi con miedo de encontrarme algo en lo que no había reparado, algo que fuera a hacerla diferente de la persona que conocía, pero ahí, bajo la luz de mi cuarto, Lía seguía siendo Lía, solo que más asustada de lo que recordaba haberla visto nunca. Fui hacia ella de inmediato y tomé su rostro entre los dedos para mirar en sus ojos verde y café. Tenía el pelo sucio y encrespado, la cara manchada.

—Ya está. Ya estás a salvo.

—Todo esto... ¿es real?

Acaricié sus mejillas. No fui capaz de decirle que sí, que lo era. Creo que ella ya lo sabía antes de preguntar.

—He estado buscándote durante días. Llegué... Llegué hace una semana, pero tú no estabas conmigo y... ¿Qué ha pasado? ¿Dónde has estado?

Lía me miraba cada vez más perdida. Negó con la cabeza y alzó las manos para tomar las mías y apretarlas entre sus dedos.

—Esta mañana desperté en medio de una calle y... Y... No sé. Todo era muy confuso. Al principio creí que estaba soñando...

—¿Esta mañana?

Ella asintió, con el miedo asomando a sus pupilas. A mí me volvió a recorrer un escalofrío, porque estaba segura de que aquello no podía ser. O casi segura. En realidad, no sabía cómo funcionaba: no sabía si podías perderte en algún espacio entre los dos mundos, Marcus nunca me había dado detalles.

Lía parecía a punto de colapsar y yo quería que pudiera relajarse un poco, quería que sintiera que todo podía estar bien, así que sonreí y la agarré de los brazos.

—En esa puerta de ahí está el baño, puedes bañarte y...

—No quiero quedarme sola.

Asentí. Aunque para mí había sido diferente, aunque yo en ciertos momentos había necesitado la soledad, eso había sido porque tampoco tenía cerca a nadie en quien confiara.

—Estaré contigo.

Me dirigí al baño para llenar la tina. Ella no me soltó la mano en ningún momento.

—¿Dónde estamos? ¿Qué significa todo esto, Dani? ¿Y quién es ese hombre...?

—Te lo explicaré todo, tranquila.

Eso hice, mientras la tina se llenaba de un agua caliente que empañó los cristales. Lía escuchó las mismas explicaciones que yo había recibido en algún momento: los visitantes, los libros, quién era Marcus. Se mostró más confusa todavía cuando le repetí que yo llevaba ahí todos esos días. Creo que empezó a asimilar cosas solo en ese momento. Pudo fijarse en mí también, por primera vez. Su mirada recorrió la ropa que llevaba, se detuvo en el anillo en mi dedo anular. Se llevó una mano a la cabeza.

—Ese chico... ¿Dijo hace un rato que eras su...?

No creí que estuviera en disposición de escuchar nada sobre el papel que estaba interpretando y lo que había sido aquella semana para mí. Prefería que, de momento, se quedara con la información básica: estábamos lejos de casa, en otro mundo, pero en aquella mansión nos estaban ayudando y Marcus podría devolvernos a nuestro hogar.

—El baño ya está.

Miró al agua, a su reflejo en ella. Quizá, como yo el primer día, intentó buscarse y reconocerse. No sé si lo consiguió. Le di la espalda para darle intimidad mientras se quitaba la ropa, aunque viviendo juntas y con una amistad de tantos años, había poco de ella que me quedara por ver.

—¿Dani? ¿Qué... es esto?

No le había hablado de las marcas. Alcé la vista, esperando encontrar la misma que tenía yo en el hombro, la misma que no había vuelto a mirar ni tocar porque me hacía sentir incómoda y tensa: el libro, el círculo de estrellas a su alrededor. Ambos estaban ahí, en su caso en medio del pecho, pero las páginas de su libro no estaban vacías. Me quedé helada. Ahí, grabada con la misma tinta indeleble que el resto de la marca, había tres espadas cruzadas bajo un escudo.

Fue como volver a caer en otra dimensión. Como volver a escuchar su grito y sentir su mano intentando agarrarme. Creo que se me desencajó la expresión y que ella lo notó.

—¿Dani?

Sentí una náusea subir desde mi estómago.

—¿Estás segura de que llegaste esta mañana, Lía?

Ella asintió, con nerviosismo.

—¿Qué? ¿Qué pasa? Me estás asustando.

—Yo... Nada —no sabía cómo decírselo. Ni siquiera estaba segura de que lo que me estaba pasando por la cabeza fuera cierto—. Está todo bien. Yo tengo una parecida, mira.

Le enseñé la marca en mi hombro y, abrumada como estaba, Lía ni siquiera cuestionó que no fueran idénticas. Aceptó aquello igual que yo lo había aceptado todo durante los primeros días: como una más de aquellas verdades imposibles que no puedes terminar de creerte. Destensó los hombros y sacudió la cabeza antes de darme la espalda para quitarse también la ropa interior y meterse en el agua.

Yo estaba temblando. El corazón me latía como loco en el pecho y en las sienes y el sonido se juntaba con las palabras de Altair. Me fijé en ella, en la manera en la que cerró los ojos y emitió un suspiro largo y hondo tras lavarse la cara. Después se estiró en la tina, echó la cabeza atrás y fijó su mirada en el techo mientras dejaba que el agua le templara el cuerpo. Me pareció que estaba a punto de echarse a llorar otra vez.

—Quiero volver a casa —dijo, con la voz estrangulada por un sollozo.

Sentí que las lágrimas también querían subir a mis ojos, pero las contuve. Porque si yo me derrumbaba, a Lía no le quedaría nada a lo que agarrarse. Así que me tragué el llanto, me arrodillé en el suelo junto a ella y tomé una de sus manos mojadas para dejar un beso sobre sus dedos.

—Volveremos, Lía. Volveremos.

## Marcus

Supongo que las palabras que Altair había dicho sobre Lía te habían sacudido más a ti que a mí, pero yo también estaba preocupado. La idea de que tu amiga pudiera ser un peligro me inquietó lo suficiente como para olvidar el cansancio.

—¿Qué ocurre con Lía? —le pregunté al celeste en cuanto desaparecieron escaleras arriba—. ¿Qué significaba ese acertijo?

—No es un acertijo, es lo que percibo en los planos que puedo sentir. La magia está a su alrededor.

—¿Qué tipo de magia? —preguntó Yinn—. Yo no sentí nada.

—Está en otro plano, allá donde solo dos ojos no pueden ver —los ojos dorados que tenía tatuados por el cuerpo parecieron parpadear a la luz del recibidor—. Este mundo tiene muchos tipos de magia, producto de todas las criaturas que han llegado de los libros. Esta magia no es una excepción, pero lleva tantos años con ustedes que quizá se hayan olvidado de su origen y ya ni siquiera pueden distinguirla.

Yinn frunció el ceño, pero negó con la cabeza cuando lo miré en un intento de que me aclarara algo. Yo, al contrario que él, no era ningún experto en magia: la única que conocía y podía sentir era la que me corría por las venas, así que no saqué nada en claro de la conversación.

Aun así, repetí aquellas palabras en mi cabeza mientras subía las escaleras hasta la habitación de Charlotte, donde me asomé para asegurarme de que dormía. También me las repetí mientras me dirigía hasta mi propio dormitorio, que aquel día me pareció más grande y frío que nunca, pese a que la chimenea y las luces me esperaban encendidas. Las apagué todas casi de inmediato y me desvestí a la luz del fuego. Seguía deseando poder meterme en la cama, pero cuando estuve entre las cobijas, pese al agotamiento, mis ojos se negaron a cerrarse.

Estaba pensando en volver a levantarme cuando escuché los golpes en mi puerta. Me levanté como movido por un resorte, aunque antes de abrir me puse los guantes y la bata que siempre estaba a los pies de mi cama. Me sorprendió verte a ti en el pasillo, con los brazos alrededor de tu cuerpo, como si tuvieras frío. Ibas descalza, solo con la piyama.

En cuanto alzaste la vista hacia mí, supe que algo iba mal.

—¿Puedo pasar?

En otro momento, no se me habría ocurrido dejarte entrar en mi cuarto, pero parecías necesitar sentarte, así que te guie hasta el sillón delante de la chimenea. Encendí un par de luces para que no estuviéramos a oscuras.

—Creo que Lía está marcada —dijiste—. Su... Su marca es distinta a la mía.

Las palabras que había dicho Altair parecieron vibrar en la habitación junto a las tuyas. Tú continuaste, con nerviosismo:

—Dice que no se acuerda de nada, que apareció en ese pueblo esta misma mañana. Está convencida de que llegó hoy. No sabe lo que está pasando y quiere volver a casa y...

Sentí que ibas a desbordarte, igual que se te estaban desbordando las palabras de la boca, así que me acerqué con cuidado. Pese al dolor de cabeza, pese al cansancio, me centré en ti, en todo lo que estabas diciendo.

—Respira.

Me senté en el escabel y tú obedeciste. Respiraste hondo, conmigo, como aquel día, sentados en el suelo del baño. Con suavidad, apoyé mi mano sobre las tuyas y nos mantuvimos en silencio durante unos minutos, hasta que estuve seguro de que ibas a estar bien.

—Y ahora, cuéntamelo todo. Desde el principio.

Eso hiciste. Un poco más calmada, me hablaste de la conversación que habías tenido con Lía. Me hablaste de la marca en su pecho, que te pedí que me describieras con todo detalle.

—¿Quién es? ¿Quién la marcó?

Parecías dispuesta a ir a buscar a la persona que le hubiera puesto un dedo encima a tu amiga, pero yo no tenía respuesta para tus preguntas. Me levanté y empecé a pasear por el cuarto, intentando ordenar mis pensamientos.

—No lo sé. No reconozco ningún escudo semejante. Quizá sea de una familia menor... No estoy seguro. Pero no creo que sea difícil descubrirlo, quizás incluso pueda encontrar la respuesta en alguno de los libros de heráldica que tengo en el despacho. Lo que me preocupa es que no entiendo por qué alguien la marcaría, la tendría durante días y luego la dejaría ir. Es obvio que Lía no llegó hoy, diga lo que diga...

—Pero ¿por qué mentiría?

—Puede que no esté mintiendo por gusto. Puede que la hayan obligado. O puede que... Puede que le hayan hecho olvidar todo y ni siquiera sea consciente de que miente.

«Tiene la lengua atada y los ojos tapados».

—¿Pueden hacer eso?

Técnicamente, sí. No sabía si olvidaban de verdad o el recuerdo solo se quedaba lo suficiente lejos de su conciencia para que pudieran recuperarlo, pero si alguien quería impedir que sus visitantes fueran conscientes de lo que hacían, podían hacerlo. Había quienes, de hecho, los preferían así: anulados por completo, más máquinas que individuos. No te lo dije. No creí que quisieras saberlo.

Y nada de aquello le daba más sentido a la situación.

—Altair dijo que era peligrosa —tu voz sonó ahogada—. Si eso es cierto, a lo mejor ella y yo no deberíamos quedarnos aquí...

Nos miramos. Tú tenías los labios apretados, preocupada porque no sabías qué clase de peligro podía suponer una chica que ni siquiera era consciente de lo que pasaba a su alrededor. Una chica que, por lo que yo sabía, era prácticamente una hermana para ti.

—¿Y a dónde van a ir?

Lo que realmente quería preguntarte era: «¿Cómo voy a dejarte sola si sé que puedes estar en problemas?». Pero no podía decirlo. Sabía que te molestarías si insinuaba que Lía podía ser un peligro también para ti. Era consciente de que no habías estado buscándola toda la semana para abandonarla de nuevo.

—A tu casa en la costa. O podemos ir a otro sitio. Tampoco es que tengas por qué hacer eso por nosotras, ya nos has ayudado bastante, pero...

—Dani.

Tu nombre fue suficiente para que dejaras de hablar. Para que apartaras los ojos de tus manos, que te habías empezado a retorcer de manera compulsiva, y me miraras.

—Tú misma dijiste que no tenías claro dónde empezaban mis problemas y acababan los tuyos, ¿no? No voy a abandonarte ahora.

—Pero...

Sé que estabas dispuesta a enfrentarte a todo aquello sola. Pero también sabía que, si habías venido hasta mi cuarto en medio de la noche, era porque querías ayuda. Porque sentías que la situación te quedaba demasiado grande. Y porque confiabas en mí. Y yo quería que siguieras haciéndolo.

—Ya encontramos a Lía —te recordé—. Y ahora la ayudaremos. Las ayudaremos a las dos, porque lo siguiente es encontrar su libro. Volverán a casa. Todo va a estar bien. Te doy mi palabra.

Y no pensaba romperla, costara lo que costara.

## Dani

Sabía que no iba a poder dormir, así que ni siquiera lo intenté. Aunque le di las gracias y las buenas noches a Marcus, una vez estuve en el pasillo me vi incapaz de regresar a la habitación, donde la figura durmiente de Lía tan solo me recordaría todas las preguntas que tenía. Por eso hice el camino hasta el despacho. Porque Marcus había dicho que había libros de heráldica en casa y que encontrar aquel escudo no iba a ser complicado.

Nunca he sido paciente. Si podía encontrar al culpable de lo que estaba pasando con mi amiga, una noche en vela buscando era un precio ridículo que pagar.

El conde me encontró media hora más tarde, sentada en el suelo de su despacho, con la espalda apoyada contra uno de los sillones y rodeada de algunos tomos en los que todavía no había encontrado nada. Lo miré, tan sorprendida como él lo estaba de verme a mí ahí. Parpadeó, incrédulo, y creo que se frotó un ojo para asegurarse de que no estaba soñando.

—¿Tú nunca te cansas? Tendrías que estar durmiendo.

—Dado que estás aquí ahora, quizá no seas la persona más indicada para hablar.

Marcus puso los ojos en blanco, pero se acercó para ver qué libros había agarrado y, sin hacer preguntas, consultó la estantería para sacar un par más.

—Yo no llevo casi una semana durmiendo a duras penas —dijo, antes de sentarse en uno de los sillones con los tomos en el regazo—. Por si creías que nadie se había percatado de tus ojeras.

Lo miré de reojo. Supuse que no me haría caso si le decía que volviera a la cama. Éramos demasiado parecidos pese a ser tan distintos, una vez más.

—¿Tanto te fijas en mí? No estarás llevando demasiado lejos esto de ser prometidos, ¿no?

Él ni siquiera alzó la vista del volumen que había abierto, con aquella expresión seria y desinteresada que intentaba llevar siempre.

—Solo me fijé para comprobar que estuvieras interpretando bien el papel. La gente va a empezar a preguntarse por qué no duermes. Quizá deberías añadir una razón a tu ficha de personaje.

—Todo el mundo sabe por qué una dama que vive bajo el techo de su futuro marido no duerme bien: él no la deja.

Marcus carraspeó.

—Estoy seguro de que el prometido estaría libre de culpa en este caso. A lo mejor es ella la que no lo deja dormir a él.

—No soy yo la que va dejando mujeres embarazadas y haciendo tríos.

—Me voy —dijo. Cerró el tomo que tenía entre las manos y se puso en pie.

No pude evitar que se me escapara una risa, pero cuando pasó por mi lado, con las mejillas rojas y probablemente decidiendo que el día había sido lo suficientemente largo como para aguantarme, yo lo agarré de la bata. Él dio un respingo y bajó la vista. Me encogí de hombros. No quería que se marchara. No cuando era obvio que él tampoco podía dormir. No cuando sabía que, si había ido al despacho sin saber que me encontraría ahí, era porque estaba tan preocupado como yo.

—Quédate.

Marcus se humedeció los labios, dejó sus ojos fijos en los míos durante unos segundos muy largos. Supe que iba a acceder cuando miró al techo y respondió con un suspiro profundo. Lo que no esperaba era que, en vez de volver a su sitio, descendiera para tomar asiento a mi lado.

—Trío —murmuró, mientras volvía a abrir su libro.

—¿Qué?

—En singular. Pasó solo una vez —carraspeó—. Ya que me lo vas a recordar hasta el día en que la Creadora ponga punto final, al menos hazlo de manera apropiada.

—Ah, de acuerdo. Y sin terceros en discordia, ¿cuántas veces dices que te acostaste con Seren...?

Las mejillas se le volvieron a encender.

—¿De verdad no quieres que me vaya?

—Okey, okey. No hablemos del ex.

—¿Del qué?

—Nada, nada.

Resopló, pero supe que, como a mí, aquella conversación también le servía. Era lo más fácil que habíamos hecho en todo el día, lo más llevadero. Una parte de mí quería seguir hablando con él, de cualquier cosa, saber más de su relación con Seren o de lo que quisiera contarme. Pero Lía era más importante, así que callé y apoyé la cabeza en su hombro mientras bajaba la vista de nuevo al libro que tenía sobre mi regazo. Lo sentí tensarse un poco.

—¿Quién está llevando demasiado lejos lo de ser prometidos ahora? —susurró.

—He decidido que, ya que tengo que hacer esto, merezco aprovecharme un poco de la situación. Pero tranquilo, no te haré nada que no quieras que haga.

Resopló de nuevo, pero no se alejó. Si acaso, se acomodó, buscando la postura perfecta, y ambos nos concentramos en nuestros respectivos libros.

No creo que sea fácil identificar cuándo empieza a atraerte una persona, ¿sabes? No creo que haya un instante en el que todo cambia, un segundo transformador que puedes señalar sin ninguna duda y decir: «Ahí, ahí fue». Desde luego, en aquel momento no pensé que nada fuera a ser distinto y, si lo hubiera pensado, no lo habría aceptado.

Pero visto desde el presente, creo que aquel día, después de nuestra charla en el jardín, después del viaje hasta aquel pueblo, después del encuentro con el cazador, después del tiempo sentados el uno junto al otro en silencio mientras leíamos, después de que en algún momento cerrara los ojos y me quedara dormida contra su cuerpo, fue el día en el que Marcus Abberlain dejó de ser un extraño y empezó a ser mucho, muchísimo más.

# Marcus

No supe exactamente cuándo te quedaste dormida. Tenías los ojos puestos sobre el libro abierto en tu regazo y de pronto, cuando volví a mirarte de reojo, los tenías cerrados y tu respiración profunda acariciaba mi hombro. Alcé la vista al techo. A mí también me pesaban los párpados y el reloj sobre la estantería marcaba cerca de las cinco de la mañana. Todavía faltaba un par de horas para que la luz del día empezara a colarse por la ventana, pero sabía que eso no sería descanso suficiente: tenía que despertarte y mandarte a tu cuarto.

En lugar de eso, miré tu rostro dormido, la forma en la que las sombras te acariciaban. Tenías los labios entreabiertos y una expresión de tranquilidad que no creía haber visto hasta entonces. Me gustó. Me gustó lo relajada que parecías, lo despreocupada que estabas. No quería acabar con aquello. No quería devolverte a tu cuarto, donde quizá las preguntas sobre tu amiga te arrebataran esa paz y te dieran pesadillas. O quizás eso fue lo que me dije para no tener que aceptar que quería que siguieras ahí, cerca de mí.

Yo mismo eché la cabeza atrás y cerré los ojos, solo por descansar la vista un par de segundos. No pensé que pudiera quedarme dormido en aquella posición con alguien cerca después de tantos años y con todas las preguntas que me rondaban la cabeza.

Pero lo hice.

Cuando abrí los ojos de nuevo, me encontré el despacho inundado por la luz del sol, contigo todavía dormida a mi lado.

Parpadeé con fuerza, intentando quitarme la pesadez de las pestañas, y me enderecé.

—¿Dani...?

Tú dejaste escapar un sonido desde el fondo de la garganta, pero no te moviste. Alguien abrió y cerró una puerta en algún lugar de la casa. La voz de Yinn resonó en el pasillo.

—¡Dani!

Abriste los ojos de golpe al escuchar mi susurro cerca de tu oído y me miraste sin reconocerme, confundida. Yo tragué saliva cuando levantaste la cabeza y tu rostro quedó mucho más cerca de lo que me esperaba.

—¿Qué...?

Lo que fueras a preguntar quedó ahogado por un par de toques en la puerta y, justo después, Yinn apareció debajo del dintel. Su expresión de sorpresa debió de imitar las nuestras. Me apresuré a apartarme de ti todo lo que me fue posible y fingí estar muy ocupado recogiendo los libros que seguían desperdigados por el suelo.

—Buenos días —dije, tras un carraspeo.

—Para algunos mejores que para otros, parece.

La burla en el tono del genio no ayudó a controlar el rubor que me había empezado a subir por el cuello. De pronto fui muy consciente de que estaba en bata y piyama y que tú, también en ropa de cama, todavía estabas intentando ubicarte. Me puse en pie de golpe.

—¿Querías algo, Yinn?

—La señorita Lía preguntaba por Dani. Y yo también. Pero ya veo que no hay que preocuparse.

—¿Durmieron juntos?

Casi suelto el par de libros que tenía en las manos al escuchar la voz aguda de Charlotte desde detrás de Yinn. Mi hija estaba ahí, asomada tras el cuerpo del genio, que parecía estar disfrutando más por momentos. Lía también esperaba a solo un paso de distancia de mi amigo, pero nos miraba con los ojos entrecerrados y una expresión confundida. Tú pasaste la mirada de mí a los demás, intentando recoger toda la información de la escena.

—¿Qué?

—¿Se van a casar? Todo el mundo dice que, si dos personas duermen juntas, tienen que casarse —insistió Lottie—. Y sé lo que significa el anillo, de todas formas. No soy tonta.

—¿De qué están hablando, Dani?

Tu atención se centró por completo en tu amiga en cuanto habló. Creo que despertaste de verdad en ese momento. Te pusiste de pie de inmediato.

—Aún tengo que explicarte algunas cosas...

Nuestras miradas se encontraron. Supuse que querías decirme algo, pero no llegaste a hacerlo. No sé si querías pedirme perdón por quedarte dormida o hacer una broma. Al final, tan rápido como nuestros ojos se habían quedado enganchados a los del otro, apartaste los tuyos y fuiste junto a Lía. Le revolviste los rizos a Lottie y te marchaste por el pasillo con tu amiga de la mano, hablando en susurros con ella.

No fui el único que te siguió con la mirada, pero sí el último en apartarla. Yinn se dio cuenta, porque la sonrisa maliciosa se extendió por su boca.

—¿Debería pedir que sirvan el desayuno?

—Sí. Gracias, Yinn.

—¿Y va a salir el señor? ¿Con Dani, tal vez?

—Saldré solo —carraspeé—. Tengo que ir a ver a Alyssa.

—¿En piyama?

—Puedes retirarte, Yinn. Gracias.

Lo escuché reír mientras se alejaba por el pasillo. Sentí que me ardían las orejas.

—Pero entonces, ¿se van a casar o no?

Me sobresalté cuando me di cuenta de que Charlotte se había apoyado cerca de la puerta, con las manos sobre la falda de su vestido y los ojos brillantes.

—Porque si es Dani me parece bien —apuntó antes de que yo pudiera abrir la boca.

—Nadie va a casarse —la desalenté. Pese a que titubeé, le hice un gesto para que se acercara—. Hay... gente que no se tomaría muy bien saber que es una visitante cuyo libro todavía no hemos encontrado, ya lo sabes.

Lottie cabeceó con precaución. La hipocresía del momento me golpeó con demasiada fuerza: yo era el que siempre le decía que no se debían decir mentiras y, al mismo tiempo, era el que siempre parecía tener una preparada en la punta de la lengua. Y entonces la estaba instando a que hiciera lo mismo, aunque fuera por proteger a alguien.

—Ese anillo es solo una forma de protegerla. Si piensan que es mi prometida, la tratarán con respeto. ¿Lo entiendes?

Charlotte me miró con aquellos intensos ojos verdes que había heredado de su madre.

—¿Y qué pasará cuando se vaya a su mundo?

—Diremos que canceló el compromiso. No sería la primera persona que lo hace. Nadie lo sabrá nunca.

—¿Y vas a estar triste? Se supone que, si tu novia se va, tienes que estar triste.

La pregunta me descolocó un poco.

—Sí, supongo que sí —dije, no muy seguro.

—Pero ¿de verdad o también será fingido?

Es increíble cómo podemos llegar a convencernos de que todo va bien, decirnos hasta la saciedad que algo va a ser de una determinada manera y estar de acuerdo con ello y, de repente, dejar de hacerlo. No sé si fue por los ojos de Lottie, por la pregunta inocente o porque yo estaba demasiado cansado como para pensar con claridad, pero sus palabras me golpearon con más fuerza de la que esperaba.

Pensarás que es una tontería, pero ese fue el momento en el que me di cuenta de que sí, de que te iba a echar de menos. No tendría que fingir la tristeza. No importaba cuánto me hubiera esforzado por mantenernos lejos: cuando te marcharas, el hueco que dejarías tras de ti no sería una mentira.

# Dani

—Entonces... ¿Llevo aquí una semana? ¿Y esa marca significa que alguien me atrapó?

No fue fácil explicárselo todo a Lía. En el fondo, no quería hacerlo, pero me pareció injusto no darle los mismos detalles que yo misma había querido saber en su momento. A medida que hablaba, sin embargo, entendí mejor por qué Marcus había intentado dejar cosas al margen. No le hablé ni del Globo ni de las otras subastas, pero incluso sin aquello, era demasiada información. Una información aterradora, por mucho que aquel fuera un mundo con castillos de cuento, criaturas mágicas y ropas de época.

Nos habíamos sentado en mi cama para tener aquella conversación y ella apoyaba la mano sobre su pecho, allá donde tenía la marca. Yo sujetaba su otra mano para que tuviera un punto de referencia, algo a lo que agarrarse mientras, como me había pasado a mí, todo se derrumbaba un poco a su alrededor.

—Ya estamos investigando, Lía. No te va a pasar nada.

—Ni siquiera sé qué han hecho conmigo durante este tiempo.

Lo dijo con la voz ahogada, con los ojos muy abiertos. Yo me estremecí.

—¿Te... duele algo? ¿Sientes que...?

—No, pero...

Pero no recordar era peor. La incertidumbre, el borrón de días enteros, tenía que ser una pesadilla. No quería pensar que alguien la hubiera dañado, pero la marca estaba en su piel y había demasiadas cosas extrañas en su historia. Cosas que solo comprenderíamos cuando encontráramos a la familia a la que correspondía aquel escudo que tenía en la piel.

—Vamos a llegar al fondo de todo, Lía. Te lo juro, vamos a...

—No quiero llegar al fondo de nada —mi amiga sacudió la cabeza y me soltó la mano para poder pasarse las suyas por la cara. Temblaba, así que me apresuré a rodearla con mi brazo y apoyarla contra mí—. Solo quiero que todo esto se acabe. Quiero volver a casa.

Entendía aquello. Entendía también que para ella tenía que ser todo incluso más complicado de lo que había sido para mí, y me dolía no poder hacer nada por ayudarla, aunque era lo único que quería. Lía siempre me había ayudado a mí: desde las cosas más estúpidas durante la escuela, hasta en los últimos años tras la muerte de mi abuela. No había dudado en mudarse conmigo en cuanto se lo sugerí porque las paredes se me caían encima. Porque el lugar, irónicamente, estaba lleno de recuerdos. Si la memoria eran flores, mi departamento de pronto estaba lleno de rosas preciosas, pero tenían espinas donde menos las esperabas. Compartir la casa con Lía hizo que pudiéramos plantar nuevas semillas.

Lo único que yo podía hacer por ella en aquel momento, sin embargo, era sostenerla.

—Cuando volvamos, ni siquiera nos acordaremos de esto.

—Bien. Mejor. No quiero recordarlo.

También entendía aquello, claro. Y, aun así, se me contrajo un poco el estómago. No es que no hubiera cosas que habría preferido no vivir, cosas que prefería olvidar, pero había otras, de pronto, que me apenaba que fueran a perderse por completo. No lo dije, sin embargo. No habría sido justo. Con mi amiga sufriendo entre mis brazos, me sentí culpable por haberlo tenido un poco más sencillo. Por pensar que yo quizá sí podía echar de menos algunas cosas. Algunos momentos. A algunas personas.

Estuvimos un rato en silencio, hasta que yo me acosté porque estaba agotada tras dormir apenas unas horas en una postura incómoda. Lía se acurrucó contra mi pecho y yo pensé que ambas cederíamos al agotamiento. En algún momento había escuchado a Marcus salir de la casa y agradecía que en esa ocasión lo hubiera hecho solo. Yo necesitaba quedarme cerca de Lía. Necesitaba cerrar los ojos...

Los abrí de nuevo cuando sentí los dedos de mi amiga sobre mi anular y el anillo que lo rodeaba.

—¿Te fías de él?

Lía estaba mirando la joya con los ojos entrecerrados.

—Entiendo lo de hacerte pasar por alguien de este mundo, has sido muy valiente, pero...

—Me fío de él, Lía.

—¿Por qué?

—Porque desde que llegué no ha hecho nada más que ayudarme y...

—Forma parte de este mundo.

—No todas las personas de este lugar...

—La norma es esclavizar a quienes vienen de fuera, Dani.

No podía discutir aquello. Era difícil olvidarlo.

—Si no confías en él, confía en mí. ¿Puedes hacer eso?

Me dolió que mi mejor amiga tardara un par de segundos en responder, pero finalmente asintió. Sus brazos rodearon mi cuerpo y volvió a apoyarse contra mí. Le besé la frente, la estreché con fuerza.

—Eso sí, cuando volvamos, me niego a ver ni una sola película de época más, con esto estoy teniendo suficiente —bromeé, en un intento de arrancarle una sonrisa. A su pesar, probablemente, funcionó: vi una de las comisuras de su labio alzarse.

—Me parece bien. Y tampoco nada que involucre gente de un mundo terminando en otro.

—¿Ni siquiera *Alicia en el País de las Maravillas*?

—Lo siento, ni siquiera eso.

—¿Narnia?

—No.

—¿Y animes? Los animes tienen que estar fuera de esta regla, hay demasiados que tratan de eso. El último que vimos, el de la chica que se reencarnaba en una villana, estaba bastante bien...

—Que no.

Y se rio, por fin. Lo hizo muy débilmente, solo un segundo, pero fue una risa y yo pude respirar al escucharla, porque sentí que la recuperaba un poco más en ese momento. La sentí más real y tuve todavía más ganas de volver a casa con ella, a las tardes tiradas en el sofá viendo cualquier serie, a las noches de fiesta hasta la madrugada, a los jueves de partidas de rol. Presioné mis labios de nuevo contra su frente y ella se abrazó con más fuerza a mí.

—Te quiero, ¿okey? —le susurré.

—Y yo a ti —su voz sonó atragantada.

Estaba a punto de acomodarme para ceder al cansancio cuando la voz de Lottie llegó a través de la ventana abierta, en un grito emocionado que no supe a qué podía deberse. Las dos levantamos la vista. Aunque dudé, me puse en pie. Mi plan era solo cerrar la ventana y volver a la cama, pero entonces reconocí a la niña acercándose a la casa con alguien de su mano y todos mis músculos se pusieron en tensión.

—¿Dani? —Lía se incorporó—. ¿Todo bien?

Tragué saliva y me moví, incómoda, antes de voltear de nuevo hacia ella.

—Vístete —le dije—. A partir de ahora, eres mi sirvienta, ¿de acuerdo?

Lía frunció el ceño, confusa.

—¿Qué...? ¿Qué pasa?

—El hermano del conde está aquí.

# Marcus

Durante los últimos años, sentarme con Alyssa en su pequeña biblioteca se había convertido en una vía de escape. Mientras estaba con ella, me sentía a salvo; podía fingir que éramos de nuevo los adolescentes que se reían a carcajadas de la sociedad en la que vivían, los que pensaban que tenían el mundo (todos los mundos) al alcance de la mano. El problema de haber encontrado con ella mi remanso de paz, sin embargo, era que siempre resultaba inevitable pensar en que en otro momento no habíamos sido solo ella y yo. La silla vacía a mi lado siempre me recordaba una risa muy concreta; la silla vacía junto a ella siempre me recordaba los ojos dorados que habían admirado a Alyssa como si el sol y las estrellas giraran a su alrededor.

Lo peor eran los silencios. Cuando ambos nos quedábamos callados y los fantasmas parecían querer ponerse a hablar, participar en la conversación y recriminarnos lo serios que podíamos llegar a estar.

Aquella mañana se hizo uno de aquellos silencios. Estaba cargado de preguntas, de teorías que no podíamos pronunciar en voz alta. Estaba cargado de miedos y recuerdos que no sabía cómo habían acabado esparcidos sobre la mesa.

—¿Y si es una advertencia, Marcus?

Yo no fui capaz de decir nada, pero mi amiga se levantó y caminó hacia la ventana. Se apoyó en el marco, mirando hacia el patio en el que algunos niños se habían sentado al sol a escribir en sus cuadernos. Pese a que no hacía frío, se ajustó el saco alrededor del cuerpo.

—A estas alturas, toda Amyas sabe que están buscando a la sirvienta de tu supuesta invitada. Si alguien la encontró, pudo haber sacado sus propias conclusiones sobre por qué no estaba marcada: o bien Dani no quiso hacerlo, lo que no agradaría a mucha gente…, o bien no es quien dice ser, lo que no agradaría incluso a más personas.

Me removí en el sitio. Mis ojos volvieron a la silla vacía que había junto a la que había estado ocupando ella. Por supuesto, a nadie le hacía gracia que alguien pudiera desobedecer las normas, pero parecía que era todavía peor cuando ese alguien era un visitante. Y si había una sola persona que sospechara que tú podías venir de otro mundo…

Alyssa rozó con cuidado su alianza y a mí me pareció escuchar una risa dulce de fondo.

—¿Qué crees que deberíamos hacer?

Alyssa suspiró y volvió a su sitio.

—¿Honestamente? Nada, si no quieres sacar a Dani y a esa chica de tu casa.

—No puedo abandonarlas ahora.

—Lo sé. Por eso creo que lo único que pueden hacer, por desesperante que suene, es… esperar. Y estar atentos. Si es un aviso o una trampa, alguien actuará en algún momento. Mientras, solo podemos seguir buscando el libro e intentar averiguar de dónde sale esa marca.

Más que desesperanzador, iba a resultar frustrante. Suspiré. Alyssa calló un segundo, pero nos conocíamos lo suficiente como para ver que había algo más contenido entre sus labios. Le hice un ademán para animarla y ella se encogió de hombros.

—¿Sabes quién tenía un sorprendente dominio de los escudos de las familias nobles?

Una cosa que me gustó de Alyssa desde el principio fue que sabía jugar a la perfección al juego de las máscaras que teníamos en Amyas. Alyssa Dubois era una persona totalmente diferente en ese momento, pero Alyssa Travers había sido la heredera perfecta, la que tanto adultos como jóvenes admiraban. Todo el mundo la adoraba, por su cortesía y sus buenos modales, por su inteligencia y su belleza. Pero en privado, con sus amigos, Alyssa se quitaba todas las máscaras. Solo a nosotros nos mostraba quién era en realidad: una muchacha con la lengua afilada, cruel con quien no le gustaba y leal con quienes permanecíamos a su lado.

El tiempo le había dado a Alyssa más templanza y paciencia, pero seguía siendo una experta en hacer daño con las palabras, aunque sabía que no era su intención cuando convocó con aquellas a uno de esos fantasmas que nos acompañaban en la habitación.

—No voy a preguntarle a Seren sobre nada de esto.

Mi amiga apoyó los brazos sobre la mesa para inclinarse hacia mí. Sus labios se fruncieron en una mueca triste.

—¿Cómo está?

Aparté la vista a mis guantes y los jalé.

—Con la boca demasiado grande para su propio bien y las mismas ganas de sacarme de quicio. Es decir, más Seren que nunca.

Aly asintió, consciente de a qué me refería. Ambos sabíamos que no había mejor adjetivo para describir a Seren que su propio nombre.

—A veces lo echo mucho de menos, precisamente por su gran bocota y por cómo se libraba siempre de todos los problemas con encanto. Por cómo se escondía tras el sarcasmo y la sonrisa, pero también por cómo, si lo conocías, podías ver cuándo no estaba siendo sincero.

Me miró como si esperara que yo dijera lo mismo.

—Bueno, eso sigue haciéndolo, también. Lo de la sonrisa. Me pone de nervios.

—Yo creo que lo que te molesta es que ahora no puedes saber qué esconde tras ella, ¿no?

De nuevo, aquella puntería suya para golpear con la voz.

—Creo que será mejor que vuelva a casa —dije, y me apresuré a ponerme en pie—. Te avisaré si encuentro algo sobre ese escudo.

Alyssa suspiró y se echó hacia atrás en su silla.

—Marcus.

—No quiero hablar de él.

—Y yo creo que llevamos demasiado tiempo evitando esta conversación. Perdimos a Cyril, Marcus, pero igual podríamos intentar recuperarlo a él.

Tragué saliva, pero tenía demasiados frentes abiertos. Tenía demasiados problemas de los que ocuparme. No quería que Seren fuera uno más.

—¿Después de todo lo que te dijo aquel día? ¿De lo cruel que llegó a ser?

—Nosotros no lo fuimos menos, ¿no? Y después lo dejamos solo. A veces me pregunto si no fuimos igual de crueles al poner sobre él toda la rabia que llevábamos encima.

—No puedes pretender recuperar a una persona que ya no existe, Alyssa.

Me di la vuelta para irme. Estaba dispuesto a dejarla con la palabra en la boca, pero tampoco quería enojarme con ella. No podía perder a Alyssa también. Por eso, al final, cuando me llamó de nuevo, a pesar de que ya tenía los dedos en el pomo de la puerta, no llegué a girarlo. Me quedé muy quieto, de espaldas a ella.

—Ninguno de nosotros somos los mismos —dijo—. No somos los mismos que cuando nos hicimos amigos. Y no somos los mismos que éramos hace casi diez años. Éramos muy jóvenes, Marcus. Éramos unos niños, aunque nos sintiéramos muy adultos. Creíamos que podíamos cambiar el mundo, ¿te acuerdas? Creíamos que podíamos vivir nuestra vida ajenos a todo, desafiar el orden y no pagar nada a cambio.

Cerré los ojos, con pesar. Había reconocido la lástima en la voz de Alyssa y quería abrazarla, pero me sentía demasiado entumecido. Me sentía como si hubiera echado raíces.

Apoyé la frente contra la madera.

—No éramos más que unos idiotas.

—Teníamos mucho que aprender.

Tomé aire en el silencio que se hizo a continuación. La silla de Alyssa chirrió; sus pasos sonaron ligeros contra la madera. Su falda dejó escapar un suspiro cuando se detuvo justo detrás de mí. Sus dedos, cálidos, se posaron en mi espalda.

—Estoy segura de que Seren echa de menos a su mejor amigo —y con la voz más baja aún, susurró—: Y sé que tú también lo echas de menos a él. A lo mejor eso es lo que más te molesta.

Me di un momento para recomponerme, pero no lo conseguí del todo. Cuando me volteé, supe que ella podía ver las grietas.

—Nuestros caminos se separaron, Alyssa. Eso es todo.

—Hay caminos que pueden volver a encontrarse —respondió, mientras tomaba una de mis manos y la apretaba entre sus dedos—. No vamos a volver a ser los mismos, no vamos a poder recuperar todos estos años. Pero a lo mejor podemos volver a conocernos, Marcus, y ver qué podemos ser ahora. Solo hay una persona que dejó de existir de verdad, y no sabes cuántas veces pienso que él no habría querido esto.

Alyssa me soltó, pero el calor de la palma de su mano se quedó sobre mis nudillos. Sus palabras también se quedaron conmigo, aunque no supiera qué hacer con ellas. Traer a Cyril a la conversación me pareció cruel e injusto, aunque sabía que la mención también le dolía a ella. Y sabía que tenía razón. No quería imaginarme cómo hubiera reaccionado él al vernos así. Cyril era demasiado pacífico, demasiado bueno. La clase de persona que nos decía siempre que, pese a todo, se alegraba de haber acabado en el mismo mundo que nosotros, en una realidad en la que podíamos ser amigos. Apreciaba a nuestro grupo por encima de todo.

—La próxima vez que lo veas, dile que lo echo de menos —susurró mi amiga.

No le prometí que lo haría. No quería pensar en cómo reaccionaría Seren a algo así, pero podía imaginarme lo que habría dicho hacía años, con la sonrisa torcida: «¿Solo ella?».

Y si lo hacía, si decía esas palabras, únicamente iba a haber una cosa que yo pudiera responderle.

# Dani

Rowan Abberlain me había parecido encantador en nuestro primer encuentro y un poco idiota en el segundo, así que no sabía qué esperar del tercero. Lo que tenía claro era que no me gustaba que se hubiera presentado en la casa sin previo aviso y que justo en aquel momento Marcus no estuviera. Tuve un mal presentimiento de inmediato.

Para cuando nos vestimos y bajamos, él ya había entrado. Yinn nos encontró en medio de las escaleras y fue la primera vez que lo vi de mal humor.

—El hermano del conde está aquí, quizá no deberían...

Levanté una mano para detenerlo y susurré:

—Ya lo sé. ¿A qué ha venido?

—Quería ver a Lottie —el genio hizo una mueca—. Para darle un regalo de cumpleaños.

—El cumpleaños de Lottie no es hasta dentro de dos semanas, ¿verdad?

—Sí. Quería quedarme a supervisar, pero él quería estar a solas con ella.

Yinn apretó los labios cuando se llevó los dedos al dorso de su otra mano, donde tenía su marca, bastante visible, con el ave de los Abberlain sobre su libro. Yo tragué saliva, sintiéndome un poco mareada. Hasta el momento no había pensado que las marcas iban por familias, no por personas. No sabía si Rowan le había dado la orden de marcharse, pero lo importante era que podía hacerlo, aunque estaba segura de que Marcus nunca habría permitido que su hermano se atreviera a darle una orden directa a su amigo.

Lía, a mi lado, se movió incómoda en sus ropas nuevas y me miró de reojo.

—¿Dani?

Yo dudé solo un segundo más. No me gustaba aquella situación, aunque sabía que no tenía nada que ver conmigo. Que ya tenía suficiente. Que era mejor quedarme apartada.

—Será rápido —murmuré, sin embargo—. No hará falta que digas nada. Quédate detrás de mí y sígueme la corriente —me di la vuelta hacia Yinn—. ¿Dónde están?

—En la galería, pero ¿qué vas a...?

No dejé que Yinn terminara de preguntar. Le hice un ademán a mi amiga con la cabeza y ella, nerviosa, tomó aire y me siguió.

Rowan y Lottie estaban, como Yinn había dicho, en la galería que daba al jardín, sentados alrededor de la mesa de cristal redonda en la que les habían servido el té. Sobre ella alguien había dejado una caja y en aquel momento Charlotte daba una vuelta sobre sí misma, pegando contra sí el vestido verde con holanes que debía de haber salido de aquel paquete.

—¡Es perfecto! —exclamó. Y entonces me vio entrar y puso una sonrisa todavía más grande en la boca—. ¡Dani! ¡Mira lo que me regaló mi tío!

Sonreí. Esperaba que Lía estuviera agachando la cabeza detrás de mí, pero habría sido sospechoso voltearme para confirmarlo. Rowan se puso en pie para recibirnos.

—Es precioso —le dije a la niña, y probablemente fue la única verdad que saldría de mis labios en aquella conversación.

—Señorita Blackwood —saludó él, y me sonrió como había hecho la noche que nos conocimos—. Precisamente me preguntaba si habría salido usted con mi hermano, como todo el mundo dice que hacen a diario.

Respondí a su sonrisa, aunque lo que de verdad quería hacer era preguntarle si por eso se había acercado a la mansión: esperando no encontrarnos a ninguno de los dos.

—Señor Abberlain. Qué agradable sorpresa.

—Las mejores noticias son inesperadas, ¿no? De eso mi hermano y usted saben un poco —mantuve la sonrisa, aunque sentí el puñal. Después, sus ojos se fijaron en Lía—. ¿Es posible que esa sea su sirvienta? Parece que apareció al fin.

—Otra buena noticia inesperada —le dije, e hice un ademán hacia Lía—. Lía, presenta tus respetos al señor Rowan Abberlain, el hermano del conde.

Miré a mi amiga y me alegró confirmar que seguía teniendo el rol en las venas, porque la postura sumisa y la manera de agachar la cabeza fueron casi perfectas.

—A su servicio, señor —murmuró.

Por supuesto, Rowan no intentó ser simpático con ella. Ni siquiera la miró, aunque eso me confirmó que nadie se fijaría más de lo necesario en Lía porque nadie prestaba atención a los sirvientes, por desagradable que aquello fuera. En su lugar, el caballero clavó sus ojos en mí. Yo sí que debía tener cuidado con cada expresión, con cada entonación.

—¿Finalmente le dio la orden de volver?

Se me hizo un nudo en la garganta, pero lo eché hacia abajo y me encogí de hombros.

—Más de una semana lejos me pareció suficiente rebeldía. Supongo que la he tenido un poco consentida.

Aunque por la expresión que puso Rowan era obvio que fueron las palabras correctas, me supieron a ceniza sobre la lengua. Sobre todo tener que pronunciarlas delante de Lottie y de Lía. No pude ver la expresión de mi amiga a mis espaldas, pero esperaba que no hubiera cambiado. La de Charlotte era un poco titubeante, como si estuviera perdida, y por eso me volteé hacia ella.

—¿Por qué no vas a probarte el vestido, Lottie? Para que todos podamos ver cómo te queda. Lía, por favor, ayúdala.

—Sí, señorita Blackwood.

Lottie me sonrió antes de marcharse de la mano de Lía. Respiré un poco cuando mi amiga estuvo fuera de aquello.

—Mi hermano no estará contento, ¿no?

Me volteé hacia Rowan, que volvía a sentarse en la silla que había estado ocupando hasta ese momento. Me hizo un ademán con la mano para invitarme a tomar asiento a su lado.

—Él siempre ha sido contrario a darles órdenes a los visitantes —explicó, tras encogerse de hombros—. No comprende que a veces es una cuestión de disciplina. En mi opinión, es un poco como tener hijos, ¿verdad? Si se tienen, deben educarse bien.

La manera que tenía de pensar en quienes veníamos de otros libros me revolvió el estómago. Además, hasta entonces mis interpretaciones habían sido bastante controladas y había estado siempre en la compañía segura de Marcus. Aquel día, sin embargo, estaba sola y todo dependía de que hubiera aprendido lo suficiente sobre aquel mundo como para poder fingir que de verdad pertenecía a él.

—¿Usted tiene?

—¿Hijos?

—Visitantes.

—¿No se lo ha contado mi hermano? Marcus me lo tiene sutilmente prohibido, y yo le hago caso porque después de la muerte de nuestro padre tuve que ver cómo se dedicaba a mandar a sus casas a todo el servicio que habíamos tenido de pequeños —levantó las cejas, como si le pareciera algo increíble—. Supongo que haría lo mismo si yo tuviera alguno. Y si no tuviera sus libros, estoy seguro de que los traería a la casa y diría que cualquier posesión de los Abberlain es, en primer lugar, del heredero.

Intenté no cambiar mi expresión, pero no sé si lo conseguí. Marcus no me había hablado demasiado de su familia: lo poco que sabía había tenido que ir arrancándoselo lentamente, con las preguntas adecuadas en los momentos adecuados. Pero suponía que aquello tenía sentido, dado que el único visitante que llevaba tiempo en aquella casa era Yinn y él se había quedado bajo sus propios términos.

En cualquier caso, hubo algo que me llamó más incluso la atención que aquello, por cómo habló. Le dediqué una sonrisa comprensiva.

—No debe de ser fácil, ¿no?

Rowan me miró con obvia confusión.

—Ser su hermano —maticé—. No ser el heredero.

De pronto me pareció que era obvio lo que pasaba con Rowan Abberlain: él no tenía el título. Él no tenía la magia. Él no tenía apenas nada del poder que Marcus sí tenía. Y pensé que aquello le debía de haber hecho desarrollar cierto complejo de inferioridad.

—Ser el segundo también tiene sus beneficios —dijo, esquivo—. Y servir a la reina es un honor. Uno que quizá Marcus también debería tomarse más en serio.

La indirecta no me pasó desapercibida. Miré de reojo la caja que seguía sobre la mesa y luego a él. Tenía mis sospechas sobre a qué había venido y me pareció que aquello las confirmaba.

—Es un vestido precioso —comenté, casual—. ¿Digno de una fiesta, quizá?

Rowan ladeó la cabeza con una inocencia que no me creí.

—La más grande de las fiestas.

—Aunque juraría que Marcus todavía no ha tomado una decisión al respecto.

—Como ya conoce a mi hermano, sabrá que es un poco... complicado. Y tozudo. Pero hasta él tiene que aprender que no puede hacer lo que quiera. No ante la reina, al menos.

Así que todo aquello era una demostración de poder, precisamente porque no podía tenerlo en todo lo demás. La autoridad de la reina a su favor era lo único que Rowan poseía y Marcus no. Probablemente iba a disfrutar de poder obligarlo a hacer algo, de ganar por una vez.

Comprendí también cuál tenía que ser mi estrategia con él: a alguien sediento de poder tienes que hacerle creer que lo tiene.

—En realidad, yo estoy de acuerdo con usted.

Una mentira tan grande como aquella mansión, puede que tan grande como el palacio, pero surtió efecto: su expresión cambió a una de sorpresa y atención. Se echó hacia adelante, mientras tomaba entre sus manos su taza de té.

—¿De veras?

—Entiendo que mi prometido está preocupado, pero lo cierto es que no me parece justo que le quitemos su momento a la niña. Por eso he estado trabajando en convencerlo.

Rowan entornó los ojos.

—¿Y bien?

—Estoy en ello. Su hermano solo necesita... dejar de ser tan paranoico.

Esperaba que a Marcus no le pitaran los oídos allá donde estuviera. Su hermano me miraba con aquellos ojos azules, tan distintos a los de Marcus no solo en su color sino en la manera en la que veían el mundo.

—¿Qué teme exactamente que suceda?

—Bueno, no quiere que Lottie corra ningún peligro; es obvio que todo el mundo se fijará especialmente en ella, ¿verdad? Teme que se ponga nerviosa y pierda el control sobre su magia. Y se ha dicho tanto de ella desde que nació...

—Se dirá más si no hace la ceremonia. Charlotte ya es un caso demasiado excepcional por las decisiones equivocadas de su padre, pero será peor si no demuestra ante todo el mundo que es una Abberlain. Ya que no cuenta con los ojos que el heredero ha tenido siempre, al menos tiene que enseñarle a Albión que heredó los poderes.

Miré a Rowan. Creo que mantuve mi expresión mientras asentía como si, de nuevo, estuviera de acuerdo con él.

Pero de pronto mi cabeza estaba en otra parte.

En la ansiedad de Marcus cuando habíamos salido del palacio.

En él diciendo que no era tan fácil dejar que Lottie decidiera.

En Altair anunciando que aquella casa estaba llena de mentiras.

## Marcus

—Tu hermano estuvo aquí.

Yinn casi me embistió en cuanto entré por la puerta y yo estuve a punto de tropezarme con él cuando intenté adelantarme, aunque ni siquiera sabía a dónde debía ir. El genio me detuvo jalándome de la manga del abrigo, para recordarme que todavía lo llevaba puesto, y me ayudó a quitármelo.

—Dani se encargó de él.

Lo miré con incredulidad. No te confundas: no es que no creyera en ti y en tus capacidades, es que no supe cómo podías haber hecho aquello ni lo que suponía. Lo averigüé, sin embargo, cuando Yinn me dijo que estabas en la galería y te vi ahí, sentada a la mesa, sola, mirando por la ventana, con expresión pensativa. Había bromeado mucho con que era imposible convertirte en una dama, pero en aquel momento me lo pareciste, tan tranquila, con las manos sobre una taza de té, vestida con la ropa de Albión y con el pelo recogido.

Aquello cambió cuando te diste cuenta de mi presencia bajo la puerta. Volviste a ser tú al esbozar aquella sonrisa que parecía experta en burlarse de mí.

—Me debes una, conde.

Yo tragué saliva. Me acerqué a ti tras acomodarme los guantes.

—¿Mi hermano vino a hablar con Lottie sobre su cumpleaños?

—Pues sí. Por suerte, tu encantadora prometida estaba aquí para solucionarlo todo.

Me hiciste un ademán para que te acompañara y yo tomé asiento mientras me resumías su encuentro y me hablabas de cómo lo habías convencido de que estabas de su parte. Una vez más, tuve que admirarte al imaginarte interpretando tu papel solo para alejarlo de nuestra casa, de mi hija. Me sentí agradecido, también.

—Te debo una —accedí, tras pasarme las manos por la cara.

Esperaba que sonrieras y te enorgullecieras de ser la mejor prometida que podría haber deseado. Tendría que haberte dado la razón, si lo hubieras hecho. En lugar de eso, sin embargo, apartaste la vista hacia tu mano y empezaste a jugar con el anillo en tu dedo.

—¿Puedo hacerte una pregunta?

Me preocupé de inmediato. Hasta el momento siempre habías soltado lo que se te había antojado, sin preguntar primero.

—Nunca has tenido ningún problema en hacerlas.

—Charlotte no es tu hija, ¿verdad?

Lo dijiste con suavidad, pero también sin dudas. Creo que palidecí. Aunque me había enfrentado muchas veces a aquella sugerencia, aunque sabía que habían sido muchas las personas que se lo habían preguntado y yo había aprendido a no dejar que me afectara, contigo fue totalmente diferente.

Te miré y vi en tus ojos que sabías la respuesta sin necesidad de que la pronunciara.

—Tu hermano sugirió que hay gente que lo sospecha. Que él mismo no sabía qué pensar cuando vio que no tenía los ojos morados. La gente, la reina, quiere esa ceremonia para salir por fin de dudas. Tú dijiste que no era tan fácil como pedirle opinión a Lottie, y... no lo es, ¿no? Porque en esa ceremonia se sabría que no tiene magia —hiciste una pausa ante la que yo solo pude tomar aire—. Altair dijo que la casa estaba llena de mentiras. Esta es una, ¿verdad?

No sé si te costó más a ti enumerar todas tus sospechas o a mí escucharlas. Si cuando Altair había pronunciado la verdad sobre mis mentiras me había sentido avergonzado, abierto en canal bajo la mirada de todos aquellos ojos, aquel día, ante ti, fue todavía peor.

Pensé en volver a mentir. Pensé en esconderme de nuevo, enojarme por atreverte a poner en entredicho que aquella niña fuera mía, en protestar.

Pero no lo hice. De pronto, no sentí que tuviera ningún sentido.

—Es mi hija —susurré, con la vista clavada en mis manos—. La quiero como tal, la defenderé siempre como tal. Pero es cierto, no tiene mi sangre. No hay... No hay nada de magia en sus venas.

Te escuché respirar hondo, pero no dijiste nada. Cuando te miré, tus labios estaban apretados y tus ojos contenían mil preguntas que, sin embargo, te guardaste. No sé si por respeto o porque no sabías cómo pronunciarlas, pero no soportaba la idea de no saber qué debías pensar de mí. Creo que temí que aquel secreto te hiciera desconfiar y que te alejara. Quizá fue por ese miedo precisamente por lo que decidí contártelo todo:

—Conocí a la madre de Charlotte cuando tenía diecisiete años. Se... Se llamaba Odelle. Y pertenecía a otro mundo.

Vi la sorpresa en tu rostro y otras mil preguntas más brillando en tus ojos. Volví a clavar la vista en mis guantes, porque pensé que así sería más fácil. El recuerdo de Odelle era una de las cosas que guardaba en el cajón y pronunciar su nombre fue permitir que se asomara su risa, su voz. Cuando cerré los ojos, casi pude verla como si la tuviera enfrente.

—Éramos amantes —murmuré—. No creo que estuviéramos enamorados, pero nos gustaba estar juntos: yo viajaba a menudo para verla y aprendí a relacionar su mundo y su presencia con una vía de escape cuando mi vida y el futuro que tenía aquí se me hacían demasiado agobiantes. Estábamos bien así... —tomé aire—. Y entonces Cyril murió.

—¿Cyril? —susurraste, porque nunca había pronunciado aquel nombre ante ti. Porque era otro nombre que dolía, al fin y al cabo. Otro rostro en el cajón. Su fantasma me había estado pisando los talones desde la casa de Alyssa y de pronto lo noté sentarse a nuestro lado para escuchar, muy cerca del de Odelle.

—Cyril era el marido de Alyssa —hablar de él después de tanto tiempo me costó. Cyril llevaba muchos años siendo solo un tema entre Alyssa y yo—. Era... Era un gran amigo. Alyssa y él estuvieron casados un par de semanas. Fue... un golpe muy duro para todos. Y fue... Fue extraño.

—¿Qué quiere decir eso?

Había cosas que prefería no contarte, miedos que no quería que te atormentaran, pero no podía hablar de Odelle y Lottie sin que entendieras todo lo que estaba pasando en aquel momento en mi vida.

—Llegamos a pensar que lo habían matado por haber desafiado a todo el mundo casándose con Alyssa —admití. Tú palideciste ante la posibilidad—. No teníamos pruebas de que fuera un asesinato, pero estábamos muy dolidos: Alyssa y él habían luchado lo indecible para poder estar juntos y, de pronto, sin previo aviso, una mañana, Cyril simplemente... no despertó. No estaba enfermo, nunca había tenido ningún problema, pero determinaron que había sido una muerte natural.

No quise hablarte del dolor, sobre todo cuando vi en tu rostro la tristeza. No quise recordar el llanto de Alyssa, la furia de Seren, lo paralizado que me quedé yo.

—Un par de días después de que pasara, fui a ver a Odelle, desesperado por encontrar algo de consuelo. Y entonces ella me dijo que sus padres la habían prometido. Ella no quería casarse, y ya te dije que estaba desesperado, así que le ofrecí... —casi se me escapó una risa al recordarlo, aunque no me sentía en absoluto feliz contándotelo—. Le ofrecí traerla aquí. Le ofrecí casarse conmigo, como te dije el otro día. Habría sido una locura, pero en aquel momento solo quería... rebelarme ante el mundo. Quería gritar, quería desafiarlo todo. Y quería aferrarme a las personas que tenía. No quería que nada cambiara. Acababa de perder a uno de mis mejores amigos: no estaba preparado para perderla también a ella.

Era joven e idiota. Alyssa me había dicho aquella misma mañana que todos habíamos sido unos niños, pero yo, en especial, era un niño jugando a ser un héroe. Tuve que tener una gran discusión con Seren para darme cuenta de que haber traído a Odelle en aquel momento solo habría generado más problemas.

Tú bajaste la vista al anillo en tu dedo.

—Pero ella te dijo que no —recordaste. Yo suspiré.

—Me dijo que era un buen trato para su familia, no quería decepcionarlos. Me dijo que no podíamos continuar con aquella relación... Así que me fui. Le dije que no volveríamos a vernos, que era mejor para los dos... Le dije muchas tonterías, porque me sentía ridículo, por la rabia y por la tristeza. Fui un estúpido. Quería poder enojarme con alguien y decidí enojarme con ella.

Aunque no habrías tenido problemas en aprovechar cualquier mínimo detalle para insultarme, en aquel momento no tomaste aquella oportunidad. Había lástima en tus ojos. Había comprensión, más de la que creía merecer.

—Meses después... —las palabras se me quedaron atrancadas en la garganta. Los secretos se me arremolinaron en las puntas de los dedos, pero no estaba preparado para contártelos todos—. Meses después mi madre se fue y mi padre murió. Me... Me sentí muy perdido después de eso. Mi vida había cambiado demasiado en muy poco tiempo y... fui a verla. Quería hablar con ella. Quería... No sé, quizá ver que algo seguía igual. Quería huir. Pero igual que las cosas habían cambiado en mi mundo, también habían cambiado en el suyo: cuando la encontré, Odelle estaba embarazada. Creo que pese a todo me habría alegrado si la hubiera visto feliz, pero... no fue así.

—¿No quería a la niña?

—No, no era eso. Odelle quería a aquel bebé, pero odiaba su vida. Odiaba a su marido, que también parecía despreciarla a ella por cómo la trataba. Estaba desesperada, dolida, muy distinta a como la había conocido yo. Así que le volví a ofrecer que viniera conmigo. Le dije que le encontraríamos un hogar en mi mundo, a ella y al bebé. Y accedió, porque ya no se trataba de un idilio con un chico de otro mundo, sino de su supervivencia y la de aquella criatura. Y por eso sí estaba dispuesta a hacer lo que hiciera falta.

No te atreviste a decir nada, aunque vi en tu rostro que lo sentías por aquella muchacha a la que ni siquiera habías conocido. A mí se me hizo un nudo en la garganta.

—Se... Se puso de parto en cuanto llegamos —no hizo falta que añadiera nada más para que entendieras lo que pasó—. Hoy en día, todavía me pregunto si fue un poco mi culpa. Quizá no debió haber viajado entre mundos en su estado, quizá... No lo sé.

—Marcus...

—Antes de morir me pidió que cuidara de la niña, y yo le juré hacerlo. Juré que nunca le faltaría de nada, que la protegería como si fuera mía y que trataría de hacerla tan feliz como querría haberla hecho a ella. Y eso... es lo que he estado haciendo.

El silencio que sobrevino después fue terrible. Te escuché dejar escapar el aire que habías estado conteniendo en un suspiro. Yo me sentía pesado y ligero a la vez, por todos los secretos que acababa de contarte. Por la manera en la que te había confiado algo que había estado ocultando durante años. A ti, que tenías que ser solo una desconocida.

Estaba a punto de arrepentirme cuando tus dedos aparecieron. Se movieron por encima de la mesa hasta rozar las puntas de los míos en una caricia que parecía más una pregunta que un hecho. Dudé, pero en el fondo necesitaba aquello.

Los dos levantamos la vista a la vez cuando yo también me moví hacia ti. En tus ojos solo me recibió la tristeza, mientras tu mano se entrelazaba con la mía. No esperaba que me jalaras con aquel cuidado, que me instaras a moverme hacia ti, a inclinarme. No esperaba que me hicieras reposar la frente en tu hombro, igual que tú te habías apoyado en mí el día anterior. No esperaba tu caricia en mi pelo, tu beso en mi cabeza.

Yo no me moví. No podría haberlo hecho. Me estremecí contra tu cuerpo.

El fantasma de Odelle, desde una de las sillas vacías, nos miró antes de marcharse.

# *Dani*

Como cada vez que descubría algo nuevo en aquel mundo, solo quedaban más preguntas detrás de cada respuesta. En aquel momento, mientras miraba a algún punto indeterminado más allá del cristal de la galería, intentaba poner en orden todo aquello sobre lo que quería saber más. ¿Habían asesinado realmente al marido de Alyssa, como Marcus y sus amigos habían llegado a sospechar? ¿Qué iba a pasar si se descubría la verdad sobre Lottie...?

No mencioné ninguna de aquellas cosas, sin embargo. No podía hacerlo mientras tuviera al conde cerca de mí, a punto de deshilacharse por las costuras de los guantes. Lo único que quería decirle era que salvó a la niña. Que la muerte de aquella mujer no había sido culpa suya. Que lo sentía, que sentía absolutamente todo lo que le había ocurrido. Todo aquello no le correspondía a un chico tan joven: la muerte de un amigo, encargarse de un bebé que ni siquiera era suyo, enfrentar el rechazo de toda la sociedad.

Marcus se separó al cabo de unos minutos. Cuando nuestras miradas se encontraron, sus ojos llenos de magia seguían intentando controlar la emoción. Estaba muy cerca, tanto que no pude evitar levantar la mano hasta su rostro para acomodar un mechón que se le había descuidado de su peinado perfecto, como si incluso su aspecto se hubiera permitido desmoronarse un poco.

—Gracias por contármelo.

No nos habíamos soltado la mano, pero me sorprendió sentir cómo apretaba la mía entre sus dedos. Sus ojos huyeron de los míos, hacia abajo.

—Yo... Sé que no lo he hecho bien. Sé que...

Mi respuesta fue inclinarme hasta apoyar mi frente contra la suya. Quería que no pudiera escapar, que me mirara de frente. Y aunque lo sentí tensarse, lo hizo.

—Hiciste lo que pudiste. Y eso, cuando podías simplemente mirar hacia otro lado y decidir que nada de aquello era tu problema, ya es mucho. Creo que es mejor equivocarse intentando hacer algo bueno que no intentarlo en absoluto.

—Pero las buenas intenciones no borran los errores.

Quería volver a apoyarlo contra mí, rodearlo con mis brazos, pero le dejé espacio y me contenté con acariciar sus manos.

—El único error fue hacerla pasar como tuya sin pensar que, a la larga, la gente esperaría cosas de tu magia... ¿No hay ninguna manera de darle tus poderes? ¿No hay algo que se pueda hacer...?

Marcus clavó la vista en nuestras manos unidas.

—Llevo nueve años intentando responder a esa pregunta. No deseo que nadie más que ella tenga este poder, pero... no he encontrado la forma.

—Pero tiene que haber una, ¿no? ¿Todo el mundo ha querido tener hijos siempre...?

—Tener un heredero que mantenga la línea es parte de nuestro deber —suspiró—. Por lo general, nos casamos jóvenes, con acuerdos que la propia reina decide si nosotros tardamos mucho en anunciar un compromiso. Si a mí no me han prometido todavía probablemente es por Charlotte, por esa ceremonia, porque están esperando confirmar que ella es la heredera. Nos repiten cuál es nuestro deber desde que nacemos, Dani.

Pensé en Abbigail Crossbow, en lo cerca que estaba de la reina y los comentarios que Charlotte había hecho sobre la posibilidad de que ella quisiera casarse con Marcus.

—Pero ¿no ha habido ningún caso en el que alguien muriera antes de poder tener herederos? ¿No ha habido ningún momento en el que la magia estuviera en peligro?

Él titubeó. Me miró, quizá sin saber si tenía sentido hablar de aquello, y después se encogió de hombros.

—Hubo... un caso extraño, hace siglos. Alyssa y yo lo investigamos, pero no llegamos a ninguna conclusión —asentí para que se explicara—. Fue un Abberlain que apareció de la noche a la mañana: su antecesor había muerto sin descendencia, pero solo un día después, se enviaron las invitaciones a la ceremonia desde palacio. La gente estuvo... confusa. Pero la ceremonia se celebró, una semana más tarde, y en ella apareció un niño con los ojos morados. Y lo hizo: desapareció dentro de un libro y después regresó, igual que tenemos que hacer todos alguna vez.

—¿Un hijo ilegítimo...?

—Eso pensé al principio. Y eso dijo la mayoría de la gente. Pero había otras personas que aseguraban que no: que reconocían aquel niño de antes, que era un huérfano de otra región. Y que no siempre había tenido los ojos morados.

Me mordí el labio, pensando en los ojos verdes de Charlotte. En que quizás hubiera alguna manera de cambiarlos. Marcus, sin embargo, parecía derrotado.

—Si es cierto, si aquel niño no era... un Abberlain de nacimiento, desconozco cómo lo hizo. Quizá la magia elige su nuevo lugar o... No lo sé. Nunca encontré nada al respecto. Fue hace demasiado.

No supe qué decir. No sabía si podíamos encontrar alguna pista más sobre aquello. No sabía cómo ayudarlo, ni si estábamos a tiempo de resolver un misterio como aquel. Quedaban dos semanas para el cumpleaños de Charlotte. Y ante eso sí que tenía solo una seguridad:

—Tienes que decirle la verdad a Lottie. Lo sabes, ¿verdad?

Marcus apretó los labios y sus ojos rehuyeron los míos, cargados de un montón de miedos que llevaban mucho tiempo esperando para asaltarlo.

—Tienes que hablar con ella —insistí—. Y darle la opción de decidir qué hacer con esa fiesta. Quizá... No sé. Si no podemos darle tus poderes, quizá sea suficiente con hacerle pensar a la gente que los tiene. Y tú y yo nos estamos convirtiendo en expertos en fingir, ¿no?

Marcus suspiró y yo rocé con dos dedos su mentón para que dejara de evitar mi mirada. Lo hizo. Levantó su rostro y encontró mis ojos con los suyos. Yo descubrí todas sus dudas, toda su inquietud, en aquellos iris morados que parecían contener toda la magia que también llevaba en la voz. Quise encontrar una broma que lo hiciera sonreír o ruborizarse o ponerse a la defensiva. Cualquier cosa menos aquella expresión tan triste y vulnerable que me costaba reconocer.

Agradecí ver sus grietas tanto como lo odié.

—Dani.

Mi mano cayó de golpe. Los dos nos alejamos y levantamos la vista hacia la puerta de la galería: Lía estaba ahí, con los ojos entrecerrados. Me miró a mí y luego a Marcus, que se enderezó en su asiento y se puso su disfraz antes incluso de que yo consiguiera reaccionar.

—Lía —me levanté. Me picaban los dedos, como si todavía pudiera notar bajo ellos su rostro, su mano. De pronto, sentí que había estado haciendo algo que no debía—. ¿Todo bien?

—Eso quería saber yo —murmuró, y lanzó un vistazo a Marcus mientras se acercaba. No me pasó desapercibido su ceño fruncido—. Estaba preocupada por tu conversación con ese chico que vino antes, y no subías...

—Perdona. Estaba... —hice un ademán hacia Marcus—. Teníamos cosas de las que hablar.

—¿Qué cosas?

Mi amiga se fijó en el conde y, cuando estuvo a mi lado, tomó mi muñeca con suavidad y me separó un paso de él. Parpadeé, pero creo que ella ni siquiera se dio cuenta. Él se fijó solo en sus guantes mientras se los arreglaba.

—No importa, ya terminamos —me sorprendió lo estable que consiguió que saliera su voz. Su mirada se alzó hacia mí—. Gracias, Dani. Fue de mucha ayuda. Si necesitan algo, estaré en mi despacho.

Abrí la boca, pero no me dio tiempo de decir nada. Marcus salió de la galería y yo lo seguí con la vista.

—¿Qué estás haciendo?

Di un respingo y levanté la vista hacia Lía, que me estaba observando con los ojos entornados. Titubeé.

—Nada, solo...

—No hagas eso, Daniela —me advirtió—. No hagas lo que sé que estás haciendo.

—No sé qué quieres decir.

—Claro que lo sabes. Este no es nuestro mundo: nada de lo que pase aquí tiene que ver con nosotras, esta gente no tiene nada ver con nosotras, así que no te involucres. Tenemos suficiente con lo nuestro, ¿no te parece?

No supe qué responder. Sabía que tenía razón. Sabía también que estaba asustada y que no se fiaba de nadie. Y podía entenderlo. Para mí los primeros momentos también habían sido complicados, y yo al menos había sido consciente de todo. Su brazo me rodeó los hombros para acercarme y yo la abracé por inercia, mi rostro escondido contra su cuello.

—Tú y yo, Dani —suspiró—. Las que importamos somos tú y yo.

Asentí. La estreché con fuerza y callé. Lo hice porque supe que ella necesitaba mi apoyo, que en el fondo solo quería protegerme tanto como yo quería protegerla a ella.

Y también para que no viera que ya era tarde para dejar de involucrarme.

# Marcus

Aquel día no le dije nada a Charlotte. Tampoco al siguiente. Aunque sabía que tenías razón, que tenía que contárselo, no sabía cómo hacerlo. Explicarte toda la historia a ti ya había sido difícil, pero confesársela a Lottie lo sería todavía más. Las dudas y los miedos que llevaban casi nueve años acompañándome volvieron con más fuerza: la certeza de que iba a huir de mí, de que iba a odiarme por haberla apartado de su hogar. Pese a que había sido Odelle quien me había pedido que me encargara de ella, quizá no tendría que haberla mantenido en mi mundo. Quizás habría sido mejor mostrarle desde pequeña de dónde venía.

Sabía que tenía que haberle dado opciones. Tenía que haberle dejado elegir.

Pero en algún momento, la situación me había superado. Y todavía no me sentía capaz de enfrentarme a ella. Pensé que quizá todavía podía descubrir algo que le diera mis poderes. Tenía un poco más de tiempo, solo un poco más. Y había otros asuntos que también requerían mi atención. Otros visitantes. Tu libro. La marca de tu amiga. Quise centrarme en todo aquello.

Esos días salí sin ti, y fue entonces cuando me di cuenta de que, después de tantos días acostumbrándome a tu presencia a mi lado, las calles de Amyas resultaban más vacías y solitarias que nunca. Te eché de menos y eso no me gustó. Intenté recordarme que tú no habías estado todos aquellos años y que dejarías de estar en cualquier momento.

No sé a quién intentaba engañar: era obvio que ya habías empezado a importarme. Pero pensar en lo que estabas empezando a significar no era una opción, así que me centré en mis investigaciones.

Te lo había dicho el día que te llevé al palacio por primera vez: la biblioteca de la reina era la más grande de todo Albión, más grande que cualquiera que hubiera visto en otros mundos... Y aunque la idea de encontrarme a alguien de la corte no me agradaba, sabía que tenía más posibilidades de hallar respuestas útiles para todas mis preguntas ahí que en cualquier otro sitio.

No había conseguido demasiado cuando la voz sonó justo a mi lado:

—¿Encontrarte aquí se va a convertir en una nueva costumbre?

Apenas tuve que voltear la cabeza para ver a Seren ahí, a mi lado, con aquella media sonrisa en la boca y el hombro apoyado contra la estantería. Contuve mi expresión en un intento de demostrarle que su presencia me era indiferente y regresé la vista a mi libro.

—Empiezo a pensar que te tienen viviendo en la biblioteca —dije, sin interés.

—No me quejaría: me libraría de tener que bajar y subir un montón de escaleras todos los días. ¿Hoy no te acompaña tu encantadora prometida?

Pasé la página, aunque había dejado de prestarle atención al texto.

—Se sentía indispuesta.

—¿Y tú no te has quedado a cuidarla? Qué poco considerado —paladeó algo—. ¿O prefiere que la cuide su sirvienta? Me enteré de que regresó.

Hice una mueca y cerré el libro con un golpe seco.

—Rowan —gruñí.

—Nos dijo que tu chica le había dado al fin la orden de volver. Aunque a mí me parece un poco extraño, considerando que el día que conocí a Danielle parecía negarse rotundamente a hacerlo... y que es tu prometida.

Ladeó la cabeza mientras me miraba directamente. Yo preferí no decir nada respecto a su insinuación. Me centré en devolver el libro a su sitio.

—¿Qué quieres, Seren? ¿Chismear? Viniste a la persona equivocada.

—¿La pregunta no debería ser qué quieres tú? Toda una vida lejos del palacio y de pronto vienes dos veces en menos de una semana.

Pensé en decirle que no tenía prohibida la entrada, hasta donde yo sabía. Pensé en decirle que me había quedado claro lo disgustada que estaba la reina conmigo y que pasar más por ahí quizá le agradaría. Pensé en mentirle de mil formas diferentes, y también en alguna verdad, como que una de las razones por las que había evitado el palacio era precisamente él y las probabilidades que había de que me lo encontrara.

Pero también pensé en Alyssa y la última conversación que habíamos tenido.

Suspiré. No podía creer que, después de tantos años, fuera a pedirle ayuda a Seren Avery.

—Estoy buscando algo. Un escudo. No encuentro información por ninguna parte, pero estoy seguro de que pertenece a algún noble.

Te había pedido que lo dibujaras y busqué el papel en mi saco antes de tendérselo al caballero. Él dudó, pero tras echarle un vistazo rápido a mi rostro inexpresivo, lo aceptó. Su gesto no cambió mientras lo estudiaba.

—¿Y por qué dices que estás investigando sobre esto?

Había venido preparado con una mentira en la punta de la lengua:

—Por Danielle. Está buscando información sobre su familia.

—¿Su familia?

—Por parte de padre. ¿No lo dijo el otro día? Nació fuera del matrimonio y...

—¿Eso es lo mejor que tienes?

Callé de inmediato. Había esperado que Seren pudiera ver a través de la mentira, pero no que la descartara tan rápido. Aquella comisura alzada que me sacaba de quicio seguía intocable en sus labios. Chasqueé la lengua. De pronto, tuve claro que aquello no podía salir bien.

—Será mejor que lo dejemos —dije, e hice ademán de arrebatarle el papel, pero él apartó la mano lejos de mí y yo tensé la mandíbula. En otros tiempos lo habría perseguido, pero en aquel momento me rendí antes siquiera de intentarlo.

—Pobre Danielle, qué rápido se rinde su prometido en su búsqueda familiar. Esa chica claramente se va a casar con el hombre equivocado.

Resoplé y decidí que aquello no tenía sentido. No iba a dejar que me provocara. Me puse en marcha y le di la espalda.

—Buenos días, Seren.

—¿Crees que se casará conmigo en vez de contigo si le doy la información que está buscando?

Me detuve. Respiré hondo antes de encararlo. Él estaba disfrutando: ni siquiera se había movido, consciente del poder que tenían sus palabras.

—¿Sabes, Seren? A veces olvido lo irritante que eres. Es una suerte poder recordarlo en cuanto abres la boca.

—Es normal que se te haya olvidado: han sido muchos años sin hablar.

Intenté no reaccionar ante la puñalada.

—Si sabes algo sobre ese escudo, puedes decírmelo. O ir a decírselo directamente a Danielle, si tanto te ha encandilado. O no hacer ninguna de las dos cosas, pero entonces preferiría que nos dejaras en paz.

—Podría hacer cualquiera de esas cosas, sí. O tú podrías decirme por qué buscas ahora un escudo de una familia que desapareció hace trescientos años.

Fruncí el ceño. No creía que ya nada pudiera asombrarme en el caso de Lía, pero aquello lo hizo. Seren no era infalible, por supuesto, pero no solía equivocarse. Y aquella tampoco parecía ser una de sus bromas.

—No es cierto. No... —miré alrededor. De pronto no me sentía cómodo en aquella enorme sala. Di un par de pasos hacia adelante. Bajé la voz—. ¿Qué estás diciendo?

—Búscalo si quieres, pero los libros que vas a tener que consultar son bastante más antiguos que los que estás mirando. Ese escudo es el de los Abbot: no encuentras nada porque esa familia es una de Las Tres Espinas.

Casi me costó entender de qué estaba hablando. Y cuando lo hice, me entraron ganas de agarrarlo del brazo y sacarlo de ahí. Volví a mirar alrededor, tenso, y bajé más la voz. Había temas de los que no se hablaba en Albión, y mucho menos en aquel palacio. Temas que nuestra historia fingía haber olvidado.

—¿Los traidores a la reina?

Seren se encogió de hombros. La primera vez que yo había escuchado aquella historia había sido precisamente de sus labios. A Seren, como ya he dicho, le encantaban las historias de todo tipo, pero probablemente sus preferidas eran aquellas que incluían intrigas y traiciones.

Le gustaban tanto que, cuando Cyril murió, creyó de verdad que estábamos en una.

—¿Y qué significaría encontrar a un visitante que no tiene trescientos años con esa marca?

—Que alguien les está haciendo una broma pesada. Y que estás perdiendo el tiempo.

No. Eso no tenía sentido. Seren podría pensar que era una broma, pero a mí, de pronto, me parecía una pesadilla que no entendía. Las tres familias que habían intentado traicionar a la reina habían sido ajusticiadas y eliminadas para siempre. No era posible que el escudo de una de ellas estuviera sobre la piel de tu amiga.

Por supuesto, no podía decirle nada de lo que se me pasaba en ese momento por la cabeza a Seren, aunque él me estaba estudiando con atención, quizás intentando averiguarlo.

—Bien. De acuerdo. Yo... Gracias por... la ayuda.

Seren alzó las cejas.

—Nada es gratis, ¿no?

Hice un mohín. Incluso cuando éramos pequeños, los favores de Seren siempre habían tenido un precio. Por entonces, cuando me sonreía y me decía aquellas palabras, yo sabía que sacaría un libro de algún lado y me pediría que fuéramos juntos. Pero una parte de mí siempre había sabido también que solo era una fachada: a la hora de la verdad, mi amigo siempre me habría tendido la mano sin esperar nada a cambio.

Pero aquel ya no era mi amigo.

—¿Qué quieres?

—Que me digas la verdad: es una visitante, ¿no? Tu prometida.

Sabía lo que tenía que decir. Yo mismo te lo había advertido cuando llegaste: nadie debía saber que no eras de Albión. Y eso, por supuesto, incluía a Seren. No creía que pudiera confiar en él, hacía mucho tiempo que había dejado de hacerlo. Y, aun así, llegué a dudar, porque durante aquel rato me había recordado a aquel niño que siempre tenía un libro en la mano, ese que me había revelado el final de sus novelas favoritas y me había leído en voz alta. El mismo, también, que me había pedido que le contara los cuentos que solo mi madre sabía.

Ese que de alguna manera en ese momento me estaba pidiendo que volviera a contarle una historia.

—¿Quién lo pregunta? ¿El caballero que tiene que mantener el orden o el chico que se pasaba horas preguntándoles a los visitantes por sus mundos?

—El que consideraría una estupidez que hubieras vuelto a cometer por segunda vez el error que casi cometes con Odelle —dijo, y se encogió de hombros—. Si lo que necesitas es salvar a alguien prometiéndote, estoy seguro de que hay muchas personas en Albión que estarán más que dispuestas a ponerse en peligro a cambio del apellido Abberlain.

Me pareció muy irónico que utilizara justo esas palabras. Estuve a punto de sonreír.

—Entonces no tienes que preocuparte, Seren: Dani no necesita que nadie la salve.

Seren frunció el ceño y lo sentí casi como un éxito, porque aquello rara vez pasaba.

—Podría contarlo. Lo sabes, ¿verdad? Que no es de aquí, que están mintiendo. No me creo nada, Marcus. A lo mejor engañas a todo el mundo, pero no puedes engañarme a mí.

—No vas a decir nada.

—En realidad, no tienes ni idea de lo que puedo o no puedo hacer, así que yo que tú acabaría con la farsa, le buscaría un lugar seguro en cualquier otro lado y me olvidaría de ella.

—¿Eso es lo que crees que debió hacer Alyssa? ¿Olvidarse de Cyril?

Ni mucho menos se esperaba aquella contestación. Sus ojos relampaguearon.

—Alyssa estaba enamorada de Cyril. ¿Me vas a decir que tú estás enamorado de ella?

La pregunta consiguió desestabilizarme y él tuvo que ver el segundo agónico en el que el corazón me dio un latido de más, en el que recordé tu rostro dormido en el despacho, la manera en la que me habías sostenido mientras te contaba alguno de mis secretos, la forma en la que te reías de mí.

Bloqueé aquello de inmediato. No quería ni plantearme la posibilidad de sentir algo así por ti.

—Con amor o sin él, ahora es mi prometida. Así que no, no voy a sacarla de mi casa. Ahora también es la suya.

Igual que yo ya no sabía leerlo a la perfección, él ya no sabía anticiparse a todos mis movimientos. Lo vi entrecerrar los párpados y, por primera vez, callar. Quizá no teníamos nada más que decirnos. Quizá más de diez años de amistad habían llegado a convertirse en solo encuentros fortuitos y conversaciones incómodas.

Pasé por su lado, sin mirarlo, y pensé en que eso sería todo.

Y, sin embargo, a la hora de la verdad, no pude evitar detenerme un segundo más.

—Alyssa me pidió que, si te veía, te dijera que aún te echa de menos.

No me volteé para ver su cara, no pude. Hubo silencio como respuesta. Y después, cuando di otro paso hacia adelante, cuando estaba dispuesto a volver a enterrarlo, su voz surgió, y sonó a medias como una broma y a medias como una herida:

—¿Solo ella?

Cerré los ojos. El corazón se me hundió en el pecho. Deseé que no hubiera dicho aquello y, al mismo tiempo, me hizo creer que todavía sabía algo de aquel desconocido.

—No, no solo ella.

Pero tampoco sabía cómo enfrentarme a aquello. No sabía cómo arreglar lo que se había roto. Así que, cuando él no dijo nada, simplemente eché a andar, con las cicatrices abiertas de nuevo y la certeza de que ni siquiera otros diez años serían capaces de cerrarlas.

# Dani

Supe que algo iba mal desde el momento en el que Marcus llegó a casa y se metió en su despacho sin hablar con nadie. Lo vi cruzar a toda prisa el recibidor desde la sala, donde yo estaba con Lía y Lottie. Charlotte era la única criatura de la casa con la que mi amiga había accedido a tener algún tipo de relación en aquellos días. «Es solo una niña», había dicho cuando le había preguntado por qué a ella no la rehuía como rehuía al resto del mundo. Quizá porque Lía trabajaba en una escuela, con niños de edades muy parecidas a las de Lottie, y mi amiga la consideraba una honrosa excepción a su regla de no involucrarse. Además, le gustaban sus preguntas sobre nuestro mundo, le gustaba que la niña le diera una excusa para tener nuestra realidad presente y viva. De alguna manera, supongo que veía a Lottie como una más de sus alumnas, y eso también la llevaba un poco a casa.

Marcus tampoco bajó a cenar. Lía se dio cuenta de que yo lo esperaba, de que comía distraída y lanzaba vistazos hacia la entrada del comedor. Su mano cubrió la mía. Sus ojos parecían decir lo mismo que me habían dicho un par de días atrás: «Tú y yo». Sabía que eso era lo que ella necesitaba, así que me sentía culpable por echar a veces de menos el tiempo con el conde, las conversaciones, participar en la búsqueda de nuestro libro en vez de quedarme en la mansión esperando. Lía no quería ni oír hablar de la posibilidad de salir de casa: después de lo que había pasado, después de lo que no recordaba y de que nos hubiéramos encontrado a aquel cazador, lo que pudiera haber más allá del jardín solo le generaba pánico. Ni siquiera soportaba la idea de dormir sola, como si creyera que la persona que la había marcado fuera a ir a buscarla a su cama en cuanto cerrara los ojos.

Así que dormíamos juntas, con su mano en la mía. Aquella noche, sin embargo, después de observarla dormir durante un buen rato, después de asegurarme de que estaba bien, deslicé mis dedos lejos de ella y me levanté.

Mientras recorría el pasillo me sentí mal por dejarla ahí, en la habitación, en la cama, para ver a alguien a sus espaldas. Pero no quería discutir con ella, no quería ser un conflicto cuando ya le estaba costando demasiado asumir todo lo demás. Seguíamos sin pistas sobre nuestro libro, seguíamos sin pistas sobre sus siete días de vacío, seguíamos sin saber a quién le pertenecía aquel escudo sobre su piel. Era demasiado. Yo tenía que ser algo que la hiciera sentir tranquila, no algo por lo que preocuparse más. Si me involucraba o no en las vidas de la gente de aquel mundo, debía ser solo problema mío.

No sé qué me esperaba de Marcus aquel día, pero no lo que me encontré en el despacho al asomarme. El conde estaba sentado en uno de los sillones, mirando al techo y con una botella de licor sobre la mesita. La incredulidad estuvo a punto de borrar cualquier remordimiento. Casi sonreí, sobre todo cuando él se incorporó con precipitación y se arregló la ropa.

—Creí que habíamos aprendido la lección sobre llamar a la puerta —dijo, de manera un poco atropellada.

—Si cada vez que entre sin avisar te voy a encontrar borracho y en un estado tan lamentable, la verdad es que prefiero no tocar nunca más.

Cerré la puerta a mis espaldas mientras él intentaba reconstruir su dignidad sin mucho éxito.

—No estoy borracho.

—Si me pagaran un euro por cada vez que he mentido diciendo eso mismo...

Antes de dejarme caer en el sillón a su lado, yo misma agarré uno de los vasos que tenía encima de una cómoda. Pensé que tras los últimos días yo también necesitaba aquello, así que no pedí permiso antes de servirme. No había probado el licor en aquel mundo, pero me supo bien, dulzón y fácil de digerir. Suspiré y me eché hacia atrás en mi asiento.

—¿Qué fue?

—¿Qué?

—¿Qué pasó para que te hayas metido aquí con una botella y ahora tengas ese aspecto tan lastimero? Pareces una estrella de Disney arrastrada a los excesos por culpa de la fama.

—Ni siquiera voy a preguntar qué es Disney.

—Una empresa que algún día dominará el mundo, creada por un señor que se dice que está congelado en alguna parte, supongo que con la intención de descongelarlo cuando la dominación se haya hecho efectiva.

—Tu mundo cada día es más raro.

—Claro, el tuyo es súper normal.

Nos quedamos callados. Fue un silencio cómodo pero destinado a morir. Lo hizo cuando Marcus suspiró; de reojo vi que se servía otra copa y, de paso, me llenaba la mía.

—No tiene sentido —susurró.

—¿Qué?

—La marca de Lía. No tiene sentido.

Me incorporé de golpe, tensa, y esperé sus explicaciones. Necesité otra copa cuando terminó de explicarme que aquella familia que supuestamente había marcado a Lía ya ni siquiera debía existir.

—Las Tres Espinas son poco menos que un tabú —me explicó—. Tres familias que se opusieron por completo a la reina hace tres siglos y organizaron un complot. Es la única rebelión que se conoce en nuestro mundo y por eso precisamente no se habla de ella. Hubo... Se dice que hubo visitantes que se unieron, también. Que prestaron su poder y magia ajena a este mundo para conseguir el objetivo. A partir de aquella revuelta el control sobre ellos se... se intensificó.

Me llevé una mano al hombro, a mi marca. Si los visitantes no tenían voluntad, no podían rebelarse. Tragué saliva. Me pareció horrible.

—Las Tres Espinas intentaron matar a la reina, pero fallaron. Las familias fueron atrapadas y ajusticiadas. Desaparecieron por completo, incluso los herederos, así que los linajes tenían que haber terminado ahí.

Me sentí mareada. La situación ya era suficientemente complicada sin aquellas intrigas palaciegas de por medio.

—Hemos hablado lo suficiente de hijos ilegítimos como para saber que el hecho de que una persona no esté en un registro no significa que no exista.

—Lo he pensado, pero, aun así, fue hace trescientos años. Trescientos años sin saber nada de esa marca, de esa familia, de... nada.

—¿Alguien que quiere venganza por sus antepasados? ¿Que su familia recupere el lugar que le corresponde? ¿Acabar lo que su familia empezó?

—¿Y qué tendría que ver Lía con nada de eso? ¿Por qué agarrarían a una chica como ella durante días y después la soltarían sin más?

Hice una mueca, sin saber qué responder. Estaba confundida y frustrada, porque parecía que no hacíamos más que darnos una y otra vez contra una pared.

—Si esa familia lleva... trescientos años por ahí, debería haber alguien más con esa marca, ¿verdad? —sugerí al final—. Si han marcado a Lía, no puede ser la primera. Habrá más gente.

—Sí, podría ser...

—¿Crees que los informantes de Alyssa podrían ayudarnos con eso? ¿A buscar otros visitantes con una marca concreta?

Marcus dudó antes de asentir.

—Puede ser un buen hilo del que jalar.

Y era el único que teníamos. Si no aparecía nadie, seguiríamos igual de arrinconados, así que esperaba que no fuera el caso. Me eché hacia atrás de nuevo en mi asiento y levanté mi copa para que Marcus me volviera a servir. Él lo hizo sin protestas. Me alegraba que al menos el alcohol no le pareciera una falta. O quizá tan solo consideraba que aquella noche él tampoco era nadie para recriminarme nada.

El silencio siguiente duró dos tragos más.

—¿Bebes por eso o por algo más?

El conde dudó un segundo más antes de rendirse con un suspiro.

—Vi a Seren.

El nombre pareció llenar aquella habitación como si guardara una historia que apenas podía contenerse entre aquellas paredes. Y supongo que lo hacía, solo que era una historia que yo no conocía. Marcus me miró de reojo cuando me acomodé subiendo los pies encima del sillón. Estoy segura de que me juzgó una vez más por mi mala postura.

—¿Qué ocurre con él? No hoy, sino... en general. ¿Qué pasa con ese chico y tú? Si me lo cuentas, prometo no volver a mencionar lo del trío.

—Acabas de hacerlo.

—Será la última vez, prometido. Bueno, igual no, pero lo intentaré muy fuerte.

Una voz en mi cabeza que se parecía a la de Lía me recriminó que aquello era involucrarse más de lo necesario, pero la silencié con otro vaso de licor. Marcus dudó, pero me acercó el suyo para que volviera a servirle.

—Nos conocimos cuando éramos pequeños —dijo—. Es de esperar que los nobles se relacionen con otros nobles, pero yo, incluso de niño, no era muy dado a hacer amigos.

—Qué sorpresa —ironicé. Él puso los ojos en blanco.

—Fue él quien se acercó un día a mí, en una reunión a la que mi padre me había llevado, ni siquiera recuerdo cuál o por qué. Seren es... Era probablemente la persona a la que más le entusiasmaban las historias que yo haya conocido en mi vida. Vivía por ellas. Incluso creía en la Creadora, porque le gustaba la idea de que alguien hubiera imaginado todo nuestro mundo. Para una persona así, un poder como el mío era... una oportunidad, supongo. Un sueño. Así que aquel día me dijo que íbamos a ser amigos y que, cuando yo pudiera usar mis poderes, recorrería-

233

mos mundos juntos. Y yo…, bueno, me dejé llevar, quizás en parte porque él me hacía ver mi poder de una forma distinta al resto de la gente. Crecimos juntos, de mundo en mundo. Durante mucho tiempo fuimos únicamente los dos: no necesitábamos nada más. Nos sentíamos indestructibles.

—¿Seguro que no hubo nada entre ustedes…?

El conde carraspeó y bebió otro sorbo.

—¡Lo hubo! ¡Lo sabía!

—Yo nada más dije que nunca fuimos pareja.

—¿Y qué fueron?

Marcus apartó la vista al techo. Había un rubor en sus mejillas que creo que no se correspondía al alcohol.

—Nadie le puso nombre nunca. Supongo que… nos atraíamos. A veces tan solo ocurría, por lo general como parte de un juego. A Seren le encantaba burlarse de mí y yo no soportaba que pareciera retarme constantemente.

—Ah, sí, eso último me suena.

Marcus resopló.

—Sí, quizás en algunas cosas se parezcan más de lo que me gustaría.

—¿También vas a acostarte conmigo si te reto lo suficiente?

El conde entrecerró los ojos ante mi burla y me miró de soslayo, con el vaso muy cerca de la boca. Y quizá precisamente por el alcohol, o porque tampoco iba a permitir que yo le retara, dijo:

—¿Quieres? ¿Por eso sientes tanta curiosidad por con quién me he acostado antes?

Sentí que las mejillas se me encendían de golpe por lo inesperado de su respuesta y él lo notó, porque una de sus comisuras se alzó en una sonrisa estúpidamente orgullosa antes de continuar con su bebida. Y puede que me pareciera un poco atractivo en aquel momento. Puede que me preguntara cuántos retos como aquel podía aceptar. Puede que pensara cómo sería descubrir aquella parte de él. Puede que me fijara en cómo se le mojaban los labios con la bebida y cómo la nuez subía y bajaba con el trago que tomó. Puede que sí sintiera curiosidad.

Pero no iba a admitirlo.

—No me acostaría contigo ni con siete botellas como esta, conde —declaré, sumando así una mentira más a aquella casa repleta de ellas—. Continúa. Eran inseparables, pero ya no. ¿Por qué? ¿Qué pasó?

Marcus suspiró. Echó la cabeza hacia atrás y sus ojos parecieron viajar en el tiempo hacia el pasado. Lo vi dudar un segundo más y después decidir que lo haría, que confiaría en mí. Me dejaría ver otra parte de él, una más de las historias que llevaba bajo sus guantes.

Tomó otro trago y empezó a hablar.

## Marcus

Hay una neblina en mi mente sobre lo que pude decirte o no aquella noche, por culpa del alcohol. Pero sí que sé lo que pensé, porque es lo mismo en lo que pienso cada vez que Seren aparece, normalmente sin permiso, dentro de mi cabeza.

¿Cómo explicártelo? Seren era lo que Lía es para ti. Por él habría recorrido cualquier mundo para buscarlo. Por él habría desafiado todo lo que conocía. Por él habría arriesgado la vida.

Y sé que él habría arriesgado la suya.

Al menos, antes.

Seren y yo éramos inseparables. Eso ya te habrá quedado claro. Aunque yo tenía el poder de viajar, fue él quien me enseñó a disfrutar de otros mundos. Se escapaba de su casa por las noches y aparecía en el jardín de la mía para arrastrarme a los planes más absurdos, a esos libros que le fascinaban y que quería que yo también viviera como lo hacía él. Era difícil negarse a cualquiera de sus ideas, así que no lo hacía: me dejaba arrastrar, porque con él siempre era más fácil. También porque yo quería tener la oportunidad de olvidar que era el heredero de los Abberlain, que la magia tenía responsabilidades, que debía ser el digno hijo de mi padre. Con Seren podía ser Marcus o inventarme cualquier otra identidad, podía convertirme en un héroe o en todo lo contrario, podía caminar entre dioses o perseguir monstruos.

En mi cabeza, empecé a asociar a Seren con la sensación de libertad que se me había negado toda la vida.

Y después llegó Alyssa a nuestras vidas. La heredera perfecta, la chica brillante, inteligente y preciosa a la que todo el mundo miraba con admiración en la sociedad de Albión. Pero Alyssa, como yo mismo, estaba interpretando un papel. Debajo de su capa de perfección, había una chica que solo quería vivir su vida... y que estaba fascinada por uno de los visitantes de su familia. Solíamos burlarnos de ella por eso, por la forma en la que se distraía mirando por la ventana cuando Cyril estaba en el jardín trabajando o cómo no parecía saber cómo enfrentar a aquel chico pese a que podía salir airosa de cualquier otra situación. Y pese a nuestras burlas, lo cierto era que queríamos ayudarla. Lo cierto era que creíamos que estaban hechos el uno para el otro.

Aly y Cyril eran... la pareja perfecta. Nada más había que fijarse en cómo se miraban. Cyril parecía pensar que Alyssa había puesto la luna y el sol en el cielo; Alyssa no estaba tan relajada con nadie como cuando estaba con él. Se querían de esa manera incondicional que a mí solo me parecía que podía existir en las novelas, la clase de amor que te hace pensar que el mundo de verdad puede ser un lugar mejor.

Pero nuestro mundo es injusto. Nuestro mundo, Dani, no tiene piedad cuando se rompen las reglas. Y Cyril, por inofensivo que fuera, era un visitante.

La reacción de la familia Travers fue intentar separarlos por todos los medios: usaron su poder sobre Cyril para alejarlo y él tuvo que luchar contra la propia magia por ella. Tenía la marca en la mano, y a él no le importó perderla por Alyssa, por el poder de ser libre. Cuando se supo que había algo entre ellos, la sociedad empezó a ver a la brillante heredera con otros ojos, pero si a ella le importó, no dejó que nadie lo supiera. Les ofrecí llevarlos a otro mundo, donde nunca tendrían que preocuparse por nadie más, pero decidieron quedarse. Alyssa decía que ellos no tenían por qué exiliarse, que no estaban haciendo nada malo: el resto del mundo era el que debía avergonzarse, no ellos.

En su boda únicamente estuvimos nosotros cuatro.

Aly siempre dice que las siguientes dos semanas fueron las más felices de su vida. Las dos semanas en las que pudo despertar junto a su esposo cada mañana.

Las dos semanas antes de que Cyril no volviera a abrir los ojos jamás.

Alyssa estaba completamente destrozada, pero Seren estaba furioso. Ante la tumba de Cyril, cavada con nuestras propias manos cerca de la orilla del río, Seren sugirió que había sido un asesinato. Estaba convencido de que los nobles lo habían hecho, pese a que nuestro amigo no parecía haber sido atacado. Pero Seren se aferró a aquella idea y la defendió, quizá porque no estaba en sus manos devolver a Cyril a la vida, pero sí podía vengar lo que le habían hecho pasar. Por eso también, pese a que siempre se había negado a servir como caballero, de pronto reclamó su puesto en la corte de la reina. Se infiltró entre ellos porque pensó que así tendría acceso a todas las familias, porque así podría investigar y encontrar a quienes habían estado implicados.

Supongo que en algún momento yo también empecé a creer en complots en las sombras. No quería pensarlo, pero Cyril tenía una salud intachable. Cyril era muy joven todavía. El mundo sin él me parecía un poco más gris. Los padres de Alyssa contactaron con ella para que volviera a casa, dispuestos a perdonarle su «desliz» y olvidarlo todo. El hecho de que Cyril hubiera podido enfrentarlos y negarse a órdenes había sido un escándalo que se había extendido como la pólvora. Supongo que... en aquel momento todo me indicaba que Seren tenía razón. Supongo que llevaba demasiado tiempo confiando ciegamente en él como para no creerme su teoría. Así que apoyé su investigación, aunque a medida que pasaban los meses no encontrara nada.

Y un día, pese a que había dicho que no iba a rendirse hasta aclararlo, nos citó a Alyssa y a mí ante la tumba de Cyril y nos dijo que teníamos que rendirnos y aceptar que nuestro amigo había muerto sin más. Recuerdo sus palabras cuando le discutí que no podía ser cierto, porque me parecieron completamente fuera de lugar en sus labios:

—¿Y no será que en realidad quieren tener razón para ser los protagonistas de esta historia una vez más? ¿Para ser los herederos incomprendidos que perdieron a su amigo y a su esposo?

La cara de horror de Alyssa tendría que haberlo detenido, pero no lo hizo. Sus ojos se posaron sobre ella y sus palabras afiladas parecieron querer reabrir las heridas de las que ni siquiera habían empezado a sanar:

—¿Estás segura de que realmente lo amabas o solo fue un capricho porque sabías que no podías tenerlo? Quizá únicamente te duela porque no habías perdido nada antes y prefieres pensar que alguien te lo quitó.

Nunca me había sentido tan enojado. Seren y yo habíamos discutido en más de una ocasión y habíamos hecho las paces después, pero en aquel momento me pareció que no podría reconciliarme con él jamás. Me lancé sobre él. Lo golpeé. Quería que lo retirara todo. Aly no necesitaba a nadie que le hiciera más daño. Seren no podía hablar así delante de la tumba de nuestro amigo.

No podía reconocer a aquel chico que tenía ante mí.

Si me preguntaras ahora qué le dije exactamente, creo que no podría repetir ni una sola de mis palabras. No pensaba con claridad. Pero sé que quería hacerle daño de todas las formas posibles. Para mí, él tenía la culpa de todo. Él, que había plantado la duda en nosotros, que nos había dado una idea sin fundamentos a la que aferrarnos. Él, que siempre había querido ser en secreto el protagonista de una historia, que a veces parecía pensar que los demás estábamos ahí para girar a su alrededor...

En las novelas solo parece haber una manera de que te rompan el corazón, pero aquel día descubrí que era mentira: los amigos también pueden hacerlo.

Cyril nos había roto el corazón al dejarnos de forma repentina.

Y Seren pisoteó los trozos cuando se marchó, con su sangre en el rostro y la mía en sus nudillos.

Y nunca miró atrás.

# Dani

La historia de aquel grupo de amigos que se había ido rompiendo poco a poco parecía llenar la habitación. De pronto, entendía mucho mejor que Marcus fuera como era: en otro tiempo había querido demasiado a mucha gente que había terminado perdiendo, de una manera u otra, y aquellas heridas no habían sanado todavía. El miedo a volver a perder a veces es demasiado fuerte. El miedo a volver a sufrir consigue que te aísles y creas que estarás mejor por tu cuenta. De no haber sido por Lía, quizá yo habría sido exactamente igual después de la muerte de mi abuela.

Observé a aquel chico, sus ojos todavía perdidos en aquellos días del pasado. De pronto también entendí que tuviera tanto miedo de decirle la verdad a Lottie. Quizá temía perderla también a ella si usaba las palabras equivocadas.

—¿Y qué te dijo?

Mi voz fue solo un susurro, en parte porque me daba miedo romper aquel silencio. Marcus pareció un poco desubicado.

—¿Qué?

—Seren. Me dijiste que lo viste, que por eso estás bebiendo también, pero tiene que haberte dicho algo, ¿no?

Me sorprendió que el conde dudara después de todo lo que ya me había contado.

—Me... Me dio a entender que sospechaba que eras una visitante.

Me tensé. Aquello era probablemente lo último que necesitaba. No tenía ni idea de qué iba Seren Avery: en el pasado había sido una persona fiel a Marcus, pero si lo había traicionado incluso a él, ¿cómo podía confiar yo, que no era nada para aquel chico?

—No se lo confirmé —me aclaró Marcus al ver mi expresión—. Pero incluso si estuviera completamente seguro, creo que no diría nada, Dani.

—¿Cómo lo sabes? Es un caballero, ¿no? ¿Esa gente no podría reclamarme? ¿La reina no podría pedir explicaciones? ¿Qué pasa si se sabe que hemos estado fingiendo? No solo conmigo, sino contigo. ¿Qué pasa si quiere buscarte un problema? Si me descubre, diré que tú no sabes nada, diré que te engañé y...

—No vas a hacer eso, porque no hará falta, porque no dirá nada.

—¿Cómo puedes estar tan seguro?

Marcus dudó. Porque no podía, en realidad. Porque lo único que estaba haciendo era confiar. Fijó la vista en sus guantes y jaló uno de ellos.

—A veces creo que puedo ver rastros de él. Del Seren que conocí, el que no quería ser caballero. El que hablaba con visitantes y les preguntaba cosas durante horas para apuntarlas luego en cuadernos y no olvidarse de nada. Ese Seren... Ese Seren nunca te delataría.

No supe qué pensar. No supe si él quería desesperadamente creer en aquel chico, asegurarse de que aquella parte todavía estaba ahí. Pero supuse que tampoco podíamos hacer mucho más aparte de darle aquel voto de confianza. Por eso suspiré. Por eso me eché hacia atrás y me volví a terminar la copa de otro trago, en un intento de que aquello nublara mis pensamientos.

—Si lo sabe, no fue culpa mía —concluí con voz ligera.

Marcus levantó las cejas, sorprendido por mi cambio de tono.

—¿Disculpa?

—Que yo he hecho bien mi papel. Puede que aquel primer día fuera solo un notable, pero sigo siendo una actriz magnífica —levanté la barbilla, orgullosa—. Claramente el que no pudo engañarlo fuiste tú. Gané. Quiero un premio.

—No sabía que esto era una competencia.

—Pues lo era.

El conde entrecerró los ojos, pero creo que vio qué estaba haciendo cuando lo miré de reojo. Necesitaba desesperadamente no temer más y fingir que podíamos ser solo dos personas bebiendo y pasando un rato juntas porque sí, porque querían.

—De acuerdo, lo era y ganaste —me concedió—. ¿Qué quieres de premio?

Titubeé. Miré en el fondo de mi vaso vacío, que Marcus volvió a rellenar, y después me fijé en él como si el licor me hubiera dado la respuesta.

—Un recuerdo.

—¿No has tenido suficientes?

—Sí, pero quiero un recuerdo bueno. Algo feliz. Algo del Marcus de hace tiempo, del que hacía tonterías y no intentaba ser tan perfecto.

Quería saber más de él. Quería conocer a aquel Marcus que descubría mundos y que no parecía cargar con todas aquellas pérdidas y responsabilidades. No sé qué pensó él de mi petición, mientras me estudiaba con aquellos ojos morados.

—Solo si tú me cuentas algo de la joven Daniela.

Resoplé cuando me llamó por mi nombre completo, pero en realidad me hizo gracia. Podría haberle dicho que no, que el premio era mío y él no se había ganado aquello, pero no lo hice. Quizá porque me gustó saber que quería conocerme más y yo también quería que él supiera algo de mí que fuera más allá de ser la chica atrapada en aquel mundo, aunque fuera una tontería.

—Está bien. Un recuerdo por un recuerdo.

Alcé la copa y brindamos para cerrar el acuerdo.

—Un recuerdo por un recuerdo.

## *Marcus*

Puede que el alcohol se me hubiera subido a la cabeza: esa es la única razón por la que podría haber accedido a tu juego. Aunque quizá también fuera la curiosidad por ti. O la idea de hacerte sonreír de nuevo después de atormentarte con aquellos recuerdos demasiado tristes.

—Espero que tu recuerdo sea algo vergonzoso, conde —me advertiste.

Yo fingí pensármelo.

—¿Y estás dispuesta a contarme tú también algo vergonzoso después?

—¿Te parece a estas alturas que tengo algún problema con la vergüenza?

Llegados a aquel punto ni siquiera intenté disimular la sonrisa. Lo pensé un segundo más y di otro trago antes de comenzar:

—El día que Seren cumplió los dieciséis años, hubo una fiesta en casa de los Avery. Ya te dije que yo no era muy dado a los eventos sociales, pero si tenían que ver con Seren, hacía la excepción. Al cabo de unas horas, Seren decidió que había tenido suficiente y nos escabullimos. La mansión de los Avery tiene unos terrenos enormes que se extienden hasta la orilla del río. Seren me guio hasta ahí y nos sentamos, como tantas otras veces, bajo las ramas de los sauces, a unos pasos del agua y con una botella que él había robado del despacho de su padre.

—¡Qué romántico! —dramatizaste.

—Calla y escucha. Ya te conté que a Seren le gustaba retarme...

—Espera, ¿esta va a ser una historia picante? Por favor, que sea una historia picante.

—Realmente pareces muy interesada.

—Que no, sigue.

—Aquel día, cuando ya habíamos bebido bastante, se le ocurrió la gran idea de retarme a meterme al río, a aquellas horas.

—Dime que también te retó a que lo hicieras desnudo.

—No especificó —dije, y puede que todavía me quedara algo de vergüenza, porque noté que se me encendían las mejillas—. Pero para entonces estaba borracho y con ganas de que Seren se tragara sus palabras, así que lo único que pensé fue que no podría volver a la fiesta con la ropa empapada y...

Tu carcajada cuando me encogí de hombros sonó en mi despacho como había sonado aquel día en la sala de música. Me hizo sentir bien arrancarte aquel sonido como tú habías arrancado notas del piano entonces.

—¿Ni siquiera la ropa interior?

Bebí otro sorbo de mi copa como toda respuesta.

—Por favor, dime que te descubrieron.

—Querrás decir «nos» descubrieron.

Tu risa sonó todavía más alta.

—¿A los dos? ¿Totalmente desnudos? ¿En el río? Entiendo que te quejes de que la gente habla de ti, pero admite que tú les das material.

—¡Nadie se enteró de eso! Bueno, casi nadie. Eso es lo que quería contarte: nos descubrió Alyssa. Así fue como nos hicimos amigos, por ridículo que suene. No la dejamos en paz hasta que juró que no diría nada de lo que había visto. Y te aseguro que tuvimos que rogarle mucho. Nos estuvo torturando con ello durante días.

Se me escapó una sonrisa, incluso cuando intentaba mantenerme serio. Te estabas riendo tanto al imaginarlo que te vi limpiarte una lágrima y yo estaba un poco... fascinado por ello. Aparté la vista en cuanto me encontré pensando en lo bonita que estabas justo así.

Me obligué a dejar mi copa. Ya había bebido más que suficiente por aquella noche.

—La próxima vez que vea a Alyssa pienso preguntarle todos los detalles.

—No harás tal cosa. No puedes utilizar esto contra mí.

—Nunca prometí eso, pero tú puedes usar mi recuerdo para contraatacar, ¿qué te parece?

—Lo decidiré cuando sepa si está a la altura.

Tú te reíste de nuevo. Apartaste tu copa después de vaciarla y carraspeaste.

—Cuando tenía diecisiete, había un chico que me gustaba muchísimo. Nos habíamos besado un par de veces... Puede que algo más que un par de veces. Me parecía guapísimo y yo... Bueno, quería impresionarlo, ¿okey? Y acostarme con él, sobre todo eso —ni siquiera me sorprendió el descaro con el que lo dijiste—. Por aquel entonces mi abuela todavía hacía su vida bastante normal. Salía con sus amigas a pasear y a comer. Así que aprovechando una de sus salidas, le escribí al chico en cuestión y le dije que se viniera a casa porque iba a estar sola. Y puede que me vistiera... de forma especialmente provocativa para la ocasión.

Nada más te hizo falta verme la cara para saber qué me estaba preguntando.

—He visto la ropa interior de este mundo: en el mío es mucho más pequeña. Aquel día era casi como si no llevara nada y, lo que llevaba, se transparentaba.

Supongo que una parte de mí simplemente empezó a imaginar cosas en las que no quería pensar. Sí, se me fue la vista, aunque apenas fuera un segundo, a tu cuerpo. Sí, te imaginé, y se me secó la boca al hacerlo. No es que quisiera hacerlo, pero no pude evitarlo.

Por supuesto, de aquello también culpé al alcohol.

—No estarás fantaseando, ¿verdad, conde?

—¡Por supuesto que no!

Fue una contestación demasiado rápida como para resultar convincente, pero tú solo te reíste otra vez y yo me hundí en mi asiento, desarmado y con las mejillas ardiendo.

—¿Y bien? —carraspeé—. ¿Lo impresionaste?

—Oh, bueno... —la risa se te cortó—. A él no, pero desde luego impresioné a mi abuela cuando llamó a la puerta y yo le abrí con un «Te estaba esperando, cariño».

No esperaba ese final para nada. Supongo que por eso la risa se me escapó sin mi permiso. Y aunque me llevé una mano a la boca, tú ya la habías escuchado. Lo supe porque diste un respingo, tus ojos se abrieron mucho y sonreíste incluso más.

—Su amiga la había llamado a medio camino para decirle que al final no podía verla y ella había olvidado las llaves en la casa. Casi le dio un ataque. Y cuando se le pasó el susto, empezó a pegarme con el bolso y a llamarme descarriada mientras me gritaba que me pusiera algo encima.

No pude evitarlo: me reí más fuerte.

—Lo peor fue que el chico apareció en la puerta cinco minutos después. Estoy segura de que conseguí ser inolvidable para él, pero solo porque nos tocó escuchar juntos un sermón sobre responsabilidad y sexo por parte de una mujer de sesenta y cinco años.

No recordaba cuándo había sido la última vez que me había reído tanto y, aunque lo intenté, aunque me tapé la cara para que no me miraras, no conseguí parar. Tampoco tengo claro que quisiera hacerlo, porque tu risa se mezclaba con la mía y me gustó el sonido que hacían juntas.

Cuando conseguí recuperar un poco el aire, te descubrí mirándome mientras te mordías el labio inferior, algo que miré quizás un poco más de lo que debía. Bajaste las piernas del sillón para poder inclinarte hacia mí y, como si estuvieras contándome un secreto, susurraste:

—Me debes un deseo.

Tardé un momento en recordar a Alyssa diciendo que, si me reía, podías pedir un deseo. Sin perder la sonrisa, sacudí la cabeza.

—Está bien. Creo que te lo mereces, por tu mala suerte.

Parecías muy feliz y pensé que era justo así como prefería verte. Quizá tú estabas pensando lo mismo de mí, porque extendiste el brazo. La punta de tu dedo índice me rozó la comisura del labio y aquel fue el momento en el que mi pulso se detuvo durante un segundo.

—Te sienta bien. Deberías hacerlo más a menudo.

El estómago se me contrajo como si de pronto el licor me hubiera sentado mal. Ahí donde seguía tu dedo, mi piel pareció encenderse, y supe que aquel calor no tenía nada que ver con el alcohol. Respiré hondo y supongo que la sonrisa se me debió de perder en la boca. Mi corazón cambió de ritmo. Tú estabas mirando el lugar donde me tocabas, pero entonces alzaste los ojos a los míos, que no habían dejado de estar sobre ti.

Fue como si chocáramos.

No sé qué podría haber dicho. No sé qué podría haber pasado, tras ese segundo descolgado del tiempo. De pronto, apartaste la mano como si te hubieras quemado y te echaste hacia atrás. Te colocaste un mechón de pelo tras la oreja. Echaste una rápida mirada alrededor y al instante siguiente estabas de pie, como si no entendieras cómo habías llegado hasta ahí, hasta aquella situación, hasta aquel mundo de probabilidades.

—Creo que estoy un poco borracha —declaraste, con una risilla nerviosa—. Será mejor que me vaya a dormir, y tú deberías hacer lo mismo: mañana vas a tener resaca.

A mí se me ocurrió pedirte que no te fueras, que te tomaras una copa más, tomar tu mano y detenerte.

Pero no lo hice. Habría sido el alcohol.

—Claro —susurré, con la voz atascada en la garganta—. Buenas noches, Dani.

Nos sonreímos, pero creo que ninguno de los dos consiguió que fueran las sonrisas de siempre. Te vi salir. No miraste atrás y yo no quería que lo hicieras, por mucho que te estuviera siguiendo con la vista. Cuando la puerta se cerró, suspiré. Me eché hacia atrás en el sillón. Agarré mi copa a ciegas. Quería ahogar la pregunta que de pronto sonaba en mi cabeza. Quería ahogar la voz de Seren, tan clara como si todavía lo tuviera delante de mí.

No lo conseguí. Creo que incluso soñé con aquella frase.

«¿Me vas a decir que tú estás enamorado de ella?».

# CUARTO RECUERDO

La primera vez que pensé en besar al conde fue aquella noche.

Culpé al alcohol, pero incluso con aquella excusa fue horrible volver al cuarto, observar el rostro dormido de Lía y pensar que ya era muy tarde para hacerle caso. Ya me había involucrado y no había vuelta atrás. Las personas de aquella casa no eran desconocidas. Marcus Abberlain no era un desconocido.

Y yo me sentía atraída por él.

# Dani

Creo que los dos fuimos conscientes de que la noche del licor se había traspasado algún tipo de línea invisible. Yo, desde luego, me había dado cuenta de las mariposas, pero estaba preparada para arrancarles las alas antes de que pudieran empezar a revolotear. También me había dado cuenta de que no era la única que las sentía, y no me parecía que fuera justo para nadie hacer caso a unos bichos tan desagradables. Esta es la cosa con las mariposas: pueden parecer bonitas, pero son solo gusanos que han evolucionado y están destinadas a morir pronto. Cualquier sentimiento entre nosotros que fuera más allá de aquella alianza que habíamos establecido en un principio sería igual: algo retorcido y sin futuro.

Dado que estoy escribiéndote esto, dado que ya ni siquiera te acuerdas de él, supongo que tenía razón.

Y, sin embargo, aquí estoy, intentando revivir a las mariposas.

En cualquier caso, los siguientes días los pasé casi todo el tiempo con Lía. Marcus y yo nos rehuíamos con cierta elegancia: no éramos desagradables con el otro, pero ya no nos quedábamos a solas y tocarse estaba fuera de toda discusión. Él salía a ayudar a otros visitantes y a buscar más pistas, a veces con Yinn. Una vez salió incluso con Altair, para ver si podía descubrir verdades que nosotros no teníamos. No funcionó muy bien: Altair volvió mareado y disgustado porque Albión estaba lleno de mentiras por todas partes. Cuanta más gente se congregaba en un mismo sitio, más parecían afectarle. Yinn, a quien supongo que no le importaban las mariposas, se había pasado la noche cuidándolo con su magia, intentando que recuperara las fuerzas.

Aunque había esperado que Lía encontrara su sitio a medida que pasaran los días, no fue así. A veces se aislaba y se retiraba antes a la habitación, a veces decidía que no quería salir de ahí y yo me quedaba con ella. Seguía sin querer escuchar hablar de abandonar la casa. En un par de ocasiones me la había encontrado mirándose en el espejo, en el cuarto, con la mirada perdida, supongo que analizando aquel reflejo que no terminaba de ubicar. Después, cuando la llamaba, reaccionaba e iba hacia mí y yo la abrazaba hasta que la convencía de que regresaríamos.

Pero incluso yo había empezado a dudar. Nuestro libro no estaba por ninguna parte. Tampoco teníamos mucha más información sobre su marca.

Aunque eso último cambió cuatro días después de haber estado bebiendo con Marcus en el despacho.

Lía y yo vimos llegar al chiquillo desde debajo del árbol del jardín: con sus pantalones cortos, su boina, su camisola. Lo reconocí de inmediato como otro de los informantes de Alyssa y me pregunté qué tipo de noticias traería aquella vez, si era otro visitante que necesitaba regresar o algo que nos afectara.

Lottie estaba con nosotras en aquel momento. Lottie, cuyo cumpleaños se acercaba peligrosamente. Lottie, que ya había empezado a fantasear con una gran fiesta por su día especial:

—¡Debería haber un gran baile! ¡Voy a tener mis poderes! ¿No merece eso un baile? A papá no le gustan las fiestas, pero no tenemos por qué invitar a nadie más: ¡ahora ya somos muchos en la casa! Aunque me gustaría que viniera también el tío Rowan... ¡Papá y tú podrían bailar juntos, Dani!

Aparté la vista del niño que llamaba a la puerta de entrada. Lía había fruncido el ceño ante la idea.

—Me temo que no sé bailar —dije—. No tengo ni idea de los pasos que siguen en este mundo.

—¡No importa! Si es una fiesta solo para nosotros, puedes bailar como quieras. ¡Y si no, yo te enseño! ¡Es muy fácil, ya lo verás!

—Creo que no es necesario —intervino Lía—. Además, a lo mejor ni siquiera estamos ya aquí para tu cumpleaños, ¿no? Es en una semana. Espero que nos vayamos antes.

Lottie miró a mi amiga como si le hubiera lanzado un jarro de agua fría por encima.

—Lía —la amonesté.

—¿Qué? —ella enarcó las cejas—. ¿No quieres irte cuanto antes?

La niña bajó la vista y apretó los labios. Yo me apresuré a frotar su espalda.

—Quizá podríamos quedarnos para su cumpleaños, incluso si pudiéramos volver.

—¿De verdad? —Lottie levantó la vista—. ¡Por favor, por favor, quédense! ¡Después, yo misma las llevaré a su mundo si tienen el libro!

Charlotte estaba exultante y a mí su expresión se me hundió en el pecho. Me pregunté cuánto tiempo más pensaba esperar Marcus para contarle la verdad, y al mismo tiempo entendía que no fuera fácil hacerlo. Yo misma no pude más que sonreírle y sacudirle los rizos. Cuando levanté la vista, Lía tenía los ojos entrecerrados. No me llevó la contraria, pero creo que fue solo porque Charlotte estaba ahí y no quería empezar una discusión delante de la niña.

—¡Papá! —exclamó de pronto Lottie. El conde se acercaba a nosotras con el abrigo puesto, listo para salir, y ella corrió hacia él—. ¡Dani dijo que pase lo que pase se van a quedar hasta mi cumpleaños! Así que tenemos que hacer una fiesta, ¿okey? ¡Y después yo misma las llevaré a casa!

Marcus se fijó en su hija y después en mí. Supe que el mismo nudo que yo había tenido segundos antes se le acababa de hacer a él en el estómago. Le acarició los cabellos y cabeceó, porque no podía hacer otra cosa.

—Lo hablaremos cuando vuelva, ¿de acuerdo? Ahora tengo que irme —su mirada se fijó en mí y en Lía—. Apareció una persona con la misma marca.

Mi amiga y yo nos tensamos a la vez. Me puse en pie de inmediato, mientras ella se encogía sobre sí misma y se llevaba una mano al pecho. Lottie nos miraba a todos con curiosidad.

—¿Dónde?

—En Daria, un pueblo a un par de horas de aquí. Saldré de inmediato. Quizá tenga que pasar la noche fuera, pero...

—Voy contigo.

Lía me miró como si me hubiera vuelto loca.

—No, claro que no vas.

—¡Es una pista sobre ti!

Marcus pasó sus ojos de una a la otra. Después, se volteó hacia su hija y le susurró algo, supongo que para apartarla de aquel momento. La niña titubeó, pero asintió antes de darle un beso en la mejilla y retirarse, aunque la vi mirar hacia atrás.

—Si él va, no necesitamos nada más, ¿no? —Lía levantó su mano para alcanzar la mía—. Yo no quiero que vayas. No hace falta.

—No es justo que sea él quien lo haga todo, ya nos está ayudando suficiente y...

—Lo que no es justo es que nosotras nos tengamos que poner más en peligro —protestó Lía—. Este es su trabajo, ¿no? ¿Ayudar a los visitantes? Entonces, no te necesita a ti para nada.

—Lía tiene razón —me volteé hacia Marcus con el ceño fruncido, pero él se encogió de hombros—. Como es lejos, Yinn me acompañará, pero solo voy a hablar con un visitante. Estaré de vuelta tan pronto como pueda.

Durante los últimos días, había cedido. Había aceptado las peticiones de Lía de quedarme cerca y había hecho todo justo como ella necesitaba para que estuviera más tranquila. Pero en aquel momento, cuando estábamos hablando de una marca extraña de una familia de traidores que había desaparecido hacía siglos, consideré que ya había sido suficiente:

—No.

Mi voz pareció vibrar en el aire cuando me solté del agarre de Lía. Ella me miró con los ojos muy abiertos, sin poder creérselo, y yo intenté fingir que no me sentía como una traidora.

—Entiendo que tú quieras quedarte aquí, Lía —le dije, con la voz suave—. Pero Marcus no pudo obligarme a quedarme en casa los primeros días y no es justo que tú lo hagas ahora.

—¡Yo soy tu amiga!

—Y él también.

Lo dije antes de ser consciente de que realmente lo pensaba. Marcus Abberlain era un amigo. Un buen amigo, con mariposas o sin ellas.

—¿Estás bromeando? —Lía parecía incrédula.

—Marcus me ha ayudado desde el principio. Toda la gente de esta casa me ha ayudado desde el principio. Y voy a ir. Quiero hablar con esa persona, saber de dónde sale esa marca que te hicieron y qué significa, y ver qué podemos hacer al respecto mientras estemos aquí. Porque seguimos aquí, por ahora, y no sabemos cuándo volveremos, y no nos queda otra que aceptarlo e intentar sobrevivir en este sitio.

No quería discutir con ella: Lía seguía siendo lo más importante para mí. Por eso la mirada que me lanzó, como si de pronto no pudiera reconocerme, se me clavó en el pecho. Abrí la boca para seguir explicándome, para que me entendiera, para que me apoyara, pero ella solo sacudió la cabeza y se puso en pie.

—Haz lo que quieras.

—¡Lía!

Intenté agarrarla del brazo, pero ella se sacudió y se volteó hacia el conde. A él le lanzó una mirada furibunda, llena de todas las preocupaciones y miedos que llevaba dentro.

—Si le pasa algo, será culpa tuya.

Me estremecí porque sonó casi profético. No dijo nada más antes de alejarse hacia la casa, aunque yo intenté volver a llamarla. Ella no volvió a mirar atrás.

Marcus había clavado la vista en el suelo y yo supe qué le estaba pasando por la cabeza.

—No le hagas caso, está nerviosa y preocupada.

—Pero tiene razón, deberías quedarte.

—Tú y yo ya hemos pasado por esta conversación. Si no me quedaba en casa los primeros días, ¿crees que lo haré ahora?

Suspiró. Fue consciente de que no había nada que hacer.

—Ve por tu abrigo, entonces. Nos marchamos en cinco minutos.

# Marcus

No quiero que pienses que te había estado evitando desde la noche en la que bebimos juntos, pero puede que decidiera darte más espacio. Puede que pensara que era peligroso estar tan cerca. Que, si no tenía cuidado, acabaría teniendo que cubrir un hueco mucho más grande de lo que debería cuando al fin te marcharas.

Cuando decidiste que vendrías conmigo a buscar a aquel hombre, no pensé en nada de eso. Una parte de mí solo se alegró de que dijeras en voz alta, con aquella seguridad, que era tu amigo. Otra parte se había quedado atada a la advertencia de Lía. No fue hasta que estuvimos en el carruaje que reparé en lo incómodo que podía ser volver a sentarnos el uno enfrente del otro en aquel espacio tan limitado. En lo denso que podía llegar a ser el silencio entre nosotros. Pasamos horas ahí dentro, cada uno sumido en sus propios pensamientos. De vez en cuando nuestros pies chocaban. De vez en cuando me encontraba a mí mismo mirando en tu dirección, sin que tú te dieras cuenta, y tenía que regañarme por ello.

Llegamos al pequeño pueblo de Daria cuando las sombras comenzaban a alargarse. No se parecía en nada al lugar en el que habíamos encontrado a Lía: era mucho más pequeño, con las casas más desperdigadas. El pueblo estaba rodeado de campos de cultivo, y las calles, anchas y pavimentadas solo con tierra, estaban llenas de huellas de personas y animales. Pese a que todavía hacía frío, había gente sentada en las calles, a las puertas de sus casas, charlando y trabajando, y algunos niños se pusieron a perseguir nuestro carruaje.

La casa que estábamos buscando estaba apartada de las demás, en los límites del pueblo. Te la señalé desde lejos, tras haber leído de nuevo la nota con las indicaciones de Alyssa, pero no fue hasta que estuvimos enfrente que me di cuenta del estado lamentable en el que estaba. Alguien había cubierto las ventanas con tablones, de modo que no se podía ver el interior. Supimos que había alguien en casa solo porque la chimenea dejaba escapar un humo gris que destacaba contra la palidez del cielo. Un par de árboles habían empezado a florecer y a desvelar nuevos brotes en sus ramas, pero el lugar olía a flores marchitas y a ceniza.

—¿Seguro que es aquí?

Asentí y me adelanté para llamar a la puerta. En cuanto di un golpe, los ladridos de un perro me hicieron retroceder un paso. Titubeé y los miré a ti y a Yinn por encima del hombro. Una voz fuerte mandó callar al animal. Cuando la puerta se abrió, dejó escapar una bocanada de calor que me abofeteó la cara y me hizo retroceder otro paso más.

—¿Quién es?

Frente a mí, apoyado en el marco de la puerta de forma inestable, se alzaba un visitante. Aunque su figura era antropomórfica, estaba un poco encogida. Sus ojos eran amarillos, brillantes como ascuas. Su tez tenía un tono ceniciento y una textura diferente, más parecida a la corteza de árbol que a la de nuestra piel. En lugar de pelo, su cabeza estaba llena de pequeños bultos que parecían brotes.

—El señor Eoghan, supongo —murmuré.

Él no se movió. Me fijé en sus ojos sin pestañas que me miraban con fastidio.

—Abberlain.

No me imaginé el siseo que salió de su boca tan delgada. No me imaginé la garra adelantada que intentó ir a mi cuello. Me aparté lo suficientemente rápido para que solo me rozara la camisa y, sin embargo, sentí el desgarro de la tela demasiado cerca de la piel.

—¡Marcus!

No pude apartar la mirada de Eoghan mientras me llevaba la mano a la garganta. Él había hecho lo mismo, pero me di cuenta de que no me estaba imitando. En realidad, bajo sus dedos estaba su marca, con el mismo escudo que tenía Lía. Una marca que brillaba y parecía quemarle sobre la piel.

Sentí cómo me jalabas, el gesto que necesitaba para salir de mi ensimismamiento.

—¿Estás bien?

Tus dedos se alzaron hasta mi rostro al tiempo que yo bajé la mirada hacia ti.

—Estoy bien.

Sobre todo estaba sorprendido. Y preocupado. Estaba seguro de que no había visto a aquella criatura en mi vida, pero él me miraba con un odio casi tangible. Se había lanzado hacia mí, y aunque no me había hecho daño, su marca se había activado. Sabía lo que significaba: alguien le había dado una orden y él la había desobedecido, aunque no podía saber cuál era. ¿No podía atacar a nadie? ¿A ningún noble, quizás? Algunas familias ponían esa regla para asegurarse de que sus visitantes nunca se rebelaran contra ellos.

Yinn se había puesto entre nosotros, aunque no parecía haber peligro ya. El señor Eoghan se pasaba los dedos por su marca, dejando tras de sí arañazos, como si quisiera arrancarse la piel.

—¿Qué quieren? —gruñó la criatura—. ¿A qué viene un Abberlain a mi puerta?

—Señor Eoghan —dije, tras recuperarme—. No somos sus enemigos. Estamos aquí para hacerle unas preguntas...

—No tengo absolutamente nada que decirles a ti ni a nadie de tu sucia familia.

Fruncí el ceño, confuso. No sabía qué ocurría exactamente con aquella criatura y los Abberlain, pero era obvio que sentía verdadera aversión por mi apellido. Temía decir las palabras equivocadas y que nos cerrara la puerta. Por suerte, tú estabas preparada. Te adelantaste y reclamaste su atención:

—Por favor, escúcheme. Mi mejor amiga tiene la misma marca que usted y no recuerda quién se la hizo. No recuerda nada de la primera semana que estuvo aquí. Está asustada y... Y yo también —la vulnerabilidad que de pronto dejaste entrar en tu voz lo agarró por sorpresa—. Quiero ayudarla y usted es nuestra única pista.

Su expresión pasó de la molestia a la incomprensión. Te miró de arriba abajo y, la verdad, no era difícil saber qué estaba pensando: ¿por qué una noble se haría amiga de una visitante? A veces creo que no eras consciente de tu aspecto delante de la gente: de la ropa bonita y de buena calidad, de la joya en tu dedo. Tardaste un segundo en recordar todo esto y otro más en decidir abrirte la camisa. Estuve a punto de detenerte, de agarrarte del brazo, pero Yinn fue más rápido cuando me dijo en voz baja:

—Hay momentos en los que no hay ninguna mentira que pueda convencer tanto como la verdad.

Apreté los labios, pero Yinn tenía razón. La expresión de la criatura cambió cuando vio tu propia marca, sin escudo de ningún tipo sobre ella. Sus ojos volaron de ti a mí y, tras unos segundos de tensión, nos hizo un gesto con la cabeza hacia el interior de la casa.

El hogar del señor Eoghan era pequeño y oscuro y el desorden era absoluto: la única habitación estaba llena de cachivaches y de libros apilados en los rincones. La cama estaba deshecha y desde el caos de cobijas nos observaba un perro negro como las sombras.

El visitante ocupó el único sillón que parecía haber en la casa.

—No le robaremos mucho tiempo —prometiste—. Solo queremos saber quién le hizo la marca.

Eoghan te estudió con atención durante una eternidad. Parecía tranquilo, pero quizás era una fachada. Cuando abrió la boca, el brillo en la marca de su cuello me dio la pista de lo que iba a pasar. Aparté los ojos, pero aun así pude escuchar cómo se ahogaba, cómo luchaba por respirar mientras las palabras se le quedaban atascadas en la garganta. Tú te apresuraste hacia adelante, preocupada. Yinn, a mi lado, se estremeció.

—¿Qué pasa? ¿Qué...?

Nadie respondió a tu pregunta de inmediato. Te vi acercarle un vaso medio vacío que tenía cerca de él, sobre una de las pilas de libros, y él bebió con ganas. El escudo sobre su piel se había apagado y, cuando tragó el último sorbo, lo escuché echarse a reír con amargura.

—Eres una recién llegada, ¿verdad?

—Eso es lo que pasa cuando te dan una orden —murmuró Yinn—. No puedes desobedecer. Si lo intentas...

No terminó la frase. No pareció hacer falta. Quizás hasta ese momento pensabas que simplemente no había alternativa, que obedecer una orden era algo que tu cuerpo hacía sin pensar. Pero no tenía por qué ser así. Desobedecer a veces era una opción, con la voluntad suficiente, pero traía el dolor y, a la larga, la muerte. Tu rostro se quedó lívido.

—¿No... puede decirnos nada? ¿O podría...?

Eoghan negó con la cabeza, todavía recuperando el aliento. Tú parecías a punto de echarte a llorar, no podías creer que volviéramos a estar en un callejón sin salida. Yo me negaba a creerlo. Tenía que haber algo de lo que jalar.

—¿Cuánto tiempo lleva en Albión? —pregunté.

Sus ojos amarillos parecían brillar casi tanto como el fuego que ardía en la chimenea. Estaba seguro de que podríamos haberlos visto iluminar su rostro incluso en la oscuridad.

—Veintiocho años.

Fruncí el ceño. Me pregunté si la persona que había hecho aquello era la misma que había marcado a Lía o solo pertenecían a la misma familia.

—¿Le hicieron la marca cuando llegó? —un asentimiento—. Pero ahora está aquí, apartado. ¿Lo liberaron?

—Nunca libera a nadie, únicamente se olvida de quienes dejan de serle útiles. Me utilizó durante el tiempo que quiso y, después, cuando ya había explotado mis poderes para sus intereses, me soltó en el mundo. Si mañana volviera a encontrarme una utilidad, tendría que regresar a su lado.

—¿Y tu libro? —preguntaste, en un hilo de voz. Tenías la mirada hundida, llena de miedos que no querías pronunciar—. ¿En todo ese tiempo no lo has encontrado?

Hice una mueca. Eoghan también.

—Se queda los libros. Los...

La marca en su cuello pareció ahogarle incluso más y tú te encogiste sobre ti misma, horrorizada. Aun así, te apresuraste a susurrarle que callara y volviste a tenderle un vaso de agua. Desde tu posición, me miraste. Supe qué te estabas preguntando: «¿Y si también tiene el nuestro?». Pero no podíamos estar seguros.

—¿Hay...? ¿Hay algo que puedas decirnos? Cualquier pista. Lo que sea.

Tu voz sonó tan frágil, tan triste, que temí que fueras a romperte ahí mismo. Estuve a punto de alcanzar tu mano. Ya había levantado la mía cuando los ojos amarillos cayeron sobre mí. La boca de Eoghan se retorció en una mueca que quizá podría haber sido una sonrisa, pero que en aquel momento parecía un gesto envenenado.

—Deberías preguntarle a él.

Mis dedos se quedaron congelados en el aire. Tú levantaste la vista, confusa.

—¿Qué?

—Su padre fue el que me trajo aquí.

# Dani

—Los Abberlain llevan a la gente de vuelta a sus libros, no los sacan de ellos.

Mi respuesta fue automática. Creo que incluso soné ofendida.

Pero cuando me volteé hacia Marcus, esperando ver la misma indignación en él, no la encontré: el conde solo miraba a aquel visitante como si hubiera vuelto a lanzar sus garras hacia él. Parecía tan sorprendido como bloqueado. Yinn también se había fijado en él, igual de perdido que yo.

—¿Conde? —murmuré.

Marcus reaccionó y me miró, creo que falto de aliento. Antes de que pudiera responder, la risa de Eoghan pareció llenar la casa de escarcha.

—¿De eso te ha convencido, chica? ¿De que esa familia hace una labor honorable? ¿De que su magia es buena?

—Yo no... —empezó Marcus.

—Quizá tú no. Pero te aseguro que tu padre lo hacía.

La mentira no cabía en sus palabras, en la expresión furibunda que cruzaba su rostro. Me sentí un poco desestabilizada, porque Marcus nunca me había mencionado nada semejante. Alcé la vista hacia él, aunque el conde solo parecía tener ojos para el visitante. Había demasiadas cosas arremolinadas en aquella mirada.

—¿Es posible? —susurré—. ¿Puedes...? ¿Pueden hacer eso?

La mandíbula de Marcus se tensó. Y después pareció recordar cómo mover el resto de su cuerpo. De pronto, nos dio la espalda y se apresuró a salir de la habitación. Me quedé helada, con los pies clavados al suelo y demasiada información en mi cabeza.

—¿Quieres un consejo, niña? —la voz de Eoghan surgió y yo alcé la vista hacia él, sin aire, intentando encontrarme de nuevo en aquel mundo como si acabara de llegar otra vez—. Aléjate de él. Los Abberlain están todos podridos.

No podía discutir sobre aquello con alguien a quien habían arrancado de su mundo. Eoghan no había caído en Albión: a aquella criatura la habían traído a propósito. Habían usado magia para alejarlo de todo lo que conocía y después lo habían atado a otra persona.

Y aquello lo había hecho el padre de Marcus.

Sentí ganas de vomitar, pero tuve que tragarme la náusea.

—Gracias por su ayuda, señor Eoghan —murmuré—. Siento... Siento lo que pasó. Si llegamos al fondo del asunto, si averiguamos quién está detrás de todo esto y recuperamos su libro... Le prometo que Marcus lo llevará de vuelta. Estoy segura de que lo hará.

La criatura me observó con los ojos de quien ya no puede ni quiere creer en promesas. Sentí a Yinn apretar suavemente uno de mis brazos y me consoló un poco verlo tan perdido como yo, así que dejé que me rodeara los hombros para guiarme hacia la salida. Antes de que traspasáramos el umbral, sin embargo, la voz de la criatura sonó de nuevo:

—Dile a tu amiga que no intente luchar. No servirá de nada.

Me estremecí, incapaz de responder ante aquello. Creo que únicamente el leve impulso de Yinn a mi lado me recordó cómo seguir caminando.

Marcus estaba apoyado contra la pared de la casa cuando salimos. Nuestras miradas se encontraron solo un segundo, pero él la apartó primero y echó a andar. A mi lado, Yinn suspiró, pero se mantuvo cerca de mí. Ninguno habló mientras nos retirábamos hacia la única posada de aquel pueblo. Creo que todos teníamos demasiadas cosas en la cabeza, que todos estábamos intentando llegar a respuestas por nuestro lado, y quizá ni siquiera estuviéramos haciéndonos las mismas preguntas.

Marcus pareció reaccionar cuando la encargada del hostal dijo que por culpa del mercado que había al día siguiente solo les quedaba una habitación. En otro momento yo quizás habría bromeado con que también había leído y visto muchas situaciones así, pero fui incapaz de hacerlo. El conde compartió una mirada con Yinn, consciente de que él no necesitaba un cuarto porque de todos modos no iba a dormir, y después volvió a ver a la encargada.

—Se la quedará la señorita —indicó.

—Cabemos los dos, ¿verdad? —dije yo. La mujer titubeó, aunque asintió cuando levanté la mano y mostré el anillo que llevaba en el anular—. Nos la quedamos entonces.

Marcus se tensó cuando tomé su mano. Creo que lo hice nada más por el papel. Creo que él no protestó por lo mismo.

Pero también sé que si mantuvimos nuestros dedos entrelazados mientras subíamos las escaleras no fue por nada de eso, sino porque necesitábamos al otro cerca. Yo necesitaba sus explicaciones y convencerme de que podía seguir confiando en él y su poder; él necesitaba a alguien que le recordara que él no era su padre, que sus errores no le pertenecían, que todavía merecía que alguien lo tomara de la mano.

Nos soltamos en cuanto llegamos al cuarto. No sé quién se apartó primero, quizá fui yo. Me alejé hasta una de las ventanas para correr las cortinas, casi como si me asustara que alguien pudiera estar espiando desde el otro lado del cristal. Cuando me volteé de nuevo, Marcus se había sentado en el borde de la cama y tenía el rostro escondido entre las manos. Respiré hondo. La voz del visitante me repetía que me alejara de él, pero no podía hacerlo. En su lugar, me acerqué. Me arrodillé a sus pies y descubrí su rostro al tomar sus manos en las mías.

Él parecía contener el aliento. Parecía contenerlo todo.

—Respira —susurré.

Marcus levantó sus ojos hacia los míos casi con miedo, con incomprensión, pero me imitó cuando yo misma llené mis pulmones en un intento de que el aire que entrara fuera más limpio, menos contaminado por todas aquellas cosas que nos asustaban. Fue como volver al primer día que nos habíamos acercado, ahí, respirando el uno junto al otro. Creo que también nos sirvió por eso. Porque era algo reconocible. Algo en lo que nos podíamos encontrar.

No sé cuántas respiraciones después, el conde susurró:

—Te juro que yo nunca he hecho algo así. Te juro que no sabía que mi padre lo hacía.

Podría haber sido mentira. No tenía ninguna prueba de que Marcus dijera la verdad y sí muchas de que era un mentiroso. Había engañado a toda una sociedad durante años diciendo que tenía una hija que no era suya. Había mentido sobre mí. Marcus mentía todo el tiempo, a todo el mundo.

Pero ya te lo he dicho: a mí Marcus solo me mintió una vez, y no fue aquel día.

—Está bien. Te creo.

La siguiente respiración le salió temblorosa pero aliviada, como si lo que yo pensara de él significara un mundo.

—Pero necesito entenderlo —añadí—. Tu padre y lo que hizo con ese visitante son ahora las únicas pistas que tenemos. Lo ves, ¿verdad? Si él trajo a ese visitante y lo dio a la misma familia que marcó ahora a Lía...

—No lo sé, Dani. No sé por qué mi padre haría algo así. El... El hechizo existe, es cierto. Pero incluso cuando me lo enseñó, solo lo hizo con... cosas —parecía torturado cuando encontró mi mirada—. Lo he usado, es cierto, pero únicamente con objetos. A veces, de joven... Era un niño. Seren y yo lo éramos. A veces nos encaprichábamos de cosas que leíamos y las traíamos... No me siento orgulloso, pero nunca, jamás, traje a una persona.

—¿Alguna vez tu padre te prohibió hacer eso? O sea, ¿tomar objetos?

—Si lo hubiera hecho, ni se me habría pasado por la cabeza.

Asentí. Estaba intentando pensar a toda velocidad. Me senté a su lado, sin soltar una de sus manos para nada. La tela de su guante bajo mis dedos resultaba reconfortante.

—Tu padre... Cuando estuvimos en el palacio, dijiste que estaba muy cerca de la reina, ¿verdad? Que era mucho más servicial que tú.

Marcus asintió, aunque no parecía seguirme.

—Entonces, ¿por qué se relacionaría con una familia que intentó traicionarla hace trescientos años? Una familia que ni siquiera debería existir...

—¿Qué insinúas?

—Que quizá se cansó. Quizá... No sé. ¿Y si había otro complot? ¿Y si esa familia realmente está por ahí, escondida, esperando un nuevo momento para acabar con la reina, y tu padre lo sabía y decidió poner su magia a su servicio...?

—No, mi padre no... —pero calló, porque no podía asegurar nada en aquel momento—. ¿Y dónde entra Lía aquí? ¿Para qué sería útil una chica como ella en algo así?

De ninguna forma: Lía era solo humana, como yo; era inofensiva y, además, estaba aterrorizada. Altair había dicho que era peligrosa, pero durante todos aquellos días lo único que había hecho había sido estar conmigo o en nuestro cuarto, todo el tiempo.

Gruñí, frustrada.

—A lo mejor podríamos hablar mañana de nuevo con Eoghan —sugerí—. Quizá podamos sacar algo más si preguntamos por tu padre: parecía poder hablar de él, ¿verdad? A lo mejor hay alguna pista más, algo que se nos está pasando por alto. Podríamos mencionarle la posibilidad de un complot y ver qué sucede, si reacciona o...

Marcus dudó; probablemente no estaba preparado para descubrir qué más podía decirle aquella criatura sobre su padre.

—Supongo que no perdemos nada por intentarlo.

El silencio volvió y ninguno de los dos nos movimos. Apoyé mi cabeza en su hombro, él rozó el dorso de mi mano con su pulgar. Después de tantos días sin tocarnos, fue sorprendente lo fácil que resultó volver a hacerlo y lo complicado que parecía alejarse de nuevo. Nuestros dedos jugaron durante unos segundos, mis yemas en su tela, su prenda contra las líneas de mi palma. Alcé la vista, él bajó la suya. No había ningún licor para excusar aquella mirada, aquella caricia. Tan solo nos quedamos ahí, como si de pronto el otro fuera nuestra única seguridad en medio de un mar de preguntas y dudas. Yo me sentía un poco así. Aquel chico lleno de mentiras y secretos bajo los guantes parecía ser en aquel momento mi única verdad.

Fue él quien tomó aire primero. Quien apartó la vista. Quien me soltó la mano y me dejó con la sensación de ausencia en ella. Se puso en pie y se alejó dos pasos de mí. Me pregunté si durante los últimos días mis huidas habían sido tan evidentes como la suya en aquel momento.

—Deberías ir a dormir.

—¿Y tú?

—Hay un sillón, puedo...

—En mi mundo no pasa nada porque dos amigos duerman juntos, ¿sabes? Llevo días durmiendo con Lía, por si no te has dado cuenta.

Marcus se pasó una mano por el pelo. Un mechón le cayó sobre la frente.

—No quiero hacerte sentir...

«Incómoda». No llegó a pronunciar la palabra, pero tampoco fue necesario: se quedó pendiendo entre nosotros y yo supuse que sí, que realmente había sido muy evidente al poner un poco de distancia. Una distancia que, en aquel punto, me pareció absurda e inútil.

—No digas tonterías, conde, y vamos a dormir.

Ni siquiera hice el ademán de ponerme la piyama, aunque habíamos llevado una maleta con mudas para pasar la noche ahí: la idea de cambiarme con él en el mismo cuarto me puso nerviosa, así que nada más me quité el abrigo y el chaleco que llevaba por encima de la blusa y los dejé a un lado antes de gatear por la cama y jalar las sábanas para taparme con ellas. Sentí su mirada siguiéndome mientras lo hacía y aquello solo colaboró a mis nervios.

—¿Qué estás esperando? —pregunté cuando me acosté de espaldas a él.

Lo sentí moverse tras un par de segundos más de duda. El colchón se hundió al otro lado y a mí el corazón me dio un pequeño vuelco cuando lo hizo. La luz del cuarto se apagó. No era una cama realmente grande ni buena en comparación con las de la mansión. Estaba segura de que en las camas de la casa podríamos no haber sentido apenas la presencia del otro; en aquella, en cambio, lo sentí todo. La manera en la que se acostó. Cómo jaló suavemente la cobija. Cómo se acomodó mientras intentaba encontrar una postura.

No sé cuántos minutos después me volteé. Su espalda estaba ahí, a centímetros, apenas una silueta en la penumbra de la habitación. No le podía ver la cara y quizá por eso me pregunté qué debía de estar pensando él, si se estaba sintiendo igual que yo. Raro. Inquieto. Ridículo.

Intenté cerrar los ojos. Los volví a abrir.

Cuando Marcus también se volteó, los dos contuvimos la respiración. Nos miramos, así, frente a frente, en la penumbra, y sentí otra vez las malditas mariposas pese a que estaba segura de que las había matado. No sé por qué lo hice, pero levanté la mano. Cuando mis dedos rozaron su hombro y bajaron por todo su brazo, Marcus suspiró. Le salió de forma entrecortada y yo pensé, por un segundo, lo que sería provocar aquello por culpa de otras caricias.

Al final, mis dedos llegaron a los suyos.

—Me dijiste que no dormías con los guantes —susurré al encontrar la tela.

Marcus atrapó mi mano y la apretó entre sus dedos. Se me pasó por la cabeza que ansiaba que me jalara, que demostrara de alguna forma que él también me quería un poco más cerca.

—Debí especificar que es cuando duermo solo. Pero es que hace mucho tiempo que no duermo con nadie.

Yo quería que pudiera dormir conmigo exactamente igual que si durmiera solo.

—¿Cuántos secretos te quedan debajo?

—Algunos.

—¿Y me los vas a contar algún día?

—No quiero que me odies. Tú no.

La forma en la que lo dijo hizo que se me encogiera el corazón en el pecho. Fue suplicante. Marcus fingía que no le afectaba en absoluto lo que el resto del mundo pensara de él, pero aquella era una de sus mentiras más grandes. Por supuesto que le importaba, como a cualquiera. Por supuesto que tenía miedo de la opinión ajena, sobre todo la de la gente que le importaba.

Y yo le importaba.

—Eso no va a pasar.

Estaba segura de ello. Lo sentí tomar aire de nuevo y, entonces, lo hizo. Apretó mi mano un poco más y me jaló, con suavidad, más una invitación que un empujón. Sentí que se me cortaba la respiración mientras me acercaba. Nuestras piernas se tocaron debajo de la cobija, se entrelazaron. Sentí su pecho tan cerca que creo que empezamos a respirar al mismo ritmo.

—Te lo contaré —murmuró, con sus labios contra mis nudillos en una caricia que me hizo imaginar aquella boca sobre la mía—. Algún día, yo... te contaré todo. Te dejaré ver bajo los guantes.

Asentí apenas, mareada. No podía haber dicho nada ni aunque lo hubiera intentado. En realidad, quería buscar su rostro en la penumbra, tomarlo y besarlo. Si lo hubiera hecho, creo que él no me habría apartado. Creo que nos habríamos dejado llevar, porque estoy segura de que la mía no era la única piel que estaba ardiendo bajo aquellas sábanas.

Pero no lo hice.

## Marcus

No eres consciente de lo poco que llegué a dormir aquella noche, mientras escuchaba tu respiración. Nunca te dije que, mientras tú soñabas, yo me quedé con los ojos puestos en el trozo de cristal de la ventana que las cortinas no llegaban a cubrir y por el que se colaba la luz del exterior. Nunca llegué a confesarte el miedo que tenía, lo frágil que me sentía, mientras tú me abrazabas y yo me aferraba a ti.

En primer lugar, porque podía ver al fantasma de mi padre en la esquina más alejada del cuarto, mirándome y burlándose de mí, recordándome que no había sido más que un desconocido. Aloys Abberlain solo era un nombre más en el árbol familiar, otro de los retratos que había descolgado del corredor de la mansión cuando me había convertido en conde para que nunca pudiera juzgarme desde la pared.

En segundo lugar, porque te había prometido que te contaría todo en algún momento. Porque deseaba hacerlo. Quería que me vieras sin la máscara. Quería que me entendieras, que supieras de dónde venía, qué historias habían terminado de darme forma. Y eso era aterrador.

Y en tercer y último lugar, porque me sentí muy bien abrazándote aquella noche. Y la sensación empezaba a darme vértigo. Me preocupaba lo atraído que me sentía hacia ti, lo mucho que había deseado besarte, lo mucho que había deseado que me quitaras los guantes en la oscuridad, lo mucho que había deseado sentir tu piel bajo las puntas de mis dedos y después, bajo mis labios.

Pese a todo, en algún momento conseguí dormirme. Cuando volví a abrir los ojos, la luz apagada de un nuevo día se colaba por aquel hueco entre las cortinas y tú ni siquiera te habías movido. Tu rostro seguía enterrado contra mi camisa, tus brazos a mi alrededor, tus piernas enredadas a las mías. Tu cercanía amenazó con abrasarme.

Supuse que era tarde, lo suficiente como para que el sonido de la calle se colara por los finos cristales dentro del dormitorio.

—Dani.

Me dio un poco de pena pronunciar tu nombre para despertarte, pero era hora de levantarnos. Y suponía que eso significaba que también era hora de abandonar aquella cercanía. Por mucho que me gustara, sabía que era un error que no debíamos repetir. Debíamos tener las líneas claras. Esos pensamientos sobre besarte, sobre desnudarte, sobre dejarnos vencer por la atracción, tenían que terminar.

Aunque sabía que era mucho más sencillo pensarlo que hacerlo.

Te moví un poco. Tú te quejaste.

—Tenemos que levantarnos.

Apartaste el rostro de mí lo justo para mirarme, con los ojos apenas entreabiertos. No pude evitar que se me escapara una sonrisa. Una arruga en mi camisa se había quedado marcada en tu mejilla y la expresión adormilada no ayudaba a que te tomara en serio. Cuando te aparté un mechón de pelo que te caía sobre los ojos, lo hice casi sin ser consciente, pero en el momento en el que tú me miraste, tan cerca, me di cuenta de que las ganas de besarte seguían justo ahí, más fuertes incluso a la luz del nuevo día, y tuve que huir.

Me levanté y traté de adecentarme la ropa arrugada delante del pequeño espejo que colgaba de la pared. Yinn había arreglado el cuello de mi camisa con su magia, pero yo todavía era demasiado consciente de cómo las garras de Eoghan habían pasado demasiado cerca de mi cuello. No estaba muy seguro de querer verlo, siquiera. No estaba muy seguro de querer que nadie confirmara las sospechas de traición de mi padre. Al menos me gustaría haber sabido que lo conocía en eso, que podía estar seguro de que era leal a la reina. Durante un instante me pareció verlo en el espejo, asomado por encima de mi hombro, riéndose de mí.

—¿Todo bien? —murmuraste, y el reflejo de mi padre desapareció y quedaste tú, incorporada entre las sábanas.

—Todo bien —aunque supe que no te iba a convencer.

Yinn nos esperaba en la entrada del hospedaje. Nos saludó con su mejor sonrisa y nos preguntó qué tal la noche con un deje en la voz que supe de sobra qué significaba. Creo que el hecho de que ambos nos miráramos de reojo solo lo empeoró, pero por suerte supiste reconducir la conversación al hablarle de nuestra intención de volver a la casa de Eoghan.

—¿Qué opinas tú de todo esto? —le preguntaste en cuanto estuvimos en la calle.

Yo también me preguntaba qué pensaba de mí, de mi familia, pero Yinn siempre había respetado todos mis límites, siempre había confiado en mí y solo se encogió de hombros, como si no hubiera pasado nada. Como si el día anterior no hubiera descubierto las cosas que nunca le había dicho que mi magia podía hacer.

—Que es la historia más vieja del mundo. Alguien que quiere poder.

—Okey, pero ¿por qué marcar a Lía? No es más que humana, como yo. Pudiendo tener casi cualquier ser...

—Los humanos también pueden ser muy útiles, sobre todo en un mundo en el que son quienes tienen el control. Si no fuera por su pelo, nadie se fijaría en Lía dos veces, igual que nadie se fija en ti.

Tú y yo nos miramos, conscientes de que era cierto: tú no habías necesitado ningún hechizo para conseguir mezclarte entre los nobles, solo habías necesitado una historia convincente.

Pese a los puestos del mercado que había en la calle y la gente que parecía haberse reunido en el pueblo, la zona de la casa de Eoghan estaba tan vacía como había estado el día anterior. Esta vez, sin embargo, cuando nos acercamos a la puerta, nos la encontramos entreabierta, como si nos hubiera estado esperando. El perro de Eoghan no ladró y él no gritó para que guardara silencio.

—¿Eoghan? —preguntaste tú, tras llamar—. ¿Hola?

Te asomaste dentro, sin traspasar el umbral. El interior de la casa no parecía tan cálido como el día anterior. La chimenea no estaba encendida.

—Quizás haya salido —dijo Yinn, con los ojos puestos en las calles que habíamos dejado atrás y en los bosques de alrededor.

—¿Y dejó la puerta abierta? No sé, no me dio la impresión de ser una persona muy confiada.

Diste un paso dentro. Dos. Por supuesto que a ti te parecía una buena idea allanar una casa ajena.

—¿Eoghan? —le preguntaste a la penumbra.

La habitación seguía en el mismo caos del día anterior. Las pilas de libros, las cajas llenas de objetos, la vajilla sucia sobre la mesa. Sobre la cama, entre las cobijas, el perro dormía. No se despertó pese a que el suelo crujía bajo mis pies. Tampoco lo hizo Eoghan, que seguía en el mismo sillón en el que lo habíamos dejado cuando nos habíamos marchado la noche anterior.

La calma del cuarto me resultó artificial.

—¿Señor Eoghan? —probé.

No necesité avanzar más para saber lo que estaba pasando, pero lo hice de todas formas. Me detuve delante de él y le sacudí el hombro solo para encontrarme con la piel helada bajo la ropa. Tenía los ojos cerrados, pero no estaba dormido.

Lo solté rápido, con el pulso desbocándose en mi pecho y la sensación de que la casa se hacía incluso más pequeña. Cuando los miré, tú te habías llevado las manos a la boca, horrorizada, y Yinn había apartado la vista al suelo. Tomé aire, ese que olía a flores muertas y ceniza, y supe que no podía ser casualidad. Aquello no podía haber ocurrido justo después de que habláramos con él. Justo antes de que pudiéramos pedirle más información.

Las sombras parecieron arremolinarse en los rincones. Me pareció que no estábamos solos, que había ojos sobre nosotros, que alguien nos observaba y seguía nuestros pasos.

Que si Eoghan estaba muerto era porque nosotros lo habíamos encontrado.

Y al hacerlo, lo habíamos condenado.

# Dani

He dudado mucho si escribir sobre la muerte de Eoghan, como he dudado de si escribir todo lo que pasó con Lía, como dudaré de si escribir de todo lo que sucedió después. Quizá podría haber dejado la historia justo en la noche anterior y ahorrarte los detalles del resto de cosas que sucedieron. Quizá tendría que haberme inventado una nueva historia, una en la que al final encontramos el libro de manera más sencilla, nos confesamos y simplemente nos despedimos con muchísima tristeza ante la perspectiva de olvidar. Pero no quiero mentirte. Quiero pensar que tú también quieres saber las partes horribles: si no te cuento todo lo que sucedió, no podrás tomar una decisión totalmente consciente. No podrás entender quién he sido durante todo este tiempo ni mi relación con Marcus tendrá tanto sentido. Esa es nuestra pequeña gran desgracia: éramos una imposibilidad que avanzaba entre tragedias.

Aquel día, la tragedia fue un asesinato.

Supongo que entiendes el miedo que sentí. Supongo que imaginas que me quedé bloqueada. Para mí todo se quedó en completo silencio, aunque el resto del mundo seguía moviéndose. Me fijé en aquel cuerpo quieto, en el del animal que tampoco despertaba. Para entonces, ya había aceptado creerme muchas situaciones que en un principio jamás tendría que haber vivido, pero aquella nunca se me había pasado por la cabeza. El peligro siempre había estado ahí, latente, pero no me había parado a pensar en la muerte.

Y no había ninguna duda de que alguien había asesinado a Eoghan.

Por nuestra culpa.

Por mi culpa.

Eso era lo único que pensaba.

Por mi culpa.

De pronto me pareció que no entendía a qué estábamos jugando. Hasta el momento no había sido consciente de las reglas y, sobre todo, de lo que podíamos perder.

—¡Dani!

La exclamación de Marcus me llegó apagada, como si llevara tapones o audífonos en los oídos. Sentía calor y frío a la vez y los alrededores estaban desenfocados mientras caminaba rápido, no sé muy bien hacia dónde. Ni siquiera creo que estuviera pensando en salir de ahí. Me movía por inercia, o quizás ahora tan solo no puedo recordar qué pensé por culpa del shock.

Lo siguiente que sé es que en algún momento Marcus atrapó mi brazo. Lo hizo cuando yo ya estaba afuera de la casa, en medio de ninguna parte. Me jaló y yo tuve que mirarlo. No sé qué expresión tenía yo entonces, pero sí que vi la suya. Él también estaba asustado, aunque intentara mantener la calma. Empecé a reaccionar gracias a su agarre en mi brazo. A su forma de acercarme a él, un paso, dos, con suavidad, de forma casi tentativa. Los di sin pensar.

—Tranquila —me dijo. Pero la magia de su voz no funcionó aquella vez.

—Es mi culpa.

—¿Qué?

—Es mi culpa.

No estaba pensando racionalmente. Era obvio que yo no había matado a aquella criatura, que yo ni siquiera podía pensar en algo así. Podía ser una farsante, podía estar dispuesta a engañar a quien hiciera falta y como hiciera falta, pero no era una asesina.

—No es...

—No —lo corté, y creo que me reí, muy nerviosa—. No, cállate.

Se quedó helado cuando lo obligué a soltarme el brazo de una sacudida.

—Esto tiene que parar.

Marcus se estremeció. Su mirada se clavó en sus zapatos; estaba apretando los puños.

—Lo siento.

—¿Lo sientes? ¿Tú? —Marcus levantó la vista confuso—. ¡Soy yo la que te está poniendo en peligro!

El conde no parecía seguir mi razonamiento.

—Esto pasó por Lía —dije—. Porque ella está marcada y yo insistí en que teníamos que saber más. Incluso cuando Altair dijo desde el primer día que era peligrosa. ¿Y si se refería a esto? ¿Y si de alguna manera supo que esto podría pasar? ¿Que habría gente *muerta*? ¿Y si el siguiente eres tú, o Lottie? No voy a cargar con eso. No puedo.

—Dani —Marcus dio un paso hacia adelante.

—No he hecho más que meterte en problemas desde que llegué —continué. No podía parar—. No he hecho más que llevarte a más mentiras. Y ahora, esto.

—Dani.

—Es una advertencia, ¿verdad? Para que nos detengamos justo aquí, para que dejemos las cosas como están. Y tendríamos que hacerlo.

—Dani.

—Tenemos que volver a la mansión. Tengo que agarrar a Lía y marcharnos lejos de ustedes, lejos de...

—¡Dani!

No sé en qué momento se había acercado tanto, pero de pronto sus manos enguantadas estaban sobre mi rostro. Los ojos se me habían llenado de lágrimas, así que vi el suyo emborronado. Aun así, recuerdo su expresión. Recuerdo que estaba frustrado y triste y probablemente furioso también, aunque no conmigo, nunca conmigo. A pesar de que era mi culpa. Era mi culpa, mi culpa, mi culpa...

Lo único que consiguió acallar ese pensamiento fue su beso.

Todos los mundos se detuvieron en ese segundo. Durante ese instante, lo único que existió fue aquello: sus manos tapadas sobre mis mejillas húmedas, su boca presionada contra la mía, el corazón que también se me había parado. Fueron solo un par de segundos, pero en ellos se condensó todo el tiempo que pasamos juntos. Ni siquiera supe cómo habíamos llegado a aquel punto.

Sus labios rozaron los míos al alejarse, quitándome y devolviéndome el aliento con aquella caricia que hizo que el beso fuera algo más real. A Marcus se le escapó un jadeo que me golpeó la boca.

Lo miré, confundida. El beso ya no estaba, pero sus manos seguían sobre mi rostro y los labios me sabían a lágrimas y a él. Sus ojos ya me habían parecido imposibles antes, pero nunca tanto como en aquel momento.

—No voy a perderte antes de que vuelvas a tu mundo —susurró.

Me estremecí, pero no dije nada. No pude. Su beso, sus palabras, la desolación que había en su voz. Eran demasiadas cosas, y yo no podía con todas. Así que callé. Él tragó saliva ante mi silencio y sus manos abandonaron mi rostro. Tras apartar la vista al suelo, me tendió una de ellas, dudando.

—Volvamos a casa, ¿de acuerdo?

Bajé la vista a sus dedos, a aquel guante lleno de secretos. Me pregunté si aquel beso iba a ser también algo que debía esconder bajo la tela y de lo que nunca volvería a hablar.

Justo cuando él parecía que iba a retirarla, le tomé la mano.

En el fondo no deseaba hacer otra cosa. En el fondo yo tampoco quería alejarme de él.

## Marcus

Te aferraste a mí mientras esperábamos a los guardias e incluso después, cuando ellos nos dijeron que no había mucho que hacer, que parecía una muerte natural. No había heridas y, por tanto, solo abrirían una investigación si el amo de Eoghan lo pedía. Algo que, por supuesto, era imposible: nadie sabía quién lo había marcado.

Después, únicamente quedó regresar a casa.

El viaje de vuelta a Amyas comenzó silencioso e incómodo, lleno de preguntas que ninguno de los dos nos atrevimos a hacer en voz alta. Ni siquiera entonces te separaste de mí. Te sentaste a mi lado, con nuestros dedos todavía entrelazados, y apoyaste la cabeza en mi hombro. No cerraste los ojos, no dormiste. Temí que no pudieras volver a hacerlo después de ver el cadáver. Temí que aquel fantasma fuera a seguirte a todas partes, igual que a mí me seguían los míos. Quería decirte que no era tu culpa, que no te torturaras por ello, que tú no habías hecho nada.

Pero yo mismo me sentía culpable. No podía apartar la mente de aquel cuerpo aparentemente dormido.

Cyril también había aparecido muerto sin ninguna señal de violencia. Su desaparición también había convenido a alguien. En su caso, a la corte, a las familias nobles, a los que querían restaurar un orden contra el que él y su mujer se habían rebelado. En este caso, supuse que la muerte de Eoghan convenía a quien los había marcado a él y a Lía, a esa posible rebelión que habíamos imaginado. Esperaba que aquella idea pareciera una locura a la luz del día, pero lo cierto era que la mañana la había convertido en una amenaza todavía más real en vez de en una historia de terror recogida en las crónicas de nuestro reino.

—No le digamos nada a Lía.

Me sorprendió escuchar tu voz, pero estuve de acuerdo contigo: Lía ya estaba lo suficientemente asustada. Al mismo tiempo, sabía que no era justo que te quedaras con aquel peso sobre tus hombros. Temía el momento en el que cada losa que te habías cargado a la espalda acabara por pasarte factura. Temía el momento en el que todo se derrumbara sobre ti.

Y sabía que yo no estaba contribuyendo a evitarlo.

Sabía que teníamos que hablar de algo más. Sabía también que me correspondía a mí decir algo, porque había sido yo quien se había equivocado. Quien había roto todos los límites, derribado todas las barreras, pese a que aquella misma mañana había pensado que teníamos que poner distancia. No creo que fueras consciente de lo mucho que me costó sacar el tema. De lo mucho que pensé en ello, durante más de la mitad del viaje, hasta que finalmente me armé de valor cuando nos acercábamos a la capital. No podía dejar que llegáramos a la mansión con aquel asunto sin resolver.

—¿Dani?

Tú hiciste un sonido desde el fondo de tu garganta para asegurarme que estabas escuchando, aunque tu mirada seguía perdida en el paisaje que pasaba tras las ventanas.

—Sobre lo de antes, lo que pasó en el pueblo... Lo que hice...

No lo esperabas. Sentí que te tensabas un poco, pero vi cómo me observabas de soslayo.

—Yo... Lo lamento. Fue... Estaba... No quería...

—Marcus —me apretaste la mano y levantaste la vista. Te humedeciste los mismos labios que yo había tocado con los míos—. Está bien.

Alcé los ojos al techo del carruaje.

—No estuvo bien. No era el momento. No quiero que pienses que... De todas las cosas que podría haber hecho, sé que...

—¿Desde cuándo?

—¿Qué?

—¿Desde cuándo querías besarme? Si ese no era el momento, significa que quizás otro sí lo habría sido, ¿no?

Se me hizo un nudo en la garganta cuando nuestras miradas volvieron a encontrarse. La tuya era clara, sin vergüenza, y yo me sentí indefenso ante ella. Solo necesitabas aquello: mirarme así, de frente, y yo me sentía a tus pies. Por eso ni siquiera me pasó por la cabeza mentirte.

—Quizá... Quizá la noche en la que bebimos juntos.

Probablemente antes, pero aquella fue la primera vez que de verdad pensé en hacerlo. Tomaste aire. Pese a todo, no me soltaste. Tu mirada se apartó de mis ojos. Fue un instante, pero fue imposible que no notara cómo caía sobre mis labios. Fue imposible que yo no mirara los tuyos.

—Sí, creo que también fue ese día para mí.

Una parte de mí ya lo sabía. No me había imaginado el espacio que habías intentado poner entre nosotros en los días posteriores, como tampoco había imaginado la tensión la noche anterior, ni la que había en aquel preciso momento. Pero, aun así, me negué a ceder al impulso de inclinarme, de levantar tu rostro. No sabía si hacerlo estropearía aquella cosa tan frágil que teníamos, pero no quería arriesgarme. No podía arriesgarme.

—Pero quizá preferirías que... no hubiera hecho nada —murmuré.

Te mojaste los labios. No pude evitar fijarme en cómo se acercaban después, tras dos segundos de duda. Sin palabras, te estiraste hacia mí hasta que me vi reflejado en tus pupilas y después, con mucho cuidado, presionaste tu boca contra la mía. Fue apenas una caricia, como lo había sido mi propio beso. Lo justo para recuperar el sabor de tu boca. Lo justo para que el corazón

se me acelerara y volviera el cosquilleo a las puntas de mis dedos. Lo justo para que dejaras tras de ti un estremecimiento y mi mente revolucionada.

Al separarte, apenas un par de centímetros, murmuraste:

—¿Preferirías que no hubiera hecho nada?

Tendría que haberme preocupado. Tendría que haberte advertido que no podía volver a pasar. Tendría que...

Pero lo que hice fue besarte otra vez.

Me deshice del espacio que nos separaba y cubrí mis labios con los tuyos. No era un desliz. No era tampoco un error del que pudiera arrepentirme después. Era un gesto premeditado, un plan para quedarme con tu sabor en la lengua, para saber qué se sentía al besarte de verdad. Y tú correspondiste. En el momento en el que lo hiciste, en el que suspiraste y acercaste más tu cuerpo y me besaste de vuelta, supe que estaba perdido.

Mi mano libre se alzó a tu rostro y mi palma se adaptó a la curva de tu mejilla. Sentía tu piel incluso a través del guante; tus dedos ardían cuando subiste tu propia mano hasta mi cuello. Por primera vez en años, acepté dejarme llevar, dejar de tener esas ganas de controlarlo todo, y lo cierto es que me sentí... bien. Lo único que existía eras tú, tu boca, ese beso que me estaba destrozando por dentro y estaba poniendo mi mundo al revés. Lo único que existía era tu tacto en mi cuello y en mi pecho y el mío en tu cintura. Lo único que existía eran nuestras respiraciones agitadas cuando nos separamos a tomar aire, el brillo en tus ojos entornados y después, otro beso, muchos otros, más furiosos, más profundos. No me sorprendió cómo besabas, Dani. Era exactamente como me había imaginado que debía de ser. Era la misma pasión que parecías ponerle a todo, la misma que no había dejado de arrastrarme desde el primer día. Por supuesto, también me arrastró entonces. Creí volverme loco cuando encontré la línea de tu mandíbula bajo mis labios y luego tu cuello, que estiraste para mí mientras suspirabas y enredabas tu mano en mi pelo y me jalabas de la camisa.

No sé cómo habríamos terminado de no ser por el bandazo que dio el carruaje. Lo sentí como una sacudida que intentaba despertarnos y yo lo hice siendo súbitamente consciente de que pronto estaríamos en casa. Aun así, no me separé de inmediato. Oculté el rostro contra tu cuello, sintiendo los latidos acelerados de tu corazón contra mi boca y tu respiración alterada cerca de mi oído.

Cuando nos miramos, creo que los dos tuvimos claro que no íbamos a hablar de aquello, de lo que significaba, si significaba algo. No sé cómo te sentiste tú, qué se te pasaba por la cabeza, pero por la mía pasaban demasiadas cosas. Dónde nos dejaba aquello. Si lo estábamos estropeando todo. Cuánto quería que volviera a pasar. El miedo que me daba que lo hiciera, ir más allá, quererlo todo de ti. Tú misma eras un mundo nuevo para mí, uno que me aterrorizaba tanto como anhelaba explorar.

Los primeros edificios de Amyas, solo unos minutos después, nos encontraron con los dedos entrelazados, en silencio, mirando cada uno por una ventana. Justo antes de que el carruaje se detuviera, nuestros ojos volvieron a encontrarse y aquella mirada se sintió como otro beso.

Creo que Yinn lo notó cuando nos abrió la puerta del carruaje y salimos. Nos miró con los ojos entornados y levantó una ceja hacia mi pelo despeinado. Yo me sentí demasiado abochornado para poder enfrentarme a él. Quería tomarte la mano de nuevo, recorrer el camino de entrada con ella entre mis dedos, pero solo apreté los puños para suplir tu ausencia y fingí que no había pasado nada.

Apenas habíamos traspasado la puerta de casa cuando un torbellino de encaje azul y blanco corrió hacia nosotros.

—¡Papá! ¡Dani! ¿Cómo estuvo el viaje? —creo que ambos titubeamos, pero no hizo falta que respondiéramos: Charlotte estaba demasiado emocionada como para pararse a escuchar—. El tío Rowan estuvo aquí esta mañana. Me dijo que te dejaba unos papeles en el despacho.

No hizo falta más para que me estrellara contra el suelo.

—¿Cómo dices?

—Dijo que tienen que ver con la fiesta de cumpleaños que me están preparando en palacio. ¿Por qué no me contaste nada? ¡Me dijo que tú tuviste una igual! ¿Querías darme una sorpresa?

El mundo volvió a sacudirse a mi alrededor. Me sentí tan furioso con mi hermano como desarmado por la emoción de mi hija. Creo que todos pudieron ver el segundo de más que tardé en responder.

—Fue porque no sabíamos si realmente se celebraría —dije, y después me percaté de que Altair también había ido a recibirnos. Todos sus ojos parecieron atravesarme, pero yo mantuve los míos en Charlotte—. No quería que te hicieras ilusiones.

—Pues me dijo que es seguro que la harán: ¡la reina quiere conocerme! ¡A mí! Y que va a estar toda persona importante del reino para ver cómo uso mis poderes por primera vez. ¡Va a ser el evento de la década! ¡Y ahora sí tendrás que bailar con papá, Dani! ¡Sin excusas! ¡Es una fiesta en el palacio!

Tú trataste de sonreír, pero a quien mirabas era a mí. Sabía que estabas preocupada y por eso yo tan solo me incliné sobre Lottie para dejar un beso en su cabeza.

—Voy a ver esos papeles.

En realidad, no quería hacerlo. Sabía lo que me iba a encontrar sobre la mesa del despacho. Lo que me sorprendió fue que no hubiera únicamente un sobre a mi nombre, sino también otro al de Danielle Blackwood. Aquello solo me pareció peor. Una advertencia. Una manera que tenía la reina de decirnos que sabía de tu existencia.

Junto a los sobres encontré una nota doblada con una «M» en el exterior que reconocí como la caligrafía de mi hermano.

«A la vista de que Charlotte no sabía todavía nada de su fiesta, supongo que tu prometida no ha conseguido hacerte entrar en razón. Estoy seguro de que agradecerá mi ayuda para recordarte cuál es tu lugar».

Podía escuchar la voz de Rowan tras cada una de aquellas palabras. Podía escucharlo hablar de honor, de lo que significaba servir a la reina.

Abrí el sobre a mi nombre. Dentro había una tarjeta, una invitación enmarcada en filigranas doradas. No tenía ninguna duda de que muchas tarjetas como aquella se habían enviado ya a muchas otras casas.

Una fecha. Una hora.

El ultimátum a una mentira que había empezado nueve años atrás.

## Dani

—¿Está bien papá?

Soy de la opinión de que Lottie siempre ha sido más lista de lo que el resto del mundo cree. De hecho, era tan consciente de que su padre a veces tenía secretos que por eso mismo no había protestado ni un poco cuando se había enterado de que fingíamos estar prometidos, por ejemplo. Creo que si no hacía preguntas no era por falta de curiosidad, sino por temor a las respuestas.

—Tuvimos un viaje muy cansado.

—¿Y la pasaron bien? ¿Ya son novios de verdad?

Por muy buena actriz que seas, es difícil mantenerte estoica cuando una niña de casi nueve años te hace esa pregunta sobre su padre, sobre todo cuando minutos antes has tenido su boca en tu cuello. Todavía la sentía. Todavía sentía su pulso bajo mis manos. El calor, la desesperación, la sorpresa. No esperaba que Marcus besara así, no importaba las veces que me hubiera hablado de aquel pasado en el que no había sido tan correcto y sensato. Carraspeé.

—No, no somos novios de verdad.

—¿No? —preguntó Yinn, muy bajo, detrás de mí.

Le lancé una mirada censuradora por encima del hombro, pero él parecía estar cotejando mis palabras con Altair, que se había acercado y solo se encogió de hombros. Porque no era mentira, al fin y al cabo: no éramos una pareja. Nos habíamos dado algunos besos en un momento de debilidad, pero eso había sido todo.

Charlotte hizo un mohín de disgusto y se cruzó de brazos.

—Bueno, no pasa nada, seguro que en mi cumpleaños pueden hacerse novios de verdad. Todo el mundo sabe que los príncipes y las princesas se enamoran en los bailes.

—Tu padre es conde, no príncipe. Y yo no soy ninguna princesa, soy una visitante que, de hecho, necesita un baño. Y ver a su mejor amiga. ¿Dónde está Lía?

Lottie ladeó la cabeza.

—¡En tu cuarto! Creo que se está acostumbrando a estar aquí, ¿sabes? Ayer la encontré en el despacho y me dijo que estaba buscando libros con información de nuestro mundo para entenderlo mejor y luego me preguntó muchas cosas de papá.

Miré a la niña, sin saber qué decir. Aquello no encajaba con la Lía enojada que había dejado atrás el día anterior. O quizá sí. Quizás había sido justo nuestro choque lo que había conseguido que cambiara un poco de perspectiva...

Aunque después de lo que había visto aquella mañana, prefería que se quedara a salvo en la habitación, por hipócrita que fuera por mi parte.

—Voy a verla.

—Dani.

Altair me detuvo y yo lo miré, un poco sorprendida. A Yinn no le hizo falta que el celeste dijera nada más: le puso a Lottie una mano sobre el hombro y se la llevó mientras le preguntaba por el pastel de cumpleaños que quería aquel año, para hacerlo más espectacular con su magia.

—¿Todo bien? Pareces... un poco pálido.

El celeste sacudió la cabeza.

—Estoy recuperándome de las preguntas de Rowan.

—¿Qué te dijo?

—Preguntó dónde habían ido, cuándo volverían, si me sentía bien en la casa... Está bien, no dije nada. Hay muchas maneras de no decir la verdad sin llegar a mentir. No pude evitar que hablara con la niña, como entenderás...

Su preocupación consiguió arrancarme el asomo de una sonrisa. Agradecía que hubiera retorcido la verdad para proteger los secretos que se guardaban en aquella casa.

—Está bien, Altair. Gracias.

—Hay algo más.

Las comisuras de los labios me volvieron a caer. De alguna forma, lo supe solo con mirarlo al rostro:

—Lía.

—No sé qué estaba buscando anoche en el despacho del conde, pero no era información sobre este mundo. Estaba mintiendo cuando dijo eso. Lo sentí.

Tragué saliva, inquieta. Todas las preguntas que me había dejado la visita a Eoghan parecieron asfixiarme un poco más. No pude decir nada, sin embargo, porque otra voz surgió por encima de nosotros:

—Volvieron.

Levanté la mirada para encontrarme con mi mejor amiga en lo alto de las escaleras. Altair entrecerró levemente los ojos al verla. Noté la tensión, el brillo ligero de aquellos tatuajes dorados en la piel del celeste. Ver la magia en acción era algo a lo que seguía sin acostumbrarme.

—Lía —dije yo, antes de que pudieran cruzar una palabra entre ellos—. Acabamos de llegar. Iba a verte.

Ella apretó los labios y se removió en su sitio. Yo me despedí de Altair dándole otro apretón en el brazo antes de subir las escaleras. Intenté pensar que aquella era mi amiga, pasara lo que pasara. La que compartía departamento conmigo. La de los líos en secundaria. La de las noches de fiesta y las partidas de rol. La de los consejos amorosos muy buenos que nunca se sabía aplicar a sí misma, porque siempre elegía a las peores chicas. La que me había agarrado la mano en la sala de espera mientras mi abuela moría. No importaba lo distinta que estuviera en aquel mundo, la marca en su piel o todo lo demás.

Podía dejar que aquel mundo me quitara muchas cosas, pero no que me la quitara a ella.

Aun así, me costó un poco encararla. Me costó no pensar en la voz de Altair y en las cosas que de pronto fui consciente que no podía decirle. Nada sobre la muerte de aquel visitante, porque solo la aterrorizaría. Nada de lo que había sucedido en el carruaje, porque pensaría que me había vuelto loca.

—Ey.

—Ey —respondió ella, y apretó los labios. Detrás de sus ojos dispares parecía desatarse una tormenta—. Lo siento. Ayer... fui una estúpida. Ya me di cuenta. Perdóname, Dani. Lo entiendes, ¿verdad?

¿Qué iba a decir? Claro que lo entendía. Lo entendía tanto, de hecho, que una parte de mí seguía sintiéndose mal por haberla dejado sola durante aquellas veinticuatro horas. Por eso suspiré y levanté los brazos para rodearla con ellos. Ella se apresuró a abrazarme también, con fuerza.

—Entiendes por qué me marché, ¿no?

—Siempre has sido un poco más aventurera que yo —suspiró—. Por eso en el rol yo siempre soy la de la magia de curación y tú la que va por ahí con espadas, pistolas y esas cosas.

Consiguió que sonriera, pese a todo. Nos soltamos para dirigirnos a mi cuarto.

—Deberíamos enseñarle a esta gente a jugar, ¿sabes? Podrías dirigir una partida de *D&D*.

—Paso, no tengo imaginación suficiente como para competir con su realidad —resopló—. ¿Ya te enteraste de la fiesta en palacio? Por supuesto que hay una fiesta. Siempre hay una maldita fiesta. Y encima como parte de un ritual mágico. Odio este mundo.

Pensé en decirle todo lo que de hecho sabía de aquella fiesta. Todo lo que suponía para los Abberlain, lo que se jugaba Marcus en ella y que no sabía qué iba a pasar finalmente con aquello. Pero aquel secreto, el de Lottie, no me pertenecía a mí. Marcus me lo había confiado y no me pareció justo compartirlo, aunque al mismo tiempo no me gustaba que entre nosotras hubiera tantas cosas sin decir. Así que solo hice un sonido de asentimiento mientras entrábamos en mi habitación y yo me dirigía al armario para conseguir una toalla.

—Supongo que, si no hemos encontrado nuestro libro para entonces, tendremos que ir también, ¿no? Eres la prometida del conde...

La idea de ser «la prometida del conde» después de lo que había pasado en el carruaje consiguió que me corriera un estremecimiento por la espalda. Curiosamente, me parecía mucho más fácil fingir aquel papel cuando no había pasado nada entre nosotros.

—Sí, supongo —murmuré.

Lía no dijo nada más. Cuando la miré, la descubrí sentada en la cama, mirando hacia el espejo como tantas otras veces. Suspiré, porque me pareció que volvía a estar ausente, que probablemente la idea de tener que asistir a una fiesta así no le hacía ninguna gracia.

—Cuesta reconocerse, ¿verdad?

Lía me miró con un parpadeo lleno de confusión.

—¿Qué?

Me acerqué a ella y me senté a su lado para ver nuestro reflejo juntas en el espejo. Ahí estábamos las dos, con aquellas ropas que no se parecían en nada a las que llevábamos en nuestro día a día, con marcas en la piel que no nos pertenecían. Parecíamos unas Lía y Dani que habían salido de fiesta por Carnaval, o quizá por Halloween. Al fin y al cabo, había partes de aquella historia que eran propias de una película de terror. Las subastas. Las órdenes capaces de matarte si no las cumplías. Los cadáveres.

—A veces no me reconozco —le confesé—. A veces creo que me asusta olvidarme de que soy Daniela y no Danielle. Porque ser Danielle es mucho más sencillo que aceptar todo lo demás.

Danielle podía relajarse, aunque fuera un poco; podía fingir que entendía lo que sucedía a su alrededor, podía fingir que tenía algún tipo de poder sobre lo que la rodeaba. Daniela no pertenecía en absoluto a aquel sitio.

Me pregunté a quién de las dos había besado Marcus. Y quién de las dos le había devuelto el beso.

Lía me miró en silencio y suspiró. Me pasó el brazo por encima de los hombros y me apoyó contra sí.

—Tú también estás pasando por mucho, ¿verdad? —susurró.

Tragué saliva, pero no quise darle la razón.

—Descubrimos algo —respondí, en cambio—. Es posible que tengamos un hilo del que jalar para saber qué familia te marcó, aunque seguimos sin entender por qué.

Lía se tensó de inmediato.

—¿Qué es?

No podía decirle todo. No podía hablarle de que nuestro contacto había muerto de la noche a la mañana, pero sí podía darle un poco de esperanza.

—Sabemos que la familia que te marcó no desapareció hace trescientos años, digan lo que digan todos los libros de historia. Y al parecer, el padre de Marcus estaba relacionado con ella. Seguiremos investigando por ahí. Creemos que puede ser que... No sé. Puede que su padre estuviera envuelto en una posible rebelión contra la reina. Ya te había dicho que tu marca era la de una familia de traidores...

—¿Y qué se supone que hicieron conmigo?

No lo sabía, pero de pronto las palabras de Yinn sobre las maneras en las que se podían usar a otros humanos volvieron a mi cabeza y se mezclaron con todas las que había dicho Altair. Titubeé, pensando en todas las veces en las que yo me había mimetizado con los nobles y había conseguido información por ello. En el hecho de que Lía hasta el momento había sacado toda la información posible de mí, de hecho. Había estado a punto de contarle incluso lo de Lottie...

Si Lía no buscaba información sobre aquel mundo en el despacho de Marcus, entonces, ¿qué estaba buscando? ¿Y por qué habría mentido en algo tan estúpido?

No podía decirle aquello. No podía lanzarle las sospechas que estaban empezando a crecer dentro de mí.

Quizás en parte porque no quería tener que considerarlas de verdad.

## Marcus

Sabía que no podía retrasar más aquello, pero no había esperado que Lottie se diera cuenta de que algo ocurría en cuanto fui a buscarla.

—Si esto tiene que ver con la fiesta, está bien. Sé que no te gustan, y aunque parece que me emocioné mucho, tampoco es tan importante. O sea, es importante, pero tú lo eres más, así que, si no quieres ir, no pasa nada. Podemos hacer una fiesta en casa. Puede ser igual de perfecta.

Charlotte me estaba mirando desde abajo, sentada en el borde de su cama, y pese a todo no pude evitar que su preocupación me enterneciera. Me dejé caer a su lado, con el libro en el regazo. Lo había sacado del último cajón de mi mesita de noche, donde llevaba guardado bajo llave mucho tiempo. A veces lo sacaba. A veces leía aquellas palabras como si no hubiera habido un tiempo en el que me las había sabido de memoria.

—Esto tiene que ver con la fiesta, sí, pero no vengo a decirte que no podamos ir. La reina me hizo llegar las invitaciones. Y una invitación de la reina no puede rechazarse sin un buen motivo.

Con cuidado, dejé el libro en su regazo. Ella ladeó la cabeza, sin entender, y pasó los dedos por los arabescos que adornaban la encuadernación. Me había costado mucho tomar aquella decisión, pero se me agotaba el tiempo y tú habías tenido razón desde el principio: era necesario que Charlotte lo supiera todo. Merecía saber la verdad, merecía enojarse conmigo porque lo había hecho mal; merecía, incluso, volver al mundo de su madre, si eso era lo que deseaba.

Pero cuando se volteó a verme, cuando alzó los ojos grandes y brillantes, mi resolución flaqueó un poco.

—¿Vas a enseñarme al fin los hechizos?

Se abrazó al libro como si fuera su mayor tesoro, imagino que pensando que la llevaría a otro mundo en unos minutos.

—No, yo... Esto tiene que ver con tu mamá, Lottie. No vamos a aprender ningún hechizo hoy.

La niña titubeó. Aunque a veces hablábamos de su madre, aunque le había hablado de ella y de cómo yo la recordaba, no se esperaba que saliera en aquella conversación.

Mis dedos acariciaron los bordes del libro en su regazo. Lo abrí.

Charlotte tomó aire al ver la primera página. Al ver cómo, en la parte más baja, había un solo exlibris con el nombre de Odelle. Había visto los suficientes libros de visitantes como para saber qué significaba aquello. Su rostro volvió a alzarse hacia mí, con la sorpresa escrita en él.

—¿Mamá era...?

No acabó de pronunciar la pregunta, pero no fue necesario. Tras tomar aire, comencé a hablar. Le conté la misma historia que te había contado a ti, pero de manera diferente. A ella se lo narré todo como si hubiera sido un cuento. Le conté cómo me había encontrado a su madre al traspasar las páginas de un libro, por casualidad. Le hablé de las tardes junto al lago aprendiendo sus historias favoritas, de las mañanas jugando a las escondidas entre los árboles y de las noches contando estrellas en un cielo diferente al de Albión. Le hablé de nuestra historia como si fuera un gran poema y le relaté nuestra separación como si hubiéramos sido los protagonistas de una leyenda épica. Le dije la verdad: que su madre había antepuesto la responsabilidad que creía que tenía con su familia, que había tomado la decisión. Que yo había sido un idiota al no entenderla. Que el Marcus de diecisiete años no sabía nada del mundo. No le mentí, aunque puede que embelleciera la historia.

—Pero se querían, ¿no? —preguntó tras escuchar sobre nuestra separación—. Se volvieron a ver y entonces decidieron que nada volvería a separarlos.

—No exactamente —murmuré—. Yo... No volví hasta mucho después, cuando ya me había convertido en conde. Y cuando volví a verla, descubrí que tu mamá tenía otros problemas, Lottie. Su marido... —dudé. Hay cosas que es muy difícil explicarle a una niña. Cosas que de pequeños nunca deberíamos tener que entender—. No era el buen hombre que sus padres habían deseado para ella. Y estaba embarazada de ti.

Ese fue el momento en el que lo entendió. Lo vi. No necesitó más pistas. A partir de ahí se me formó un nudo en la garganta. A partir de ahí, mientras ella abría mucho los ojos y bajaba la vista a sus manos, supe que todo sería más difícil.

—Estaba a punto de tenerte —continué, más bajo—. Pero ya no quería seguir en aquel mundo. Era... demasiado difícil. Así que aceptó mi oferta de traerla aquí... De traerlas aquí.

El resto ya lo sabía. Sabía que Odelle había muerto en el parto. Que la había sostenido entre sus brazos, antes de morir. Que le había puesto su nombre. Que le había acariciado la mejilla y le había besado la frente. Charlotte solía decir que a veces, antes de quedarse dormida, todavía podía sentir unos labios ahí.

—Te miraba como si el único mundo que importara fuera aquel en el que estuvieras tú —le susurré. Los dedos de Lottie se cerraban alrededor del libro con demasiada fuerza y yo apoyé una mano sobre la de ella—. Habría querido darte lo mejor, así que me pidió que te cuidara y que te diera un hogar. Y yo... Yo decidí hacerlo. Lo siento, Charlotte. Siento... muchísimo no habértelo contado antes. Siento... no haber estado a la altura.

El sollozo de Charlotte me rompió en dos. No aparté la vista de su rostro, sin embargo, por mucho que me dolió verlo empaparse de lágrimas. Durante los últimos años, toda mi vida se había reducido a evitar aquello mismo: cualquier cosa que pudiera hacerle daño. Irónicamente, había terminado siendo yo el que se lo estaba haciendo. Me costaba perdonarme por ello.

—¿Y ahora...? —gimió—. ¿Ahora ya no puedo ser tu hija, por esa ceremonia?

Su pregunta me rompió el corazón. Lo triste, perdida y desolada que pareció. Tragué saliva e hice que me mirara para que viera mi expresión mientras limpiaba su carita llena de lágrimas.

—Siempre vas a ser mi hija, Charlotte, mientras tú quieras. Ninguna ceremonia, ninguna magia, puede cambiar eso.

Ella me observó de vuelta con aquellos ojos verdes húmedos y la respiración agitada. Mis palabras parecieron despertar otro sollozo. Y, después, se lanzó hacia mí. Se apresuró a abrazarse a mi cuerpo como había hecho tantas veces a lo largo de su vida y a encontrar un refugio ahí, a la altura de mi corazón, donde tenía su propio espacio desde el día en el que la había visto nacer. La había visto crecer. Había estado ahí desde el primer balbuceo, la primera palabra, el primer paso incierto. La había visto en cada risa, en cada disgusto. Lottie había sido lo único que durante años me había impulsado a intentar hacerlo todo un poco mejor, a ser un poco mejor. Ya se me había olvidado lo que era la vida sin las noches asegurándome de que dormía, sin sus notas de piano llegando desde la sala de música o su manera de salirse con la suya con un parpadeo. La mera idea de perder todo aquello también era suficiente para que a mí me escocieran los ojos.

No sé cuánto tiempo pasó hasta que su llanto y ella parecieron calmarse. Cuando lo hizo, la voz de Lottie surgió muy baja, contra mi pecho.

—Gracias por haber ayudado a mamá. Gracias por... por cuidar de mí, papá.

Aunque parpadeé, no pude evitar sentir que un par de lágrimas se descolgaran sin mi permiso. Tomé aire y la abracé con más fuerza, acaricié su espalda, presioné mis labios contra sus cabellos, pero supe que no podía dejar la conversación ahí, por mucho que me hubiera gustado.

—Siempre vas a ser mi hija —le repetí, y tragué saliva—. Pero, aunque así sea, yo no... No puedo darte mi magia, Lottie. Ojalá pudiera, ojalá hubiera una manera, pero si la hay, no la conozco, pese a que te juro que la he buscado. Y eso es lo que la gente espera ver en tu cumpleaños: magia. Así que... necesito que me digas qué quieres hacer ahora.

Lottie me miró, todavía con los ojos brillantes. Estaba a punto de decirle que teníamos tiempo, que no tenía por qué decidir en ese momento, pero apretó los labios y preguntó:

—¿Qué pasará si no ven la magia?

—No... No lo sé —concedí—. Se sabrá que mentí en algo que se considera sagrado y... Y supongo que la reina considerará que merezco un castigo por ello, aunque no sé cómo será. Pero me encargaré de que no haya represalias contra ti. No tienes que preocuparte.

No le hablé de que en el futuro tendría que casarme y tener un hijo, porque aquello no era una consecuencia. Decidiera lo que decidiera Lottie, yo sabía que al final tendría que hacerlo: te lo había dicho, ¿verdad? Era consciente de que era mi deber, y suponía que ya lo había eludido durante demasiado tiempo.

—¿La gente dirá que no soy tu hija?

Me estremecí. Suponía que no había podido proteger a Lottie de todos los murmullos que había habido a su alrededor durante años, pero aquella fue la prueba de que los había oído, de que quizá también le habían afectado. Bajé la vista, sin ser capaz de mentirle, pero tampoco de decirle la verdad. Sí, la gente sería cruel. Sí, la gente no la consideraría mía.

—¿Y no podemos hacer que la gente piense que tengo magia?

—Sí, supongo que podríamos intentarlo, si eso es lo que quieres. Pero, Lottie...

—No quiero que te castiguen —me interrumpió, en medio de otro sollozo—. Ni que nadie pueda decir que no soy tu hija.

Tú mismo me has dicho que a veces es necesario mentir. Para salvar a otros. Para ayudarlos... Igual que tú con Dani, ¿verdad? Si miento bien en la fiesta, ¿puede seguir todo igual? Quiero que todo siga igual.

Tragué saliva. Por un lado, me sentía más libre de todo ese peso que había estado cargando sobre los hombros durante años. Por otro, agradecido porque ella me siguiera considerando su padre. Y, por último, me sentía culpable, porque no me pareció justo que aquella niña tuviera que mentir porque yo lo había hecho una vez.

—¿Estás segura?

—Sí, pero... ¿Cómo voy a convencerlos?

Suspiré. Volví a abrazarla.

—No te preocupes por eso. Tengo una idea.

# Dani

Lía y yo nos despertamos con los dos toques en mi puerta, aunque en realidad yo ya estaba despierta porque apenas había podido dormir. Había sido imposible conciliar el sueño mientras recordaba el cadáver de Eoghan, los besos con Marcus y todas las ideas sobre lo que llevaba días ocurriendo con mi mejor amiga. A ella, precisamente, la había estado mirando durante horas, intentando averiguar si era posible que alguien la estuviera utilizando. No era fácil. Tampoco era fácil fingir con ella que no ocurría nada, pero tenía que hacerlo. Mostrar sospechas podía significar ponerla en peligro, como habíamos puesto en peligro a Eoghan.

Me incorporé y miré a la ventana. Estaba amaneciendo. Lía había entreabierto los ojos y me miraba confusa.

—¿Dani?

La voz del conde al otro lado de la puerta me sorprendió. La noche anterior lo había buscado en el despacho, en cuanto Lía se había quedado dormida, pero no lo había encontrado. Tampoco estaba en su habitación, así que había imaginado que estaría con Charlotte. Imaginé que, si me estaba buscando tan temprano, debía de ser justo por aquello.

—¿Qué quiere a estas horas...? —murmuró Lía.

—Probablemente amargarme la existencia, como todos los días. No te preocupes, sigue durmiendo.

Dejé un beso en su frente. Cuando abrí la puerta, Marcus tenía la mano en alto, dispuesto a tocar de nuevo. Se humedeció los labios para hablar, pero yo me apresuré a salir de la habitación y cerrar a mis espaldas antes de que pudiera hacerlo. El conde parpadeó, sorprendido, sobre todo cuando tuvo que dar un paso atrás para que no chocáramos.

—Lamento despertarte, quería decirte que...

Lo callé al tomarlo de la mano y jalarlo hacia el pasillo. Creo que lo sentí trastabillar.

—¿Dani?

—Aquí no —susurré.

El conde frunció el ceño, pero no protestó hasta que nos metimos en su propia habitación, aunque incluso ahí miré alrededor con cierta desconfianza.

—¿Está todo bien?

Levanté la vista hacia Marcus cuando me apretó la mano. Creo que solo entonces me di cuenta de que seguía agarrándolo. Solo entonces, también, fui consciente de que era nuestro primer momento a solas después de lo que había pasado entre nosotros en el carruaje.

Le solté la mano como si quemara, pero me arrepentí de inmediato cuando él se percató y dio un paso atrás para poner distancia entre nosotros. Era lo que quería y, al mismo tiempo, lo odié.

—Has hablado con Lottie, ¿no? —pregunté, en un intento de centrarme.

—Anoche. Ya lo sabe todo. Ha... Ha decidido que quiere celebrar la ceremonia.

Era obvio que le pesaba que las únicas opciones de aquella niña fueran fingir un poder que no tenía o aguantar todo lo que podía conllevar que se supiera la verdad.

—¿Crees que podrán convencer a todo el mundo?

—Eso creo. Solo necesitamos convencerlos durante un viaje, al menos por ahora. Después, no tendrá que volver a hacerlo, y menos sola, y menos todavía delante de nadie.

—¿Y si la reina le pide...? No sé. Me dijiste que no estaba satisfecha con tu poca implicación, ¿verdad? Que quería que fueras más como fue tu padre.

Aunque en aquel momento ni siquiera sabíamos si su padre le había sido leal de verdad.

—Incluso si Lottie tuviera mi poder, incluso si el día de mañana tengo otro hijo, no voy a dejar que la reina lo use como quiera.

Sonó inflexible. Sonó también un poco frustrado por cómo a veces podía retorcerse su poder.

Suspiré y asentí. Marcus jaló sus guantes, apartando la vista a sus manos.

—Voy a llevar a Lottie al mundo de su madre —añadió—. Le di la opción y siente curiosidad. Quería avisarte, porque estaremos todo el día fuera. No quería que te despertaras y simplemente no estuviéramos; que yo no estuviera y que pensaras que...

Que me estaba evitando, después de lo que había pasado entre nosotros. Dejó la frase en el aire y, cuando nuestros ojos se volvieron a encontrar, creo que los dos sentimos el golpe. No sabía si quería acercarme o correr en dirección contraria. No hice ninguna de las dos cosas. En su lugar, dije:

—De acuerdo. ¿Nos vemos en tu despacho esta noche? Cuando vuelvas. Tenemos que hablar —Marcus tragó saliva y yo me di cuenta de inmediato de cómo había sonado—. Sobre lo que vamos a hacer a partir de ahora —le aclaré—. Y sobre Lía. Tenemos que hablar de Lía.

Aquello consiguió desubicarlo.

—¿Pasó algo?

—No. O sí, no lo sé, yo... No importa. Pasa el día con Lottie y después..., ya nos preocuparemos de todo lo demás.

Se notaba que Marcus tenía más preguntas, pero se las tragó todas.

—De acuerdo. Te estaré esperando esta noche.

Sonó a promesa. La manera en la que lo dijo, como si fuera algo importante, consiguió que se me hiciera un nudo en el estómago. No dije nada más, sin embargo. Solo asentí un poco, me metí un mechón de pelo tras la oreja y murmuré que esperaba que tuviera un buen día, aunque aquello no iba nada conmigo y tuvo que notar lo raro que fue.

Lía me estaba esperando cuando volví a entrar en mi cuarto. Se había puesto en pie ya, pese a las horas, y estaba terminando de vestirse. Me observó con los ojos entrecerrados.

—¿Qué quería al final?

—Avisarme de que va a pasar el día fuera, con su hija. Tiene que enseñarle cómo usar sus poderes.

Me asustó la facilidad con la que la mentira salió de mi boca. Quizá fue porque, en el fondo, no sabía si hablaba con Lía. O solo con Lía.

Tenía que hacer algo con eso. Si Lía estaba espiándonos, como había empezado a sospechar, tenía que haber alguna forma de tenderle una trampa, no a ella, sino a quien fuera que pudiera estar utilizándola. Algo que no la pusiera en peligro, pero que nos diera la confirmación que necesitábamos. Algo que quizá nos diera también algún otro hilo del que jalar.

Volví a pensar en qué podría haber querido Lía del despacho del conde y la miré, de reojo. Quizá le estaba dando demasiadas vueltas. Quizás era una tontería. Y, aun así, me volteé hacia ella cuando estuve vestida:

—La buena noticia es que podemos pasar el día juntas. ¿Tienes ganas de que te lea un poco, como hacíamos en casa? Como Marcus no está, tenemos su biblioteca a nuestra disposición. Con suerte, hasta encontraremos diarios de su época de adolescente rebelde.

Mi amiga levantó las cejas con escepticismo. No había parecido muy contenta hasta ese momento, pero no pudo evitar que aquello le hiciera gracia.

—¿Ese chico tuvo una época de adolescente rebelde...?

—Uy, te sorprenderías.

—Siento un poco de morbosa curiosidad.

—Lo sé.

Nos reímos, aunque estoy segura de que mi risa sonó un poco nerviosa. Un rato más tarde, estábamos en aquel despacho desierto, buscando entre las estanterías mientras hablábamos. Yo me fijé en ella, de reojo, pero no me pareció que le interesaran nada más que los libros.

No, al menos, hasta que la dejé a solas.

Le dije que iba por algo de comer y salí, pero la realidad es que me quedé tras la puerta entrecerrada, escondida. Al principio no pasó nada: siguió con lo que estaba, tranquila y distraída.

Y entonces lo vi.

De pronto Lía se quedó muy quieta. Su cuerpo, en tensión, se quedó parado en medio de la estancia y luego pareció recordar cómo moverse, pero no lo hizo como siempre: sus ojos parecían apagados, su rostro perdió la expresión. Como en trance, con movimientos mecánicos, sus pasos la llevaron hacia la mesa del conde. Empezó a buscar dentro de los cajones y los armarios e incluso intentó forzar los compartimentos que estaban cerrados con llave.

Fue como si aquella luz que me había arrastrado hacia aquel mundo volviera a jalarme hacia abajo. Mi primer impulso fue entrar de inmediato, agarrar a mi amiga de los hombros, preguntarle qué estaba haciendo y pedirle que volviera conmigo, porque ni siquiera parecía ser consciente de lo que pasaba a su alrededor. Al mismo tiempo, el recuerdo del cadáver de Eoghan fue suficiente para detenerme, porque no podría arriesgarme a que Lía fuera la siguiente. Me quedé ahí, esperando, intentando descubrir qué podía estar buscando Lía o quien estaba tras de ella. Fuera lo que fuera, no lo encontró.

Cuando volví a entrar, Lía levantó la mirada con cierta confusión desde una de las estanterías. Me di cuenta de que no era la primera vez que pasaba en cuanto la vi: había percibido antes aquella expresión perdida, la de alguien que se había olvidado un segundo de dónde estaba. Había pensado que se debía a aquella disociación que yo misma había sentido los primeros días, pero ya no estaba tan segura.

Le sonreí como si no pasara nada. Levanté los dulces que había sacado de la cocina. Ella me devolvió la sonrisa.

Y como no había dejado de hacer desde que llegué, me juré que encontraría la manera de salvarla.

# Marcus

Viajar a otros mundos no es peligroso si sabes a dónde vas, aunque yo siempre he tenido un miedo irracional a que un día algo saliera mal y no pudiera volver a Albión; el miedo a olvidar qué me ataba a mi mundo y perderme para siempre.

El día en el que viajé con Charlotte al mundo de su madre, sin embargo, ella se encargó de anclarme al suelo. Lo hizo con la forma en la que su rostro se iluminó en cuanto pudo mirar alrededor. Lo hizo con su sorpresa, con su ilusión, con la forma en la que rio mientras me arrastraba por el camino del bosque en el que habíamos aparecido y la atención que prestó a cada brizna y cada hoja, como si quisiera descartar que todo aquello era un sueño.

No sé cuánto llegó a contarte ella de aquel día, pero yo la noté feliz de caminar junto al río, de entrar en la gran ciudad amurallada y descubrir que estaban de celebración y ver las banderas ondeando en las torres más altas del castillo. Estoy seguro de que debió de hablarte del mercado o del ave que vimos pasar por nuestro lado cambiando de forma en medio del vuelo. Y, por supuesto, te hablaría de que vimos al rey y la reina de aquel lugar montados a caballo, con una princesa no mucho mayor que ella justo detrás. Lottie insiste, aún hoy en día, que la princesa y ella llegaron a mirarse, y que cuando alzó la mano para saludarla, la princesa le sonrió con ganas y la saludó de vuelta.

Paseamos por la ciudad durante horas, hasta que el cielo empalideció. Para cuando regresamos, en Amyas el sol ya hacía mucho que se había puesto, así que la llevé directamente a su cuarto. Una vez se metió en la cama, le devolví el libro que tenía el nombre de su madre.

—Avísame cuando quieras volver —le dije.

Ella se abrazó al tomo y levantó la vista hacia mí.

—¿Crees que a Dani y a Lía les gustaría? A lo mejor podríamos ir con ellas. Hacer una excursión.

Titubeé. Lottie era consciente de que tú te acabarías yendo, dudaba que tuviera que repetírselo, pero creo que todavía no se hacía a la idea.

—Bueno, es tu mundo. Tú decides quién entra y quién no.

Esperaba que sonriera, pero no lo hizo.

—En realidad, es el mundo de mamá. Quizás... habría estado bien vivir ahí. Pero la verdad es que prefiero vivir en este ahora. Contigo.

Dudo que Charlotte fuera consciente de lo feliz que me hicieron sus palabras. Yo no fui capaz de decírselo, pero la abracé con fuerza antes de arroparla. Estaba tan cansada después de todo el día que se quedó dormida en cuanto su cabeza tocó la almohada.

Después de quitarme las ropas que Yinn había convocado para que pudiéramos pasar desapercibidos en aquel otro mundo, volví a mi despacho y el momento fue demoledor. Volví a ser consciente de las invitaciones que seguían sobre el escritorio, de todos los problemas que teníamos. De ti. Me había propuesto no pensar en ti mientras estábamos en el mundo de Odelle, pero al volver, fui demasiado consciente de que tú aparecerías en cualquier momento por ahí.

Cerca de la medianoche, te deslizaste como un sueño dentro de la habitación. Yo te esperaba, sentado detrás de mi mesa. En un intento de no volverme loco, había sacado de lo más hondo de los armarios una caja en la que años atrás había guardado la correspondencia de mi padre. Apenas acababa de empezar a leerla, en un intento de descubrir algo que lo atara con aquella marca en el pecho de Lía, cuando te acercaste y te apoyaste en el respaldo de una de las sillas que había enfrente.

—¿Cómo les fue?

Me eché hacia atrás en mi asiento.

—Bien. Creo que... estará bien. Me parece que quiere invitarlas a Lía y a ti a conocer ese mundo, pero me dijo que prefiere vivir en este. Aquí, en la mansión.

Aunque sonreí un poco por ello, tú bajaste la vista a tus manos sobre la silla.

—Es mejor si Lía no va. Es mejor, de hecho, si le dices a Lottie que no debería mencionarle ni una palabra de esto.

—¿Qué es lo que ocurre con Lía? ¿De qué querías hablar?

Tomaste aire y miraste por encima de tu hombro, incómoda, como si creyeras que alguien nos podía estar escuchando. Supongo que era justo eso. Cuando empezaste a hablar, yo ni siquiera pude pensar en molestarme por que hubieras utilizado mi despacho de cebo aquella tarde: ahí no tenía nada que ocultar, a mis secretos no se podía acceder por medio de documentos.

—Lía estaba al tanto de que nos íbamos de la ciudad para buscar a alguien con su misma marca —murmuré. Me levanté, inquieto, y empecé a pasear por el cuarto—. ¿Crees que por eso Eoghan...? Pero ¿cómo? No ha dejado la casa en ningún momento y tú no habrías permitido que fuera sola a ningún lado. Un espía no te sirve de nada si no puede comunicarse contigo.

—No lo sé. He estado todo el tiempo con ella, y cuando no, estaba en mi cuarto, y ahí no hay... nada. Quizá todavía no ha informado. Quizás espera encontrarse con esa persona en algún momento. O quizá... No lo sé. La mantendré más vigilada.

Mis pasos me llevaron hasta la ventana. Amyas dormía, aunque la sensación de que alguien miraba hacia esta casa empezaba a hacerse demasiado fuerte. Resoplé y corrí la cortina, en un intento ilógico de esconderme de aquellos ojos invisibles. Me pasé la mano por la cara y me volteé hacia ti, frustrado.

—No entiendo nada de lo que está sucediendo con Lía —te confesé—. No entiendo por qué tiene esa marca o quién se la ha hecho, igual que no tenía sentido la de Eoghan. Tampoco entiendo por qué mi padre tendría ninguna relación con esa familia. Y no tengo claro por qué alguien ahí fuera sabe que Lía no es tu sirvienta y no ha dicho nada. Lo que es peor: Lía sabe que nos inventamos toda una historia para Danielle Blackwood, que eres visitante y que no estamos prometidos. Si tus suposiciones son ciertas, alguien ahí afuera puede tener información suficiente para destruirnos a los dos, pero no lo ha hecho. ¿Por qué?

Tú te mantuviste callada, con los labios apretados, y supe que a ti te torturaban las mismas preguntas.

—Lo siento —suspiré—. Sé que esto no es de ayuda. Pero estoy... Estoy preocupado, Dani.

—Soy consciente de que podrías querer sacarla de aquí, de que no quieres a una espía en casa, pero...

—No vamos a sacarla de aquí —te interrumpí—. Eso solo sería peligroso para ella y para nosotros. Y es..., Lía es una víctima. Así que dejaremos que siga haciendo lo que sea que le hayan ordenado. Estaremos atentos. Quizás así también podamos rastrear hasta dónde llega la información que tiene.

Tú dejaste escapar un suspiro de alivio. Entendía que tuvieras miedo de que simplemente pensara en abandonarla, pero yo nunca podría haberlo hecho.

—Si tan solo tuviéramos una pista clara sobre dónde puede estar su libro...

Tú dejaste escapar una risa irónica, débil.

—La tenemos, ¿no? Eoghan nos la dio. Si alguien está usando a Lía, lo más probable es que esa persona no vaya a arriesgarse a que nuestro libro aparezca. A lo mejor incluso lo ha...

La frase se te atragantó en la garganta y yo me negué a pensarlo. Me acerqué hasta apoyarme en la mesa, cerca de ti.

—En realidad, lo que dijo es que los conserva. Hay quienes buscan los libros de sus visitantes para sentir que tienen todavía más poder sobre ellos —dudé. Estuve a punto de extender la mano para colocarte un mechón de pelo que parecía fuera de sitio, pero me detuve—. Voy a seguir buscando, ¿de acuerdo? No voy a darme por vencido. Si mi padre dejó una sola pista detrás de él, la encontraré.

Tu asentimiento fue muy débil. Temí que estuvieras perdiendo la esperanza, pero tampoco sabía qué palabras eran las adecuadas para evitarlo.

Para distraerte, tomé de la mesa el sobre con tu nombre escrito y te lo tendí. No me parecía el mejor cambio de conversación, pero te dio otra cosa en la que pensar.

—Supongo que este es el mensaje de la reina para decirme que sabe que existo.

—Todo acaba llegando a los oídos de la reina. Y aunque es difícil rechazar una invitación directa, estoy seguro de que nadie te obligará a ir si te pones gravemente enferma.

Sonreíste a tu pesar.

—No voy a dejarlos solos —lo dijiste con sencillez, como si no hubiera podido ser de otra forma, aunque luego tú misma pareciste reparar en tus palabras—. No mientras no tenga mi libro, al menos.

Mencionábamos mucho tu libro, tu regreso a casa. En esa ocasión, sin embargo, sonó distinto. La mayoría de las veces, que regresaras era un objetivo; en aquel momento lo pronunciaste como algo triste: nos dejarías. Fue la primera vez que me di cuenta de que quizás aquello no te gustaba. De que, a lo mejor, por mucho que quisieras regresar, por mucho que aquel mundo estuviera dándote cosas horribles, no querías que todo desapareciera. Yo sentí el nudo en el estómago que aparecía últimamente cada vez que pensaba en tu regreso a casa. El mismo que había sentido cuando el silencio se había hecho después de besarte. El que me avisaba de que todo entre nosotros era demasiado precario.

Sabía que teníamos que hablar también de aquello.

—Dani... —tu nombre se me escapó, pero tomé aire y me armé del valor suficiente para continuar—: Si crees que lo estamos complicando todo, si prefieres que establezcamos unas normas y mantengamos las distancias...

Tú apartaste la vista a tus pies. Para lo mucho que hablabas habitualmente, de pronto te habías quedado muy callada. Lo consideré una respuesta. No voy a decirte que tu silencio no me dolió, pero fue lo que me puso en marcha. Me di cuenta de lo cerca que estaba de ti, apoyado en la mesa, y me pareció un error.

—Yo... Siento lo del carruaje y...

Tu mano llegó antes de que diera un paso para poner distancia, y con aquel gesto detuviste mis pasos y mis palabras. También detuvo mis pensamientos, que callaron pese a que habían estado corriendo sin control hasta el segundo anterior. Tú me observabas desde tu asiento como si estuvieras luchando contigo misma.

—No fuiste el único que hizo algo en el carruaje. Ni recuerdo pedirte que pararas en ningún momento —respiraste hondo—. No me arrepiento. Es solo que...

Tu mirada cayó sobre nuestras manos unidas. No. Sobre la tela que cubría la mía. Quizás incluso sobre lo que creías que había debajo. Mis secretos. Los mismos que te había prometido que acabaría contándote. Tuve miedo de que me pidieras que lo hiciera en aquel momento. Pero por muy curiosa que fueras, nunca quisiste arrebatarme nada que no estuviera preparado para ofrecer por mí mismo. En lugar de eso, tu voz se llenó de una tristeza que no reconocí:

—No quiero ser otra cosa triste que esconder bajo los guantes, Marcus.

Estuve a punto de quitármelos para enseñarte que tú te me habías metido bajo la piel de una manera diferente. Una que ninguna tela podía ocultar.

# Dani

De todas las posibilidades que pendían esa noche entre Marcus y yo, quizá la que más dolía era aquella: si al final yo volvía a casa, para él no sería más que un recuerdo triste, un pétalo que cae de una flor antes de tiempo. Si hubiera creído que la atracción que sentíamos podía ser solo física, algo que solucionar con un encuentro rápido para quitárnoslo de encima, lo habría hecho sin dudar. El problema era que ya entonces sabía que no sería así. No me atrevía a pensar en amor, pero sabía que Marcus y yo ya nos echábamos de menos incluso estando el uno al lado del otro.

A mí me pesaba el hueco en la memoria que tendría su nombre, los rastros de caricias que nunca sabría que llevaba en la piel.

Era muy triste pensar en nosotros, no sé si lo entiendes. A veces simplemente duele perder la idea de lo que puedes llegar a ser.

Al final, lo fuimos todo, y lo vamos a perder todo, y no quiero. Aquella noche me preocupaba mucho lo que dejaría en Marcus cuando volviera a casa, pero ahora creo que lo envidio un poco, porque él al menos tendrá algo. Él, al menos, tiene la seguridad de que, aunque fuera por un tiempo muy corto, existimos juntos. A mí ni siquiera me va a quedar eso. A mí, como mucho, me quedará esto que estoy escribiendo, y quizá ni siquiera me lo crea. Quizá ni siquiera *te* lo creas. ¿Sabes por qué a veces me dirijo a ti como si no fueras yo? Porque no sé si lo serás. No sé si, cuando despiertes en casa, sin recuerdos de lo que ha ocurrido, seguirás siendo quien soy hoy, porque no me siento la misma que cuando llegué.

Supongo que aquella noche Marcus pensó que ya no había mucho que hacer. Que quería tocarme pese a todo. Y yo quería que me tocara, por eso cuando rozó mi barbilla yo ladeé el rostro para que aquella mano enguantada me acariciara de verdad.

—No escondo los recuerdos felices en ninguna parte, Dani. Y tú... Tú, pese a todo, eres eso. Aunque seas maleducada, malhablada, terca y demasiado directa.

Quise reírme tanto como quise llorar.

—¿Al final tu tipo sí que es ese?

Marcus sonrió, aunque fuera un gesto un poco amargo. Sus dedos repasaron mi rostro, se amoldaron a mi mejilla, y a mí me recorrió un escalofrío.

—Sí. Supongo que sí.

No lo dijo como si fuera otra broma, sino como si se hubiera resignado. Como si hubiera intentado fingir desde el principio que no podía gustarle en absoluto y se hubiera cansado de esforzarse. Aunque hubo un segundo de duda, se inclinó hacia mí, solo un poco, con la mano que no me tocaba apoyada en el borde de la mesa. Mi mirada cayó sobre su boca. Sé que lo notó, porque lo vi tragar saliva.

—¿Debería alejarme, Dani? Si me dices que sí, no volveré a acercarme. Si quieres que pongamos distancia, lo haré.

Aquel era el problema, precisamente: que no quería distancia entre nosotros. Ni la que había entre nuestros cuerpos en aquel momento ni la que habría en algún momento entre nuestros mundos. Eso, si conseguía volver. Si no lo conseguía..., entonces no sabía qué iba a pasar con nosotros. No había llegado a pensar tan lejos. Y, desde luego, no lo hice en ese instante, porque únicamente supe responder de una forma.

Aunque sabía que era justo lo contrario de lo que tenía que hacer, lo jalé de su camisa y lo besé.

Sentí su respiración entrecortarse, pero fue apenas un momento antes de que me correspondiera y entendiera qué tipo de beso quería: uno que no fuera lento, ni tentativo, ni una prueba que nos permitiera tener tiempo de pensar si lo que estábamos haciendo estaba bien o mal. Fue un beso tan rápido como la velocidad a la que me latía el corazón. Fue un beso que, en vez de calmar la sed, solo aumentó la necesidad; un beso que confirmó que lo último que quería era distancia, que quería más besos y su cuerpo más cerca. Él me lo concedió. Estaba esperándome cuando me levanté de la silla, con mis brazos alrededor de su cuello. Me sostuvo de la cintura y yo acallé todo lo demás. Las preocupaciones. La culpa. El miedo.

Nos separamos apenas. Nos miramos. Creo que quisimos decir algo, preguntarnos si debíamos seguir con aquello. Al final, sin embargo, lo único que encontramos en los ojos del otro era que no, que quizá no debíamos, que, como había dicho Marcus, quizás aquello solo complicaba más las cosas, pero estábamos dispuestos a meternos en ese problema igual que ya nos habíamos metido en tantos otros. Aquel, al menos, lo elegíamos nosotros.

Cuando volvimos a besarnos, fue incluso más intenso. Marcus jadeó cuando fue mi boca la que bajó a su cuello, al lugar en el que se unían su mandíbula y su oreja, igual que él había hecho conmigo en el carruaje. La manera en la que su mano se crispó contra mi cadera entonces solo me encendió más, aunque no fue nada en comparación con sentir la forma en la que me agarró del mentón para volver a capturar mi boca con la suya, más exigente de lo que me habría imaginado nunca.

No era suficiente.

Aquel beso, aquel agarre en mi cintura, aquella mano en mi espalda, mis dedos en su pelo. No era suficiente el tiempo que había tenido con él ni el que tendría a partir de entonces. Siempre iba a querer más. Sigo queriendo más.

Ambos jadeamos cuando fui yo la que quedó contra la mesa. Cuando nos miramos, con las respiraciones mezcladas, los ojos entrecerrados, entre la desesperación y el anhelo. Mis manos estaban ya en su camisa, deshaciendo sus botones; una de las suyas rozaba mi pecho por encima de la ligera tela de la piyama. Agradecí encontrar un apoyo, porque me temblaban las piernas, las mismas que él tocó para alzarme sobre el escritorio cuando sintió que me ponía de puntitas. Yo quería justo aquello. Quería la forma en la que se coló entre mis piernas, la manera en la que se le escapó un gemido contra mi cuello cuando me sintió apretarme contra él. Se me puso la piel de gallina, mis caderas se movieron hacia él para sentirlo. Se le entrecortó la respiración.

—Dani...

Su voz fue una advertencia, pero yo estaba harta de ir con cuidado, estaba harta de tener que controlar cada uno de mis movimientos, de tener que fingir todo el tiempo. No quería fingir también que no quería aquello.

—Tócame —murmuré, contra su boca. Creo que sonó a súplica. Sentí su mano apretarse contra mi muslo, su cuerpo se acercó más. Se me escapó un gemido, porque lo sentí todo. Lo mucho que él también necesitaba aquello, lo poco que quería separarse—. Por favor, Marcus. Tócame.

Él se estremeció y, después, dejó de contenerse. Volvió a besarme y su gemido se mezcló con el mío cuando me moví contra él para indicarle justo lo que quería, lo que necesitaba. Mientras mis dedos jalaban su chaleco, sus manos enguantadas, más atrevidas de lo que esperaba, se colaron por debajo de la camisa de mi piyama; una de ellas subió hasta mi pecho y yo lamenté no poder sentir su piel hacer aquello: pellizcarme, tentarme más.

Lo que no imaginé fue que él pensara justo lo mismo.

Cuando apartó sus labios estuve a punto de buscarlo de nuevo, pero él echó la cabeza hacia atrás, huyendo de mí. Lo miré, confusa, preguntándome si había cambiado de opinión, pero en sus ojos no encontré ni una pizca de arrepentimiento. Su mano derecha, de hecho, se apretó contra el final de mi espalda para mantenerme contra su cuerpo. La mano izquierda, en cambio, se alzó hasta su propia boca.

El corazón me dio un vuelco cuando jaló el guante con sus dientes.

Ni siquiera creo que fuera solo por la imagen, sino porque aquello me pareció más íntimo que quitarle cualquier otra prenda de las que llevaba puestas. Observé cómo la tela se escurría por la piel, pero alcé las manos antes de que terminara de quitársela. Él contuvo la respiración un segundo y después me permitió ser quien acabara de arrebatársela y la dejara caer al suelo. No pude evitar lanzar un vistazo a aquellos dedos: no había nada que esconder en ellos. Me di cuenta, sin embargo, de que Marcus no intentó hacer lo mismo con la otra mano, que subió continuando la línea de mi columna y lanzó un escalofrío que me llegó hasta las puntas de los pies. No me importó. Tomé aquella mano descubierta y la besé, cada dedo, cada centímetro, mientras Marcus me miraba con los ojos entornados. Quería decirle que no me importaba todo lo que guardara bajo los guantes. Quería que supiera que entendía lo mucho que aquello significaba. Lo mucho que estaba confiando en mí, de tantas formas que me sentí un poco abrumada.

Mi nombre volvió a caer de sus labios, esta vez en forma de súplica, cuando mis besos terminaron con su pulgar en mi boca. Fue más de lo que pudo soportar, porque apartó la mano y me jaló para volver a besarme, más profundo, pero también más lento, más exhaustivo. Se lo permití, le habría permitido que me besara de la manera que quisiera mientras me mantuviera cerca y me tocara, como le había pedido. Segundos después, aquellos dedos desnudos me acariciaban de verdad: desabrocharon los botones de mi piyama y me tocaron la cara, el cuello, el pecho, el estómago. Jadeé cuando llegaron más abajo. Yo jalé su camisa, me encargué de que las yemas de mis dedos también se aprendieran su cuerpo como él parecía querer aprenderse el mío. Me detuvo antes de que pudiera meter mi mano en sus pantalones y susurró, muy bajo, contra mi oído, con sus dedos resbalando y su voz jadeante y tan deshecha por mí que podría haberme derretido solo con escucharla:

—Me pediste que te toque yo a ti.

Y lo hizo. No necesitó más que aquella mano.

# Marcus

Ambos sabíamos que aquella noche era un error y, aun así, ninguno de los dos quiso detenerse. En algún momento, mientras te echabas hacia adelante para besarme, había pensado que todavía no era muy tarde para parar. Lo había vuelto a pensar cuando me pediste que te tocara, cuando dudé si deslizar al menos la mano izquierda fuera del guante. Y después simplemente pensé que no quería dejar de acariciarte. Que echaba demasiado de menos sentir otra piel bajo mis dedos y que la tuya era perfecta. Al final, dejé de pensar en nada que no fueras tú. En la forma en la que tus uñas se clavaban en mis hombros, en el sonido de tu voz, en el sabor de tu piel y en el aspecto que tenías sobre mi escritorio, ruborizada, con los ojos cerrados y mi nombre roto con tu voz.

Sabía que aquella noche era un error, pero habría dado cualquier cosa por quedarme en ella, en los besos que siguieron, en la sensación de tu mano sobre mi piel cuando por fin te permití tocarme, en las palabras susurradas y tu manera de morderte el labio mientras me mirabas cuando me escuchaste al borde de la locura.

Sabía que aquella noche era un error, pero ninguno de los dos parecíamos arrepentirnos de ello. Yo sigo sin hacerlo, pese a todo. Recuerdo haber intentado probar tu boca una vez más al acabar, mientras todavía intentaba encontrar mi sitio en aquella realidad. Recuerdo que tú, con el principio de una sonrisa, jugaste a quedarte fuera de mi alcance por menos de un suspiro.

—Al final no tuve que retarte.

Tu voz sonó muy baja, apenas un susurro. Yo no entendí al principio de qué hablabas, hasta que recordé la noche en la que habíamos estado bebiendo juntos. Resoplé, aunque sentí mis comisuras jalando hacia arriba.

—Y tú no necesitaste siete botellas de licor.

Tu risa sonó un poco entrecortada. Tus dedos recorrieron mi brazo izquierdo hasta llegar a mi mano desnuda. Mi otro brazo seguía alrededor de tu cintura.

—Supongo que no todos los errores se cometen borracha.

—Lo cual significa que mañana por la mañana seguirás recordándolo todo.

La sonrisa te titubeó un poco en los labios cuando te encogiste de hombros.

—Tampoco quiero olvidarlo.

Creo que nunca fuiste consciente del efecto que tenías sobre mí. Quizá creas que es estúpido, pero teniendo en cuenta que ambos sabíamos que en algún momento lo que había pasado sería como mucho la sombra de un sueño, tus palabras se me clavaron. Llevé tu mano a mi boca y besé tus nudillos, sin apartar mis ojos de ti. No dije nada más y tú, tampoco. Cuando me aparté, la piel se me congeló al estar lejos de ti.

Recogí la ropa que había caído al suelo y te coloqué la blusa de tu piyama por los hombros. Yo también tomé la mía y después agarré el guante. Me fijé en que tú también lo mirabas. Aunque habías empezado a abrocharte los botones, te detuviste y te bajaste de la mesa para acercarte a mí. Por un segundo, pensé que me lo quitarías, que me dirías que ya no me hacía falta, pero en su lugar, me tomaste de la mano y me ayudaste a ponérmelo, igual que antes habías querido ayudarme a sacarlo. Me sorprendió lo íntimo que fue ese gesto. Lo solemne que parecías, mientras lo deslizabas por mi piel y después, cuando me miraste. No pude evitarlo: sin que escaparas esta vez, me incliné y te besé de nuevo. No fue como los besos que habíamos compartido antes: fue lento, suave, un reencuentro y una despedida a la vez.

Cuando me separé, tú suspiraste. Habíamos intentado retrasar ese momento con las bromas, pero fue inevitable que pronunciaras la pregunta que pendía sobre nosotros:

—¿Y ahora?

Tomé aire, sin saber qué decir. Había sido un error, pero sospechaba que no era uno que no quisiera repetir. Lo que no sabía era si tú pensarías lo mismo, si yo mismo pensaría lo mismo al día siguiente o si recuperaría el juicio.

—Supongo que... lo iremos descubriendo —repasé tus labios con mi pulgar y después alcé mis ojos a los tuyos—. No sé si será el mejor plan, pero es el único que tengo.

—No parece muy concreto, para venir del controlador conde Abberlain, que adora el orden y las cosas que puede prever.

—Eso no es del todo cierto: a ti nunca te he podido prever, Dani.

Creo que te ruborizaste un poco y me pareció curioso que lo hicieras entonces, después de todo lo que había pasado. Bajaste la vista hacia tus pies, te acomodaste un mechón tras la oreja.

—Está bien. Supongo que tiene sentido.

Me separé un paso. Mis dedos dejaron tu rostro y terminaron el trabajo que habías empezado de abrocharte la piyama. Después, me aparté un poco más.

—Intenta descansar, ¿de acuerdo?

Aunque hubo un titubeo por tu parte, salvaste el mismo paso que yo había retrocedido. De puntitas, levantaste las manos para alcanzar mi rostro. Aunque lo esperaba, tus labios no cayeron en mi boca, sino en mi comisura, una presión de apenas un par de segundos. Fuiste fugaz como una estrella, y como una, precisamente, escapaste de mi lado sin decir nada más. Yo me llevé la punta de dos dedos ahí donde tu beso parecía continuar. Me habías besado ya por todas partes y, sin embargo, aquel gesto me quemó como un hierro candente.

—¿Conde?

Levanté la vista. Habías retrocedido hasta la puerta y me estabas mirando desde ahí, por encima del hombro.

—¿Sí?

—Tienes unos dedos muy suaves.

Qué ridículo fue entonces que yo me pusiera rojo. Me dejaste sin habla y, como si lo supieras, como si ese hubiera sido tu plan desde el principio, sonreíste de medio lado y te marchaste sin hacer ruido, como un fantasma más amable de los que estaba acostumbrado a recibir.

Yo apreté la mano izquierda en un puño. Todavía podía sentir tu piel debajo de mis dedos. Suspiré y traté de terminar de adecentarme. Tus labios y tus manos aun parecían estar en todas partes, pero me senté en el escritorio y dirigí mi atención a las cartas para tratar de no pensar en ti, en nada de lo que había pasado o de lo que podría pasar de nuevo. Una parte de mí todavía estaba gritando que estaba mal, que no podíamos volver a dejarnos llevar así, que ese no era yo.

Pero era mentira. Sí que era yo. Siempre era yo cuando estaba contigo. Más yo de lo que había sido en años.

# Dani

—¿Se acostaron?

Estuve a punto de atragantarme con la pregunta de Yinn a la mañana siguiente. Levanté la cabeza de golpe y lo encontré mirándome, apoyado contra la puerta de entrada de la casa. Yo me había sentado en el porche a observar cómo Lottie intentaba enseñarle algunos pasos de baile a Lía. Durante el desayuno, había dicho que las dos teníamos que ir a su cumpleaños y que, por tanto, las dos teníamos que aprender a bailar. Lía le había respondido que estaba segura de que las sirvientas no bailaban en la corte, pero Charlotte había considerado que tenía que aprender por si alguna noble se enamoraba perdidamente de ella y quería sacarla a bailar. Al final, mi amiga le había concedido el capricho.

—El conde y tú —insistió el genio—. Se acostaron, ¿verdad?

Sentí que me ruborizaba y apreté mis manos contra la taza de té que tenía entre ellas.

—No digas tonterías. ¿Has visto al conde? ¿Te parece de verdad que es de los que va por ahí acostándose con la gente?

—No, por eso creo que se acostó *contigo*. Y porque, sinceramente, para lo bien que se les da fingir en sociedad, podrían esforzarse un poco más en casa, si quieren que sea un secreto. Marcus ha leído la misma página del periódico durante veinte minutos en el desayuno por estar mirándote.

Puede ser que yo también lo hubiera mirado a él alguna vez. Pero es que era muy complicado no hacerlo después de la noche anterior. Había algo atrayente en verlo tan compuesto, con los dos guantes, cuando había visto su cara mientras se dejaba llevar.

—Entonces sí —concluyó Yinn, antes de sentarse a mi lado—. Quiero detalles.

—No te voy a dar detalles de nada —farfullé—. No es lo que piensas.

—¿Y qué crees que pienso?

—Que hay algo entre nosotros.

—Sinceramente, no me hace falta ser Altair para saber que eso es mentira.

Apreté los labios y miré a Yinn de reojo. Él parecía muy divertido. Y yo, en realidad, puede que necesitara alguien con quien hablar de aquello. Y no podía hacerlo con Lía, porque sabía lo que me diría (que había perdido el juicio) y porque no quería que aquello pudiera también llegar a la persona sin rostro que había tras ella.

—Está bien. Puede que ayer nos diéramos algunos besos.

—¿Únicamente besos?

—Okey, algo más que besos.

—¿Necesitas información sobre protección en este mundo? Hay varias opciones.

—¿Qué? ¡No! —y un segundo después, titubeé—. Bueno, quizá. Quiero decir, ayer no pasó nada para lo que lo necesitáramos, pero...

—Pero ¿por si terminan repitiendo y necesitándolo?

—Bueno...

Ladeé la cabeza, pensativa, apenas un segundo antes de darme cuenta de la trampa. Enrojecí y me volteé hacia el genio, que se empezó a reír a carcajadas. Le chisté cuando Lía y Lottie se giraron hacia nosotros, curiosas, pero les hice un gesto para que siguieran a lo suyo.

—Eres horrible.

—¿No es extraño que oculten una relación cuando, de hecho, están interpretando tener una?

—No tenemos una relación —le corregí, tensa—. Te lo he dicho: solo fueron unos besos. Y yo no... No pertenezco a este mundo, Yinn. Y no soy como tú o como Altair. No quiero quedarme aquí para siempre. Sigo queriendo volver.

La sonrisa de Yinn se le perdió un poco en los labios.

—Lo sé. Lo siento. Es que... Es agradable, el cambio.

—¿Qué cambio?

—El que ha habido en la casa desde que llegaste. En Marcus, también. Parece más libre cuando está contigo, Dani. Parece más real, incluso cuando fingen ser personas que no son.

Tragué saliva, pero no quise preguntarle a qué se refería, quizá porque lo sabía. Había visto a Marcus con otras personas, en otros ambientes. Había visto la máscara. Yo misma se lo había dicho: Marcus y el conde Abberlain no eran la misma persona. Pero yo no creía haber hecho nada. Todo lo que había ocurrido entre nosotros parecía haber pasado en muy poco y mucho tiempo a la vez. Supongo que, al final, la cuestión era que yo era... absurdamente normal, y lo sabía. En un mundo lleno de magia, lleno de criaturas, lleno de historias, alguien como yo no tendría que haber supuesto la diferencia para nadie. Y no entendía que pudiera haberla supuesto para Marcus.

—Tú... —titubeé—. No puedes hacer que recuerde, ¿verdad? ¿Con tu magia? ¿Que si me voy...?

Yinn bajó la vista. Parecía frustrado.

—Lo siento. La magia de cada mundo tiene sus reglas, y los que venimos de fuera no podemos interferir en las reglas de este. No hay nada que pueda hacer.

El nudo que se había instalado en mi garganta se hizo más firme, pero no dije nada. Con un suspiro, Yinn pasó un brazo por mis hombros y me apoyó contra él. Fue un gesto muy sencillo, sin más palabras, pero quizás eso era justo lo que necesitaba.

—¿Alguna vez echas de menos tu mundo? —susurré.

—Alguna vez. No echo de menos mi vida ahí, pero sí los desiertos, los palacios, las ciudades de arena, algunas personas a las que conocí. Pero no pasa nada. Echar de menos también es recordar. Y creo que prefiero echar de menos aquel mundo que olvidar este.

—Estás aquí —Yinn y yo levantamos la vista cuando escuchamos la voz de Altair justo detrás de nosotros. El genio esbozó una media sonrisa al verlo y el celeste ladeó la cabeza, mirándonos con curiosidad para luego fijarse únicamente en el genio—. Me habías prometido un paseo.

Yinn asintió, aunque después volteó a verme.

—Y este es mi sitio ahora —concluyó, y me pregunté si se refería solo a la mansión de los Abberlain—. Bueno, entonces, ¿quieres repetir?

Enrojecí de golpe.

—¡No!

Yinn esbozó una sonrisa maliciosa y miró a Altair. El celeste levantó las cejas.

—No sé de qué están hablando, pero fue mentira.

—¡Fuera de aquí!

Y lo hicieron, entre las risas de Yinn y las preguntas de Altair sobre qué estaba sucediendo, ante lo que supongo que el genio tendría que contarle la verdad y nada más que la verdad. Hundí mi rostro entre las manos, martirizada, con las palabras de mi amigo uniéndose a la cacofonía que eran mis pensamientos.

Seguía ahí cuando, minutos después, Marcus se sentó a mi lado. Me tensé un poco, por la sorpresa y porque tenerlo tan cerca de pronto fue como volver a tener su boca en mi piel. Lo miré de reojo de la manera más disimulada que pude.

—¿Te dijo algo? —me preguntó. Su mirada estaba sobre Lottie, que estaba regañando a Lía. Mi amiga tenía el ceño fruncido y los brazos cruzados sobre el pecho.

—Nada más me abrazó al verme esta mañana y nos habló del mundo al que fueron. Pero..., bueno, parece concentrada en que la fiesta salga lo mejor posible.

Marcus suspiró y asintió. No me pasó desapercibida la manera en la que había apoyado su mano en el espacio que había entre nuestros cuerpos. Me pregunté si era una invitación o solo casualidad. Titubeé, pero dejé caer la mía cerca también, sin dejar de mirar a su hija y a mi amiga. Tragué saliva cuando nuestros meñiques se rozaron. No nos miramos, pero nuestros dedos se acercaron, jugando, y yo volví a echar de menos sentir la piel bajo el guante.

—¿Encontraste algo en las cartas de tu padre? —murmuré, como si aquello no estuviera sucediendo.

—Nada, al menos de momento —intenté no temblar cuando le dio la vuelta a mi mano y empezó a repasar las líneas de mi palma—. Pero estoy seguro de que tiene que haber una pista en algún sitio.

—¿Quieres ayuda para buscar?

Marcus respiró hondo cuando sus dedos se colaron por el puño de mi camisa. Me estremecí de arriba abajo y me pregunté si podía sentir la velocidad a la que me latía el corazón mientras pasaba sus dedos por el interior de mi muñeca.

—No creo que pueda concentrarme mucho si te tengo en el despacho.

Quise decirle que se centrara. Y también quise besarlo. Quise jalarlo hacia la casa, cerrar la puerta para apoyarlo contra ella y volver a sentir lo que era tener su cuerpo muy cerca y su boca en la mía.

—¡Papá!

Aparté la mano tan rápido como si me hubiera dado un calambre. Sentí que enrojecía, sobre todo cuando Marcus intentó disimular una sonrisa cubriéndose la boca con la mano.

—¿Vienes a bailar con nosotras? —preguntó Lottie al acercarse a nosotros—. ¡Con cuatro podemos hacer mejor la cuadrilla! Tienes que hacer pareja con Dani. No le sale tan mal como a Lía...

—¡Oye! —gruñó mi amiga, solo unos pasos por detrás.

—... pero tiene mucho que mejorar, definitivamente no parece una dama.

—Oye —protesté yo.

—Está bien. Un baile antes de volver al trabajo.

Di un respingo y me volteé hacia Marcus a tiempo de verlo ponerse en pie. No pude creerme la tranquilidad con la que me tendió la mano, como si nada ocurriera entre nosotros. Supongo que realmente era un experto en mentir, porque de hecho su expresión fue muy inocente cuando dijo:

—No podemos dejar que tu actuación tenga errores ahora, ¿verdad?

Me pareció una excusa terrible para sacarme a bailar. Aun así, tuve que luchar contra la tentación de sonreír.

—Está bien. Únicamente por la actuación.

Acepté su mano y él, como si solo interpretara al caballero que tenía que ser tras pedirle un baile a una señorita, besó mis nudillos con aquellos ojos todavía fijos en los míos, recordándome cómo me habían mirado la noche anterior mientras me deshacía bajo sus caricias. La manera en la que yo apreté mis dedos contra los suyos fue mi forma de decirle que todavía los sentía.

La única actuación aquella tarde fue fingir que no nos moríamos por volver a besarnos.

# Marcus

Si hubiera podido, me habría quedado todo el día en el jardín contigo, aprendiendo a movernos al mismo compás bajo los árboles en flor. Lamentablemente, al cabo de un rato tuve que retirarme de vuelta al trabajo. Cuando llegué, las cartas de mi padre seguían sobre la mesa y me pareció que las paredes del despacho se habían acercado entre ellas, conteniéndome en un espacio diminuto.

Al principio, me había parecido que aquella caja de cartas era demasiado grande y yo tenía prisa por encontrar un rastro que seguir. O puede que simplemente quisiera alejarme cuanto antes del recuerdo de mi padre. Cuando murió, apenas quise recuerdos suyos. Tomé todo lo que pude y lo guardé en cajas, en un intento de encerrarlo también a él. Navegar entre aquellas cartas era reencontrarlo un poco, aunque no solo a él, sino también a mi madre, en cada palabra que ella le había escrito. La gran mayoría era del principio de su matrimonio, de cuando las cosas iban bien, de cuando yo era muy pequeño y mi madre se iba a la costa a descansar porque adoraba el mar, pero mi padre estaba demasiado ocupado para ir con ella. Yo había crecido así, viéndola reírse mientras jugábamos a escapar de las olas y quedándome dormido a su lado mientras, en la tenue luz de su dormitorio, le escribía a mi padre contándole todo lo que habíamos hecho ese día y recordándole que lo echaba de menos a cada segundo.

Aquellos días de búsqueda empecé por esas cartas porque me pareció más sencillo reencontrarme con aquella caligrafía estilizada. No sabía si ahí encontraría algo de utilidad, pero las leí igualmente, con un nudo en la garganta y la certeza de que había habido una época en la que se habían querido. Me sorprendió descubrir, sin embargo, que su distanciamiento no había sido tan gradual como yo había pensado. Aunque era cierto que las cartas habían ido cambiando con su cariño a lo largo de los años de relación, el punto de rotura de mis padres lo encontré en unas palabras de mi madre escritas quince años atrás.

*«Los niños y yo volveremos a casa cuando todas esas criaturas también puedan volver a sus mundos».*

Y lo supe. Esa carta no se refería a los visitantes que caían aquí. Esa carta se refería a los visitantes que, como a Eoghan, mi padre había sacado de sus propios libros.

Casi salté de mi sitio cuando la puerta del despacho se abrió. Iba a amonestarte, creyendo que habías sido tú, pero me sorprendí al encontrar a Lía de pie bajo el dintel. Me puse en tensión de inmediato, aunque intenté que ella no lo notara. Intenté que mi manera de apartar la carta que tenía entre mis manos fuera sutil.

—Lía. ¿Puedo ayudarte en algo?

Ella miró por encima de su hombro, hacia el pasillo, como si temiera que alguien pudiera estar escuchándonos.

—Vengo a buscar un libro, casi terminamos el último que me llevé.

Le hice un ademán y ella cerró la puerta después de entrar. Su mirada recorrió mi escritorio, se fijó en la caja abierta, en las cartas desperdigadas en montones. Aun así, fue hacia la estantería, dándome la espalda. La vi pasar un dedo por los lomos de los libros.

—¿Puedo hacerte una pregunta, Abberlain?

Aunque una parte de mí estaba muy pendiente de ella, fingí que no al tomar otra de las cartas de la mesa, una que no fuera de mi madre, y empezar a leer.

—¿Sí?

—¿Qué quieres de Dani?

Di un respingo y alcé la vista. Aquello no me lo esperaba. Aunque seguía delante de la estantería, tu amiga se había volteado hacia mí y tenía los labios apretados.

—¿Disculpa?

—Que qué quieres de ella. He visto cómo la miras y no me gusta. Por si se te ha olvidado, queremos volver a casa.

Ni siquiera intenté defenderme por lo que Lía creyera haber visto: probablemente era cierto.

—No se me ha olvidado.

—¿Seguro? ¿Estás buscando nuestro libro siquiera? ¿Cómo es posible que llevemos tres semanas aquí y no tengas ni una pista?

—Hacemos lo que podemos. También estamos intentando descubrir algo más sobre tu marca —le recordé.

Lía dio un par de pasos hacia el frente.

—Si pudiéramos volver a casa, no tendríamos que preocuparnos más por esa marca.

—Lía, te doy mi palabra de que...

—Ese es precisamente el problema —me cortó ella, inflexible—. Que, en realidad, solo tenemos tu palabra. Dependemos de ti para volver. Tenemos que fiarnos de que encuentres el libro y nos devuelvas a casa, pero la realidad es que podrías dejarnos aquí encerradas si quisieras. Podrías decidir que te gusta demasiado esta historia de que Dani sea tu prometida y hacer que no tenga muchas más opciones aparte de hacerla realidad. ¿Eres consciente del poder que tienes sobre nosotras?

Apreté los labios. Una parte de mí quiso decirle que ella estaba más cerca de ser un peligro para ti que yo. Pero habría sido injusto. Habría sido cruel y la habría puesto en peligro.

—Soy consciente, pero no pretendo usar ese poder: aunque no me creas, no quiero a dos personas en mi casa en contra de su voluntad. Si fuera el villano de esta historia, si quisiera a Dani como tú sugieres, ya la habría marcado.

—¿Y cómo la quieres, entonces?

La pregunta fue un puñal lanzado con puntería y me dejó desestabilizado durante un segundo. La pregunta que Seren me había hecho días atrás volvió a sonar en mi cabeza y me obligué a aplastarla de nuevo. Respiré hondo. No sabía qué me estaba preguntando Lía, qué quería saber exactamente, pero podía darle una respuesta.

—Libre, Lía. La quiero libre. Nada más.

Ella entrecerró los ojos y guardó un segundo de silencio.

—Ella confía en ti, pero yo no —me advirtió—. Tenlo presente, Abberlain.

Quizá tendría que haberme enojado por aquello, pero en realidad agradecí la manera en la que se preocupaba por ti, saber que estaba tan dispuesta a lo que hiciera falta por tu bienestar, como tú lo habías estado por el suyo desde que habías llegado.

—Me parece bien, Lía. Desconfía por las dos. Y si se deja, protégela de todo lo que puedas. Incluso de mí.

Lía me lanzó una última mirada antes de agarrar un libro cualquiera de la estantería y marcharse. Al contrario que tú, no miró atrás. No se paró a darme ningún consejo. Me dejó solo, con aquellos recuerdos que no me pertenecían sobre la mesa y la sensación de que iba a hacerte daño pese a que no lo deseaba.

Era cierto.

# Dani

—Alguien ha cambiado de opinión con respecto a los camisones.

Marcus levantó las cejas cuando me colé en el despacho con aquella prenda de ropa. Le había dado muchas vueltas a lo largo del día a si quería que lo que había ocurrido entre nosotros se repitiera y había llegado a la conclusión de que era absurdo fingir que no o que había algo útil en intentar reprimir las ganas de estar cerca, llegados a aquel punto, así que había vuelto a esperar a que Lía se durmiera y después me había escapado de nuevo de nuestro cuarto.

Me apoyé contra la puerta, atenta a la manera en la que el conde dejaba una carta sobre la mesa, se echaba hacia atrás en su asiento y cruzaba los brazos sobre su pecho.

—Es que en este mundo es lo más provocativo que he encontrado —respondí, y levanté un poco el borde—. Mira, se me ven los tobillos, ¿estás impresionado?

—Es lo más indecente que he visto en mi vida.

Se me escapó una risa. Una de esas nerviosas, de anticipación. Y después, tras un segundo de duda, me acerqué. El brillo divertido en los ojos de Marcus se intercambió por otra cosa. Lo vi humedecerse los labios cuando adivinó mis intenciones, pero no se movió. No quedaba burla de ningún tipo cuando me subí a su regazo. Respiró hondo mientras lo obligaba a descruzar los brazos y dejar sus manos sobre mi cuerpo, pero no protestó. Sus dedos cayeron precisamente en mis tobillos, para empezar a subir un poco desde ahí y arrastrar el dobladillo del camisón a medida que lo hacía. Me encendió más que si tan solo hubiera metido las manos por debajo.

—Creo que has trabajado suficiente por hoy —susurré, cerca de su boca entreabierta.

—Ah, ¿sí? ¿Y qué debería hacer ahora...?

—Relajarte. No te preocupes, yo te ayudo.

—Esa mano no está consiguiendo que me relaje, precisamente.

—*Todavía.*

Marcus dejó escapar un jadeo antes de echarse hacia adelante para besarme y yo, con un sonido de satisfacción, lo acogí en mi boca. No sentí que fuera un error. Sentía cierta culpabilidad por escondérselo a Lía, por salir a escondidas de nuestro cuarto, pero aquella culpa nunca llegaba al arrepentimiento. Había una parte de mí que no estaba de acuerdo con aquello: la parte sensata, la que era muy consciente de que cada beso solo significaba un poco más de daño en el futuro. Pero no estaba escuchando a esa parte y Marcus, tampoco. Lo único en lo que estábamos pensando, si es que pensábamos en algo, era en que aquello era sorprendentemente fácil en medio de un montón de cosas que habían sido muy complicadas. Aquello parecía lo correcto. Aquello nos hacía sentir bien y necesitábamos algo así. Algo que nos hiciera sentir a salvo.

Voy a echar mucho de menos sus besos. El tacto de sus guantes en mi piel. Voy a echar de menos la manera en la que parece convertirse en otra persona cuando se deja llevar. Todo su control desaparece y me encanta verlo entonces, como imagino que fue muchos años atrás. Aquella noche, por ejemplo, lo provoqué tanto mientras me movía sobre él, tan cerca y tan lejos a la vez, que llegado un momento maldijo («¿Dijiste "carajo", Marcus Abberlain?») y simplemente me agarró con un brazo mientras con el otro apartaba todo lo que había sobre la mesa para poder volver a sentarme en ella, como la noche anterior. Creo que fue incluso más precipitado de lo que él mismo esperaba, porque la caja con las cartas se cayó al suelo, con un estrépito que nos sorprendió a ambos. Me llevé la mano a la boca, intentando no reírme. Marcus había enrojecido.

—Lo siento —murmuró, y eso solo me hizo más gracia.

—En realidad, fue un poco sexy.

—¿Qué significa...?

—Luego te lo explico.

Lo jalé para volver a besarlo. Le quité el mismo guante que había accedido a quitarse la noche anterior, él me obligó a acostarme sobre la mesa. Cuando lo vi hundir el rostro entre mis piernas, no pude más que alzar la vista al techo y taparme la boca con el brazo para que lo que no se oyera entonces fuera a mí. Como creo en la igualdad, me encargué de que él también tuviera que apretar los labios después, cuando lo insté a volver a tomar asiento y me arrodillé frente a él. No paré hasta que volvió a maldecir.

Tras dejarse llevar, me hizo sentarme sobre sus piernas para volver a besarme y abrazarme, para esconder su rostro en mi cuello. Yo me quedé ahí, con mis brazos a su alrededor y los ojos cerrados. Hubo algunos besos más. Lentos. Cortos. Besos que, vistos con distancia, no eran solo de amantes ocasionales, como no lo era la caricia de su mano desnuda en mi muslo o la forma en la que empezamos a susurrar. Fue así como me dijo que su madre había descubierto lo que hacía su padre. Lo sospechaba gracias a una de las cartas, pero no había rastro de más información útil. Lo vi apenarse al hablar de su madre. También vi que estaba a punto de decir algo más, pero al final lo ocultó con otro beso.

Cuando por fin nos separamos y nos pusimos en pie, empezamos a recoger las cartas que se habían caído al suelo. Fue entonces cuando una de ellas llamó mi atención: un par de pétalos cayeron del sobre abierto. Me sorprendió que estuvieran en perfecto estado, pese al tiempo que debían de llevar ahí.

—¿Tu mamá le mandaba pétalos de rosa a tu papá?

Marcus levantó la mirada, arrodillado unos pasos más allá, y levantó las cejas. Yo moví el sobre. En realidad, no tenía remitente, tan solo me había parecido un gesto romántico. Entrecerró los ojos y se sentó a mi lado.

—No lo hacía, no.

Ladeé la cabeza mientras abría el sobre. De él cayeron unos pétalos más, pero no solo eso: había un pequeño texto. Una fecha. Una hora. Una firma.

—«La Sociedad de la Rosa Inmortal» —leí en voz alta—. ¿Qué es eso? ¿Uno de esos clubes exclusivos que aparecen en las películas de gente con dinero? ¿Tienen de esas cosas aquí? Lo de la invitación con pétalos de rosa me parece un poco ordinario.

Aunque estaba bromeando, Marcus tenía el ceño fruncido. Se había quedado muy callado, repasando la nota una y otra vez.

—¿Marcus?

Él levantó la vista, un poco turbado.

—No sé lo que es —admitió—. No... No he escuchado nada semejante en mi vida. Pero esa fecha...

—¿Qué pasa?

—Es... Es el día antes de que muriera Cyril.

Titubeé. Aunque entendía por qué le podía haber golpeado la fecha, porque había sido un buen amigo, no entendí lo que estaba pensando hasta que susurró:

—La muerte de Eoghan se pareció mucho a la de Cyril.

Compartimos una mirada y después volteamos a ver la caja. Hubo un silencio tenso hasta que yo susurré:

—Una sociedad no se junta solo una vez, ¿no?

No hizo falta que dijéramos nada más: nos pusimos a buscar. No sé cuántas horas estuvimos ahí, pero encontramos varias notas. Cada vez que uno de nosotros se cruzaba con una, la colocaba en el suelo, en un intento de trazar una línea temporal. No sabíamos si estaban todas, porque las citas no eran regulares, aunque siempre pasaban varios meses entre ocasión y ocasión.

La última era de unos meses después de la muerte de Cyril.

—Mi padre murió unas semanas más tarde —concluyó Marcus, con aquella tarjeta en las manos.

Sentada en el suelo, observé el rastro que habíamos dejado a lo largo de la habitación. Sentía frío, aunque Marcus me había prestado su saco para ponérmelo por encima del camisón.

—¿Crees que tu padre también...?

Marcus dio un respingo y me miró, sorprendido, aunque a mí me pareció un pensamiento inevitable. Teníamos dos posibles asesinatos y una sociedad secreta, y si su padre había muerto por esas fechas...

—No, estoy seguro de que no.

El conde dejó la tarjeta en el suelo como si quemara y se puso en pie para mirarlas todas desde arriba, con los puños apretados.

—Nunca me has dicho cómo murió tu padre. ¿Estaba enfermo? Si fue de un día para otro, como Eoghan o Cyril, aunque pareciera natural, puede ser que...

—Dani —Marcus tragó saliva—. Créeme, sea lo que sea esta sociedad, no mataron a mi padre —hizo un ademán hacia las cartas—. Formaba parte, ¿no lo ves? Se reunía con esa gente. Y no lo hacía por ser conde, porque yo nunca he recibido nada parecido.

—A lo mejor los traicionó y...

—Dani.

—Solo digo que no deberíamos descartar nada, hay demasiadas cosas que...

—Dani, no puedo estar seguro de nada más, pero sí de eso.

—¿Por qué?

Marcus tomó aire. Me miró. Y dejó escapar por fin su último secreto:

—Porque a mi padre lo maté yo.

## *Marcus*

Te dije que llevaba días pensando en confesarte los secretos que me quedaban, pero habría preferido que no fuera de aquella forma. No tuve opción, sin embargo. Estaba nervioso y tú habías insistido demasiado en la idea de que mi padre podía ser otra víctima que añadir a nuestro conteo.

Si cierro los ojos, todavía puedo ver tu expresión de horror. Te quedaste muda, muy blanca, muy pequeña bajo mi saco. Aunque me mirabas, creo que no eras capaz de reconocerme. No puedo culparte. Te había dicho que no quería que me odiaras, ¿verdad?

Te lo había dicho y, aun así, tú habías decidido confiar en mí, pese a lo que podía haber detrás. No sé qué creíste que me podía quedar por contar, pero estaba seguro de que no era aquello.

Recuerdo alejarme de ti por miedo a sentirme abandonado si lo hacías tú misma. Me dejé caer en uno de los sillones, mirando mis propios pies. No podía mirarte. De pronto, tampoco podía mirar alrededor, a aquel preciso lugar.

—Fue en una discusión —murmuré—. Hubo un forcejeo y...

Me temblaban las manos. Temblaba entero. Me froté los brazos y decidí que lo estaba haciendo mal, que no podía empezar por el final de la historia. No ibas a entender nada si te hablaba del día de la muerte de mi padre sin contarte antes una historia más antigua.

Así que empecé por donde parecía que siempre estaba condenado a volver: a otro mundo.

—Mi madre no era de Albión.

Tú no te moviste, aunque tus ojos se abrieron un poco más.

—¿Qué?

Me hubiera gustado contarte cosas de mi madre aquella noche. Cosas como que tenía la voz perfecta para contar historias, que le salían pecas en la cara cuando pasaba demasiado tiempo al sol o que siempre andaba descalza por la casa cuando no teníamos visitas. Creo que te habría encantado conocerla y que a ella le habrías encantado tú.

Pero no era el momento. No cuando tú apenas podías reaccionar.

—Mi padre... viajaba a menudo entre mundos. Te lo dije: él servía a la reina, a Albión, mucho mejor que yo. Encontró a mi madre en uno de sus viajes. Empezó a visitarla, se enamoraron.

Y un día, le pidió que se casara con él. Le ofreció formar parte de este mundo.

Tomaste aire y miraste al anillo que llevabas en el dedo. El mismo que ella había llevado puesto mucho tiempo atrás. Le diste una vuelta, súbitamente nerviosa.

—Pero se supone que está prohibido. Alyssa y Cyril...

—Nadie lo supo nunca. Su marca de visitante estaba escondida y la sociedad de su mundo no era demasiado distinta en cuanto a normas sociales: le costó incluso menos que a ti aprender todo, porque a ella ya la habían educado para ser una dama en un lugar incluso más estricto que este. Así que mi padre y ella crearon su propia Danielle Blackwood. Lo mismo que estamos haciendo nosotros, ellos lo hicieron durante... casi veinte años. Si alguna vez hubo rumores, se apagaron cuando yo nací, con mis ojos morados y la seguridad de que los Abberlain tenían un nuevo heredero. Crecí sabiendo su secreto.

Tú parecías abrumada. Nerviosa, te pasaste las manos por la cara.

—¿Y Rowan? ¿Él no... sabe esto?

—Mi padre y él tenían... una relación complicada. Lo único que quería Rowan era contentarlo, pero a la hora de la verdad, yo era el hijo que había heredado los poderes. Creo que mi padre decidió que eso hacía que yo entendiera cosas que Rowan no podría comprender nunca.

Hiciste una mueca para mostrar tu desacuerdo. No podía culparte: mi padre no había tomado muy buenas decisiones respecto a su familia. Dejar siempre al margen a Rowan mientras él se desvivía por su atención era una de ellas, una con cuyas consecuencias yo mismo tenía que lidiar todavía. Era consciente del desprecio que Rowan me tenía por todos aquellos años.

—Dijiste que tu mamá los... abandonó —recordaste. Estabas pensando a toda velocidad—. ¿Significa eso que volvió a...?

Me hundí un poco más en mi asiento. Tuve que apartar la vista de ti, porque a partir de ahí no sabía cómo seguir mirándote.

—El libro había estado en esta casa todo el tiempo, pero mi madre no había tenido interés en usarlo. O quizá sí. Quizá lo llegó a pensar, cuando su relación empezó a deteriorarse. Yo me di cuenta... a los doce o a los trece. Mi madre cada vez pasaba más tiempo lejos de Amyas, ya no era tan feliz —tomé aire—. Estaba triste. Echaba de menos su hogar, echaba de menos... No sé. Supongo que ahora tiene todavía más sentido, después de haber visto esa carta. Debió ver que su marido era... otro desconocido más.

Callé. Tú acompañaste mi silencio.

—Vino a verme. Una tarde, poco después de lo de Seren... Rowan acababa de iniciarse como caballero. Estoy seguro de que había pensado mucho en ello. Estoy seguro de que quiso esperar a que él también tuviera un camino. Ese día, tenía su libro entre los brazos, el que yo sabía que siempre estaba sobre su mesita de noche, y me preguntó, con un hilo de voz, si podía devolverla a casa —tragué saliva en un intento de lanzar hacia abajo el nudo que se me había formado en la garganta—. Lo dijo así, «a casa», y yo lo único en lo que pude pensar fue en qué momento su casa habíamos dejado de ser nosotros.

Le pedí que se quedara, que lo pensara mejor, pero yo no tenía ningún derecho a decidir por ella. Mi regla, ya incluso entonces, era que, si un visitante quería volver, yo lo llevaba de vuelta. Sin hacer preguntas. Era lo justo. Era para lo que yo existía, para lo que la sangre de los Abberlain existía. Y si mi madre era infeliz aquí, ¿cómo podía retenerla? ¿Cómo podía... apartarla de su casa, de su familia, de todo lo que un día había dejado atrás?

Tú me miraste desde el suelo, con los ojos llenos de tristeza y los labios entreabiertos tratando de formar palabras. Tus dedos se habían cerrado alrededor de la falda de tu camisón.

—Pero cuando un visitante vuelve a casa...

Cuando un visitante vuelve a casa, lo olvida todo. Esa es la razón de que estés leyendo esto, ¿no? Y no importa que ames con locura, no importa todo lo que hayas reído o llorado aquí. Un mes o veinte años desaparecen del mismo modo.

Bajaste la cabeza ante mi silencio, como si aquello te hubiera derrotado también a ti, y el cabello te cubrió el rostro. No sé si pudiste llegar a imaginarlo... Quizá sí. Quizás estabas pensando en tu abuela, en que ella también se había empezado a olvidar de todo. Me habías dicho que había momentos en los que incluso te olvidaba a ti. Yo, al menos, no había tenido que vivir aquello.

—La... envié de vuelta. Fue... una de las cosas más difíciles que he tenido que hacer jamás —te confesé—. Pero si tuviera la oportunidad de volver atrás, si ella me lo volviera a pedir, volvería a hacerlo.

Aunque odié su rostro triste. Odié la forma en la que se adelantó hacia mí, en la que me tendió el libro. Me dijo que yo estaría bien. Me dijo que estaba orgullosa de mí y me besó las mejillas, a pesar de que las suyas también estaban mojadas. Me abrazó, tan fuerte que estoy seguro de que una parte de mí se quedó entre sus brazos, y sollozó contra mi oído. Me pidió que destruyera el libro. Supongo que temió lo que pasaría si mi padre lo encontraba.

Y después, el tomo estaba en el suelo y yo daba un par de pasos atrás mientras pronunciaba el hechizo. Olí el humo de su mundo mezclado con la lluvia. Escuché el rumor lejano de una ciudad (pasos, un carruaje, voces) y la luz de las farolas se derramó sobre la alfombra. Ella caminó hacia el portal como en un trance, con la falda de su vestido rozando el suelo, y miró por encima del hombro una última vez. Entre lágrimas, me sonrió.

Y después, se desvaneció.

Aunque era obvio que sentías lástima, aunque era obvio que lo sentías por aquella mujer y quizás incluso por mí, había algo que no entendías.

—¿Qué tiene todo esto que ver con tu padre?

Quizá también te lo estés preguntando en este momento de nuevo, ¿verdad?

—Mi padre... Mi padre me encontró delante del libro cuando ella apenas acababa de marcharse. Le bastó echar un vistazo para entenderlo. Se encaró conmigo. Estaba furioso. Estaba... Nunca lo había visto tan enojado. Forcejeamos. Quería el libro, pero mi madre me había dicho que no se lo diera. Me había pedido que lo destruyera, pero yo no quería hacerlo, yo... Iba a guardarlo allá donde él no pudiera encontrarlo, para saber al menos que todavía había algo que nos conectaba.

Dudé un segundo. Al fin y al cabo, llevaba demasiado tiempo protegiendo aquel secreto. Pero tras una pausa, de manera nerviosa, jalé un poco la punta del guante de mi mano derecha. No sé cuál fue tu expresión. No quise mirarte. Quizá ni siquiera habría conseguido verte, pues tenía los ojos nublados por las lágrimas.

—Todo... ocurrió muy rápido. Él agarró el libro y supe que la arrastraría de vuelta aquí, contra su voluntad. Conseguí arrebatárselo de nuevo y, asustado, lo tiré al fuego. Él gritó. Me golpeó, y yo a él, y... su cabeza se golpeó contra el borde de la chimenea. Ni siquiera me paré a pensar en lo que significaba que no se levantara para seguir luchando. Me di cuenta de lo que había hecho, de que el libro ardía, de que el único portal hacia mi madre ardía, y solo pensé en salvarlo. Quería tener la oportunidad de volver a verla, aunque ella nunca supiera quién era yo.

Deslicé la mano fuera de la tela. Ahí estaba, supongo. Mi último secreto. La piel quemada y oculta para que nadie supiera lo que había pasado. Para que nadie viera mi intento de aferrarme a una vida que ya nunca me pertenecería. Para intentar olvidar, yo mismo, lo que había hecho.

—Pero todo fue inútil.

## Dani

Para cuando Marcus terminó su historia, tenía el cuerpo tan congelado que no creo que hubiera podido entrar en calor ni siquiera encendiendo aquella chimenea ante la que nos habíamos sentado durante días. Una chimenea que tenía muchas más historias. Muchos más fantasmas.

Si pudiera volver atrás, me movería más rápido de lo que lo hice entonces. Si pudiera volver atrás, no dejaría que Marcus me contara todo aquello sin que yo lo tomara de la mano para animarlo a seguir.

—Lo siento. Siento no habértelo contado antes, siento... No quería que se rompiera. Esto. No quería que vieras todo de mí y me odiaras. No quería engañarte, pero...

Reaccioné un poco cuando lo escuché empezar a hablar de nuevo, pero me sentía torpe y tambaleante. Él no quería mirarme, de todos modos. Quizá tenía miedo de lo que fuera a encontrarse. Cuando me levanté, por fin, se encogió sobre sí mismo. Creo que pensó que me marcharía.

Cuando sintió mi mano en su mejilla, se tensó y me miró con los ojos morados llenos de lágrimas que hicieron que a mí se me cayeran las mías. No podía verlo así. Tan indefenso. Tan roto. Se había quitado los guantes y, sin sus costuras para contenerlo todo, se deshacía delante de mí. Apretó los labios para acallar un sollozo y mis manos limpiaron de su rostro los asomos de aquel llanto. Le quería pedir que no llorara. O que lo hiciera sin miedo. Pero tampoco podía hablar, así que ni siquiera lo intenté. En su lugar, bajé mis dedos hacia su mano herida, llena de marcas de quemaduras, tirante y arrugada. Me dolió verla, no solo por aquellas cicatrices, sino por todo el daño que había debajo de ellas. Marcus Abberlain se dibujaba en aquel mapa de cicatrices.

Del mismo modo que había hecho la noche anterior, alcé sus dedos hasta mis labios. Los besé como si de aquello dependiese que fueran a sanar. Pero unos besos no pueden curar la piel ni lo que hay bajo ella. Y mucho menos heridas como las que Marcus llevaba por todas partes. Heridas hechas de pérdidas, de soledad, de culpa. De aquel odio hacia sí mismo que había mencionado una vez y que solo entonces pude entender de verdad.

Yo no podía curar a Marcus, aquello lo sabía, pero podía intentar ayudarlo. Podía mantenerme cerca, podía demostrarle que no tenía nada que esconder. Y podía decirle, en un susurro:

—No fue culpa tuya.

Fue como si mis palabras chocaran contra un muro y, con la fuerza del golpe, lo rompieran en mil pedazos. Vi las grietas extenderse. Y después simplemente se echó a llorar. Sus hombros temblaron. Dejó caer la cabeza, derrotado, cansado. No entiendo cómo había aguantado tanto. No entiendo cómo podía haber soportado tantos años de secretos junto al corazón. Pero en aquel momento, con ellos fuera, puestos sobre la alfombra junto a las cartas que habíamos estado investigando, se derrumbó.

Le solté la mano solo para poder rodearlo con mis brazos y hacer que se apoyara contra mi pecho, que se agarrara a mí, mientras yo intentaba no llorar también. No lo conseguí. Había tanto dolor en aquellos sollozos, en la manera en la que me rodeó la cintura, que lo sentí como un desgarro propio. Inevitablemente, volví a pensar en el olvido. En que yo habría hecho cualquier cosa por proteger la memoria de mi abuela, mientras él había tenido que hacer algo que borraría para siempre la de su madre. Me pareció muy cruel.

Dejé que Marcus echara fuera todo aquello, hasta que se quedó sin lágrimas. Hasta que solo fuimos un par de personas abrazadas, muy calladas. Me pareció el abrazo más íntimo que nos habíamos dado. Aunque tuviéramos la ropa puesta, nuestras emociones estaban al descubierto, y aquello era mucho más importante que cualquier piel desnuda.

Cuando se separó un poco, mis dedos rozaron el rastro de sus lágrimas. Marcus tenía los ojos hinchados y la nariz enrojecida.

—Lo siento, yo...

Lo detuve negando con la cabeza e intenté sonreír un poco.

—Si hay algún secreto más, creo que prefiero saberlo ahora.

Marcus tragó saliva, posó su mirada en la mía.

—No hay más secretos. No para ti.

El hecho de que me hubiera elegido para contármelos me abrumaba demasiado.

—Gracias por contármelos. Por... confiar en mí. Sé que no fue fácil. Siento... —tragué saliva—. Siento haber sido una insoportable al principio. Siento haber dicho que eras un amargado y un odioso. Siento haberme entrometido tanto en tu vida y...

—Que te hayas entrometido en mi vida es lo mejor que me ha pasado en años —me interrumpió. A mí me dio un vuelco el corazón—. Yo... Quería contártelo todo. Llevaba días pensando en hacerlo, en ser totalmente sincero contigo. No quería... No quería que todo lo que estaba pasando sucediera con alguien a quien no conocías de verdad.

No le pregunté qué era lo que estaba sucediendo, porque sabía a qué se refería. A la cercanía. A la atracción. A los besos. A las caricias. A los sentimientos que pudiera haber detrás de todo aquello y a los que ninguno de los dos les pondrían nombre.

—Sí te conozco, Marcus —susurré, sin embargo—. Esto no cambia nada. Sigues siendo tú: leal hasta lo absurdo, capaz de sacrificarte por otros, de defender a su familia cueste lo que cueste... y fuerte, porque sigues aquí después de todo. Son cosas que ya sabía.

El conde apartó la vista, como si no se reconociera en mis palabras.

—También he cometido muchos errores. No podría culparte si... tuvieras una opinión diferente de mí. Si no quisieras quedarte cerca. Lo que hice fue...

—Lo que hiciste fue defender a tu mamá, Marcus. Y tu papá tuvo un accidente. No fue tu intención, pero sí que era la suya ignorar lo que tu mamá quería.

Marcus tragó saliva. Yo rocé su pelo con los dedos.

—¿Qué pasó después?

—Yo... No podía reaccionar. Lo primero que se me ocurrió fue hacer llamar a Alyssa, porque era la única persona que me quedaba. La única en la que podía confiar. Cuando llegó, yo estaba... No sé. No lo recuerdo. Solo recuerdo el dolor de la mano y a mi padre ahí, en el suelo, con aquel charco de sangre alrededor de la cabeza. Fue ella quien me ayudó. Quien me obligó a reaccionar y me dijo que, si no hacía nada, todo el mundo descubriría lo que había pasado. Fue ella quien me vendó la mano y luego me dio mis primeros guantes, para que me los pusiera. Fue ella quien me dijo que tenía que mentir. Así que lo hice. Dije que... me había encontrado todo así. Mi madre... Mi madre había dejado una nota atrás, para Rowan y para mí, diciendo que tenía que marcharse, que ya no era feliz, que nos quería, y aquello ayudó y, a la vez, no. Se habló de por qué se había ido. Se habló de que debía de haber habido una fuerte discusión entre ellos. Hubo gente que sugirió que había sido ella quien...

Quien lo había matado. Me estremecí.

—Me alegro de que tuvieras a Alyssa, al menos.

—Le debo mucho —sus ojos se levantaron hacia la alfombra, donde seguían las tarjetas—. Por eso también, si algo de esto tiene que ver con Cyril...

—¿Puedo preguntarte algo más?

Marcus parecía un poco más calmado. Apretó mi mano entre sus dedos.

—Lo que quieras.

Pese a todo, dudé. Al final, lo susurré, muy bajo y sin poder mirarlo a la cara:

—¿Estás seguro de que quieres que esto siga? Lo que hay entre tú y yo.

Entendió de inmediato por qué lo decía. Entendió que estaba pensando en su madre, en lo complicado que él mismo había dicho que había sido enviarla de vuelta. No quería que reviviera la tristeza de provocar el olvido de alguien a quien él no iba a olvidar.

Nos miramos, el silencio denso a nuestro alrededor. Parecía que siempre volvíamos al mismo lugar. A la fecha de caducidad que teníamos si conseguía regresar.

Al final, sus dedos heridos se alzaron y sentí su tacto contra mi mejilla.

—Si todo lo que te acabo de contar no cambia nada para ti..., sí. Quiero que siga.

—Pero...

—Enviar de vuelta a mi madre, aceptar que me olvidaría en cuanto lo hiciera, fue muy difícil. Pero no cambiaría por nada todo el tiempo que tuve con ella. Y tampoco cambiaría el tiempo que tengo contigo.

La manera en la que me miró entonces me desarmó. El corazón quiso salírseme del pecho para resguardarse en el suyo.

—Pero si tú no quieres, Dani, lo entiendo. Y no necesito... besos, ni ninguna otra cosa. Solo que estés. Solo... seguir viéndote, mientras pueda. Eso, por favor, no me lo quites.

—Eres idiota.

Creo que lo dije porque estaba a punto de llorar otra vez. Porque, Dios, me gustaba tanto... Creo que fue la primera vez que lo pensé así: «Me gustas, me gustas, me gustas». No se lo dije, no pude, pero lo besé de nuevo. Para que viera que sí quería aquello. Y todo lo demás.

## *Marcus*

Aquella noche apenas dormimos. Nos fuimos a nuestras habitaciones muy tarde, porque ninguno de los dos tenía sueño y porque tú no querías dejarme solo. Yo intenté mandarte a la cama un par de veces, pero cada vez que me besabas, cada vez que apretabas los brazos a mi alrededor, me olvidaba por completo de ello. Después, cuando nos levantamos para recoger aquel rastro de notas del suelo, tú te quedaste muy pensativa y luego te volteaste hacia mí.

—Déjalas a la vista.

Recuerdo parpadear.

—¿Qué?

—Las cartas. Vamos a dejarlas como estaban, en la caja. Y la caja, a la vista.

—¿Por qué?

—Porque quizá sea algo que Lía quiera. No sabemos qué información está buscando sobre ti o por qué no hace nada con la que ya tiene, pero supongo que quien está detrás de lo que le está pasando no querrá que lo descubramos, ¿no? A lo mejor Lía ya ha estado borrando rastros sin que nos demos cuenta. Si justo esas cartas desaparecen..., lo sabremos, ¿verdad? Que su marca y esa sociedad forman parte de lo mismo.

Te miré. Era obvio que estabas nerviosa, que no te gustaba ponerle una trampa a tu amiga. Otra más. Aunque, a la vez, no era a ella, sino a esa persona sin rostro que la manipulaba. Y tenías razón: aquello podía sernos útil. Aquello nos haría tener una prueba real de que no teníamos dos misterios por separado, sino uno común.

Así que lo hicimos. Apuntamos todos los datos (los distintos días, la hora siempre era la misma, la medianoche) y a la mañana siguiente tú y yo salimos de casa para ir a ver a Alyssa, dejando la caja completamente indefensa en mi escritorio, con las cartas y sus pétalos mezcladas con el resto del contenido. A Alyssa, precisamente, le contamos lo que habíamos descubierto la noche anterior. Ella tampoco había oído hablar nunca de aquella sociedad.

—Si la marca y esa sociedad están conectadas, descartaría que sea un complot —dijo—. Las rosas son el símbolo de la reina. Y son muchos años de reuniones: si quisieran actuar contra ella, ya habrían hecho algo notable, ¿no?

—Tiene sentido —dijiste tú, con un suspiro—. Han tenido tiempo de organizarse, sobre todo con el poder de sacar a gente de los libros cuando tenían a tu padre de su parte... Puede que incluso estén a su servicio: su reina ya permite muchas aberraciones, así que ¿por qué no permitiría esto?

—Entonces suponen que esa sociedad está formada por... ¿Por quiénes? ¿Nobles? Si fuera así y averiguáramos cómo se entra, quizá yo podría...

—No te ofendas, Marcus, pero nadie se lo creería —me interrumpiste—. Eres un cacho de pan. No va contigo el rollo sectario de exaltación monárquica y probablemente filonazi.

—No sé qué significa filonazi y aun así sé que Dani tiene razón. Antes que tú...

Alyssa calló y yo supe de inmediato en quién estaba pensando. Creo que tú misma, con todo lo que te había contado, pudiste suponerlo. No pude evitar convocar su nombre en mi mente, no pude evitar pensar que ese había sido precisamente su plan para llegar hasta el fondo del asunto de Cyril: ocupar el papel de caballero, infiltrarse todo lo posible entre los nobles.

No comprobamos la caja hasta que volvimos a estar juntos esa noche, mientras todo el mundo dormía. No pude evitar sentir los nervios antes de volcarla en el suelo, al igual que la noche anterior.

No supe qué sentir cuando descubrimos que las cartas no estaban por ninguna parte.

Tú y yo nos miramos en silencio, el caos de papeles como un mar entre nosotros. Por un lado, avanzábamos. Por otro, no sabíamos hacia dónde. Sabíamos, sin embargo, que en parte la clave era Lía. Era muy posible también que un grupo de nobles estuviera detrás de todo, pero seguíamos sin saber qué querían o dónde se escondían.

Lo que sí sabíamos era dónde y cuándo se reunirían todos los nobles de Albión en aquellos días.

El día del cumpleaños de Charlotte, la despertamos con un plato típico de tu mundo (hot cakes, lo llamaste) que me obligaste a preparar contigo, porque dijiste que al menos le podías regalar eso. Ella estuvo feliz todo el día, pero cuando la llamé a mi despacho a media tarde, la noté nerviosa. Se había puesto pálida y yo la hice sentarse y le di un vaso de agua, preocupado. Habíamos preparado mucho lo que tenía que pasar esa noche, pero entendí que tuviera miedo.

—Estamos a tiempo de buscar otra solución. No quiero que lo hagas si no estás segura.

Ella tomó aire y negó con la cabeza.

—Estoy segura. Quiero que me vean a mí.

A pesar de que le temblaba la mano, vi que estaba convencida. La abracé con fuerza.

—¿Y si hago algo mal? ¿Y si me equivoco y lo saben...? —susurró en mi oído.

La alejé lo justo para que pudiera mirarme a los ojos.

—Escúchame bien, Charlotte: pase lo que pase, nada va a ser culpa tuya. Pase lo que pase esta noche, estaré muy orgulloso de ti —bajé la voz—. Estoy muy orgulloso de ti, ¿de acuerdo? Muy orgulloso de ser tu padre.

Ella asintió, con sus ojos clavados en los míos. Yo deslicé mi reloj fuera de mi bolsillo y lo dejé en su mano. Sus dedos se cerraron sobre él.

—Cinco minutos, tal y como lo planeamos. Estarás bien.

—Cinco minutos —repitió ella—. Ni uno más.

Un par de horas más tarde, nos encontramos de nuevo en el vestíbulo, cuando ella bajó las escaleras con el libro de Odelle entre los brazos, apretándolo contra su pecho como si fuera a mantenerla a flote en medio de la corriente. Aquel era el libro al que habíamos decidido que viajaría, porque ya conocía el mundo que había al otro lado. Pese a que había estado preocupado por ella, de pronto parecía mucho más compuesta. Se la veía decidida, dispuesta a hacer lo que fuera necesario. Como si no la hubiera visto todos los días durante los últimos nueve años, me di cuenta de pronto de lo mucho que había crecido. Iba vestida del mismo verde de sus ojos, con la ropa que Rowan le había regalado. Pensé en lo triste que era que Odelle no pudiera verla.

Cuando se paró delante de mí, hizo una reverencia perfecta. Yo le dediqué otra en respuesta. Yinn y Altair aparecieron justo en ese momento, vestidos también para la fiesta, aunque de forma mucho más sencilla que yo, con trajes inspirados, suponía, en sus respectivos mundos. Lottie había insistido en que todos debían asistir. Fue ella quien consultó el reloj que yo mismo le había dado.

—¿Vamos a llegar tarde? ¿No es de mala educación llegar tarde a tu propia fiesta de cumpleaños?

—Dani ya está vestida —comentó Yinn mientras se examinaba las uñas—. Pero supongo que se está esmerando mucho. Para hacer bien su papel, claro, no para impresionar a nadie...

Altair le dio un codazo suave a Yinn, que se echó a reír y se disculpó diciendo que no podía haber una línea tan fina entre la mentira y la broma. Pero el daño ya estaba hecho y yo sentí que se me encendían las mejillas, sobre todo cuando Lottie emitió una risita que me hizo preguntarme cuánto sabía ella. Me jalé el cuello de la camisa, incómodo.

—Llegaremos a tiempo, Charlotte, no te preocupes.

Apenas había terminado de pronunciar esas palabras cuando apareciste en lo alto de la escalera, vestida con aquella ropa en la que claramente te daba un poco de vergüenza estar. No parabas de tocar los pliegues y las costuras, te jalabas las mangas y tratabas de recolocarte cada prenda. Dejaste de hacerlo en cuanto nos viste, pero creo que porque entonces pasaste a estar nerviosa. Apartaste la vista a tus pies al sentir que todos nos fijábamos en ti y bajaste para reunirte con nosotros. Lía iba a tu lado, pero yo solo tenía ojos para ti: para las flores diminutas que llevabas en el pelo, colocadas estratégicamente en tu peinado; para la ropa que llevabas, del mismo azul marino con el que iba vestido yo; para la forma en la que el corpiño se ajustaba a tu figura. Llevabas pantalones, pero de tu cintura caía lo que parecía la cola de un vestido que rozaba el suelo, con un degradado que iba del azul oscuro a un morado claro que se parecía al de mis ojos. Dado que Yinn se había encargado de tu ropa, ahora estoy convencido de que nada de aquello era casualidad, pero en aquel momento ni siquiera lo pensé.

Me adelanté y te tendí la mano cuando te quedaban solo dos escalones para llegar al suelo y tú la tomaste.

—Estás...

—¿Rara? ¿Demasiado arreglada? ¿Demasiado poco arreglada?

—Preciosa.

Fui consciente justo después de pronunciar esa palabra de que era la primera vez que te decía algo así, aunque ya lo había pensado antes. Me sentí estúpido por no haberte dicho nunca todo lo que me gustaba de ti. Me sigo sintiendo así, porque nunca llegaste a saber lo mucho que me gustan tus ojos oscuros, tu nariz pequeña y un poco respingona, el lunar que tienes en la mejilla izquierda. Me gustan tantas cosas de ti, Dani, que recuerdo cada pequeño detalle de tu cuerpo como si todavía estuvieras aquí y pudiera seguir mirándote sin que te dieras cuenta.

Tú retorciste la tela entre los dedos, avergonzada. No me había dado cuenta hasta aquel momento de que era más fácil desarmarte con un halago que con un ataque.

—No digas tonterías —murmuraste.

Te habría besado ahí mismo para mostrarte que no era ninguna tontería. Quería hacerlo, pero me conformé con rozarte los nudillos con los labios.

—Estamos en casa, así que todavía no tienen que fingir ante nadie —dijo Lía, y te robó de mi lado al jalar tu brazo.

Mi mano se quedó vacía y yo la apreté en un puño para no sentir tu ausencia. Sin embargo, mientras Lía te arrastraba fuera de la casa, tú volteaste hacia atrás. Hacia mí. Te humedeciste los labios y los moviste en solo dos palabras.

«Saldrá bien».

Me lo habías dicho la noche anterior, en el despacho mientras repasábamos punto por punto lo que tenía que pasar para que la noche fuera un éxito, con las manos entretenidas en nuestros cuerpos como si aquello hiciera un poco más fácil pensar en ello.

«Saldrá bien».

Me habías besado mientras lo repetías. En la comisura de los labios, en el cuello, en cada cicatriz de mi mano. Había sido fácil creerlo entonces.

Me aferré a tus palabras, a ese recuerdo, mientras el carruaje nos llevaba hasta el palacio. Me las repetí cuando fui consciente de toda la gente que estaba invitada, de la cantidad de personas que subían por la escalinata del palacio. Lo hice incluso cuando Altair dijo, muy pálido, desde el pescante del carruaje y con un Yinn muy preocupado justo a su lado:

—No puedo entrar ahí. Está lleno de mentiras.

Seguí pensando que todo saldría bien, porque ya sabíamos que Altair tenía problemas para estar entre la gente. Porque claro que los nobles guardaban secretos y mentían, pero eso no tenía nada que ver con Charlotte, no tenía nada que ver con nosotros, así que me repetí para mis adentros «Saldrá bien» y le dije a Yinn que se quedara con él, que lo sentiría si lo necesitábamos.

Continué pensándolo cuando nos encontramos con Alyssa en el vestíbulo, a la que también parecía mirar todo el mundo, su historia todavía resonando como una mancha. Seguí repitiéndomelo cuando me vi obligado a repartir saludos rápidos, siempre sin detenerme, siempre sin soltar la mano de Lottie ni tu brazo. Nos miraban, a ti especialmente, con preguntas tras los ojos. Y yo no podía dejar de pensar en cuáles de aquellas personas recibirían las cartas con los pétalos de rosa en su interior.

Y entonces entramos en el salón del trono. Entonces vi el asiento que ocuparía la reina y el lugar exacto ante él en el que yo había presentado mis respetos en mi noveno cumpleaños. Sentí el mismo nerviosismo, el mismo miedo irracional a punto de paralizarme, la misma sensación de vértigo.

Te juro que quise creer que todo saldría bien, porque me lo habías dicho tú, porque si había alguna posibilidad de que pudiéramos salir airosos de mentirle a todo un mundo, estaba en aquella noche.

Pero entonces las puertas tras el trono se abrieron. Los caballeros, vestidos de blanco, con sus espadas a la cintura, con aquellas rosas que entonces me recordaban a otras en sus pecheras, entraron en el salón, con pasos acompasados y los rostros ilegibles.

Y después entró la reina, y al verla pensé que no íbamos a conseguirlo.

## Dani

Durante todo el tiempo que había pasado en aquel mundo, me había imaginado muchas veces a su reina. En mi cabeza era algo así como la Emperatriz Infantil de *La historia interminable*. En primer lugar, porque en el cuadro que habíamos visto parecía demasiado joven para llevar sobre sus hombros el peso de un reino, y en segundo, porque era eterna. Sin embargo, la Emperatriz Infantil era un personaje esencialmente bondadoso que quería proteger su mundo a toda costa; pero yo sabía, antes incluso de verla, que la reina de aquel mundo no podía ser así. Era ella quien permitía las subastas y la esclavitud. Era ella quien parecía considerar que tenía derechos no solo sobre aquel universo, sino sobre todos los demás. En mi cabeza, aquella mujer infinita no era una buena persona. No me sorprendía que alguien se hubiera rebelado contra ella tiempo atrás.

Aquella noche, cuando la vi por primera vez, pensé de nuevo que sí que se parecía un poco a la Emperatriz Infantil. Aparentaba como mucho quince años, con su estatura baja, su cara redondeada, sus ojos muy grandes. Vestía de un blanco impoluto y perfecto, como una novia demasiado joven para casarse, con detalles de oro en los pliegues de su ropa y en su corona, hecha de rosas intrincadas. Algo en ella, pese a su físico, hizo que me recorriera un escalofrío, aunque todo el mundo a nuestro alrededor empezó a inclinarse a su paso. Yo también tuve que hacerlo, aunque por dentro había entrado en pánico. Quizá llevara así todo el día, en realidad. Ahí se habían congregado todos los caballeros y cada una de las familias nobles que, a juzgar por las miradas que había recibido en cuanto habíamos entrado al palacio, se preguntaban de dónde había salido yo. Ahí, suponía, tenían que estar también los miembros de aquella sociedad de la que no sabíamos ni dónde se escondía ni qué pretendía ni por qué tenía a un antiguo traidor entre sus miembros.

Lancé un vistazo de soslayo a Lía, que estaba tras nosotros, vestida con ropa que parecía sacada de nuestro mundo y que me había dado nostalgia en cuanto Yinn la había convocado para ella. No era la única visitante ahí: estábamos rodeados de ellos, situados todos siempre cerca de sus respectivas familias. Casi habría parecido que todos éramos iguales, mezclados en aquel salón con nuestras ropas de gala. No había ninguna diferencia a simple vista, excepto en el hecho de que los visitantes parecían llevar su propia procedencia en sus trajes, y me pregunté si aquella era la ilusión que la reina quería crear: que Albión era un mundo en el que los visitantes no eran distintos a los nobles. A la hora de la verdad, sin embargo, todos los visitantes teníamos una marca en la piel. A la hora de la verdad, nuestra voluntad podía ser anulada con el deseo de alguien que hubiera nacido en aquel sitio y tuviera un escudo.

Altair había dicho que el palacio estaba lleno de mentiras, y fingir que todos podíamos ocupar el mismo espacio en igualdad de condiciones era una más.

La reina tomó asiento en su trono, situado en un pequeño altar. A los pies de este había dos filas de caballeros, sus protectores. Reconocí a Rowan, a Abbigail y a Seren entre los que estaban en la primera línea. Mientras la música daba sus últimos compases, mantuvieron la vista al frente y las manos sobre las rosas de sus pecheras.

Todos nos pudimos erguir cuando la música terminó y la reina dijo:

—Amado pueblo de Albión, levanten sus miradas, pues solo al mirar alrededor podemos hacer crecer nuestro mundo.

Me costó no poner mala cara porque, aunque a simple vista sonaba lógico, en aquel contexto me pareció algo muy retorcido. No se suponía que un mundo debiera crecer a costa de otros. Albión, sin embargo, robaba información. Recursos. Magia. A veces había robado incluso criaturas. Sentí que se me revolvía el estómago. Miré de reojo a Marcus, pero él tenía puesta su propia careta, perfeccionada durante años para esconder todo lo que sentía. Lottie, a su lado, tomó aire. Alyssa fue la única a la que vi dejar los ojos en blanco sin ningún tipo de vergüenza.

—Hoy, por fin, nos reunimos una vez más para celebrar el milagro de nuestro mundo —continuó la reina—. No podríamos hacerlo, sin embargo, sin la familia que da forma a este milagro. En los últimos tiempos, apenas se ha visto a su patriarca participar en nuestra vida social, por eso es una alegría que hoy nos acompañe para ponerse al servicio de Albión una vez más.

Marcus tomó aire, pero se adelantó tras compartir una última mirada conmigo. Lía ocupó el lugar que dejó a mi lado y me miró de reojo, tensa. Yo apreté su mano mientras observaba al conde y a su hija recorrer el pasillo que habían abierto para ellos hasta presentarse ante la reina con nuevas reverencias.

—Majestad —dijo Marcus.

—Nos congratula verlo, conde Abberlain —sonrió la reina—. Es usted una persona tan reservada que casi llegamos a temer que quisiera escaparse también de una fiesta centenaria.

Todo el mundo en el salón rio, pero yo sentí el ataque: era una forma de hacer saber a Marcus que era consciente de que se le había pasado por la cabeza no llevar a cabo aquella ceremonia. Lancé un vistazo a Rowan, a Abbigail y a Seren. Ellos lo sabían perfectamente. Cualquiera de ellos podría habérselo contado.

El conde aguantó con entereza.

—Descuide, Majestad. Puedo haber estado alejado de la vida social, mas nunca lo estaré de mis deberes hacia Albión.

Supuse que aquello era cierto. Solo que los deberes que él entendía que tenía hacia Albión no eran los mismos que los que entendía la reina.

—Lo celebro —dijo ella, sin perder aquella sonrisa agradable—. Espero que su hija sea igual de comprometida, pero también que la veamos más por aquí. Bienvenida a la corte, joven Charlotte.

La niña respiró hondo y, apretando un poco más el libro que tenía entre los brazos, dio el paso que la alejaba de su padre para poder ponerse a su altura.

—Majestad —me sorprendió lo clara que sonó su voz—. Es un honor poder servir a Albión, a su corte y a usted.

—Qué encanto —la reina le sonrió con ternura y Lottie, pese a los nervios, tuvo que responder a esa sonrisa con otra un poco tímida. Después, la mujer dirigió la vista hacia el conde—. ¿Cree que lo saca de su madre, conde, ya que usted sí la conoció?

Hubo unos murmullos, algunas risas por lo bajo. Tensé la mandíbula. Nada de aquello era un insulto, pero cada palabra de la reina estaba medida. Vi que Marcus apretaba los puños y Lottie miraba a su padre de soslayo.

—Víbora —murmuró Alyssa por lo bajo.

—Estoy seguro de que sí, Majestad —respondió Marcus—. Y me alegro de que se parezca más a ella que a mí: sería mucho más difícil de tratar, de lo contrario.

La reina rio y así lo hicieron también parte de los invitados, como si su carcajada les hubiera dado permiso.

—Oh, pero dicen por ahí que alguien le está endulzando el carácter, ¿verdad, conde? Una muchacha a la que esta vez sí que parece que tendremos la suerte de conocer. ¿No cree que debería presentársela a todo Albión, ahora que tiene oportunidad?

Incluso la máscara de Marcus se resquebrajó un poco. Yo tuve la tentación de dar un paso atrás, de desaparecer por completo.

—No creo que sea el momento para...

—Señorita Blackwood, ¿por qué no se acerca? —le cortó la reina, demostrándole de nuevo quién tenía el poder ahí.

Sentí a Lía apretarme la mano y yo quise decirle que nos fuéramos de ahí. Pero también sentí los murmullos, las miradas, y supe que tenía que soltar a mi amiga, sobre todo cuando Alyssa me empujó hacia adelante con disimulo, aunque fue obvio que no quería lanzarme a los lobos. No podía escapar.

Si Victoria de Albión te llama, tú obedeces, con marca o sin ella.

Así que di un paso al frente y luego otro. Vi a Marcus fijarse en mí, a Lottie removerse con cierto nerviosismo, y supe que tenía que interpretar el papel de mi vida. Los dos ya se estaban jugando suficiente. Todos lo hacíamos, porque una palabra fuera de lugar por mi parte podía provocar un desastre y destapar demasiadas mentiras.

Marcus levantó la mano hacia mí cuando vio que me acercaba. Yo tomé sus dedos e hice mi propia reverencia. Recé por que fuera lo suficientemente perfecta.

—Majestad —dije.

—Danielle Blackwood —la reina pareció paladear el nombre—. Mi corte me ha contado muchas cosas de usted; estaba ansiosa por conocer a nuestra próxima condesa. Porque son ciertos los rumores, ¿verdad? ¿El amor ha llegado por fin al hogar de los Abberlain?

Los murmullos acribillaron mis oídos. Hasta entonces, tan solo habíamos jugado en espacios controlados pero, en ese momento, delante de toda aquella gente, fui más consciente que nunca de las mentiras, de mi papel, de la máscara que sentía que se me estaba escurriendo. Ni siquiera entendía por qué estaba pasando aquello. Por qué la reina quería enseñarme ante todo el mundo. Qué importancia tenía yo. Me sentí fuera de mí, como no me pasaba desde los primeros días.

—Así es.

Fue la voz de Marcus la que me rescató y sus ojos los que me acogieron cuando caí de nuevo en mi cuerpo. Alzó mi mano, aquella en la que seguía llevando el anillo de su madre, con la piedra del mismo color que aquella mirada que me obligaba a centrarme en él. El corazón me dio un vuelco cuando pasó sus labios sobre mis nudillos.

—Si no lo hemos anunciado antes es porque, quizá celosamente, quería seguir guardándola para mí —dijo—. Pero ella es la mujer que elegí para ser mi esposa, la mujer de la que me enamoré. Con ella, siento que el único mundo que necesito es aquel en el que pueda verla.

Tragué saliva. Sabía que era una actuación. Sabía que estaba diciendo las palabras que tenía que decir, en el momento en el que tenía que decirlas. Sabía que no había nada más y, aun así, su voz se me clavó tan dentro como si hubiera pronunciado un hechizo nuevo que siempre me llevaría de vuelta a él. Quise jalar aquella mano. Quise besarlo. Y, al mismo tiempo, sabía que aquella no era la línea del guion que me correspondía.

Por eso le dediqué una sonrisa que no era la mía, la de una muchacha avergonzada y enternecida. Por eso solo rocé con dos dedos su mejilla y, cuando me volteé hacia la reina, agaché la cabeza y fingí ser aquella dama que habíamos construido entre los dos.

—Es un honor estar ante usted esta noche, Majestad, y será un orgullo servirle como condesa si bendice nuestra unión.

La reina sonrió, complacida, y se echó hacia atrás en su trono.

—Bendecida sea pues la familia Abberlain, que nos abre la puerta hacia otros mundos.

Todos los presentes aplaudieron a aquella familia falsa llena de mentirosos.

## Marcus

Ambos sabíamos que la reina no estaba complacida con mi actitud. Probablemente lo sabían todos los presentes y al día siguiente sería tema de conversación en sus casas y en sus reuniones privadas. Aun así, me obligué a pensar que otras muchas personas no querrían hablar de eso, sino de nuestra escena, del romance que muchos de los presentes ya estaban completando en sus cabezas.

Aunque todavía podían ser otro tipo de historias las que recorrieran los salones al día siguiente. Historias sobre traición, sobre el conde que mintió durante años y la niña sin poderes.

Respiré hondo cuando las luces de la habitación parecieron perder intensidad. Le apreté el hombro a Charlotte y la miré. Ella tenía los labios apretados, pero parecía decidida.

—¿Estás preparada, querida? —preguntó la reina desde su trono.

—Sí, Majestad.

Charlotte dio tres pasos al frente. No podía saber si Su Majestad se acordaba de mí con nueve años, tembloroso; si recordaba que yo había dado aquellos pasos solo porque mi padre me había empujado con suavidad. Lottie, en cambio, no necesitó que la animara a hacerlo. Estaba ahí, de pie, con la barbilla levantada. A la reina pareció hacerle gracia su valentía.

—Espero que me traigas algo hermoso del otro lado, para unirse a la colección de reliquias que tus antepasados han traído antes.

—No sé si podré encontrar nada digno de usted —declaró la niña. Si quedaba algún murmullo a nuestras espaldas, se acalló para escucharla—. Pero lo intentaré.

Pensé que miraría atrás, que se fijaría en mí una última vez, pero Charlotte no lo hizo, no sé si por nerviosismo o por confianza. Con cuidado, dejó el libro en el suelo. La vi acariciar sus páginas un instante, antes de ponerse de pie.

Le había enseñado el hechizo, por supuesto. Había hecho que se lo aprendiera, para que todo estuviera medido. Para que, al tiempo que se deslizaba por su lengua para los oídos de todos, muy claro, yo también lo susurrara. Ese era el truco. Otro secreto más escondido justo delante de sus ojos. Al fin y al cabo, todo el mundo estaba mirando a Charlotte cuando pronunció la primera sílaba. Yo no era el centro de atención, unos pasos por detrás de ella. Yo, que bajé la cabeza al sentir que extendías la mano para agarrar la mía, me dediqué a mover los labios. Si alguien se daba cuenta, parecería que solo estaba acompañándola. Lo importante, de todos modos, ni siquiera era que pudiera ir, sino que pudiera volver.

La habitación se llenó de una suave brisa. Habíamos acordado que lo mejor era aparecer en la ciudad, en la misma en la que ya habíamos estado, y pronto llegó el sonido de voces, los gritos lejanos del mercado. Escuché algunas exclamaciones detrás de nosotros, supongo que de gente que no había estado dieciocho años atrás en aquella sala. Estaba seguro de que podían oler lo mismo que yo: la tierra, los animales y la gente; estaba seguro de que los caballeros y la reina podían sentir en su propia piel el calor del sol. La luz bañó la figura de Charlotte, que se llevó una mano al bolsillo de su vestido, quizá para asegurarse de que el reloj seguía ahí.

Después, desapareció.

Tomé aire, mientras el salón irrumpía en murmullos. Mis ojos recorrieron los rostros de los caballeros, que habían estado inexpresivos hasta entonces. Vi a Rowan tensarse y me di cuenta de que su mirada me estaba evitando y me pregunté si había esperado que fallara para poder echarme en cara algunos errores más. Abbigail permaneció inmutable, mirando el libro como si esperara que las páginas escupieran a mi hija en cualquier momento. A un paso de ella, Seren me estaba mirando a mí. Cuando nuestros ojos se encontraron, no los apartó. En otro tiempo, habría dicho que conocía su expresión, pero en aquel momento no supe qué pensaba.

Delante de nosotros, la reina, sentada en su trono, no había cambiado su expresión. No mandó callar a nadie. Ella, acostumbrada a la ceremonia durante siglos, observó el libro y luego a mí. Temí que lo supiera. Que hubiera algo en todas aquellas otras ocasiones que había visto aquello que no habíamos conseguido replicar adecuadamente. Pero no dijo nada y supuse que tenía que ser una buena señal. Solo quedaba hacerlo igual de bien en el regreso.

El tiempo pareció arrastrarse por una eternidad. Tu mano en la mía me mantuvo atado e hizo que pasara de manera más fácil, pero no más rápido. Conté. Consulté el reloj que yo mismo llevaba en el bolsillo.

Solo un minuto más.

El libro seguía abierto en el suelo, donde Lottie lo había dejado. Nadie se había acercado a tocarlo. Me negué a consultar el reloj de nuevo, aunque podría haber pasado por el gesto nervioso de un padre preocupado. En su lugar, fui desgranando los segundos en mi cabeza. Y cuando creí que me iba a volver loco, cuando pensé que no podía aguantar más, me incliné con suavidad hacia ti, como si quisiera contarte uno de mis secretos, y empecé a recitar el hechizo en tu oído. Tú inhalaste, sorprendida, pero entendiste lo que estaba pasando. Te lo había explicado antes, aunque no había contado con que estuvieras a mi lado en el preciso momento en el que lo hiciera. Lo agradecí, no solo porque me permitiera una buena excusa para disimular, sino porque tú apretaste más mi mano y ladeaste tu rostro hacia mí y fue realmente como si habláramos. Como si volviéramos a ser tú y yo, a susurros, en mi despacho.

Aunque aquel hechizo me parecía horrible, aunque nunca lo había utilizado para traer a nadie, no me parecía mal usarlo en aquellas circunstancias. Lottie, al fin y al cabo, era una persona que quería volver. Habíamos practicado en los días anteriores. El primer día, cuando volvió, estaba temblando y yo no quise usarlo nunca más. Me dijo que era una sensación desagradable, que su primer impulso había sido luchar contra el jalón que había sentido, como si su cuerpo quisiera moverse en contra de su voluntad. Yo lo había notado también. Pronunciar el hechizo la primera vez fue como jalar una cuerda, como intentar mover algo muy pesado. En las siguientes ocasiones, quizá porque ella me estaba esperando, había resultado mucho más sencillo.

Aquella noche, de pie delante de un público que ni siquiera sabía lo que estaba haciendo, fue incluso más fácil. Fue como un reencuentro, como si al tiempo que mi hechizo la buscaba, ella quisiera encontrarlo. La luz lo llenó todo, pero esta vez ni siquiera hubo un destello del mundo de Odelle al otro lado del portal. Únicamente Charlotte, con su vestido verde, cayendo al suelo como si hubiera tropezado en el aire.

Fue el único momento en el que nos soltamos de la mano. Me eché hacia adelante e hinqué una rodilla en el suelo delante de Lottie; tú viniste solo un paso por detrás, tan preocupada como yo.

—¿Estás bien?

La pregunta sonó demasiado alta en el silencio de la sala, pero no me importó. Lottie asintió con cuidado, como si ella misma no estuviera muy segura. Miró alrededor y después, a mí.

—Estoy bien.

Le ayudé a levantarse. La reina, esta vez sí, alzó una mano para detener los murmullos incluso antes de que empezaran. Nos observaba con fijeza y yo me pregunté si también me había mirado así a mí hacía años. No hizo falta que dijera nada para que Charlotte hiciera otra perfecta reverencia y alzara una de sus manos, ofreciéndole como prueba de su viaje lo que llevaba entre los dedos: una flor blanca de grandes pétalos que parecían brillar como si hubieran cazado la luz de la luna dentro de ellos.

—Majestad —dijo la niña en cuanto recuperó la respiración—. Le ofrezco esta flor para conmemorar mi primer viaje.

A un ademán de la reina, Abbigail se adelantó para tomar la flor y acercársela. Su Majestad la olió y repasó los pétalos brillantes. Todo el mundo pareció contener la respiración durante los segundos siguientes. Pero, en realidad, igual que nuestro deber era traer algo de otro mundo, el suyo era simplemente aceptarlo, fuera lo que fuera. Era un símbolo. Yo mismo lo había dicho: todo aquello solo era un espectáculo.

—Sea este obsequio prueba de que eres una digna heredera de tu dinastía —su voz sonó firme y, por alguna razón, aunque sabía que aquello significaba que todo había acabado de momento, que habíamos pasado la prueba, me estremecí—. Que Albión siga extendiéndose con tu voz, Charlotte Abberlain.

## Dani

—¿Cómo estás?

Lía me puso la mano en el hombro en cuanto salimos de la sala en busca de algo de aire fresco. La tensión me tenía mareada. Los ojos sobre nosotros habían sido demasiado, la mirada de la reina, el saber que la mentira podía descubrirse en cualquier momento. Cuando Marcus había empezado a susurrar en mi oído, apenas había podido escucharlo por encima de los latidos de mi corazón.

Tras la vuelta de Charlotte, me había alegrado que la atención de todo el mundo se hubiera centrado en el conde y en su hija. Los invitados los habían rodeado y aquello me había dado la oportunidad de escapar. Incluso así, varias personas me habían parado de camino hacia las puertas, con sonrisas y preguntas a las que me vi incapaz de responder.

Respiré hondo durante un minuto entero. Mi amiga se quedó a mi lado, vigilando que nadie se acercara. Nos habíamos alejado hacia un pequeño balcón con el mayor disimulo posible.

—Perdona —murmuré—. Estoy bien.

—Si te sirve de algo, fue digno de Óscar. Hasta yo me creí que fueras de aquí —dijo mientras me frotaba la espalda.

Se me escapó una risa entrecortada.

—Gracias. ¿Tú estás bien? —ella pareció sorprendida por la pregunta—. Sé que esto probablemente no es lo que más ilusión te haga del mundo y que preferirías estar en casa.

—Está bien, al menos nadie se fija demasiado en mí. Y creo que ligué con un hada, que es algo que nunca pensé que diría fuera de una partida de *D&D*, pero, bueno, ya que estoy aquí...

—¿Ligaste con un hada? ¿De verdad?

—Eso o en su mundo es normal desnudar a alguien con la mirada como saludo.

A mi pesar, tuve que volver a reírme. Estar con Lía era fácil y complicado a la vez aquellos días. Fácil porque era cada vez más la amiga que conocía, complicado porque yo no podía ser la amiga de siempre con ella. Ella me dedicó una sonrisa mientras continuaba acariciándome la espalda. Sentía mi cuerpo volver a una temperatura normal, la brisa nocturna me aclaró las ideas.

Lía se apoyó a mi lado en la balaustrada y cerró los ojos. Ahí, vestida con aquella ropa y hablándome de su última conquista, casi me pareció que estábamos en nuestro mundo, que podíamos ser nosotras mismas una noche cualquiera de fiesta. Me dolía pensar que no era así. Que había alguien tras ella, moviendo sus hilos cuando no se daba cuenta. Una persona que quizás estaba ahí, observándonos.

Miré por encima de mi hombro, de vuelta al salón del trono.

—No sientes nada, ¿verdad? —pregunté. Ella abrió los ojos y me miró con un interrogante en ellos—. Hay mucha gente aquí hoy. Me preguntaba si quizá sentías algo, o si habías visto algún rostro que te pareciera familiar...

—¿Crees que la persona que me marcó está aquí? —preguntó Lía, inquieta. La voz de Lía se tiñó de inquietud.

Tenía que ir con cuidado, así que me encogí de hombros.

—Si es alguien que quiere traicionar a la reina, quizás ha intentado colarse en una fiesta como esta para acercarse a ella.

Mi amiga se estremeció, pero negó con la cabeza.

—No siento nada distinto. Todo es igual que los últimos días.

Asentí, aunque aquello no era nada tranquilizador. Lo único que me daba algo de paz era que Lía no parecía sufrir con las órdenes, al contrario que Eoghan. No parecía ser consciente de nada, ni cuando las cumplía ni cuando se acababan.

—Así que aquí es donde se esconde la segunda mujer más famosa de esta fiesta.

Lía se apartó un paso de mí por instinto. Yo me erguí, tensa, intentando adoptar la buena postura que me habían enseñado los primeros días. Solo había visto un par de veces a aquel chico, pero ya podía reconocer su voz a la perfección. O quizá fuera ese deje sarcástico en su tono. Me volteé lo justo para ver cómo se acercaba a nosotras con una mano alrededor de una copa y la otra en el bolsillo.

—Seren Avery.

Lía me miró de reojo, en tensión, con la cabeza agachada en su papel de sirvienta. Asentí hacia ella para que entendiera que podía irse. Aunque no quería dejar a Lía sola, aunque quería estar a su lado toda la noche, esperé que Marcus y Alyssa pudieran verla y acompañarla.

Seren la siguió con la vista mientras ella pasaba por su lado sin mirarlo.

—Es de muy mala educación abandonar un baile de la reina tan deprisa, ¿sabes?

Yo le sonreí. Fue la primera vez que me planteé cómo debía enfrentarme a aquel chico, cuáles eran las teclas que debía tocar con él para encontrar la sinfonía adecuada. Con Rowan había sido fácil, con Seren no lo parecía tanto. No me había olvidado de que la última cosa que había sabido de él era que le había dicho a Marcus que sospechaba que yo era una visitante. No sabía qué quería de mí.

—¿Querías pedirme un baile? ¿Es eso?

—Considero que todavía estás a tiempo de darte cuenta de que el gran partido de la fiesta no es Marcus Abberlain, por muchas declaraciones dramáticas que haga.

Esbocé una sonrisa maliciosa mientras él apoyaba la espalda contra la balaustrada.

—¿No será que estás celoso?

—¿De él?

—De mí, por llevarme sus declaraciones dramáticas.

Se le escapó una carcajada. No sabría decir si fue sincera o no.

—Esa es una teoría interesante. ¿Te contó algo?

—Oh, bueno, solo que viajaban por diferentes mundos y se bañaban desnudos en la parte del río que estaba cerca de tu casa. Pero tranquilo: yo, como Alyssa, les guardaré el secreto.

Seren dio un respingo. Creo que fue la primera vez que se le borró la sonrisa de la cara delante de mí, y aquello me llamó la atención. Creo que fue aquel el momento en el que entendió hasta qué punto me había acercado a Marcus, o quizá le sorprendiera que él hablara de sus días juntos en el pasado.

—Ya veo —dijo, aunque no supe interpretarlo.

Me pregunté qué pensaba. Sabía muy bien qué sentía Marcus respecto a lo que había pasado entre ellos, pero no él.

—También sé que te echa de menos.

El caballero me miró como si no me hubiera visto hasta entonces. Después, la sonrisa volvió, pero fue un gesto demasiado irónico. Cabeceó, pensativo, y alargó el silencio mientras se acababa su bebida. Después, dejó la copa sobre la piedra.

—Eres como él, ¿no?

—¿Disculpa?

—¿Tú también vas por ahí queriendo arreglarles la vida a los desconocidos? ¿Esperas decir unas palabras mágicas y que volvamos a ser amigos gracias a tu divina intervención?

Me ruboricé por lo directo e inesperado de la acusación. Aunque Lía me había recriminado algo parecido, ¿no? Que me involucraba demasiado, que siempre terminaba metiéndome en asuntos que no tenían nada que ver conmigo.

—Marcus no es un desconocido, pero...

—¿Desde cuándo se conocen?

—Desde el verano pasado, cuando...

—Desde cuándo *de verdad*.

El corazón me dio un vuelco. Seren me observaba con una expresión que de pronto ya no era tan burlona ni tan divertida. De hecho, me pareció muy complicada de leer.

—Ahórrate la actuación conmigo, Danielle. O como te llames.

—¿Y por qué no te ahorras tú la actuación conmigo? —él dio un respingo, sorprendido, y yo lo encaré—. Dime la verdad: ¿de qué vas? ¿Eres un aliado o un enemigo? Porque no lo sé. No me queda nada claro. ¿Te parece bien que sea una visitante o te parece mal?

Su expresión mutó de la sorpresa al hastío.

—Me parece que eres un problema que Marcus podría haberse ahorrado. Un problema que solo está creciendo y que, sinceramente, ya no sé cómo parar. Le dije que se olvidara de ti, le dije que te sacara de su casa, pero, por supuesto, él...

—Entonces, ¿es eso? ¿Eres tú el que tiene complejo de salvador y estás velando por él? ¿Has estado haciéndolo todos estos años, desde que discutieron?

De pronto lo vi muy claro. Y él, de hecho, se quedó desestabilizado por un segundo. Se fijó en mí, sin palabras.

—¿Descubriste algo cuando investigabas la muerte de Cyril? —insistí—. ¿Algo que te asustó? ¿La Sociedad de la Rosa Inmortal, quizá?

Vi el momento de reconocimiento, por mucho que él quisiera disfrazarlo. Vi que sabía de qué estaba hablando y sentí que se me aceleraba el pulso. Al instante siguiente, sin embargo, Seren apretó los labios, levantó la vista hacia las puertas de cristal que había detrás de nosotros y después me jaló del brazo para alejarme incluso más de ellas.

—Parece que han estado jugando a los detectives —masculló—. Estoy seguro de que ha sido muy divertido, pero les recomiendo que lo dejen.

Yo me sacudí para que me soltara.

—Tienen a mi amiga. Tienen mi libro, probablemente. Dime lo que sepas. Dime dónde están, dime quiénes...

—¿Quiénes? —Seren dejó escapar una risa irónica—. No tienen ni idea. ¿Creen que esto es algún tipo de grupo de aficionados? ¿Creen que pueden...? ¿Qué? ¿Ganar?

—Seguro que hay algo que...

—¿Sí? ¿Qué?

Abrí la boca, pero en realidad no sabía qué responder. No sabíamos del todo a qué nos enfrentábamos, así que no habíamos pensado todavía cómo enfrentarlo. Por las palabras de Seren, sin embargo, me pareció que nos encontrábamos ante algo inabarcable.

El chico vio mi momento de duda. Echó otro vistazo por encima de su hombro y, después, se acercó a mí. Tuve que retroceder el paso que él dio. Fue mi espalda entonces la que encontró la balaustrada. Levanté la barbilla. Quise mantener la calma. Quise que entendiera que estaba dispuesta a lo que hiciera falta por llegar al final de aquel asunto. Quise que entendiera que yo no iba a abandonar, no cuando habíamos llegado tan lejos, no cuando estábamos tan cerca de todas las respuestas que necesitábamos.

—¿Quieres conseguir que maten a Marcus?

La pregunta me golpeó con una fuerza que no esperaba. Agradecí que la piedra estuviera contra mi espalda, porque sentí que mis piernas estaban a punto de ceder. Los ojos de Seren me parecieron muy fríos de pronto.

—Nadie va a...

—¿Qué crees? ¿Que es inmortal, como la reina? Es humano, y solo lo necesitan por su poder. Un poder que hoy ya parece tener otra persona. Si siguen así, buscando tu libro e investigando ese dichoso escudo, vas a conseguir ponerlo en peligro. Acabarán con él o lo harán totalmente miserable, lo que más útil les resulte.

Me quedé helada. El cadáver de Eoghan volvió a mi cabeza y se convirtió en el de Marcus. Lo imaginé en el sillón de su despacho, en aquella misma posición, con el rostro pacífico como si durmiera, pero incapaz de volver a despertar. Y sería mi culpa. Mi culpa, por haberlo arrastrado a aquella investigación. Mi culpa, por no saber cuándo parar. Mi culpa, por haberme quedado en su casa todo aquel tiempo. Mi culpa, por ayudar a mi amiga, por ayudarme a mí, por recuperar nuestro libro.

No pude volver a protestar. Seren lo vio. Fue consciente de hasta qué punto sus palabras habían acertado justo en la diana.

—¿Te importa?

—¿Qué?

—Marcus. ¿Te importa algo? ¿Lo más mínimo? ¿O es todo actuación? Lo conozco a él, pero no te conozco a ti. No sé si nada más lo estás usando para sobrevivir aquí o si de verdad sientes algo por él.

El corazón se me apretó en el pecho, tanto que sentí que me dolía. O quizá lo que me dolía fuera otra cosa. Los besos que nos habíamos dado. Las caricias. Las risas. Todo aquello dolía mucho de repente, de una manera distinta.

—No lo estoy usando.

—Entonces, ríndete. Acepta un lugar en este mundo, porque ni tú ni tu amiga van a volver a casa. Sabes que solo lo estás metiendo en problemas, ¿verdad? Sabes que las están usando, a ti y a esa chica. Irá a más. Siempre va a más. Creen que pueden ganar, pero no es cierto. Tu amiga ya está marcada, y lo estará para siempre, pero por sí sola no vale nada. Si te rindes, si te alejas, si lo convences de que todo esto no vale la pena, quizá todavía puedan salvarse un poco. Quizá todavía puedas salvarlo a él también. Quizá todavía no sea muy tarde.

No sé si Seren fue consciente de lo cruel que resultó. Me daba a elegir entre la posibilidad de que algo horrible le ocurriera a Marcus o aceptar la pérdida de mi hogar y que mi amiga nunca volviera a ser libre.

—Hazme caso —murmuró, y cuando lo miré me pareció que había algo muy triste en el fondo de sus ojos claros—. A veces una victoria también es saber elegir cuánto perder.

No dijo nada más. Me dejó ahí, sola, con el aire frío helándome los huesos.

Llevaba semanas en aquel mundo, pero fue entonces cuando me sentí más atrapada que nunca.

# Marcus

Me habría gustado seguirte fuera del salón cuando decidiste alejarte. Me habría encantado poder llevarte a los jardines y fingir que podíamos ser solo nosotros dos, como las noches que habíamos pasado en mi despacho. Supongo que así habríamos evitado todo lo que ocurrió. Puede que no lo que pasaría en los días siguientes, eso nos habría alcanzado de todas maneras, pero al menos aquella noche habría sido nuestra.

En lugar de eso, tuve que ofrecer sonrisas y saludos y explicaciones. No sé en qué momento pude escaparme. Supongo que cuando Rowan le pidió a Lottie que bailara con ella, tras compartir apenas una breve mirada conmigo, y la gente empezó a pasar a otros temas de conversación. Yo te busqué con la vista en ese momento, preocupado porque tampoco alcanzaba a ver a Lía por ninguna parte, y supe que no me quedaría tranquilo hasta que me asegurara de que estaban bien. Era demasiado consciente de la amenaza que podía esconderse en aquella sala, de que la persona que había marcado a tu amiga podía estar ahí, por eso fui a buscarte.

Pero alguien me encontró primero.

Abbigail Crossbow me cortó el paso con una de sus sonrisas cordiales en los labios.

—Conde Abberlain.

—Señorita Crossbow —la saludé, aunque después lancé un vistazo a mi alrededor, con la esperanza de encontrarte—. Discúlpeme, pero estaba...

—¿Buscando a su prometida? —consiguió que volteara a verla—. Me pareció ver que salía al balcón con su sirvienta, lo que supongo que significa que está en buenas manos, ¿verdad? Y que usted está libre para un baile, también. ¿Me lo concedería?

Abbigail había extendido la mano hacia mí, en un ofrecimiento para que la tomara, pero la única persona con la que yo quería bailar eras tú. Quería encontrarte. Quería asegurarme de que estabas donde ella había dicho y todo iba bien.

—Sería de una terrible educación rechazarme, conde —me dijo, con suavidad—. Espero que sepa que, tras su anuncio esta noche, mi imagen quedó lamentablemente dañada. Había mucha gente que daba por hecho que yo sería la siguiente condesa.

Algo de lo que yo no tenía ninguna culpa. Los rumores que nacían en la corte eran de la corte y de nadie más. Aun así, me sentí un poco responsable por no haber hecho nunca nada por detenerlos, también, porque sabía perfectamente lo que era ser un rumor en los labios de otros. Si un baile servía para aplacarlos, no podía hacer demasiado mal.

Me convencí de que estarías bien. De que estarías con Lía, y si ella no te había hecho nada en todo aquel tiempo, no lo haría aquella noche, con tantos ojos mirando. Me habías demostrado que habías venido a aquel baile con la mejor máscara, así que me obligué a ponerme la mía, adornada con una sonrisa cortés, y dejé mi mano enguantada sobre la de la muchacha.

Nos mezclamos con los bailarines y encontramos un hueco. Había bailado con Abbigail por última vez muchos años atrás, cuando ambos éramos adolescentes. Recordaba sus pasos precisos, sus movimientos elegantes y medidos. Por entonces me había parecido que era un poco aburrido bailar con ella. Era tan metódica que se olvidaba de disfrutar de la música. Aquella noche, sin embargo, solo me pareció segura de sí misma y ágil.

—Fue una declaración preciosa, conde —dijo, tras los primeros pasos—. Espero que sea consciente de que mañana todo el mundo hablará de ella.

—La gente habla de cualquier cosa, señorita Crossbow. En dos días encontrarán otro tema de conversación mucho más interesante. Si lo que le preocupa es lo que vayan a decir de usted, puede contar conmigo para...

—Estaré bien, no se preocupe —me sonrió—. Pero usted debería prepararse, ¿no cree? Los romances siempre despiertan una fascinación muy particular en la gente. Sobre todo, cuando son tan... inesperados.

—La sorpresa no es suficiente para mantener la atención de la gente mucho tiempo. A la hora de la verdad, mi historia con Danielle es demasiado normal para ser atrayente.

—Normal —repitió ella, y no me gustó cómo sonó su voz—. ¿Así es como la definiría?

—Solo un chico y una chica que se encuentran por azar en una librería.

—Solo que la chica resulta no ser quien dice ser.

Intenté mantenerme inexpresivo, pero estuve a punto de tropezar con mis propios pies. Estuve a punto de perder un paso, de estropearlo todo.

—¿Cómo dice?

—No hay ninguna razón para que siga haciéndose el tonto, conde —dijo, con tanta suavidad que no supe si era una petición o una amenaza—. Ambos sabemos de qué estoy hablando. ¿Cuánto tiempo cree que tardará la gente en descubrir que no existe ninguna Danielle Blackwood en este mundo?

Me bloqueé. Seguí bailando con ella porque mi cuerpo recordaba los pasos, porque los había interiorizado hacía mucho y podría haberlos dado incluso dormido. Pero mis ojos me traicionaron y recorrieron la habitación, buscándote de nuevo. Me pareció reconocer a Lía entre la gente, pero tú no estabas a su lado. La mano de Abbigail se apretó contra la mía y me jaló para que volviera a mirarla. Ella ladeó la cabeza, sus ojos sobre los míos.

—No sé...

Su expresión me impidió acabar la frase. No parecía... enojada. Parecía decepcionada, si acaso, como si me estuviera poniendo a prueba y se hubiera dado cuenta de que no iba a pasarla. Al momento siguiente, su rostro volvió a ser ilegible. Aprovechó el siguiente paso para acercarse mucho a mí. Para susurrarme en el oído:

—Estoy segura de que mentirle a la reina, mentirle a toda la corte como han hecho ustedes esta noche, podría considerarse traición.

Se me cortó la respiración. Inevitablemente pensé en las Tres Espinas, en que las tres familias habían sido supuestamente borradas, en que sus nombres habían sido tachados de la historia. Perdí el ritmo, pero Abbigail me obligó a recuperarlo, a continuar con aquel baile. De pronto no éramos nosotros los que daban vueltas, sino el salón. Mi mirada cayó sobre la reina, sentada en su trono, hablando con el duque Crossbow, el padre de mi pareja de baile. La vi sonreír. Nuestras miradas se encontraron y yo aparté la vista rápidamente hacia mi acompañante. Mi corazón comenzó a latir aterrorizado, de forma irracional.

¿La reina lo sabía? ¿Ella había mandado a Abbigail?

—Esa es una acusación muy grave —murmuré, con la voz más estable de lo que me sentía—. Una acusación que no se puede hacer sin pruebas.

—Estoy segura de que podemos encontrar la prueba en su hombro. Pero puede cerciorarse usted esta noche, si quiere.

No pude evitar la sorpresa. No entendía cómo sabía...

Solo que sí lo hacía.

Lía.

Abbigail sonrió. La canción terminó, pero yo ni siquiera me acordé de hacer la reverencia final.

—La reina quiere hablar con usted —dijo, mientras fingía acomodarme el saco—. Mañana por la mañana, para no... arruinarle el cumpleaños a la pequeña Charlotte. Creo que Su Majestad y usted tienen mucho que discutir. Y ¿quién sabe? A lo mejor incluso pueden llegar a un acuerdo.

Yo no me moví. No creí haber dicho que sí, pero debí de asentir, porque se despidió con un «hasta mañana» antes de alejarse entre los bailarines, que estaban empezando a reagruparse.

La perdí de vista entre la gente casi de inmediato, aunque probablemente se debía a que no podía enfocar con claridad. El mundo estaba perdiendo la consistencia en los bordes y, por un instante, temí que todo a mi alrededor fuera a volverse negro, que el zumbido en mis oídos fuera a ahogar por completo las primeras notas de una melodía que empezaba a sonar. Me estremecí, aunque sentía la frente perlada de sudor. El cuello de la camisa me apretaba, me costaba respirar. Me abrí paso entre la gente, buscándote, buscando alguna cara amiga, pensando que tenía que salir de ahí, que si lo sabían estabas en peligro, porque la voz de Abbigail había sonado como una amenaza.

Tenía que encontrar...

Un borrón blanco pasó cerca de mí y me volteé para ver unos ojos conocidos, un rostro un poco más pálido de lo habitual, unos labios fruncidos.

Y de pronto fue lo único que pude ver. Lo único que pude pensar.

Me moví rápido. Seren dio un respingo cuando mis dedos se cerraron alrededor de su muñeca. No le di tiempo a terminar de reaccionar. Con un jalón por mi parte y algo que podría haber sido un tropiezo por la suya, me siguió.

—¿Ni siquiera vas a invitarme a bailar primero?

Lo ignoré, porque sabía que solo quería provocarme, y lo insté a apretar el paso.

El vestíbulo estaba mucho más fresco que el salón abarrotado, pero yo no me detuve ahí, porque todavía había gente. Sentí algunas miradas sobre nosotros, pero ni siquiera me importó. Que miraran. Que hablaran. Llevaban toda mi vida haciéndolo y sabía que aquella noche, de todas formas, habrían hablado de mí incluso si hubiera sido quien ellos querían que fuera.

Solo lo solté cuando me aseguré de que no hubiera nadie en la galería. El cuadro de la reina nos miraba, rodeada de su corte y de sus nobles. Su mirada pintada nos siguió dentro de la estancia. Me pareció muy apropiado: sus ojos realmente estaban en todas partes. Habían llegado incluso a mi hogar.

Me volteé hacia el caballero, que me miró como si me hubiera vuelto loco mientras se frotaba la muñeca que le había agarrado.

—Abbigail sabe que Dani es una visitante —dije, sin rodeos—. La reina lo sabe. Podrían acusarme de traición.

Seren se quedó desubicado durante un segundo y después frunció los labios. Lanzó un vistazo al resto de la estancia, como si sospechara incluso de los cuadros, y después se fijó de nuevo en mí.

—¿Y estás intentando arrastrarme contigo?

Que aquello fuera lo único que tenía que decir se me clavó en el pecho.

—Te estoy pidiendo ayuda, Seren, porque hay cosas que no termino de entender. Porque me falta información y creo que tú la tienes.

Él entrecerró los párpados. Creo que le sorprendió. Creo que, por un momento, lo volví a ver detrás de su máscara. No respondió, sin embargo. En su lugar, dijo:

—¿Qué te dijo Abbigail exactamente?

—Ya te lo dije: que lo sabía. Que podía considerarse traición...

—Nadie te advierte de que te van a acusar de traición, Marcus. ¿Te propusieron un trato? —no necesitó que respondiera, porque vio la respuesta en mi cara—. No puedes ceder.

Se me escapó una sonrisa tan incrédula como amarga.

—La reina quiere verme mañana. ¿Y qué esperas que haga?

—Pedir perdón. Sacar a esa chica de tu casa, como te dije que hicieras. Enséñales que te importa una mierda. Entra de nuevo en ese salón y descúbrela delante de todo el mundo interpretando el papel del enamorado engañado si hace falta. Lo que sea, pero no cedas. No les dejes ver que el miedo funciona, porque si les dejas ver el poder que pueden tener sobre ti, se encargarán de explotarlo hasta que ni siquiera te acuerdes de quién eres.

—¿Es eso lo que pasó contigo?

Aunque me hubiera gustado, no fui yo quien pronunció aquellas palabras. Sobresaltados, nos volteamos hacia la puerta de la galería, que Alyssa acababa de cerrar a sus espaldas. No tuve dudas de que nos había seguido hasta ahí, de que lo había escuchado todo.

Seren tomó aire al verla. Hasta donde yo sabía, ellos no se habían vuelto a encontrar en todos aquellos años. Aunque él pareció golpeado por su presencia, Alyssa mantuvo la calma mientras se acercaba, aferrada al chal que le cubría los brazos.

—¿Alguien te amenazó, después de lo de Cyril, Seren?

Seren hizo una mueca. Por un segundo pareció arrinconado, pero después resopló y volvió a ser el desconocido de los últimos años.

—Y yo era el de la imaginación. No, Alyssa. Siento que no encontraras la excusa que querías para la muerte de Cyril, pero...

El sonido de la bofetada resonó en la estancia.

Seren se llevó la mano a la mejilla y tanto él como yo miramos a Alyssa incrédulos. Jamás la había visto levantarle la mano a nadie. Jamás me había imaginado que fuera capaz.

—Llevo diez años deseando hacer eso: Marcus se me adelantó la otra vez. Y te aseguro que no será la última, si vuelvo a escucharte mencionar a mi esposo para otra cosa que no sea llorarlo y decir que lo echas de menos tanto como los demás. Y ahora, vas a decirnos qué está pasando y contra qué estamos luchando exactamente.

La voz de Alyssa fue inflexible, como si estuviera pidiéndole explicaciones a uno de los niños a los que daba cobijo. Y durante un instante, al igual que ellos, me pareció que Seren iba a agachar la cabeza. Que iba a pedir disculpas y hablar. La forma de los dedos de nuestra amiga se estaba convirtiendo en una marca roja sobre su mejilla.

No me esperaba la risa, baja, amarga, un poco desquiciada. Pese a ella, cuando nos miró, sus ojos volvían a ser glaciales.

—Déjenme en paz.

Seren siempre tenía una respuesta ingeniosa preparada, una burla, así que aquellas palabras ni siquiera parecían venir de él. Aun así, se encaminó hacia la salida. Yo le corté el paso. Supongo que eso tampoco se lo esperaba.

—Apártate, Marcus.

Yo planté los pies en el suelo. Quizás en otro tiempo le habría respondido que me obligara a hacerlo, pero aquella noche solo me encogí de hombros.

—Aly te hizo una pregunta.

—Nadie me amenazó —resopló—. Lo que dije, lo dije porque lo pensaba. Y lo sigo pensando: todavía son dos niños que quieren ser los protagonistas de una historia que está en sus cabezas. Pero algunos hemos crecido, así que conmigo no cuenten.

Me empujó para apartarme. Traté de agarrarlo del brazo, como había hecho para sacarlo del salón, pero él se soltó de un empellón tan fuerte que me desestabilizó. Alyssa apoyó una mano en mi espalda para darme apoyo. Una vez más, juntos, lo vimos marchar. Una vez más, nos quedamos solos y fue como si una parte de lo que éramos, de lo que habíamos sido, se marchara con él.

Aunque ya habíamos pasado por aquello una vez, dolió tanto como la primera.

# QUINTO RECUERDO

Ojalá pudiera ahorrarte toda esta parte, porque no estoy orgullosa de ella. Supongo que a partir de aquí es cuando realmente empiezo a arrepentirme de cosas. Porque yo, que estaba obsesionada con recordar, de pronto me olvidé de algo muy importante: Marcus y yo nos habíamos prometido confiar en el otro y en lo que podíamos hacer juntos. Supongo que él también lo olvidó. Que, más que la magia, la memoria nos la borró el miedo.

Habíamos fabricado mentiras para todo el mundo, pero fue aquella noche cuando las creamos entre nosotros.

Y aquello lo marchitó todo.

# *Dani*

Tenía que haber visto que algo estaba mal con Marcus. Lo conocía lo suficiente como para saber cuándo se había metido un nuevo secreto más bajo los guantes. Pero yo, que llevaba los míos por primera vez bajo la ropa, que los sentía incluso bajo la piel, tenía mis propias preocupaciones. Así que cuando nos volvimos a encontrar en el salón de baile y me preguntó si estaba bien, si me había pasado algo, yo solo le dije que estaba agobiada, que sentía los ojos de todo el mundo sobre mí.

No le hablé de mi conversación con Seren. No pude, cuando sabía que aquello, lejos de disuadirlo de seguir investigando, le daría más razones para continuar hasta donde hiciera falta. Una parte de mí quería gritarlo todo, quería resistirse y pensar que valía la pena intentar todo lo que pudiéramos. Otra estaba paralizada por el miedo. Y aquella noche ganó la segunda. El terror que llevaba conteniendo desde el día que había llegado sencillamente se desbordó y tomó el control. No quería que nadie más muriera. No quería que a nadie más le pasara nada.

Marcus dijo que nos iríamos, que ya había sido suficiente. Lottie pareció decepcionada de que no bailáramos juntos, pero yo no podía pensar en bailar cuando tenía la sensación de que todas las personas que nos rodeaban podían destruirnos. Al menos Lía parecía estar bien cuando la encontramos en compañía de aquella hada de la que me había hablado.

Apenas me enteré del trayecto de vuelta. Creo que Lottie habló de fondo, pero yo no pude centrarme en nada que no fuera la conversación con Seren. La repetí en mi cabeza hasta que prácticamente dejó de tener sentido. No lograba encontrar una solución. Ya te lo he dicho: solo era humana y no me creía heroína de ninguna historia. Si Seren Avery, tan humano como yo, pero acostumbrado a otros mundos, a la magia, con una espada en su cinto, no podía haber hecho nada más que engañar a su mejor amigo haciéndole creer que no le importaba, ¿qué podía hacer yo? Nada. Nada en absoluto.

Desperté cuando la mano de Marcus alcanzó la mía. Parpadeé y volví a reparar en el mundo que me rodeaba. Estábamos ya recorriendo el camino hacia la puerta de la mansión y yo me había quedado un poco rezagada. El conde estaba justo a mi lado y me miraba con los ojos morados llenos de preocupación.

—¿Dani? ¿Estás bien?

Fijé la vista hacia adelante. Yinn y Altair, de la mano, se metían en casa mientras escuchaban el parloteo de Lottie sobre la noche. Lía se volteó para mirarnos al darse cuenta de que no la seguía. Creo que titubeó, que estuvo a punto de venir hacia nosotros y recordarnos que ya no teníamos que fingir. Por primera vez habría agradecido que lo hubiera hecho.

Pero aquella noche nada más suspiró y nos dejó solos.

—Lo lamento.

Me sobresalté al escuchar a Marcus de nuevo. El conde tenía la expresión un poco martirizada y aquello solo consiguió hacerme sentir peor.

—Tenía que haber pensado mejor lo que podía suponer una identidad como esta. No me esperaba que esto fuera a llegar tan lejos y...

Lo acallé cuando apoyé mi frente contra su hombro, igual que otras veces. No quería escuchar cómo se culpaba, cuando en realidad nada de lo que estaba pasando en su vida, nada sobre marcas extrañas ni sociedades secretas en los rincones, habría ocurrido si él no hubiera decidido ayudarme desde el primer momento. Marcus había tenido una existencia muy diferente antes de que yo llegara, una llena de secretos, pero que no incluía espías en su propia casa. Marcus ya había sufrido suficiente y yo no quería ser la razón de más dolor, de más pesadillas.

Tenía que alejarme, justo como Seren había dicho. Tenía que marcharme de aquella mansión, por mucho miedo que me diera. Tenía que llevarme a Lía y buscar un nuevo refugio para ambas, lo más aislado posible. Debíamos aceptar que nunca volveríamos a nuestro mundo y buscar nuestro sitio en Albión. Si me quedaba, Marcus Abberlain seguiría haciendo todo lo que pudiera por mí, igual que había hecho todo lo que había podido por Odelle, por Charlotte, por su madre. Igual que habría hecho cualquier cosa por Seren, probablemente. Por eso él mismo había mentido. Por eso él mismo se había alejado.

Y le había funcionado durante años.

Los dedos de Marcus rozaron mis cabellos. Sus labios se posaron en mi cabeza. Estuvimos así un minuto entero, hasta que él se separó, aunque yo quise decirle que no lo hiciera. Que, por aquella noche, me dejara abrazarlo todo el tiempo y nada más. Me sorprendió la suavidad con la que tomó mi mano y me jaló, pero sobre todo el hecho de que sus pasos no se dirigieran hacia la casa. En su lugar, nos movimos hacia el mismo cerezo bajo el que habíamos hablado de recuerdos y primaveras. Aquel día me había dicho que esperaba que los recuerdos de los visitantes no desaparecieran de verdad, que solo se quedaran dormidos en algún lugar, esperando a ser despertados. De pronto estuve segura de que había estado pensando en su madre, que deseaba que ella todavía tuviera algún rastro de él y de sus días juntos en el fondo de su memoria.

Lo miré, sobrecogida por todas las cosas que había descubierto de él en aquellos días. Por todo lo que me había confesado, por todas las veces en las que había confiado en mí. Él, sin embargo, seguía pensando que solo estaba agobiada, que la noche había sido demasiado. Quizá quería tranquilizarme, darme otra cosa en la que pensar, y por eso me besó los nudillos y susurró:

—¿Me concederías un baile?

El corazón se me hundió un poco en el pecho.

—No hay música...

—No la necesitamos. Yo, al menos, ahora mismo, no necesito nada más que esto.

Sabía perfectamente a qué se refería. Bailar a solas en el jardín no era algo muy distinto a escondernos del mundo y prodigarnos besos en su despacho. Habíamos aprendido a convertir el tiempo a solas en una puerta más a otro mundo. Un mundo en el que no teníamos que fingir. Un mundo en el que existíamos al margen de todas las pesadillas que nos esperaban al otro lado.

Me dolió ser consciente de que aquellos momentos habían sido otra mentira, una tan bien montada que ni siquiera nos habíamos dado cuenta de que nos la estábamos contando. Las pesadillas siempre iban a terminar atrapándonos.

Sentí ganas de echarme a llorar. Estoy segura de que se me anegaron los ojos, de que se me nubló la vista. Pero contuve las lágrimas, contuve la ansiedad y el miedo, y le apreté los dedos.

Estaba dispuesta a mentirme un poco más, solo un poco más. Solo una noche más.

—Será un placer, conde.

Pese a que no lo habían hecho desde que nos habíamos reencontrado en la fiesta, las comisuras de los labios de Marcus se levantaron un poco. Me jaló con suavidad. Me acercó a su cuerpo y nos movimos, el uno como el reflejo del otro. Nuestras manos se encontraron en medio de los pasos, nuestros cuerpos giraron. Nos rozamos la cintura, el cuello. La brisa sopló, mil recuerdos se descolgaron de las ramas de los árboles y bailaron con nosotros.

Es absurdo, pero durante un segundo, aunque solo fuera durante un segundo, pensé que quizás había perdido todo lo que conocía, quizás estaba perdiendo la esperanza, quizás iba a perderlo a él, pero atrapada en aquel mundo al menos no perdería aquel recuerdo.

No quería olvidarlo. Pasara lo que pasara, no quería olvidarlo. No quiero olvidarlo.

Un paso nos acercó más de la cuenta, su mano en mi cintura y la mía en su hombro, su pecho casi pegado al mío, los rostros demasiado cerca y los cuerpos más juntos de lo que debían estar. Girábamos en círculos lentamente, pero el mundo ni siquiera parecía girar con nosotros mientras miraba en aquellos ojos imposibles que tenían mil cosas gritando tras ellos. Ahora supongo que los dos estábamos gritando, solo que no podíamos entender el idioma del otro.

—No era mentira —susurró.

Lo miré sin comprender, pero sin querer moverme ni hablar, o quizá sin poder hacerlo. La mano que Marcus mantenía tras su espalda se alzó. Sus ojos se apartaron de los míos el instante que tardó en rescatar un pétalo de mis cabellos y dejar que la brisa se lo llevara. Habíamos dejado de movernos, aunque ni siquiera sabía cuándo.

—Lo que dije en el baile, no era mentira.

Sentí mi mirada terminar de nublarse cuando lo entendí. Supe lo que iba a decir antes de que lo hiciera. Quise pedirle que no lo hiciera y, al mismo tiempo, quería escucharlo. Era una adicta a todos sus secretos y supe, de pronto, que aquel me pertenecía a mí, solo a mí, y aquello me hizo sentir absolutamente miserable y absolutamente feliz.

—Me enamoré de ti.

Estoy segura de que le dio forma a un mundo nuevo con aquellas palabras. Uno en el que quizá podía estar conmigo. Uno en el que éramos más parecidos, o igual de distintos, pero teníamos un lugar en el que encontrarnos.

Y yo, con un sollozo atragantado en la garganta, no pude hacer otra cosa que besarlo.

# Marcus

Decirte lo que sentía por ti aquella noche no nació de la necesidad de que me correspondieras. No esperaba que me besaras bajo las estrellas o que me susurraras que entráramos a la casa. No lo hice porque quisiera que me dijeras que sentías lo mismo, aunque habría deseado escucharlo. Si me confesé fue porque necesitaba sentir que todavía controlaba algo, que todavía podía ser yo quien decidiera cuándo y cómo contarte aquel último secreto a voces.

Supongo también que lo dije porque me pesaba no ser sincero. Una parte de mí quería contarte lo que había hablado con Abbigail y la discusión con Seren, pero sabía que no podía hacerlo, que nunca me habrías dejado ceder. Temí que antes de permitirlo te entregaras tú misma y te echaras toda la culpa. Tuve la seguridad de que lo harías. Tuve la seguridad de que querrías protegerme tanto como yo quería protegerte a ti. Temía que fuera aquello lo que te alejara de mí, de la casa, de lo que habíamos vivido.

Fui un estúpido. Después de tanto confiar en ti, me volvía a encontrar de vuelta en el principio. Y no sabes lo que dolía, Dani. No sabes lo frustrado que me sentía.

Aun así, tú no supiste lo que me pasaba por la cabeza esa noche. Y yo, por mi parte, no podía saber lo que pensabas tú. Creo que ninguno volvió a preguntar nada por miedo a las respuestas. Creo que ambos preferíamos olvidar, así que no hablamos mientras entrábamos en la mansión, mientras nos besábamos en las escaleras, mientras yo te apoyaba en la puerta de mi cuarto y luego tú me empujabas hacia la cama. Apenas dijimos más que nuestros nombres mientras volvíamos a encontrarnos, con las manos y las bocas. Nos desnudamos por completo, de una forma en la que todavía no nos habíamos desnudado, con calma, queriendo alargar el tiempo, guardar en la memoria cada centímetro de piel descubierta. Creo que nada más susurré una pregunta cuando te tuve debajo de mí y tú la respondiste con un «por favor» que sonó más suplicante que nunca. Después, tomaste mi mentón y me hiciste mirarte mientras me hundía en tu cuerpo y yo estuve a punto de perder la razón con aquello, con tu expresión, con tu mirada. No me habías dicho que me quisieras y, sin embargo, me pareció entenderlo en aquellos ojos en los que no quise dejar de mirar.

Nos dejamos llevar más que nunca, nos acercamos más que nunca, quizá precisamente para compensar toda la distancia que estábamos poniendo al mismo tiempo entre nosotros.

No me gusta creer que pensamos en ello como una despedida, pero quizá tú sí lo hicieras.

Las palabras de Abbigail y Seren seguían resonando en mi cabeza mientras yo intentaba dormir, más tarde, contigo entre los brazos. Esa noche no hiciste amago de volver a tu cuarto y yo lo agradecí. Solo te quedaste muy quieta, con tu mejilla contra mi pecho y los ojos cerrados. Yo supe, mientras te miraba, que no podía hacer lo que Seren había dicho, que nunca sería capaz de alejarte por propia voluntad. Sabía que tenía que ir a ver a la reina, escuchar lo que tenía que decirme. Abbigail había dicho que quizá podíamos llegar a un acuerdo y yo estaba dispuesto a aceptar el que fuera por ti.

Incluso si, como decía Seren, aquello significaba ponerme en sus manos.

No sé cómo conseguimos dormir algo aquella noche. Me desperté con las primeras luces del día, contigo acurrucada contra mi costado y nuestras manos todavía unidas. Durante un buen rato, no me moví. Permanecí muy quieto, observándote, pensando en todo lo que nos había llevado hasta aquel momento. Me pregunté si habría algún libro que me permitiera volver atrás en el tiempo para hacer las cosas mejor desde el principio, si habría alguna magia que pudiera ayudarme, pero lamentablemente no conocía la respuesta.

Cuando consideré que no podía retrasarlo más, traté de deslizarme fuera de la cama, pero tú entreabriste los ojos en el mismo momento en el que te solté la mano.

—¿Marcus...?

—Sigue durmiendo —me incliné sobre ti y te besé la frente—. Es temprano.

Pensé que lo harías. Cerraste los ojos, al menos, pero volviste a abrirlos al sentir que abandonaba la cama y arreglaba las cobijas a tu alrededor.

—¿A dónde vas?

No quería mentirte, pero tampoco podía decirte que iba al palacio. Las palabras me pesaron sobre la lengua, pero, aun así, las pronuncié:

—Tengo un recado que hacer, un asunto de negocios. Te sorprenderá saber que un conde no puede mantenerse solo de enviar a visitantes de vuelta a sus casas.

No te di tiempo a protestar antes de dejar sobre tu boca otro beso pequeño al que correspondiste intentando alargar un poco más el momento. Estuve a punto de ceder. Estuve a punto de olvidarme de todo, de no separarme de ti, pero al final lo hice y tú me seguiste con la mirada mientras me dirigía hasta el armario e incluso después, cuando me encerré en el baño para asearme y vestirme. Para cuando salí, te descubrí sentada en la cama, mirando por la ventana, por la que se colaba la luz del amanecer. Lo único que te tapaba era tu pelo negro, que caía sobre tu espalda. Pensé que eras lo más hermoso que había visto en mi vida.

Me acerqué despacio hasta el borde de la cama. Tu mirada me encontró.

—¿Vas a tardar mucho?

Me pareció la pregunta de alguien que me iba a echar de menos, nada más, aunque fuera algo que no encajara del todo contigo. Casi me resultó tierna. Casi me hizo sonreír.

—Un poco. No sé cuánto me llevará. Quizá media mañana; puede que algo más.

Tus manos se alzaron para rozar con los dedos las solapas de mi saco. Hiciste que me inclinara y me diste un beso suave, muy lento. Me sentí ruin por mentirte mientras tú me besabas así, desnuda en mi cama. A la vez, todo parecía convencerme de que hacía lo correcto.

—No me eches mucho de menos —susurraste, cuando nos alejamos un poco.

Aunque tú no sonreías, supuse que era una broma.

—No puedo prometer nada.

Un último beso. Alejarme requirió de toda mi fuerza de voluntad. Cuando, desde la puerta, te miré por encima del hombro, tú seguías en el mismo sitio, con los ojos puestos en mí. Solo levantaste la mano para presionar tus labios contra el anillo en tu dedo y fue como sentir tu boca sobre la mía de nuevo.

Cerré la puerta y te dejé ahí.

## Dani

—No puedo creer que te hayas acostado con él.

En otro momento el suspiro exasperado de Lía me habría arrancado una risa nerviosa, como había pasado tantas otras veces en nuestro mundo, cuando ella desaprobaba a alguna de las personas que me llevaba a casa. Aquel día, sin embargo, solo hundió más profundo el puñal que yo misma me estaba clavando. No me arrepentía de haberme acostado con Marcus, pero sí de que aquello fuera a ser lo último que sabría de mí. Aquello y la nota que había dejado en su despacho.

No tenía el valor para despedirme a la cara. No creía poder actuar lo suficientemente bien como para que se creyera las mentiras que pudieran salir de mis labios. Podía mentir a todo el mundo, pero supe que no podría mentirle a él, y que él nunca me dejaría marchar, no así, no por eso. Aquello ya había pasado antes. Yo ya había querido huir, ya había sentido la culpa instarme a alejarme lo máximo posible el día que habíamos encontrado muerto a Eoghan. Y entonces Marcus y su beso me habían convencido de que quizá todo podía salir bien, de que el lugar correcto en el que estar era a su lado.

Lía vio de inmediato que algo pasaba. Se había incorporado en la cama, medio adormilada, pero, en cuanto me miró, se apresuró a levantarse y a sostener mi rostro entre las manos mientras yo luchaba por contener las lágrimas.

—¿Dani? ¿Qué pasa?

Se me escapó un sollozo mientras me apoyaba contra ella. Lía tardó un segundo en reaccionar, demasiado sorprendida, pero después se apresuró a abrazarme.

—¿Qué es? ¿Te hizo algo? Si te hizo algo, voy a...

Negué con la cabeza, con fuerza.

—Entonces, ¿qué? ¿Qué pasa, Dani? Déjame ayudarte. Sé que no he ayudado mucho hasta ahora, pero...

—Tenemos que irnos. Tenemos que irnos, y necesito que no hagas preguntas, por favor.

Lía me miró confusa. Buscó en mis ojos alguna explicación, pero yo no podía dársela. Al menos esperaba poder tenerla a ella, poder salvarla un poco de aquella forma. Esperaba que pudiéramos encontrar una vida juntas, esperaba que lo que había dicho Seren fuera cierto y aquello pudiera ser una manera de conseguir que la dejaran en paz. Eoghan había dicho que se olvidaban de ti cuando dejabas de ser útil. Sin una excusa para estar dentro de aquella casa, Lía era solo una humana más.

Al final, mi amiga asintió, aunque sé lo mucho que le costó no discutir, no poder entender.

—Está bien. De acuerdo. Estoy de tu lado.

Aquello estuvo a punto de hacerme llorar con más fuerza, pero me tragué las lágrimas y me volteé hacia el armario, para agarrar una maleta en la que meter algunas mudas. Ella me ayudó en completo silencio, pero lanzándome miradas ansiosas. Su propia cabeza debía de estar llena de preguntas y miedos que contuvo para poder apoyarme. Esta es la cuestión: estaban usando a Lía, pero no lo hacían todo el tiempo. La mayoría del tiempo mi amiga estaba ahí, justo a mi lado. Dispuesta a hacer por mí cualquier cosa, igual que yo había estado dispuesta a hacerlo todo por ella.

Cuando salimos del cuarto, me di cuenta de que quizá podía evitar mirar a Marcus a la cara, pero en aquella mansión no estaba solo él. Dejar aquella casa era también dejar a mucha más gente que también había sido amable conmigo, gente con la que me había reído y que me había tendido una mano desde el primer día.

Fui consciente de ello cuando me encontré a Charlotte en el vestíbulo, mientras nosotras bajábamos las escaleras.

La niña nos miró, confundida, a mí al borde de las lágrimas y a ambas con maletas a los hombros.

—¿Vamos a alguna parte? —preguntó.

Lía balbuceó algo antes de voltearse hacia mí. Yo tomé aire, pero al final salvé los escalones que nos quedaban y me acerqué a la niña para tomar su carita entre las manos. Lottie, como ya he dicho, era más lista que nadie. Lo había demostrado el día anterior y lo volvió a demostrar cuando se zafó de mí.

—¿Qué pasa?

—Nos... Nos vamos, Lottie.

—¿Papá encontró su libro?

—Aún no, pero...

—Entonces no tienen que ir a ninguna parte.

Me sorprendió lo inflexible que sonó. Me sorprendió su rostro, su ceño fruncido, su mirada brillante y un poco molesta. Quise pedirle que no hiciera aquello más difícil, explicarle que ya se me estaba quedando la mitad del corazón atrás.

—Lottie... —comenzó Lía.

—No —protestó ella, y nos miró de nuevo—. ¿Papá sabe esto? ¿Que se van?

—Sí —dije yo. Otra mentira más.

Charlotte me miró con los ojos muy abiertos, incrédula.

—¿Y le parece bien?

—Sabe que es lo mejor ahora mismo.

—¿Qué está pasando?

Me estremecí cuando Yinn apareció, con Altair a su lado. El celeste se tambaleó un poco en cuanto me vio, como si todas las mentiras que llevaba acumulando desde la noche anterior lo hubieran golpeado físicamente. Me miró incrédulo, sin comprender. Yinn lo había agarrado del brazo, pero me miraba a mí.

—¿Dani?

—Lo siento —murmuré.

—Gracias por cuidar de nosotras estos días —intervino Lía, y después jaló mi mano.

—No, esperen.

Yinn se adelantó y yo temí que usara su magia para encerrarnos. Peor aún: temí que dijera las palabras correctas. Así que no le di la oportunidad mientras clavaba la vista en mis pies:

—Por favor, Yinn. Tú tomaste tu decisión, pero te dije que yo no era como tú, ¿verdad? No es justo que nos impidas tomar la nuestra.

Mis palabras fueron una bofetada. Separó los labios, sin saber qué decir, y terminó clavando los ojos en el suelo. La voz de Lottie sonó al borde del llanto:

—¿Discutiste con papá? ¿Es eso? Seguro que pueden arreglarlo. Seguro que te pide perdón. No se vayan, no pueden irse si no es con su libro. Me prometiste que me enseñarías tu mundo, ¿no?

Dejé escapar un sollozo. Incluso Lía tuvo que levantar la vista al techo y parpadear. Intenté abrazar a Lottie para despedirme, pero ella, que estaba confusa y furiosa y dolida, se retiró antes de que pudiera tocarla. Y yo lo acepté, porque no parecía justo pedir otra cosa.

—Lo siento —repetí.

Miré a Altair. Supongo que él intentaba entender, unir los puntos de las cosas que podía alcanzar a ver con todos aquellos ojos. Si lo hizo, no se movió. Quizá pensó que me lo debía, porque yo había sido quien le había salvado la vida al levantar la mano en aquella puja. Quizá no supo qué hacer.

Lía fue quien me sacó de ahí y yo ni siquiera me atreví a mirar atrás mientras traspasábamos el umbral de la puerta. Fue ella quien me sostuvo después, apretándome contra su cuerpo, sus labios contra mi sien. Murmuró que estaríamos bien, que podía apoyarme en ella.

—Siento no haber estado a la altura los primeros días —dijo, con un nudo en la garganta—. Pero ahora te lo voy a compensar, ¿okey? Aunque no lo entienda mucho, te tengo. Ahora cuidaré yo un poco de ti.

Asentí y me pasé la mano por la cara. Me sentía tan tonta, sin poder parar de llorar. Ella, sin embargo, me apretó más contra su cuerpo y no me dejó caer.

Y entonces, a unos pasos de llegar a la reja de entrada, se detuvo. Lo hizo de golpe y yo, en mi estado, ni siquiera me di cuenta de lo que pasaba al principio. Pensé que quizá también estaba siendo difícil para ella. Que a lo mejor tenía dudas. Que le podía el miedo a traspasar aquel espacio que en todo aquel tiempo solo había abandonado la noche anterior. Pero entonces dijo:

—Tenemos que ir al palacio.

Levanté la vista, confusa. Y lo vi. La expresión se le había caído del rostro: no había nada en aquella cara, en aquella mirada que siempre había sido muy evidente en todo lo que sentía.

—¿Qué? —pregunté, con la voz encajada en la garganta. Supe perfectamente lo que estaba sucediendo, pero quise negarme a aceptarlo al principio.

—Tenemos que ir al palacio —repitió ella, con una voz que ni siquiera parecía la suya. Después me tomó del brazo y me jaló—. Vamos, Dani.

Sentí la ansiedad apretarme el pecho. Intenté soltarme. No sabía qué era más horrible para mí: si verla actuar de aquella forma, saber que alguien sin rostro estaba manipulándola en aquel mismo momento, o no entender por qué, para qué, qué significaba todo aquello.

—No, Lía, no vamos a ir al palacio, tenemos que...

—Tenemos que ir al palacio —dijo de nuevo, y sus uñas se clavaron en mi muñeca como habían hecho cuando habíamos llegado a este mundo y, a la vez, de una forma muy distinta.

Me aparté de golpe. Intenté ser yo quien la agarrara a ella. Intenté sacudirla un poco.

—Lía, mírame. Esta no eres tú. Despierta, por favor. Estoy aquí. No quieres que vayamos al palacio, ¿no lo ves? No quieres. Vuelve conmigo, Lía, por favor, por favor.

Creo que hasta aquel momento las órdenes de Lía apenas interferían con el resto del mundo. Quienes estaban tras ellas lo habían querido así, supongo, para que levantara las menos sospechas posibles. En aquel momento, sin embargo, habían dejado de tener aquel cuidado. Y yo, además, arrastré su conciencia. La llamé. Y ella consiguió emerger de las profundidades a las que la habían lanzado y me miró.

Aquello solo lo empeoró.

Lía no había sufrido hasta entonces porque ni siquiera sabía lo que hacía. Pero entonces se dio cuenta. Vi el segundo en el que fue consciente de que había algo luchando dentro de su propio cuerpo, en el que supo que alguien más tenía el control. Vi el momento también en el que quiso debatirse. Me soltó y, al hacerlo, tuvo que llevarse una mano al pecho. Gimió.

—Dani —dijo, aterrorizada—. Dani, ¿qué está pasando? ¿Qué...?

Dejó escapar un grito y cayó arrodillada. Me apresuré a agacharme con su nombre en mi boca, el miedo enganchado en mi pecho y la sangre helada. Aquello no estaba pasando. Aquello no le estaba ocurriendo a mi mejor amiga. Me lo repetí, me lo negué, pero eso no evitó que Lía siguiera sufriendo. Extendí mis dedos hacia ella y ella se inclinó sobre sí misma. Se arañó el pecho como si pudiera arrancarse aquella marca que, cuando se desabrochó la camisa, brillaba.

Me pareció horrible. Me pareció una tortura. Los ojos se me llenaron de lágrimas y me apresuré a estrecharla entre mis brazos, a apoyarla contra mí, consciente de que solo había una manera de parar aquello.

—Iremos al palacio. ¿Me oyes? Iremos al palacio. Está bien.

Ella jadeó, mirándome con los ojos muy abiertos, aterrada, pero la marca se apagó.

Supe que Seren se había equivocado: que no importaba cuánto intentara alejarnos, cuánto intentara salvarnos.

No había escapatoria.

## Marcus

No puedo explicarte lo mal que me sentía por hacer aquello a tus espaldas. Incluso Alyssa me había dicho que no lo hiciera. Tras nuestro choque con Seren, me había pedido que no fuera y yo le había dicho que lo pensaría, pero en realidad nunca llegué a tener dudas.

Pese a todo, no puedo decir que me arrepintiera en ningún momento, ni siquiera cuando Abbigail me recibió a las puertas del palacio y me guio a una sala en la que me hizo esperar, a solas, durante un tiempo que amenazó con volverme loco. Tampoco más tarde, cuando por fin volvió a buscarme y me custodió hasta el mismo salón en el que horas atrás había habido una celebración.

La reina me esperaba sentada en el trono, tan magnífica como la noche anterior. Abbigail agachó la cabeza ante ella con idolatría antes de dejarnos completamente solos en aquella estancia inmensa.

—Dos días seguidos en el palacio, conde —dijo la mujer ante mí después de atender a mi reverencia—. Espero que esto se convierta en una costumbre. Siempre me ha gustado tener a los miembros de la familia Abberlain cerca y temía que eso se hubiera perdido en esta generación.

No me molesté en decirle que solo estaba ahí porque ella me había convocado, igual que el día anterior. En ninguna de las dos ocasiones se me habían dado muchas más opciones: la reina hacía y deshacía a su antojo, por las buenas o por las malas.

—¿Supongo que esperaba que me pareciera más a mi padre?

Si la mujer que tenía delante de mí había encontrado algo de descaro en mi pregunta, no lo dijo. De hecho, sus labios se curvaron en una sonrisa demasiado paternalista para aquel rostro tan joven.

—Aloys Abberlain era un súbdito entregado. Albión fue muy afortunado al tenerlo a su servicio. Es una lástima que su hijo no parezca haber seguido sus pasos.

Tensé la mandíbula.

—Mi padre no estaba al servicio de Albión: rompía todas sus reglas. La regla es que los visitantes llegan, no se los... arrastra hasta aquí. Pero él lo hacía. Aunque quizá lo sepa mejor que yo, ¿verdad? ¿Le servía a usted de esa forma? ¿Usaba su poder para robar no solo objetos e información, sino también vidas enteras? ¿Eso es lo que esperaba de mí?

Su rostro no dejó entrever ni la más mínima vergüenza ni el más mínimo arrepentimiento. Simplemente suspiró, como si le aburriera tener que explicarme una lección que otra persona debería haberme enseñado antes:

—Robar implica que no tenemos el derecho a tomar nada de esos mundos, pero eso es exactamente para lo que la Creadora nos hizo, Marcus. Este mundo siempre se ha alimentado de otros, ¿no lo ves? Desde su origen ha estado lleno de libros, de visitantes. Tu familia solo crea los puentes para que eso siga siendo así. Traemos las cosas buenas que tienen en otros lugares, dirigimos el reino hacia un futuro mejor. Seguimos la naturaleza que nos creó. ¿Por qué tendrías si no tus poderes? ¿Por qué tendríamos acceso a otros universos si no podemos aprender de ellos?

—No necesitamos sacarle nada a nadie para eso. No necesitamos... marcar a nadie y someterlo a nuestra voluntad, como han estado haciendo. ¿A cuántos nobles les han dado visitantes a la carta a lo largo de todos estos años?

—¿Sabes, Marcus? Me sorprende que un mentiroso redomado como tú tenga tantos escrúpulos.

Me quedé muy quieto, sorprendido por la acusación, pero ni siquiera podía negarlo. Ella sabía que había mentido respecto a ti y esperaba que no fuera mi único engaño.

—Las marcas son solo una parte más de lo que somos, tanto ellos como nosotros: algo que nos recuerda a quién pertenece realmente esta tierra. Y son también una seguridad... Aunque quizá creas que no marcando a esa chica la has salvado de alguna forma. ¿Es eso? —ladeó la cabeza y pareció la joven inocente que se veía en los retratos, no la mujer que dirigía un mundo entero—. ¿Crees que la has hecho más libre al pasearla de tu brazo e inventar una identidad para ella?

Aquello había sido lo que había intentado, sí, pero al final te había enterrado entre mentiras, obligada a interpretar un papel. El disfraz que yo llevaba nunca me había hecho libre a mí y aun así había creído que contigo sería diferente.

La reina cruzó las piernas y apoyó la barbilla sobre su mano. Al ver que no respondía, añadió:

—A lo mejor no eres tan diferente a tu padre, después de todo.

—¿Qué...?

No llegué a acabar la pregunta. De pronto, supe a qué se refería. Estaba hablando de mi madre. De que mi padre también se había enamorado de una mujer de otro mundo. La había hecho su prometida primero y su esposa después.

Pero se suponía que nadie sabía ese secreto.

—¿Por qué? ¿Quizá porque tienen tantos mundos a su disposición que son incapaces de conformarse con lo que les ofrece este? A lo mejor esa es su naturaleza... Pero al menos él me pidió permiso. Al menos él no intentó engañarme ni me tomó por necia, Marcus.

Pronunció mi nombre con un filo peligroso en la voz. Como la noche anterior, sentí ganas de dar media vuelta y echar a correr. El instinto me gritaba que huyera, que abandonara aquel mundo si podía, pero me obligué a mantener la barbilla alzada.

—No pediré disculpas por querer protegerla.

Ella ya lo sabía, porque la sonrisa se extendió en su boca.

—No, por supuesto que no. Por eso estás hoy aquí, ¿verdad? Dispuesto a sacrificarte por ella...

Tomé aire, consciente de que aquello era justo lo que Seren me había advertido que debía evitar. De pronto, sus ojos me parecieron muy profundos, capaces de ver dentro de mí. Estaba seguro de que me seguirían por toda la habitación si me movía, como los del cuadro de la galería. Estaba seguro de que podía ver que tú no eras el único secreto, la única mentira que había pronunciado con la intención de transformar un poco el mundo en el que vivía.

—Solo quiero su libro —dije—. Lo tienen, ¿verdad? No sé a quién usan para poner esa marca y que nadie lo relacione con la corona, no sé si es un descendiente de los Abbot que quiere ganarse su perdón o... No me importa, pero es obvio que le sirve a usted. Y si lo hace, tiene que saber dónde está su libro. Dénmelo. Deje que la devuelva, a ella y a su amiga, y después seré el conde Abberlain que no he sido estos años. No voy a arrancar a nadie de su hogar, pero investigaré mundos para usted, si es lo que quiere. A cambio, ella tiene que poder regresar.

En retrospectiva, no sé cómo pude haber entrado en aquella habitación con alguna esperanza de poder ganar. Todo estaba perdido desde el principio. Iba a tener que adaptarme a sus reglas, iba a tener que claudicar.

La risa de la reina me heló la sangre en las venas.

—Oh, Marcus, creo que estás un poco confundido... Las condiciones no las pones tú.

Cerré mis puños mientras ella se acomodaba en su trono, mirándome desde arriba. A su alrededor parecía haber un aura que avisaba de su poder. El mismo poder que tenía sobre quienes guardaban la puerta del salón del trono en ese momento. El mismo poder que había tenido sobre mi familia durante generaciones. Un poder probablemente nacido del conocimiento de que nadie podía matarla, de que había visto y vivido tanto como el mundo que habitábamos.

—Verás, conde: he estado pensando mucho en qué hacer contigo. En si realmente vale la pena conservarte con vida o si debería pasar a la nueva generación. Los niños son... maleables. Mucho más fáciles de enseñar que los adultos. A la pequeña Charlotte podríamos encauzarla todavía, como debió haber hecho tu padre contigo...

Que mencionara a Charlotte y que hablara tan abiertamente de mi asesinato me arrebataron la respiración. Apreté la mandíbula, ella entornó los ojos. Creo que estaba intentando saber qué estaba pensando yo, pero no iba a darle más pistas. No quería decir nada, no quería que se viera la mentira, porque entonces no sabía lo que pasaría.

—Antes de ayer, reconozco que tenía serias dudas de que la niña pudiera ser tuya. Durante siglos, ni una sola vez he visto a un heredero de los Abberlain que no tuviera esos curiosos ojos suyos. Pero ¿cómo podría dudar tras ver que el milagro ocurría justo delante de mis ojos? —ladeó la cabeza y supe que quizás el truco no había funcionado tan bien como esperaba—. Y, sin embargo, hay algo que no me convenció del todo. Sobre todo, ahora que sé que eres tan dado al... espectáculo.

A la mentira. No lo dijo, pero la palabra quedó en el aire. Después calló, esperando una respuesta, una reacción, pero finalmente debió de considerar que no iba a sacar nada claro de mí, porque continuó hablando:

—Supuse que el reservado conde Abberlain no iba a querer decir nada, sí. Pero yo necesito saberlo, ¿entiendes? Necesito saber qué más has podido ocultarme. Y creo que hay alguien que puede decírmelo, visto lo unidos que están.

Aquello volvió a confundirme una vez más.

—¡Háganlas pasar!

La orden retumbó en la estancia. Un segundo después, las puertas se abrieron.

Desde debajo del dintel, acompañada de Lía, tú me mirabas con los ojos muy abiertos y un rastro de lágrimas en las mejillas.

Y supe que ambos estábamos perdidos.

## Dani

Si ver a Lía intentar luchar contra una orden me había hecho sentir atrapada y desesperanzada, encontrar a Marcus en la sala del trono fue lo que me convenció de que nunca podríamos ganar.

Al principio ni siquiera pude reaccionar. Cuando nos hicieron entrar y las puertas se cerraron detrás de nosotras, tan solo tuve la misma sensación de irrealidad que había tenido cuando había llegado a aquel mundo. Nada tenía sentido. Marcus me había besado durante horas por la noche y se había despedido por la mañana para hacer un recado sin importancia. Marcus no iba a reunirse con la reina, a la que después de la noche anterior esperaba no tener que volver a ver demasiado.

Y después lo entendí: había mentido tanto como lo había hecho yo. La noche anterior, yo no había sido la única que se había guardado secretos tan tan dentro que ni siquiera desnudos los habíamos descubierto.

Él palideció al verme. Vi su máscara caerse al suelo y hacerse añicos. Pensé que quizás era eso lo que iba a pasar con nosotros. A lo mejor los dos estábamos ahí para terminar de rompernos en mil pedazos.

—¿Dani? ¿Qué haces...? —balbuceó.

—Silencio —dijo la reina, y un escalofrío bajó por mi columna—. Bienvenida de nuevo, Danielle. ¿O prefieres que te llame Daniela? Dime, ¿quién se presenta ante mí hoy?

La reina parecía expectante cuando se inclinó hacia nosotros desde su trono, con los dedos entrelazados. Como si aquello solo fuera un juego para ella. Como si estuviera viendo su espectáculo preferido y quisiera saber qué iba a pasar a continuación.

Una vez más, entendí que no había nada que hacer. Fuera de quien fuera la marca, si estábamos ahí significaba que Lía de alguna forma servía a los deseos de la reina, así que debía de saber absolutamente todo lo que mi amiga sabía. Y si las máscaras y los disfraces al final habían sido inútiles, decidí que al menos a partir de aquel momento me enfrentaría a lo que viniera a cara descubierta.

—Daniela, Majestad.

Supongo que el nombre completo estaba bien, porque era el nombre de los castigos y estaba segura de que estaba a punto de recibir uno.

Lía, a mi lado, me miró completamente pálida al entender que, con aquello, me rendía. Marcus, unos pasos más adelante, tomó aire de forma entrecortada.

—¿Ves, Marcus? Podrías aprender un poco de tu encantadora prometida. Ella sabe cuándo dejar de mentir, al parecer.

El conde dejó caer la cabeza. Lo miré, con lástima. Con el pecho partido en dos y mil preguntas en el límite de mi lengua. Qué hacía ahí. Qué estaba pasando. Qué no me había dicho.

—¿Qué quiere de nosotras? —creo que todos nos sorprendimos al escuchar hablar a Lía. Cuando vimos que daba un paso hacia adelante y levantaba un brazo para cubrirme con él, aunque temblaba—. ¿Por qué estamos aquí?

—Lía, querida. Bienvenida a palacio de nuevo: no podríamos haber hecho esto sin ti.

Sentí el golpe que recibió mi amiga como si fuera algo físico. Lía miró a la reina, perdida.

—¿De qué estás hablando?

—Oh, cierto: no lo recuerdas, ¿verdad? ¿Olvidaste que has estado contándonos todo desde el principio? ¿Cada paso que daban nuestros perfectos amantes? Discúlpanos: no podíamos arriesgarnos a que te entraran los remordimientos. Aunque sospecho que tu estimada amiga es más lista de lo que pensábamos y lo sabe desde hace tiempo, ¿verdad? Dime, Daniela, ¿cuántas cosas le escondiste a tu amiga para que no nos llegaran?

Me encogí sobre mí misma. Mi mejor amiga me miró con los ojos muy abiertos y sentí que no había sido ella quien nos había traicionado a nosotros, sino que yo la había traicionado a ella. Lo había hecho al ponerle las trampas para descubrir lo que hacía, lo había hecho cada vez que había elegido no contarle algo, cada vez que la había dejado sola en la cama para ir a pasar las madrugadas en el despacho.

—¿Dani? No dice la verdad, ¿cierto? Yo no... Tú... Me lo habrías dicho. Si hubieras sabido que yo estaba... Que me estaban...

Cerré los ojos para no ver su rostro. A la hora de la verdad, ni siquiera pude mirarla a la cara. Ni siquiera pude excusarme.

Mi mejor amiga dejó escapar un jadeo.

—¿Por eso querías que nos fuéramos esta mañana? —preguntó—. ¿Porque sabías que yo era en parte el problema y querías sacarme de la casa? ¿Por eso tampoco te podía hacer preguntas?

Me estremecí, en parte por su acusación, en parte porque al abrir los ojos de nuevo me encontré con el rostro confundido de Marcus al escuchar aquello.

—¿Irse? —susurró.

Sentía que los ojos me quemaban, que el pecho me quemaba, que los recuerdos me quemaban.

—Lo siento.

Ni siquiera sé a quién se lo dije. Quizás a ambos. A la amiga a la que había estado escondiéndole un millar de cosas y al chico del que ni siquiera había tenido el valor de despedirme. Todo lo había hecho por protegerlos a los dos, pero a la hora de la verdad todo había sido inútil. Ahí estábamos los tres, al fin y al cabo, dolidos y a merced de una mujer que sonreía satisfecha mientras nos observaba desde su trono.

—Vaya... ¿Así que intentaste dejar a tu prometido? Eso es terrible, Daniela. No puedo permitir que hagas eso. No, sobre todo ahora que él y yo estábamos llegando a ciertos... acuerdos.

Tragué saliva y levanté la vista hacia Marcus. Él volteó a ver a la reina.

—No, yo...

—Silencio, Marcus. Hablarás cuando te diga que hables, no antes. Lía, ¿me harías el favor de sostener a tu querida amiga?

Lía miró a la reina con los dientes apretados. Abrió y cerró los puños y, después, dio un paso hacia adelante, hacia ella. Creí que se lanzaría por la mujer, todo rabia, todo despecho, y estuve a punto de agarrarla para que no hiciera ninguna locura.

Antes de que pudiera hacerlo, sin embargo, la reina suspiró con pesar.

—Ah, nunca funciona por las buenas, ¿verdad? Obedece, Lía.

Mi amiga se quedó helada un segundo. Y, después, tomó aire y se encogió sobre sí misma, llevándose una mano al corazón. Me lancé hacia ella de inmediato, alarmada, y, un segundo después, me bloqueé.

Lía estaba reaccionando a la orden de la reina.

—¿Por qué?

La voz de Marcus pronunció en un susurro mis propios pensamientos, mientras mi amiga se encogía sobre sí misma. Yo levanté la vista hacia la soberana de Albión con cautela, con miedo. Ella no debería de tener aquel poder sobre mi amiga. Aquello solo podía provocarlo quien hubiera hecho la marca y la marca pertenecía a un antiguo traidor, no a la propia reina, no a...

—No te resistas, querida: deja de pensar. Lo hago por tu bien, para que no sufras. Obedece.

Lía jadeó. Y, efectivamente, dejó de resistirse. Su mirada pareció apagarse, y acto seguido su mano me sujetó el brazo. Yo ni siquiera intenté soltarme, quizá porque no quería que sufriera si me revolvía o quizá porque apenas podía reaccionar.

—Eso está mejor. Acérquense.

De nuevo, Lía obedeció, en aquel estado carente de consciencia. Me jaló con tanta fuerza que me hizo trastabillar. Mis pensamientos se precipitaban los unos contra los otros, intentando ordenarse, intentando encontrarle alguna lógica a lo que estaba pasando.

Mientras me acercaba, la reina alzó la mano hacia su corona. De ella arrancó una de las rosas de oro que le daban forma. Vi, sin habla, cómo se pinchaba el dedo índice con el borde afilado de su tallo. Ambas observamos la gota de sangre aparecer en la superficie de la piel.

—¡No!

Marcus lo entendió antes que yo. Solo entonces la reina levantó la vista hacia el conde, cuando intentó adelantarse para alejarme de Lía. Fue una mirada helada, que hizo brillar sus ojos verdes por un único segundo. El aire se levantó en la estancia y después Marcus pareció ser golpeado por un vendaval. Acabó en el suelo y el corazón me dio un vuelco en el pecho, pero estaba demasiado bloqueada para poder gritar. Él, de todos modos, se incorporó rápido, con los ojos muy abiertos y la expresión horrorizada.

A tiempo de ver también que la reina jalaba mi camisa.

—Se acabó decidir quién eres, Daniela. Ahora, serás lo que *yo* quiera.

Su dedo, su gota de sangre, se presionó contra mi piel, contra el libro vacío de mi marca de visitante.

El ardor llegó. Por un segundo, la realidad se distorsionó y dio vueltas.

Cuando todo volvió a su ser, en mi piel había un escudo y tres espadas.

# Marcus

No sabía lo que estaba pasando aquella mañana en el salón del trono. No entendía nada: ni qué me había lanzado por los aires ni por qué Lía respondía a las órdenes de la reina de aquella forma. El blasón que ella tenía sobre la piel no era la rosa de la reina, era el de la familia Abbot, el de los traidores. No tenía ningún sentido.

A menos que la mujer ante nosotros no fuera la reina.

A menos que la rebelión, el complot para derrocar a la verdadera soberana de Albión, sí hubiera conseguido su objetivo.

Me puse en pie; sentía que las piernas cederían en cualquier momento debajo de mí. Tu rostro confundido mirando la imagen sobre tu piel me confirmó que la marca que tenías en tu hombro era la misma que tenía tu amiga. Y aquello solo podía tener una explicación.

Las preguntas se arremolinaron en mi cabeza. ¿Alguien sabía aquello? ¿Dónde estaba la verdadera reina? ¿Estaba en algún lado o simplemente...? Pero era inmortal, todo el mundo lo sabía. Aunque todo el mundo pensaba también que la reina era la mujer que teníamos delante. Si aquello no era cierto, si una de las pocas certezas de este mundo era otra mentira, ¿cómo podía saber a qué aferrarme?

Di un paso atrás cuando la reina me miró. Con calma, se colocó la rosa de vuelta en su pelo: quedó levemente torcida y el detalle lanzó un escalofrío por mi espalda de manera irracional. ¿Por qué nadie se había dado cuenta? ¿Por qué nadie había hecho nada?

—¿Quién eres tú?

La pregunta salió sin permiso de mis labios, en voz muy baja. No lo suficiente, sin embargo, para que la mujer en el trono no la oyera.

—Tu reina, Marcus. Y ahora, la dueña de tu prometida.

Tú dejaste escapar un gemido aterrorizado. Intentaste dar un paso atrás, pero lo único que conseguiste fue chocar con Lía, que pareció despertar con el horror de lo que sucedía a su alrededor.

—Tú no eres la...

La última palabra nunca llegó. Como si la lengua se me hubiera hecho un nudo, me sentí incapaz de escupirla. De pronto, de hecho, me sentí incapaz de respirar. Abrí y cerré la boca, asustado, pero el aire no me llegaba a los pulmones. Me llevé las manos a la garganta, con los ojos abiertos de par en par. Ella me miró con la sonrisa aún en los labios y las manos en el regazo. Parecía la viva imagen de la inocencia.

Trastabillé y caí de rodillas cuando los bordes de mi mundo se volvieron negros, cuando sentí que el corazón se me encogía en el pecho. Fue angustioso, como si no tuviera control de mi cuerpo. Como si no hubiera aire para mí en la habitación.

—¡Marcus!

Mi nombre salió de tus labios, pero lo escuché desde muy lejos, desde otro mundo, y todo lo que podía sentir era el pánico corriéndome por las venas, el latido desatado de mi corazón en los oídos, los músculos ardiéndome... Tus manos me enmarcaron el rostro. No te había sentido acercarte, pero entonces estabas ahí y me estabas mirando, asustada, sin saber qué hacer.

Y tan rápido como había llegado, sin previo aviso, se fue. Recuperé el aliento como si hubiera salido a la superficie después de hundirme en el agua y jadeé, mareado. Durante un momento fui incapaz de pensar en nada, más allá de respirar. Sentía el cuerpo helado, el corazón a punto de estallar. Una punzada de dolor se instaló entre mis ojos. Parpadeé, esperando a que el mundo volviera a ganar consistencia.

—¿Qué...?

La voz me arañó la garganta. Tú seguías sujetándome, horrorizada. La camisa estaba mal colocada en tu hombro y el escudo de la familia traidora asomaba entre la tela.

—Piensa bien antes de hablar, Marcus —dijo la reina. Su voz me obligó a alzar la vista—. A no ser que quieras decir algo de lo que vayas a arrepentirte. ¿Por dónde íbamos...? Ah, sí. Por asegurarme de que no me mientes más, ¿verdad?

Creo que esperaba que dijera algo, pero yo no pude abrir la boca. No sabía cómo enfrentarme a ella. Había llegado ahí esperando conseguir un trato, una forma de salvarte, pero tú ya estabas marcada y el mundo parecía al revés. Habías intentado irte de casa y yo te había mentido. ¿Era aquel el castigo por todos los años de traición? ¿Podía decir siquiera que no lo mereciera?

—Daniela, ¿por qué no me ayudas a despejar las dudas que tengo con nuestro querido conde?

Volteaste a verme en cuanto fuiste consciente de lo que eso significaba. Estabas tan pálida que pensé que ibas a desmayarte. Algo detrás de tus ojos gritaba que querías irte de ahí, que teníamos que escapar, pero yo no sabía cómo. Las puertas del salón estaban cerradas y estaba seguro de que los caballeros de la reina las guardaban del otro lado. Éramos sus prisioneros y ni siquiera había necesitado meternos en una jaula. Y, por si fuera poco, aquella mujer había dejado claro que no era solo humana. Tenía magia, aunque fuera una noble de Albión. Y estaba seguro de que también estaba dispuesta a utilizarte a ti y a Lía como armas.

Mis dedos acariciaron los tuyos, en un pobre intento de reconfortarte. Fue entonces cuando me di cuenta de que el anillo de mi madre no estaba en tu anular y fui consciente de que realmente habías querido marcharte, de que lo habías dejado atrás. Sentí un nudo en la garganta que no tenía nada que ver con un hechizo. Tú, como si te hubieras dado cuenta de en qué estaba pensando, apartaste las manos, con una disculpa en los ojos. Yo sacudí la cabeza y puse la vista en aquella mujer.

—Ella no sabe nada.

—¿Seguro? ¿Tú estás de acuerdo, Daniela? ¿No sabes nada del conde? Respóndeme.

Tú tomaste aire y te encogiste un poco sobre ti misma. Después, apretaste los dientes y miraste a la reina con los ojos brillando con desafío.

—Sé muchas cosas de él —gruñiste—. Como que es mucho mejor de lo que se merecen en este mundo.

La reina pareció disfrutar de tu intento de rebelarte mientras se echaba hacia atrás en el trono.

—Una lástima que lo necesitemos aquí. Al menos mientras no me quite de la cabeza que pueda estar engañándome en el tema de su hija —tú te estremeciste, pero intentaste mantener el rostro inexpresivo—. Responde, Daniela: ¿tiene Charlotte la sangre de los Abberlain en las venas? *Obedece.*

Sabía que iba a hacerla, pero aun así la pregunta me golpeó. Dejé caer la cabeza, derrotado, y supe que habíamos sido muy atrevidos al pensar que podíamos salirnos con la nuestra. Al pensar que podría engañar a todo un mundo con mi espectáculo, como lo llamaría aquella falsa reina. Qué irónico que una impostora fuera a revelar todos mis secretos. Qué irónico que yo siempre hubiera pensado que la mejor manera de ocultar algo era dejarlo a simple vista y aquello fuera exactamente lo que había pasado sin que me diera cuenta.

Me preparé para tu confesión. Al menos, si lo que aquella mujer quería era tener el control sobre nuestro poder, entonces prefería que supiera que Lottie no tenía magia, que no podía servirla de aquella manera. A la hora de la verdad, sentí calma, porque al menos no podrían usarla a ella.

Pero tú ya me habías demostrado mil veces que no te dejabas doblegar por nadie ni nada. Ni siquiera por la magia. Te vi apretar los labios con obstinación, aunque tu rostro se torció en una mueca. Tu marca brilló, en un intento de obligarte a responder. Debía de estar ardiéndote bajo la piel. Al principio, aguantaste. Lo hiciste con estoicismo, con los puños apretados y la barbilla alzada. Pero yo ya sabía que eso no iba a durar. Después llegó el gemido ahogado y el jadeo que te hizo doblarte por la mitad y ante el que me apresuré a sostenerte.

—¡Dani! —la voz de Lía fue un grito lleno de miedo.

—Quédate donde estás —ordenó la reina.

Tu amiga se quedó parada en medio del salón, completamente paralizada, como si se hubiera convertido en piedra. La vi estremecerse, apretar los párpados con frustración. Escuché el sollozo salir de su garganta en el mismo momento en el que lo hizo el tuyo, cuando intentaste clavarte las uñas en la piel marcada, como si eso fuera a deshacer el efecto que tenía sobre ti.

—¡Haz que pare! —gritó Lía—. ¡Por favor, detenla!

Yo no pude más.

—¡Fue un truco! —la voz me salió más alta y desesperada de lo que habría querido—. La ceremonia fue un truco. Haga que pare y se lo contaré todo.

Fue lo único que se me ocurrió, lo único que podía hacer, pero aquello no detuvo tu sufrimiento. La orden estaba dada y la falsa reina parecía poco dispuesta a retirarla. Sus ojos no se apartaron de ti, indiferente a tu dolor. Parecía sentirse cautivada por el espectáculo.

—Quiero escucharlo de su boca —respondió—. Tiene que aprender quién manda.

Tú tenías los ojos desenfocados cuando te fijaste en mí. Las lágrimas se deslizaban por tus mejillas; aunque intenté secártelas tomando tu rostro entre las manos, no dejaron de fluir.

—Cuéntalo todo —insistí—. Lo que sea. Está bien. De verdad. Por favor, cuéntalo.

Creo que yo también dejé escapar un sollozo en aquel momento. Me picaban los ojos. Tal vez fue por eso por lo que, después de otro latigazo de dolor, accediste a hablar, porque entendiste que no podía perderte, que ya había perdido demasiado. Dijeras lo que dijeras, no podía ser peor tortura que verte luchando por respirar mientras tu marca se encendía como si la hubieran hecho con un hierro candente.

—No... No tiene su sangre.

Te costó decirlo, como si te arrancaras cada palabra de la garganta. Pero fue suficiente para que el escudo empezara a apagarse, para que tú consiguieras tomar una bocanada honda de aire y te derrumbaras un poco. Te apreté contra mí. No dejabas de temblar.

La reina nos observó con un cabeceo pensativo. Ni siquiera parecía molesta. Quizás incluso se sintiera orgullosa de haber sido capaz de destapar el truco.

—Entonces supongo que es una suerte que no decidiera prescindir de ti después de todo, Marcus. Y supongo que es una suerte que tengas una preciosa prometida para darte al menos un hijo que pueda seguir con el legado de los Abberlain, ¿verdad? Sin trucos esta vez, aunque tenga que asegurarme personalmente de que así sea.

Algo se retorció dentro de mí. La náusea llegó en respuesta a la amenaza, a lo que implicaba. Me aparté de ti, como si eso fuera a evitarlo, como si la distancia pudiera salvarnos de ese futuro del que hablaba. Quería que nos casáramos, que dejáramos la actuación a un lado. Quería que tuviéramos al menos un hijo juntos. Y aquello, por supuesto, era una orden. Pervertiría cualquier sentimiento que tuviéramos y lo transformaría en una obligación. Tu expresión de horror me dijo que estabas pensando en lo mismo.

Me pregunté si aquello había pasado con mis padres. Si la reina y sus deseos habían retorcido también su relación.

Permanecí en silencio, muy quieto, todavía en el suelo. El silencio se posó sobre la sala.

—¿Por qué parecen tan tristes? ¿No fuiste tú, Marcus, quien eligió a la muchacha y la presentó ante todo el mundo? La responsabilidad de los Abberlain también incluye perpetuar su magia en este mundo, no debería habérsete olvidado nunca.

Puede que Albión necesitara mi magia, pero estaba seguro de que la reina no. Dejar la magia de los Abberlain a su disposición me parecía una catástrofe. Y, aun así, bajé la vista, claudicando. Después de ver cómo podía torturarte, sabía que no podía contrariarla.

La falsa reina se llevó un dedo a los labios, pensativa.

—Dado que al parecer Daniela no desea seguir quedándose en tu casa, quizá sea buena idea que se quede aquí hasta la boda, donde nada malo podrá pasarle. La corte cuidará de ella, al igual que su sirvienta. ¿Verdad, Lía? —tu amiga se encogió sobre sí

422

misma y tú levantaste la vista, horrorizada. La reina sonrió—. Diremos que me sentí cautivada por la señorita Blackwood.

—No —pedí. No podía soportar la idea de que te convirtieras en una prisionera por mi culpa. En alguien obligada a obedecer órdenes. Lía también lo sería.

—No pongas esa cara, Marcus. Nunca me interpondría entre dos amantes, te lo aseguro. Y tú, de todas formas, estarás mucho por palacio. Mañana a primera hora un carruaje pasará a recogerte. Tengo muchos planes para ti. Espero que estés a la altura.

Sus ojos cayeron sobre ti como una amenaza sutil. Yo tragué saliva y me puse en pie. Quise decir algo. Quise poder lanzarme sobre ella. En aquel momento, no estaba preocupado por mí o mi integridad. Pero las vi a ti y a Lía, el rastro de lágrimas en tu cara. Parecías más perdida que la noche que te había encontrado. Parecías dolida por la marca, por lo que nos estaban haciendo, por lo que nos iban a hacer.

—Puedes retirarte, Marcus.

La reina me miraba, retándome a que le llevara la contraria. A que rechazara su invitación para que pudiera convertirse en una amenaza, supongo. Yo apreté los puños. Te miré. Aunque aquello había sido suficiente hasta entonces para encontrar soluciones, en aquel momento tú dejaste escapar un sollozo y bajaste la cabeza, vencida.

No ibas a volver a casa. Aquella mujer te mantendría en Albión, ligada a mí.

Y aquello, que podría haber sido un sueño cumplido si tú lo hubieras elegido, de pronto era solo una pesadilla.

# Dani

El momento en el que Marcus salió por aquella puerta fue también el momento en el que a mí se me terminó de romper el corazón. Los pedazos se quedaron ahí, desperdigados. Yo misma me sentía así, destrozada, sin esperanzas de regresar a casa o de arreglar aquella situación.

No fue mejor cuando la reina nos hizo levantar del suelo y secarnos las lágrimas antes de llamar a Abbigail Crossbow para que nos acompañara a nuestras nuevas habitaciones. Nos separaron, y aquello fue el último golpe. Las sirvientas y las futuras condesas no duermen en la misma cama.

No sé cuánto lloré aquella noche, en un cuarto que era incluso más grande y lujoso que el de la mansión y que, sin embargo, se sintió como la celda más opresiva. No sé cuánto me deshice, de cuántas cosas me arrepentí desde que había llegado a aquel mundo. No sé cuántas veces volví atrás, a todo lo que habíamos pasado, en un intento de adivinar dónde había estado el error que había terminado por condenarnos. Hoy en día, todavía no lo he encontrado.

Pero hoy en día estoy escribiendo esto, ¿verdad? Toda esta historia es para que recuerdes, y si no hubieras vuelto a casa, jamás habrías olvidado.

Hoy en día también sé algo que aquella noche no sabía: a veces, creer que ya no te queda nada más que perder es justo lo que necesitas para que desaparezca el miedo a arriesgarte.

# Marcus

Volver a la mansión sin ti, siendo consciente de que te había dejado atrás, fue volver a sentir todas mis cicatrices abiertas y sangrantes. Esperaba el hueco cuando te marcharas, el dolor sordo en el corazón que habría intentado llenar con buenos recuerdos y con la cura imperfecta del tiempo, pero no sabía cómo enfrentarme a la culpa, a la idea de que no te habías ido, pero te había perdido de mil maneras diferentes en la misma mañana.

No fue mejor al llegar a casa.

Yinn y Altair me estaban esperando cuando entré por la puerta, alertados por el sonido del carruaje en la entrada, pero todo lo que el genio me fuera a decir se le olvidó cuando vio mi expresión.

—Dani está en el palacio —estuve a punto de atragantarme con las palabras, pese a que me habían acompañado todo el camino de vuelta a la mansión—. Con Lía. Son... Están...

Callé. Querría haber dicho que eran invitadas ahí y que estaban a salvo, pero la mentira me supo a bilis. No podía pronunciarla. No delante de ellos. No bajo los atentos ojos de Altair.

—¿Van a volver a casa?

No debería haberme sorprendido que fuera el celeste quien preguntara, pero lo hizo. Supongo que eso también me golpeó un poco: darme cuenta de que en unas semanas habían dejado marca en todas las personas de la casa. Ni siquiera el propio Altair estaría ahí si no hubiera sido por ti.

—Ellas... Dani fue marcada. Y supongo que las tendrán ahí hasta... la boda.

En cualquier otro momento, Yinn habría hecho una broma al respecto. Pero aquel día pareció indispuesto, incluso habiéndome dicho mil veces que los genios no podían enfermar. Lo vi deslizar la mano en la de Altair.

—¿Hay algo que podamos hacer?

Ya había empezado a subir pesadamente las escaleras cuando el genio pronunció aquellas palabras. Me detuve en ese instante. Estuve a punto de decir que sí, que quizá pudieran. Estuve a punto de pedirles que hicieran algo contra la reina. Estuve a punto de confesarles que era una farsante, pero solo pensarlo me ataba la lengua y me quitaba el aire y supe que no iba a poder decirlo, aunque quisiera. Y, de todas formas, si aquella mujer llevaba ahí desde la traición de las Tres Espinas, quizá fuera tan inmortal como la reina real.

Sacudí la cabeza y continué subiendo.

—Lottie está... —Yinn volvió a hablar— muy disgustada.

No miré atrás. Simplemente asentí. Me hubiera gustado encerrarme en el despacho, pero en su lugar llamé a la puerta de la habitación de mi hija. No hubo respuesta, pero podía escucharla adentro, así que me asomé. Estaba en su cama, encogida, llorando.

Lottie había visto ir y venir a muchos visitantes. Me había visto devolverlos a sus mundos. Pese a eso, no creo que supiera bien lo que era despedirse de alguien para siempre. Los visitantes pasaban fugazmente por aquí, nunca llegaba a conocerlos de verdad. A ti, en cambio, te había empezado a querer. Yo había permitido que pasaran tiempo juntas, que se sentaran delante del piano en las tardes libres, que bailaran en el jardín. Ella te había contado historias de este mundo y tú le habías hablado del tuyo con la promesa de volver a encontrarse ahí.

—¿Charlotte?

Ella alzó la vista cuando me senté a su lado y le pasé una mano por la espalda. Tenía los ojos hinchados de llorar y las lágrimas le corrían por las mejillas. Le costó enfocarme, pero cuando lo hizo, se lanzó a mis brazos con desesperación.

—Dani y Lía se fueron —dijo, entre sollozos, con la voz rota—. Tú no lo sabías, ¿verdad? Nunca dejarías que se fueran sin encontrar su libro. Tienes que traerlas de vuelta y...

—Lottie.

La niña calló como si la hubiera amonestado, aunque mi voz había intentado ser lo más suave posible, mientras la peinaba con los dedos. Ella tuvo que verlo. Tuvo que ver lo que fuera que gritaba mi expresión. Tuvo que ver que yo tampoco estaba bien.

—Dani y Lía están en palacio y van a tener que quedarse ahí por el momento, pero... estarán bien. Voy a asegurarme de que estén bien.

Charlotte apretó los labios, pero al menos supo que lo que le decía era cierto: iba a intentar hacer todo lo que fuera posible para ayudarlas. No me preguntó si podía ir a verlas. Creo que en aquel momento estaba demasiado enojada con ustedes para hacerlo. Creo que simplemente le llegaba con la promesa de que estaban a salvo. Aun así, disgustada, se aferró a mí y lloró hasta que se cansó.

En algún momento se quedó dormida. No era tarde, la luz todavía entraba por las ventanas, pero cerré las cortinas de su cuarto y la dejé acostada en la cama, consciente de que estaría bien. Podía estar triste, pero al final todos tenemos que aprender a despedirnos alguna vez.

¿Sabes? Nos cuentan un montón de mentiras sobre los corazones rotos. A veces incluso nos las contamos nosotros mismos. Nos decimos que se pueden remendar, nos convencemos de que una persona solo te puede romper el corazón una vez. Pero cuando llegué al despacho aquel día me di cuenta de que no era así. De que no iba a estar bien. De que el dolor que había sentido hasta ese momento podía empeorar.

Sobre la mesa encontré el anillo que había estado en tu dedo hasta hacía apenas unas horas.

Sobre la mesa estaba tu nota, con esa letra que empezaba a conocer demasiado bien.

Sobre la mesa esperaba tu risa, tus lágrimas, un pétalo que había entrado por la ventana y la sensación de tu cuerpo bajo mis dedos.

«Lo siento», decía la primera línea.

«Me habría gustado mucho crear primaveras contigo».

Y eso fue lo que terminó de destrozarme.

## Dani

A la mañana siguiente, Lía entró en mi cuarto acompañada de otros sirvientes que traían consigo mil vestidos, trajes y joyas que dejaron en mi habitación. En el rostro de mi amiga se veía lo poco que había dormido ella también, lo cansada y triste que estaba.

—La reina quiere que desayunes con ella. Como su invitada.

Me pasé las manos por la cara y asentí mientras Lía miraba cómo el resto de los sirvientes revoloteaba por la habitación. Durante el día anterior tan solo me habían dejado ahí metida, sin contacto con nadie. Suponía que había sido una manera de desesperarnos todavía más, de que nos sintiéramos más solas, más encerradas.

—Yo me encargaré de mi señora —murmuró Lía cuando uno de ellos quiso acercarse a mí para ayudarme a quitarme la ropa que todavía llevaba desde el día anterior. No supe si lo hacía por decisión suya o era otra orden de la reina, porque al fin y al cabo había un secreto tatuado en mi piel, a la altura de mi hombro, que era mejor que nadie viera.

Fuera por lo que fuera, aquello nos permitió quedarnos unos minutos a solas. En cuanto lo hicimos, Lía se lanzó a mis brazos. Yo presioné mis labios contra su mejilla y la abracé con tanta fuerza como lo había hecho el día que nos habíamos reencontrado.

—Lo siento muchísimo —sollozó—. Siento haberte descubierto.

—No lo sabías, Lía. No es culpa tuya —tomé aire y la separé para poder sostener su cara entre las manos y mirar en sus ojos a punto de desbordarse—. Yo, en cambio, era consciente en todo momento de lo que hacía. Perdóname, solo...

—Intentabas protegerme —completó ella, y yo tuve ganas de volver a echarme a llorar—. Lo sé. No has dejado de hacerlo, ¿verdad? Todo el tiempo. Incluso cuando sabías que era un peligro que estuviera cerca de ti.

—Nunca te habría dejado, Lía. ¿Lo entiendes? Jamás. Cualquier cosa menos eso.

Ella volvió a abrazarse a mí y yo me agarré a su cuerpo como si fuera el último refugio que me quedaba. Suponía que lo era.

Creo que uno de los errores de la reina fue dejarnos juntas, aunque su única intención fuera seguir torturándonos. Estoy bastante segura de que, si me hubieran quitado a Lía, si me hubieran dejado abandonada en aquel lugar, aislada y sin saber si podía confiar en alguien en aquella corte de trajes blancos y rosas de cobre, me habría costado mucho más recuperar fuerzas. Quizá no las hubiera recuperado nunca. Pero Lía ya había estado conmigo en momentos muy complicados, y gracias a su presencia había salido de ellos. Quizá no habían sido momentos que implicaran ningún tipo de magia, quizá no habían comprometido todo mi mundo y mi libertad, pero tras la muerte de mi abuela, había estado encerrada en otro tipo de prisión, una en la que yo misma había convertido mi cuarto en el lugar del que no quería salir, del que no podía salir, porque el mundo a mi alrededor era demasiado grande, demasiado ruidoso, lleno de personas a las que no quería molestar con mi aflicción.

Me aislé. Me alejé de todo, pero Lía nunca permitió que me alejara también de ella.

Así que, después de aquel abrazo, me sentí un poco más entera. Solo un poco, muy poco, pero algo. Y eso fue un principio. Lo suficiente para limpiarme las lágrimas y ponerme el disfraz que la reina quería. Lo suficiente para obedecer y bajar a desayunar con ella, a un comedor gigantesco en el que estaban ella y un par de guardias y sirvientes. Me sonrió al verme ataviada con un vestido azul con rosas blancas estampadas, arreglada como la dama que Marcus y yo habíamos empleado tanto tiempo en fabricar.

—Danielle, querida —dijo, y el nombre sonó extraño de su boca—. ¿Cómo dormiste?

Un sirviente apartó una silla para mí. Había otros esperando, silenciosos y quietos, y yo me pregunté cuántos tendrían la marca de la familia traidora en su piel y cuántos habrían sido solo repartidos entre los caballeros de palacio. Apreté los labios y clavé la vista en la taza que pusieron delante de mí.

—Bien, Majestad —mentí, porque sabía que era lo que quería escuchar.

—Lo celebro. Deseo que estés lo mejor posible mientras estés aquí, querida. No quiero que tu prometido piense que no te cuidamos como mereces.

—¿Qué le van a obligar a hacer?

—Oh, Danielle —la reina sacudió la cabeza—. Nadie lo va a obligar a nada. Solo tiene que cumplir con su deber. Del mismo modo que tú tendrás que cumplir con el tuyo. ¿Sabes? Al principio pensaba que Abbigail sería un gran partido para nuestro conde, una condesa magnífica que me sería fiel, pero la muchacha se merece la libertad de hacer lo que guste con su vida y creo que tú eres muchísimo mejor para el puesto.

Porque Abbigail podía serle fiel, pero no tenía más poder sobre ella que su lealtad. Yo, en cambio, con su marca en la piel, estaría obligada a obedecer en todo lo que ella quisiera.

Apreté los labios, pero no dije nada. La reina entrelazó los dedos y apoyó el mentón sobre ellos.

—¿Ya se acostaron?

La pregunta me pareció una bofetada. Si me ruboricé, ni siquiera creo que fuera por vergüenza, sino de furia. La reina me miraba con absoluta parsimonia, sin embargo, como si hubiera hecho una pregunta perfectamente normal.

—Ah. Parece que sí —la reina sonrió ante mi silencio y mi expresión—. Eso es magnífico. ¿Hay posibilidades de que tengamos buenas noticias pronto?

Tensé la mandíbula.

—No voy a...

—Creo que no entiendes tu situación, querida —dijo la mujer, con una suavidad que me estremeció más que cualquier grito—. Pero lo tomaré como un «todavía no». Nada que no pueda solucionarse. Tendrán tiempo a solas en los próximos días. La cuestión es si me vas a obligar a hacerlo por las malas. No me gustaría, pero puedo. Él ni siquiera necesita estar consciente y tú no tienes ni por qué enterarte.

Me quedé sin aire. Estaba hablando de violación sin parpadear y supe que realmente lo haría. Utilizaría su poder sobre mí para obligarnos a hacer lo que ella quisiera, sin límites. Tomé aire, entrecortadamente. Junto a mi plato había un cuchillo y, por primera vez en mi vida, aunque días atrás había pensado que pasara lo que pasara yo no era una asesina, consideré la posibilidad de utilizarlo. Estaba desesperada. Estaba muy asustada. Quería hacer lo que fuera necesario para poder salir corriendo de aquella habitación.

Pero no pude hacerlo. Supe que no serviría de nada. Supe que no era nadie contra aquella mujer. Ni siquiera sabía si de verdad era inmortal. Así que solo bajé la vista hacia mis manos, cubriendo una con la otra para que ella no pudiera ver que me temblaban los dedos.

—¿Por qué haces esto? —dije, casi sin aire—. ¿Por poder? ¿Nada más eso?

La reina ladeó la cabeza, como si no entendiera la pregunta.

—Una soberana debe preservar el orden de su reino, querida.

—Tú no eres... —callé cuando me dedicó una mirada que me dejó helada—. ¿Cuánto tiempo hace que...?

Ella sonrió, como si la pregunta le resultara encantadora. Creí que no respondería, pero al final levantó la mano y le sobró un gesto de su mano para que nos dejaran a solas. En cuanto lo hicieron, se levantó de su asiento y caminó con tranquilidad hacia la ventana.

—Verás, Daniela, este mundo implicaba muchas posibilidades que la antigua reina elegía... ignorar. Victoria era débil, tenía todas estas ideas sobre preservar el universo tal y como la Creadora lo había imaginado... Pero la Creadora debió de ser una necia también. No puedes crear un mundo como este y confiar en que todo el que llegue respetará sus límites. A veces no basta con mandar a casa a alguien que puede provocar problemas. Tal y como yo lo veo, alguien tenía que darle orden de verdad a Albión y ¿qué tenía de malo que lo hiciera yo? Ni siquiera era la única que lo pensaba. ¿Y no funciona, acaso? ¿No hay una estructura ahora? Una que evita que quienes lleguen puedan hacer lo que se les antoje.

Tomé aire entrecortadamente. Entonces las marcas de los nobles no eran inherentes de aquel mundo. Aquello también lo había hecho ella. La usurpadora me miró por encima de su hombro y yo vi aquel rostro joven convencido de que hacía lo correcto.

—Pero tienes magia, ¿verdad? Lo que hiciste con Marcus... Tú tienes que ser visitante también...

—No me insultes, niña —entornó los ojos, molesta—. Mi padre, un pobre desgraciado que llegó un día y se fue sin importarle nada al siguiente, lo era. Y yo tuve que soportar las miradas por aquello. Victoria podía fingir que no había clases diferentes en su reinado, pero nunca fue cierto. Por mucho que ella no quisiera ver a unos distintos a otros no quiere decir que fuera así. Pero acabé ganándome el respeto de todos.

Me estremecí. Quise decirle que su manera de haberse ganado aquel respeto había sido aceptar las razones por las que la habían apartado a ella misma. Había protegido aquellas razones e incluso las había convertido en una nueva regla. En vez de luchar, había decidido colaborar, solo porque aquello era lo que podía darle poder.

—Deberías aprender de mí, muchacha —la usurpadora se acercó de nuevo a mí, con calma, y tomó un mechón de mi pelo para acariciarlo—. Te estoy dando una oportunidad magnífica. Te estoy dando poder. Haz que el conde cumpla con su papel, dale un hijo, continúa con el orden de este mundo, y no les pasará nada a ninguno de los dos. Tendrán una vida plena. ¿Qué más puedes pedir?

Yo tragué saliva, pero no supe qué decir. Parecía que me estaba ofreciendo un futuro, pero sabía que no era así. Aquel futuro estaba decidido lo quisiera yo o no.

—Tendrán una hora todos los días —dijo—. Considero que es mucho más que suficiente para conseguir lo que necesitamos de ustedes.

Me soltó y yo intenté respirar, pero apenas lo conseguí. Me faltaba el aire en los pulmones. Quería llorar.

—¿Daniela?

Su voz me heló el cuerpo, mientras ella se retiraba hacia la salida.

—Nunca podrás decir ni una palabra de lo que sabes sobre mí —fue una orden. La sentí, quemando la piel de mi hombro. También era un recordatorio de lo que podía hacer conmigo—. Y recuerda que no quiero hacer esto por las malas. Pero, si me obligas, lo haré.

Y sin más, me dejó ahí, sola en aquel comedor gigantesco. No pude probar bocado, sentía el estómago cerrado y las náuseas en mi garganta. Salí de la sala tambaleándome, pensando que tenía que contarle aquello a Lía, que necesitaba encontrar alguna solución. Tenía que salir de ahí fuera como fuera. Tenía que haber alguna manera de evitar las órdenes, tenía que haber alguna forma de ganar, de encontrar nuestro libro. Si lo que había dicho

Eoghan era cierto, si la persona que podía hacer la marca del traidor se quedaba con los libros, quizás el nuestro estuviera en algún lugar de aquel palacio. Tenía que...

En trance, ni siquiera vi venir a nadie por el pasillo. Chocamos, aunque la otra persona no se detuvo. Confusa, levanté la vista para ver a Seren Avery alejarse, aunque me lanzó una mirada por encima del hombro.

Vi que se llevaba un dedo a los labios. Su otra mano fue a su bolsillo y le dio unas palmaditas. Fue tan rápido que ni siquiera pude terminar de asimilarlo.

Hasta que bajé la mano a mi propio bolsillo y mis dedos encontraron un cuaderno.

# Marcus

El libro era antiguo, la clase de volumen que sabes que ha pasado por muchas manos porque hay marcas de uso en la gastada encuadernación. Tenía los cantos del color de la plata y se cerraba con unos broches adornados con filigranas que el tiempo casi había borrado. Aun así, el tomo parecía tener una luz especial, un halo de magia que, si Yinn hubiera estado ahí, estoy seguro de que habría sentido.

Alcé la vista a la reina, que me miraba desde su trono. Abbigail estaba también ahí aquella mañana, a los pies del estrado, con la mano en el pomo de su espada. Tú, sentada a su lado, tenías los puños apretados contra tus piernas.

—No puedo hacerlo.

Sabía que cuando me presentara en palacio la reina me obligaría a poner mi magia a su servicio, pero había esperado tener que entrar en un mundo o sacar algún objeto. Lo que me estaba pidiendo, sin embargo, era mucho más. Ella era perfectamente consciente. Y no le importaba.

—Yo creo que sí puedes —dijo con calma—. Me parece una lástima que Abbigail se quedara sin esa criatura que compraron ustedes en el Globo y se merece una compensación por su trabajo: al fin y al cabo, ella ha hecho posible todo esto. Hasta ustedes deberían darle las gracias: fue ella quien encontró a Lía.

Levantaste la vista hacia Abbigail. La muchacha ladeó la cabeza con calma. Creo que disfrutó de su momento.

—Al principio no llamó demasiado mi atención, ¿saben? Dejé que un cazador se la llevara la primera noche. Pero me quedé el libro y cuál fue mi sorpresa al descubrir que en él había dos nombres escritos, no solo uno, y de pronto el conde Abberlain tenía una encantadora amiga salida de la nada con una sirvienta perdida cuya descripción resultaba... sospechosamente familiar.

Creo que te estremeciste.

—Entonces, en el Globo, cuando nos invitaste a palacio...

—Si hubieran llegado unos minutos antes, la habrían tenido. Por suerte, la recuperé antes de que la incluyeran en la subasta.

Apreté los puños. Tú clavaste los ojos en aquella mujer con tanta rabia como miedo. Me pregunté en qué momento había subestimado a Abbigail Crossbow y la había tomado por una persona a la que solo le interesaba casarse conmigo. Me sentí estúpido.

—Me gusta premiar a quienes me sirven bien, Marcus —dijo la falsa reina—. Aunque también sé castigar a quienes me fallan.

Sus ojos fueron hacia ti y yo recordé lo que habías sufrido el día anterior. Recordé tu llanto. Esas eran las imágenes que me habían mantenido despierto por la noche. En el único momento en el que me había podido el cansancio, soñé que tú estabas ahí, gritando, mientras yo estaba encerrado en una jaula en la que los barrotes se iban cerrando más y más y...

—Daniela...

—Está bien —murmuré, antes de que pudiera dar la orden. Porque sabía que iba a darla.

Sin embargo, una parte de mí sabía que no estaba bien. Sabía que salvar a una persona en nada justificaba condenar a otra. Sabía que ceder en aquello era horrible. Era un cobarde. Me despreciaba por ello.

Era justo como Seren había dicho: cuando saben el poder que tienen sobre ti no hay vuelta atrás.

Tragué saliva y abrí el libro, lo sostuve con manos temblorosas. Tú cerraste los ojos con fuerza. La reina y Abbigail me miraron. Me faltaba el aire, pero pronuncié las palabras, lentas y claras sobre mi lengua. Me resultaban extrañas, mucho más que el hechizo de enviar a los visitantes a su casa. Aunque las había pronunciado dos días antes en tu oído, sonaron completamente diferentes. Esta vez no iban a traer a Lottie a casa. Esta vez iban a traer a una criatura desconocida a un lugar en el que no deseaba estar.

Lo peor fue notar su resistencia. Lo peor fue sentir que, al otro lado de la cuerda que entonces nos unía, la criatura intentaba luchar. Me estremecí. La voz se me quebró. Estuve a punto de perder la sujeción, de dejarla marchar, pero las palabras volvieron a mi lengua un segundo más tarde y el vínculo permaneció. Sentía náuseas, la tensión de la magia crecía y nos acercaba. Sentía los jalones que daba yo y los intentos por escapar de quien estaba en aquel otro mundo.

Pero no puedes luchar contra el hechizo. No puedes vencer contra la llamada de Albión, igual que no puedes luchar cuando un libro te traga.

Con una última palabra, con una última sílaba en aquel idioma que ni yo mismo conocía, pero que parecía llevar en las venas, gané la batalla, aunque lo sentí como perder la guerra.

Di un paso atrás, con el libro todavía entre las manos. Me sentía sucio, me sentía enfermo y débil, como si realmente hubiera peleado mano a mano con alguien por el control. En el suelo, la criatura se revolvió, gimió, se hizo pequeña. Llevaba la misma túnica que le había visto a Altair aquel primer día y tenía aquellos ojos dorados por toda la piel. Cuando alzó la vista hacia mí, vi la marca de visitante en su cuello. Aquello, junto con su mirada de incomprensión, fue lo que terminó de ayudarme a ser consciente de lo que había pasado. De qué había hecho.

El libro se me escurrió de las manos y cayó al suelo con un golpe que nos asustó tanto al celeste como a mí.

—¡Qué maravilla! ¡Qué criatura tan curiosa! Casi siento ganas de pedir una para mí.

El celeste no se movió cuando la reina bajó del altar y se acercó. Yo, en cambio, retrocedí. Quería salir de ahí. Me recordé que tenía que respirar. Aun así, las manos me temblaban cuando alcé una para limpiarme una lágrima de la mejilla. La boca me sabía a cobre y cenizas.

—¿Te gusta, Abbigail?

—La adoro. Es más bonita todavía que la del Globo. Le estoy muy agradecida, Su Majestad.

Tú no estabas menos horrorizada que yo. Miraste a la reina y a Abbigail, pálida y con expresión de ir a vomitar en cualquier momento. Después tus ojos cayeron sobre el celeste. No sé si pensaste en Altair. No sé si pensaste en el momento en el que tú misma habías caído aquí, pero cuando nuestras miradas se encontraron de nuevo, sentí que me preguntabas cómo podía haberlo hecho. Al mismo tiempo, como te conocía, supe que estabas pensando que había cedido por protegerte y ¿no te hacía eso también un poco responsable?

Quise decirte que no. Que la culpa era solo mía. Que eran mis manos las que estaban manchadas, mi lengua, todo mi cuerpo.

Odié mi magia.

Me odié a mí mismo.

## Dani

—Recuerda lo que hablamos antes, querida.

La reina nos permitió marcharnos con aquellas palabras y yo no sé cómo aguanté las náuseas. Quizá porque no volví a mirar a aquel ser que se parecía tanto a Altair. Quizá porque estaba intentando no pensar, bloquearlo todo, aislarlo todo. No me atreví más que a mirar aquel libro que la reina recuperó y atesoró, y me pregunté qué haría con él después. Dónde lo metería. Si había alguna forma de recuperarlo y poder devolver a aquella criatura a su lugar...

Marcus y yo no nos tocamos. No hablamos, ni siquiera, en el camino hasta mi cuarto.

Solo cuando la puerta se cerró a mis espaldas, con la vista todavía fija en el suelo, dije:

—Tenemos que hacer algo.

La voz me salió ahogada. Cuando al fin alcé los ojos para mirarlo, supe que me iba a encontrar su rostro más blanco que nunca, enfermizo. Marcus se dejó caer sin fuerzas en un sillón y me di cuenta de que temblaba, con la mirada ida. Se miró las manos y comenzó a frotarse las puntas de los dedos, como si sus guantes estuvieran manchados.

—Lo hice. Lo traje. Lo... Lo condené. Lo...

Calló y se echó hacia adelante y ocultó la cara entre las manos. No pude acercarme. No sentí que debiera hacerlo. Podía entender sus ganas de limpiarse las manos, de frotar muy profundo para quitarnos aquella suciedad en la que de pronto estábamos metidos hasta el cuello. Estábamos en el mismo mundo, en el mismo cuarto, pero nunca habíamos estado tan lejos.

—Si acabamos con ella...

Mis palabras fueron muy débiles. No sabía ni siquiera cómo plantearlo.

Marcus se estremeció y alzó la vista con los ojos nublados.

—¿Cómo? Lleva siglos aquí. Quizá sea tan inmortal como... —se detuvo, como si se hubiera atragantado con sus palabras, y ya no intentó continuar.

En realidad, yo me hacía la misma pregunta, y sabía que no era fácil conseguir respuestas. Hundí mi mano en el bolsillo. No había querido dejar aquel cuaderno lejos de mí ni un segundo: lo llevaba encima todo el tiempo, porque me aterraba que cualquier persona pudiera entrar en mi cuarto mientras yo no estaba y encontrarlo. Marcus me miró confuso cuando se lo mostré.

—Es... Es de Seren. Me lo dio esta mañana, sin que nadie lo viera. Es... Creo que quiere que entremos en él.

Abrí el cuaderno. Cuando había visto la nota, en medio de una de las páginas, había estado a punto de dudar de que fuera una trampa. Pero, visto en perspectiva, no lo parecía. La nota seguía ahí, marcando la página exacta que Seren consideraba importante. Marcus seguía a mucha distancia de mí, pero había levantado la cabeza, probablemente intentando asumir también aquello en medio de todo lo que ya lo estaba torturando.

—«Si hay respuestas que yo no he encontrado, están en ese día» —leí.

Alcé la vista. El conde se levantó con cuidado y, aunque pareció titubear, se acercó. Se quedó a unos pasos de mí y extendió la mano. Cuando le pasé el cuaderno, nuestros dedos se rozaron, pero él apartó tan rápido los suyos que ni siquiera sé si sintió algo bajo los guantes. Se alejó hacia la ventana, con el pequeño libro en la mano. Me pareció que pasaba las páginas como si las acariciara, mientras leía algunas líneas. Yo me quedé donde estaba, aunque aquella distancia hacía que me sintiera helada.

—Es uno de sus diarios... Siempre llevaba uno encima, hace años. Se dedicaba a escribir todo lo que veíamos en otros mundos. ¿Lo leíste? ¿Te dijo algo?

—Solo fingió que chocaba conmigo y me lo metió en el bolsillo. Fue poco antes de que llegaras, no he tenido tiempo de... —tragué saliva—. Me advirtió. La... noche de la ceremonia. De que estábamos jugando a algo contra lo que no podíamos ganar. Supongo que se refería a la impostora. Supongo que él también le teme. Que... Que lo descubrió todo y fue entonces cuando les dejó de hablar.

Marcus mantuvo la vista en las páginas, aunque no me pareció que estuviera leyendo. Quizá encontraba algo reconfortante en la letra de su amigo.

—¿Fue entonces cuando decidiste marcharte? ¿Al hablar con él?

No sé si fue una acusación, pero lo sentí como una puñalada. Fue otra cosa de la que arrepentirme, otra cosa por la que sentirme mal. Marcus alzó la vista entonces, sus labios estaban ligeramente apretados, pero yo no pude mantenerle la mirada y la clavé en mis pies.

—No lo decidí en ese momento. Lo pensé... mientras bailábamos. Si realmente no había escapatoria, si no íbamos a poder volver nunca, yo... no quería que eso te siguiera poniendo en peligro —se me hizo un nudo en la garganta—. Pero parece que ya era muy tarde.

Escuché cómo Marcus tomaba aire y pasaron varios segundos de silencio hasta que sentí que se movía. Dio unos pasos hacia adelante. Hacia mí. Sus zapatos entraron en mi campo de visión y yo me armé de valor para encontrar su mirada. Nos separaban todavía unos pasos.

—No quería mentirte esa mañana, pero pensé que, a lo mejor, podía solucionarlo —dijo, y escuché la tristeza en su voz—. A lo mejor podía recuperar tu libro. A lo mejor podía protegerte. Pero a la hora de la verdad, nunca he sido capaz de proteger nada de lo que me importa, ¿verdad?

Su voz me dio demasiada tristeza. Las lágrimas me escocían en los ojos.

—¿Puedo acercarme?

Marcus titubeó. Creo que en ese momento le aterraba tenerme cerca. Creo que temía mancharme de algún modo con lo que había hecho. Quizá simplemente estaba asqueado consigo mismo. O quizá, como yo, temía la idea de nuestra cercanía sabiendo que era justo aquello lo que la usurpadora quería utilizar.

Aun así, terminó asintiendo.

Recorté los pasos que nos separaban con cuidado. Yo no tenía el poder de tender puentes entre mundos, pero estaba desesperada por reparar el que habíamos creado entre los dos y que en aquel momento sentía a punto de derrumbarse. Pisé como si temiera que los tablones se fueran a romper y ambos fuéramos a caer al vacío. Dudé un instante, y después mis dedos se alargaron hacia los suyos, solo las puntas. Fue todo lo que nos tocamos, únicamente eso.

—No quería irme —susurré entonces, muy bajo, mientras miraba esa caricia que ni siquiera podía llamarse así—. No... Nunca habría querido alejarme así. Odio este mundo, odio todo lo que ha ocurrido, pero no odio haberte conocido. A pesar de todo, yo... —un silencio. Una respiración profunda para evitar otro sollozo—. Creo que yo también me enamoré de ti, Marcus.

Las palabras cayeron sobre nosotros como la última verdad que nos faltaba por contarnos. Cuando levanté la vista, con los ojos empañados, Marcus me miraba como si le doliera. Como si la idea de que yo lo quisiera fuera lo único que podía desear y al mismo tiempo le hiciera daño. La situación nos tenía bloqueados, parecía a punto de partirnos a nosotros y a nuestra relación por la mitad.

Con mucho cuidado, sus dedos se engancharon a los míos. Dudando, como si temiera romperme, como si temiera romperse, me acercó lo suficiente como para eliminar la distancia entre nosotros. Su mano libre se alzó a mi rostro.

—¿Puedo besarte? —susurró.

Tuve que parpadear para contener el llanto otra vez. Me sentía tan estúpida. Tan débil. Y, al mismo tiempo, solo quería eso: asegurarme de que seguía siendo yo, de que mis deseos seguían siendo míos, de que todavía podía hacer aquello libremente. Los dos podíamos hacerlo. No creía poder permitir que me tocara más allá de eso, no cuando la usurpadora había convertido las caricias en algo con un fin útil y horrible. Pero podía permitir un beso. Deseaba un beso.

Así que asentí y yo misma me puse de puntitas. Fue apenas un roce. Algo muy inocente, muy suave, apenas una presión, un reencuentro. Fue un poco como volver a casa, pese a que ni siquiera sabía cuántos hogares había perdido en los últimos días. Los dos temblábamos. Los dos suspiramos. Los dos nos miramos, después, y aunque no creo que ninguno sintiera que algo había mejorado tras ese segundo, creo que supimos que el puente no se rompería. A lo mejor era precario, a lo mejor estábamos en medio del precipicio y las cuerdas estaban medio rotas y los tablones crujían, pero seguía ahí. Seguíamos ahí, los dos.

Marcus se separó un paso. Su mano se alejó de mi mejilla con una caricia cuidadosa. Pero sus dedos, al mismo tiempo, se apretaron con un poco más de seguridad alrededor de los míos.

—Está bien —dijo, como si hubiera tomado una decisión—. Vayamos al diario de Seren.

Yo tragué saliva y lo miré. La idea me dio un poco de vértigo, pero si había algo que podíamos encontrar, si había al menos una mínima oportunidad de luchar juntos otra vez, valía la pena intentarlo.

*Marcus*

Fue un poco desconcertante entrar al mundo que había creado una persona que conocía. Un mundo, de hecho, muy parecido al nuestro, solo que filtrado a través de los ojos de Seren. Un mundo que era como volver atrás en el tiempo.

—¿Dónde estamos?

Como suele pasar en el primer viaje, estuviste a punto de perder pie. Yo te sujeté del brazo mientras ambos mirábamos alrededor. Estábamos en una habitación enorme, de techos altos y mobiliario oscuro. Al principio no la reconocí: solo vi desorden y pensé que quizás habíamos caído en el lugar equivocado.

—En mi cuarto.

La voz sonó detrás de nosotros y ambos nos quedamos helados. Creo que fui yo el primero en reaccionar, con el corazón latiéndome desenfrenado y los dedos crispados en torno al libro que había aparecido con nosotros. No recuerdo qué pensaba, si estaba dispuesto a utilizarlo como un arma en caso de necesidad, pero fuera lo que fuera que llegó a pasárseme por la cabeza, se me olvidó por completo cuando vi a Seren.

Tendría que haber sabido que, si nos encontrábamos con él, no sería el mismo que conocíamos, sino uno más bien sacado de mi memoria. Alguien más joven, una viva imagen de lo que había sido con diecisiete años: un poco más descuidado en su aspecto, con el pelo largo atado en una coleta, con las facciones más redondeadas y aquel brillo en los ojos que lo hacía parecer más un niño travieso que un adulto. Lo estudié mientras se ponía en pie junto a la silla de su escritorio, con las cejas levantadas y aquella mirada curiosa que siempre tenía.

—Hola, Seren.

Alcé el libro para enseñarle las cubiertas sencillas y él entrecerró los ojos antes de mirar por encima de su hombro. Un cuaderno idéntico descansaba sobre su mesa, abierto y con la tinta todavía húmeda. Lo entendió al momento.

—Vaya —dijo, antes de voltear a vernos de nuevo y esbozar aquella sonrisa, la misma que no había cambiado con el paso de los años—. Hola, Marcus. Estás mayor.

El corazón se me hundió en el pecho. Alguna vez habíamos fantaseado con la idea de conocer algún mundo paralelo en el que existiéramos en unas condiciones diferentes: una vez incluso Seren había llegado a bromear con crear una historia en la que fuera él quien tenía los poderes, pero nunca habíamos llegado a hacerlo realidad. Sin embargo, en aquel momento estaba ocurriendo. Él te miró, probablemente sin entender por qué eras tú quien me acompañaba, en vez de una versión más adulta de sí mismo.

Con lo que había pasado aquella mañana, con lo perdido y sucio que me sentía después de lo que había hecho, reencontrarme con aquel Seren, reconocer a mi mejor amigo, estuvo a punto de ser demasiado. Una parte de mí quiso decirle que lo echaba de menos. Una parte de mí deseó poder abrazarlo.

En su lugar, saqué el reloj de mi bolsillo y lo consulté. Las tres agujas estaban detenidas y esperaba que siguiera siendo así: teníamos unos veinte minutos de nuestro Albión para regresar antes de que alguien nos echara de menos.

—Vamos a necesitar tu ayuda.

—Suponía que no era una visita de cortesía o habría venido yo mismo, ¿no? —alzó las cejas y se metió las manos en los bolsillos—. ¿Quién es ella? ¿Y por qué están aquí?

Estuve a punto de decirle que era porque aquella noche lo cambiaba todo. Estuve a punto de decirle que pasaría algo importante. Llegué a separar los labios, de hecho, pero tú me detuviste al tomarme del brazo y te adelantaste:

—Seren quiere que descubramos algo esta noche. Y si queremos que funcione, no deberíamos darte más información de la que tú tengas. No deberíamos... interferir, creo. ¿Podemos seguirte de cerca? ¿Qué ibas a hacer ahora?

Seren ladeó la cabeza. Supongo que la situación le debió de parecer intrigante, y había pocas cosas que le gustaran más.

—Solo mi ronda nocturna por los pasadizos de palacio. Uno descubre muchas cosas interesantes sobre los caballeros, si sabe por dónde moverse. Síganme.

Antes de salir, sin embargo, se fijó en mí de arriba abajo y la sonrisa se extendió en su boca, burlona, pero sin el cinismo que había visto en ella en los últimos años. Únicamente su sonrisa de verdad, la que ponía cuando se reía de mí, pero no había amargura detrás de las bromas.

—¿Cuántos años más dices que tienes? Te quedan bien.

Sentí el rubor en las mejillas y, cuando te miré, vi que parpadeabas.

—Céntrate, Seren.

—Sí, sí, me centro, pero ¿cuántos?

Resoplé.

—Diez.

—Uf, eso son también diez años más de experiencia —se fijó en ti—. Y tú no me has respondido: ¿quién eres?

Titubeaste.

—Me llamo Dani.

—¿Y por qué vienes con él?

Abriste la boca. La cerraste. Yo carraspeé.

—Seren, tenemos prisa.

—Al parecer diez años también te han convertido en un aburrido —suspiró.

Lo seguimos fuera del cuarto. Las últimas semanas habíamos pasado mucho más tiempo en palacio de lo que a mí me habría gustado, pero Seren no nos llevó por los pasillos que habíamos estado recorriendo esos días. Con pasos ligeros, nos condujo desde su cuarto hacia los pasillos del servicio, más estrechos y completamente vacíos a aquellas horas de la noche.

En algún momento del camino, estiré la mano y rocé la tuya. Nos miramos, sin hablar, pero sé que ambos estábamos pensando en que aquello tenía que salir bien. Era nuestra última oportunidad. Si el plan que tuviera el Seren de nuestro mundo fallaba, no nos quedarían más ases en la manga.

Tú moviste los labios. Reconocí aquellas palabras que me habías dicho la noche antes del baile. «Saldrá bien».

Esta vez tenía que hacerlo.

Seren nos hizo una seña para que nos acercáramos. Habíamos llegado al final de un pasillo desierto con dos puertas a cada lado, pero él no abrió ninguna de ellas. En su lugar, apartó el tapiz que colgaba de la pared y nos mostró, con un orgullo que apenas le cabía en el pecho, que tras él había una puerta tan vieja probablemente como el propio palacio. Se sacó una ganzúa del bolsillo y empezó a forcejear con la cerradura, que apenas se le resistió.

Yo miré por encima del hombro antes de adentrarme en el pasadizo que había dejado al descubierto. Cuando la puerta se cerró, nos quedamos a oscuras. Abrí la boca para preguntarle a Seren cómo íbamos a orientarnos, pero entonces vi la luz al fondo. Tú me apretaste la mano con un poco más de fuerza. Los dedos de Seren me sorprendieron cuando me agarraron de la otra y me jalaron con suavidad. El contacto me desubicó, me hizo pensar que realmente había retrocedido diez años en el tiempo, pero no me solté. No podría haberlo hecho porque él volvía a confiar en mí. Volvía a guiarme, como cuando éramos niños y yo tenía demasiado miedo incluso de mis poderes.

Creo que en aquel momento lo eché más de menos que nunca, mientras caminábamos por los pasadizos del palacio, mientras me dejaba arrastrar a ciegas, consciente de que jamás me traicionaría. Me dije que tenía que hacer algo, tenía que decirle que pasara lo que pasara debía confiar en su Marcus y permanecer a su lado. Quise hacerle prometer que nunca les daría la espalda, ni a él ni a Alyssa.

Pero entonces llegamos a un pasadizo más grande, iluminado con antorchas que hacían bailar las sombras. Cuando su mano se deslizó fuera de la mía, se deslizaron fuera de mi alcance también todas las palabras que quería decirle.

El corredor parecía inmenso y se ramificaba en otros más pequeños.

—Me habías hablado de los pasadizos, pero nunca me habías traído. Dijiste que estabas intentando orientarte todavía.

Seren asintió y miró alrededor antes de echar a andar. Tu mano y la mía seguían unidas.

—Es muy fácil perderse. Estoy haciendo un mapa —se dio un par de golpecitos en la sien—. Algunos caminos llegan hasta las torres, a las habitaciones de los caballeros. Hay uno que creo que desemboca en los jardines, pero la entrada está cerrada. Y un día me aventé una hora andando antes de decidir volver, así que supuse que era una ruta hacia la ciudad. Incluso me pareció escuchar el río.

—¿Y se usan?

Creo que la idea de que alguien pudiera aparecer en cualquier momento en tu cuarto te dejó destemplada. Bastante aterrador debía de resultarte ya el palacio sin necesidad de aquella información.

—Nunca he visto aquí a nadie, pero... —Seren titubeó—. Un día encontré una sala con una mesa y sillas, lo suficientemente limpia como para saber que alguien debe de usarla. Paso siempre que puedo para ver si descubro algo nuevo. Si están aquí, quizás hoy... Vamos.

Seren torció en una esquina. No entendí cómo podía orientarse, cuando después del segundo giro yo ya estaba completamente perdido. Todo parecía demasiado extraño y la luz solo ayudaba a crear ese aire de pesadilla que me encogía el estómago a cada paso que dábamos. Eché varios vistazos por encima de mi hombro, pero nadie nos seguía, por mucho que mi cabeza intentara hacerme creer que sí. El reloj, cuando lo saqué, desangraba muy lentamente los segundos, pero estaba seguro de que las agujas se habían movido. Quise pedirle a Seren que fuéramos más rápido, pero tú mantuviste la cabeza fría por mí: me obligaste a guardar el reloj cuando lo viste por tercera vez entre mis dedos y me lanzaste una mirada de advertencia.

Estaba tan concentrado en seguir avanzando que estuve a punto de chocar con la espalda de Seren cuando él se detuvo de pronto.

—¿Qué...?

Se llevó un dedo a los labios. Me pareció escuchar algo a lo lejos: el sonido de pasos que no eran los nuestros, el reverberar de unos susurros contra la piedra. Te miré. Parecías preocupada y yo podía entenderlo: no sabíamos qué podíamos llegar a encontrarnos. Seren, en cambio, esbozó una media sonrisa. Su mirada era decidida: quería seguir avanzando. Quería llegar al fondo de todo.

Con más cuidado todavía de no hacer ruido, seguimos el sonido hasta su fuente. Nos asomamos a una esquina a tiempo de ver una silueta deslizarse por uno de los pasillos contiguos. Vi a un hombre caminando a paso rápido, consultando un reloj. Reconocí el pelo cobrizo a la luz de las antorchas, el traje sobrio. La mano derecha pareció arderme de nuevo.

Mi padre. Mi padre vivo y... No. No era mi padre. Era el Aloys Abberlain de otro mundo, igual que en alguna parte estaba yo.

Igual que en alguna parte también había una Danae Abberlain que todavía no se había marchado y un Rowan que se estaba preparando para entrar a formar parte de los caballeros de la reina. Aunque tanto Seren como tú me miraron, tensos, esperando mi reacción, yo me apresuré a apartar aquellos pensamientos de mi mente: enfrentarnos a las verdades que esperaban al fondo del pasillo era más importante.

Seren nos hizo un gesto para que avanzáramos y se deslizó como una sombra blanca al otro lado del pasillo. Yo te empujé con suavidad tras él. Fui el último en seguirlos, vigilando que nadie apareciera por detrás y nos descubriera.

Un poco más adelante, al final de uno de aquellos pasillos laberínticos, se alzaba un arco de piedra flanqueado por columnas. Nos asomamos con muchísimo cuidado, solo un segundo, lo justo para descubrir una sala circular que debía de ser la que Seren había mencionado. La gran mesa ocupaba su centro y, a su alrededor, los nobles permanecían sentados. Los reconocí de inmediato. Ahí estaban la madre de Alyssa y el padre de Seren. Vi a mi padre ocupando un puesto junto al duque Crossbow. Junto a ellos, cabezas de otras familias nobles que había tenido que aprender a reconocer desde que era un niño.

En el final de la mesa, con su corona de rosas, estaba la reina.

Supe de inmediato qué era lo que estábamos viendo.

La Sociedad de la Rosa Inmortal se reunía en las entrañas del palacio.

## Dani

No sabía qué pensar. No sabía quién era aquella gente, a excepción de la reina y el padre del conde. A él era imposible no identificarlo: los ojos morados, el cabello cobrizo. Aloys Abberlain parecía un reflejo de un Marcus más adulto, más severo. Antes de que pudiera pensar en pedir nombres de cada uno de los presentes, la reina habló:

—Supongo que saben por qué los hice llamar. La muerte de ese muchacho está siendo sorprendentemente... molesta —dijo, con un mohín de disgusto casi infantil—. Parece que nuestra estimada señorita Travers no entiende lo que le conviene.

La soberana se fijó en otra de las mujeres presentes, de piel negra y postura intachable. Supuse que era la madre de Alyssa, no tanto por el parecido físico como por la manera en la que agachó la cabeza.

—Me temo que no atiende razones, Majestad. Incluso con el chico muerto, ella se niega a volver a casa e insiste en mantener esa estúpida escuela.

—Si una noble no puede controlar a su propia hija, ¿qué clase de ejemplo estamos dando? —gruñó otro de los presentes—. Alyssa ya no es un asunto únicamente de su familia, señora Travers: es un problema para todos, así que quizá debamos tomar medidas también contra ella.

Me quedé blanca, aunque no creo que lo que sentí pudiera compararse a lo que debieron de sentir Marcus o Seren. Aquello confirmaba sus sospechas: Cyril no había muerto de manera natural. No solo eso, sino que de pronto estaba sobre la mesa que no fuera el único en caer. Recordaba haber pensado que Alyssa debería de ser en realidad la protagonista de aquella historia y la idea me volvió a la cabeza: se había convertido en una amenaza para gente con poder por una historia de amor. Había leído mil libros como aquel.

—Si al menos hubiera sido discreta, incluso su matrimonio podría haberse solucionado de otras maneras, pero estuvo decidida a armar todo un escándalo y ahora quiere dedicarse a darle alternativas a los visitantes mientras habla de conspiraciones por los rincones. Y si al menos estuviera sola... Pero no, resulta que tiene la mejor ayuda que podría haberse agenciado.

La reina hizo una pausa en la que todas las miradas cayeron sobre Aloys Abberlain. El hombre levantó la barbilla y la soberana continuó:

—Puedo aceptar su deseo inocente de colaborar con algún visitante de vez en cuando, pero ¿aceptar ayudar a esa muchacha en esa misión de devolver a los visitantes de cada libro que ella encuentre? ¿Convertirse en alguien al servicio de ellos, en vez de al nuestro? Juraría que ese no es el cometido para el que se le debería haber instruido, ¿no cree, conde?

Supe que aquel hombre no iba a salir en defensa de su propio hijo antes incluso de que abriera la boca:

—Marcus es... joven. Me disculpo por las extrañas ideas que le han metido en la cabeza. Pero no tema, Majestad: lo encauzaré. No es un rebelde, como esa chica. Creo que todo el mundo estará de acuerdo conmigo en que resulta complicado imaginarse a Marcus tomando las mismas decisiones que Alyssa. Simplemente se ha dejado llevar demasiado por sus amigos. Algo que quizá deberíamos haber cortado de raíz. ¿No es cierto, Avery?

Me pareció escuchar que Seren tomaba aire. Lo vi encogerse un poco, apretar los puños. Marcus también se fijó, porque entrecerró los párpados y dejó la mano sobre su hombro. En la sala, un hombre menudo y de pelo negro hizo un ademán desinteresado.

—El muchacho no parece querer aprender cuál es su lugar, y se me agotan las maneras de aleccionarlo. Pensé que lo habíamos encauzado cuando decidió unirse a los caballeros de la reina, pero si solo da problemas, aceptaré cualquiera que sea el destino que se dictamine para él.

Sentí el golpe que recibió Seren. La madre de Alyssa y el padre de Marcus habían intentado proteger a sus hijos, pero el padre de Seren aceptaba que se hablara de su muerte con absoluta entereza. Como si no significara... nada. Me dieron ganas de vomitar.

Entiendo que se moviera. Entiendo que decidiera que ya había escuchado más que suficiente. Entiendo que diera un paso atrás y luego otro y después tan solo se alejara apresuradamente. Marcus ni siquiera lo pensó: salió tras él y yo tuve que seguirlo para no quedarme atrás. Una parte de mí quería permanecer ahí, ver si había algo más en aquella conversación que fuera importante, pero lo que Seren había descubierto aquella noche iba más allá de lo que había oído en aquella sala, ¿verdad? Tenía que haber pasado algo más. Algo que había evitado que Seren le contara todo aquello a Marcus y a Alyssa.

Marcus separó los labios para decirle que no fuera tan deprisa. Yo tenía la sensación de que nos estábamos perdiendo, de que no habíamos venido por aquellos corredores... y entendí, justo un segundo más tarde, que quizás eso era justo lo que tenía que suceder, por eso detuve al conde antes de que pudiera decir nada. Sé que aquello lo frustró. Sé que no quería hacer otra cosa que ayudar a su amigo.

Seren caminaba rápido por los pasadizos, apenas consciente de por dónde iba ni de lo que hacía. Debía de tener la mente llena de ruido, de miedos. Parecía haberse olvidado por completo de nosotros. Parecía haberse olvidado de todo. Por eso, supongo, se sorprendió cuando se dio de frente contra un muro. Marcus y yo parecíamos condenados a los callejones sin salida, y aquel fue otro. Seren no estaba acostumbrado a ellos, y por eso, furioso, como si necesitara algo contra lo que descargar todo lo que estaba sintiendo, gruñó y golpeó la piedra con el puño.

Y entonces la pared tembló y comenzó a deslizarse hacia un lado.

Creo que ninguno de los tres estábamos preparados para la estancia que nos recibió al otro lado.

La urna de cristal en el centro.

El cuerpo dormido dentro de ella.

La verdadera reina, sumida en un sueño tan inmortal como ella.

## Marcus

Del palacio de la reina se decían muchas cosas: que había salido de un mundo en el que había pertenecido a un gigante o que había habitaciones ocultas. Incluso había una leyenda que contaba que, en el centro del palacio, en un cuarto secreto, aguardaba un tesoro que nadie había conseguido encontrar. Seren y yo habíamos bebido de esas historias mientras crecíamos, pero nunca las habíamos creído de verdad.

Hasta aquel momento.

Seren jadeó cuando puso un pie dentro de la estancia. Yo, paralizado, solo pude observar mientras él se detenía junto a aquella urna y alzaba una mano para tocar el cristal. Sus dedos recorrieron los bordes y acariciaron los cierres. Pensé que la iba a abrir. Pensé que sacaría el cuerpo que había dentro, sin más, pero en el último momento, dio un par de pasos atrás y lo contempló de lejos. Quizá ni siquiera entendía qué era lo que estaba viendo.

—Pero la reina...

Nos miró, confuso. Yo, sin poder evitarlo, negué con la cabeza. Iba a hablar, a contárselo, pero cuando abrí la boca volví a atragantarme con las palabras, volvió a faltarme el aire. De todos modos, a Seren no le hizo falta aquella información, porque ya había llegado a la conclusión él solo, y por eso volteó a ver de nuevo la urna.

Tus ojos analizaron la estancia en busca de algo más. En busca de lo que fuera que Seren no había alcanzado a ver. La manera de despertarla, supongo. Pero ahí solo había un espejo en la otra punta del cuarto y estanterías que se adaptaban a la curva de la pared. Del suelo al techo, las repisas estaban llenas de libros. Había tantos, de hecho, que algunos habían sido colocados de forma descuidada, tumbados sobre los que permanecían en pie. No entendí por qué estaban ahí y no en la biblioteca. Me adentré en la estancia y me acerqué a ellos. Mis dedos recorrieron los lomos de algunos y agarré uno al azar. Parecía normal, una novela. Pero cuando miré la primera página, comprobé que tenía un exlibris. Agarré otro. Ahí había no uno, sino dos. Y en el tercer libro que agarré, otra vez lo mismo.

—Marcus.

Tú te habías acercado también y habías agarrado un libro de tapas verdes y arabescos dorados que estaba en la cubierta de la repisa más baja. Me enseñaste la primera página, con un nombre inscrito en la esquina inferior derecha. La historia de Eoghan.

Dejé el libro con cuidado en su lugar y me aparté un par de pasos. Volví a sentir asco por lo que había hecho aquella mañana, sobre todo al pensar que era ahí donde se guardaban los mundos de la gente que estaba atrapada en Albión. Lo único que no entendía era para qué los conservaba. ¿No habría sido mejor quemarlos? A menos, claro, que los quisiera para asegurarse de poder usarlos contra los visitantes que venían de aquellos ejemplares. Para poder chantajearlos o, quizá, sacar a más habitantes de ese mundo si le venía en gana.

De pronto tuve la certeza de dónde podríamos encontrar tu libro y el de Lía.

Seren había dado una vuelta entera por la habitación y volvía a estar junto a la reina.

—¿Deberíamos sacarla de aquí? ¿Deberíamos intentar... despertarla?

Me miró por encima del hombro y yo titubeé. No sabía qué había hecho aquella noche. No sabía qué era lo que había pasado. Por qué nunca nos había dicho nada de aquello.

—Oye, Seren...

—¿Qué tenemos aquí?

La voz de la falsa reina me hizo tensarme de inmediato. Creo que no fui al único que le ocurrió. Tú, que estabas unos pasos más atrás, frente al espejo, te volteaste de inmediato. Seren, por su parte, se llevó una mano al pomo de la espada. Desenvainó sin dudar. No me esperaba que diera un paso hacia adelante o que nos cubriera con su cuerpo para protegernos.

La mujer estaba de pie debajo del dintel, ni un día más joven de lo que había parecido esa misma mañana en nuestro mundo.

—Eso mismo me estaba preguntando yo —siseó Seren—. ¿Qué significa esto? ¿¡Quién eres tú!?

Ella se adelantó. La puerta de piedra se cerró a sus espaldas y lo único que pude pensar fue que estábamos atrapados, porque no se veía ninguna otra salida. El libro de Seren me pesaba dentro del saco. Teníamos que volver, lo sabía, ya habíamos descubierto lo que necesitábamos.

Pero no podía dejar a Seren solo. Otra vez no.

—Soy tu reina, Seren Avery —dijo ella, con un filo en la voz que lo animaba a llevarle la contraria. Sus ojos me estudiaron a mí a continuación—. Aunque quizá no sea la tuya, por lo que supongo que alguien cometió algún error en otro lugar —se humedeció los labios—. Habrá que solucionarlo.

Sentí que jalabas mi cuerpo para obligarme a retroceder. Seren no nos miró por encima del hombro, pero lo escuché murmurar:

—Váyanse.

Pero no podía abandonarlo. Ya lo íbamos a hacer después, Alyssa y yo. Le íbamos a dar la espalda. Después de esa noche, un Marcus muy estúpido le daría un puñetazo y se negaría a verlo durante años.

Me llevé una mano al pecho, donde seguía el libro.

—No puedo dejarte —dije.

—Este no es tu mundo —me recordó él.

Se echó hacia adelante sin previo aviso, en lo que me pareció un movimiento suicida. Tú le gritaste que no lo hiciera, pero ya era tarde. Por supuesto, él no sabía que aquella mujer tenía magia. No esperaba que lo lanzara por los aires, igual que me había lanzado a mí el día anterior. Escuché su grito. Escuché que su espalda chocaba contra una de las estanterías.

—¡Seren!

Su nombre salió de mis labios, pero él no se movió. Tenía los párpados apretados y estaba rodeado de los libros que habían caído sobre él. Su espada estaba en el suelo y yo solo pude pensar que aquella noche no debía de haber sucedido así para él. Que todo había cambiado por nuestra llegada. Y, si era así, lo mínimo que le debía era ayudarlo.

La reina ya avanzaba hacia él cuando yo corrí hacia la espada, pero antes de que pudiera llegar, la magia me golpeó con tanta fuerza que salí volando. Mi cabeza chocó contra un estante. Gemí, desubicado.

—¡Marcus!

Para cuando llegaste a mi lado para ayudarme a levantar, la reina ya se estaba acercando a Seren. La vimos levantar la espada y observarla casi con curiosidad.

—¿Buscabas esto?

Tú te estremeciste.

—Saquémoslo de aquí —murmuraste—. Vámonos, los tres. Podremos devolverlo más tarde, cuando no corra peligro.

Seren sacudió la cabeza, unos pasos más allá, arrodillado en el suelo. Conociéndolo, no estaría de acuerdo con la idea de huir, pero tenía que salvarlo. Únicamente tenía que tomarlo de la mano. Solo sería aquel movimiento y lo arrastraría conmigo y, por primera vez, lo salvaría.

Saqué el libro del bolsillo de mi saco. La reina entornó los ojos cuando se dio cuenta.

—Ah, no.

No sé qué pretendía. No sé si esperaba quitármelo con su magia o directamente acabar con el problema, que era yo. No lo averigüé nunca, porque Seren volvió a lanzarse sobre ella, con la rosa de caballero de su pechera en alto: de esta se había extendido un filo corto y fino que él sostuvo con los dedos apretados alrededor de la flor. La reina no lo vio venir en aquella ocasión, demasiado pendiente de mí. Esta vez ambos cayeron al suelo, enredados, y escuché el grito de la mujer cuando el filo de la rosa se clavó en su estómago.

—¡Váyanse! ¡Este no es su problema!

Pero sí que lo era. Si no hubiéramos ido, jamás habría tenido que enfrentarse a aquello. El Seren de mi mundo no había tenido que preocuparse por otras dos personas aquella noche. Nuestra presencia lo cambiaba todo.

—¡Ya, Marcus! —gritó—. ¡Vuelvan a su mundo o ella lo hará peor!

Apreté los dientes, pero supe que tenía razón. Incluso en aquel momento, él era mucho más listo que yo. En ese mundo existía mi padre. Las cosas todavía podían ser muy diferentes. Ni siquiera podía medir de qué manera nuestra presencia ahí ya lo estaba cambiando todo. Si aquella mujer nos agarraba, tendría a tres Abberlain con poderes a los que manipular.

Abrí el libro y lo lancé al suelo. Te tomé de la mano. Pronuncié el hechizo.

Me gustaría decir que vimos que Seren aprovechaba el momento y se deshacía de la reina. Me gustaría decir que comprobamos que hasta aquella mujer podía morir si le cortabas el pescuezo.

Pero no fue eso lo que pasó.

Mientras dábamos el paso que nos separaba del portal, la reina se arrancó la rosa del estómago y la levantó con seguridad.

Seren abrió mucho los ojos al sentir el tallo clavándose en su cuello.

La sangre salpicó el suelo.

Y la oscuridad nos tragó de nuevo.

# Dani

El salto ya me había dado ganas de vomitar la primera vez, pero no fue nada en comparación con las náuseas que sentí al reaparecer en mi cuarto de palacio, de vuelta en el Albión original. Incluso Marcus cayó entonces, pese a todos los años de práctica.

El recuerdo de la garganta atravesada de aquel Seren más joven consiguió que no pudiera evitar la arcada.

Marcus se encogió sobre sí mismo, temblando, con la mirada desenfocada, el rostro pálido y sudor en la frente. Aunque aquel chico no hubiera sido exactamente su amigo, seguía siendo Seren. Un Seren que ya tenía que haber sido suficientemente complicado volver a ver, ya que pertenecía a una época en la que todavía eran inseparables, en la que no había nada que pudiera con ellos.

Solo era un adolescente. Y lo habían matado, igual que habían matado a Eoghan.

Me habría gustado consolar a Marcus, pero no encontré las palabras. El miedo me impedía pensar con claridad. Los recuerdos me llenaban la cabeza. La sangre. El sonido que había hecho Seren o que quizá yo ahora me imagino. La reina dormida. Al final, solo pude extender la mano hacia él y cubrir sus dedos enguantados con los míos. Enseñarle que yo también temblaba, pero que los dos estábamos ahí. Que los dos éramos reales, que todavía podíamos hacer algo. Marcus apenas reaccionó. Ni siquiera levantó la vista, en shock. Era demasiado. Lo que había pasado conmigo, lo que le había obligado a hacer la reina, ver a su mejor amigo morir. Era demasiado y pensé que no podría con ello.

Alguien tocó a la puerta. Los dos levantamos la vista, tensos. Marcus se guardó el diario en el bolsillo interior del saco. Nos soltamos. Nos pusimos en pie.

—El tiempo se acabó —dijo la voz de Lía al otro lado de la puerta. Era una voz cansada y triste, que claramente lamentaba tener que hacer aquello. Pero no tenía más opción. Aquella debía de ser otra orden más entre todas las que la reina le había estado dando durante semanas.

Fue eso lo que me hizo darme cuenta, mientras me alisaba la falda. Fue Lía. O no exactamente Lía, sino pensar en ella, en las órdenes que había estado recibiendo en la mansión.

Cuando habíamos confirmado que Lía estaba siendo usada, nos habíamos preguntado cómo hacía llegar la información a quien fuera que estuviera detrás de aquello. Recordaba haber dicho que en mi cuarto no había nada.

Pero sí que había una cosa. Lo mismo que me había llamado la atención en aquella habitación secreta en el otro mundo, porque me había parecido fuera de lugar.

—El espejo.

Marcus me miró, todavía muy perdido.

—Es el espejo —dije, con un nudo en la garganta.

—Dani, voy a entrar, ¿okey?

—¡No, espera! ¡Dame dos minutos! —Marcus entornó los ojos, pero yo me acerqué a él y susurré muy bajo—: ¿Por qué había un espejo en esa habitación? No tiene ningún sentido. Solo estaban los libros, la reina y el espejo. La reina está escondida, los libros están escondidos, ¿y el espejo? ¿Por qué, de todas las cosas, un espejo?

—¿Qué...?

—Lía se pasaba el día en mi cuarto. Si yo no estaba con ella, ella siempre estaba ahí. Y lo único que hay en ese cuarto, aparte de los muebles...

—Lo siento, Dani, pero tengo que entrar.

La cerradura chasqueó y Lía entró, con la mirada baja y el rostro pálido. Parecía sin aliento y yo me pregunté si había estado intentando luchar contra la orden para darnos un par de minutos más. Intenté respirar hondo antes de voltear de nuevo hacia Marcus, que todavía parecía contrariado, muy lejos de ahí. Aunque dudé, extendí mis dedos hacia los suyos, más una pregunta que una caricia.

—¿Volverás mañana?

El conde apretó los labios, consciente de que aquello significaba también volver a ponerse al servicio de aquella usurpadora, pero no dudó en asentir y yo quise decirle muchas cosas. Quise decirle que sentía todo lo que había pasado, quise decirle que Seren probablemente había sido consciente de lo que podía pasar al pedirnos que fuéramos a ese mundo creado por él, quise decirle que todavía podíamos salvar a aquel visitante que le habían obligado a traer. Sentí, a su vez, que él también quería decirme muchas cosas. Que nada de lo que había pasado era culpa mía. Que lo sentía. Que estaba dispuesto a luchar para que al menos todo aquel dolor y aquella tristeza que estaba jalándonos hacia abajo valieran la pena.

Ninguno de los dos habló, sin embargo. Marcus se dirigió hacia la salida, pero apenas había dado dos pasos antes de cambiar de opinión. Volvió atrás entonces y yo entorné los ojos cuando sus dedos volvieron a tomar los míos. Su otra mano buscó en el bolsillo de su saco.

El corazón se me hundió en el pecho cuando el anillo de su madre volvió a deslizarse sobre mi anular. Cuando miré en aquellos ojos del mismo color que la piedra engarzada, Marcus susurró:

—No vuelvas a quitártelo, ¿de acuerdo? Es tuyo. Siempre ha sido tuyo.

No dijo nada más antes de marcharse.

El beso que cayó en mi frente valió por mil en los labios.

## Marcus

A veces, cuando vuelves a casa después de un viaje a otro mundo, lo que has vivido puede parecerte un sueño. Volver del diario de Seren fue como despertar de una pesadilla, una de esas que siguen contigo cuando abres los ojos y te pesan en el corazón, de las que te persiguen allá a donde vayas y convocan monstruos en las sombras.

Solo que, en este caso, nada de lo que había pasado era mentira. En otro mundo, habíamos descubierto el secreto que guardaba la falsa reina. En otro mundo, Seren había luchado contra ella. En otro mundo, Seren había muerto.

Me sentí enfermo al recordar la forma en la que la mujer había clavado la rosa en su cuello. Me sentí débil cuando pensé en el charco de sangre. Estaba seguro de que la mancha roja saldría de aquella sala, se filtraría hasta las páginas del diario y se extendería por mi saco desde el bolsillo en el que guardaba el pequeño cuaderno. Me sentía febril. Me sentía sucio, solo y culpable. Si hubiera podido, habría salido de mi propia piel. Si hubiera podido, habría vuelto al libro, pero no sabía si eso, en realidad, empeoraría las cosas. Aunque, por otro lado, no se me ocurría nada peor que el hecho de que Seren dejara de existir en aquel mundo. Alyssa y mi otro yo jamás volverían a verlo. Nunca sabrían lo que había pasado.

Apoyado en la pared, me permití tomarme dos minutos para recuperarme, para parpadear y alejar el picor en los ojos y volver a cargar con el peso muerto que era el diario en el bolsillo de mi saco. Después, tras volver a ponerme la máscara en su sitio, me ajusté los guantes y decidí que tenía que salir de ahí.

Lo que menos esperaba era encontrarme a Seren de frente.

Él también parecía sorprendido, pero supongo que lo que me movía a mí era algo más que sorpresa. Algo se revolvió en mi interior después de ver al otro Seren en el suelo. Algo me avisó que lo que estaba viendo no podía ser real. Pero lo era, al menos en este mundo. Aquel chico ya no tenía el brillo curioso en la mirada, se había cortado el pelo y había aprendido a ir impoluto, como se esperaba de un caballero. Y, aun así, seguía siendo él. Seguía siendo el que podía crear un mundo a través de sus palabras. Seguía siendo el muchacho de lengua afilada y leal hasta lo imposible. Lo suficientemente leal como para decidir que se iba a apartar de nosotros para ponernos a salvo. Lo suficientemente leal como para ayudarme cuando más lo necesitaba, incluso después de diez años.

Quise abrazarlo. Quise disculparme por no haberlo comprendido, por haberle dado la espalda. Quise decirle muchísimas cosas, pero sabía que aquel no era el momento ni el lugar.

Así que, mientras pasaba por su lado, solo dije:

—Hoy a medianoche. Espero que traigas flores.

Él no hizo preguntas. Miró por encima del hombro, como si esperara encontrarse los ojos de la reina sobre él, y luego asintió. Cada cual siguió su camino.

El carruaje que había ido a buscarme esa mañana me dejó en casa, pero yo únicamente paré ahí para cambiarme de ropa e intentar sacudirme de encima, en vano, la sensación de ser despreciable, de que todo el mundo podría ver las cosas horribles que había hecho. En la calle, más tarde, recorrí el camino hasta la escuela de Alyssa con los ojos bajos, en un intento de protegerme de las miradas de la gente. Nadie pareció darse cuenta de que algo iba mal. Nadie, por supuesto, excepto ella.

Me pidió que se lo contara todo, pero yo no podía. Lo que fuera que protegía el secreto de la farsante me seguía atando la lengua. Así que me inventé una historia, hablé de un reino de otro mundo, uno en el que una reina había sido traicionada y sustituida, y ella entornó los ojos y supo perfectamente de qué estaba hablando.

Sí le pude hablar, sin embargo, de lo que estaban haciendo con nosotros. Sí le pude hablar de la conversación que Seren había escuchado años atrás. Vi su rostro a punto de romperse cuando tuvo la confirmación que llevaba una década esperando y temiendo: que su esposo había sido asesinado, que su propia madre había participado en aquello.

—¿Y ahora? —preguntó, con los puños apretados y la mirada fija en su alianza.

No necesitó decirme que quería justicia.

—Ahora, intentaremos hacerlo mejor. Desde donde lo dejamos hace diez años.

Alyssa no protestó; pasamos las horas que restaban hasta la noche en compañía del otro, rodeados de recuerdos. Con la noche cerrada, salimos y caminamos por la orilla del río, alejándonos de la ciudad. Habíamos recorrido aquel camino juntos muchas veces, de día y de noche, con lluvia y con sol. Solíamos ir al menos una vez al mes, siempre con flores frescas y los corazones pesados. Aun así, casi habíamos olvidado la visión de aquella figura, vestida de blanco como un espíritu, apoyada contra el tronco del gran roble que crecía fuera del camino. Parecía estar hablando, no más alto que el murmullo cercano del río, pero calló cuando nos vio acercarnos.

A los pies del árbol, un ramo de flores, también blancas, destacaba entre las raíces.

Cyril había amado aquel lugar. Cyril, que venía de un lugar destruido donde apenas quedaba naturaleza, amaba las plantas, reír bajo la lluvia y contar estrellas. Cyril siempre miraba al mundo con aquellos ojos dorados que tenía, tan raros e intensos, como si lo descubriera todo por primera vez. Había elegido quedarse en Albión porque decía que el lugar del que él venía era un lugar muerto y que él había estado a punto de morir en él. Consideraba nuestro mundo una segunda oportunidad, pese a su injusticia, y había querido aprovecharla. La idea de la escuela había sido suya. La idea de ayudar, en general, siempre solía ser suya, no importaba a quién o a qué.

Así que cuando murió, en vez de enterrarlo en el cementerio, Alyssa decidió que siguiera formando parte del mundo que a él tanto le gustaba. Lo enterró a los pies de aquel árbol, que viviría más que cualquiera de los que estábamos ahí. El mismo árbol que los había visto darse su primer beso y, después, casarse.

Reunirse bajo sus ramas fue como si, por un momento, volviéramos a estar todos juntos. Como si hubiéramos vuelto atrás. Como si Cyril, de hecho, estuviera de nuevo entre nosotros, con su sonrisa fácil y la camisa manchada de musgo.

—Parece que los años los han hecho perder... puntualidad —murmuró Seren. Intentó sonar tan despreocupado y cínico como de costumbre, pero tenía los ojos clavados en los pies.

—Y, en cambio, no recuerdo ni una sola vez en que tú llegaras a tiempo —dijo Alyssa, antes de acercarse.

Seren dio un paso atrás. Ella se agachó y dejó su propio ramo de flores (flores desiguales, silvestres, de las que nacían en el camino que habíamos recorrido) junto al de Seren. Durante un momento los tres guardamos silencio, mientras pensábamos en nuestro amigo. Mientras lo saludábamos, quizás, a nuestra propia manera. Aly se besó las puntas de los dedos y luego las presionó contra la corteza del árbol.

Cuando nuestra amiga se incorporó, un minuto más tarde, yo saqué el diario de Seren del bolsillo. No se lo tendí de inmediato. Repasé los bordes con los dedos y susurré:

—¿Qué pasó, Seren? Después de que te descubriera en la habitación secreta. ¿Qué... pasó?

Él suspiró. Supe que iba a ser sincero, que ya no tenía máscara tras la que esconderse.

—Le pareció... divertido, supongo. Dijo que llevaba mucho tiempo sin ser descubierta, que yo tenía que ser muy especial o muy incauto para haberme colado en su palacio e intentar engañar a todo el mundo —se encogió de hombros—. Y que era una lástima que fuera a morir. Como había muerto Cyril. Como moriría Alyssa.

Alyssa respiró hondo y apretó los puños. Seren se fijó de nuevo en el árbol, con los ojos entrecerrados.

—Supe que no podíamos ganar. Aquella mujer llevaba siglos en aquel lugar y ni siquiera podíamos delatarla. Lo has intentado, ¿verdad? Pero ningún noble de Albión puede pronunciar la verdad: ese fue el trato que todas las familias acordaron —tomó aire y nos miró—. Les... Les voy a contar otra historia. Una alternativa. Una en la que la rebelión de las Tres Espinas es una gran mentira. Dos de las familias ajusticiadas eran las verdaderas aliadas de la reina, las que no cedieron al golpe que se iba a dar. Los traidores eran todos los demás. Y la más traidora, Fianna Abbot, decidió hacerse pasar por muerta, cuando en realidad... —su voz se ahogó un poco, pero no necesitó terminar la frase—.

Convenció a todos los nobles de que la reina era débil. Que cualquier visitante con más poder, con magia, podía llegar de fuera y quitarles todo lo que les pertenecía. Si ella fuera la reina, se encargaría de velar por los intereses de todos. Los visitantes nunca serían un problema.

—¿Quieres decir que antes de la reina, los visitantes... no podían ser marcados?

—Eso parece —suspiró él—. Hizo... un contrato mágico de sangre, por eso las marcas necesitan la nuestra. El contrato otorgaba poder a cada persona que firmara: a cambio todos accedían a ponerse a su servicio y guardar el secreto para siempre. Nuestra sangre sigue atada a ese contrato. Me lo explicó todo ella misma. Lo hizo para mostrarme su poder. Para que entendiera que aquello no era algo contra lo que pudiera luchar.

Me horrorizó saber que los nobles habían caído en su trampa. Incluso alguien de mi familia, que debería haber defendido a los visitantes, decidió seguirle el juego. Sentí que se me revolvía el estómago al pensar en cómo aquello se había olvidado con el tiempo, cómo ella se había encargado de borrar las pistas para que nadie creyera que era otra cosa que legítima.

Me pareció irónico, también. Nuestro mundo estaba hecho de historias hasta el punto de que toda la vida en los últimos siglos era otra más, una inventada por una mentirosa.

Alyssa, a mi lado, se envolvió en su chal, como si sintiera frío.

—Así que, ya que no podía ganar, hice lo que mejor se me daba: hablar —prosiguió Seren. Se encogió de hombros—. Le dije que no ganaría nada matando a nadie. Alyssa ya se había hecho demasiado importante entre los visitantes, así que lo único que conseguiría sería una revolución si ella también desaparecía de la noche a la mañana. Le dije que nunca le servirías si sospechabas que yo había muerto investigando o si Alyssa corría la misma suerte. Le dije que lo que necesitaba en realidad era que se rindieran y que dejaran de molestar. Y yo sabía cómo hacerlo. Yo, además, tenía... mucha información de todos los mundos que habíamos visitado alguna vez. Objetos y detalles que había ido recopilando de nuestros viajes. Se lo ofrecí todo. Le ofrecí ponerme a su servicio, limpiar la imagen del palacio.

Por eso se convirtió en el caballero perfecto, algo que nunca había deseado. Y después, vino a nosotros y aquí, en este mismo lugar, nos dijo todas aquellas mentiras. Se cargó a los hombros la responsabilidad de salvarnos y nos dio la espalda para que nos alejáramos.

Sentí los golpes que nos habíamos dado en el pasado. Quise pedir perdón por cada uno.

Alyssa dudó, pero se adelantó. Con cuidado, alzó una mano y le acarició la mejilla a Seren, la misma que había abofeteado hacía un par de noches. Creo que fue un intento de borrar aquel gesto.

—Marcus me contó lo que dijeron nuestros padres —susurró ella—. Pensaste que era cierto, ¿verdad? ¿Decidiste salvarnos porque pensaste que quizá todo era un poco tu culpa?

Seren hundió las manos en los bolsillos. Se encogió de hombros y apartó la vista.

—Cyril siempre fue el mejor de nosotros cuatro. Y yo siempre fui el peor. Me pareció justo que el castigo lo recibiera el que se lo merecía, por una vez.

—No eres el peor. Nunca has sido el peor —escuché el nudo en la garganta de Alyssa antes de que lo rodeara con los brazos—: Te he echado de menos.

Creo que Seren no estaba preparado para aquello. Vi su rostro, las brechas en él, la manera en que entornó los párpados y después los dejó caer mientras alzaba los brazos para aceptar aquel abrazo. No respondió que él también la había echado de menos, pero no hizo falta: todos lo sabíamos. Él, al fin y al cabo, había estado solo. Volví a pensar en el infierno que había tenido que pasar. Volví a recordar al joven Seren, caído en el suelo, con los ojos muy abiertos. Yo, en cambio, cerré los míos con fuerza. Me repetí que aquel Seren no era el que yo conocía. Me dije que quizá por aquel no podía hacer nada ya, pero todavía podía ayudar al que tenía delante. Todavía podía recuperarlo.

Alyssa se separó de él con un beso en su mejilla y nos miró a los dos, esperando. La mirada de Seren chocó con la mía. Sentí físicamente todas las cosas que pendían entre nosotros.

—Lo siento —dije—. Perdóname, por... Por pensar en algún momento que habías podido darnos la espalda. Por creerme las mentiras, como si no te conociera. Como si no fueras la persona que lo significaba todo para mí.

Seren apretó los labios, intentó cuadrar los hombros, aunque él tampoco parecía saber bien cómo enfrentarse a mí.

—Precisamente porque me conocías, sabía qué tenía que decir y hacer para que te lo creyeras. Y habría seguido todo igual si la reina no hubiera roto su promesa. Pero lo escuché. Ayer, después de que la noche anterior me dijeras que la reina quería verte, estaba en los pasadizos. Hay uno que da al salón del trono y... Y pensé que, si ya no podía salvarte más, quizá lo que hacía falta era intentar enfrentarla.

Qué estúpido. Parpadeé, intentando enfocar su silueta, de pronto borrosa.

—¿Juntos?

Seren tragó saliva y se encogió de hombros en un gesto que intentó ser el del mismo Seren burlón y despreocupado de siempre.

—Es obvio que no tienen ninguna oportunidad sin mí. Y esa bruja me debe unas cuantas.

Dudé, pero acabé acercándome. Lo escuché tomar aire. Recordé cómo el Seren del diario me había tomado la mano, lo extraño que me había parecido el gesto y, al mismo tiempo, lo familiar que había sido. Lo natural que debía de haberle parecido a él, que ni siquiera se inmutó.

Extendí los dedos y toqué los suyos y, antes de que le diera tiempo a registrarlo, lo jalé. Lo rodeé con mis brazos, tal y como había hecho Alyssa. Con fuerza. Con más fuerza de la que recuerdo haberlo abrazado nunca. Con un nudo en el estómago y el corazón a punto de rompérseme de nuevo. Había olvidado esa sensación. Había olvidado lo reconfortante que era. Lo cómodo que me había sentido siempre así. Apoyé la frente contra su hombro y cerré los ojos con fuerza al sentir el picor de las lágrimas.

—No has dejado de ser mi mejor amigo ni un solo día —susurré—. Pero te he echado de menos cada uno de ellos, Seren.

El Seren de diez años atrás se habría reído. Habría bromeado sobre ser consciente de que no podía vivir sin él y después habría hecho alguna insinuación para recibir algo más que un abrazo. Aquel, sin embargo, tembló entre mis brazos y me abrazó con más fuerza, sus dedos en mi pelo y aferrados a mi saco. Parecía a punto de llorar cuando nos separamos solo para mirar a Alyssa y abrir los brazos también hacia ella.

—Juntos —confirmó Seren entonces—. Como antes.

—No, Seren —dijo Alyssa, y su sonrisa triste se dirigió al árbol bajo el que estábamos—. Pese a la distancia, como siempre.

# SEXTO RECUERDO

T uve la idea de empezar a escribirte justo cuando volvimos del mundo de Seren. Hasta aquel momento, no me había planteado la posibilidad de poder entrar en un universo que tú mismo habías creado. En realidad, no sabía cómo funcionaba. No sabía si yo tenía lo que fuera que hiciera falta para escribir una historia en la que se pudiera entrar. No sabía si era necesario talento o simplemente trabajo. Pero pensé que quizá podría escribir para escapar. Quizá, si todo fallaba, si no podíamos derrotar a aquella mujer, Marcus podría llevarnos a un mundo que se pareciera lo suficiente al nuestro. Quizá si replicaba mi realidad de manera bastante exacta, mi casa, todo lo que conocía, podría hacer que Lía y yo recuperáramos algo de nuestro hogar.

En realidad, en cuanto lo pensé, supe que jamás escogería aquella opción. No podía dejar atrás a Marcus a su suerte. La reina me había utilizado a mí, pero si no me tenía a mí, utilizaría a cualquier otra persona. A Lottie, con toda probabilidad. Y a Marcus, cuya traición terminaría descubriendo, no lo dejaría vivir nunca más. Lo casaría con Abbigail, y ella no tendría problemas en hacer lo que fuera necesario para asegurar la descen-

473

dencia de los Abberlain. No podía vivir sabiendo aquello y en otro mundo que no fuera el mío seguiría recordándolo todo.

Así que, en vez de una historia para escapar cuando fuéramos derrotados, se me ocurrió escribir otra por si ganábamos. Una que hablara de todo lo que habíamos vivido. Una que creara otro mundo paralelo en el que vencíamos a la bruja, yo volvía a casa y, al final, me acordaba de todo. Un felices para siempre.

Esta que estás leyendo es esa historia.

# Dani

Había una cosa que había aprendido de Altair: había muchas maneras de mentir diciendo la verdad. La reina nos iba a obligar a Lía y a mí a responder a sus preguntas, pero de nosotras podía depender cómo hacerlo para que todo lo que dijéramos fuera verdad y, al mismo tiempo, no toda la verdad. Yo ya lo había hecho, en el salón del trono, cuando la reina me había preguntado si sabía algo de Marcus. Y volví a hacerlo cuando, a la mañana siguiente, la reina me citó durante el desayuno una vez más y me preguntó:

—¿Y bien? ¿Ya decidieron si será por las buenas o por las malas?

Tomé aire ante la pregunta y clavé los ojos en mis manos como si me costara responderle.

—Estoy esperando, querida.

—Por las buenas, Majestad.

—¿Se acostaron?

Apreté los labios. Agaché la cabeza, como si estuviera tan avergonzada como triste.

—Dime la verdad, Daniela.

Aquella era la orden que quería, también. Dejé que me hiciera daño, solo unos segundos. Dejé que me viera apretar la mandíbula y, después, rendirme.

—Sí, Majestad.

En Albión había aprendido que, sin magia y sin aptitudes para la lucha, únicamente podía defenderme de una manera: actuando. Así que volví a hacerlo. Volví a fingir, tal y como cuando había llegado. La reina no había preguntado si nos habíamos acostado *el día anterior*, solo si nos habíamos acostado. Podía jugar a aquello. Podía intentar forzar sus preguntas y mis respuestas. Dado que ya sabíamos dónde se escondía la verdadera reina y sospechábamos cuál era la clave que se escondía detrás de aquella mujer, lo que necesitábamos era un poco de tiempo para trazar un plan más o menos seguro. Y para aquello debía vernos derrotadas y desesperanzadas.

La reina se creía invencible. Protegida por una magia poderosa, probablemente nos consideraba a Lía y a mí... inofensivas. Demasiado normales. Pero a veces la única cualidad que una persona necesita es la resistencia. A veces, lo único que hace falta es aguantar un poco más, solo un poco más.

Lía había estado de acuerdo conmigo cuando le expliqué cómo debíamos comportarnos si la reina nos llamaba. A partir de aquel momento, estaríamos dolidas, tristes y a su servicio. Y mientras, trazaríamos un plan a sus espaldas, intentando descubrir cuál era el mejor momento para actuar.

Aunque yo tenía claro cuál era. Nuestro problema, al fin y al cabo, no era nada más la reina, sino también las personas que la apoyaban. La Sociedad de la Rosa Inmortal. Si descubríamos el día de su próxima reunión, tendríamos a la reina ocupada y, a la vez, a todos sus fieles súbditos, tan engañados por ella como el resto de aquel mundo, reunidos en un mismo lugar.

Lo que no me esperaba era que fuéramos a tener un aliado inesperado en aquello.

—¿Qué está pasando exactamente aquí?

Rowan se presentó en mi cuarto aquella noche, después de la cena. Lo miré incrédula y él echó un vistazo por encima de su hombro, asegurándose de que nadie podía verlo entrar. Cerré la puerta tras él más por inercia que porque quisiera que se quedara.

—Señor Abberlain —dije, sin saber qué esperar de él—. Estoy segura de que no debería estar aquí.

—En realidad, quien no debería estar aquí es usted, ¿no es así? —dijo, tras estudiar la habitación. Después, sus ojos azules se clavaron en mí.

No supe qué responder a aquello. No sabía si era una trampa. No sabía en quién podía confiar en aquel lugar.

—¿Qué hace viviendo de pronto en el palacio, señorita Blackwood? ¿Por qué de pronto mi hermano, que lleva toda su vida sin pisar este lugar, lo visita a diario? ¿Qué está ocurriendo?

—¿No quería precisamente que su hermano entendiera su lugar? ¿Y ahora se queja de que lo haya hecho?

—Me encantaría que mi hermano se tomara en serio sus obligaciones con la corona, pero no soy estúpido, señorita Blackwood. No le ha entrado la buena consciencia de la noche a la mañana. Puede callar o decirme qué está ocurriendo, pero no me mienta.

Me fijé en aquel chico, en el rostro parecido a Marcus, pero unos años más joven. Y me sorprendió ver que todo aquello parecía importarle de verdad. Parecía... preocupado.

—¿No deberían ser los hechos los que importen? —lo tenté, sin embargo. Necesitaba asegurarme—. Su hermano está ocupando el lugar que usted tanto le recordó que debía ser un honor para él.

—Los hechos no sirven de nada si no hay convicciones detrás —dijo, con un mohín—. Y mi hermano sale de aquí cada mañana odiando el papel que está cumpliendo, lo he visto. Y diría que es por usted. Si no estuviera aquí, no vendría, ¿verdad? ¿Por eso la reina la tiene en palacio? ¿Para obligarlo?

—¿Por qué le importa tanto?

—Porque mi hermano es un necio y un ingrato, pero él y la niña son la única familia que me queda.

—La niña no parecía preocuparle demasiado cuando se dedicó a insistir en su ceremonia.

El muchacho entrecerró los ojos.

—Insistí para la ceremonia precisamente porque la niña me preocupa, señorita Blackwood. Porque sé perfectamente qué significa ser el hijo que no es importante, el hijo que nunca estará a la altura del que tiene el don. Esperaba que la niña pudiera demostrar lo que valía o que, con nuestra sangre o sin ella, incluso sin magia, podía ser suficiente y una hija que Marcus defendería delante de todo el mundo si era necesario.

No me esperaba aquella respuesta, pero sobre todo no me esperaba la templanza con la que la dio. La manera en la que mantuvo la barbilla erguida en todo momento. Tragué saliva, sin saber qué responder al respecto.

—Y ahora, ¿va a decirme qué está pasando, señorita Blackwood? Porque mi hermano no lo hará, mi hermano nunca ha confiado en mí para nada, así que solo me queda usted.

Me humedecí los labios. Marcus nunca había confiado en aquel chico, pero ¿podía hacerlo yo? Pese a que sabía perfectamente que aquella persona nunca se dirigiría a mí en caso de saber que yo era una visitante...

—No puedo decirle lo que está sucediendo —concluí, y él frunció el ceño—. Pero... puedo decirle que esto va más allá de nosotros. Esto afecta directamente a la reina. Usted quiere servirla, ¿verdad? ¿Y ayudar a su hermano a la vez?

Rowan pareció confundido. Me miró, sin entender, y al final asintió. Entonces yo tomé aire, consciente de hasta qué punto me estaba arriesgando, y dije:

—Necesito que me ayude a interceptar unas cartas.

—¿Disculpe? —su sorpresa solo creció. Una de sus comisuras se alzó en una sonrisa incrédula.

—Necesito que vigile la correspondencia de la reina —tragué saliva—. ¿Puede hacer algo como eso?

—¿Se ha vuelto loca? Eso es traición.

—No si lo que hace es evitar precisamente una.

—¿Está insinuando que alguien trata de traicionar a la reina? ¿Qué tiene que ver eso con lo que sucede con mi hermano? ¿Por qué la reina no ha informado a los caballeros? ¿Qué...?

—No puedo decirle nada —insistí, aunque él me miraba con el ceño fruncido, poco dispuesto a quedarse sin respuestas—. Pero me está pidiendo que confíe en usted pese a que Marcus no lo hace, así que usted va a tener que confiar en mí. Si le importa la reina, si le importa su familia, necesito que me avise si de este palacio salen cartas sin remitente, dirigidas a las principales cabezas nobles. Y que, si la hay, tome una de esas cartas para mí.

—Lo que me está pidiendo...

—Lo que le estoy pidiendo es que demuestre que no necesita la magia de su hermano para ser tan útil o más que él para Albión.

Rowan Abberlain se quedó muy quieto durante un segundo. Yo esperé, conteniendo la respiración. Y después él bajó la vista. Apretó los puños.

Y asintió.

# Marcus

Durante los siguientes días, nos acostumbramos a aquella nueva rutina que ambos odiábamos. Cada mañana en el carruaje era como el viaje al patíbulo y cada audiencia con la reina, como una tortura. Apenas dormía por las noches y, cuando lo conseguía, no dejaba de tener pesadillas. El corazón empezaba a latirme demasiado rápido cada vez que tomaba un libro entre las manos, porque me recordaba a las cosas que tenía que hacer para la reina, al celeste que había sacado para Abbigail aquel primer día, pero también a todo lo que vino después. Había vuelto a viajar, aunque los destinos los elegía ella; otras veces solo me había pedido que robara objetos de otros libros de los que se había encaprichado. En una ocasión me pidió que enviara a dos de sus caballeros a otro mundo y los sacara dos días después, ni siquiera sé con qué intenciones. Apenas era capaz de mirar a Yinn y Altair a la cara cuando me unía a ellos en esas noches de insomnio que no quería pasar solo, demasiado avergonzado por estar traicionando todo en lo que en algún momento les dije que creía. Tampoco podía mirar a Lottie, que a menudo preguntaba por ti y por Lía, pues me hacía pensar en el tiempo en el que había tardado en contarle la verdad y en cómo cada día le escondía una nueva.

Estaba empezando a pensar que no lo soportaría más, que quizá deberíamos arriesgarnos y actuar cuanto antes contra ella, cuando me diste la noticia:

—La Sociedad se reunirá mañana a medianoche.

Estábamos en tu cuarto, como después de cada audiencia. El tiempo robado sabía a poco y, a la vez, no se parecía en nada a los días que habíamos pasado juntos en mi despacho. La reina había envenenado eso también. Apenas nos tocábamos, más allá de las manos y algún beso que ni siquiera parecía tal.

La puerta se acababa de cerrar a tus espaldas cuando lo dijiste. Yo me dejé caer sentado en el borde de la cama. Creo que hasta aquel momento no me había creído que mi hermano fuera a ayudarnos, pero supuse que me había equivocado con él. Supuse también que, cuando todo acabara, si todo salía bien, le debería un agradecimiento y una disculpa por apenas haber luchado contra aquella distancia que nuestro padre había interpuesto entre nosotros durante años.

—Entonces, mañana...

—Sí.

Te sentaste a mi lado. Nuestros dedos se apresuraron a entrelazarse, a agarrarse para intentar anclarnos al suelo y alejarnos del precipicio ante el que de pronto nos encontrábamos.

No supe cómo romper el silencio que cayó sobre nosotros a continuación. No supe cómo enfrentarme a todo lo que teníamos por delante. Todas las posibles victorias; pero también todas las derrotas.

—Aún no he pedido mi deseo.

Tardé un poco en entender a qué te referías. El día en que Alyssa había dicho que podías pedir un deseo a cambio de mi risa y el día en el que habíamos sido tan libres riendo y bebiendo en el despacho parecían demasiado lejanos. Aun así, que tú lo recordaras y pensaras en aquello mientras había tantas otras cosas sobre nosotros, me enterneció. Me pareció una buena cosa en la que concentrarme.

—¿Y ya sabes qué quieres?

—Si esto sale bien, si la reina cae y conseguimos nuestro libro y Lía y yo podemos volver a casa..., ven a verme.

Creo que mi expresión de sorpresa lo dijo todo. Durante un segundo incluso creí haber escuchado mal, pero tus ojos castaños me miraban de frente, decididos. Tardé en reaccionar. Quise decirte que sí, pero también que no. Quise recordarte que aquella era otra mala idea, una más de todas las que habíamos tenido. Quise suplicarte que no me pidieras aquello, porque tener que ir a verte y que tú no te acordaras de mí me parecía un castigo. Al mismo tiempo, no podía imaginar lo que sería perderte para siempre.

—Ve a mi mundo y... habla conmigo —continuaste, al ver que yo no tenía palabras para responder—. Encuéntrame e intenta que recuerde. Quiero volver a mi vida, quiero regresar a todo lo que conozco, quiero mi departamento y el piano de mi abuela y el trabajo en la librería y las calles de Madrid y mi grupo de rol. Quiero todo eso de vuelta, lo echo muchísimo de menos, pero también... También te quiero a ti. Quiero intentarlo. Quiero volver a verte, aunque tenga que conocerte desde el principio otra vez. Quiero... recordar, Marcus. Quiero que me cuentes esta historia.

¿Y qué historia era esa? ¿La de la pareja que se había enamorado sin querer? ¿La de los asesinatos y los misterios entre las sombras? ¿La del chico con demasiados secretos bajo los guantes y la chica demasiado curiosa para su propio bien? ¿La del grupo de amigos que había estado diez años separado para volver a unirse cuando pensaban que ya no podían ganar?

Nuestra historia ni siquiera era una: eran un montón de ellas, tan entretejidas que resultaban inseparables del conjunto.

Nuestra historia tenía el regusto triste de las despedidas que todavía no habíamos pronunciado y de los recuerdos que nunca llegarían a ser del todo tuyos.

Nuestra historia no era un cuento de hadas.

—¿Aunque duela? ¿Aunque en este momento la historia sea horrible?

—Sí. Quiero recordarlo todo.

Pareciste tan solemne, tan segura de ti misma, que ni siquiera pude protestar. Mi mano se apretó alrededor de la tuya.

—No me creerás. Nada más verás a un desconocido contándote una historia de fantasía.

—Estoy… escribiendo algo, estos días. Algo para mí, para que me lo des. Algo que tenga que creerme sí o sí. Cosas que ningún desconocido podría saber.

Pero ¿no merecías paz? ¿No merecías pensar simplemente que habías tenido un sueño muy extraño que se escapaba entre los dedos cuando intentabas llegar hasta él? Eso parecía más amable que recordarte la visión del cuerpo de Eoghan o cómo habían matado al joven Seren delante de nuestros ojos. El olvido parecía mejor que saber que te habían marcado y torturado.

Y, al mismo tiempo, si tú estabas eligiéndolo, ¿quién era yo para negártelo? Sabía que solo hablaba mi deseo de mantenerte a salvo. Puede incluso que hablara el deseo de mantenerme a mí mismo a salvo, porque no podía estar seguro de qué pasaría si la chica que me encontrara al otro lado del portal decidía que nada de aquello le había pasado a ella. Que no quería saber nada. Aunque tú estuvieras segura de querer conocerme otra vez, quizás aquella otra Dani eligiera otra cosa completamente diferente.

Y pese a todo, sabía que quería intentarlo. Porque no quería perderte, no estaba preparado para perderte. No tanto, no del todo.

—Está bien —murmuré, y me llevé tu mano a los labios para besarte los nudillos—. Iré a verte. Te conoceré otra vez. Y te lo contaré todo.

# Dani

Las rosas activaban su filo gracias a un pequeño botón en el centro de la flor.

—Espero que no tengan que usarlas —dijo Seren—. Pero mejor que las tengan por si acaso.

Lía ni siquiera pareció dudar cuando apretó entre sus dedos el objeto: activó el filo y, después, lo replegó de nuevo. Solo asintió una vez. Su rostro estaba pálido y había ojeras bajo sus ojos: en los últimos días había estado durmiendo tan poco como todos los demás, era obvio. Quizá por eso también pareció tan decidida. Quizá por eso llegué a pensar que realmente usaría aquella arma si era necesario, igual que la noche que la habíamos encontrado había levantado un puñal contra aquel cazador.

Yo, en cambio, no podía mirar aquel objeto sin pensar que uno igual había matado a otro Seren, en otro mundo. Uno que nos había guiado por un pasadizo parecido a aquel frente al que estábamos en aquel momento.

—Síganme —dijo.

Lo hicimos. No sé cuánto tiempo caminamos, puede que demasiado, pero al final nos encontramos en una encrucijada con Marcus y Alyssa. No estaban solos. Ver a Yinn y Altair en medio de aquel lugar fue tan extraño como reconfortante, sobre todo cuando el genio se apresuró a acercarse a mí y darme un abrazo. Después, se separó para tomarme de los hombros y jurarme, con sus ojos fijos en los míos:

—No voy a dejar que les pase nada.

Asentí. Querríamos haber evitado que Yinn nos ayudara, porque no queríamos a más gente de la necesaria involucrada, pero era obvio que había magia mezclada en todo lo que estaba pasando y era él quien podía sentirla. También era él quien podía luchar contra ella en caso de ser necesario.

Altair también estaba ahí, aunque él no nos acompañaría a Lía y a mí aquella noche. Tenía mala cara y supongo que se debía a que podía sentir siglos de una farsa entre aquellas paredes. Suponía que por eso no había podido ni acercarse el día del cumpleaños de Lottie.

—Todo irá bien —dijo.

Intenté sonreír.

—Supongo que, si lo dices tú, no puede ser mentira, ¿no?

El celeste me devolvió la sonrisa.

—Entonces... ¿estamos listos? —preguntó Alyssa, con un candil en la mano.

Seren asintió mientras se arremangaba la camisa.

—¿Qué es lo peor que podría pasar? ¿Que me maten otra vez?

No fui la única que lo miró mal.

—Eso fue muy desagradable —dije.

—Humor negro. Se tiene o no se tiene, como la cabeza si te la corta una tirana.

—Seren —gruñó Marcus.

A Lía se le escapó una risita ahogada y nerviosa.

Tomé aire y los miré a todos mientras me retorcía las manos. Nos dividiríamos: Marcus, Alyssa y Seren, junto con Altair, iban a encargarse de los nobles. Yinn nos acompañaría a Lía y a mí a la habitación secreta que el cuaderno de Seren nos había descubierto. De nosotros dependía encontrar nuestro libro entre todos los que había en el cuarto y descubrir cómo ayudar a la reina dormida. Todos teníamos clara nuestra misión, así que nadie dijo nada más antes de separarnos.

Aun así, miré atrás para ver cómo los demás se alejaban.

Mi mirada encontró la de Marcus.

De pronto, el conde se detuvo.

De pronto, volvió atrás.

Yo me había quedado quieta también. Supe qué era lo que quería, lo que necesitaba, porque era lo mismo para mí, así que me volteé para encararlo. Cuando tomó mi rostro, cerré los ojos. Sentía las miradas de los demás sobre nosotros, pero no me importó.

La voz de Marcus sonó en aquel pasillo casi como un eco:

—Te quiero —dijo contra mis labios—. Y pase lo que pase, no me arrepiento de eso.

No supe cómo responder a aquello, así que lo acerqué de nuevo y volví a su boca. Sabía que él podría entender todo en aquel lenguaje.

Nos separamos con la respiración acelerada y los ojos desbordados.

Conscientes de que la próxima vez que nos viéramos, seríamos libres o estaríamos condenados para siempre.

## Marcus

Dejarte marchar por otro camino aquella noche fue una de las cosas más difíciles que he tenido que hacer en la vida, pero me repetí que todo iría bien, que estarías bien, y volví con Seren, Alyssa y Altair sin mirar atrás esta vez. Creo que Seren me dijo algo sobre ser un dramático. También creo que intentó burlarse de mí, pero yo no pude seguirle el juego. El celeste, sin embargo, no abrió la boca, aunque tenía la sensación de que en los últimos días podía pasar por alto todas y cada una de las mentiras con las que me había conocido. Alyssa apretó mi mano antes de instarnos a seguir hacia adelante.

Escuchamos las voces antes incluso de llegar a la sala de reuniones de la Sociedad. Aunque estaban discutiendo, nos esforzamos por no hacer ruido. Medimos nuestros pasos y nos comunicamos con señas. Nos escondimos, tal y como lo habíamos hecho aquella otra noche en otro mundo. Yo me asomé apenas al arco que servía de entrada, para volver a ver a los nobles de Albión alrededor de la larga mesa presidida por la reina. El sitio que había ocupado mi padre diez años atrás estaba vacío, pero los demás seguían ocupados por los otros nobles: algunos estaban más viejos, otros simplemente habían sido sustituidos por la siguiente generación. Era la misma gente que nos había felicitado a mí y a Charlotte la noche de su ceremonia.

Alyssa, a mi lado, tomó aire cuando vio a su madre sentada entre ellos y la escuchó hablar:

—Ahora que el joven conde ha recordado su lugar, quizá sea el momento de recordárselo también a mi hija.

La reina, sin embargo, negó con la cabeza:

—Si en su día la chica ya había empezado a hacerse imprescindible entre los visitantes, ¿qué creen que pasará si algo le sucede ahora, tras diez años ayudándolos? Hay muchos visitantes que le son fieles, más incluso que a mí. Es un tipo de fidelidad que no se consigue con marcas y por eso precisamente es más peligrosa. Debemos traerla a nuestro lado. Seren Avery lleva diez años siéndome mucho más útil así; Marcus Abberlain agachará ahora la cabeza ante cualquier cosa que le diga. Podemos hacer lo mismo con ella.

—¿Cómo? Mi hija nos detesta. Nunca accederá a...

—Démosle a cambio lo que siempre quiso.

—¿Qué? —fue el padre de Seren quien habló—. La chica ha demostrado durante años que no se le puede comprar.

—Devolvámosle a su esposo.

Si las palabras se me clavaron a mí, ni siquiera puedo imaginar cómo se sintió Alyssa. Cuando me fijé en ella, vi la forma en la que su sorpresa pasó a convertirse en una máscara de furia. Vi su intención de dar un paso adelante, de descubrirse. Seren y yo conseguimos sujetarla a tiempo. Susurré su nombre en una advertencia, para que recordara dónde estaba. Debíamos esperar. Cuando nos descubriéramos, ya no habría vuelta atrás. Ella quiso sacudirse, pero se quedó helada cuando su madre habló de nuevo:

—¿Cómo?

—De la misma manera en la que vienen todos los visitantes. Será tan fácil como sacarlo de un libro que hable de la época en la que seguía vivo. Lo marcaremos y se lo presentaremos a Alyssa.

La sencillez con la que lo dijo fue incluso más horrible que el plan. Como si realmente pensara que las personas eran sustituibles. Como si creyera que una copia de alguien en otro mundo era la misma persona. No nos veía más que como juguetes que mover de un mundo a otro a su antojo. Siempre había sido así.

La idea de tener que sacar a otro Cyril de su mundo estuvo a punto de arrancarme una arcada. Miré a Altair, casi con la esperanza de que me dijera que no pretendían aquello de verdad, pero el celeste solo apretó los labios con suavidad.

—No va a dejarse engañar —razonó la madre de Alyssa. Tenía el ceño fruncido, pero no creía que la idea le asqueara tanto como a nosotros—. En cualquier momento, se enterará del engaño.

—No pretendo engañarla, Travers, no hará falta. ¿Creen que dejará morir de nuevo a ese chico, venga de donde venga? ¿Creen que estará dispuesta a recordar lo que fue perderlo?

Hubo otra ronda de murmullos alrededor de la mesa. No fueron de desagrado, sino pensativos, de aprobación incluso. Los nobles fueron asintiendo de uno en uno. El padre de Seren parecía incluso satisfecho.

—Si estamos todos de acuerdo, entonces, creo que no hay nada más que hablar.

Nos tomamos el sonido de las sillas sobre la piedra como la señal que habíamos estado esperando. Alyssa se soltó de lo que quedaba de nuestro agarre y se adelantó.

—En realidad —dijo, mientras todos los nobles se quedaban paralizados al vernos entrar—, creo que todavía quedan un par de cosas que discutir, *Majestad*.

# Dani

No había mucho tiempo, así que teníamos que ser rápidos. Una vez terminara la reunión, los demás podrían entretener a los nobles y a la reina durante un tiempo limitado. De modo que, cuando llegamos a la falsa pared, lo hicimos casi sin aire y con la sensación de que el corazón se nos iba a salir del pecho. Yinn entrecerró los ojos y dio un paso atrás en cuanto nos acercamos. Lía lo sostuvo del brazo.

—¿Estás bien? —le preguntó, casi sin voz.

—Es... La magia que hay al otro lado. Es... oscura. Horrible.

Odiaba no poder sentir lo mismo que él, odiaba aquella sensación de ser demasiado humana para aquel mundo. Al mismo tiempo, me alegraba mucho de tenerlo cerca en aquel momento. Abrir la puerta habría sido imposible sin él: Seren nos había dicho que, después de aquella noche, nunca más había conseguido entrar. A Yinn, por suerte, no le costó romper el hechizo que mantenía el pasadizo oculto.

En cuanto la sala apareció ante nosotros, Lía tomó aire y me apretó la mano entre sus dedos. Entramos casi con miedo de que las paredes fueran a caérsenos encima, de que la reina impostora fuera a aparecer en cualquier rincón.

Yinn y Lía se quedaron mudos cuando vieron la urna por primera vez. Yo misma me sentí un poco sobrecogida, aunque sabía perfectamente lo que se escondía ahí. La muchacha que estaba dentro de ella era idéntica a la que nos había torturado durante días y aquello me despertó un rechazo inmediato incluso cuando sabía que era inocente, que era tan víctima como lo éramos todos los demás.

—Busca nuestro libro —le indiqué a Lía, y ella se puso a ello de inmediato.

Yinn y yo abrimos la urna. Él comprobó el pulso de la reina.

—¿Puedes despertarla con tu magia?

Yinn cerró los ojos, sostuvo la mano de la reina entre las suyas durante lo que me pareció una eternidad, pero al final negó con la cabeza.

—La magia la tiene muy atada, no sabría ni siquiera por dónde empezar a deshacer los nudos.

Me la imaginé exactamente así. Dormida y rodeada de cuerdas doradas, amordazada, con aquella magia apretándole el cuello como una soga y los párpados cosidos con hilo para que ni siquiera pudiera ver.

Solo nos quedaba una esperanza. Tanto Yinn como yo levantamos la vista hacia el espejo.

—¿Notas algo? —él asintió y ambos nos acercamos—. ¿Crees que...?

—Es una magia parecida, sí.

—¿Qué hacemos? ¿Lo... rompemos?

Él negó con la cabeza.

—No podemos arriesgarnos. No sabemos si eso puede condenarla para siempre. Antes tenemos que descubrir qué ocurre exactamente con él.

Nuestros reflejos nos devolvieron miradas preocupadas cuando nos presentamos ante el cristal. Yinn respiró hondo. Su sello mágico brilló cuando lo dibujó en el aire como había hecho en otras muchas ocasiones. Lo miré mientras él cerraba los ojos y se concentraba. Lía seguía buscando en las estanterías, cada vez más ansiosa, más preocupada.

Vi al genio apretar la mandíbula y supe que, fuera lo que fuera que estuviera intentando hacer, le costaba. El espejo, sin embargo, brilló como respuesta.

—La encontré —jadeó el genio, con la mandíbula apretada—. La reina. La reina está aquí.

—¿La reina está dentro del espejo?

De pronto, el cristal brilló tanto que nos cegó y Yinn se derrumbó. Tuve que sostenerlo, contuve su nombre en mi boca llena de preocupación, pero él solo parecía agotado. Incluso Lía dejó lo que estaba haciendo. Aunque no llegó a acercarse a nosotros, escuché su exclamación ahogada.

—Dani.

La miré, pero ella no se estaba fijando en mí. Su mirada estaba puesta en el espejo.

Ahí, al otro lado del cristal, golpeándolo, estaba una réplica perfecta de la reina. Me parecía incluso más bonita, más brillante, de lo que me parecía la que ya conocíamos. Como una joven estrella caída del cielo. Era también una joven mucho más desesperada, con la expresión llena de rabia y frustración, aunque su rostro cambió cuando su mirada se encontró con la mía. Pareció sorprendida, con la palma de la mano contra el cristal. Sus labios se movieron. No podía oírla, pero por sus gestos, le entendía: nos preguntaba si podíamos verla.

Solté a Yinn con cuidado, tras ayudarlo a sentarse en el suelo, y me acerqué al cristal para poner mi palma sobre la de ella. La reina abrió mucho más los ojos. Me pareció que estaba a punto de echarse a llorar.

—Te vemos —dije—. Estamos aquí para ayudarte.

Me pregunté cuánta gente a lo largo del tiempo había descubierto aquella sala. Si había sido solo Seren o alguien más lo habría hecho antes. Me pregunté si aquel día la reina vio a Seren entrar en aquella habitación, desde su lado del espejo, e intentó gritar y llamar su atención. Me pregunté cómo debía de ser estar al otro lado, todo el tiempo, viendo tu cuerpo aparentemente muerto en una vitrina durante siglos enteros.

Las lágrimas asomaron a los ojos de aquella reina eterna. Golpeó el cristal con las dos manos y sentí a Lía acercarse.

—¿Qué hacemos? ¿Lo rompemos? —preguntó ella también.

La reina negó con la cabeza.

—¿Sabes cómo podemos ayudarte? —dije yo—. Haremos lo que haga falta.

La reina señaló la habitación mientras movía los labios. Imaginé que, de su lado, gritaba.

—Nos está pidiendo que... ¿Leamos? No sé si lo entiendo bien —dijo Lía.

—¿Que leamos? —repitió Yinn, todavía sentado en el suelo, mareado—. ¿Un libro en concreto? ¿Hay algún libro aquí que vaya a servirle?

Me humedecí los labios, inquieta, y miré alrededor, a la estancia llena de tomos. ¿Por qué estaban ahí? ¿Por qué no se deshacía la falsa reina de ellos? ¿Solo era para poder chantajear a los visitantes? No tenía sentido. Si los marcaba, no necesitaba ningún chantaje: la marca no daba opción a réplica ni resistencia.

Y, de pronto, recordé cuál era probablemente la principal regla de aquel mundo.

—Se alimenta de historias —susurré.

—¿Qué? —Lía me miró, sin entender.

—Este mundo se alimenta de historias —la miré, primero a ella, después a Yinn—. Todo el tiempo, este mundo se basa en eso. Lo más importante de Albión son los libros, ¿verdad? La existencia de los Abberlain, de los visitantes, todo lo demás. Hay cuentos que dicen que la magia del palacio viene de los libros, que la reina se mantiene inmortal gracias a ellos. ¿Y si es eso lo que está haciendo Fianna? ¿Y si está robando toda esa magia?

Me volteé hacia el espejo, ansiosa. La reina asentía, con los ojos llenos de lágrimas. Tomé aire, mareada, y me volví a acercar, volví a presionar mis dedos contra el cristal como si así pudiera llegar hasta ella.

—Si te leemos, ¿recuperarás la magia suficiente para poder salir de ahí? ¿Es eso?

La reina asintió de nuevo con fuerza. Me pareció que se quebraba. No podíamos escuchar sus sollozos, pero de alguna forma los sentía, atronadores. Lía, Yinn y yo compartimos una mirada. Y después nos apresuramos a abrir cada uno un libro. Empezamos a leer a la vez, nuestras voces mezcladas en distintos principios. No eran voces como la de Marcus, pero me pareció que nosotros, de pronto, también teníamos poder. Éramos capaces de crear mundos, de traspasarlos, de abrir portales.

La reina cerró los ojos como si así pudiera escucharnos mejor, como si así pudiera entender las tres historias que estábamos contando a la vez. Tenía la cara manchada de llanto, pero el rostro sereno. Sus manos se posaron sobre el cristal. Su cuerpo pareció brillar un poco más con cada palabra pronunciada.

De pronto, las yemas de unos dedos translúcidos y brillantes traspasaron la barrera. Creo que todos contuvimos la respiración un segundo. Después, empezamos a leer más deprisa. Nuestras voces se mezclaban creando nuestra propia letanía, nuestro propio hechizo.

Más rápido. Más palabras. Más historias.

Sus manos. Sus brazos. Su cabeza.

Con un último fulgor, todo el cuerpo traspasó el espejo. Pasó por nuestro lado como una luz brillante y cálida que se lanzó hacia el cuerpo acostado en la urna de cristal.

Todos callamos de golpe mientras nos volteábamos para ver el cuerpo dormido.

Hubo un momento de silencio. De tensión. De miedos.

Y entonces, por fin, después de siglos, Victoria de Albión abrió los ojos.

## Marcus

—¿Qué pretenden?

La reina fue la única que se mostró imperturbable. Se quedó sentada, con el rostro ilegible y, al mismo tiempo, la más leve nota de irritación en la voz. No estaba enojada, como había estado en el mundo de Seren. Probablemente no nos viera como una amenaza.

—Detenerte de una vez por todas.

Seren dio un paso hacia adelante. Su traje blanco parecía reflejar la luz del cuarto. Creo que encontró una satisfacción malsana en poder desnudar su filo ante la mujer a la que había estado obligado a servir durante tanto tiempo.

—¿Vas a atravesarme con tu espada? Soy inmortal, Seren.

—Siempre he tenido curiosidad por saber si realmente puedes sobrevivir sin la cabeza pegada al resto del cuerpo.

La mujer se levantó de su asiento con una lentitud amenazante. Los nobles, por su parte, se quedaron en sus sitios. Creo que alguno tenía miedo de lo que pudiéramos hacer, aunque ellos estaban en clara ventaja numérica. Muchos estaban enojados. Preocupados también porque su pequeña hermandad fuera algo más que un secreto.

—Baja el arma inmediatamente, muchacho —fue el padre de Seren quien habló—. Tu deber es servir a la reina y cualquier otra cosa es traición. ¿Quieres que te cuelguen?

Seren observó a aquel hombre con las cejas alzadas. Jamás se habían llevado bien. Para el padre de Seren, él era poco menos que un experimento fallido. El señor Avery odiaba el carácter de su hijo, aquella imaginación que yo adoraba. Odiaba que siempre hablara de otros mundos en vez de centrarse en Albión.

—No tengo nada que perder, ¿verdad? —sus ojos claros cayeron de nuevo sobre la reina—. Teníamos un trato: yo te servía y tú los dejabas en paz.

—Mientras ellos no hicieran ninguna tontería. Pero creo que Marcus se lo ha buscado él mismo, ¿no es cierto? —su mirada cayó sobre mí—. Quizá debería llamar a tu prometida ahora mismo, para que le expliques qué es lo que quieres hacer. Estoy segura de que se pondrá muy triste al saber que has puesto en peligro su...

—Esta reina es una farsante.

Todos los ojos de la habitación se voltearon hacia Altair, que había pasado desapercibido detrás de nosotros hasta ese momento. Lo habíamos llevado justo con ese objetivo: contar la verdad sobre la reina. Ninguno de los que estábamos atados a aquel pacto antiguo podíamos hacerlo, pero él, ajeno a nuestro mundo, sí. Entendí por qué intervenía en ese momento. Si tú o Lía recibían una orden mientras trataban de despertar a la verdadera reina, su parte de la misión estaría en peligro. Y, más allá de eso, creo que Altair realmente quiso protegerte.

—¿Cómo dices?

Fue la propia mujer la que alzó la voz para romper el silencio. Sus ojos se entornaron y sus labios se apretaron hasta convertirse en dos finas líneas.

—Tú no eres la verdadera reina —repitió. Daba la impresión de estar disfrutándolo un poco, como si nada le pareciera más satisfactorio que la verdad—. Tu nombre es Fianna Abbot.

Los nobles se miraron, confundidos, y luego observaron a su reina. A la mujer que habían estado sirviendo y adulando desde que habían entendido cómo funcionaba Albión.

La señora Travers dejó escapar una risa nerviosa e incrédula que murió en sus labios casi al instante. El duque Crossbow, a su lado, trató de sonreír, probablemente creyendo que era una broma.

—Qué locura... —murmuró.

—Altair pertenece a una especie que no puede mentir —dije yo, tras tomar aire—. Pero si no nos creen, pueden comprobarlo ustedes mismos: si tratan de repetir sus palabras, se darán cuenta de que no pueden. Al parecer, nuestros antepasados juraron guardar el secreto.

Algunos de los presentes intercambiaron miradas confusas. Hubo murmullos, pero la mayoría de ellos ni siquiera parecía saber qué decir exactamente.

—Eso es...

—Pero la reina...

—Los Abbot eran...

La mujer dejó escapar una carcajada que me heló la sangre. De repente, todos callaron a su alrededor. Seren, a mi lado, se puso en guardia.

—¿No se dan cuenta? No son más que niños —se burló—. Siguen siéndolo, contando cuentos que esperan que los demás crean.

Dijo todo aquello con la voz templada, pero me pareció percibir una nota de pánico bajo sus palabras. La más leve pista de que creía que estaba a punto de perder el control. Y justo después vi el vistazo casi nervioso que lanzó por encima de mi hombro, como si esperara que la verdadera dueña de la corona que llevaba sobre la cabeza fuera a aparecer.

Quizá notó que algo iba mal. De pronto, pareció un poco desubicada. Por un instante, me pareció que sus ojos dejaban de ser verdes, que algunas partes de su apariencia, la misma a la que tan acostumbrados estábamos todos, titilaban como una vela.

Necesitábamos ganar tiempo.

—Esta reina es fal...

Alyssa se llevó una mano a la garganta, incapaz de seguir. Incapaz de respirar. Tanto Seren como yo nos volteamos hacia ella, alarmados al escuchar cómo se le atragantaba la voz. Al otro lado de la habitación, nadie se movió. Las lágrimas de sus ojos no podían ser una actuación.

Pensé que la impostora se iba a lanzar sobre ella. Pensé que la destruiría, que en aquel momento realmente se arrepentía de haberla dejado con vida. Alyssa era peligrosa, sobre todo después de escuchar lo de Cyril: habría estado dispuesta a lo que hiciera falta con tal de acabar con aquella mujer.

En lugar de atacarla, sin embargo, la reina tocó las rosas de su corona. Fue como si simplemente se la estuviera recolocando sobre la cabeza, pero debió de haber algo más, porque Seren dio un respingo y miró hacia abajo, a la flor que tenía en su pechera.

—Llamó a los caballeros —siseó.

Lo que significaba que teníamos que darnos prisa. Tenían que darse prisa. No podríamos mantenerlos a raya a todos. Al menos supuse que convocar a sus guardianes significaba que no iba a arriesgarse a usar su magia. Si quería seguir pareciendo la reina de verdad, no podía permitirse descubrirse así ante todos.

—La reina es fal...

Hubo una exclamación entre los nobles cuando alguien intentó decir aquella verdad y no lo consiguió. La madre de Alyssa, en un reflejo de lo que había hecho su propia hija, se llevó las manos a la garganta. Los demás la miraron, asombrados. Puede que alguno más lo intentara, en voz muy baja. O puede que simplemente vieran lo que estaba pasando y sintieran algo parecido a la empatía.

Algunos de los nobles empezaron a alejarse en ese momento. Retrocedieron, entre sorprendidos y asustados.

—Idiotas —la falsa voz de Fianna Abbot se retorció con un matiz de amenaza—. ¿No ven que no tiene ningún sentido? Es un truco. Seguramente lo hicieron ellos y ustedes están cayendo en su trampa. Si realmente fuera una farsante, ¿cómo lo habría hecho, si soy lo más eterno de este mundo? ¿Dónde estaría la verdadera reina?

—Aquí.

Nos volteamos al escuchar la voz. Una mujer idéntica a la que estaba en el centro de la habitación nos devolvió la mirada. Se alzó el bajo del vestido para caminar y, apoyada en ti, que la sostenías, avanzó. Yo me aparté para dejarlas pasar, aunque tus ojos y los míos se encontraron un segundo y supe que estabas asustada. Las dos reinas parecían iguales, excepto por la ropa. La real no llevaba la corona de flores ni ningún otro adorno. Aun así, ataviada de la manera más sencilla, el blanco de su vestido parecía destellar más que el de la otra. Su piel misma parecía emitir un leve fulgor.

Hubo un silencio atónito, el de la nobleza moviéndose incómoda, sin saber qué hacer.

Hubo un momento de duda por nuestra parte, hasta que yo incliné la cabeza y murmuré:

—Majestad.

Hubo un segundo en el que pensé que aquello sería todo: teníamos a la usurpadora justo donde queríamos y aquello acabaría bien sin arriesgarnos más.

Y después, los caballeros llegaron en tropel al corredor y la farsante pronunció, con voz clara:

—Todos los presentes son traidores y pretenden sustituirme. Hagan que paguen.

Nadie lo pensó dos veces antes de atacar.

# Dani

A la hora de trazar nuestro plan, habíamos querido que todo fuera lo más rápido posible. Habíamos querido la rendición pacífica de los nobles, habíamos soñado con que, por cobardía o por lealtad a la verdadera corona, claudicaran en cuanto tuvieran pruebas de que habían estado sirviendo a una farsante.

En cuanto los caballeros entraron, sin embargo, todas aquellas esperanzas salieron por la puerta. Ellos no iban a cuestionarse nada. Ellos, que no tenían ningún contexto de por qué había dos reinas presentes en aquella habitación, creyeron rápido a quien llevaba la corona. No importó que la verdadera reina gritara que aquello era falso: Abbigail Crossbow se apresuró a lanzarse contra ella. La reina me empujó para que los ataques que pudiera recibir no me afectaran. Lo único que impidió que el filo llegara hasta ella fue Rowan Abberlain. Todo el mundo pareció quedarse paralizado cuando vieron que el hermano de Marcus levantaba su acero contra su compañera para defender a la que creían una farsante.

Rowan entrecerró los párpados, su filo permaneció cruzado con el de Crossbow, y dijo entre dientes:

—Mi hermano es un necio, pero no un traidor.

El conde se había agachado a mi lado, su brazo estaba alrededor de mi cuerpo para ayudarme a levantar. Pude ver la sorpresa en su expresión. Pude ver también la emoción y el agradecimiento. Supongo que fue la primera vez que sintió que tenía un hermano, pese a todos los años en los que habían estado tan lejos el uno del otro.

El segundo de duda entre los caballeros desapareció cuando la usurpadora dijo:

—¿Qué están esperando? ¡Por supuesto que ese chico está de su parte! ¡Los Abberlain son los culpables!

Todo volvió a empezar. Abbigail apretó los dientes y se apresuró a obedecer. No importó que Rowan y ella hubieran sido compañeros en algún momento: decidió que su lealtad hacia aquella mujer era mucho mayor. Algunos nobles aprovecharon el momento para salir corriendo como ratas; otros, solo un par de ellos, les gritaron a sus hijos que se mantuvieran al margen, intentaron pronunciar la verdad sin éxito y tuvieron que luchar contra la asfixia por culpa del pacto de sus antepasados. Otros se apresuraron a proteger a la falsa reina, sobre todo cuando Seren se lanzó contra ella con todo por ganar y nada que perder.

Apenas soy consciente de lo que pasó en los siguientes minutos, porque entonces recibí la orden. La sentí en el fondo de mi cabeza, replicando por todo mi cuerpo. La ansiedad me llenó el pecho cuando me di cuenta de que ni siquiera podía resistirme.

Marcus me miró cuando me separé de él y me levanté con movimientos mecánicos.

Y después se quedó pálido cuando vio que alzaba la rosa que Seren me había dado hasta mi propio cuello. El filo se activó.

—Ríndanse o lo haré.

Mi voz no sonó mía. Nada de lo que estaba haciendo era yo. No era como las otras veces, era todavía peor: una parte de mi consciencia sencillamente se fue muy abajo, demasiado abajo, de tal manera que resultaba imposible alcanzar la superficie. Aunque podía saber qué estaba pasando, aunque podía ver, no tenía ningún control.

Las otras veces, la reina había querido hacerme sufrir. En aquella ocasión, me anuló por completo.

—No —dijo Marcus, con la expresión horrorizada—. Dani.

—¡Dani!

La voz de Lía sonó desde algún lado, pero yo solo podía mirar a Marcus. Quería sollozar, quería patalear, quería resistirme.

Pero no podía. No podía, no podía, no podía.

El filo tocó mi piel y Marcus extendió las manos.

—Escúchame. Escúchame, por favor, resiste. Esto acabará pronto. Dani, desde donde estés, por favor.

Pero lo único que pude hacer fue apretar. Lo sentí, frío y mortal, escociendo en el corte ligero que me hice. Sentí el hilo de sangre que se deslizó por mi cuello.

Y después alguien me derribó.

—¡Seren, no!

El dolor me atravesó cuando mi espalda encontró el suelo, pero lo que me pasaba dentro era muchísimo más horrible. Sin voluntad, mi cuerpo se revolvió debajo del caballero cuando intentó quitarme el arma. Él había soltado su espada y yo quería gritarle, pedirle ayuda, suplicarle que alejara el puñal de mí, que no quería hacer eso, que por favor, por favor, por favor... Su rostro sobre el mío estaba tenso y resultó obvio que intentaba no hacerme daño. Yo, sin embargo, no pude hacer lo mismo: cuando mi cuerpo se retorció, el filo cortó la piel de su mejilla. Él siseó de dolor mientras la herida empezaba a sangrar.

—Va de bueno, pero siempre le gustaron rebeldes —gruñó, e intentó aprisionar mis muñecas. Lo consiguió, del mismo modo que consiguió desarmarme. La rosa cayó mucho más allá, escurriéndose por el suelo.

Pero entonces otra persona se echó sobre él. Supongo que Lía también estaba bajo las órdenes de la reina. Lo escuché gemir y maldecir. Yo me levanté, en trance, pero cuando busqué a mi alrededor lo que vi fue caos. Una gran mayoría de los nobles había elegido a la falsa reina y estaban arrodillados con las manos en alto, vigilados por algunos de los caballeros; otros se habían puesto de parte de Rowan y defendían a la verdadera junto con Yinn y Alyssa, acorralados en un rincón. La reina, la que había estado dormida hasta esa misma noche, se apoyaba contra Altair, todavía débil. Podía ser inmortal, pero aquello no la hacía invencible.

Mi mirada buscó la rosa, alcancé a encontrarla de nuevo, la alcé.

Levanté la vista, buscando otra cosa. Para cuando encontré a Marcus, lo descubrí como un borrón que dejaba atrás a uno de los caballeros y se lanzaba hacia la farsante con la espada de Seren en alto y aquellos ojos encendidos, llenos de la misma rabia que ya había visto en él la noche que habíamos encontrado a Lía.

Vi también el momento en el que la mujer supo que no saldría de aquella.

Casi la escuché en mi propia cabeza.

«Te irás conmigo».

Y después, el filo encontró mi corazón.

## *Marcus*

En sus momentos finales, la impostora me miró a los ojos. Sentí que su poder se escapaba de ella. Quizá lo había empezado a hacer desde el momento en el que la verdadera soberana de Albión había despertado. Eso explicaría que su último hechizo fuera tan débil. Que solo sintiera su magia rozarme. Apreté los dientes y encajé la espada en su estómago hasta casi la empuñadura, y por primera vez no sentí culpa al pensar en la muerte, en mis manos manchadas. Tampoco satisfacción. No sentí nada.

De la herida no salió ni una gota de sangre. Lo único que ocurrió fue que su forma cambió. Ante mí, la reina se convirtió en otra mujer, una de cabellos castaños en vez de rubios, de ojos ambarinos en vez de verdes. Pese al dolor que tuvo que sentir, pese a la derrota de un reinado de siglos, Fianna Abbot sonrió.

—Conmigo la habrías tenido para siempre.

Entrecerré los ojos, sin comprenderla. En un parpadeo, los años cayeron sobre ella como una losa, deshaciendo piel y carne. Las cuencas vacías de su rostro parecieron mirarme un instante antes de desaparecer.

El vestido blanco, vacío, se deslizó por el filo y cayó al suelo entre una nube de polvo.

El sonido de la corona golpeando contra la piedra reverberó contra las paredes.

A la sala llegó el silencio, un silencio súbito que solo rompió el grito desesperado de Lía:

—¡Dani!

Supe que algo había pasado antes incluso de voltearme y verte. Y cuando mis ojos te encontraron, el mundo perdió su consistencia.

Habías caído al suelo, con la herida a la altura de tu corazón, con la rosa hundida en tu pecho como si sus pétalos nacieran directamente de tu cuerpo. Los gritos de los demás sonaban ahogados, distantes. Quise ir hacia ti, pero ni siquiera recordé cómo moverme. La habitación se redujo a tu rostro, a la forma en la que apoyaste la mejilla cada vez más pálida contra el suelo. Tenías los ojos vidriosos, llenos de sombras, pero, aun así, me viste. Lía cayó de rodillas a tu lado. Tus ojos me encontraron a mí.

Moviste los labios.

Pese a la distancia, pese a que no me llegó tu voz, supe descifrar las palabras.

«No es tu culpa».

Igual que la primera vez que las habías pronunciado, me golpearon con tanta fuerza que trajeron lágrimas a mis ojos. Igual que la primera vez, las sentí como un abrazo, como tus manos cálidas sobre las mías. Fue eso lo que me puso en movimiento. Fue eso lo que me hizo soltar la espada y acercarme lo más rápido que pude, lo que me hizo arrodillarme junto a ti, con tu nombre en mis labios, incapaz de ver nada más, de decir nada más, de sentir nada más.

Altair se había acercado también: te había arrebatado el arma del cuerpo y tenía las manos sobre tu pecho. Pero a pesar de que había un leve brillo en sus dedos, podía ver la sangre extendiéndose por tu ropa, podía ver que tú no recuperabas el color. Lía, a su lado, te agarraba la mano y la presionaba contra su boca, muda de horror, con la respiración acelerada. Yo me concentré en ti, en tu rostro. Lo toqué en un intento de que me miraras, de que te quedaras conmigo. Empecé a hablar con la esperanza de que mi voz pudiera hacer la magia suficiente para impedir que te marcharas al único mundo en el que no podría alcanzarte:

—Dani, Dani, mírame. No te vayas. Tienes que volver a casa. Vas a volver a casa. Te prometí que iría a verte, ¿recuerdas? Te prometí que iba a contártelo todo de nuevo.

Tu rostro se volvió un borrón antes de que yo mismo pudiera parpadear. Una lágrima cayó cerca de tu mejilla, pero no supe si era tuya o mía. Me quité el guante izquierdo, aprisa, para poder sentir la temperatura de tu piel, para poder limpiar aquel rastro.

Tú parpadeaste, luchando por mantener los ojos abiertos, por dibujar una sonrisa para mí.

—Quiero conocer Madrid. Quiero entender todas esas referencias que haces y que no entiendo, ver la librería en la que trabajas, conocer todas las partes que me quedan por conocer de ti. Por favor, Dani.

Otra lágrima se deslizó por tu piel. Tuya esa vez, creo. Te vi cerrar los ojos, cansada, con un suspiro, y a mí se me paró el corazón en aquel mismo momento. Las líneas oscuras bajo tus ojos se marcaban contra el rostro completamente blanco. Quise rozarlas con los dedos, borrarlas, darle color a tu piel.

Una mano se apoyó en mi hombro. Seren se acuclilló a mi lado, sin decir ni una palabra. Alyssa se arrodilló a mi otro lado y tomó mi mano libre y ya no la soltó. Estaba entre mis amigos de nuevo y me pareció demasiado cruel que pudieras faltarme tú. Que, después de todo lo que te había contado sobre los tres, no fueras a poder escuchar una de las historias de Seren o que no fueras a sentarte con nosotros a beber mientras te contábamos más anécdotas vergonzosas.

Me incliné sobre ti.

—Por favor —supliqué—. Por favor, deja que podamos conocernos una vez más.

No sé si me escuchaste. No sé si podías oírme o estabas demasiado lejos.

Como en algunos libros, casi esperando un milagro, te besé.

# SÉPTIMO RECUERDO

Disculpa el atrevimiento: este recuerdo no lo escribiste tú, Dani. Pero es que para mí uno de los momentos más horribles de esta historia fue aquella noche, la noche en que estuvimos a punto de perderte. Si estás leyendo esto, ya sabes que aquel día sobreviviste, pero yo llegué a pensar que te perdíamos. Llegué a pensar que nada, ni la magia de Altair ni la de todos los mundos, podría atarte a la vida. Esperar a que despertaras fue una tortura. Aquellas horas se hicieron eternas, igual que se hizo eterna la mañana siguiente, con las cortinas de tu cuarto cerradas. Mantuvimos la chimenea encendida con la esperanza de que algo del calor del fuego se quedara en tu piel y les devolviera el color a tus mejillas.

Lía y yo esperamos junto a tu cama, tomando cada uno una de tus manos. No recuerdo quién empezó, pero sí que el silencio era demasiado opresivo, así que lo rompimos. Ella te dio recuerdos que habías vivido, te contó cosas que ya sabías, y cada palabra fue como un pétalo que trajo la primavera a aquel cuarto. Yo te di recuerdos de los que no te pertenecían, las cosas de las que me habría gustado hablarte si hubiéramos tenido más tiempo. Te hice promesas de lugares a los que podía llevarte, mundos en los que nunca podrías haber creído. Te ofrecí mis propios recuerdos con la esperanza de que esos, de alguna manera, también se quedaran en algún rincón de tu mente cuando despertaras, esperando poder florecer.

En algún momento, la reina entró. Ella, con mejor aspecto y la corona sobre la cabeza, dejó casi con reverencia el libro a los pies de tu cama. Miré a Lía, le ofrecí volver, pero pese a lo cansada que estaba, pese a lo muchísimo que había sufrido, pese a lo mucho que deseaba olvidar toda aquella pesadilla, fue tajante: no lo haría sin ti. Así que esperamos. Dejamos su libro cerca de ti, en un intento de que tu mundo te diera algo de la vida que se te escapaba.

Y cuando Lía y yo nos quedamos sin palabras, cuando el silencio volvió a hacerse, todavía incómodo pero esta vez cargado de historias, tus párpados revolotearon y se abrieron.

Fue como viajar a un nuevo mundo. El mejor que he conocido nunca, porque en él todavía estabas tú.

# Dani

Nunca había visto a Lía llorar tanto como cuando abrí los ojos. Creo que lo que hizo que se rompiera de aquella forma no fue solo saber que yo estaba viva, sino que, con aquello, todo había acabado. Nuestra vida estaba a punto de regresar. Aquella pesadilla, el tiempo lejos de casa, la falta de voluntad, el encierro..., todo estaba a punto de llegar a su fin. Lo habíamos conseguido, y creo que ninguna de las dos lo habíamos creído verdaderamente posible hasta entonces. Habíamos hecho todo lo que estaba en nuestra mano, sí, pero muchas de esas cosas habían sido actos desesperados, decisiones tomadas por la determinación de no rendirnos pasara lo que pasara. Por eso yo también lloré, supongo. Porque me di cuenta de que estaba viva, porque fui consciente de todo lo que había pasado, de lo que iba a pasar después. Vi el rostro de Marcus, sentí su mano agarrar la mía con más fuerza, escuché su propio llanto, y aquello terminó de romperme.

Creo que Marcus fue tan consciente de repente de que podíamos pedirle que nos devolviera a casa en cualquier momento, que no fue capaz de mantenerse mucho tiempo ahí. Me besó la frente y se marchó. Dijo que iba a avisar a todo el mundo, que tenía que pasar por su casa.

Lía y yo nos quedamos a solas, abrazadas. No sé cuánto tiempo estuvimos así, pero ella no quería soltarme. Al final, nos calmamos. Dejamos de llorar poco a poco, dejamos que el silencio nos encontrara abrazadas y acostadas en aquella cama gigantesca.

—Está muy enamorado de ti.

No sé cuánto tiempo habíamos estado calladas cuando Lía dijo eso, pero sí sé que fue suficiente para que volviera a sentir ganas de llorar. Cuando la miré, sorprendida, ella me dedicó una sonrisa pequeña e irónica y me apartó algunos mechones de pelo de la cara.

—Lo vi, mientras pensábamos que te ibas. A veces parecía que él mismo estaba a punto de morir.

—Lía...

—Supongo que he sido un poco injusta con él, ¿no? Realmente no ha hecho otra cosa que protegerte.

Aquello me arrancó otro sollozo, porque era cierto. Al final, desde el primer día, Marcus había querido cuidar de mí, incluso cuando yo se lo había puesto muy complicado. Yo también habría hecho cualquier cosa por cuidar de él. Pero iba a hacerle daño, y ni siquiera podía hacer nada por evitarlo.

Me escondí en el pecho de mi amiga, buscando refugio, buscando parte de ese hogar que estábamos a punto de recuperar. Ella me lo concedió cuando me abrazó con fuerza y dejó caer un beso sobre mis cabellos.

—Vas a volver a casa, ¿verdad? Sé que tú también sientes algo por él, pero no vas a quedarte aquí, ¿no? No puedes...

—Volveré a casa. Volveremos a casa. Y después... no lo sé.

Sigo pensando lo mismo. No sé qué vas a hacer, ¿entiendes? Ojalá me conociera tanto a mí misma como para estar segura de qué vas a elegir una vez que conozcas toda esta historia. Pero, si lo pienso, siento que yo tendría miedo. Siento que me asustaría la cicatriz en el pecho que no recuerdas y que ahora ya sabes por qué fue. Siento que entraría en pánico al pensar en mi propia muerte o en haber vivido tantas cosas que, sin embargo, apenas formarían parte de mí. Siento que me asustaría la magia del chico que puede viajar entre mundos, que me daría miedo que toda la normalidad a mi alrededor se viera comprometida de repente.

No lo sé. No sé qué vas a elegir, pero pronto será tu turno. Esta historia se acaba. Empezó cuando llegué a este mundo, terminará cuando lo abandone.

Mucha gente entró en la habitación a lo largo de aquel día. Lía no pidió que nos fuéramos de inmediato, y yo sé que no fue solo para dejarme descansar. Era consciente de que necesitaba tiempo para asimilar todo lo que había ocurrido, para que todas aquellas personas que había conocido y que habían formado parte de aquellos días me abrazaran. Alyssa me besó la frente, Yinn me estrechó con tanta fuerza que estuvo a punto de romperme. Altair no me abrazó, pero me volvió a prestar su magia para que recuperara fuerzas y me dijo que se alegraba mucho de que hubiera regresado. Cuando Marcus volvió a entrar, lo hizo acompañado de una Charlotte cuyo rostro cambió por completo en cuanto me vio encamada.

—¿Qué te pasó? ¿Estás enferma? ¿Estás bien? —Lottie se apresuró a subirse a mi lado, a mirarme por todos lados. Parecía ansiosa—. No quería que te pasara nada, estaba enojada porque nos habían dejado, pero nunca quise que te pase nada, ni a ti ni a Lía. No quería...

Extendí los brazos hacia ella y la apreté contra mi pecho. La sentí tensarse y, después, corresponder con muchísima fuerza, con su rostro escondido contra mi hombro.

—Lo siento —le susurré—. ¿Me perdonas por cómo me fui?

La niña sollozó, pero asintió. Mientras la abrazaba, miré a Marcus. Sabíamos que Lottie también lloraría cuando me marchara. Quizá ya estaba llorando por eso, porque era consciente de que la próxima vez que nos despidiéramos sería porque me iría de aquel mundo. Cuando se calmó, dijo que iba a buscar a Lía, que quería pedirle perdón también a ella. No sé si aquello era justo lo que quería decir o se refería a que quería despedirse.

Aquel fue el momento en el que Marcus y yo nos quedamos a solas.

Ninguno de los dos supo qué decir al principio. Él tomó asiento en el borde de la cama. Con cuidado, se quitó los dos guantes para poder tocar mis manos con las suyas descubiertas. El tacto de su piel me sorprendió tanto como lo agradecí.

—Siento... —empezó.

—No fue culpa tuya —lo corté.

Marcus sacudió la cabeza y se llevó mis manos a la boca. La manera en la que me besó los nudillos, con los ojos cerrados, como si pudiera haber volcado todo lo que era y sentía en aquel gesto tan sencillo, hizo que me estremeciera. Hizo también que no aguantara más. No quería hablar. Había estado a punto de morir. Habíamos pasado por demasiado. Y en aquel momento, en el que por fin éramos libres, había una única cosa que quería hacer.

Jalé sus manos, me eché hacia adelante y lo besé.

Él suspiró cuando sintió mi boca sobre la suya. Cuando fue consciente de que aquello volvía a ser solo nuestro, como siempre, y que por eso parecía más real. Sus manos se alzaron hacia mi rostro, las mías se engancharon a su saco. Creo que me asustaba lo que fuera a pasar si nos alejábamos. Supongo que temía abrir los ojos y darme cuenta de que seguíamos encerrados o que realmente había muerto. O quizá me asustaba mucho el momento en el que tuviéramos que separarnos.

Supongo que fue por eso, porque sabía que yo no podía pensar en poner distancia, que lo hizo él. Con mucho cuidado, apartó sus labios de los míos, aunque no de mi rostro: los dejó en mi comisura, en mi mejilla, me besó los párpados y la frente. Y luego, como si quisiera grabarse mi rostro en la memoria, me miró con esos ojos que no entendía cómo iba a poder olvidar. Su pulgar me acarició los labios.

—Tienes que descansar —susurró, y yo suspiré y apoyé mi frente contra su hombro porque era verdad, porque se me iba la cabeza, porque me sentía sin fuerzas.

—Quédate conmigo —le pedí, a media voz—. Por favor. Solo... acuéstate aquí, a mi lado. Quiero dormir, pero me da mucho miedo la próxima vez que abra los ojos.

Él me abrazó con más fuerza. Después, se acostó junto a mí, tal y como le había pedido: su cuerpo por encima de las sábanas, el mío por debajo. Aun así, nuestras piernas se entrelazaron.

—Seguiré aquí cuando despiertes —prometió.

No podríamos decir eso durante mucho tiempo más.

## *Marcus*

No recuerdo haberme quedado dormido, pero supongo que estaba demasiado cómodo a tu lado, que los días en tensión y las noches en vela me habían pasado factura. Por primera vez desde que te habían encerrado en palacio, ni siquiera me despertaron las pesadillas. Me despertaron los golpes en la puerta y su sonido al abrirse. Aun así, me negué a moverme. Tus dedos me estaban acariciando el pelo. Noté que te incorporabas contra las almohadas, pero tu cuerpo se sentía demasiado cálido y yo quería aprovechar cada minuto que tuviera a tu lado. Quería recordar esa sensación cuando ya no estuvieras conmigo.

—Así que ya estás despierta —la voz de Seren tenía la misma levedad de siempre—. ¿Cómo estás?

Lo sentí detenerse al lado de la cama.

—He... estado mejor —susurraste, quizás en un intento de no despertarme—. Pero estoy viva, al menos. Altair me dijo que me va a quedar cicatriz, aunque supongo que no soy la única... Lo siento, Seren.

—¿Por robarme al novio?

Tú titubeaste, sorprendida por la respuesta.

—Tenía entendido que no habían sido...

—Porque no lo fuimos —gruñí yo.

Abrí los ojos. Seren me estaba mirando desde arriba, con las manos en los bolsillos. La luz del atardecer teñía su traje blanco de un dorado anaranjado. Me pasé la mano por los ojos y lo miré con el ceño fruncido. Me alegró reconocer tu sonrisa divertida, aunque fuera a mi costa. En los días anteriores no había tenido muchas ocasiones de verla.

—¿Cómo que no? —protestó Seren—. ¿He vivido todos estos años engañado?

Resoplé y te miré.

—No te disculpes. No se lo merece. Y ni siquiera eras dueña de tus acciones.

—Aun así...

Seren movió la cara para que pudiéramos ver cómo le quedaba la cicatriz que le atravesaba la mejilla, suponía que también curada con magia.

—Me da un aire peligroso, ¿verdad? Estoy seguro de que me convertirá en todo un seductor. Más, quiero decir.

—¿Viniste a demostrarle a Dani que tu ego sigue intacto o querías algo?

—Te has vuelto un aburrido. Pero sí, la reina quiere verte. Aunque si quieres que le diga que tu prometida te tiene secuestrado en su cama...

Decidí ignorar ese último apunte y te miré. Si me hubieras dicho que querías que me quedara, lo habría hecho. Habría desobedecido a cualquier reina por ti.

—Está bien. Supongo que no será un malvado plan de Seren para recuperar a su novio.

—Si lo es, te enterarás cuando sea demasiado tarde —intervino él.

—Odio que se hayan conocido —resoplé.

Ustedes pusieron casi las mismas sonrisas y ¿sabes? En realidad, no me molestó en absoluto. Me habría gustado poder tener más momentos como aquel, aunque fuera a costa de que ambos se rieran de mí.

—¿Cómo está todo? —le pregunté a Seren en cuanto salimos de tu cuarto.

—Un caos —dijo, pero como si lo disfrutara—. No solo aquí, también en la ciudad. Con Abbot muerta, las marcas de los visitantes desaparecieron y es obvio que hay muchos que estaban deseándolo. Hay muchos nobles en problemas, empezando por los Crossbow, que sufrieron un verdadero motín en su propiedad. Y tú vas a tener trabajo durante los próximos días: habrá mucha gente que quiera regresar.

Respiré hondo, pero asentí. No podía decir que los nobles maltratadores de visitantes me dieran lástima. Y tener trabajo no me preocupaba: quería empezar cuanto antes, sobre todo con los que en los últimos días yo mismo había robado de sus hogares.

—¿Para eso quiere verme la reina?

—No, más bien le preocupa el asunto de tu... sucesión. Solo necesitó echarle un vistazo a Charlotte para saber la verdad.

Tragué saliva y miré a mi amigo, pálido. Temía que aquella mujer llegara a la misma conclusión a la que había llegado la farsante y que pretendiera involucrarte en aquello.

—Voy a arreglar eso también. En cuanto Dani vuelva, encontraré una esposa y...

—Marcus —Seren dio un par de palmadas en mi espalda, divertido—. Creo que es mejor que te quites de la cabeza lo de las prometidas. Tu historial demuestra que igual tu destino no es casarte.

—¿Qué...?

No pude decir nada más: las puertas del salón del trono estaban abiertas para nosotros. Estuve a punto de tropezar con mis propios pies cuando vi a Charlotte de pie junto al trono. La niña hizo una mueca, avergonzándose de mí. La reina sonrió. Rowan también estaba ahí, y supuse que se había ganado el aprecio de la reina por haber creído en ella desde el principio. Sentí a Seren pasar por mi lado.

—La reverencia, conde.

Me ruboricé al escucharlo, pero cumplí al instante.

—Majestad —murmuré, con la vista baja.

—Marcus Abberlain. ¿Cómo se encuentra mi salvadora? ¿Ya regresó a casa?

Su pregunta se me clavó a la altura del corazón.

—Todavía no, Majestad. Aunque creo que no tardará.

—Que no sea antes de que pueda agradecerle personalmente sus esfuerzos, por favor. Fue muy valiente, al involucrarse tanto en un mundo que fue tan hostil con ella.

Asentí, aunque estaba tenso. El parecido entre las dos reinas, la falsa y la verdadera, era tan perfecto que me sentía incómodo al mirarla. La habíamos rescatado pensando que necesitábamos una alternativa a lo que ya teníamos, pero lo cierto era que no sabíamos con qué nos íbamos a encontrar.

—Claro que no es la única a la que debo agradecerle su ayuda —continuó, y ladeó la cabeza. Tenía una mirada muy adulta pese a su rostro tan infantil—. Aunque a usted, conde, le debo además una disculpa. Lamento lo que ha ocurrido con su familia: debe saber que mi relación con los Abberlain siempre fue estrecha, pero yo nunca usaría sus poderes como al parecer se ha estado haciendo en los últimos tiempos.

La reina suspiró, apenada. Cansada, también. Aunque hubiera estado dormida durante mucho tiempo, parecía que fuera a caer rendida de nuevo en cualquier momento.

—No es su culpa, Majestad.

—Quizá sí lo sea. Hace muchos años, confié en las personas equivocadas. Personas que me traicionaron, que me apartaron y pusieron a una traidora en mi lugar —apretó los labios—. Estaban hambrientos de poder, ¿sabe? O quizá solo temían a la misma magia que conformaba este mundo, ante la que se sentían demasiado indefensos. Fuera como fuera, me propusieron cambios respecto a los visitantes que yo no estaba dispuesta a aceptar. Fianna aprovechó aquel momento para llenar mi reino de mentiras y crear un lugar en el que dar rienda suelta a sus deseos. Debí haber sido más cuidadosa.

Rowan clavó la vista en el suelo, aunque no dijo nada. Me pregunté qué estaba pensando. Si se planteaba todas las ideas que él mismo había tenido sobre los visitantes, las que había aprendido porque se las habían repetido una y otra vez. La mujer se levantó.

Con cuidado, descendió de la tarima en la que estaba su trono. Lanzó un vistazo hacia atrás para extender su mano hacia Lottie, a la que se le iluminó la cara antes de entrelazar sus dedos con ella y caminar a su lado.

—Venga conmigo, conde.

Cuando miré a Seren, él asintió para darme ánimos. Supongo que aquella reina le gustaba más. Supongo también que si seguía vestido de blanco era porque la reina había decidido que él, que había sido el más leal y el más traicionero al mismo tiempo, era alguien a quien mejor tener cerca. Mis ojos se cruzaron un segundo con los de mi hermano, pero él solo hizo un ademán para que fuera. Me pregunté si a partir de entonces las cosas cambiarían entre nosotros. Si podíamos hacerlo todo un poco mejor.

Charlotte y yo abandonamos el salón del trono guiados por la reina.

—Si la Creadora hubiera visto lo que se hacía con las bases de lo que ella había imaginado, habría estado horrorizada —dijo mientras avanzábamos.

—¿La Creadora?

Fue Lottie quien preguntó, sorprendida. Sus ojos eran casi tan verdes como los de la reina, aunque mucho más grandes y curiosos. Yo miré a Su Majestad sin saber si hablaba de aquella figura solo por fe o había algo más.

—La gente tiende a olvidar de dónde viene, Lottie —respondió la mujer—. Albión ha pasado mucho tiempo creyendo que es el centro de todos los universos, pero nadie sabe a ciencia cierta cuál fue el primero de los mundos. Puede que fuera aquel del que vino Hazel Abberlain.

Casi perdí un paso. Reconocía aquel nombre de mi árbol familiar, de todos mis estudios sobre nuestra genealogía para intentar descubrir precisamente la clave de nuestra magia y las posibilidades de dársela a Charlotte. Hazel Abberlain era, de hecho, la primera de nuestra línea.

—Hazel era una prisionera —explicó entonces la reina, con calma—. Había sido encerrada por una bruja en un mundo que condenaba la magia. Iban a quemarla, así que decidió que debía encontrar la manera de huir. Así nació Albión. Un par de páginas fue todo lo que necesitó para hacerlo realidad. Para escapar. Para llegar aquí. Ella nos creó: la isla, a los primeros visitantes, a mí y a mi corte. El resto llegó de los libros. Ella fue la Creadora.

Lottie tenía los ojos muy abiertos, fascinada porque algo que durante tanto tiempo había sido como mucho un cuento antes de dormir fuera, no solo real, sino algo que tenía que ver con nuestra familia.

—Siempre pensé que la Creadora era... una leyenda —murmuré.

—Porque Hazel lo quiso así —explicó la reina, con suavidad—. Hazel quería ser libre, quería un lugar donde cualquiera pudiera encontrar un refugio. Si hubiera querido ser algo parecido a una diosa, nunca me habría necesitado a mí: se habría coronado a sí misma. Pero decidió que aquel no era su papel, y por eso nací yo: para velar por este mundo. Para que hubiera alguien que siempre pudiera recordar de dónde había surgido, alguien que protegiera el orden que ella había creado.

Para entonces, habíamos atravesado un vestíbulo que nunca había visto tan vacío y habíamos llegado a la galería. La reina se detuvo delante de su retrato. Supuse que la que nos veía desde lo alto era ella y no la traidora, pero seguía pareciéndome un cuadro demasiado inquietante.

La reina alzó su mano libre y la posó sobre su retrato. Cerró los ojos. Y, ante nosotros, la pintura cambió: los párpados de aquel cuadro también cayeron y, un instante después, se movió para dejar paso a otra estancia. Lottie, junto a mí, se estremeció y apretó los dedos en torno a mi brazo, emocionada.

Era una estancia muy pequeña, con solo un atril iluminado por velas que se encendieron solas en cuanto pusimos un pie en aquel lugar. Y sobre el atril, descansaba un pergamino. Parecía tan delicado que pensé que se iba a romper si lo tocábamos, pero aguantó cuando la reina pasó sus dedos por encima. En la historia que nos había contado nada más eran dos páginas, pero ahí había más. Conté cuatro, la última de ellas a medio escribir.

—¿Esta... es la historia que escribió la Creadora? —preguntó Lottie, con los ojos brillantes.

—Estas dos hojas lo son, pero las otras dos contienen añadidos, matices o notas para completar las bases de lo escrito. Una forma de... cambiar el mundo a voluntad de su creador, de ir añadiendo aquellos detalles que en un principio no se habían contemplado.

Tragué saliva. De pronto, entendí por qué estábamos ahí. Por qué Lottie estaba escuchando todo aquello.

—Antes de morir, Hazel me encargó a mí el secreto del manuscrito, para que lo usara solo cuando fuera imprescindible: en ningún momento debía saberse que existía, porque alguien podía querer robarlo y pervertir este mundo bajo sus dedos. Así que lo escondí, como me pidió. Y durante siglos, únicamente he tocado una cosa. O a una familia, más bien.

La reina nos hizo un ademán a mí y a Charlotte para que nos acercáramos. Ahí, en tinta dorada, había varios nombres de la familia Abberlain.

Y lo entendí. Entendí de pronto aquel caso extraño, el del niño del que se había dicho que no siempre había tenido los ojos morados, el que había aparecido de la noche a la mañana y había podido cumplir con la ceremonia.

—Pero siempre me dijeron...

—Hace siglos que no se han dado excepciones, conde. Solo yo puedo tocar el manuscrito: Fianna no lo conocía, si no, también lo habría pervertido. Pero ¿realmente cree que es el único que se negó a tener hijos alguna vez? ¿Cree que no hubo personas que acogieron a otras y las hicieron parte de su familia? La propia Hazel jamás quiso hijos. Hazel eligió a la que sería su heredera y dejó que todo siguiera desde ahí. Definió aquellos poderes, definió que el primer heredero pudiera tenerlos para que no hubiera luchas por él, para que todo el mundo lo respetara, pero me lo dijo: que, si alguna vez el poder amenazaba con perderse, yo me encargaría de ceder el don. Así que ¿considera que esta niña es su hija, Marcus Abberlain? ¿Considera que es digna de su poder y que lo cuidará y lo usará de manera digna?

Bajé la vista hacia Charlotte, que miraba aquellas letras con miedo y expectación. Yo no tenía ninguna duda de cuál era la respuesta a aquella pregunta: Charlotte era mi hija. La única que quería, si podía elegir. Lo había sido desde el mismo momento en el que su madre me había pedido que cuidara de ella y ni un solo día había deseado otra cosa que poder darle todo lo que tenía.

Por eso no me pareció justo que fuera yo el que decidiera. Tú me habías dicho una vez que todo dependía de ella. Había muchas decisiones que Lottie no había podido tomar, pero podía tomar aquella.

Así que me volteé hacia ella, que contuvo la respiración cuando la tomé de ambas manos.

—El poder no significa solo conocer otros mundos, Charlotte. A veces pesa. A veces duele. Pero si lo quieres, será tuyo, porque eres Abberlain, siempre has sido Abberlain, siempre lo serás. Eres mi hija, y no podría estar más orgulloso de ello ni de ti.

Sus pupilas parecieron destellar. Vi su rostro y me pareció un poco como la reina: muy joven y, al mismo tiempo, más adulta de lo que le correspondía.

—Solo quiero ser tu hija, papá —dijo, y tragó saliva—. Me gustaría mucho serlo así también.

Sus palabras me alcanzaron de lleno el corazón. Después de todas las emociones, aquello estuvo a punto de llevar lágrimas a mis ojos. La abracé con fuerza y presioné los labios contra sus cabellos. Después, ambos nos volteamos hacia la reina, sin dudas.

—Así se hará —dijo ella.

La mujer se movió hacia el manuscrito. Había una pluma dorada justo al lado, una que no necesitó tinta cuando se inclinó hacia el pergamino.

Las letras parecieron salirse de la página. Flotaron en el aire, doradas y brillantes. Tuve que soltar a Lottie, cuando la frase que la reina había escrito la rodeó. Tuve que dar un paso atrás, aunque una parte de mí estaba aterrorizada por involucrarla con una magia que no entendía.

Y, después, como un haz brillante y fugaz, las letras se metieron en su cuerpo. Estuve a punto de echarme hacia adelante, pero apreté los puños y me contuve. La piel de Charlotte pareció tatuarse con aquellas palabras.

Lottie había cerrado los ojos. Cuando las letras desaparecieron como si nunca hubieran estado ahí, volvió a abrirlos.

El morado brillaba en ellos con la magia de mil mundos.

# Dani

—Entonces, ¿no vas a tener que...?

Marcus negó con la cabeza. Lo había encontrado acostado a mi lado al despertar por tercera vez en el día. Fuera era de noche y no había luces encendidas en el cuarto, pero había reconocido su cuerpo y lo había descubierto velándome, con sus dedos acariciándome la mejilla. Después de unos besos cortos había empezado a hablar. Creo que estaba abrumado, que no terminaba de creerse que aquel mundo existiera precisamente por sus antepasados y que durante tanto tiempo los Abberlain hubieran sido, de alguna manera, una mentira más. Una mentira, sin embargo, que estaba dispuesto a contar a quien hiciera falta. Una que iba a proteger, como había protegido otras a lo largo de toda su vida.

Yo me alegraba por Lottie, porque sabía lo mucho que quería aquello, pero también por él. Era consciente de que Marcus habría tomado la responsabilidad que se esperaba de él en caso de haber sido la única forma de continuar con su poder, pero no quería aquello. Podía soportar la idea de Marcus acostándose con otra persona, pero no que lo hiciera obligado, tal y como la farsante había querido.

—Y yo que ya estaba preparada para ser la madre de un niño mágico capaz de romper la barrera entre mundos...

—No, no lo estabas.

—Claro que sí: lo único que iba a pedir era dar a luz en mi mundo. Aquí tendrán magia, pero yo confío más en la epidural.

—¿En la qué?

—Exactamente a eso me refiero.

Ambos conseguimos reírnos, a nuestro pesar, sobre todo cuando realmente tuve que explicarle qué era una epidural y por qué ese y la copa menstrual eran el tipo de conocimientos que necesitaban sacar de otros mundos para aplicar al suyo. Al final, sin embargo, también era ese tipo de cosas lo que traía de vuelta aquello que nos quedaba por afrontar. No sé quién se quedó callado primero, con aquel pensamiento sobrevolando la cama, pero fui yo quien terminó de hacerlo real:

—El manuscrito... Ni siquiera eso podría lograr que recuerde, ¿verdad? Va... contra las bases de todo lo que Hazel creó.

Escuché a Marcus tragar saliva. Su brazo, que me rodeaba la cintura, me apretó contra su cuerpo. Ya sabía la respuesta, pero eso no hizo más fácil escucharla:

—Lo siento. La reina no puede cambiar las reglas básicas, y esa es una que define nuestro mundo. Se lo pregunté. Le gustaría hacerlo, le gustaría poder darles a ti y a Lía cualquier cosa que quieran, en agradecimiento por salvarla, pero...

Negué con la cabeza para que callara. Lo entendía. A pesar de todo, realmente lo entendía. Con el descubrimiento de la historia de Hazel, tenía incluso más sentido. Para aquella mujer a la que llamaban «Creadora», Albión había sido un refugio. Jamás lo habría puesto en peligro, pero en algunos mundos, el mero hecho de que se conociera su existencia lo habría comprometido. Estaba segura de que aquello podía pasar incluso en el mío. Si en mi mundo había gente hablando de conquistar planetas deshabitados, ¿qué no harían con una puerta a otro mundo que a su vez podía abrir paso a otros miles de universos? Sabía lo suficiente de historia como para ser consciente de cómo podía acabar algo así.

El silencio cayó sobre nosotros, pesado, espeso e incómodo.

—¿Sigues... queriendo lo que me pediste? Entendería que hubieras cambiado de opinión. Entendería que...

Sus dedos se posaron sobre mi pecho, a la altura del corazón. Allá donde me había quedado una cicatriz que el viaje entre mundos no borraría, muy cerca del tatuaje con el nombre de mi abuela. A mí no me importaba: si no iba a poder quedarme nada de aquel mundo bajo la piel, al menos que quedara sobre ella.

—No he cambiado de opinión. Pero... soy consciente de que quizá no sea justo. Yo... Lo siento, fue egoísta pedírtelo. Sé que para ti puede ser...

Difícil. Doloroso. Y no quería hacerle más daño a Marcus. Ya habíamos sufrido suficiente. Quizá no debíamos intentar algo que, simplemente, no estaba escrito. Habíamos sido un accidente, la colisión de dos estrellas, una primavera apresurada. Quizá no tenía sentido intentar ser más que aquello.

—Quiero hacerlo —respondió, y yo me estremecí mientras sus dedos rozaban mi mentón—. Quiero... intentarlo. Nos merecemos eso al menos, ¿verdad? Una oportunidad. Una que dependa de nosotros. Caíste aquí sin querer, Dani, y el tiempo que hemos pasado juntos tampoco lo hemos decidido nosotros. Deja que yo vaya a ti esta vez. Quiero elegirte. Y quiero que tú elijas qué hacer. Y pensar que quizá me elegirás también.

El corazón se me hundió en el pecho, allá donde no creía que él fuera a desaparecer por mucho que mis recuerdos sí lo hicieran. Pensé que, si intentaba responder en aquel momento, únicamente me saldría un sollozo, y no quería más lágrimas. No quería aquella tristeza. Si podía elegir algo, quería elegir aprovechar el tiempo que nos quedaba. Por eso mi respuesta fue un beso, uno que nos llevara de vuelta a aquellas noches en el despacho que habían sido solo nuestras. Aunque intenté que fuera tranquilo, aunque intenté que fuera un sitio donde descansar de aquella tormenta que nos estaba sacudiendo, sabía triste, a la desesperación que sentía por quedarme con el sabor de su boca en la mía. Nuestros cuerpos se acercaron con la misma sensación. Yo quería que él dejara tanta marca con sus dedos en mi piel como el puñal había dejado en mi pecho. Quería que la piel me cicatrizara allá donde cayeran sus besos.

Mis dedos se colaron bajo su camisa, probaron la piel de su pecho con las yemas.

Marcus movió el rostro para alejar su boca de la mía. Sus manos seguían en el terreno seguro de mi cintura, aunque yo quería volver a sentirlas en el resto de mi cuerpo. Lo observé en la penumbra, entre las pestañas, todavía cerca.

—Deberías...

—No quiero descansar más —susurré—. ¿Quieres tú? ¿Quieres parar?

Sabía la respuesta. Y, aun así, dudó un segundo más en el que su nariz rozó la mía.

—No me hagas responder a eso —suplicó, y aquello solo me dio más ganas de tenerlo cerca.

—Responde. Dime lo que quieres de verdad.

Sus dedos se crisparon sobre mi cadera. Me acerqué, enredé nuestras piernas, pero no lo besé. No hasta que lo dijera. Nos quedamos ahí, tan cerca, tan pegados, respirando el aire del otro, la tensión apretada a nuestro alrededor. Mis manos, todavía sobre su pecho, lo rozaron con cuidado, hacia abajo. Lo sentí tomar aire, a pesar de que mis dedos apenas acariciaron la piel bajo su ombligo.

—Dilo —pedí, contra su boca, mientras mis dedos bajaban más.

—A ti. Te quiero a ti, Dani.

Me besó antes de que pudiera responder. Antes de que pudiera decirle que yo también lo quería a él, de esa manera y de tantas otras que parecía que un solo verbo no pudiera contenerlas todas. Lo quería por su risa escondida y por las lágrimas que me había enseñado. Lo quería por las discusiones que habíamos tenido y por todas las disculpas. Lo quería por cada secreto que había destapado para mí. Lo quería a centímetros y a distancia. Lo quería fuera como fuera. Se lo dije. No dije en voz alta todo eso, pero sí «te quiero», una, dos, mil veces, mientras nos besábamos, mientras nos desnudábamos, mientras su boca me tocaba entera y la mía se demoraba en cada espacio de piel. Lo repetí incluso cuando se me quebró la voz, mientras él me miraba deshacerme bajo sus dedos y ponía aquella expresión que solo me enseñaba a mí, entre su mandíbula apretada y sus jadeos, sus maldiciones inesperadas. No fue suficiente, incluso así. No habría sido suficiente ni siquiera toda la vida en aquellas caricias. Creo que los dos lo sabíamos, aunque ninguno de los dos lo pronunciara: que era la última noche que pasaríamos juntos. Que quedarse más era retrasar lo inevitable. Que Lía merecía volver de una vez. Que yo ya no tenía más motivos aparte de él para quedarme, y Marcus nunca habría permitido que él fuera mi único motivo para permanecer en su mundo.

Así que nos besamos toda la noche, hasta que nos desgastamos. Hasta que estuvimos tan cansados de besos y sudor y alguna lágrima que Marcus se quedó dormido.

Te escribo esto mientras él descansa con su cuerpo desnudo todavía en mi cama.

Mientras afuera, amanece.

Hoy volveré a casa.

No sé cuándo leerás esto. No sé cuánto tiempo pasará en mi mundo hasta que Marcus te encuentre. No sé qué piensas. No sé si crees que lo he hecho mal muchas veces, ninguna o unas pocas, pero lo hice lo mejor que supe. No sé si crees que es injusto que te ponga en esta situación, después de todo lo que te he contado. No sé si decidirás que nada de esto tiene que ver contigo, porque le pasó a una Dani que se parece a ti, pero que no termina de ser tú. No sé si, con suerte, algo de esto sonará como el ritmo de una canción que no puedes ubicar pero que has escuchado en alguna parte.

Si puedo inventar, si puedo crear un mundo propio, al final despiertas. Lo haces en tu cama, y la cabeza te duele y hay un anillo en tu mano que no entiendes y una cicatriz que no tiene sentido. Seguirá sin tenerlo hasta que él aparezca. Hasta que esto llegue a tus manos, y los recuerdos afloren, porque estaban solo metidos en sus capullos esperando la llegada de la primavera. Si puedo inventar, llorarás, supongo, pero la próxima vez que lo veas, ni siquiera le dirás nada. Lo besarás y él lo entenderá todo.

No sé si esta será tu historia, Dani. Pero supongo que, por hoy, me sirve pensar que al menos, en el mundo que haya al otro lado de estas páginas, ese será el final.

Lo primero que te dije es que esta historia la iba a olvidar.

Lo último, que ahora empieza la tuya.

*Marcus*

Cuando me diste lo que habías escrito, te pregunté si podía leerlo y tú, aunque dudaste, me dijiste que sí, que aquella también era mi historia. Nuestra historia. Me dijiste que, si quería, podía escribir algo. Que quizá muchas cosas no las habíamos visto igual. Me dijiste que no te tuviera muy en cuenta las cosas que pensabas al principio, y supongo que me imaginé todo peor de lo que lo escribiste. Sea como sea, eso hice: leí cada una de las palabras que habías escrito. No esperaba cambiar nada, pero quería dejar entre estas páginas pedazos de la historia como yo los recuerdo. Quería que fuera exactamente como tú dijiste: nuestra historia. Quería que, si estas palabras realmente pueden generar otro mundo, sea uno en el que ambos seamos lo más parecidos posible a la realidad, y eso solo podía ocurrir si yo me confesaba tanto como lo habías hecho tú.

En mi primera página te dije que llevaba días pensando cómo comenzar. Ahora, después de días escribiendo, me pregunto cómo voy a acabar. Porque ¿sabes? Con cada palabra que he escrito ha llegado el miedo. El miedo a que no te guste. El miedo a que prefieras correr en dirección contraria. El miedo a que creas que soy un impostor. El miedo a que esto sea una broma muy elaborada, igual que al principio decidiste creer que Albión nada más podía ser un sueño.

Al empezar te dije que tú no me conocías, pero espero que ahora sí lo hagas. Espero que sepas un poco mejor lo que me pasa por la cabeza, que entiendas cada una de mis acciones, cada uno de mis secretos, cada una de mis mentiras. Espero que entiendas también que verte marchar fue hacer frente a dos sentimientos muy contradictorios: la seguridad de que todo volvía a su lugar, de que tú volverías a donde querías estar, y la tristeza de saber que nunca regresarías a Albión. La certeza de que a partir de entonces estaríamos a mundos de distancia.

No fui el único que estuvo ahí aquella mañana. Ahí, bajo los árboles en flor de palacio, nos reunimos más personas de las que esperabas encontrar. La reina había ido a presentarles a ti y a Lía sus respetos, Yinn y Altair querían despedirse. También estaban Alyssa y Seren, que bromearon contigo. Charlotte fue la única que no pudo contener el llanto desde el principio; aunque tú le

recordaste que ella misma podría ir a visitarte, estaba desconso-
lada. Te echa de menos todos los días. Me pregunta todos los días
cuándo voy a ir a buscarte.

La ronda de despedidas no fue muy larga, pero creo que fue
suficiente. Incluso Lía derramó un par de lágrimas cuando Lottie
se abrazó a sus piernas, aunque intentara ocultarlo de todos los
demás. Tú, aunque ibas preparada, te rompiste un poco cuando
Yinn te dijo que te echaría de menos y cuando Altair agachó suavemente la cabeza hacia ti.

Por último, se detuvieron ante mí. El peso de tu libro bajo mi
brazo era un recordatorio de por qué estábamos ahí, igual que
lo era la ropa que tú y tu amiga habían recuperado. Se me hacía
muy extraño verte con aquellos pantalones casi hechos jirones y
aquella camiseta que apenas te cubría la barriga, en vez de llevar
puesto uno de tus trajes o vestidos.

Recuerdo el suave codazo que le diste a tu amiga. Ella carraspeó, con los brazos cruzados sobre el pecho.

—Puede que me equivocara contigo, conde —murmuró, hacia el cuello de su camisa—. Así que perdona. Y perdona también
por adelantado por lo mal que probablemente te trate cuando
entres en la vida de Dani otra vez: será mi instinto de protección,
pero lo hago con todos sus ligues.

Tú la golpeaste lo suficientemente fuerte en el brazo como
para que ella se quejara mientras se lo frotaba. Me habrían dado
ganas de reír si no hubiera sido por la presión que sentía en el
pecho. Por la forma en la que, contra mi voluntad, se me encogió
el corazón.

—Lo tendré en cuenta.

Lía dio un par de pasos atrás. En otro tiempo, habría sido
impensable que nos diera aquel espacio, aquel momento de in-

timidad que necesitábamos, aunque estuviéramos rodeados de gente.

Extendí mi mano enguantada y tú te aferraste a ella antes de abrazarme una última vez. Aunque hasta el momento creía haber contenido todo bien, tu abrazo fue lo único que necesitaste para quitarme al aliento. Apoyé mis labios sobre tu pelo y cerré los párpados con fuerza.

—No vuelvas a ser un amargado porque yo no esté, ¿eh? —susurraste, con la voz ahogada.

Quise reír para tener que concederte mil deseos más, pero apenas lo conseguí.

—Supongo que tú seguirás siendo igual de maleducada, malhablada, terca y demasiado directa.

Tu risa sonó a sollozo. Sentí tu rostro esconderse contra mi cuello y yo tuve que apretar más los párpados y estrechar más los brazos alrededor de tu cuerpo.

—No me hagas esperar demasiado.

Tu beso en mis labios. El mío en tu mejilla húmeda.

—Te lo prometo.

Tenías un pétalo atrapado entre los cabellos, pero no te lo quité. Pensé que así, quizá, nuestra primavera pudiera encontrar su camino de vuelta a ti.

Otro beso. Un paso atrás. Tu mano en la mía y mi boca rozando tus nudillos.

Nos separamos. Nuestros dedos se quedaron enganchados un instante antes de soltarse.

Tu libro pesaba demasiado cuando me agaché para dejarlo en el suelo. Los siguientes dos pasos que di hacia atrás me parecieron los más complicados que había dado nunca. Un abismo se abrió entre nosotros. Tragué saliva. Tenía la mente en blanco: el hechizo quería salir y, al mismo tiempo, me ataba la lengua.

Lía te tomó la mano. Se miraron.

Aquello era lo correcto, lo sabía. Me lo repetí una, dos, tres veces, antes de dar otro paso atrás. Perdóname, porque no puedo negar que deseé no hacerlo. Deseé que te quedaras. Deseé que cambiaras de opinión y eligieras aquel mundo que te era ajeno. Pero me obligué a respirar, a recordar que en realidad no quería aquello para ti. Entreabrí los labios. Las palabras se deslizaron fuera de mi boca, familiares. Pronunciarlas era siempre como volver a casa, pero aquel día se sintieron como alejarme un poco de mi hogar.

El portal se abrió. Del otro lado sonaba una ciudad lejana, sonidos que no podía identificar. Me llegó el olor de algo agradable, a ropa limpia y flores. Una sensación cálida me acarició el rostro.

Lía y tú se apretaron la mano y caminaron hacia el portal, titubeando. Les había contado lo que pasaría: en cuanto llegaran al otro lado, no sabrían qué había pasado. Lo más probable era que aparecieran en el momento y en el lugar en el que habían desaparecido por primera vez. Para ustedes, sería una sensación extraña, como haber parpadeado. No tenían por qué tener miedo. No tenían por qué dudar. Lía no lo hizo, tras ese primer momento.

Tú miraste hacia atrás, a un paso de desaparecer. Las lágrimas se te habían desbordado, pero aun así intentaste sonreír para mí. Tus ojos estaban en los míos cuando moviste los labios, aunque ni un solo sonido salió de ellos. Se me escapó un sollozo cuando alzaste la mano y besaste el anillo que yo mismo te había pedido que no volvieras a quitarte.

Te desvaneciste en el aire.

El libro abierto fue lo único que quedó de ti sobre la hierba, el mismo que tengo ahora a mi lado. El mismo con el que espero ir a conocerte de nuevo.

Yo tampoco sé lo que pasará cuando llegue a tu mundo. Yo tampoco sé qué nos deparará el futuro. Pero te lo dije, ¿verdad? Que quería intentarlo. Pese al miedo que siempre me acompaña, pese a que podría llegar a rompérseme el corazón. Nos merecemos elegirnos. Nos merecemos luchar por esto, incluso si tengo que cruzar mil mundos para alcanzarte de nuevo.

Al empezar te dije que tú no me conocías, pero espero que ahora sí lo hagas.

Y espero que puedas volver a enamorarte de mí.

# EPÍLOGO

Era uno de aquellos días grises, algo tristes, de los de lluvia en el asfalto y hojas caídas en el suelo. De los de la nostalgia por algo que no podía llegar a entender del todo. Quizás eran días de recuerdos, días de echar de menos. Dani lo había pensado esa mañana, antes de salir de casa, al pasar los dedos por encima del piano de su abuela, al abrir el paraguas y darse cuenta de cómo la luz se reflejaba en la piedra de su anillo. Aquel anillo que no sabía exactamente de dónde había sacado, pero que se sentía tan cómodo y natural en su dedo que no llevarlo la hacía sentir extraña. Una mañana simplemente se había despertado con él puesto: Lía había insistido en que no era suyo y Nora, su compañera de trabajo, había dicho que parecía caro.

En realidad, la joya casi le había causado un ataque de pánico aquel día, semanas atrás, igual que la cicatriz. No sabía de dónde habían salido ninguna de las dos cosas y, de hecho, cuando pensaba en ellas, se encontraba frente a un muro. Se había preguntado si su abuela se había sentido así, si podía estar enfermando. Y aunque había decidido aferrarse al hecho de que Lía también se había levantado con un terrible dolor de cabeza y una botella de vino vacía en la sala, aquello no explicaba la herida que tenía en el pecho. Se había pasado cerca de una hora delante del espejo, mirándola por todos lados. Porque parecía curada, parecía antigua, pero estaba segura de que no había estado ahí la noche anterior.

Los días siguientes a aquello habían pasado con una sensación rara, con algo que parecía revolverse dentro de su cabeza pero que no conseguía atrapar. Era como tener una palabra en la punta de la lengua, como intentar diferenciar una melodía que sonaba de fondo en medio del ruido.

Dejó de mirar a través de los cristales del escaparate cuando el primer cliente de la mañana se acercó al mostrador. Había estado al menos media hora delante de las estanterías de clásicos, comparando ediciones de *Orgullo y prejuicio*. Cuando ella se había acercado a preguntarle si podía ayudarle, él le había dicho que no, que estaba bien, que quería hacerle un regalo a su novio y que tenía que ser el libro perfecto.

—Seguro que le encanta —le dijo, tras meter el libro en la bolsa de papel y entregárselo.

El chico sonrió y le dio las gracias. Ella, inevitablemente, se fijó en los anillos que llevaba él en las manos y eso hizo que volteara a ver el suyo propio. Le dio una vuelta en el dedo mientras veía al muchacho alejarse hacia la entrada y una más cuando otra persona abrió la puerta y lo dejó salir antes de entrar.

Del nuevo cliente le llamó la atención el abrigo oscuro, elegante, y el traje, que parecía bastante anticuado. Ladeó la cabeza, curiosa. Le recordó un poco a un personaje de una novela de Jane Austen, con aquella ropa y el pelo cobrizo repeinado. Le pareció todavía menos real cuando sus ojos se encontraron de frente con unos de un color morado que le recordó a un momento muy concreto del atardecer, cuando la noche está a punto de llegar, pero todavía no se decide a cubrirlo todo.

Había algo familiar en aquella persona y, al mismo tiempo, estaba segura de que no la había visto jamás. Habría recordado a alguien con aquel aspecto, con aquella ropa, con aquellos ojos. Odiaba la sensación. Odiaba estar siempre a punto de cazar algo al vuelo sin llegar a poder atraparlo. Odiaba sentir que había cosas que se le escapaban todo el tiempo entre los dedos.

Se dijo que estaba en el trabajo: tenía que dejar de vivir en aquel estado y centrarse en lo que pasaba a su alrededor. Así que esbozó la sonrisa perfeccionada para estar de cara al público y dijo:

—Buenos días, ¿puedo ayudarle en algo?

Él, como si la pregunta lo hubiera disgustado, apretó los labios. Pareció, durante un segundo, muy triste, tanto que a ella casi se le cayó la sonrisa de la boca. Aquella mirada, que había estado anclada a la suya, la evitó durante un instante. Fue solo un segundo, sin embargo, antes de que el chico meneara la cabeza como si descartara un pensamiento. Miró alrededor por primera vez, como si no hubiera sabido cómo había llegado a aquella librería, y después tomó aire y salvó los pasos que lo separaban del mostrador.

—Nunca me habías tratado de usted antes. No importa cuántas veces lo intentara: creo que es la primera vez que me tratas con tanto respeto.

Ella titubeó y miró a ambos lados, confusa, como si esperara ver salir a su compañera de algún lado o a Lía grabando con alguna cámara oculta. Se colocó un mechón de pelo tras la oreja. Aquella voz, en realidad, era otra cosa muy familiar y muy ajena al mismo tiempo.

—¿Nos... conocemos? —preguntó ella.

—Sí. En realidad, sí —ella entrecerró los párpados, confusa. Él bajó la vista hacia su mano—. Es un anillo precioso. ¿Un regalo, quizá?

Su mirada cayó sobre la joya una vez más, solo para alzarse de nuevo muy rápido hacia aquellos ojos que la observaban. Eran del mismo color, aquella mirada y aquel anillo. Eran exactamente aquel tono. La casualidad fue suficiente para que el corazón le diera un vuelco en el pecho, justo debajo de aquella cicatriz. Le pareció que la piel le cosquilleaba ahí.

—No lo sé —admitió ella, sin saber por qué. Se le hizo un nudo en la garganta. Por alguna razón, sintió que los ojos le picaban y tuvo que parpadear—. No lo recuerdo. Un día desperté con él. Pero creo que es importante. Creo que significa algo, pero olvidé qué.

Él esbozó una sonrisa agridulce que ella no supo muy bien cómo interpretar.

—Quizá necesitas a alguien que te ayude a recordar de dónde viene.

Una lágrima la sorprendió al descolgarse de uno de sus párpados y se apresuró a limpiársela, sintiéndose estúpida, sintiéndose cada vez más confundida. Se cubrió la joya con los dedos, pero no supo si lo hacía para protegerla o para buscar respuestas en la sensación de su tacto contra la piel.

—¿Quién eres?

El chico tomó aire. Sus ojos brillaban y a ella le pareció que aquel color morado también luchaba por contener las lágrimas. Una de sus manos buscó algo dentro de su abrigo. Ella entornó los ojos cuando sacó un cuaderno que dejó con cuidado sobre el mostrador. Parecía haber hojas sueltas que querían escapar de él.

—Me llamo Marcus. Marcus Abberlain.

Tenía una de esas voces hechas para leer libros. Su nombre no le dijo nada y, al mismo tiempo, hizo que se estremeciera. Si él se dio cuenta, no lo mostró. Solo acercó el cuaderno hacia ella, empujándolo suavemente con aquellos dedos escondidos tras los guantes negros.

—Y tengo una historia para ti.

# AGRADECIMIENTOS

En 2011, una joven escritora que había empezado una historia decidió dejarla a medias. Una amiga suya, a la que también le gustaba escribir, le dijo que la continuara, que no podía dejar a aquellos personajes así. Esa amiga quería saber cómo acababa aquella novela de una chica que llegaba a otro mundo por medio de un libro. La joven escritora, sin embargo, respondió: «Si tanto quieres saber cómo sigue, continúa tú». Y su amiga lo hizo. Decidió seguir la historia justo donde se había quedado. Y entonces la joven escritora recuperó las ganas de seguir con aquella narración. Y ambas crearon aquel mundo juntas.

En 2012, decidieron que ese mundo podría llegar a más gente. Crearon un blog y, con bastante miedo y absoluta inexperiencia, decidieron compartir la historia de manera gratuita. Y llegaron los primeros visitantes a aquel universo inventado por ambas.

Y después de aquel mundo, llegaron otros muchos. Y con ellos, más visitantes.

Pero las escritoras siempre sintieron que aquella primera historia, la que las había unido, la primera de todas las que habían escrito, merecía una segunda oportunidad. Aquel mundo merecía que ellas volvieran a visitarlo, que volvieran a entenderlo.

Así que diez años después regresaron a él. Para escribirlo mejor. Para contar la historia que siempre habían querido contar. Como dice Dani: esta es esa historia.

Que esta historia exista hoy es gracias a Mar Peris y Marta Becerril, nuestras editoras, que cuando dijimos con la boca pequeña que queríamos reescribirla nos dijeron que era una idea preciosa y decidieron apostar por ella. Gracias a Paulina Klime y sus ilustraciones hemos podido sentir incluso más cerca el mundo y los personajes que llevaban años en nuestras cabezas.

Pero, sobre todo, que esta historia exista hoy es gracias a aquellos primeros visitantes: a los que quisieron entrar en Albión cuando el reino se contenía en un archivo PDF subido en Internet. A las personas que la difundieron en su momento, que se enamoraron por primera vez de Marcus y de una Dani que ni siquiera se llamaba Dani por entonces. También es gracias a quienes jamás conocieron Albión, pero sí Faesia, Marabilia, el Mundo Medio, Olympus y otros tantos mundos más, porque es por ellos que hoy podemos contar todo lo que queremos contar.

Albión no existiría sin ninguna de las personas que han creído en nosotras a lo largo de diez años, así que gracias. Gracias por ayudarnos a crearlo. Gracias por darle vida. Gracias por entrar en las ideas que hay en nuestra cabeza.

Y gracias también... a nosotras. Esta vez nos tienen que dejar que hagamos esto: gracias, Selene, por retarme aquella primera vez a continuar; gracias, Iria, por aceptar el desafío y no abandonar nunca. Gracias por estos diez años repletos de historias y por, ojalá, muchas más.

Y a todos los demás, gracias por viajar. Quedan mil mundos más que conquistar.